I Narratori / Feltrinelli

Della stessa autrice da Feltrinelli

La noia di essere moglie

L'abitudine di amare

I figli della violenza

Il taccuino d'oro

Il diario di Jane Somers

DORIS LESSING

LA BRAVA TERRORISTA

Feltrinelli

Titolo dell'opera originale
THE GOOD TERRORIST
(Jonathan Cape Ltd, 32 Bedford Square, London)

Traduzione dall'inglese di
MARIAGIULIA CASTAGNONE

Prima edizione ne "I Narratori" febbraio 1987

ISBN 88-07 - 01326-6

La casa, un po' arretrata rispetto alla via principale percorsa dal traffico, pareva costruita su un cumulo di rifiuti. Era un edificio grande, solido. Le tegole scure erano tutte sconnesse, lungo la grondaia, e da un'apertura posta vicino alla base di un grosso comignolo si levò in volo un uccello, portandosi dietro un filo d'erba parecchie volte più lungo di lui.

"Dev'essere più o meno del 1910," disse Alice, "guarda come sono spessi i muri." Lo si vedeva dalla finestra rotta proprio sopra di loro, al primo piano. Non ebbe risposta, ma si scrollò ugualmente dalle spalle lo zaino, lasciandolo rotolare su un tappeto vivo di ortiche appena spuntate, che cercavano di digerire barattoli arrugginiti e bicchieri di plastica. Fece un passo indietro per vedere meglio il tetto e nel suo campo visivo entrò anche Jasper. Come previsto il suo viso era atteggiato a un'espressione critica tutt'altro che involontaria. Quanto a lei, sapeva di aver assunto quella sua aria che lui riassumeva col termine "faccia da stupida". "Smettila," disse Jasper in tono perentorio e allungò di scatto la mano ad afferrarle il polso, imprigionandolo e facendole male. Lei lo affrontò, tranquilla e fiduciosa. "Chissà se ci accetteranno," disse. Al che lui rispose senza stupirla: "Il problema è se noi accetteremo loro."

Alice aveva superato la prova, resistendo al dolore, e lui le lasciò il polso e si avviò verso la porta. Era un portone solido e sicuro di sé, in una stradina periferica piena di giardini e di case confortevoli, simili a quella. Ma nelle altre non c'erano tegole mancanti né finestre rotte.

"Perché, perché, *perché*?" chiese Alice con rabbia, rivolgendo la domanda all'universo intero, con il cuore gonfio di dolore per quella casa grande, bella e non amata. Afferrò lo zaino per la cinghia e, trascinandoselo dietro, lo raggiunse.

"Per i soldi, ovviamente," disse lui, e premette il pulsante del campanello, senza che ne uscisse alcun suono. Diede un'energica spinta alla porta ed entrarono in un ingresso ampio e buio, da cui le scale salivano decise per girare attorno a un ampio pianerottolo e riprendere nuovamente a salire. La scena era illuminata da una lampada antivento appoggiata per terra, in un angolo. Da una stanza vicina proveniva il suono soffocato di un tamburo. Jasper aprì anche quella porta con una spinta. Le finestre erano nascoste da coperte che non lasciavano passare neanche un filo di luce. Un ragazzo negro alzò gli occhi dai tamburi che aveva davanti; le guance e i denti luccicavano al lume della candela. "Salve," disse, con le dita delle mani e dei piedi all'opera, tanto che pareva impegnato a ballare da seduto, o alle prese con una strana macchina per fare ginnastica.

Quel ragazzo negro, allegro e sorridente, che sembrava uscito dalla pubblicità di una vacanza ai Caraibi, diede ad Alice una sensazione di inattendibilità, tanto che lei si annotò mentalmente una prima impressione di angoscia o persino di dolore, corrispondente al vero messaggio che aveva ricevuto da lui. Si scoprì sul punto di dire: "Va tutto bene, è tutto a posto, non preoccuparti!" Ma Jasper si era già affrettato a chiedergli: "Dov'è Bert?"

Il ragazzo negro si strinse nelle spalle con noncuranza, senza smettere di sorridere o di percuotere i suoi strumenti. Jasper intensificò la presa sul suo braccio e la trascinò nell'ingresso. "Questo posto puzza," commentò lei.

"Be'," disse Jasper in quel tono goffamente ingraziante con cui — lei lo sapeva — intendeva esprimere affetto. "Immagino che troverai un rimedio."

Sentendosi in vantaggio, Alice approfittò per dire: "Non dimenticarti che per quattro anni hai vissuto come un signore. Vedrai che non ti sembrerà tanto facile, ora."

"Sta' attenta a come parli," disse lui, e le tirò un calcio alla caviglia. Non troppo forte, ma sufficiente.

Questa volta si mosse per prima e aprì una porta che istintivamente intuì essere quella della cucina. Davanti a lei c'era uno spettacolo di totale squallore. Anzi, di pericolo: i fili elettrici erano stati strappati dalla parete e lasciati penzolare, scoperti. La cucina giaceva a terra, rovesciata; la pioggia era entrata dai vetri rotti, formando pozze dappertutto. Sul pavimento c'era un uccello morto che mandava un terribile fetore. Alice si mise a piangere. Era un pianto di rabbia. "Bastardi," imprecò, "fascisti fetenti."

Sapevano già che il Comune, per impedire che la casa venisse occupata, aveva mandato gli operai a renderla inabitabile. "Non hanno nemmeno isolato i fili elettrici. Non hanno neanche..." Animata da uno slancio improvviso, aprì una porta dopo l'altra. Entrambi i gabinetti di quel piano avevano la tazza piena di cemento.

Si mise a imprecare violentemente, con le lacrime che le scorrevano lungo le guance. "Stronzi schifosi, porci fascisti, coglioni di merda..." Era carica di odio e ancora quasi incredula, perché c'era una parte di lei che non era mai riuscita a credere al fatto che qualcuno, specialmente se apparteneva alla classe operaia, potesse obbedire all'ordine di distruggere una casa. E nell'angolo della sua mente dove aveva sede quest'incredulità ebbe inizio il monologo che a Jasper non era mai stato dato di sentire perché non l'avrebbe certo autorizzato. Ma sono *persone,* sono persone quelle che l'hanno fatto. Per impedire ad altre persone di abitarci. Non riesco a crederci. Chi possono essere? Che tipo di gente è? Non ho mai conosciuto nessuno capace di cose simili. Eppure devono essere tipi come Len, Bob e Bill, degli *amici* insomma. E l'hanno fatto. Sono entrati e hanno riempito le tazze di cemento, hanno strappato i fili elettrici, hanno bloccato il gas.

Jasper se ne stava lì a guardarla, soddisfatto. Questa furia, questa scarica di energia aveva cancellato dal suo viso l'espressione che lui odiava, quella che la rendeva gonfia e luccicante, come se non solo il viso ma tutto il suo corpo fosse pieno di lacrime che sgorgavano da ogni poro.

Senza consultarlo lei salì di corsa le scale e lui la seguì lentamente, ascoltandola mentre batteva alle porte e, non avendo ricevuto risposta, le spalancava. Sul pianerottolo del primo piano era l'ordine e non il caos ad attenderli. Ogni stanza era attrezzata con dei sacchi a pelo, uno, due o anche tre, e con candele o lampade antivento. A volte anche con sedie e tavolini. Libri. Giornali. Ma non c'era nessuno.

Lì il puzzo era tremendo. Proveniva dal piano di sopra. Salirono più lentamente le scale piuttosto ampie e vennero investiti da un fetore che indusse Jasper a un breve conato di vomito. Il viso di Alice era impavido e fiero. Spalancò una porta, rivelando una serie di secchi di plastica pieni di merda fino all'orlo. Ritenendo che la stanza fosse sufficientemente ingombra, gli abitanti della casa erano passati a quella accanto. Una decina di secchi gialli e arancioni erano stati radunati, in attesa.

C'erano altri locali su quel piano, tutti inutilizzati. Ed era comprensibile, data l'intensità della puzza.

Scesero le scale in silenzio guardando bene dove mettevano i piedi, perché ovunque c'era un gran sudiciume. Anche le finestre erano così sporche da non lasciar quasi passare la luce.

"Non è il lusso che cerchiamo," disse Jasper, prevenendola. "Non è per questo che siamo venuti."

"Non capisco come si possa decidere di vivere in questo modo, quando basterebbe così poco..." ribatté Alice.

La sua voce risuonò atona, piatta, ora che la forza incandescente della sua rabbia era sparita.

Jasper stava per attaccare uno dei suoi soliti sermoni sulle sue tendenze borghesi, quando la porta d'ingresso si aprì e una figura dall'aria militaresca si stagliò nel vano.

"Bert!" esclamò lui e scese le scale a tre gradini per volta. "Bert, sono Jasper..."

È che ha avuto un padre di merda, pensò Alice, materna, cogliendo la nota di allegria nella sua voce; ma anche questo faceva parte del corso privato dei suoi pensieri, perché Jasper, naturalmente, non le avrebbe mai permesso di esprimere un'idea simile.

"Jasper," salutò Bert e poi sbirciò nella semioscurità verso di lei.

"È Alice, te l'avevo detto," disse Jasper.

"La compagna Alice," disse Bert. Il tono era brusco, severo e schietto, quasi a sottolineare l'opportunità di un maggior formalismo e anche Jasper vi si adattò immediatamente. "Siamo appena arrivati," disse. "Non c'era nessuno a cui fare rapporto."

"Abbiamo parlato con il tipo che sta là dentro," osservò Alice avvicinandosi e indicando la stanza da dove proveniva il suono attutito dei tamburi.

"Oh, Jim," fece Bert, brusco. Si diresse a passi lunghi verso una porta che non avevano notato, la spalancò con un calcio visto che era priva di maniglia ed entrò senza curarsi che lo seguissero.

La stanza era la più normale tra tutte quelle che avevano visto. Chiudendo la porta, si poteva quasi pensare che fosse il soggiorno di una casa qualsiasi, anche se tutto — le sedie, il divano, il tappeto — era impregnato di sporcizia. Il puzzo non era riuscito a penetrare fin lì, ma ad Alice sembrava che un velo invisibile di fetore aderisse ad ogni oggetto, tanto da avere l'impressione che, qualsiasi cosa avesse toccato, l'avrebbe sentita appiccicosa sotto le dita.

Bert se ne stava in piedi, leggermente proteso in avanti, con le braccia penzoloni, a guardarla. Ma non la vedeva, lei lo sapeva. Era un giovane magro con i capelli scuri, che non doveva avere più di ventotto, trent'anni. I capelli e la barba lucida e nera gli coprivano il viso, in cui spiccavano gli occhi scuri, la bocca rossa e i denti bianchi. Aveva dei jeans blu scuro, nuovi e rigidi, e una giacca blu attillata, tutta abbottonata e pulita. Jasper indossava un paio di pantaloni di lino azzurro e una maglietta a strisce da marinaio, ma Alice sapeva che di lì a poco si sarebbe messo gli stessi indumenti di Bert, che effettivamente costituivano il suo abbigliamento normale. Chissà per quale tipo di influenza si era concesso una breve parentesi di frivolezza.

Alice sapeva anche che i due si sarebbero messi a parlare, senza occuparsi più di lei, e si dispose a difendere i suoi interessi con lo sguardo fisso sul giardino dove i cumuli di immondizia arrivavano fino ai davanzali delle finestre. Alcuni passeri, al lavoro sui mucchi, grattavano e scavavano. Un corvo, appollaiato su un cartone di latte, la fissava con decisione. Dietro gli uccelli vide un gatto magro accovacciato sotto un'ortensia coperta di tenere foglioline verdi e coroncine rosa e azzurre che sarebbero diventate fiori. Anche il gatto la stava fissando con i grandi occhi affamati.

Bert allungò la mano verso la credenza da cui estrasse un thermos delle dimensioni di un secchio e tre tazze.

"Oh, allora l'impianto elettrico funziona?" chiese lei.

"No. Un compagno, nella strada accanto, me lo riempie tutte le mattine," disse Bert.

Alice, che osservava la scena, attenta solo per metà, notò lo sguardo lanciato da Jasper al thermos e al caffè che veniva versato.

Doveva aver fame; dopo la scenata con sua madre se ne erano andati subito, sbattendo la porta, e saltando così la prima colazione. Jasper non aveva fatto nemmeno in tempo a bere il caffè che lei gli aveva portato in camera. Ma quella è la razione che deve bastare a Bert per tutto il giorno, pensò, e gli fece segno di versarne solo mezza tazza, il che avvenne, esattamente come aveva indicato.

Jasper ingollò subito il suo e rimase a fissare il thermos, con la voglia di averne ancora. Ma Bert non gli badò.

"La situazione è cambiata," cominciò Bert, come se stesse riprendendo una riunione interrotta. "Si dà il caso che la mia analisi non fosse esatta. Avevo sopravvalutato la maturità politica dei quadri. Quando ho messo la faccenda ai voti, la metà dei presenti ha votato contro e se ne è andata subito."

"Alla lunga si sarebbero dimostrati inaffidabili. Meglio essersene sbarazzati," commentò Jasper.

"Esatto."

"Qual era il problema?" chiese Alice. Aveva adottato il suo "tono da riunione", che, come sapeva, era indispensabile per farsi rispettare. A lei suonava falso e freddo e provava sempre un certo imbarazzo a utilizzarlo; le costava un tale sforzo, da farla sembrare indifferente, persino distratta. Eppure, con lo sguardo deciso, persino severo, non perdeva nulla della scena che aveva davanti: Bert che la guardava, riflettendo su quello che lei aveva detto e Jasper che guardava il thermos. D'un tratto non riuscì più a trattenersi e allungò la mano. "Scusa," disse Bert, e spinse il thermos verso di lui.

"Sai benissimo qual era il problema," osservò Jasper, amaro. "Te l'ho già detto. Abbiamo intenzione di unirci all'Ira."

"Vuoi dire che avete messo ai voti la possibilità di entrare nell'Ira?" domandò Alice, quasi senza fiato. Bert pensò che avesse paura e proseguì con voce tonante e carica di freddo disprezzo: "Un branco di fifoni. Se la sono data alla velocità di un razzo."

"Come è stata formulata la proposta?" insistette Alice.

Dopo una pausa, Bert rispose: "È stato chiesto che questo gruppo si mettesse in contatto con la direzione dell'Ira, offrendosi come una possibile base in Inghilterra."

Alice digerì la notizia, tesa nello sforzo di crederci, e disse: "Ma Jasper mi aveva detto che questa casa ospitava un gruppo dell'Unione dei comunisti di centro!"

"Esatto. È una casa occupata dall'Unione."

"Ma è la direzione dell'Ucc che ha deciso di collaborare con l'Ira? Non capisco," proruppe con una voce da cui era sparita qualsiasi intonazione "politica", e Bert fu costretto a rispondere con un "No" brusco e distante che tradiva il suo disagio.

"E allora come fa un nucleo dell'Ucc a offrire la sua collaborazione?"

A questo punto si accorse che Jasper stava cercando di attirare lo sguardo di Bert come per comunicargli "Non badarle", e lo prevenne. "Non ha senso."

"In un certo senso, hai ragione," ammise Bert. "Ne abbiamo discusso, concludendo che, se non potevamo impegnarci ufficialmente come nucleo dell'Ucc, ci era invece possibile farlo a livello individuale."

"Ma..." Alice perse ogni interesse. Ci risiamo, pensò. Stanno di nuovo rimescolando le carte. Riportò la sua attenzione al mucchio di immondizie che distava circa un metro dal vetro sporco. Il corvo se n'era andato e il povero gatto stava annusando lungo i bordi del mucchio dove brulicavano le mosche.

"Come cucinate?" domandò.

"Comperiamo roba pronta."

"Quello schifo è un rischio per la salute. Attira i topi."

"È quello che ha detto la polizia."

"Sono stati qui?"

"Sì, ieri sera."

"Oh, capisco. Ecco perché gli altri se ne sono andati."

"No," disse Bert. "È perché morivano di paura all'idea di avere qualcosa a che fare con l'Ira, ecco perché."

"E cosa ha detto la polizia?"

"Ci hanno dato quattro giorni per andarcene."

"Perché non ci rivolgiamo al Comune?" osservò Alice, in tono lamentoso e irritato, e mentre Jasper diceva: "Oh, eccola che ricomincia," la porta si aprì ed entrò una ragazza. Aveva i capelli neri, corti e lustri, tagliati da mano esperta, gli occhi scuri e vivaci, le labbra rosse e la pelle chiara e trasparente. Era soda e lucente come una ciliegia matura. Guardò attentamente Bert, poi Jasper e infine Alice. Alice capì che la stava esaminando.

"Sono Pat," disse. "Bert mi ha parlato di voi due." E soggiunse: "Siete fratello e sorella?"

"No!" sbottò Jasper.

Ma ad Alice piaceva quando la gente incorreva in quell'errore, tanto che disse: "Ci prendono spesso per fratello e sorella."

Pat li studiò di nuovo. Jasper, infastidito dal suo sguardo, si voltò con le mani affondate nelle tasche della giacca, come se cercasse di reagire con l'indifferenza ad un attacco.

Erano entrambi biondi, con dei riflessi rossastri nei capelli che si muovevano in riccioli e ciocche ribelli. Jasper li portava molto corti, e corti erano anche quelli di Alice, che avevano un taglio squadrato e facile da tenere. Se li regolava da sola. Tutti e due avevano la pelle chiara e le lentiggini. Gli occhi di Jasper, piccoli e azzurri, erano incassati in orbite tonde e bianche, che gli davano un'aria candida, angelica. Era molto magro e portava abiti aderenti. Alice invece era robusta e aveva un'aria tozza e informe. Capita che una ragazza di dodici, tredici anni, prima di accendersi nella pubertà, abbia un aspetto molto simile a quello che avrà nella maturità. Un gruppo di donne è fermo su un marciapiede della metropolitana. Sono donne di mezz'età, tutte con grosse borse, che spettegolano. E tutte di bassa statura. E invece no, sono ragazzine, più o meno sui dodici anni. Ma dopo quarant'anni vissuti da donne si ritroveranno come sono ora, appesantite, caute e ansiose di compiacere. A volte Alice sembrava una ragazzetta paffuta e goffa, altre una donna sulla cinquantina, ma non dimostrava mai la sua età, cioè trentasei anni. In quel momento era la ragazza quella che restituì l'occhiata a Pat con amichevole curiosità, guardandola con i piccoli occhi grigio azzurri protetti da ciglia color sabbia.

"Bene," disse Pat, avvicinandosi alla finestra e fermandosi accanto ad Alice, "hai sentito che questa piccola comunità felice sta per essere smembrata?"

Sembrava molto più vecchia di Alice, ma aveva dieci anni di meno. Le offrì una sigaretta che Alice rifiutò, e si mise a fumare la sua con voluttà, come in preda a un disperato bisogno.

"Sì, e ho anche proposto di cercare un accordo con il Comune."

"Ti ho sentito. Ma loro preferiscono questo squallore romantico."

"Chiamalo romantico," fece Alice con disgusto.

"Va contro i nostri principi trattare con l'istituzione," disse Bert.

"Vuoi dire che questa comune si sta sfaldando?" proruppe Jasper con tono di tale infantile timore che Alice diede una rapida occhiata in giro per vedere se gli altri se ne fossero accorti. E se n'erano accorti: Pat, che stava lì in piedi accostando alle labbra la sigaretta che teneva con due dita e poi lasciandovela e prendendola di nuovo, per poter aspirare ed espirare, aspirare ed espirare. Senza smettere di guardare Jasper e tirando le sue conclusioni.

"È un principio che non condivido, mi è capitato spesso di trattare con le istituzioni," si affrettò a dire Alice, con il cuore gonfio della solita pena colma di tenerezza per Jasper.

"Oh, davvero?" disse Pat. "Anch'io l'ho fatto. E dove?"

"A Birmingham. Siamo andati in sette in Comune per farci assegnare una casa. Abbiamo pagato gas e luce e acqua e ci siamo rimasti tredici mesi."

"Bravi."

"E a Halifax, sono stata in una casa occupata per sei mesi. E a Manchester, quando stavo in una camera ammobiliata — allora frequentavo l'università — c'era una casa piena di studenti, quasi una ventina. Tutto è iniziato con una occupazione, poi il Comune si è arreso e l'edificio è diventato una specie di casa dello studente."

Durante questa conversazione i due uomini erano rimasti ad ascoltare, sospendendo ogni decisione. Jasper si era riempito di nuovo la tazza. Bert indicò a Pat il thermos vuoto e lei scosse la testa, intenta ad ascoltare Alice.

"Perché non andiamo in Comune?" disse questa rivolta a Pat.

"Io ci andrei, ma ho deciso di non restare." Alice notò che Bert si irrigidiva sulla sedia, chiudendosi in un silenzio seccato.

Pat gli si rivolse. "Te l'ho detto ieri sera che me ne andavo."

Alice capì che il problema non aveva soltanto un risvolto politico. Anzi, che un rapporto privato stava andando a pezzi per qualche ragione politica! Era una cosa contro cui si ribellava con tutta se stessa. Involontariamente pensò, che idiozia lasciare che la politica rovini un rapporto privato! Razionalmente non avrebbe mai sostenuto un'idea del genere, ma era vero che questo tipo di pensieri le frullava spesso per la testa.

"Che cazzo ti aspettavi?" disse Pat rivolta a Bert, che non si voltò a guardarla. "A una riunione di ordinaria amministrazione come quella, con due di loro che venivano da fuori, di cui non sapevamo nulla. Non sappiamo nulla neanche della coppia che è venuta la settimana scorsa. C'era anche Jim nella stanza, anche se non appartiene all'Ucc! E tutt'a un tratto sei saltato fuori con quella mozione."

"Non è stata una sorpresa."

"Quando ne avevamo parlato, era stato deciso che ci saremmo limitati a prendere dei contatti a livello individuale. Che ne avremmo discusso con le singole persone, a fondo."

La voce di Pat era piena di disprezzo. Guardava quello che doveva essere il suo amante come se fosse pronto per la pattumiera.

"Hai cambiato idea, ad ogni modo," disse Bert, con le labbra rosse che brillavano rabbiose tra i ciuffi della barba. "Anche tu eri convinta che sostenere l'Ira fosse la posizione più logica in questa fase."

"È l'unico atteggiamento corretto, l'Irlanda è il fulcro dell'attacco imperialista," insisté Jasper.

"Non ho affatto cambiato idea," disse Pat. "Ma se dovrò collaborare con l'Ira, voglio almeno conoscere la gente con cui collaboro."

"Ma anche noi siamo degli sconosciuti," disse Alice, rendendosi conto con una fitta dolorosa che lei e Jasper facevano parte dei motivi per cui questa coppia si divideva.

"Non ce l'ho con voi," disse Pat. "Niente di personale. E invece sì. La prima volta che ho sentito parlare di voi è stato quando Bert ha detto di avere incontrato Jasper a una manifestazione, sabato. Credo che tu non ci fossi nemmeno."

"Infatti," disse Alice.

"Be', mi dispiace, ma non è questo il modo di fare."

"Capisco la tua posizione," disse Alice.

Silenzio. Le due donne erano in piedi accanto alla finestra, avvolte nella nuvola aromatica proveniente dalla sigaretta di Pat. I due uomini erano seduti in mezzo alla stanza. Il suono ritmico dei tamburi, simile al ticchettare della pioggia, arrivava dalla stanza di Jim.

"In quanti siete rimasti?" chiese Alice.

Pat non rispose e alla fine Bert disse: "Con voi due, in sette," e soggiunse, "non so cosa hai deciso, Pat."

"Sì che lo sai," rispose questa in tono brusco e freddo. Ma si guardavano e Alice pensò: no, non riusciranno a separarsi facilmente. "Be'," disse, "se il totale è sette, qui siamo già in quattro. Cinque con Pat... E gli altri due? Voglio che siano d'accordo anche loro sul fatto che io vada in Comune."

"I cessi sono pieni di cemento. I cavi elettrici sono stati strappati. E con tutta probabilità le tubature sono marce," disse Bert in un crescendo di scherno.

"Non è difficile risistemare tutto," osservò Alice. "Lo abbiamo già fatto a Birmingham. Il Comune aveva ridotto la casa a un cumulo di macerie. Le tazze dei cessi erano state divelte e così pure le tubature. La vasca da bagno era stata riempita di cemento e le stanze traboccavano di immondizia. Be', siamo riusciti a renderla abitabile."

"Ma chi pagherà?" intervenne Bert.

"Noi."

"Con cosa?"

"Oh, piantala," disse Pat, "buttiamo via più soldi per comprare da mangiare in rosticceria e per correre di qua e di là a elemosinare bagni e docce di quanti non ce ne servirebbero per pagare il gas e la luce."

"Non hai torto," ammise Bert.

"Ed eviteremmo di avere gli sbirri tra i piedi," osservò Alice.

Silenzio. Lei sapeva che qualcuno – e sospettava Bert, se non Pat – non sarebbe stato contento di una prospettiva del genere. A loro piacevano gli scontri con la polizia.

Inaspettatamente Bert disse: "Be', se vogliamo rafforzare la nostra organizzazione è meglio non attirare troppo l'attenzione."

"È esattamente quello che intendevo dire," insisté Pat.

Un'altra pausa. Alice capì che toccava a lei. Disse: "C'è un problema. In questo distretto hanno bisogno di un garante per riallacciare la luce e il gas. Chi di voi lavora?"

"Tre dei compagni che se ne sono andati ieri sera lavoravano."

"Compagni?" disse Bert. "Opportunisti di merda."

"Sono comunisti con tutte le carte in regola," disse Pat.

Bert fu scosso da una risata silenziosa, di effetto molto teatrale, che Jasper subito imitò.

"Quindi siamo tutti disoccupati," osservò Alice.

"Il che rende superflua qualsiasi visita in Comune," disse Bert.

Alice ebbe un attimo di esitazione e poi azzardò a malincuore: "Potrei chiedere a mia madre..."

Jasper esplose in una rauca risata di scherno, paonazzo in viso. "Sua madre, una schifosa borghese..."

"Sta' zitto," disse Alice. "Abbiamo vissuto con mia madre quattro anni," spiegò con voca calma e un po' ansante che al suo orecchio suonò inutilmente fredda e ostile. "Quattro anni. Borghese o no."

"La classe media va usata per quello che può dare," disse Jasper. "Dobbiamo spremerla fino in fondo. Questa è la mia idea."

"Sì, sì," disse Alice, "sono d'accordo. Ma lei ci ha mantenuto per quattro anni." Poi, arrendendosi: "Be'! perché non avrebbe dovuto? È mia madre." Pronunciò quest'ultima frase con una vocina tremula e dolente.

"Giusto," disse Pat, osservandola con curiosità. "Non posso certo chiederlo alla mia. Non la vedo da anni."

"D'accordo," disse Bert alzandosi improvvisamente dalla sedia e ponendosi davanti a Pat con aria di sfida e gli occhi neri fissi su di lei. "Allora resti, no?"

"Dobbiamo discuterne, Bert," disse lei rapida, poi gli si avvicinò e alzò gli occhi su di lui. Lui la circondò con un braccio ed entrambi uscirono.

Alice lanciò un'occhiata alla stanza. Un'occhiata esperta. Era stato un soggiorno di tipo familiare. Accogliente. Le pareti non erano male, le sedie e il divano si trovavano probabilmente dove erano sempre stati. Anche il caminetto non era stato chiuso.

"Allora ti rivolgerai a tua madre? Insomma, le chiederai di farci da garante?" Jasper sembrava smarrito. "E chi pagherà le spese di risistemazione?"

"Chiederò agli altri se vogliono contribuire."

"E se non volessero?" disse Jasper consapevole, partecipe. Un momento di complicità basato su esperienze condivise.

"Qualcuno si rifiuterà, lo sappiamo bene," disse lei. "Ma ci arrangeremo. Non sarà la prima volta, no?"

Ma questo era un richiamo troppo diretto all'intimità e lui si tirò indietro, ripiegando su un atteggiamento critico. "E chi si occuperà dei lavori?"

Era una domanda che faceva ormai da quattordici o quindici anni.

Nella casa di Manchester che aveva condiviso con altri quattro studenti, Alice si era occupata della conduzione, aveva cucinato, fatto la spesa e svolto le faccende domestiche. Era stata un'esperienza gratificante. Dopo la laurea, ottenuta con un discreto punteggio, non aveva neanche cercato lavoro. Era ancora in casa, quando era arrivata la nuova infornata di studenti, di cui aveva continuato a occuparsi. Era così che Jasper l'aveva conosciuta, andando a cena una sera. Non era più uno studente, si era laureato con risultati mediocri, ed era disoccupato anche perché non si era dato un gran daffare a cercarsi un lavoro. Si era fermato lì, senza far parte ufficialmente degli abitanti della casa, ma come suo "ospite". Dopo tutto, era stato solo grazie agli sforzi di Alice che quel posto si era trasformato in una specie di pensionato per studenti: prima era stato occupato da altri. E Jasper era rimasto. Era dipendente da lei. Ma sin da allora l'aveva sempre accusata di non essere altro che una serva e di sprecare la propria vita per gli altri. Durante tutti gli spostamenti da una casa occupata a un'altra, da una comune a un'altra, questo schema di comportamento era rimasto immutato: lei si occupava di lui e lui si lamentava che gli altri la sfruttassero.

Anche quando stavano da sua madre non aveva fatto che ripetere la solita solfa. "Ti sfrutta. Ti costringe a cucinare e a fare la spesa. Perché ti presti?"

"Non abbiamo che quattro giorni," disse ora Alice. "Bisogna che mi sbrighi." Gli passò davanti senza guardarlo e andò nell'ingresso. Portò il suo zaino nella stanza dove Jim stava suonando la batteria e gli disse: "Tienilo d'occhio, compagno." Lui annuì. E lei disse: "Se riesco a ottenere dal Comune l'autorizzazione a fermarci, parteciperai alle spese?"

Le mani ricaddero dalla batteria e anche il viso tondo e cordiale si afflosciò, segnato da un'espressione addolorata. "*Loro* mi hanno detto che non posso restare."

"Perché?"

"Oh cazzo, non mi occupo di politica io. Io voglio solo vivere." Poi soggiunse in tono incredulo. "Sono arrivato per primo. Gli altri non c'erano ancora. Questo posto era casa mia. Sono stato io a trovarlo. Dicevo a tutti, coraggio, venite, venite tutti, questa è la Casa della Libertà."

"Non è giusto," disse subito Alice.

"Sono qui da otto mesi. Otto mesi, dico. Gli sbirri non l'hanno mai saputo, nessuno lo sapeva. Mi sono tenuto fuori dai guai, mi sono fatto gli affari miei, tutt'a un tratto..." Si era messo a piangere. Le lacrime lucenti rimbalzavano dalle sue guance nere e si spiaccicavano sul tamburo più grosso. Lui se le asciugò col dorso della mano.

"Senti," disse Alice, "tu resta qui tranquillo. Me ne occuperò io."

Uscì e mentre camminava si mise a pensare: tutti quei secchi di merda, lassù, dev'essere stato Jim a riempirli, be', forse non tutti ma almeno una buona parte. Devo pisciare... La sola idea di servirsi di uno dei secchi le era parsa inconcepibile. Andò fino alla metropolitana, prese un treno e scese a una stazione dove c'erano dei gabinetti decenti, ne fece uso, si lavò la faccia, si pettinò, riprese il treno e smontò alla fermata della casa di sua madre, dove si mise in coda davanti a una cabina telefonica.

Tre ore dopo che se n'era andata coprendo sua madre di insulti, stava componendo il suo numero di telefono.

La voce di sua madre. Atona. Nel sentirla, Alice fu invasa

da un'ondata di affetto e pensò, le chiederò se vuole che le faccia un po' di spesa lungo la strada.

"Pronto, mamma, sono Alice."

Silenzio.

"Sono Alice."

Altro silenzio. "Cosa vuoi?" Ancora la stessa voce piatta, incolore.

Alice, mossa dallo slancio altruistico di appianare gli ostacoli che affliggevano i compagni, disse: "Mamma, devo parlarti. È per una casa. Potrei ottenere dal Comune l'autorizzazione ad abitarla, sai, come a Manchester, ma abbiamo bisogno che qualcuno garantisca per la luce e il gas."

Sentì un borbottio incomprensibile e poi: "Non posso crederci..."

"Mamma. Senti, mi serve solo la tua firma. I quattrini li tiriamo fuori noi."

Silenzio, un sospiro o un singulto, poi la comunicazione si interruppe.

Alice, avvampante di rabbia compose di nuovo il numero. Rimase ad ascoltare il segnale di libero, immaginando la cucina dove il telefono stava squillando, la grande cucina calda, le finestre alte, perfettamente terse (le aveva pulite lei la settimana precedente con gran piacere), e il tavolo lungo dove, ne era sicura, era seduta sua madre, ad ascoltare lo squillo del telefono. Dopo tre minuti circa, sua madre alzò finalmente il ricevitore e disse: "Alice, lo so che è inutile. Ma lo dico lo stesso. Per l'ennesima volta. Devo andarmene di qui. Capisci? Tuo padre non intende più pagare i conti e io non posso più permettermi di restare. Avrò già i miei problemi a trovare i soldi per me. Capisci, Alice?"

"Ma sei piena di amici ricchi." Di nuovo silenzio. Allora Alice, con voce gentile, materna e predicatoria attaccò: "Mamma, perché voi non siete come noi? Noi *dividiamo* quello che abbiamo. Noi ci aiutiamo quando siamo nei guai. Ti rendi conto che il vostro mondo è finito? I giorni della borghesia ricca ed egoista sono finiti. Sei condannata..."

"Non ne dubito," disse la madre di Alice, e Alice fu sommersa di nuovo da un'ondata calda di affetto purissimo, perché nella voce di sua madre era ricomparsa la nota ironica, familiare e confortante, cancellando l'orribile sensazione di vuoto e di morte. "Ma devi deciderti a capire che tuo padre non è disposto più a condividere con Jasper e con tutti i suoi amici i suoi sporchi quattrini."

"Be', se riconosce che sono sporchi è già qualcosa," disse Alice convinta.

Un sospiro. "Vattene, Alice," disse sua madre. "Vattene e basta. Non voglio vederti; non voglio sentirti. Non puoi dirmi le cose che mi hai detto stamattina e poi ripresentarti così, come se non fosse successo niente, con un bel sorriso, a batter cassa."

La comunicazione fu interrotta.

Alice rimase lì, stordita e confusa. La sua testa era un turbinio di luci e di ombre. Qualcuno in coda, dietro di lei disse: "Se ha finito..." poi la spinse da parte per farsi avanti e cominciò a comporre un numero di telefono.

Alice si trascinò verso il marciapiede e vagò senza meta lungo il perimetro di quella zona, ora delimitata da un'alta barriera di lamiera ondulata, dove fino a poco tempo prima c'era stato un mercato, sempre affollato di gente intenta a vendere e a comprare. Anche lei vi aveva tenuto un banco l'estate prima, dove aveva venduto dolci, biscotti e caramelle, minestra calda e panini. Cose buone, fatte tutte con farina integrale, zucchero di canna e verdure coltivate senza pesticidi. Preparava tutto nella cucina di sua madre. Poi quelli del Comune avevano chiuso il mercato, per edificare un'altra di quelle merdose megacostruzioni, di quei loro stramaledetti elefanti bianchi che nessuno voleva tranne quelli che li costruivano, facendo un mucchio di quattrini. Corruzione. Corruzione dappertutto. Singhiozzando forte, Alice si trascinava all'esterno dell'enorme recinto di lamiera, simile a quello di un campo di concentramento, pensando all'estate precedente...

Si udì il fischio di una sirena. Una fabbrica... era l'una. Non aveva concluso ancora niente... in piedi sulla lunga scalinata bassa che portava alla biblioteca pubblica, si asciugò le lacrime e si costrinse a guardare verso l'esterno invece che dentro di sé. Era una bella giornata. C'era il sole, il cielo era pieno di nuvole bianche in corsa e l'azzurro brillava, pieno di promesse.

Tornò ai telefoni della metropolitana e compose il numero privato dell'ufficio di suo padre.

Questi rispose subito.

"Sono Alice."

"La risposta è *no*."

"Non sai cosa stavo per dirti."

"Dillo."

"Voglio che tu ti faccia garante per le spese di luce e di gas di una casa occupata."

"No."

Lei riattaccò, di nuovo preda di un'ira bruciante. Spinta dalla rabbia arrivò al marciapiede e poi risalì il viale fino a un edificio grande, un po' arretrato rispetto alla strada e preceduto da una serie di gradini. Li salì di corsa e premette il campanello, senza staccare il dito finché una voce di donna, diversa da quella che si aspettava, rispose: "*Sí*?"*

"Oh, cristo santo, la cameriera," esclamò Alice a voce alta. E poi: "Dov'è Theresa?"

"È a lavorare."

"Su, avanti. Mi faccia entrare."

Alice udì il ronzio della serratura che si apriva, spinse la porta, per poco non cadde nell'ingresso, e salì a grandi passi quattro rampe di scale coperte di una moquette spessa fino a un'altra porta dove una donna piccola, tarchiata e scura, era ferma in evidente attesa.

"Mi lasci," disse Alice, spingendola decisa da parte, mentre l'altra si limitava a guardarla, senza dire niente, ma cercando le parole giuste.

Alice entrò nel soggiorno dove era stata tante volte con la sua amica Theresa, l'amica di sempre, la cara e gentile Theresa. Una grande stanza tranquilla e ordinata, con le finestre ampie che si affacciavano su una serie di giardini... Rimase lì in piedi, ansante. Ora strappo dal muro quei quadri, pensò, poi vado a venderli, oppure prendo quei piccoli *netsuke*, chissà cosa varranno? Farò tutto a pezzi...

Si avventò sul telefono, e telefonò in ufficio. Ma Theresa era in riunione.

"*Chiamatela*," ordinò. "Chiamatela subito. È un caso d'emergenza. Ditele che sono Alice."

Era sicura che Theresa sarebbe venuta, e infatti arrivò.

"Cosa c'è, Alice, cosa è successo? Qualcosa non va?"

"Voglio che tu ci faccia da garante. Si tratta di una casa occupata. No, no, non dovrai pagare niente. Ci serve solo la tua firma."

"Alice, sono in riunione."

"Non me ne frega niente della tua riunione. Devi farci da garante perché riallaccino la luce e il gas."

"Chi siete, tu e Jasper?"

"Sì, e anche altri."

"Mi dispiace, cara. No."

"Perché ce l'hai con Jasper? Perché? Lui vale quanto te."

"No, Alice, non vale quanto me. Ce ne manca," rispose Theresa, calma e allegra come sempre. "Comunque, se passi di qui ti darò cinquanta sterline."

"Sono già passata. Ti telefono da casa tua. Ma non so cosa farmene delle tue cinquanta sterline."

"Be', allora mi dispiace, cara."

* In spagnolo nel testo.

"Ti ho visto spendere cinquanta sterline per un vestito. Per un pranzo."

"Ma al pranzo c'eri anche tu, no? Oh, quante sciocchezze. Mi dispiace, ho da fare. È il giorno della riunione con i compratori."

"Non sono sciocchezze. Quando mai mi hai visto spendere cinquanta sterline per un pranzo? Se mia madre vuole buttare via i suoi soldi per i ricconi di merda che frequenta e io preparo da mangiare, questo non vuol dire che..."

"Senti, Alice, se vuoi passare a fare due chiacchiere stasera, sei la benvenuta. Ma dovrai venire tardi, perché non me la sbrigherò prima delle undici."

"Voi... voi... siete un branco di merdosi pieni di soldi," disse Alice, improvvisamente svuotata.

Riattaccò e stava per andarsene, poi ci ripensò e andò in bagno, dove si svuotò, si lavò di nuovo il viso con cura, e si pettinò. Aveva fame. Andò in cucina e si preparò un lussuoso panino. Lisa la seguì e rimase sulla soglia a guardarla, con le mani attorno al manico di uno scopino di piuma, come se pregasse. Aveva il viso stanco, scuro e paziente. Manteneva tutta la sua famiglia che era rimasta a Valencia, le aveva detto Theresa. Guardava Alice che mangiava salame e pâté su grosse fette di pane. Continuò a osservarla mentre sbirciava in ogni angolo del frigo e ne estraeva del riso avanzato, che divorò a cucchiaiate, stando in piedi.

Poi Alice le disse "Ciao," e mentre usciva si sentì rispondere: "*Buenos días, señorita.*" C'era, in quella voce, una nota di rimprovero, che riaccese la sua rabbia e la spinse a scendere le scale di corsa, fino in strada.

Erano le due passate.

La sua testa era un turbinio di pensieri. Perché odiavano tanto Jasper? Forse perché avevano paura di lui. Paura della sua verità... Si avvide che era arrivata a una fermata d'autobus, lo stesso autobus che l'avrebbe portata in Comune. Salì; tutt'a un tratto era tornata fredda, concentrata, attenta.

Stava ripassando mentalmente tutte le precedenti trattative che erano state coronate dal successo. Molto dipendeva dalla persona con cui avrebbe parlato... una pura questione di fortuna... Be', era stata fortunata altre volte. E inoltre, quello che proponeva era del tutto ragionevole e teneva conto dell'interesse di tutti, quello dei contribuenti, della gente comune.

Nella grande stanza piena di scrivanie, di persone e di telefoni si sedette di fronte a una ragazza più giovane di lei, e capì subito di aver avuto fortuna. Sul seno sinistro di Mary Williams c'era una spilla con la scritta "Salvate le balene!" e la forma vivace dell'animale l'addolcì, rendendola comprensiva. Mary Williams era una brava persona, come lei, come Jasper, come tutti i loro amici. Non era un'indifferente.

Fiduciosa, le diede l'indirizzo della casa, presentò il caso e attese. La ragazza si voltò, premette un paio di pulsanti e, quando le informazioni arrivarono, le depose sulla scrivania, tra loro.

"È nell'elenco delle demolizioni," disse Mary Williams e se ne stette lì, sorridente. Non c'era altro da dire.

Questo Alice non l'aveva previsto. Non riusciva a parlare. Era sommersa dal dolore, ma lentamente questo si trasformò in rabbia. Il viso che Mary Williams aveva davanti si gonfiò, illuminandosi, e lei disse, a disagio, quasi balbettando: "Perché? Qualcosa non va?"

"Non possono demolirla, è assurdo," affermò Alice, con voce spenta, priva di inflessione. Poi, non riuscendo più a contenere l'ira: "È una casa stupenda, perfetta! Come potete demolirla? È uno scandalo, una vergogna!"

"Sì, lo so che qualche volta..." si affrettò a ribattere Mary Williams. Sospirò. Lo sguardo che lanciò ad Alice era una supplica perché non facesse una scenata. Alice se ne avvide e capì che le scenate dovevano essere piuttosto frequenti lì dentro.

"Ci deve essere un errore," disse. "Non hanno il diritto di distruggere una casa come quella... l'ha vista? È solida, bella..."

"Credo che vogliano costruire degli appartamenti."

"Ma certo! C'era da immaginarselo."

Le due ragazze si scambiarono un'occhiata e scoppiarono a ridere.

"Aspetta," disse Mary Williams, e si allontanò con in mano il foglio su cui erano registrati i dati relativi alla casa. Si fermò alla scrivania di un uomo all'altro capo della stanza e quando tornò disse: "Abbiamo ricevuto un sacco di lagnanze sullo stato di quelle case. Persino dalla polizia."

"Certo, c'è una sporcizia da far schifo," convenne Alice. "Ma la ripuliremo in men che non si dica."

A questo punto Mary fece un cenno d'assenso, invitandola a proseguire, e si mise a sedere facendo ghirigori mentre Alice parlava.

E parlò. Della casa, di come era fatta, di quanto era solida, delle condizioni in cui si trovava. Disse che a parte qualche tegola mancante, non aveva altri danni. Disse che ci voleva ben poco per renderla abitabile. Parlò della casa di Birmingham e dell'autorizzazione a occuparla, della stamberga di Manchester, già in lista per la demolizione, che era diventata una residenza studentesca ufficialmente riconosciuta.

"Non ho detto che sia impossibile," commentò Mary.

Se ne stava lì a pensare, con la biro che lavorava alla costruzione di una struttura pluricellulare simile a un alveare. Sì, Alice lo sapeva, Mary era proprio in gamba, era dalla loro parte. Anche se non era il suo genere, con quella gonnellina scura e la sua camicetta fresca, e il reggiseno che metteva in risalto il seno modesto dove la balena faceva capriole con la coda verso il cielo, nera sul mare azzurro. Ma la massa soffice di capelli scuri che si arricciavano sulla fronte e le mani bianche e grassocce, davano ad Alice un senso di calore e di sicurezza. Lei sapeva che se fosse dipeso da Mary, tutto sarebbe andato per il verso giusto.

"Aspetta un attimo," disse questa e tornò a consultare il collega. L'uomo lanciò ad Alice una lunga occhiata indagatrice e lei rimase seduta lì tranquilla, a farsi guardare. Non aveva dubbi su quello che l'altro vedeva: una ragazza graziosa, la figlia di sua madre, con i capelli biondi corti e ricciuti pettinati con cura, il viso roseo, spruzzato di lentiggini, gli occhi grigio-azzurri, dallo sguardo aperto. Una ragazza della media borghesia sicura e competente, seduta composta sulla sedia, che sotto la pesante giacca militare portava una camicetta a fiorellini bianchi e rosa.

Mary Williams tornò. "Mercoledì si deciderà il destino di quelle case," annunciò.

"La polizia ci ha dato quattro giorni per sgomberare,"

"Be', non vedo cosa possiamo fare."

"Tutto quello che ci serve è una dichiarazione scritta che il caso verrà discusso. Qualcosa da mostrare alla polizia, ecco tutto."

Mary Williams non fece commenti. Era molto giovane e aveva paura di perdere il lavoro, lo si intuiva dalla posizione del suo corpo e dagli occhi, che evitavano di incontrare quelli di Alice.

Alice intuì che era agitata da un conflitto interno; qualcosa di ben diverso dal disagio di chi è costretto a eseguire un compito sgradevole. Era un fattore personale quello che la tormentava dandole quell'aria proterva, quasi irata, e inducendola ad alzarsi per la terza volta e ad andare di nuovo dal funzionario il cui compito consisteva nel dire sì o no.

"L'unica cosa che potremmo scrivere," tornò a dirle parlando a nome del collega, "è che il caso verrà discusso mercoledì."

Alice ebbe un'ispirazione improvvisa. "Perché non venite a vederla? Tu e...?"

"Bob Hood. È una brava persona. Ma è lui che..."

"Sì, ho capito," disse Alice. "Perché non venite tutti e due a vedere la casa?"

"Sì... credo che Bob le abbia già viste, quelle case, anche

se un po' di tempo fa... già, forse dovremmo tornare a vederle."

Mary si mise a scrivere le parole che avrebbero salvato la casa, Alice ne era sicura. Per tutto il tempo che lei e i suoi compagni ne avessero avuto bisogno. E perché non per sempre? Il pezzo di carta fu infilato in una busta con l'intestazione del Comune che Alice prese.

"Avete il telefono?"

"I fili sono stati strappati." Alice era fortemente tentata di descrivere le condizioni della casa: il cemento nei gabinetti, i cavi elettrici staccati, tutto, ma l'istinto la trattenne. Anche se Mary avrebbe provato rabbia e disgusto, come chiunque altro, all'idea che si potesse danneggiare una casa con tanta determinazione, non bisognava dimenticare che i danni erano stati arrecati per ordine di quello stesso Comune di cui Mary era una dipendente. E Alice sapeva di non dover fare nulla che risvegliasse in lei quella bestia implacabile che era il burocrate.

"Quando telefoni?" chiese.

"Giovedì."

Era il giorno in cui la polizia li avrebbe buttati fuori.

"Sarai in ufficio giovedì?"

"Se non ci sono io, Bob, il mio collega, prenderà la telefonata."

Ma Alice sapeva che con Bob le cose non sarebbero andate così lisce.

"Non ci sono molte alternative," disse Mary Williams. "O demoliscono le case subito, oppure rimandano la demolizione. Non sarebbe la prima volta." Le rivolse un sorriso di complicità e aggiunse: "Buona fortuna."

"Grazie, ci vediamo."

Alice se ne andò. Erano solo le cinque. Era riuscita a concludere la cosa in un'unica giornata. In otto ore, per la precisione.

Tutto era in movimento, in quel tranquillo pomeriggio di primavera, le nuvole color pastello, le foglioline nuove, le distese splendenti dei prati; la sua via, quando vi arrivò, era affollata di bambini, di gatti e di persone che curavano i giardini. Quella scena di benessere periferico e di pace le provocò un empito di violenta derisione, minaccia segreta a tutto quello che vedeva. Eppure anche una corrente di desiderio, di bisogno, fluiva parallela a questo sentimento, del tutto indipendente da esso.

Si fermò sul marciapiede. Dalla cima della casa un getto giallo schizzò sull'immondizia che riempiva il giardino. Oltre la siepe, accanto al punto in cui era ferma, una donna che aveva in mano una cazzuola piena di piantine, le cui radici affondavano in piccole zolle di morbida terra nera, fissava la casa della vergogna. "È disgustoso," disse. "Ma ho telefonato al Comune."

"Oh, no," supplicò Alice, "no, la prego..." Ma vedendo il volto irrigidito e lo sguardo duro della donna soggiunse: "Senta, ci sono appena stata, in Comune. Andrà tutto a posto, stiamo trattando."

"E tutta quell'immondizia, allora," dichiarò non richiesta la donna. Poi voltò le spalle ad Alice e si chinò sull'aiuola di terra fragrante.

Alice arrivò alla porta tutta in tumulto: si identificava appassionatamente con la casa sotto accusa, era carica di rabbia nei confronti del responsabile di qúel getto vagante — forse Jasper — e provava il bisogno impellente di iniziare i lavori di ricostruzione.

Spinse la porta che le resisté. Cieca di rabbia si mise a battere alla porta, gridando: "Come osate, come osate chiudermi fuori!" Con la coda dell'occhio vide che la donna nel giardino vicino si era raddrizzata e stava osservando la scena oltre la siepe ben curata.

La rabbia le sbollì immediatamente. "A lei penserò dopo," si disse. "Bisogna che l'attiri dalla nostra parte." Le rivolse un sorrisetto accomodante e la salutò con un cenno della mano simile allo scodinzolio trepidante di un cagnolino ma la vicina si limitò a fissarla, poi si voltò.

La porta si aprì di colpo e lei si trovò il polso imprigionato tra le dita di Jasper. Sul suo viso c'era un ghigno gelido che – lo sapeva – celava la paura. Paura di chi?

Mentre la trascinava dentro, lei sbottò con un tono di voce che pareva un urlo soffocato, "Non fare l'idiota, lasciami."

"Dove sei stata?"

"Prova a immaginarlo."

"Cosa hai fatto tutto il giorno?"

"Oh, piantala," fece lei, scuotendo il polso per riattivare la circolazione, dopo che lui l'aveva lasciato, vedendo che si erano aperte le porte e che nell'ingresso erano comparsi Jim, Pat, Bert e due ragazze, vestite allo stesso modo con delle larghe tute azzurre e dei golf bianchi di lana soffice, che si erano messe una accanto all'altra e guardavano la scena con aria critica.

"Cerchiamo sempre di tenere la porta sprangata per via della polizia," si affrettò a dire Bert per placarla. Inutile prendersela troppo con lui, pensò Alice, ma insisté: "Stamattina quando siamo arrivati, non era chiusa a chiave. E non mi risulta che la polizia venga a quest'ora." Doveva ben dire qualcosa; ma sapeva di aver esagerato prima, fuori della porta.

I cinque la stavano guardando fisso, con i volti appena illuminati dalla luce fioca della lampada antivento, e lei soggiunse con la sua solita voce gentile: "Sono stata in Comune. È tutto a posto."

"Cosa significa è tutto a posto?" chiese Bert, riprendendo il controllo della situazione.

"Visto che siamo tutti qui, mi piacerebbe parlarne. Subito, possibilmente."

"Nessuna obiezione?" domandò Jasper in tono allegro, ma era dalla sua parte. Alice lo capì e gliene fu grata. I sette entrarono uno dopo l'altro nel soggiorno, ancora invaso dalla luce del giorno.

Alice continuava a lanciare occhiate ansiose alle due ragazze sconosciute. Si erano appollaiate sui braccioli di una vecchia poltrona sdrucita, come se non potessero o non volessero dedicare molto tempo a quella faccenda. Stavano fumando una sigaretta che si passavano l'un l'altra. La prima era una ragazza bionda dal viso delicato, con la coda di cavallo da cui sfuggivano alcune ciocche che le si arricciolavano attorno al viso. L'altra era una ragazza robusta, anzi, una donna, con i capelli ricci e corti spruzzati d'argento. Aveva un viso deciso e lo sguardo franco che teneva fisso su Alice, riservandosi il diritto di giudicarla. Disse: "Questa è Faye, io sono Roberta."

Nell'affermazione era compreso il fatto che fossero una coppia, cosa che Alice aveva già capito.

"Mi chiamo Alice, Alice Mellings."

"Bene, compagna Alice, non si può certo dire che te la prenda comoda. Io, tanto per cominciare, avrei preferito discuterne prima."

"Già," disse Faye, "questo vale anche per me. Io voglio sapere quello che si dice a nome mio." Parlava con un forte accento cockney, tutta allegra e carina, ma Alice capì subito che era finto, che l'aveva adottato come facevano tanti altri. Si presentava come una graziosa popolana che sorrideva a tutti e Alice la scrutò, cercando di capire cosa si nascondesse dietro la finzione.

Questo esame attento inquietò Faye che si spostò sul bracciolo un po' imbronciata. Roberta si intromise rapidamente.

"A che rischi vuoi esporci, compagna Alice?"

"Ah, capisco," disse Alice. "Ve ne state nascoste."

Roberta se ne uscì in un'esclamazione divertita, quasi a riconoscere la perspicacia di Alice, e disse, "Hai ragione. Voglio starmene defilata per un po'."

"Anch'io," disse Faye. "Riscuotiamo il sussidio di disoccupazione a Clapham, ma è meglio non chiederci in che modo. Il silenzio è d'oro," finì scuotendo con grazia la testa.

"E quel che non si sa non fa male," soggiunse Roberta.

"Non fare domande e non avrai in risposta bugie," ribatté Faye.

"Ma la verità è più incredibile della finzione," insisté Roberta.

"Puoi ben dirlo," disse Faye.

Questa scenetta scatenò una risata generale. Pareva un numero da cabaret: la giovane cockney e la sua spalla. Roberta non parlava cockney, ma aveva una voce gradevole e conciliante con un lieve accento del nord. Era proprio sua? No, anche quella era una voce costruita. Forse sul modello di Coronation Street.

"È un'altra delle ragioni per cui non vogliamo che la polizia ci piombi addosso di punto in bianco," disse Bert. "Sono contento che la compagna Alice stia cercando di rendere regolare la situazione. Continua con il tuo rapporto, compagna Alice."

Bert aveva cambiato anche la voce. Alice ci sentiva a tratti un'intonazione affettata, residuo di qualche scuola privata, anche se erano stati fatti molti sforzi con l'intento di renderla rude, una voce da classe operaia. Peccato che ogni tanto Bert si tradisse.

Alice si mise a raccontare. La sua voce risaliva ai tempi della scuola femminile che lei aveva frequentato nella zona nord di Londra, una voce modulata sui toni della BBC, corretta ma insipida. Aveva avuto la tentazione di rivendicare l'accento settentrionale del padre, ma aveva rinunciato, giudicando la cosa disonesta. Non riferì le telefonate alla madre e al padre, ma disse che poteva procurarsi cinquanta sterline in poco tempo. Poi riassunse la visita in Comune, passando mentalmente in rassegna ciò che aveva visto: le espressioni sul viso di Mary Williams, da cui aveva intuito che la casa sarebbe stata loro, e questo grazie a qualche problema personale o a un particolare atteggiamento di Mary. Ma tutto ciò che disse al riguardo, il succo del suo colloquio con Mary, fu solo: "Lei è giusta. È dalla nostra parte. È una brava persona."

"Vuoi dire che hai in mano qualcosa da esibire alla polizia?" chiese Jim. Alice gli porse la busta gialla e lui tirò fuori il foglio che conteneva per esaminarlo. Il destino di Jim era sempre stato deciso da fogli, rapporti, lettere ufficiali, non era difficile intuirlo. Il suo accento cockney era autentico; niente di simulato nel suo caso.

D'un tratto gli chiese: "Sei in libertà vigilata?"

Jim le lanciò un'occhiata prima sorpresa, poi preoccupata, infine amareggiata. Il viso delicato, aperto, infantile si irrigidì e lui disse: "E allora?"

"Niente," disse Alice. Ma nel frattempo un'occhiata a Faye e a Roberta le aveva fatto capire che erano tutte e due in quella situazione. Se non in una peggiore. Sì, forse erano in una situazione peggiore, anzi, lo erano sicuramente. Dovevano essere latitanti.

"Non lo sapevo," disse Bert. "Anch'io lo ero fino a un po' di tempo fa."

"Anch'io," rivendicò subito Jasper, per non restare escluso. Il tono di voce di Jasper era molto vicino a quello dell'ambiente da cui proveniva. Era figlio di un avvocato di una città nei Midlands, fallito quando Jasper era circa a metà del ciclo di studi superiori. Jasper aveva terminato gli studi grazie a una borsa di studio; era molto intelligente ma aveva considerato la borsa di studio come un'elemosina. Traboccava di odio nei confronti del padre, che era stato così stupido da indulgere in investimenti incerti. La sua voce borghese, come quella di Bert, era stata resa più rozza. Quando si trovava con dei proletari poteva sembrare uno di loro e nei momenti di maggiore emotività l'assimilazione diventava totale.

"Si sta facendo buio," osservò Pat. Poi, si alzò, prese un fiammifero e andò ad accendere le due candele che erano sul caminetto in due candelabri di ottone piuttosto belli, anche se incrostati di sporcizia. La luce del giorno si stava ritraendo oltre la finestra, finché rimasero nella pozza di luce gialla e morbida proveniente da un angolo dell'altra stanza, per il resto immersa nell'oscurità.

A questo punto Pat appoggiò il gomito sulla mensola del caminetto, assumendo il controllo della situazione. In quella luce romantica, gli scuri abiti di foggia militare e i robusti stivali neri le davano l'aspetto – doveva saperlo – di un guerrigliero, o di un soldato appartenente a un esercito non meglio identificato. Ma la luce accentuava le linee delicate del suo viso, le mani sottili, tanto da farla assomigliare, invece, all'immagine idealizzata di un soldato su un manifesto per l'arruolamento. O a una soldatessa israeliana, con un libro in una mano e il fucile nell'altra.

"Soldi," disse Pat. "Dobbiamo parlare di soldi." La voce era una normale voce borghese, ma Alice sapeva che non era sempre stata così. Pat ci metteva troppo impegno.

"È giusto," disse Jim. "Sono d'accordo."

Jim era il solo, oltre ad Alice, ad aver conservato la sua intonazione originale, un autentico accento cockney.

"Ci costerà di più," intervenne Bert, "ma in cambio avremo pace e tranquillità."

"Non è detto che venga a costare molto di più," disse Alice. "Tanto per cominciare, spenderemo la metà per mangiare, se non meno. Lo so, l'ho già sperimentato."

"Già," disse Pat. "Anch'io. Comprare piatti pronti o mangiare fuori costa un occhio della testa."

"Alice è bravissima a cucinare spendendo poco," disse Jasper.

Tuttavia, mentre ognuno di quei cinque descriveva la sua posizione, tutti, forse senza accorgersene, lanciavano occhiate continue a Roberta e a Faye. Anzi, per esser precisi, a Faye, che se ne stava lì seduta lasciando vagare lo sguardo dove capitava: sul soffitto, sui suoi piedi, su quelli di Roberta, sul pavimento, tenendo tra le labbra la sigaretta ed emettendo sbuffi di fumo. La mano che era appoggiata al ginocchio tremava. Per la verità pareva che fosse tutta percorsa da un lieve tremito. Eppure sorrideva, ma il suo non era il migliore dei sorrisi.

"Solo un momento, compagni," proruppe. "E se a me piacesse la roba già pronta? Già, perché a me piace la roba già pronta, è questo il fatto. E se volessi mangiar fuori, di tanto in tanto? Be', cosa avreste da dire?"

Scoppiò a ridere e buttò indietro la testa, immedesimandosi nella parte della giovane londinese insolente vista in migliaia di film, come se da essa dipendesse tutta la sua vita. "Faye," disse Roberta, in tono neutrale, per non provocare l'amica. Teneva d'occhio Faye, e non riusciva a fare a meno di lanciarle delle occhiatine nervose.

"Oh cazzo," disse Faye, esasperando ulteriormente il suo personaggio perché, come era evidente, aveva paura di lasciarsi travolgere dall'ira. "Secondo lui ieri andava tutto benone e oggi eccoci qua. Non mi piace che mi organizzino la vita, chiaro?"

"Una ragazza che sa quello che vuole," osservò Bert in tono freddo e scostante, ma sorridendo, come se avesse scherzato. Non poteva soffrire Faye e, a quanto pareva, non gli importava niente che lo si capisse.

Pat cercò di rimediare con una battuta: "Be', se non vuoi partecipare, lascia perdere, offriamo noi!" Il tutto fu detto senza rancore e Pat scoppiò perfino a ridere, sperando che Faye la imitasse, ma questa alzò di scatto la testa. Il suo viso parve accartocciarsi perdendo ogni bellezza: le labbra si strinsero al punto da diventare bianche. La mano che teneva la sigaretta tremava con tale violenza che la cenere si sparse tutt'intorno.

"Aspettate un momento," disse Roberta. "Non perdiamo la calma." L'invito era rivolto apparentemente ai cinque che avevano lo sguardo puntato su Faye, ma questa sapeva che in realtà era indirizzato a lei. Si sforzò di sorridere.

"Si è detto niente sulle modalità di pagamento?" chiese Roberta.

"No, ma si può fare in parecchi modi," disse Alice. "Per esempio a Birmingham c'era una somma fissa per tutta la casa, che serviva a coprire le tasse. Luce e gas venivano pagati a parte."

"La luce," disse Faye. "E chi vuole pagare la luce?"

"O non la si paga per niente, o si paga solo la prima bolletta," fece Jasper. "Lasciate fare ad Alice, se la cava a meraviglia in questo tipo di cose."

"L'abbiamo visto, cosa sa fare," disse Faye.

"Sentite," intervenne Pat, "perché non rimandiamo la discussione a quando sapremo qualcosa? Se stabiliscono una cifra per l'affitto e per le tasse e la caricano sul nostro sussidio di disoccupazione la cosa potrebbe andare bene per alcuni e non per altri. Io, da parte mia, non ho obiezioni."

"Io sì, invece," disse Faye, dolce ma violenta.

"E anch'io," ripeté Roberta. "Non voglio figurare ufficialmente come residente in questa casa. E nemmeno Faye."

"No, Faye non lo vuole di sicuro," disse Faye. "Ieri ero libera come l'aria, andavo e venivo. Non *abitavo* qui, ci passavo e basta, e ora d'un tratto..."

"D'accordo," disse Bert, esasperato. "Se non vuoi essere dei nostri, lasciamo perdere."

"Mi stai dicendo di andarmene?" disse Faye con una risata stridula e di nuovo sembrò che il viso le si accartocciasse, rivelando un'altra Faye, una Faye pallida, orribile, violenta, prigioniera riluttante della cockney graziosa.

Jim fece una risata ostile e disse: "A me è stato detto di andarmene. E perché non a Faye e Roberta, allora?"

Faye rivolse la sua esangue ferocia verso Jim, ma Roberta si intromise in fretta. "Nessuno se ne va. Nessuno," proruppe con gli occhi fissi su Jim. "Ma dobbiamo essere tutti molto chiari su quello che vogliamo o non vogliamo fare. Dobbiamo dirlo con chiarezza e *ora.* Se viene fissata una somma complessiva a titolo di pagamento per questa casa, allora ci metteremo a discutere su chi deve contribuire e quanto. Se invece vengono stabiliti degli importi individuali detraibili dal sussidio di disoccupazione di ciascuno, allora la mia risposta è no. No e no." Il tono era rimasto gentile, ma non più di tanto.

"Io non ho nessuna intenzione di contribuire," obiettò Faye. "E perché dovrei? A me andava bene com'era prima."

"Io andrei cauto con le affermazioni di questo genere," intervenne Bert. "Di' che tutt'al più ti sei adattata."

A un tratto tutti si resero conto del perché avevano tenuto d'occhio Faye con tanto nervosismo, Faye, che aveva dominato la situazione.

Sedeva eretta a cavalcioni del bracciolo della sedia, con gli occhi fiammeggianti, percorsa da un tremito. "Maledetti schifosi," proruppe con una voce che non aveva niente a che vedere con l'immagine della cockney graziosa. "Troie di nazisti che non siete altro, lurida feccia, a chi credete di dare ordini?" La voce usciva dai recessi più segreti di Faye e pareva quasi che le fosse stata strappata a forza. Era una voce aspra, rauca, che usciva a stento, come se le parole stesse fossero state una conquista difficile e ora potessero solo essere pronunciate con fatica, dopo aver superato chissà quali ostacoli nella mente e nella lingua. Che accento era quello? Da dove veniva? La guardavano con occhi sbarrati, ammutoliti. E Roberta, cingendo con un gesto rapido le spalle tremanti dell'amica, disse piano: "Faye, Faye tesoro, Faye, Faye," finché la ragazza rabbrividì e parve afflosciarsi, poi le crollò tra le braccia.

Una pausa.

"Qual è il problema?" chiese Bert, che non voleva attribuirsi la responsabilità di avere evocato l'altra personalità di Faye. O le sue altre personalità forse? "Se Faye non vuole contribuire, d'accordo. La somma che fissano di solito è molto bassa, almeno per le case occupate. E ci saranno altri che prenderanno il posto dei compagni che se ne sono andati ieri. Dovremo assicurarci che capiscano l'accordo con il Comune."

Faye, seminascosta tra le braccia di Roberta, cercò per un attimo di reagire, divincolandosi, ma poi si riafflosciò.

Alice disse: "Se non risistemiamo questo posto, dovremo andarcene comunque," disse Alice. "Possiamo farlo abbastanza facilmente, ma per tenerlo pulito abbiamo bisogno dell'intervento del Comune. Ci sono state molte proteste. La donna della porta accanto ha detto che si è lamentata..."

"Joan Robbins," intervenne Faye. "Quella schifosa vacca fascista. La ammazzo, quella." Aveva ripreso a parlare con l'accento cockney, non con l'altra voce, quella vera. Si tirò su a sedere, si liberò dall'abbraccio sollecito di Roberta, e si accese un'altra sigaretta, senza guardare gli altri.

"No, non lo farai," disse Roberta, piano. Riaffermò i propri diritti su Faye mettendole di nuovo il braccio attorno alle spalle. L'altra si sottomise, con una piccola mossa impertinente del capo e con un sorriso.

"Be', è *veramente* disgustoso," disse Alice.

"Andava tutto bene finché non sei arrivata tu," disse Jim. Non era una rimostranza o un'accusa, piuttosto una domanda. In realtà quello che voleva dire era: com'è che tutto è così facile per te, e così impossibile per me?

"Non preoccuparti," disse Alice, rivolgendogli un sorriso.

"Quando avremo riordinato questo posto, saremo uguali a chiunque altro, in questa strada, e vedrai che dopo un po' nessuno farà più caso a noi."

"Se vuoi buttare via i tuoi soldi..." osservò Faye.

"Dobbiamo assolutamente pagare almeno la prima bolletta della luce e del gas. Sempre che convinciamo quella gente a riprendere la fornitura," disse Bert.

"Ce la faremo," insisté Alice, e Pat aggiunse: "Ci sono ancora i contatori."

"Sì, si sono dimenticati di toglierli," disse Jim.

"E con cosa pagheremo?" chiese Faye. "L'unica cosa che abbiamo è il sussidio di disoccupazione, no?"

Si fece silenzio. Alice sapeva che pagando un affitto molto basso avrebbero avuto un sacco di soldi. Sempre che li avessero usati con buon senso, cioè. Nel periodo in cui lei e Jasper avevano vissuto con sua madre, visto che non avevano spese, avevano potuto contare su ottanta sterline alla settimana, a tanto ammontavano i loro due sussidi. Ma non avevano risparmiato niente, perché Jasper non solo dilapidava il suo, ma veniva di continuo a batter cassa. Per il Partito, diceva – o per qualunque altra causa stessero lottando in quel momento. Ma lei sapeva che un bel po' di quattrini se ne andava in quello che lei definiva tra sé, con disgusto, "la sua vita emotiva".

Sapeva anche che nelle comunità come la loro c'era chi pagava e chi no, e che non si poteva farci niente. Sapeva che Pat avrebbe pagato e che avrebbe fatto pagare Bert... finché fosse rimasta lì, almeno. Le due ragazze, invece, non avrebbero sborsato una lira. Quanto a Jim... be', bisognava aspettare.

"C'è qualcosa che possiamo fare subito," disse. E Roberta scoppiò a ridere. Era una risata ben orchestrata, fatta apposta per essere notata. "Li hanno riempiti di cemento," comunicò Faye.

"È successo lo stesso anche in un'altra casa dove sono stata. Non è difficile, ma abbiamo bisogno di arnesi."

"Vuoi farlo stasera?" chiese Pat. Sembrava interessata, ammirata suo malgrado.

"Perché no? Dobbiamo pur cominciare," disse Alice, decisa. La sua voce echeggiava l'intensità del desiderio. Tutti la sentirono, la riconobbero e cedettero. "Sarà molto più facile di quanto crediate. Ho dato un'occhiata ai gabinetti. Se avessero riempito di cemento i serbatoi sarebbe stato peggio, probabilmente si sarebbero spaccati, ma non è difficile estrarlo dalle tazze."

"Gli operai hanno bloccato col cemento anche il rubinetto della conduttura principale," disse Bert.

"È illegale," osservò Alice, amara. "Se lo sapessero quelli dell'Acqua potabile. Ci sono degli arnesi in casa?"

"No," disse Bert.

"Hai detto che hai un amico qui vicino? Forse lui li ha."

"È un'amica. Felicity. Il suo ragazzo li ha, ma è roba che va a elettricità. Lui ci lavora, con quelli."

"Potremmo pagarlo. Potrebbe anche rimettere in funzione l'impianto elettrico."

"E con cosa lo pagherai?" disse Faye canticchiando. "Con cosa lo pagheremo, cara Alice, con che cosa?"

"Andrò a farmi dare le cinquanta sterline," rispose Alice. "Tu vai a trovare il tuo amico." Era già alla porta. "Digli che deve riparare l'impianto idraulico e quello elettrico. Ma prima l'impianto idraulico. Se ha un grosso scalpello e un martello pesante possiamo cominciare con il gabinetto dell'ingresso. Quello di cui abbiamo proprio bisogno è un martello kango. Torno tra un attimo," esclamò, e sentì Jasper che le gridava: "Porta qualcosa da mangiare, sto morendo di fame."

Volando sulle ali del successo, Alice corse a prendere la metropolitana e sul treno si mise a pensare alla casa, immaginandosela pulita e in ordine. Fece la strada di corsa fino da Theresa. Solo quando sentì la voce di Anthony si rammentò che Theresa avrebbe fatto tardi.

"Anthony," disse nel citofono. "Sono Alice."

"Entra pure."

La voce di Anthony, calda, misurata, così sexy, le ricordò i nemici con cui doveva misurarsi, e quando arrivò alla loro porta aveva stampata sul viso la sua espressione da battaglia.

"Oh, Alice, entra," disse Anthony falsamente cordiale. Tra i due era Theresa a esserle amica.

Lei entrò, sapendo di non essere ben accetta. Anthony indossava la vestaglia, e aveva in mano un libro. Una serata in libertà, ecco cosa si era ripromesso, pensò lei. Be', può ben dedicarmi dieci minuti.

"Siediti. Vuoi qualcosa da bere?

"No, Anthony, non bevo mai," disse lei, e partì subito decisa. "Theresa stamane mi ha detto che potevate darmi cinquanta sterline."

"Ora non c'è. Ha una riunione."

"Non puoi darmele tu? Ne ho urgente bisogno." Parlò in tono implacabile, come se stesse formulando un'accusa, e l'uomo guardò attentamente quella ragazza, che se ne stava in piedi in mezzo al suo soggiorno, vestita con abiti che richiamavano l'abbigliamento militare, col viso gonfio di lacrime e di ostilità.

"Non ho cinquanta sterline," disse lui.

È una bugia, pensò Alice, e lo guardò con una carica tale di odio che lui mormorò: "Mia cara Alice, accomodati, su. Prenderò io qualcosa da bere anche se tu non vuoi niente." Stava cercando di sdrammatizzare la situazione, ma lei non intendeva dargliela vinta. Rimase in piedi a guardare mentre quell'omone robusto e scuro si girava a versarsi del whisky da una caraffa. Le era capitato spesso di pensare a lui e alla sua amica Theresa, di notte, nudi, a letto insieme, e ogni volta le era venuta la nausea.

Sapeva da sua madre che la vita sessuale dei due era vivace, variata e tempestosa, nonostante la cerimoniosa cortesia di Anthony e i bisbigli affettuosi e i sorrisi di Theresa. Cara Alice, Alice tesoro. Ma *di notte*... Provò un urto di vomito.

E come le accadeva da piccola, pensò alla loro età! Guardando l'ampia schiena dell'uomo, la grossa seta grigia, la sua testa liscia e scura come l'olio, una testa piccola per quel corpaccione, pensò che avevano fatto all'amore per tutta la notte e per ogni notte in tutti quegli anni.

Si girò verso di lei con un movimento rapido, col bicchiere in mano, deciso sul da farsi. "Telefonerò a Theresa," disse. "Se non è in riunione..." E si diresse rapidamente e inesorabilmente al telefono.

Alice dette un'occhiata in giro alla stanza grande e lussuosa. Prenderò uno di quei piccoli *netsuke*, pensò, e me la batterò. Daranno la colpa alla cameriera spagnola. Ma proprio in quel momento lui tornò e disse: "A quanto pare ha finito. Sta tornando a casa. Bene, preparerò qualcosa da mangiare. Theresa è troppo stanca per cucinare dopo una riunione. Scusami." Le parve che fosse ben felice di squagliarsela, ma mentre lui spariva in cucina, la porta si aprì. Era Theresa. Per un attimo Alice non la riconobbe, era una stanca donna di mezza età quella che aveva davanti, poi pensò, che aria esausta!

Theresa se ne stava in piedi appesantita, col viso tirato, e quando si tolse gli occhiali scuri gli occhi presero a sbattere, inquieti.

"Oh, Alice," esclamò e si diresse rapida alla sedia vicino alle bottiglie, dove si accasciò. Si versò armeggiando da bere e rimase a sedere stringendosi il bicchiere al petto e respirando lentamente. Aveva gli occhi chiusi. "Un minuto solo, Alice, solo un minuto, Alice cara," e quando Anthony entrò e le si avvicinò rapido per baciarla, lei alzò la guancia alle labbra di lui senza aprire gli occhi e disse: "Grazie a Dio abbiamo finito presto. Un'altra sera fino alle undici e sarei rovinata."

Lui le posò la mano sulla spalla e gliela strinse. Lei sorrise, mandandogli dei baci piccoli, sempre tenendo gli occhi chiusi, e lui tornò in cucina, dicendo: "Ho preparato una minestra e un'insalata."

"Oh, Anthony, tesoro," disse Theresa, "grazie. Una minestra... è proprio quello che mi ci vuole."

Alice provò un dolore freddo e tagliente. Era la gelosia, anche se lei non sapeva di cosa si trattasse, ma per liberarsi di quella scena, per liberarsi di loro, si affrettò a dire: "Hai detto che potevi darmi cinquanta sterline. Posso averle adesso, Theresa?"

"Penso di sì, tesoro," disse l'amica in tono vago. E in un batter d'occhio si alzò, aprì la sua elegante borsetta e guardò all'interno. "Cinquanta," disse, "cinquanta, bene, le ho? Sì, ci siamo per un pelo..." E tirò fuori cinque banconote da dieci sterline che porse ad Alice.

"Grazie." Alice avrebbe voluto andarsene subito, ma temeva di essere scortese; era colma di affetto per Theresa, che sembrava così stanca, sfinita, che era sempre stata così buona con lei. "Tu sei la mia zietta preferita, la migliore zia del mondo," disse con lo stesso sorriso impacciato, di quando, da piccola, avevano fatto questo gioco.

Theresa aveva ormai gli occhi aperti e li fissò dritti in quelli di Alice. "Alice," disse, "Alice cara..." Sospirò. Si tirò su a sedere, lisciò la gonna rosso scuro. Alzò una mano per accomodarsi i capelli scuri e soffici. Tinti, *naturalmente*. "La tua povera mamma," disse Theresa. "Mi ha telefonato stamattina. Era così sconvolta."

"Già," proruppe Alice. "Lei era sconvolta."

Theresa sospirò. "Alice, perché continui a stare con lui, Jasper? perché... no, aspetta, non scappare. Sei così carina e simpatica, sei il mio amore..." a questo punto parve offrirle il viso, quel suo viso così gentile come per farselo baciare. "Sei una ragazza così buona, Alice, perché non ti scegli qualcuno... è ora che tu abbia un rapporto vero," concluse con un certo imbarazzo provocato dall'espressione fredda e piena di disprezzo di Alice.

"Io voglio bene a Jasper," disse questa. "Gli voglio bene. Tu non puoi capire perché. A me non importa... quello che importa a te. L'amore non è solo *sesso*. Questo è quello che credi tu, lo so..."

Ma i lunghi anni di affetto, d'amore, le paralizzavano la lingua e lei sentì le lacrime che le scorrevano lungo le guance.

"Oh, Theresa," proruppe, "grazie, grazie. Verrò presto a trovarti. Davvero. Ora devo andare, mi aspettano..." Si precipitò all'uscita singhiozzando forte e uscì sbattendo la porta dietro di sé. Corse giù per le scale a passi pesanti, con le lacrime che le schizzavano via, e sbucò nella strada, dove si ricordò delle banconote che aveva in mano e del pericolo che volassero via o che le fossero rubate. Se le infilò con cura nella tasca della giacca e si diresse a passo svelto, ormai sicura, verso la metropolitana.

Intanto, nel bell'appartamento, stavano discutendo di Alice. Anthony continuava ad avere uno sguardo perplesso e divertito e interrogativo, finché Theresa reagì domandandogli: "Cosa c'è, amore mio?"

"Che tipo, quella ragazza," disse lui, e l'antipatia che provava per Alice gli echeggiò nella voce.

"Sì, sì, lo so..." disse lei, irritata. La stanchezza cominciava a farsi sentire.

"A proposito di ragazza, quanti anni ha ormai?"

Lei si strinse nelle spalle; non voleva pensarci, ma era ugualmente incuriosita. "Hai ragione," disse poi. "Si finisce per dimenticarlo."

"Ne ha quasi quaranta, no?" insisté Anthony.

"Oh no, è impossibile!"

Una pausa, mentre tra loro si alzava il fumo dalla scodella di minestra che lui le aveva portato, appoggiandola sul tavolino accanto a lei. Attraverso il vapore, si guardarono.

"Trentacinque, no, trentasei," disse lei alla fine, decisa.

"Arresto di crescita," disse Anthony in tono deciso, insistendo sul suo diritto di trovare antipatica Alice.

"Oh sì, forse sì, ma Alice, be', è una cara ragazza... una ragazza così dolce."

Nella stradina di Alice le case erano piene di luci e di persone, e i bordi dei marciapiedi erano zeppi di automobili parcheggiate da tutti coloro che erano tornati dal lavoro. La sua casa si profilava in fondo, scura, imponente, silenziosa, misteriosa, delineata dalle luci e dal frastuono della strada principale, più avanti. Quando arrivò al cancello vide tre figure che stavano per entrare nell'ingresso buio. Jasper, Bert. E la terza? Alice si avvicinò di corsa e Jasper e Bert si voltarono di scatto come per affrontare un eventuale pericolo. Quando la videro, dissero al ragazzo che era con loro: "Philip, è tutto a posto, questa è Alice. La compagna Alice, te ne abbiamo parlato." Erano ormai nell'ingresso e Alice si accorse che quello non era un ragazzo, ma un giovane pallido e smilzo, con grandi occhi azzurri che sbucavano tra le ciocche di capelli chiari e lucidi che parevano riflettere tutta la luce, ben poca, in verità, proveniente dalla lampada antivento. La sua prima reazione fu, ma è malato, non è abbastanza forte! Aveva capito infatti che quello era il suo salvatore, l'uomo che avrebbe dovuto risistemare la casa.

Mettendosi di fronte a lei, con una caparbietà che, non la sfuggiva, era l'effetto dello sforzo, delle lotte contro le difficoltà, Philip le disse: "Devo farmi pagare, però. Non posso lavorare per niente."

"Ti darò cinquanta sterline," disse Alice, e notò che Jasper faceva un piccolo movimento involontario verso di lei, segno che era pronto anche a portarle via quei soldi, se non fosse stata attenta.

Con lo stesso tono di voce basso ma deciso Philip proseguì: "Voglio vedere prima il lavoro. Devo calcolare i costi."

Lei sapeva che l'avevano imbrogliato spesso sui pagamenti. Sembrava quasi che se lo volesse, con quella sua aria da orfano coraggioso! E lei, in tono materno e fiero, gli disse: "Non vogliamo favori, questo è un lavoro."

"Con cinquanta sterline puoi aspettarti solo di far chiudere la tana di un topo, di questi tempi," disse Bert in tono brutalmente allegro e lei vide brillare le labbra rosse tra il cespuglio nero che gli copriva il viso. Jasper soffocò un risolino.

Quella momentanea complicità tra i due le piaceva. Aveva anche pensato, mentre si precipitava a casa, che se alla fin fine fosse risultato che Bert era uno di quegli uomini a cui Jasper si legava come un fratello minore – e non sarebbe stata la prima volta – rivelando un bisogno così famelico da farle male al cuore, be', voleva dire che per un po' avrebbe smesso di imbarcarsi nelle sue avventure. Queste la sgomentavano sempre, non per gelosia – era un punto su cui insisteva con particolare foga sia parlando tra sé che agli altri – ma perché aveva paura che un giorno o l'altro avrebbero potuto anche finire male. Era già successo che qualcuno dei tizi in cui Jasper si imbatteva durante queste sue spedizioni in un mondo di cui qualche volta le parlava stringendole il polso in una morsa sempre più forte e chinandosi per spiarle in viso qualche segno di debolezza, fosse piombato in una delle case occupate dove aveva trovato lei ad accoglierlo, gentile e bendisposta come una sorella.

"Jasper? Tornerà stasera. Vuoi aspettarlo?" Ma lui se ne andava. Ma quando c'era in giro un uomo come Bert, a cui Jasper poteva legarsi, allora le sue scorribande cessavano. Andare a battere, dicevano nel loro gergo. "Sei andato a battere ieri sera, Jasper? Fa' attenzione, è già abbastanza difficile così, con la polizia che ci sta al pelo per ragioni politiche."

Questa era la presa che lei aveva su di lui, l'arma che poteva usare. E lui rispondeva in tono fiero, cameratesco: "Hai ragione, Alice. Ma me la so cavare." E le lanciava magari uno di quei suoi sorrisi improvvisi, autentici, abbastanza rari, quasi a dirle: "Siamo alleati in una guerra disperata."

Alice sorrise brevemente a Jasper e a Bert, e rivolse la sua attenzione a Philip. "La cosa più importante," disse, "sono i gabinetti. Te li faccio vedere."

Lo portò nel gabinetto da basso, tenendo alta la lampada mentre stavano fermi sulla soglia. Dal giorno in cui gli operai del Comune avevano versato il cemento nella tazza del gabinetto, la stanzetta era stata abbandonata. Era piena di polvere, ma niente di più.

"Che bastardi," esclamò lei con il pianto nella voce.

Lui se ne stava lì in piedi, incerto, e lei capì che la decisione toccava a lei.

"Ci serve un martello kango," disse lei. "Ce l'hai?"

Capì che non sapeva nemmeno cosa fosse. "Sai, come quello che usano gli operai per rompere il cemento nelle strade, solo più piccolo."

"Forse conosco qualcuno che ce l'ha," disse lui.

"Puoi procurartelo per questa sera?" gli domandò.

Era quello il momento, ne era consapevole, in cui lui avrebbe potuto andarsene, abbandonarla, oppresso — come ora si sentiva lei — dal peso di quella casa rovinata dai vandali; ma Alice sapeva anche che se solo avesse cominciato... Si affrettò a dirgli: "Mi sono già trovata in questa situazione un'altra volta. So come si fa. Non è così difficile come sembra." E mentre lui se ne stava lì in piedi, in un atteggiamento riluttante e suscettibile, espressione del fatto che, ancora una volta, si sentiva sfruttato, lei incalzò: "Farò in modo che tu non ci perda. È questo che temi, lo so. Te lo prometto." Stavano l'uno accanto all'altro sulla soglia della minuscola stanza. Lui la guardò fisso dalla distanza di pochi centimetri stabilita dalla loro improvvisa intimità, vide in quel viso deciso e rassicurante quello di una sorella maggiore imperiosa ma gentile e d'un tratto sorrise, un sorriso dolce e innocente, e le disse: "Ora vado a casa, telefono al mio amico, gli chiedo se ha un martello kango, poi mi faccio dare la macchina di Felicity..." La stava provocando con l'elenco di tutte quelle incombenze.

"Sì," disse lei. "Va', ti prego."

Lui annuì, e un attimo dopo era già uscito dalla porta d'ingresso. Quando lei tornò nel soggiorno dove Jasper e Bert erano in attesa — lo si vedeva da come stavano seduti, passivi e fiduciosi — del suo solito miracolo, lei proclamò, decisa: "È andato a prendere gli arnesi. Tornerà."

Era certa che l'avrebbe rivisto e infatti un'ora dopo era già lì, con la borsa degli arnesi, il martello kango, la batteria, le luci, tutto.

Il cemento nella tazza, vecchio di anni, si staccava dai lati, tanto che non ci volle molto a romperlo. Dopo poco il gabinetto, graffiato e scolorito, era in grado di funzionare. Se l'acqua scorreva ancora, beninteso. Ma anche il rubinetto centrale dell'acqua era bloccato dal cemento. Delicatamente, con grande attenzione, Philip ruppe l'involucro con il suo trapano sobbalzante e rumoroso e il rubinetto riemerse, scintillante come se fosse nuovo. Philip e Alice, ridenti e trionfanti, se ne stavano lì l'uno accanto all'altra, a osservare il rubinetto rinato.

"Vado a controllare che tutti i rubinetti siano chiusi, ma ne lascerò uno aperto," disse lei piano, perché voleva esserne sicura prima di annunciare la vittoria a quelli che attendevano, intenti a parlare di politica, nel soggiorno. Fece il giro di tutta la casa, controllando i rubinetti a uno a uno, e tornò giù di corsa. "Dopo quattro anni, se non c'è una bolla d'aria..." si rivolse a Philip, quasi implorante. Lui aprì il rubinetto centrale e subito i tubi cominciarono a gorgogliare e a pulsare e lei disse: "Meno male. Sono vivi." Philip andò a controllare i serbatoi, mentre lei restava nell'ingresso, con le guance inondate da lacrime di gratitudine.

Un paio d'ore dopo, l'acqua aveva ripreso a scorrere, i tre gabinetti erano stati liberati e nell'ingresso c'era un gruppo di residenti increduli e festanti che, tornati da varie zone di Londra, avevano appreso quello che stava succedendo e che, nel complesso, rifiutavano di crederci. Per la vergogna, sperava Alice.

"Ma avremmo potuto farlo prima," disse Jim. "Perché non ci abbiamo pensato?" Pieno di rammarico, incredulo, felice, continuò: "Porterò giù i secchi, dobbiamo sbarazzarci di..."

"Aspetta," strillò Alice. "No, uno alla volta, non tutti insieme, altrimenti intaseremo la conduttura, chissà da quanti anni è che è bloccata. Una volta è successo a Birmingham, abbiamo buttato dentro troppo tutto assieme; c'era un tubo crepato da qualche parte e il giorno dopo abbiamo dovuto andarcene. E pensare che eravamo appena arrivati." In pieno controllo della situazione e di se stessa, Alice se ne stava in piedi sul primo gradino delle scale, stanca morta, sporca, coperta di sudiciume e tutta grigia per la polvere di cemento che le si era depositata sui capelli rendendo anch'essi completamente grigi. Tutti la festeggiavano con sincerità, appena inquinata da qualche bonaria presa in giro. E con una nota di allarme che lei non sentì, o a cui non fece caso.

"Philip," stava dicendo, "Philip, l'acqua c'è, pensiamo alla luce." Senza rispondere, Philip la guardava con aria dolce e decisa, quel ragazzo fragile – no, quell'uomo, perché aveva venticinque anni, lo aveva saputo tra le molte altre cose che aveva saputo di lui – e improvvisamente si zittirono tutti perché mentre lei e Philip lavoravano, avevano discusso il costo di tutte quelle riparazioni e quanto ognuno di loro intendeva contribuire.

"Se aveste chiamato l'idraulico, sapete quello che avreste dovuto sborsare?" domandò Philip.

"Duecento sterline circa," azzardò Pat, che, senza interferire in quella operazione delicata – Alice, Philip e la casa – vi aveva partecipato più degli altri, seguendo i vari stadi dei lavori nel loro svolgimento, facendo commenti e raccontando quello che anche lei aveva fatto in uno o nell'altro posto.

Alice tirò fuori di tasca le cinquanta sterline e le diede a Philip.

"Prenderò il mio sussidio dopodomani," disse lei. Lui rimase lì in piedi a rigirarsi le banconote tra le dita, pensando, lei lo sapeva, che quella era una situazione in cui si era già trovato più volte. Poi alzò gli occhi, le sorrise e disse, conciso: "Verrò domani mattina. L'elettricità devo sistemarla di giorno."

E se ne andò, accompagnato non dall'amico Bert, che lo aveva portato lì, ma da Alice, che lo scortò fino al cancello, passando attraverso i mucchi di immondizie maleodoranti.

Sorridendole in quel suo modo dolce e doloroso, che già le spezzava il cuore, le disse: "Be', almeno questa volta siete dei compagni." E si incamminò per la strada dove le case si ergevano ora più scure, perché gli abitanti erano tutti a letto. Era l'una passata.

Lei tornò nell'ingresso deserto, e sentì scorrere l'acqua nel gabinetto. Trattenne il respiro, immobilizzandosi e pensò *I tubi...* ma sembrava che tutto fosse a posto. Jasper uscì e le disse: "Vado a dormire."

"Dove?"

Era un momento delicato. In casa di sua madre Jasper aveva avuto una stanza tutta per sé, quella di suo fratello, nella quale si raggomitolava come un riccio, difendendo il proprio diritto di starsene solo di notte. Lei, la ragazza di casa, era tornata a occupare la camera che aveva sempre avuto. Non le importava, diceva, conoscere i suoi sentimenti; ma quello che le importava, e molto, era quello che potevano pensare gli altri, non di lei, ma di Jasper. Ma ora erano soli e potevano prendere insieme una decisione. Lui la stava fissando con lo sguardo *sottomesso* che aveva sempre quando si sentiva minacciato.

In quel momento arrivò Pat che, rivolta loro, disse: "La

stanza accanto alla nostra è vuota. Forse ha bisogno di essere un po' ripulita, i due che ci vivevano non erano..."

Nel grande ingresso scuro, illuminato solo dal cerchio di luce della lampada antivento, i tre se ne stavano lì e le due donne guardavano Jasper, Alice sapendo il perché, ma Pat ancora ignorandolo. Alice sapeva che Pat, che era svelta e acuta, avrebbe capito tutto in un baleno... e d'un tratto Pat osservò: "Be', in ogni caso è la migliore stanza che ci sia..." Aveva afferrato tutto in un attimo, Alice lo sapeva, ma forse Jasper non lo aveva ancora capito, perché disse in tono allegro: "Bene, Alice, andiamo."

Mentre salivano in silenzio, Pat osservò: "Alice, non credere che non ci siamo accorti che sei una donna in gamba!" E scoppiò a ridere. Alice, totalmente indifferente, seguì Jasper all'interno della grande stanza vuota. Lo zaino di Jasper era stato disfatto, il suo sacco a pelo era appoggiato per benino alla parete di destra, in fondo, alla stanza, il più lontano possibile. "Vado a prendere la mia roba," disse Alice e restò ad aspettare che lui la ripudiasse ma lui rimase fermo, voltandole la schiena, senza dire nulla. Lei corse giù nell'ingresso, sperando che Pat non ci fosse, e invece la trovò lì, che se ne stava in piedi, come se avesse previsto che Alice sarebbe scesa, con l'intenzione di fare quello che fece davvero: mosse un passo avanti, abbracciò Alice e accostò la guancia rosea e liscia alla sua. Conforto. Rassicurazione cameratesca. E anche compassione, pensò Alice, desiderando di poter proclamare a voce alta: "Ma a me *non importa,* capisci?"

"Grazie," disse invece a Pat, rapida e imbarazzata, e Pat rispose con uno sbotto di risa e la salutò con la mano tornando nel soggiorno dove – naturalmente – i compagni stavano parlando di lei, di Jasper e dell'esplosione di ordine che aveva sconvolto la loro vita.

Su nella stanza era buio, ad eccezione di una vaga luminosità proveniente dal cielo e dal traffico. Alice distese il sacco a pelo sul fondo sottile di gommapiuma e poco dopo era anche lei sdraiata sulla schiena, sul suo giaciglio appoggiato alla parete opposta a quella di Jasper, che se ne stava tutto raggomitolato come al solito, chiuso in una solitudine fiera. Non dormiva ancora, ma si addormentò presto. Alice se ne accorse dal rilassarsi del suo corpo, che giaceva abbandonato come se fosse stato buttato dalle onde su una spiaggia.

Troppo stanca per dormire, tese l'orecchio a cogliere i rumori degli altri che andavano a letto. Buonanotte, buonanotte, sul pianerottolo e nel corridoio che partiva di lì. Roberta e Faye in una stanza. Jim in un'altra. E nella stanza accanto alla sua Pat e Bert. Oh no, questo no, non voleva subire quello che sarebbe successo. Ma tutto accadde come previsto, i versi, i bisbigli, i movimenti e i mugolii, proprio dall'altra parte del muro, accanto al suo orecchio. Era troppo. Era quello l'amore, la cosa di cui, secondo gli altri, lei era una stupida a privarsi. Che peccato, dicevano. Anche Theresa e Anthony lo facevano ogni notte e tutta la notte, così diceva sua madre: anni e anni di matrimonio, passati a gemere, ansimare e mugolare e soprattutto a desiderare di farlo. Alice se ne stava lì rigida come un palo, fissando il soffitto in ombra dove le luci dei fari si inseguivano fuggendo, con le orecchie aggredite e la mente stravolta. Si costrinse a pensare: Domani, domani sistemeremo il problema della luce... *Soldi.* Aveva bisogno di soldi. Ma dove trovarli? Ci sarebbe riuscita. Non poteva imbrogliare Philip...

Il povero Philip, che era stato licenziato dalla ditta di costruzioni per cui lavorava sei mesi prima — il primo a essere licenziato, e Alice sapeva perché, tutta colpa della sua struttura. Che sega, avrebbe pensato qualunque datore di lavoro... e lui si era messo in proprio. Ora faceva l'imbianchino e il muratore. Possedeva due scale lunghe, una scala corta, un trespolo (ma gliene sarebbe servito un altro), pennelli, alcuni arnesi, e quelli che gli mancavano poteva farseli prestare da un amico. Aveva avuto l'incarico di imbiancare una casa, nonostante il suo aspetto delicato o forse proprio per quello; era stato pagato solo a metà, con la scusa che non aveva fatto un buon lavoro. Lui sapeva che non avrebbe mai preso il resto; per averlo, avrebbe dovuto rivolgersi a un avvocato e non poteva permetterselo. Aveva il sussidio di disoccupazione. Era convinto che gli avrebbero dato da imbiancare un pub a Neasden. Diceva di esserne sicuro, ma Alice sapeva che in realtà non ci credeva molto. Viveva con Felicity, forse la sua ragazza, nell'appartamento di lei, due strade più in là. Non si poteva non pagarlo.

I rumori dall'altra parte del muro, che parevano cessati, ricominciarono con nuova intensità. Alice trascinò il sacco a pelo contro la parete opposta il più silenziosamente possibile per paura di svegliare Jasper che avrebbe considerato un'intrusione il fatto che lei gli stesse così vicina. E naturalmente, proprio quando si stava sistemando, lui si tirò su e la guardò torvo, digrignando i denti. "Hai invaso il mio *spazio,*" disse. "Sai benissimo che ognuno di noi deve restare all'interno del suo *spazio.*"

"Non mi piace quella parete," ribatté lei. Non era la prima volta che si trovavano in una situazione del genere ed era superfluo che gli desse delle spiegazioni. Appoggiato sul gomito, col viso distorto dall'ira e dal disgusto, Jasper rimase ad ascoltare i suoni che arrivavano chiari anche lì dove si trovava lui; poi tornò a sdraiarsi, rigido e ansante.

"Devo alzarmi presto per cercare di procurarmi dei soldi," disse Alice.

Jasper non fece commenti. Di lì a poco la casa piombò nel silenzio. Lui dormiva.

Alice sonnecchiò un po'. Mentalmente era già proiettata verso il giorno dopo. Aspettò che facesse giorno e questo arrivò cupo attraverso le finestre sporche, rivelando il sudiciume della stanza. Ora lei moriva dalla voglia di una tazza di tè e di qualcosa da mangiare. Scese in silenzio nell'ingresso che apparteneva ancora alla notte e alla lampada antivento, poi passò nel soggiorno, sperando di trovarvi il thermos. Ma bevve acqua fredda da una caraffa, poi si servì, con orgoglio anche se con cautela, del gabinetto pensando ai tubi che erano rimasti senza manutenzione chissà per quanti inverni. Poi andò verso la metropolitana, fermandosi a fare colazione alla Fred's Caff. C'era posto per otto o dieci tavoli, uno vicino all'altro. Un posticino raccolto, quasi intimo. Gli avventori erano prevalentemente uomini. C'erano due donne sedute allo stesso tavolo. A prima vista sembravano di mezza età, per il loro aspetto solido e tranquillo, poi si vedeva che erano piuttosto giovani ma stanche. Dovevano essere donne delle pulizie che avevano terminato il loro lavoro mattutino negli uffici della zona. Al banco Alice chiese un tè e – quasi scusandosi – del pane nero tostato e la moglie di Fred – perché di lei doveva trattarsi, data l'aria da padrona – le disse che non avevano pane nero tostato. Alice andò a cercarsi un posto portando con sé la sua tazza di tè, un piatto di pane bianco tostato che colava burro, e un dolce ricoperto di glassa. Come concessione alla salute tornò a prendersi un succo d'arancia. Le parve evidente che in quel locale era più appropriato sedersi con le due donne, e così fece.

Entrambe stavano mangiando del pane tostato, innaffiandolo con del caffè torbido. Avevano quell'atteggiamento scomposto e abbandonato che hanno le donne quando si rilassano volutamente e portavano stampato sul viso un sorriso vago e affabile che, voltandosi, rivolsero ad Alice. Pareva uno scudo; non avevano voglia di parlare, solo di starsene sedute.

Il sale della terra, disse Alice tra sé, osservando lo spettacolo dei lavoratori che, in previsione della dura giornata di lavoro, si rimpinzavano di uova, patatine fritte, salsicce, pane fritto, fagioli stufati – tutto assieme. Il colesterolo, si torturò Alice, e hanno tutti un aspetto così malsano! Avevano la stessa aria unticcia e pallida del lardo o delle patatine poco cotte. Piegato in tasca o aperto sul tavolo, avevano tutti il *Sun* o il *Mirror*. Sono dei *Lumpen*, pensò Alice, sollevata di non avere l'obbligo di ammirarli. Muratori o manovali, magari anche operai in proprio; non erano questi gli uomini che avrebbero salvato l'Inghilterra da se stessa! Alice si dispose a gustare il suo toast delizioso, tutto intriso di burro, e si sentì subito meglio. Non aveva molta voglia di bere il succo d'arancia freddo e aspro ma si costrinse a trangugiarlo tra una tazza e l'altra di tè amaro. Le due donne la osservavano con la stessa attenzione distaccata che avrebbero avuto nei confronti di uno straniero, esaminandola senza parere in ogni dettaglio. Aveva dei bei capelli ricciuti, le si poteva quasi sentir dire: perché non se li sistemava un po'? Erano pieni di polvere! Che peccato che indossasse quella pesante giacca militare, più adatta a un uomo, comunque! E anche quella, com'era sporca! Guarda che mani, non si è certo sprecata a pulirsi le unghie! La condannarono e, perso ogni interesse nei suoi confronti, si alzarono faticosamente e se ne andarono, lanciando squillanti saluti alla donna che stava dietro al banco. "Ciao, Liz." "Ci vediamo domani, Betty."

Venivano lì tutte le mattine dopo aver passato tre o quattro ore negli uffici. Gli uomini, invece, entravano lì prima di andare al lavoro. Si conoscevano tutti, era come un club. Alice terminò in fretta e se ne andò. Fuori, dal giornalaio, all'angolo, vide le due donne con cui si era seduta, a cui se n'era aggiunta un'altra. Erano vestite tutte e tre con dei pantaloni informi, camicia e golf e portavano pesanti borse della spesa. Era la loro divisa da lavoro. Se ne stavano lì a chiacchierare, cercando di occupare meno spazio possibile, perché i marciapiedi erano invasi dalla marea di gente che si precipitava al lavoro.

Erano appena passate le otto, ancora troppo presto. Sua madre stava certo facendo il bagno. Se Alice andava da lei ora, poteva entrare piano piano in casa, preparare il caffè e farle una sorpresa, quando sarebbe scesa in vestaglia. Poi si sarebbero sedute al tavolo grande, in cucina, e avrebbero mangiato muesli e bevuto caffè. Dorothy avrebbe letto il *Times* e lei il *Guardian*. In quella casa arrivavano ogni mattina il *Times*, il *Guardian*, il *Morning Star* e il sabato il *Socialist Worker*, gli ultimi due per lei e Jasper. Jasper sosteneva di leggere il *Worker* perché uno doveva sapere cosa faceva l'opposizione, ma Alice non ignorava che Jasper aveva delle segrete tendenze trotzkiste. Non che a lei importasse; era convinta che i socialisti di tutte le bandiere dovessero collaborare per il bene comune. A casa di sua madre lei leggeva il

Guardian. Per anni quel giornale era stato l'unico che si leggesse, poi, un giorno, sua madre era passata a trovare la sua grande amica Zoë Devlin e l'aveva trovata con addosso un grembiule con la scritta *Guardian* stampata in varie misure, nero su bianco. Quella vista aveva provocato in Dorothy Mellings uno shock; era stata una rivelazione, aveva detto, che quella Zoë Devlin, tra tutta le gente che c'era, avesse deciso di mettersi in uniforme per proclamare il suo orientamento politico!

Per sua madre era stato l'inizio di un periodo in cui si era abbandonata ad affermazioni piuttosto esagerate – un periodo che non era ancora passato, anzi. L'inizio, anche, di una serie di riunioni, organizzate dalle due donne allo scopo di riesaminare le loro opinioni. "Si va avanti per anni a dare per scontato il fatto che la si pensi allo stesso modo," l'aveva sentita dire Alice per telefono all'aprirsi delle ostilità.

"Invece non è così. Semmai il contrario! A questo punto dobbiamo decidere se abbiamo qualcosa in comune, Zoë, cosa ne dici?"

La solita merda intellettualistica, aveva detto Jasper, in modo abbastanza forte da farsi sentire.

Ripensando a Jasper, Alice capì che non poteva piombare a casa di sua madre, preparare il caffè e salutarla con un bel sorriso.

Salì sul treno e poi trovò un altro caffè dove nessuno le avrebbe badato. Era quasi vuoto; mancavano almeno un paio d'ore al momento in cui sarebbe stato invaso da una folla di uomini e donne, tutti in giro a fare spese. Alice prese dei panini integrali col miele e si risentì in forma, e, lanciando di tanto in tanto un'occhiata all'orologio sul muro, attese che arrivasse il momento giusto. Sua madre sarebbe uscita verso le nove e mezzo o le dieci. Detestava fare la spesa e preferiva liberarsene presto.

Alice si era presa quell'incarico per quattro anni. A lei piaceva moltissimo. Tornava nella grande cucina con gli scatoloni pieni di roba da mangiare che riportava con la macchina, e riponeva tutto bene al suo posto. A volte sua madre si tratteneva con lei (sempre che non ci fosse Jasper) e loro due si mettevano a chiacchierare come due vecchie amiche. Come andavano d'accordo, loro due! A casa Alice era una brava ragazza, una brava figlia, come le era sempre piaciuto essere. Era lei che si occupava della cucina... certo, sua madre era ben contenta che se ne occupasse lei. (Un pensiero sgradevole si affacciò alla sua mente, ma Alice si affrettò a metterlo da parte.) Nei quattro anni in cui Alice e Jasper erano rimasti lì, era lei che aveva fatto la spesa e preparato i pasti. Aveva persino cucinato — impadronendosi della cucina a volte anche per due o tre giorni di fila — le cose che vendeva al mercato. Jasper di solito entrava in fretta, approfittando di qualche assenza di Dorothy, e si rimpinzava con tutto quello che trovava pronto, qualsiasi cosa fosse — la "sua" minestra, ad esempio, i dolci, il buon pane casalingo. Oppure, se lei non stava cucinando o forse era al mercato, andava di soppiatto al frigorifero e prendeva tutto quello che gli andava. Alice provvedeva a un continuo rifornimento di prosciutto, salame e sottaceti, apposta per lui. Jasper si preparava dei grossi panini e se li portava in camera sua dove restava senza più uscire per ore e ore. All'inizio Dorothy, lievemente imbarazzata, le aveva chiesto: "Che cosa fa Jasper chiuso in camera tutto il giorno?" "Studia," rispondeva Alice, in tono fiero e minaccioso, pur sapendo che non faceva un bel niente, a volte anche per tutto il giorno. Magari leggeva il *Socialist Worker* e il *Morning Star*. Oppure ascoltava della musica con la cuffia e a volte ballava tranquillamente per conto suo, per tutta la stanza. Aveva dei movimenti molto aggraziati, Alice lo sapeva, ma non poteva soffrire che lo guardassero, ed era un vero peccato. Avrebbe dovuto fare il ballerino, forse il ballerino classico, chissà.

Poi scendeva di nuovo da basso, in silenzio, per rifornirsi di cibo. Non entrava mai spontaneamente in cucina se c'era Dorothy. Non si sedeva mai a mangiare con loro. Quando Alice aveva protestato, dicendo che a sua madre la cosa non andava, aveva replicato che a sua madre non andava lui (il che era vero, come si scoprì in seguito, anche se Dorothy all'inizio si era guardata bene dall'ammetterlo). Jasper, da parte sua, la giudicava una volgare sgualdrina. Questo epiteto, così lontano dalla realtà, lasciava Alice talmente sbalordita da toglierle quasi la parola, tanto da non permetterle di rispondere altro che: "Ma Jasper, come puoi dire una cosa simile?" Al che lui commentava con un versaccio.

Naturalmente quando Dorothy aveva ospiti, Jasper non era presente. In effetti in casa avrebbe potuto passare del tutto inosservato, se non fosse stato per quel continuo rubacchiare dalla cucina. Chiunque avrebbe pensato che Dorothy gli rinfacciasse quello che mangiava! Alice si era lamentata spesso con lui, e poi, quando lui le rispondeva in modo insolente, con se stessa.

E ora, seduta in quel caffè accogliente e simpatico, dove chi entrava salutava tutti, intenta a mangiare altri panini con il miele per passare il tempo, non più per fame, Alice pensò: be', è vero che non può soffrire Jasper, non l'ha mai potuto soffrire, nessuno lo può soffrire. E forse è vero che gli rinfacciava quello che mangiava, se non lo poteva soffrire. Infine, pensò, con una sorta di panico, dev'essere stato terribile per lei non avere mai a disposizione la sua cucina, non poterci nemmeno entrare, per paura di imbattersi in Jasper... e poi facevo tutto io, ero io che preparavo da mangiare. E a lei piace molto cucinare...

Alle nove e mezzo Alice uscì dal caffè con un saluto a Sarah, che serviva lì da anni. Era arrivata come profuga dall'Austria e ora era un'anziana signora con le foto dei nipoti ormai grandi appiccicate al muro dietro il banco. Alice si incamminò a passo lento verso la casa di sua madre. Rimase fuori per un po', poi pensò che, se qualche vicina l'avesse vista, l'avrebbe considerato un po' strano. Entrò con la chiave che non aveva restituito alla madre quando, il giorno prima, se ne era andata per sempre. In casa non si sentiva alcun rumore. Alice rimase ferma nell'ingresso, respirando l'aria di casa, della sua casa; quella casa grande, bene arredata, accogliente, che sapeva di amicizia. Andò in cucina e le si strinse il cuore. Per terra c'erano casse piene di piatti e vassoi, e ammucchiati sul tavolo, tazze da tè, piattini e bicchieri, già avvolti nella carta di giornale. Oh, certo, ora che lei e Jasper se n'erano andati, sua madre aveva deciso di dare via tutti i piatti e le cose che non le servivano più a qualche fiera di beneficenza. Sì, doveva essere proprio così. Come una bambina in pericolo, gli occhi sbarrati e atterriti, Alice rimase lì a guardare le casse, poi si precipitò nella sua stanza. Tutto era come lei l'aveva lasciato. Si sentì meglio e salì al piano di sopra dove c'era la camera usata da Jasper. Per terra c'era un tappeto, un Bukara. Una volta stava nel soggiorno, ma era diventato delicato e gli avevano trovato un posto tranquillo sotto un tavolo di quella stanza, poco usata finché Jasper non se ne era impossessato. Era molto bello. Alice lo piegò con cura e corse giù in cucina, portandolo con sé. Ora avrebbe preferito non incontrare sua madre. Cercò un foglio di carta e una biro, e scrisse: "Ho preso il tappeto. Alice." Poi sistemò il biglietto tra i bicchieri incartati. Si costrinse a non pensarci e uscì di casa. Dal fondo della strada vide venirle incontro la madre, sotto un baldacchino di rami di un bel verde vivo. Camminava lentamente, a testa bassa. Sembrava vecchia e stanca. Alice si avviò in fretta dalla parte opposta, tenendo stretto il pesante tappeto, finché fu troppo lontana per poter essere riconosciuta, poi rallentò il passo, sempre di più, dirigendosi verso Chalk Farm. Il negozio di tappeti era appena aperto; al banco c'era una donna di mezza età, con una tazza di caffè davanti, che abbassò gli occhiali scuri per guardare Alice.

"Vuole vendere?" chiese. "Bello!" commentò, mentre Alice srotolava il tappeto, col respiro ancora affannoso. Rimasero lì insieme a guardarlo, incantate e acquietate dalla chiazza di colore e dai disegni delicati posti sul pavimento. La donna si chinò, lo prese e lo alzò controluce. Alice andò a mettersi accanto a lei e vide che la luce filtrava attraverso la trama rada, particolarmente in un punto. Alice aveva la gola stretta e un'idea folle le attraversò la mente: "Lo porterò nella casa occupata, è così bello..." ma aspettò che il tappeto fosse buttato di nuovo per terra, dove si afflosciò in un mucchio di pieghe, e che la donna dicesse: "È molto consumato. Bisognerebbe ripararlo. Non posso darle più di trenta sterline."

"Trenta?" si lamentò Alice. Non aveva pensato alla cifra, ma sapeva che era o era stato di valore. "*Trenta,*" balbettò, pensando che non era valsa la pena di rubarlo.

"Il mio consiglio è di tenerselo e di goderselo," disse la donna, tornando al banco dove, lasciati ricadere gli occhiali scuri sul naso, prese a bere il caffè.

"No, ho bisogno di soldi," disse Alice.

Prese le tre banconote e soffermandosi a guardare il tappeto abbandonato lì, per terra, uscì dal negozio.

Comprò da mangiare per Jasper e tornò alla casa occupata. La strada aveva un aspetto mattutino, nessuno in giro, tutti erano già andati a scuola o al lavoro; le donne, in casa, erano impegnate nelle pulizie o con i bambini. Ma lei non credeva di trovare qualcuno già alzato; nelle case occupate non ci si alzava presto.

Nel soggiorno, invece, c'era Pat, sola, che beveva il caffè contenuto nel thermos. Fece un cenno ad Alice invitandola a servirsi, ma Alice, sazia per l'abbondante colazione, scosse la testa. "Ho raccattato un po' di soldi," disse. "Ma non bastano."

Pat non rispose. Nella luce viva del mattino sembrava più vecchia, quasi consunta, non più splendente come il giorno prima. Non si era ancora spazzolata i capelli e odorava di sesso e di sudore. Oggi affronteremo i bagni, pensò Alice. Ce n'erano due.

Pat, continuando a tacere, si accese una sigaretta e aspirò come se avesse programmato una morte per soffocamento.

Alice aveva subito capito che Pat era una di quelle persone che hanno bisogno di tempo per riaversi la mattina e che non avrebbe aperto bocca. Si sedette e prese a esaminare con calma lo stato della stanza: le tende erano ridotte a stracci e probabilmente non avrebbero resistito al lavaggio. Be', forse sua madre... La moquette... poteva ancora andare. Ci voleva un aspirapolvere.

Sapeva che Pat la stava guardando ma fece in modo di non incrociare il suo sguardo. La sentiva alleata, ma preferiva non correre rischi.

Pat diede qualche colpo di tosse poi disse: "Ventiquattro

ore. Sono ventiquattro ore che sei qui!" E rise. Non in modo ostile, ma come se stesse riservandosi di giudicarla in seguito. Così va bene, pensò Alice. In politica bisogna...

All'esterno si udì un gran baccano, sempre più forte; era il camion della spazzatura che si avvicinava finché si fermò lì fuori. Alice lanciò un'esclamazione e corse fuori, dirigendosi subito verso i due uomini che stavano trasportando a spalla i bidoni della spazzatura del giardino accanto. "Ehi, sentite, per favore..." I due si fermarono affiancati a guardarla, due uomini alti e robusti, perfetti per quel lavoro, che venivano affrontati da una ragazza ben decisa a non farsi mettere da parte e preda di un'ansia frenetica. "Cosa volete per sgomberare questo giardino...?" balbettò Alice. "Sì, lo so..." I due assunsero l'identica espressione di disprezzo e disgusto, facendo scorrere lo sguardo da quell'orribile sudiciume a lei, e di nuovo ai mucchi di spazzatura come per valutarli.

"Dovrebbe far venire quelli del Comune," disse uno alla fine.

"Voi *siete* quelli del Comune," disse Alice. "No, vi prego, vi prego... sentite, siamo arrivati ad un accordo. Un accordo per la sistemazione. Noi pagheremo quello che c'è da pagare. Insomma, un'occupazione concordata."

"Ehi, Alan," gridò uno di loro voltandosi verso un grosso camion che sussultava lì vicino, pronto a ingoiare e masticare cartoni di plastica, lattine, giornali in quantità – tutta l'immondizia che soffocava il giardino della casa, all'altezza delle finestre.

Dal camion scese un altro tizio grande e grosso in tuta blu e con dei robusti guanti di pelle. Era Alan, arbitro del suo destino, anche lui come Philip, come Mary Williams.

"Quanto vuole per sgombrarlo?" gli chiese. Aveva parlato in tono calmo e sicuro, come si addiceva alla figlia di sua madre, e insieme disperato; e loro rimasero a fissare, senza affrettarsi, il suo viso infantile, grassoccio e amorfo, gli occhi azzurri pieni d'ansia, i jeans lavati e rilavati ma ancora in ordine, la giacca pesante e la graziosa camicetta a fiorellini con il colletto tondo.

E tutto, proprio tutto, impregnato di una polvere grigiastra, che ignorando le spazzolature e ogni altro tentativo di eliminarla, aderiva caparbia al tessuto, sbiadendone il colore.

Tutti e tre si strinsero nelle spalle. E tre paia di occhi si consultarono vicendevolmente.

"Venti carte," disse Alan, l'autista.

"Venti sterline?" gemette Alice. "Così tanto?"

Pausa. Tutti e tre sembravano a disagio. Un'altra pausa. "Metti tutta quella roba nei sacchi di plastica, bellezza, e domani noi te la portiamo via. Be' facciamo quindici."

Lei sorrise. Il sorriso si trasformò in una risata, poi in un singhiozzo. "Oh, grazie, grazie," disse, respirando forte con il naso.

"A domani, bellezza," disse Alan in tono paterno, e i tre si spostarono come un solo uomo verso la casa di fronte e altri bidoni della spazzatura.

Alice controllò che le sue trenta sterline fossero in tasca, al sicuro, e rientrò in casa. Pat era ancora dove l'aveva lasciata, perduta in una nuvola di fumo. Jim era sceso e stava mangiando quello che lei aveva comprato per Jasper. "Se mettiamo quella roba nei sacchi, domani la porteranno via," disse Alice.

"E i soldi?" fece Pat.

"Soldi soldi soldi soldi," ripeté Jim, riempiendosi la bocca di banane.

"I soldi li ho. Devo solo trovare i sacchi di plastica..." Se ne stava in piedi davanti a loro, implorante.

"Io ci sto," fece Jim.

"D'accordo," fece Pat, "e la casa qui accanto? Possiamo ripulire il nostro giardino fin che ci pare, ma quello è ridotto peggio."

Alice continuava a guardarla, con la bocca piegata all'ingiù in un'espressione dolente. "Non dirmi che non l'hai notato."

Alice si precipitò fuori e rivolse lo sguardo al giardino da cui, il giorno prima, la vicina le aveva rivolto la parola. Un ordine da periferia. Ma c'era una siepe alta dall'altra parte della casa, e oltre la siepe... si precipitò fuori, percorse il marciapiede e vide una cosa di cui non si era ancora accorta, perché per le sue puntate all'esterno si era sempre servita di un'altra strada, una casa identica a quella occupata da loro, con le finestre rotte, le tegole mancanti, un aspetto di abbandono, e il giardino pieno di spazzatura da cui emanava un fetore insopportabile.

Pensosa e amareggiata tornò nel soggiorno e chiese: "È disabitata?" "La polizia l'ha sgombrata tre mesi fa, ma ora è stata rioccupata," rispose Pat.

"Be', non vedo come ci riguardi," disse Alice, nutrendo il vago sospetto che la cosa avrebbe anche potuto riguardarli. "Vado a procurarmi i sacchi di plastica."

Dovette sborsare dieci sterline, per averne un numero adeguato.

Pat guardò il mucchio nero che scintillava sui gradini e commentò: "Ti sarà costato un mucchio di soldi," ma non si offrì di contribuire. Invece disse: "Dobbiamo proprio usare le mani?"

Senza pensarci un attimo, Alice si precipitò nel giardino

accanto, suonò il campanello, parlottò con Joan Robbins e tornò con una vanga, una pala e un forcone.

"Come si fa?" chiese Pat in tono ironico e distaccato, ma prese il forcone e un sacco, e cominciò a lavorare.

Faticarono un bel po', era molto peggio di quanto sembrasse, perché gli strati sottostanti erano molto compressi e ridotti a un marciume ripugnante. Sacco nero dopo sacco nero, ognuno riceveva il suo orribile carico e veniva messo ritto accanto a un altro, finché il giardino fu zeppo di sacchi neri e luccicanti, con le bocche aperte a mostrare i rifiuti in decomposizione. Il gatto magro, dalla siepe, teneva gli occhi fissi su Alice che, non riuscendo a sopportarlo oltre, entrò in casa, riempì di latte un piattino, mise su un altro dei pezzettini di formaggio, di pane e di patatine fredde e li portò fuori. Il gatto strisciò verso il cibo sulle zampette spelacchiate e iniziò a mangiare.

Pat si fermò a riposare, guardando Alice, che invece guardava il gatto. Jim si appoggiò alla pala e disse: "Una volta ho avuto anch'io un gattino, ma un'auto l'ha tirato sotto."

Pat aspettò che continuasse, ma Jim aveva finito. Allora si strinse nelle spalle e disse: "È una vita da gatti." E si rimise al lavoro.

Jim aveva gli occhi pieni di lacrime e Alice cercò di consolarlo. "Mi dispiace, Jim."

"Ho chiuso con i gatti. Dopo quello che è successo non ne voglio più," proclamò e riprese a lavorare con furia.

In breve tutto il giardino, sia davanti che sul retro, fu sgomberato. L'erba pallida era pronta per cogliere nuove possibilità di vita. Una rosa, sommersa da un pezzo, aveva messo dei piccoli polloni biancastri.

"Era un bel giardino," disse Jim, soddisfatto.

"Puzzo," disse Alice, amara. "E ora cosa facciamo? E non abbiamo nemmeno l'acqua calda. Se viene Philip, digli che torno tra un minuto."

Corse dentro e versò secchi e secchi d'acqua fredda nella vasca; non poteva fare altro, ma non era sufficiente. L'acqua calda, pensava, l'acqua calda, devo provvedere subito. Accidenti, i soldi.

Philip non arrivò.

Bert e Jasper scesero insieme immersi in una conversazione seria su qualche ipotesi politica. Dissero ad Alice e a Pat che se ne andavano a fare colazione, notarono il giardino ripulito e le file di sacchi, e dissero: "Ottimo lavoro." Poi se ne andarono, diretti al bar.

Pat sarebbe volentieri scoppiata a ridere insieme ad Alice, ma questa non aveva la minima intenzione di incrociare il suo sguardo. Lei non avrebbe mai tradito Jasper, mai!

Ma Pat insisté. "Me ne sono andata da una casa occupata perché ero l'unica a far qualcosa. Nessuno dava una mano e non solo gli uomini, ma anche le donne. Tre su sei, una buona metà, ma chi sgobbava ero io."

A questo punto Alice si decise a guardarla, smettendo momentaneamente di pulire una finestra, e le disse, seria: "È sempre così. Ce n'è sempre un paio che si accollano tutto il lavoro." Aspettò che Pat facesse qualche commento, che proclamasse il suo disaccordo, che si rifacesse a questioni di principio.

"A te non importa," affermò lei invece.

Si era lavata e pettinata e aveva ripreso il suo aspetto lindo e ordinato... Sì, adesso è tutta agghindata, con gli occhi truccati, il rossetto sulle labbra, poi basta che lui... pensò Alice, amaramente.

"È così che vanno le cose. Sempre."

"Che rivoluzionaria," disse Pat in quel suo modo amichevole dietro il quale si intuiva, tuttavia, una presa di posizione definitiva e profondamente radicata, un modo di vedere la vita preciso e indiscutibile.

"Ma io sono una rivoluzionaria," ribatté Alice, tutta seria.

Pat non rispose, limitandosi ad aspirare il fumo fino in fondo ai suoi poveri polmoni e protendendo le labbra scarlatte per far uscire una fumata grigia che salì fluttuando fino al soffitto sporco. Seguì con lo sguardo le volute che si levavano verso l'alto e infine disse: "Sì, credo che tu abbia ragione. Ma gli altri non ne sono così sicuri."

"Alludi a Roberta e a Faye? Oh, be', loro sono solo... delle teste calde!" disse Alice.

"Cosa?" obiettò Pat e scoppiò a ridere.

"Mi hai capita." Ferma di fronte a Pat, Alice la sfidava a rivelarsi per quello che era, non una testa calda, ma una persona seria come lei, Alice. Pat non si sottrasse alla sfida: era un momento importante, lo sapevano entrambe.

Un altro silenzio, mentre il fumo invadeva ancora i polmoni e veniva espulso lentamente e voluttuosamente, ed entrambe le donne guardavano gli anelli fiorire uno sull'altro.

"Comunque sono pronte a tutto," disse Pat. "Non si tirano indietro davanti a nulla, per quanto duro sia."

"E allora?" disse Alice calma, e sicura. "Farei lo stesso anch'io. Anch'io sono pronta a tutto."

"Sì, ne sono convinta," disse Pat.

Entrò Jim. "C'è Philip." Alice si precipitò fuori e per la prima volta lo vide alla luce del giorno. Un ragazzo mingherlino, piuttosto curvo — solo che lui non era più un ragazzo ma un uomo — con le guance pallide e smunte, i grandi occhi azzurri luminosi, le belle mani eleganti, lunghe e bianche, i capelli chiari e lucidi. Aveva portato gli arnesi da lavoro.

"Cominciamo dall'impianto elettrico?" gli chiese e lo precedette nella cucina devastata, consapevole del compito che doveva affrontare e risolvere. Lui la seguì, si chiuse la porta alle spalle e disse: "Alice, se finisco il lavoro qui, posso venire ad abitare con voi?"

Lei capì che se l'aspettava. Sì, tutte le volte che avevano parlato della sua sistemazione, c'era sempre stato qualcosa di sottaciuto.

"È parecchio che ho voglia di essere indipendente, di starmene per conto mio," disse Philip, poi sapendo che lei stava pensando agli altri e ai loro piani, soggiunse: "Anch'io sono dell'Ucc. Non vedo perché dovrebbero esserci dei problemi."

Ma non sei dell'Ira, pensò Alice, tuttavia accantonò la questione. Se ne sarebbe occupata più tardi. "Personalmente non ho obiezioni," disse. Sarebbe stato sufficiente? Lui l'aveva presa per il capo lì dentro, ma chi non lo avrebbe fatto?

Ora lui rivolse la sua attenzione ai fili strappati che erano stati divelti dall'intonaco e alla cucina, che giaceva rovesciata sul pavimento.

Aveva dipinta sul viso un'espressione amara e la stessa rabbia incredula che provava lei. Rimasero lì assieme, sapendo che avrebbero potuto uccidere con le loro stesse mani quelli che avevano combinato quello scempio.

Erano uomini come i tre netturbini, pensò Alice con calma, quasi costringendosi ad ammetterlo. Uomini a posto. Eppure l'avevano fatto. Ma quando avremo abolito l'imperialismo fascista, non ci saranno più persone del genere.

Quest'idea le riportò alla mente l'immagine di sua madre che, nel sentirla fare questo tipo di affermazioni, sospirava, rideva, alzava gli occhi al cielo. Solo la settimana prima aveva commentato con quel suo nuovo tono secco, sarcastico e incolore: "Anche gli dèi."

"Cosa vuoi dire?" aveva chiesto Alice.

"Contro – la stupidità – anche – gli dèi – lottano – invano," aveva recitato la madre, staccando le parole una dall'altra e pronunciandole come se non si aspettasse niente da Alice, ma intendesse solo rammentare a se stessa l'inutilità del tutto.

L'amarezza che Alice provava nei confronti del Comune, degli operai, della società, si riversò ora anche su sua madre. Si sentì invadere da una rabbia accecante che la fece vacillare, e strinse forte le mani una all'altra. Si riscosse e vide che Philip la stava fissando con uno sguardo stupito. Forse giudicava la sua reazione più violenta di quanto non meritassero i vandali che erano entrati in quella casa.

"Potrei anche ucciderli," disse lei. Sentì la propria voce, aveva un'intonazione di ferocia. Ne fu sorpresa. Sentì che le mani le dolevano e le aprì.

"Anch'io," disse Philip, in tono diverso. Aveva posato per terra le borse sudicie che contenevano gli arnesi e se ne stava tranquillo ad aspettare. La guardava con quella sua aria caparbia, che ormai le era familiare e le stringeva il cuore.

I suoi istinti omicidi si acquietarono e Alice gli fece la promessa che lui si aspettava e che costituiva la premessa indispensabile perché si mettesse al lavoro. "Mi sembra giusto, visto quello che ti sei impegnato a fare."

Lui annuì fiducioso, poi trasferì quella sua caparbietà alla parete tutta rovinata. "Non è poi così grave," disse infine. "Se l'intenzione era quella di fare a pezzi questo posto, potevano anche metterci più entusiasmo."

"Cosa?" disse lei, incredula, perché la cucina, o almeno due delle pareti, era tutta una fioritura di cavi e di fili pendenti; e pezzi di intonaco color crema si ammucchiavano come pasta di pane lungo il bordo inferiore delle stesse pareti, scolorite e malconce.

"Ho visto di peggio." Poi: "Devo tirare su le assi del pavimento, non posso lavorare con quella roba per terra."

L'intonaco caduto si era indurito e Alice dovette romperlo per poterlo togliere. La cucina era piena di una fine polvere bianca. Lei lavorava a livello del pavimento, mentre Philip la sovrastava, stando in piedi sul tavolo grande che aveva trascinato contro la parete. Finalmente intonaco e sporcizia vennero messi nei sacchi e lei scopò via il resto servendosi di una spazzola e di una padella in mancanza di meglio. Era nervosa e tratteneva a stento le lacrime, perché sapeva che ogni centimetro quadrato del soffitto e delle pareti doveva essere lavato e ridipinto. E la casa, tutta la casa, era in quello stato, tetto compreso... cosa avrebbero trovato quando fossero finalmente riusciti a portare via da quell'orribile ultimo piano i secchi fetidi che l'ingombravano? Chi avrebbe sostituito le tegole e come avrebbero fatto a pagare tutto? E spazzolava e spazzolava, ad ogni colpo di spazzola si levava altra polvere, e intanto lei pensava, come faccio ad andare all'azienda elettrica conciata così?

Si tirò su, simile a uno spettro nell'aria piena di polvere bianca, e disse: "La tua amica, se è a casa, mi lascerebbe fare un bagno?"

Philip non le rispose, stava esaminando un cavo con una grossa torcia.

Furibonda, proruppe: "C'erano i bagni pubblici fino all'anno scorso, dei bei bagni, in Auction Street, non lontano da qui. Alcuni miei amici ci andavano — vivono in una casa occupata di Belsize Road. Poi il Comune li ha chiusi." Sentì le lacrime calde che le scorrevano sulle guance imbrattate di gesso e rimase lì, senza più forze, guardando implorante la schiena delicata, quasi femminea, di Philip.

"Abbiamo litigato a morte, quando sono uscito," le disse.

L'ha buttato fuori, pensò Alice.

"Non importa," fece. "Mi arrangerò. Cercherò di ripulirmi in qualche modo e andrò all'azienda elettrica. Sta' attento, nel caso riallaccino l'elettricità."

"Credi di riuscire a convincerli?"

"Ci sono riuscita altre volte, no?" Al pensiero di questa e di altre vittorie la sua depressione si smorzò, per lasciare il posto all'abituale energia.

Nell'ingresso le due teste calde si stavano accingendo ad uscire nel mondo delle strade, dei giardini, dei vicini, dei gatti, delle auto e dei passeri.

Sembrano proprio due donne qualsiasi, pensò Alice, mentre si giravano, Faye bionda, carina e delicata all'interno dell'involucro protettivo quasi tangibile offertole dalla scura Roberta, robusta come un carro armato. Forte come me, osservò di nuovo mentre se ne stava lì simile a un clown a cui avessero appena buttato addosso un secchio di farina.

"Bene," fece Faye in tono vivace, e Roberta ripeté. "*Bene.*" Poi entrambe scoppiarono a ridere e uscirono come se tutto quell'arrabattarsi non le riguardasse minimamente.

"Inutile aspettarsi qualcosa," si disse Alice con aria da stoica, forte di tutta la sua esperienza con persone collaboranti e altre che non lo erano per niente. Risalì in bagno e rimase lì tutta nuda, desolata, mentre la vasca si riempiva d'acqua fredda fino alla riga sporca, residuo dell'uguale operazione che lei aveva già compiuto precedentemente quello stesso giorno. E di nuovo rimase in piedi nell'acqua fredda cercando di fregarsi via lo sporco, degna figlia di sua madre, pensando amaramente ai quattro anni trascorsi nella casa materna, dove bastava un gesto per far sgorgare, obbediente, l'acqua calda. E non si rendono neanche conto di quel che costa, borbottò furiosa. Viene tutto da noi, dai lavoratori.

Si preparò meglio che poteva, si mise una bella gonna pulita che aveva sottratto a sua madre, con la scusa che stava meglio a lei; la gonna le serviva per avere un aspetto rispettabile, c'è gente che si sente rassicurata vedendo una donna con la gonna. Indossò un'altra delle sue camicette con il colletino, questa volta di cotone azzurro, che la fece sentire a suo agio. Si ravviò alla meglio i capelli, che avevano un aspetto unto e polveroso, anche se li aveva immersi in un secchio di quella terribile acqua gelida. Poi scese in soggiorno. Pat dormiva, abbandonata in un'ampia poltrona. Alice le si avvicinò piano e abbassò lo sguardo sulla sconosciuta che era diventata sua alleata. Non se ne andrà, pensò, almeno per ora. Non ha nessuna voglia di andarsene: non che gliene importi molto di Bert, ma resterà qui per non perdersi tutto quell'*amore*.

Pat dormiva con le membra disarticolate come se fosse caduta dall'alto. Aveva la testa rovesciata all'indietro e il viso sollevato, scoperto. Gli occhi e le labbra si muovevano appena, quasi che fossero sul punto di aprirsi. Alice attese sorridendo che si svegliasse, ma Pat continuò a dormire, esposta all'accurato esame cui Alice la sottoponeva. Alice rimase in piedi, a guardarla. Aveva l'impressione di impadronirsi di Pat, guardandola così, di tutta la sua vita, di quello che era e che sarebbe stata. Alice non si sarebbe mai concessa di addormentarsi così, di modo che chiunque entrasse potesse guardarla. Era imprudente, sciocco, come camminare per la strada tenendo in mano dei soldi. Alice si avvicinò e si chinò su Pat, per osservare quel viso innocente dagli occhi socchiusi dietro cui qualcuno era partito per una terra sconosciuta. Alice era incuriosita: cosa stava sognando, con quel viso da neonato che si era appena addormentato dopo aver succhiato il suo biberon? Spinta da un sentimento materno, Alice avrebbe voluto che Pat si svegliasse per paura che gli altri entrassero e la vedessero così, inerme. Poi pensò, be', e se fosse Bert? La Bella Addormentata! Ora provava un senso di disprezzo per i bisogni di Pat. Se ne ha bisogno, ne ha bisogno, si disse saggiamente Alice, tutt'a un tratto più conciliante. E uscì piano piano dal soggiorno, attraversò l'ingresso e si affacciò al mondo. Erano circa le tre di un pomeriggio di primavera fresco e frizzante. Prese l'autobus per andare all'azienda elettrica, sentendosi sicura di sé.

L'azienda elettrica era un grande edificio moderno, un bel po' arretrato rispetto alla strada dove si spostava, in automobile e a piedi, una moltitudine di gente poliglotta e piena di bisogni, a cui fornire la luce, i bollitori, gli aspirapolvere... insomma l'energia. L'edificio sembrava consapevole del suo ruolo: da lui dipendevano quasi un milione di persone. Si ergeva solido e sicuro. Le sue finestre luccicavano. Le auto dei dipendenti, tutte perfettamente lustre, erano parcheggiate in file ordinate.

Alice salì di corsa i gradini e forte del fatto di essere già stata in altri edifici simili, andò dritta al primo piano. Capì di essere arrivata a destinazione perché c'era una stanza dove attendevano una decina di persone. Bollette non pagate, conti nuovi, minacce di tagli: una piccola coda paziente di questuanti. Due porte si aprivano su altre due stanze e Alice si mise in modo da poter dare un'occhiata a entrambe. Quando le porte si aprivano per far uscire un cliente e farne entrare un altro, Alice scrutava il volto dei nuovi arbitri seduti alle loro rispettive scrivanie. Erano donne. Le bastò un'occhiata per capire che una, in particolare, doveva cercare di evitarla. Era una fanatica del regolamento, così almeno la giudicò Alice, notando anche un certo autocompiacimento nella sua competenza. Il viso magro e le labbra sottili, i capelli biondi ben pettinati, un sorriso che Alice non aveva alcuna intenzione di farsi rivolgere. Ma l'altra donna, sì, lei poteva andare, anche se al primo sguardo... Era robusta e il vestito aderente, pesante, la stringeva, come un busto, ma da questa sorta di corazza spuntavano una bella faccia paffuta da ragazza e delle mani grandi e morbide. Alice si spostò nella fila e quando arrivò il suo turno si trovò seduta di fronte a questa signora materna che più di una volta, Alice lo sapeva bene, aveva cercato di aggiustare un po' le cose perché le facevano pena quelli che aveva davanti.

Alice le raccontò la sua storia e descrisse – sapendo esattamente quel che faceva – la grande casa solida che doveva essere inspiegabilmente demolita per far posto a un altro orribile condominio. Poi mostrò la busta dall'aspetto così ufficiale che le era stata rilasciata dal Comune e la lettera che c'era dentro.

L'impiegata, la signora Whitfield, diede solo un'occhiata alla lettera e disse: "Sì, ma non c'è ancora niente di definito, la decisione sarà presa nei prossimi giorni." Estrasse una scheda dallo schedario accanto a lei e disse: "Il numero 43? Lo conosco. Sia il 43 che il 45. Ci passo davanti tutte le mattine per andare a prendere la metropolitana. Mi sento male tutte le volte." Guardò Alice imbarazzata e arrossì perfino.

"Abbiamo già cominciato a ripulire il 43 e i netturbini verranno domani a portare via tutto."

"Vorrebbe che io facessi riallacciare l'elettricità, ora, senza neanche aspettare la decisione del Comune?"

"Sono certa che andrà tutto a posto," disse Alice, sorridendo. E in quel momento ne era proprio sicura. La signora Whitfield se ne accorse e annuì.

"Chi garantirà il pagamento? Lei? Ha un'occupazione?"

"No," rispose Alice, "attualmente no." Cominciò a parlare in tono calmo e serio, delle case di Manchester, di Halifax, di Birmingham, che erano state salvate, in cui l'elettricità aveva ripreso a fluire obbediente nei fili, dopo un lungo periodo di letargo. La signora Whitfield la stava ad ascoltare, solidamente piantata sulla sua sedia, mentre la sua manona bianca teneva una biro sospesa sopra un modulo. Sì o no.

"Per dare l'ordine di riallacciare la corrente, devo prima avere una garanzia," disse.

"Ma è solo in questo quartiere che è necessaria... be', forse in un altro paio, a Lampton, per esempio, lei non potrebbe rifiutarsi di fornirci l'elettricità. Se la gente la chiede, va fornita."

"A quanto pare lei conosce meglio di me la situazione," osservò la signora Whitfield con dolcezza. "Non sono io che faccio i programmi, io mi limito a metterli in pratica. La nostra prassi è quella di farci dare una garanzia."

Ma gli occhi azzurri, grandi e dolci, che fissavano Alice non erano combattivi od ostili, tutt'altro; sembrava anzi che le rivolgessero un appello perché trovasse una soluzione.

"Mio padre ci farà da garante," disse Alice. "Ne sono sicura."

La signora Whitfield aveva già cominciato a riempire il modulo. "Allora va bene," disse. "Il suo nome? Indirizzo? Numero di telefono? E dobbiamo avere un deposito."

Alice tirò fuori dieci sterline e le posò sulla scrivania. Sapeva che non erano sufficienti. La signora Whitfield le guardò cauta e fece un sospiro. Senza guardarla in faccia. Brutto segno. Non prese la banconota. Poi alzò gli occhi su di lei e sembrò sorpresa di quel che vide.

"In quanti siete in quella casa?" si affrettò a domandare, come se volesse guadagnare tempo, dando un'occhiata alla banconota e poi costringendosi a guardare direttamente in faccia Alice, a guardare quel viso che non si poteva ignorare. Non era giusto! doveva pensare la signora Whitfield. Erano spiacevoli e inappropriate le emozioni che Alice aveva portato in quell'ufficio tranquillo e ordinato. Forse quello che avrebbe dovuto fare era dire ad Alice di andarsene e di tornare fornita di prove migliori della sua condizione di cittadina. Ma la signora Whitfield non riusciva a farlo. Era più forte di lei. Da come sollevava l'ampio petto costretto nel vestito, dal suo viso paffuto sconvolto e arrossato, Alice capì che era sul punto di ottenere quello che voleva.

"D'accordo," disse la signora Whitfield alla fine, e rimase un momento seduta, non più dubbiosa, ora che aveva preso la sua decisione, ma preoccupata. Per Alice. "Sono case grandi quelle," osservò, e intendeva dire: consumano un sacco di elettricità.

"Nessun problema," disse Alice, sicura che invece ce ne sarebbero stati. "Può restituirci la corrente oggi pomeriggio? Abbiamo un elettricista che ci sta riparando l'impianto. Sarebbe un bell'aiuto..."

La signora Whitfield fece cenno di sì. Alice uscì, sapendo che l'altra la stava seguendo con gli occhi, chiedendosi forse, già stupita, perché avesse ceduto.

Invece di andare direttamente a casa, Alice entrò nella cabina telefonica all'angolo e fece il numero della madre. Udì una voce che all'inizio non riconobbe, ma era quella di sua madre. Quella sua voce piatta, orribile.

Alice stava per dire: "Pronto, sono Alice," ma non ci riuscì.

Riattaccò piano e chiamò il padre. Ma a rispondere venne il socio.

Comprò un grosso thermos, un oggetto sempre utile, nelle dimostrazioni o ai picchetti, ad esempio; chiese alla moglie di Fred di riempirlo con del tè forte e tornò a casa.

La nube di polvere bianca in cucina era diminuita. A Philip, che se ne stava accucciato per terra con il pavimento sollevato per metà, disse: "Sta attento, potrebbero ridarci la corrente da un momento all'altro."

"C'è già, l'ho appena provata," disse Philip; e le rivolse un sorriso che la ricompensò di tutte le sue fatiche.

Si sedettero sul tavolone a bere il tè sentendosi uniti e felici. La stanza era grande. Un tempo era stata il centro caldo, sicuro e fidato, di una famiglia i cui membri si erano seduti insieme attorno a quel tavolo. Ma perché tutto questo potesse ricominciare, si dovevano trovare i soldi.

Lasciò Philip e andò nel soggiorno dove Pat, ora sveglia, non era più abbandonata ed esposta alla curiosità ansiosa di Alice. Stava leggendo un romanzo di un autore russo. Alice conosceva il nome dello scrittore come conosceva il nome di altri, ma per lei i libri non erano altro che soprammobili, tondi, duri e lucenti, con una vita e una luce propria. Simili a biglie, che per quanto si facciano girare tra le dita, si velano, non cedono il loro segreto, non si sottomettono.

Alice non leggeva mai altro che i giornali.

Da piccola l'avevano presa in giro: Alice aveva un blocco nei confronti dei libri. Aveva cominciato a leggere tardi, cosa tutt'altro che trascurabile in quella casa di lettori. I suoi genitori, sua madre specialmente, tutti quelli che venivano a trovarli, tutti quelli che le venivano presentati, avevano letto tutto. Non la smettevano mai di leggere. I libri entravano in casa e uscivano come un'onda di marea. "Prolificano sugli scaffali", scherzavano allegri i suoi genitori e poi anche suo fratello. Ma Alice si coccolava il suo blocco. Era un mondo in cui lei poteva decidere di non entrare. Già, perché ci si poteva anche rifiutare. E si ostinava, gentile ma decisa, assaporando segretamente il potere che aveva di mettere in agitazione i genitori. "Non vedo l'utilità di tutto questo leggere," aveva detto e ridetto, anche all'università, dove si era iscritta a Economia politica soprattutto perché i libri che avrebbe dovuto leggere non possedevano la magica qualità sfuggente degli altri. "Mi interessano solo i fatti," diceva in quel periodo, in cui non aveva modo di salvarsi: un numero minimo di libri bisognava bene che lo leggesse.

Ma poi aveva imparato che era meglio astenersi da un'affermazione del genere. C'erano sempre libri di tutti i generi nelle case occupate e nelle comuni. Si stupiva del fatto che un compagno con una visione della vita chiara e corretta fosse disposto a metterla a repentaglio leggendo tutta quella roba rischiosa ed equivoca da cui lei, quando vi si imbatteva, si ritraeva come se si fosse scottata. Aveva persino letto in gran segreto e quasi fino alla fine un romanzo che veniva raccomandato come strumento utile alla lotta, ma la conclusione era stata la stessa che aveva tratto da bambina: se avesse continuato, lasciando che un libro la portasse a un altro, avrebbe finito per perdersi senza possibilità di ritrovarsi.

Ma sapeva fare i commenti giusti. A proposito dell'autore del libro che Pat stava leggendo, osservò: "È un grande umanista."

Pat chiuse il libro e rimase lì a guardare Alice, pensierosa.

"Nabokov, un umanista?" chiese, e Alice vide profilarsi uno dei rischi da lei più temuti, quello di un'eventuale conversazione letteraria.

"Be', io la penso così," insisté Alice con un sorriso modesto e l'aria di chi è pronto a difendere una posizione impopolare a cui è arrivato dopo lunga meditazione. "A lui la gente importa davvero."

Qualcuno – un compagno, forse – in qualche casa occupata, aveva detto per scherzo: "Quando sei in dubbio, definiscili 'umanisti'."

Lo sguardo fermo, interessato e pensoso di Pat rammentava ad Alice qualcosa. O qualcuno. Certo, Zoë Devlin. Era così che guardava Alice quando capitava di parlare di letteratura e ad Alice non restava altra scelta che partecipare alla discussione.

D'un tratto Alice si rammentò. Sì, Zoë Devlin.

Una lite, o almeno una discussione tra Dorothy Mellings e Zoë Devlin avvenuta di recente, non molto tempo prima che Alice se ne andasse.

Alice stava concentrandosi così a fondo su quel ricordo che si sedette piano, quasi senza rendersene conto e dimenticandosi di Pat.

Sua madre voleva che Zoë leggesse un certo libro e Zoë si era rifiutata, sostenendo che il modo in cui il libro giudicava la politica era reazionario.

"Come fai a saperlo se non l'hai letto?" aveva chiesto, ridendo, Dorothy.

"C'è un mucchio di libri come quello," le aveva spiegato Zoë. "Probabilmente tutti scritti dalla Cia."

"Zoë," aveva detto Dorothy, smettendo di ridere, "sei proprio tu? È Zoë Devlin che parla? La mia amica del cuore, l'intrepida, l'incorruttibile Zoë Devlin dalla mente aperta?"

"Spero di sì," aveva risposto Zoë, ridendo.

"Lo spero anch'io," aveva ripetuto Dorothy, seria. "Abbiamo ancora qualcosa in comune, non credi?"

"Oh, smettila, Dorothy, lascia perdere, dài. Forse hai voglia di litigare ma io no."

"Non sei disposta a discutere su qualcosa che giudichi così poco importante come un libro? Come la visione della vita?"

Zoë l'aveva presa sul ridere e poco dopo se n'era andata. Chissà se era più tornata a casa di sua madre. Ma certo, doveva esserci tornata, era una figura familiare per i Mellings da prima che Alice nascesse.

Zoë era una delle "zie" di Alice, come Theresa.

Perché Alice non aveva pensato di rivolgersi a lei per farsi dare i soldi?

Un momento, c'era qualcos'altro nascosto nel fondo della sua mente, ma cosa? Sì, c'era stata quella lite accesa tra Dorothy e Zoë, una cosa terribile. Sì, ed era anche successa di recente, cristo, non più di un paio di settimane prima. Una sola lite?

No, di più, erano state un mucchio.

Dorothy l'aveva accusata di avere il cuore tenero come un cioccolatino alla crema.

Avevano alzato la voce. Zoë se n'era andata di corsa. Lei – Alice – aveva investito sua madre urlando: "Non avrai più amiche, se continui così."

E ora si sentiva male, molto male. Avrebbe finito per vomitare, se non stava attenta. Rimase seduta, immobile con gli occhi strizzati, sforzandosi di non arrendersi alla nausea.

Sentì Pat che diceva: "Alice, Alice, stai male?"

"No," disse lei, in fretta e a bassa voce per non perdere la concentrazione, "va tutto bene." Dopo qualche minuto aprì gli occhi e in tono normale, come se non fosse successo niente, soggiunse: "Non vorrei che la polizia ci capitasse addosso da un momento all'altro." Era tutto qui quello che era riuscita a spremersi.

"La polizia? Perché, cosa vuoi dire?"

"Dobbiamo decidere, dobbiamo prendere una decisione. Supponiamo che facciano irruzione all'interno."

"Ce la siamo cavata altre volte."

"No, alludevo ai secchi, a tutti quei secchi. Non possiamo vuotarli nell'impianto, non tutti in una volta, almeno. Dio solo sa come sono ridotti i tubi là sotto, dove non possiamo vederli. Se li vuotiamo uno alla volta, diciamo uno al giorno, ci vorrà un'eternità. Ma se scaviamo una fossa..."

"Pensa ai vicini," obiettò subito Pat.

"Parlerò io con quella della casa accanto."

"Non sarà certo pazza di gioia."

"Ma così sarebbe finita, no? Con grande soddisfazione di tutti."

"Naturalmente toccherà a te, a me e a Jim."

"Sì, lo so. Io vado dalla Robbins. Tu parla con Jim."

Una pausa. Pat sbadigliò, si dimenò sulla sedia, sollevò il libro, lo lasciò ricadere e poi disse: "Già, sarà meglio."

Nel giardino accanto, che era molto vasto, diviso in due da un sentierino di ghiaia scricchiolante, Joan Robbins stava smuovendo la terra di una bordura con un forcone. Sotto un albero dall'altra parte era seduta una donna molto anziana, che teneva lo sguardo fisso al cielo. Quando comparve Alice Joan Robbins si raddrizzò, sulla difensiva. Ma Alice non le lasciò il tempo di lamentarsi e disse: "Signora Robbins, possiamo tenere per un po' i suoi attrezzi? Vogliamo scavare una fossa. Una grande fossa in cui seppellire l'immondizia."

Joan Robbins, che aveva resistito a tutti i fastidi provocati da quell'orribile numero 43 per tanto tempo, parve per un attimo voler dire di no, che ne aveva avuto abbastanza. Il suo viso gradevole era seccato e accalorato.

Ma a quel punto la donna sotto l'albero si rizzò sulla sedia, piegandosi in avanti, con lo sguardo fisso. Il viso era sparuto, e i bianchi capelli lanosi le stavano dritti in testa. Con voce spessa, tremula, da vecchia, proclamò: "Sudicioni."

"No," ribatté Alice in tono deciso. "Non è vero. Stiamo facendo pulizia."

"Brutti sudicioni," ripeté la vecchia, meno sicura di sé ora che aveva messo a fuoco Alice, una ragazza così carina, lì in piedi sul prato verde con le giunchiglie alle spalle.

"È sua madre?" chiese Alice.

"No, è un'inquilina. Occupa l'appartamento al piano di sopra," disse la signora Robbins, senza modificare il tono di voce, e Alice intuì in un lampo la situazione. Andò dalla vecchia e le disse: "Piacere, mi chiamo Alice Mellings. Sono appena venuta ad abitare al 43. Abbiamo cominciato a sistemare la casa e stiamo portando via l'immondizia."

La vecchia si lasciò ricadere sulla sedia, con gli occhi che sembravano appannati per lo sforzo compiuto.

"Arrivederci," disse Alice. "Arrivederci a presto," e tornò dalla signora Robbins, che le domandò in tono ostile: "Che cosa altro avete da seppellire?" e indicò le file di sacchi neri e lucenti, già pieni fino all'orlo.

Allora sapeva!

Alice disse: "L'avremo finita con questo tanfo. Abbiamo pensato di scavare la fossa nel pomeriggio e di sbarazzarci di tutto stanotte... Una volta per tutte."

"È terribile," commentò la signora Robbins, col pianto nella voce. "Era una strada così bella."

"Domani a quest'ora tutta l'immondizia sarà sparita. E anche la puzza sarà sparita."

"E l'altra casa? Il 45? E d'estate, tutte quelle mosche! Non dovrebbero permetterlo. La polizia li ha buttati fuori una volta ma... loro sono tornati."

Avrebbe potuto dire *voi* e Alice continuò, imperterrita: "Se cominciamo a scavare ora..."

"Be' forse se scavate abbastanza in profondità..." osservò Joan Robbins.

Alice si precipitò in casa. Nella stanza dove l'aveva visto per la prima volta, Jim stava suonando la batteria. Dapprima non rispose, poi sorrise in segno affermativo, perché era fatto così di natura. "Sì, e subito dopo mi diranno che devo andarmene," disse in tono d'accusa.

"No, nessuno te lo dirà," ribatté Alice, impegnandosi un'altra volta.

Lui si alzò e la seguì. Trovarono Pat nell'ingresso. Nella zona più arretrata del giardino dietro la casa, c'era un punto sotto un albero dove un tempo c'era stato un mucchio di concime. Cominciarono a scavare lì, mentre oltre la siepe la signora Robbins continuava a lavorare alla sua bordura, senza guardarli. Era diventata il loro scudo contro gli altri ficcanaso della strada, tutti intenti a guardarli alla finestra e, spettegolando, a chiedersi, tra un commento e l'altro, se non fosse il caso di telefonare di nuovo alla polizia.

La terra era morbida. Scavando, trovarono lo scheletro di un grosso cane, due vecchie monetine, un coltello rotto, un forcone da giardino arrugginito, che sarebbe stato molto utile una volta ripulito; e poi una bottiglia... e un'altra bottiglia. Di lì a poco stavano estraendo bottiglie su bottiglie. Whisky, brandy e gin, bottiglie di tutte le misure, centinaia di bottiglie, e loro erano lì in piedi, nella fossa di terra profumata che arrivava loro alla vita, con le bottiglie che rotolavano e si ammucchiavano intorno ai bordi, anni di sbornie e di oblio.

La gente che rientrava dal lavoro si fermava a guardare, commentando. Uno disse in tono sgradevole: "Dov'è il cadavere?"

"Tra un po' arriveranno anche gli sbirri," disse Jim, ormai esperto.

"Cazzo, quante bottiglie," esclamò Pat e Alice replicò: "La banca delle bottiglie. Se avessimo un'auto... chi ha un'auto?"

"Quelli della casa accanto."

"Il 45? Ce la presterebbero? Dobbiamo assolutamente sbarazzarci di questa roba."

"Oh, Dio, Alice," fece Pat, ma appoggiò il badile contro il muro oltre il quale Jasper e Bert se ne stavano tranquilli a chiacchierare, e uscì nella viuzza laterale, svoltando poi nella strada principale. Tornò dopo un attimo a bordo di una vecchia Toyota. Coprirono i sedili con i sacchi di plastica e riempirono di bottiglie la parte posteriore, il baule, il vano accanto al posto di guida, lasciando libero solo il sedile su cui si accoccolò Alice, accanto a Pat. Questa portò l'auto fino ai grandi contenitori di cemento, dove lavorarono tre quarti d'ora a spaccare le bottiglie.

"Per oggi basta," disse Pat, in tono fermo mentre parcheggiava la macchina davanti al 45. Quando smontarono, Alice guardò il giardino e rimase senza fiato.

"Non avrai intenzione di metterti a lavorare anche qui!" dichiarò Pat con enfasi.

Entrò in casa senza guardare e si diresse al bagno del primo piano.

Non fece commenti sulla nuova lampadina elettrica che emanava un bagliore fioco nell'ingresso.

Alice pensò: "Quante stanze ci sono nella casa? Vediamo, una lampadina per ognuna... Ci vorrà un mucchio di soldi, almeno dieci sterline. Devo procurarmeli..."

Fuori era buio. Una notte umida, ventosa.

Andò in soggiorno; Bert e Jasper non c'erano. Allora io e Jim... pensò.

Jim si era rimesso a suonare. Lei gli si avvicinò e gli disse: "Io porto giù i secchi e tu ti piazzi accanto alla fossa e la riempi poco alla volta di terra. In fretta, prima che tutta la strada venga a lamentarsi."

Jim restò incerto, sembrava sul punto di protestare, ma poi obbedì.

Alice non aveva mai dovuto svolgere un compito così ripugnante, mai in tutta la sua storia di comuni e di occupazioni. La stanza in cui i secchi erano pochi era già abbastanza schifosa, ma quella più grande, stipata di secchi traboccanti, le provocò un urto di vomito ancor prima che aprisse la porta. Lavorò con decisione, portando giù due secchi alla volta, dominando lo stomaco in subbuglio, in mezzo ai miasmi che, invece di diminuire, dilagavano dalla casa al giardino e di lì in strada. Lei rovesciava i secchi, mentre Jim ricopriva rapidamente il tutto con palate di terra. Il suo viso aveva un'espressione desolata. Dal giardino di fronte urlarono

"Maiali!" Alice andò nella viuzza, si fermò davanti alla siepe alta, e attraverso i rami disse a un uomo che se ne stava lì a guardare: "Stiamo facendo pulizia. Da domani la puzza sarà sparita."

"Bisognerebbe denunciarvi al Comune."

"Sono già stati informati," disse Alice. "Non c'è niente di segreto."

Parlava con voce serena, sicura; uno scambio di opinioni tra due padroni di casa. Ripercorse la viuzza illuminata fino al giardino buio. Camminava con calma, quasi con indifferenza. E riprese a portare giù i secchi.

Alle undici la fossa era stata riempita e coperta e la puzza stava già svanendo.

Alice e Jim rimasero fermi al buio uno accanto all'altro circondati da cespugli consolatori. Lui tirò fuori una sigaretta, l'accese, e anche lei, che di solito non fumava, stavolta ne prese una.

Restarono lì in piedi a fumare insieme, inspirando e poi buttando fuori piano piano nuvole delicate di fumo, come se cercassero di saturare l'aria del giardino.

Con una risata sgomenta, Jim disse: "Era tutta mia quella merda. Be', quasi tutta; anche Faye e Roberta hanno fatto la loro parte."

"Lo so. Non pensarci."

"Hai mai pensato, Alice, ci hai mai pensato a quanta merda facciamo nel corso della vita? Voglio dire, se mettessimo tutta la merda che facciamo in un grande tamburo, o meglio in un contenitore, ci vorrebbe un serbatoio grande come quello della centrale elettrica di Battersea per ognuno di noi." Rideva, ma pareva sgomento. "Tutto finisce sotto di noi, nelle fognature, ma pensa se le fogne si intasassero!"

"Impossibile," rispose Alice, sforzandosi di cogliere il suo viso nell'oscurità per capire cosa fosse in realtà a spaventarlo.

"E perché no? Insomma, tutti dicono che le nostre fognature sono vecchie e marce. Supponi che esplodano, per un accumulo di gas!" E scoppiò in un'altra risata.

Lei non sapeva cosa dire.

"E noi continuiamo a vivere in questa città," continuò Jim, in preda allo sconforto. "Continuiamo a vivere come se niente fosse..."

Era diverso dal Jim che lei conosceva. Niente più viso allegro, facile al sorriso. La sua espressione si era fatta amara, irata, spaventata.

"Andiamo dentro, Jim," disse lei. "Prendiamoci una tazza di tè e non pensiamoci più, ormai è fatta."

"È proprio questo che intendevo dire," fece lui, tetro. "Vieni a prendere una tazza di tè, mi dici, e con questo hai chiuso. Ma non è finita qui, lo sai bene anche tu."

Gettò a terra la pala e andò a rinchiudersi nella sua stanza.

Alice lo seguì. Per la terza volta nella giornata, entrò nella vasca sporca cercando di ripulirsi con l'acqua fredda.

Poi andò di sopra. All'ultimo piano tutte le finestre erano spalancate, per cambiare l'aria. Pioveva forte: i sacchi dei rifiuti sarebbero stati pieni d'acqua, e i netturbini si sarebbero innervositi.

Mezzanotte. Alice scese a passi pesanti le scale, sbadigliando; aveva in mente tutto, la disposizione delle stanze, quello che bisognava fare. E Jasper, dov'era? Lo voleva. C'erano momenti, come quello, in cui il bisogno di Jasper la sopraffava. Le bastava sapere che lui era lì, da qualche parte o che sarebbe tornato di lì a poco. Il cuore le batteva forte, tanto ne sentiva la mancanza. Ma quando arrivò in fondo alla scala, udì un tonfo sordo alla porta, come se qualcuno stesse cercando di abbatterla. *La polizia.* Mille pensieri le attraversarono rapidamente la mente. Jasper? Se era in casa, si sarebbe tenuto alla larga? Agli sbirri sarebbe bastata un'occhiata per incastrarlo. Ci avevano scherzato sopra più di una volta, dicendo che se la polizia avesse scorto Jasper anche a un centinaio di metri di distanza e al buio, avrebbe cercato ugualmente di farlo fuori; c'era qualcosa in lui che li esasperava. E Roberta e Faye? Grazie al cielo erano ancora fuori. Alla polizia sarebbe bastato dare un'occhiata anche a loro per partire in quarta. E Philip? Il tipo sbagliato di poliziotto avrebbe trovato irresistibile quell'aspetto infantile. Forse solo Pat non avrebbe avuto problemi, e Bert... ma *Jim, dov'era?*

In quel mentre Pat comparve sulla soglia del soggiorno, chiudendosi la porta alle spalle in modo tale che Alice capì che i due uomini erano lì dentro; e anche Philip sbucò dalla cucina con in mano una grossa torcia accesa e un paio di pinze.

Alice si precipitò alla porta e l'aprì in fretta, tanto che gli uomini che l'avevano tempestata di pugni piombarono di colpo all'interno, facendola quasi cadere.

"Accomodatevi," disse lei, tranquilla, dopo averli valutati con un'occhiata. Erano chiaramente alla caccia di qualcuno, glielo diceva la loro espressione, ma la situazione non era poi così grave, il sangue non gli era ancora montato alla testa, tranne forse a uno. Era un viso che conosceva, non personalmente, certo, ma come tipo. Un viso pulito, freddo, composto, con i baffetti: un viso infantile dagli occhi grigi, duri e freddi. Questo ci si diverte, pensò; e vedendo le occhiate rapide che lanciava attorno, come un cane al guinzaglio, pronto a scattare, si sentì percorrere le cosce da piccoli brividi simili a scariche elettriche. Stette ben attenta a non incrociare lo sguardo con il suo ma avanzò mettendosi di fronte a un uomo robusto, che doveva pesare circa cento chili. Un sergente. Anche quello era un tipo che conosceva; un tipo passabile. Alzò gli occhi su di lui e lui la guardò dall'alto, soppesandola.

"Vi abbiamo già detto di sgomberare," disse poi, con la stessa intonazione di profondo disprezzo che aveva già sentito nella voce dei netturbini, ma al tempo stesso bloccando con un gesto due dei suoi uomini che stavano per spingere da parte Pat con l'intenzione di entrare nel soggiorno. I due desistettero.

Alice esibì il foglio giallo, dicendo: "Siamo stati autorizzati a fermarci."

"Non ancora," obiettò il sergente, andando subito al sodo.

"No, ma mancano solo due giorni. Non è la prima volta che mi succede," spiegò in tono tranquillo. "È tutto in regola se si pagano le bollette e ci si occupa della pulizia."

"Pulizia," ripeté il sergente, chinandosi su di lei con le mani sui fianchi come un personaggio da commedia. "Questo posto è uno schifo."

"Ha visto l'immondizia là fuori," insisté Alice. "Il Comune la porterà via domani. Ho già preso accordi."

"Ah sì, davvero? E allora perché ci sono arrivate delle telefonate per denunciare il fatto che stavate scavando una fossa in giardino e la stavate riempiendo di merda?"

"È la parola giusta," disse Alice. "Gli operai del Comune avevano otturato con il cemento i cessi e al posto di questi sono stati usati dei secchi. Dovevamo sbarazzarcene e abbiamo scavato una fossa."

Silenzio. L'uomo robusto se ne stava sempre lì fermo, leggermente curvo in avanti, con un'espressione di cauta incredulità sul viso largo.

"Avete scavato una fossa," ripeté.

"Sì, proprio così."

"Siamo nel cuore di Londra e voi avete scavato una fossa."

"Esatto," disse Alice, in tono cortese.

"E dopo aver scavato una fossa, l'avete riempita di..." Esitava.

"Merda", disse calma Alice.

Gli altri cinque poliziotti scoppiarono a ridere, sogghignarono, trattennero il fiato, a seconda della loro natura, ma il giovane brutale, che Alice non aveva mai smesso di tenere d'occhio, di scatto prese a calci lo sportello della credenza sotto le scale facendolo a pezzi.

"Lascia perdere," disse il sergente in tono di comando. Non voleva sgarrare. La carogna fece un passo indietro e rimase lì con i pugni chiusi, e lo sguardo puntato su Pat che a sua volta guardava Alice in tutta tranquillità. Questa, cogliendo l'espressione del poliziotto, capì che se Pat lo avesse incontrato a una manifestazione, avrebbe potuto aspettarsi il peggio. Provò di nuovo quel brivido freddo.

"Lei – se ne sta – lì – a dirmi – che avete scavato una fossa in giardino per farne un pozzo nero, senza un permesso, un'autorizzazione!"

"Cos'altro potevamo fare?" obiettò Alice in tono ragionevole e tranquillo. "Non potevamo buttare decine e decine di secchi di merda nella fogna, tutti in una volta. Non in una casa che è rimasta vuota tanto tempo. Allora sì che avreste avuto ragione di lamentarvi, no?"

Altra pausa. "È vietato fare cose del genere," disse infine il sergente. Era già in ritirata. Per fortuna, pensò Alice, soprattutto perché così né Pat né Philip sarebbero sbottati a dire: "Ma noi l'abbiamo fatto!"

"Era una fossa molto grande," spiegò. "Un ubriacone ci aveva sepolto le sue bottiglie. Abbiamo scavato per due metri buoni. Gliela faremmo vedere, se non stesse piovendo. Torni domani e avrà modo di controllare."

Silenzio. Il tizio non sapeva che pesci pigliare. Ti prego, ti prego, mio Dio, pensò Alice, fa' che non succeda niente, che le due ragazze non tornino proprio ora, sarebbe veramente la fine, o che a Jasper non vengano strane idee... Perché Jasper, quando era dell'umore giusto, compariva apposta per cercare la rissa.

Ma non successe niente. I cinque poliziotti che si erano distribuiti nell'ingresso si avvicinarono al loro capo, tornando a formare una squadra, e Alice disse: "Mi scusi, potrei riaverlo?" indicando il foglio giallo che il sergente aveva ancora in mano. Lui lo rilesse da cima a fondo, con aria solenne, poi glielo restituì.

"Dovrò fare rapporto agli uffici dell'Acqua potabile," dichiarò.

"Non c'erano tubature dove abbiamo scavato," disse Alice. "Nemmeno una."

"Solo uno scheletro," soggiunse Pat in tono indifferente. I sei uomini si girarono all'unisono a guardarla, torvi. "Era un cane. L'avevano sepolto lì."

Gli uomini si rilassarono, senza toglierle gli occhi di dosso. Li aveva provocati, ma in modo così tranquillo... e ora se ne stava lì, alla luce fioca dell'unica lampadina, una bella ragazza bruna dal sorriso gentile.

"Torneremo," disse il sergente, e accennò con la testa alla

porta. Uscirono tutti, per ultimo l'assassino, il quale si congedò con un'occhiata fredda e carica di frustrazione al piccolo Philip e a Pat, ma non ad Alice, così comune e remissiva.

La porta si chiuse. Nessuno si mosse. Restarono tutti a fissarla ben sapendo che avrebbero anche potuto tornare. Era una trappola? Ma i minuti passavano. Sentirono una macchina che partiva. Alice scosse il capo guardando Philip, che sembrava fosse sul punto di abbandonarsi a qualche manifestazione di esultanza. E la porta in effetti si riaprì. Era il sergente.

"Ho dato un'occhiata a quei sacchi," disse. "Ha detto che li vengono a portare via domani?" E intanto esplorava con gli occhi tutto l'ingresso, soffermandosi con una smorfia sullo sportello fracassato della credenza sotto le scale.

"Sì," confermò Alice. Poi, in tono triste: "Non è stato molto carino fare a pezzi quello sportello, senza ragione, per giunta."

"Faccia un esposto," disse lui, in tono secco e quasi allegro. Poi sparì.

"Fascisti di merda," esplose Pat, e non si mosse. Rimasero dov'erano: sembravano intenti a giocare alle belle statuine.

Lasciarono passare un paio di minuti, poi tutti insieme tornarono in vita. Jim emerse dall'ombra della sua stanza sogghignando e tutti e quattro andarono in soggiorno dove Jasper e Bert oziavano, bevendo birra. Alice intuì dalla loro espressione che Jasper aveva detto a Bert, un'altra volta, quanto lei fosse brava a cavarsela in quelle situazioni, acquistandone indirettamente il merito. Anche Pat era rimasta colpita e Jim sembrava non riuscire a credere che tutto si fosse svolto con tanta apparente facilità. Alice sapeva che in quel momento avrebbe potuto ottenere quello che voleva e alla sua mente, in cima al lungo elenco di difficoltà da superare, si presentò immediatamente il punto riguardante Philip e Jim.

Accettò una bottiglia di birra offertale da Bert che, nel porgergliela, le fece il gesto del pollice in alto in segno di vittoria, e di lì a poco erano tutti seduti vicini, al centro della grande stanza, ancora illuminata dalle candele, perché non c'era stato il tempo di mettere una lampadina. Philip si era seduto un po' in disparte, titubante.

"Prima di tutto un brindisi ad Alice!" disse Pat.

Bevvero in suo onore e lei rimase lì zitta, sorridendo, timorosa di mettersi a piangere.

E ora, pensò, solleverò il caso di Philip, e poi quello di Jim. Sistemerò anche questa faccenda.

Ma improvvisamente si sentirono nell'ingresso delle voci, accompagnate da risate e un attimo dopo entrarono le ragazze, tutte animate per l'eccitazione di una giornata di picchetti coronati dal successo, di manifestazioni e di marce.

Roberta, ridendo, si avvicinò al carrello, prese una bottiglia e se la portò alle labbra. Bevve stando in piedi, a lunghi sorsi, poi porse la bottiglia a Faye che fece lo stesso.

"Che giornata!" disse Roberta, e si lasciò scivolare sul bracciolo di una poltrona, mentre Faye si sedeva sull'altro. Erano un mondo a sé e squadravano gli altri come due avventuriere un gruppo di sedentari. Poi cominciarono a raccontare; Roberta teneva banco e Faye le faceva da spalla.

Un picchetto di due o trecento persone – era un dato oscillante perché c'era stato un grande andirivieni – aveva impedito ai camion con i giornali di uscire dai cancelli per distribuirli. Aveva dovuto intervenire la polizia per permettere ai camion di passare.

"Duecento poliziotti," disse Roberta, in tono di disprezzo. "Duecento fottutissimi sbirri!"

"Più poliziotti che compagni," disse ridendo Faye, e Roberta la guardò con affetto. Faye così vivace e gaia, era proprio molto carina. Aveva perso lo sguardo inquieto, l'aria depressa. Sembrava scintillare nella stanza appena illuminata.

"Ho dovuto impedire a Faye di farsi trascinare dall'entusiasmo," disse Roberta. "Altrimenti sarebbe rimasta là. Non era proprio il caso di metterci troppo in mostra..."

"Hanno arrestato qualcuno?"

"Ne hanno beccati cinque," disse Roberta. "Uno era Gerry. Be', non se n'è andato tranquillamente."

"Credo bene," disse Faye in tono fiero.

"E chi altro?"

"Gli altri non li conoscevo. Facevano parte dei Militanti, credo."

Una pausa. Alice si rese conto di aver perso il suo vantaggio e si sentì scoraggiata. Vedendo l'espressione con cui Jasper guardava le due ragazze impegnate nella lotta, pensò, se lo conosco bene, domani sarà là anche lui.

"Verrò anch'io domani," disse infatti Jasper e guardò Bert che ribadì: "D'accordo."

Bert posò lo sguardo su Pat, e lei fece: "Lo stesso vale per me."

Silenzio. Faye disse tutta eccitata: "Mi piacerebbe fare a pezzi uno di quei camion. Sapete, quando ho visto quell'affare là fermo, blindato e illuminato, con il filo di ferro sul parabrezza, ho provato un tale impulso di odio... era l'immagine stessa del male."

"Sì," concordò Bert, "Rappresenta tutto quello che detestiamo."

"Vorrei... vorrei..." A questo punto Faye, accorgendosi dello sguardo dell'amante, si fece tutta carina e, fingendo di rabbrividire, disse: "Mi piacerebbe affondarci dentro i denti!" Roberta le diede un colpetto affettuoso sulle spalle e la strinse un attimo a sé.

"Ad ogni modo," insisté poi, "sarebbe meglio che non ci tornassimo. Non dobbiamo farci prendere."

"Oh," protestò Faye, facendo il broncio. "Perché no, basta che stiamo attente."

"Avranno scattato un mucchio di fotografie," disse Jim tutto eccitato. "Ci sarete sicuramente anche voi."

"Sì, ma non stavamo facendo niente," commentò Faye, "che menata, tutte queste precauzioni..."

"Verrò anch'io," proruppe Jim. "Mi piacerebbe davvero. Se penso a quei porci..." soggiunse con tale genuina intensità che Faye e Roberta si voltarono a guardarlo, incuriosite, mentre Bert spiegava: "Sono venuti gli sbirri, stasera."

"Meno male che non c'eravamo, allora," disse Roberta.

"Se li è gestiti Alice. È veramente fantastica," disse Pat, ma in tono meno amichevole di quello che avrebbe avuto se l'arrivo delle due ragazze non avesse distrutto l'atmosfera di complicità che si era creata tra loro.

Hanno rovinato tutto, osservò amaramente Alice, quasi sorpresa di sé. Un attimo prima aveva pensato: eccomi qui a preoccuparmi di questa casa, mentre loro agiscono a livello più serio.

"Oh, be'," disse Faye, liquidando la visita della polizia come se fosse una bazzecola, "me ne vado a dormire, visto che devo alzarmi presto domattina."

Le due donne si alzarono. Roberta guardava Philip, che se ne stava là seduto, da parte, come in attesa. "Stai qui stanotte?" domandò, e Philip guardò Alice, che dichiarò: "Ho detto a Philip che può venire a vivere qui." La sua voce aveva un tono supplice, lo sapeva, così come era consapevole di aver assunto quel suo particolare sguardo da vitello sul punto di essere macellato. Da un momento all'altro avrebbe potuto crollare e mettersi a piangere.

L'atteggiamento di Roberta era impercettibilmente mutato, il corpo si era irrigidito, e lei sembrava offesa, anche se si sforzava di mantenere un viso impassibile. Quanto a Philip pareva che fosse stato sottoposto a una gragnuola invisibile di colpi.

Roberta guardò Bert, alzando le sopracciglia. Lo sguardo che Bert le restituì fu di sufficienza. Se ne lavava le mani, non avrebbe parteggiato per nessuno. Non è un granché, pensò di nuovo Alice, anzi non vale niente!

Guardò Pat e colse in lei qualcosa che avrebbe potuto salvare la situazione. Pat aspettava che Bert parlasse; sì, dovevano aver discusso in sua assenza. Chissà cosa avevano deciso.

Dato che Bert taceva, Pat disse: "Philip, Alice non può prendere decisioni a livello individuale. Lo sai anche tu, Alice! Bisogna discuterne insieme."

A questo punto lanciò un'occhiata a Jim, che sbottò: "Io sono arrivato prima di voi, questa era casa mia." Era come impazzito; tutti i suoi sorrisi, la sua gentilezza, erano scomparsi. "Sono stato io a dirvi di venire. Questa è la Casa della Libertà, vi ho detto." Era un ragionamento ineccepibile, bisognava riconoscerlo. È Jim che salverà Philip! pensò Alice. Intanto Jim continuava: "E adesso mi si viene a dire che devo andarmene, che questa non è casa mia! Cosa significa? Non riesco a capire."

Roberta e Faye si alzarono. "Dovremmo indire una vera riunione e discuterne come si deve," osservò Roberta.

Anche Philip si alzò. "Lavoro qui da due giorni; le cinquanta sterline non basterebbero nemmeno a pagare i cavi che ho usato," disse.

Alice lanciò un'occhiata feroce a Jasper. Questi era in attesa di un verdetto di Bert, il quale si limitò a sorridere tranquillo, con i denti bianchi e le labbra rosse che balenavano nel folto della barba.

Anche Pat si alzò. Era chiaramente delusa. "Non vedo perché Philip non dovrebbe restare," dichiarò in tono secco, "quanto a Jim, è vero che è arrivato prima. Be', ora me ne vado a letto. Dovremo alzarci al più tardi alle otto per arrivare in tempo al picchetto."

"Voglio venire anch'io," disse Philip.

Alice trattenne il respiro e soffocò un lamento. Disse invece: "Ho trovato i soldi. Li avrò per domani sera."

Philip fece una risatina delusa. "Vedremo," osservò, "ma non è questo il punto. Se fossi interessato ai soldi, non sarei qui."

"Certo che no," disse Pat. "Be', andiamoci tutti domani." Fece uno sbadiglio e si stiracchiò con ampi movimenti sensuali, lanciando un'occhiata a Bert che reagì alzandosi a sua volta e cingendole le spalle con un braccio.

Oh no, pensò Alice! Ancora!

Roberta e Faye se ne andarono tenendosi per mano. Buonanotte, buonanotte.

Bert e Pat uscirono abbracciati.

Jasper li seguì e Alice lo sentì correre rumorosamente su per le scale.

"Andrà tutto bene," disse Alice ai due che erano rimasti.

E Philip disse: "Come fai a saperlo. Non puoi impegnarti per gli altri."

"No," confermò Jim. Tutta la rabbia e la furia che l'avevano assalito prima erano sparite.

Era tornato a essere il Jim di sempre, un bravo ragazzo sorridente. Ma Alice pensò: Se lo buttiamo fuori, di notte tornerà e farà tutto a pezzi.

Era stupita che gli altri non l'avessero capito, che non se ne fossero accorti.

Philip disse ad Alice, attestandosi su una posizione che doveva avere assunto spesso in passato: "Domani non lavoro qui. Vado con gli altri. Dopo tutto la lotta contro il capitale è più importante delle nostre comodità." Niente soldi, niente lavoro! Uscì dalla stanza, e salì le scale a passi pesanti.

Senza dare la buonanotte Jim andò a rifugiarsi nel suo antro, da dove di lì a poco si sentì provenire il suono dei tamburi, un rumore soffocato, carico di emozione, simile a una minaccia.

Alice era rimasta sola. Girò per la stanza a spegnere le candele e lasciò che il buio calasse in modo da permettere di distinguere, nell'oscurità diseguale, la spalliera di una sedia, il bordo rigido del tavolo. Si disse, la prima cosa che farò, sarà...

Mentre usciva, pensò preoccupata che forse Jasper aveva portato la sua roba in un'altra stanza... ebbe la sensazione che il cuore le si spezzasse. Si rendeva conto che la presenza di Bert avrebbe reso difficile mantenere quel legame che era lo scopo e il significato stesso della sua vita.

Jasper non l'avrebbe lasciata, questo lo sapeva, ma avrebbe potuto mettere tra loro una distanza incommensurabile.

Andò nell'ingresso, che, così vuoto e deserto, le parve immenso e spense la luce. Salì le scale al buio, sentendo sotto i piedi il tappeto che si era fatto sdrucciolevole tanto era consunto, e arrivò sul pianerottolo dove si aprivano le porte delle stanze in cui si erano sistemati gli altri, Philip compreso, nella cameretta dietro quella più grande occupata da Faye e da Roberta. Jim dormiva sempre da basso, dove c'erano i suoi strumenti... e da dove era anche più facile saltare da una finestra e scappare, se fosse stato necessario.

Aprì la porta e, con un senso di sollievo che le fece piegare le ginocchia, vide Jasper che se ne stava raggomitolato contro la parete, una figura larvale nella semioscurità. Anche il sacco a pelo di lei era disteso lungo quella parete; in passato, lui era arrivato anche a spostarlo. Lei ci scivolò dentro tutta vestita.

"Jasper?" disse.

"Cosa c'è?"

"Buonanotte."

Lui non rispose. Rimasero sdraiati in silenzio, con l'orecchio teso a sentire se Pat e Bert avrebbero ripreso la loro attività notturna, cosa che puntualmente avvenne. Ma Alice era stanca morta e si addormentò. Quando si svegliò era già chiaro. Jasper se n'era andato, e come lui tutti gli altri. Non doveva più esserci nessun altro in casa tranne forse Philip. Andò a vedere. Non c'era più neanche lui; i suoi arnesi giacevano abbandonati vicino allo squarcio nel pavimento dove stava sostituendo i cavi.

Doveva trovare dei soldi, era indispensabile.

Erano le nove del mattino.

Se parlassi con la mamma, se le spiegassi, pensò. Ma il pensiero annegò in una pozza di sgomento. Non si rammentava esattamente cosa avesse detto sua madre, ma si ricordava della sua voce atona, vuota, tale da fare pensare che le avessero risucchiato ogni traccia di vita. Questo se lo ricordava. Ma cos'ha, pensò Alice indignata, cosa diavolo le ha preso?

Suo padre. Me li darà lui. Deve darmeli! Ma anche questo pensiero si spense in lei, incapace di prender piede... e si trovò invece a pensare alla nuova casa di suo padre. Be', proprio nuova non era, ci stava già da più di cinque anni. Quando lei e Jasper erano andati a vivere con sua madre lui era già via da un anno buono, forse più. Una moglie nuova, due figli nuovi. Alice rivide mentalmente la casa in cui era stata parecchie volte. Il giardino. Jane. Jane Mellings con i suoi due bei bambini nel suo bel giardino tutto verde, ora pieno di fiori primaverili e di cespugli di forsizia.

Si riscosse, scese di corsa da basso, afferrò la giacca e uscì nella strada dove rombavano i motori delle auto, pronte ad avviarsi. Mentre correva si ricordò che dovevano venire quelli della nettezza urbana. Be', sarebbe stata via soltanto un'ora e, d'altra parte, era improbabile che venissero così presto.

Già, ma come faceva a esserne sicura? Se fossero arrivati e non avessero trovato nessuno... ma continuò a correre lo stesso, dicendosi che non sarebbero venuti prima del suo ritorno, lo sapeva, se lo sentiva.

Arrivò col fiatone alla metropolitana, prese di corsa un biglietto dalla macchina distributrice, si precipitò giù per le scale e saltò sul treno che passava proprio in quel momento. Non ne fu sorpresa; quel giorno tutto stava andando per il verso giusto. Rimase in piedi nel treno affollato, agitandosi nervosamente, poi corse su per le scale fino all'uscita, e di nuovo lungo i viali fronzuti, finché si fermò davanti alla casa del padre distante poco più di cinquecento metri da quella della madre.

Non fu sorpresa di vedere Jane, la moglie di suo padre. Era seduta sul prato, su una grande coperta a righe rosse e verdi, in compagnia di due bimbetti con le testine bionde che rilucevano al sole.

Alice distolse gli occhi da quella scena, timorosa che, sentendosi guardata, Jane potesse voltarsi verso di lei. Percorse il sentierino che portava alla porta d'ingresso, la trovò chiusa a chiave e girò sul retro della casa. Jane l'avrebbe vista se solo avesse girato la testa. Entrò in cucina e le si strinse il cuore, perché era molto spaziosa, con un grande tavolo di legno su cui spiccavano una fruttiera ricolma e vasi di fiori che rappresentavano per lei il simbolo della felicità.

Corse nell'ingresso e salì le scale. Se suo padre non era ancora andato a lavorare – difficile però che fosse in ritardo – lei gli avrebbe detto: "Oh ciao, papà, eccoti qui!" Aprì piano la porta della camera da letto e vide, come previsto, il grande letto matrimoniale con i piumoni scostati e la camicia da notte di Jane (una camicia di seta rossa, notò Alice severa), il pigiama del padre, una palla morbida a righe e un orsacchiotto.

Andò dritta alle ante scorrevoli dietro le quali erano appesi gli abiti del padre. Tutti in ordine perfetto. Suo padre era un uomo meticoloso. Frugò nelle tasche, sicura di trovarci qualcosa. A casa loro si era sempre scherzato sul fatto che Dorothy Mellings trovava immancabilmente dei soldi nelle tasche del padre e insisteva a usarli per comprare cose superflue.

Il padre di Alice le chiedeva: "Coraggio, sputa il rospo, cosa ne hai fatto?" Al che lei rispondeva: "Ho comprato un vasetto di pesche al cognac," oppure dei marron glacé o una bottiglia di whisky Glenfiddich.

Mentre le sue mani guizzavano dentro e fuori le tasche, Alice pregava, mio Dio, fa' che ci siano dei soldi, fa' che li trovi, fa' che ne trovi un bel po'. Incontrò con le dita un rotolo morbido e lo tirò fuori, non credendo alla sua fortuna. Un pacchetto soffice di banconote. Tanti bei biglietti da dieci sterline. Li fece scivolare nel taschino che aveva sul petto e si precipitò fuori della stanza, giù per le scale e, attraverso la cucina, nel giardino sul retro. Non si fermò nemmeno a controllare se Jane l'avesse vista. Ma no, sicuramente stava guardando da un'altra parte.

Si trovò per strada e dopo un attimo fu fuori di vista. Allora si fermò, voltando le spalle alla strada, con il viso rivolto verso un'alta siepe e si mise a contare le banconote. Incredibile ma vero, erano trecento sterline.

Be', suo padre avrebbe sentito la mancanza di quei soldi, erano un bel po' più di quelli che ci sarebbero voluti per comprare un vasetto di fottutissimo zenzero o di pesche. Trecento sterline: avrebbe dato la colpa a lei, a Jane. Benissimo. Alice fu invasa da un senso di piacere gelido e acre, fece scivolare di nuovo i biglietti in tasca e si mise a correre. I netturbini!

Tre quarti d'ora dopo essere uscita, era di nuovo a casa, giusto in tempo per vedere il camion della spazzatura che girava l'angolo dalla strada principale.

Ne era certa. Sapeva che sarebbe andato tutto bene; sorrise, col cuore che le batteva forte, facendole fischiare le orecchie.

Dal camion delle immondizie saltarono giù gli stessi uomini del giorno prima i quali, vedendola lì, cominciarono a lanciare sul camion i sacchi neri e scintillanti. Neanche una parola sulla pioggia che era caduta sui sacchi, mescolandosi alla sporcizia.

Ci impiegarono circa venti minuti, e per tutto quel tempo Joan Robbins, che era uscita di casa, rimase a guardarli a braccia conserte. Chissà chi altro stava assistendo alla scena? Alice preferì non controllare, ma decise di andare verso la siepe per parlare con la donna: un sorriso tra vicine e qualche chiacchiera, ecco cosa avrebbe visto chi stava a spiare. Poi si fermò accanto al cancello da cui era appena uscito l'ultimo sacco e mise in mano ad Alan, l'autista, le quindici sterline pattuite, sorridendo come una vera padrona di casa. Infine rientrò. Erano appena passate le dieci. Aveva tutta la giornata davanti a sé, e intendeva utilizzarne ogni istante. Bastava solo cominciare. Ormai stava veleggiando col vento in poppa. Si mise a pensare a loro, ai suoi amici, alla sua famiglia, che a quest'ora dovevano essere arrivati agli impianti di Melstead, si erano forse già mescolati agli altri, valutando l'entità delle forze di polizia, o si spostavano disinvolti qua e là, scambiandosi battute che la polizia avrebbe dovuto fingere di ignorare finché non fosse arrivato il momento di contrattaccare.

Bert, Jasper e Pat, Jim e Philip, Roberta e Faye... sperava che quelle due non si esponessero troppo. Be', politicamente erano tutti maturi, dovevano sapere fino a che punto potevano spingersi. E Jasper? Era parecchio tempo che non prendeva parte a una manifestazione; prima di tutto perché aveva finito da poco il periodo di libertà vigilata. Non che lei lo volesse tenere lontano dai rischi, ma le piacevano le cose fatte bene. Jasper era violento, già una volta l'avevano messo in libertà vigilata per due anni e non perché avesse fatto qualcosa di utile, così lei pensava, ma solo per leggerezza.

Alice era seduta da sola perfettamente a suo agio nel grande soggiorno in disordine che la circondava, quando le venne in mente che aveva fame. Non aveva più voglia di uscire. Appoggiato alla parete vide un carrello per la spesa assai malconcio con dentro un filone di pane e del salame. Dio solo sapeva da quanto tempo era lì; ma non le importava. Si sedette a mangiare, adagio, stando attenta a non fare briciole.

Per dipingere quella stanza avrebbe avuto bisogno di aiuto, era così grande e i soffitti erano così alti. Ma la cucina... Passò circa un'ora prima che riuscisse a mettersi in moto, era proprio stanca. E poi si stava crogiolando mentalmente nell'idea di come avrebbe speso i soldi che sentiva in un bel malloppo morbido, proprio sotto il cuore. Infine si alzò e andò in cucina. Cominciò a lavorare riempiendo secchi di acqua, purtroppo fredda, e spostando la scala attorno alla cucina a gas che era ancora per terra, coricata su un fianco, per grattare soffitto e pareti. A un certo punto sentì le lacrime scorrerle lungo le guance mentre pensava agli altri che in quel momento stavano forse gridando all'unisono "Thatcher boia!" o "Abbasso i crumiri!"

Poteva sentirli. "Il popolo unito, non verrà mai sconfitto." Forse uno di loro, Philip, sì, proprio Philip, sarebbe andato in un bar a comprare panini e birra per tutti. Forse c'era già anche uno spaccio mobile; doveva essere così, il picchetto era iniziato da un bel po'.

Pensava a come si sarebbe fatta elettrica l'atmosfera, e carica di tensione; quando i mezzi corazzati – simbolo di tutto quello che loro odiavano – avrebbero cominciato a muoversi, la folla si sarebbe unita nella lotta, diventando compatta come un muro...

Alice pianse forte per un po', tirando su col naso e deglutendo, mentre era intenta a fregare il pavimento. Se *loro* avessero deciso che Philip non poteva fermarsi, allora... tutti i buchi nel tetto, le tegole smosse...

Verso le quattro del pomeriggio la cucina era ormai diventata uno specchio, senza più un filo di polvere né una traccia di grasso. Il grande tavolo era ritornato al suo posto, con le pesanti sedie di legno tutt'attorno e al centro un vasetto di vetro con delle giunchiglie colte in giardino. Unico ricordo del caos precedente la povera cucina elettrica, coricata su un fianco. Alice meditò di prendere un treno e raggiungere gli altri: dopo tutto ne aveva il diritto, lei, veterana di cento battaglie; invece andò a sedersi in salotto per riposare un po' e si addormentò, svegliandosi solo quando udì gli altri che rientravano ridendo e chiacchierando, eccitati e soddisfatti.

Allora, tutta intorpidita, si alzò con sforzo dalla poltrona e mentre li salutava si sentì quasi in colpa, tanto che, quando la invitarono a dividere con loro i cibi e le bevande che avevano posato sul pavimento, le parve di non meritarselo.

Poi ricordò. Tirò fuori il grosso rotolo di banconote e, ridendo, porse a Philip centocinquanta sterline. "Come acconto," gli disse.

Silenzio. Tutti fissavano increduli il denaro. Poi cominciarono a ridere, ad abbracciarla e ad abbracciarsi. Persino Jasper le mise per un attimo un braccio intorno alle spalle, ridendo, evidentemente orgoglioso di lei.

"Sarà meglio non chiedere dove l'hai trovato," osservò Roberta. "Comunque, congratulazioni."

"Guadagnato onestamente, spero," commentò Faye con aria compunta, e gli altri ripresero a ridere e ad abbracciarsi, ma Alice si rese conto che tutte quelle manifestazioni di giubilo erano uno strascico dell'euforia e delle emozioni della giornata, della loro audace sfida all'autorità, piuttosto che l'effetto della piacevole sorpresa che aveva fatto loro.

"Comunque," ammonì Faye, "dobbiamo prendere una decisione collettiva," ma Roberta la interrupe. "Oh, balle, Faye, falla finita. Va bene così..."

Le due donne si scambiarono un'occhiata; e Alice comprese che avevano discusso la faccenda laggiù, e non s'erano trovate d'accordo. Bert disse asciutto, come se la cosa in realtà non avesse importanza e non ne avesse mai avuta: "Sì, per quel che mi riguarda, va benissimo." "Anche per me," gli fece eco Jasper.

"Sono d'accordo anch'io," disse Pat.

Philip rimase zitto perché se avesse parlato si sarebbe messo a piangere, ma sul suo volto si leggeva il sollievo, la felicità. E Jim be', Jim la considerava soltanto una tregua; Alice sapeva che a lui qualunque favore della sorte non poteva apparire che temporaneo. Sembrava tuttavia abbastanza contento. C'era nella stanza una sensazione di calore, di intimità. Una famiglia...

Questa atmosfera perdurò durante il pasto, dopo il quale Alice li condusse in cucina per mostrar loro come l'aveva pulita e riordinata.

"Meravigliosa," canticchiò Faye. "Alice delle Meraviglie, la meravigliosa Alice..." Era leggermente brilla, allegra, e gli altri la osservavano divertiti.

Senza esserne richiesti Bert e Jasper rimisero in piedi la cucina elettrica e la sistemarono al suo posto contro la parete.

"La riparerò domani," disse premurosamente Philip.

Salirono al piano di sopra tutti insieme, riluttanti a separarsi, poiché si sentivano veramente un gruppo.

Distesa nel sacco a pelo appoggiato contro la parete, al buio, con i piedi a un metro da quelli di Jasper, Alice chiese con finta indifferenza: "Allora, cosa avete deciso tu e Bert?"

Jasper ebbe uno scatto che non le sfuggì e la fece riflettere sul fatto che la domanda le era uscita quasi involontariamente.

Jasper ora giaceva immobile, rigido, come se fosse in trappola: era questo l'effetto che avevano avuto su di lui le parole di Alice.

"Oh, lascia perdere, Jasper," si affrettò a mormorare Alice in tono conciliante benché morisse di curiosità. "Ma ne avete discusso, vero?"

Una pausa. "Sì, ne abbiamo discusso."

"Be', ci riguarda tutti."

Un altro silenzio, carico di risentimento. "Abbiamo pensato che non sarebbe sbagliato far venire altra gente. Ma devono essere dell'Ucc. Anche Jim dovrà iscriversi."

"Vuoi dire che Philip e Jim ci faranno da copertura."

Jasper non rispose. Chi tace acconsente. Alice disse: "Già, e naturalmente si aggiungeranno anche altri e..."

"Ma non devono essere i primi venuti, "ribatté Jasper con veemenza." Non possiamo tenere qui chiunque."

"Non ho detto questo. A ogni modo, non occorre che gli altri sappiano che siamo dell'Ira."

"Proprio così," rispose Jasper.

A questo punto Alice domandò, con quel suo tono sognante e quasi stupita di sé... "Con i compagni del 45, che cosa..." Si interruppe, attenta a ciò che aveva detto, intimorita.

Ma Jasper si era sollevato di scatto su un gomito e la stava fissando nella semioscurità. I fari delle macchine che passavano sul viale gettavano mobili fasci di luce sul soffitto, le pareti, il pavimento, illuminando anche loro due di tanto in tanto. Jasper taceva. Non chiese: come sai che siamo andati nell'altra casa? né disse: come ti permetti di spiarmi? – come aveva fatto fin troppo spesso in passato, prima di imparare che lei possedeva la facoltà di sapere sempre tutto, senza che nessuno gliene parlasse.

Alice rifletté in fretta, riascoltando il suono delle sue parole. Dunque, a quanto pareva Bert e Jasper erano stati davvero nella casa accanto, al 45. C'erano dei compagni in quella casa? Evidentemente sì.

Chiese: "Sei andato là giusto per curiosità, oppure... Come è successo?"

Jasper rispose bruscamente, dopo un attimo di silenzio: "Si sono messi in contatto con noi. Hanno mandato un messaggio."

"A chi? A te e a Bert?"

Dalla sua esitazione comprese che vi era stata inclusa anche lei, ma decise di non insistere su quel punto.

"È arrivato un messaggio," ripeté Jasper e si rimise disteso.

"E tu e Bert e i compagni di là, avete deciso che dobbiamo ospitare altra gente, come copertura."

Silenzio. Ma Alice sapeva che Jasper non dormiva. Lasciò passare qualche minuto, poi cambiò argomento e disse: "Bisogna che quanto prima tutti comincino a contribuire alle spese. Finora ho pagato tutto io."

"Dove hai trovato quei soldi?" le chiese immediatamente Jasper, ricordandosi del denaro, come lei voleva.

Lo aveva lì, pronto per lui; si sporse nel buio e gli passò le banconote.

"Quant'è?" chiese Jasper.

"Cinquanta sterline."

"Quante ne hai arraffate?"

"Non far domande," rispose Alice; tuttavia se lui gliel'avesse chiesto gli avrebbe raccontato tutto. Ma Jasper si limitò a commentare: "Giusto, spremili fino all'ultima goccia."

"Domani devo andare a discutere con quelli del Comune," disse Alice. "Vuoi ritirare tu il mio sussidio di disoccupazione?"

"D'accordo."

Entrambi erano intenti a cogliere i suoni dell'amore provenienti dalla stanza accanto, ma Bert e Pat dovevano essersi addormentati subito. E allora anche loro due, che fino a quel momento erano rimasti svegli con i nervi tesi, finalmente si rilassarono e giacquero rasserenati, in silenzio, mentre Alice pensava: eccoci qui insieme... come due coniugi che chiacchierano un po' prima di addormentarsi. Spero che ora si decida a raccontarmi cosa è successo oggi.

Non voleva far domande, proprio perché Jasper sapeva che lei moriva dalla voglia di sentirsi raccontare tutto. E poco dopo Jasper l'accontentò e cominciò a parlare. Alice lo amava quando era così. Le raccontò tutto, fin dal principio; di come loro sette avevano preso il treno, avevano comprato dei panini e del caffè alla stazione, si erano stipati sui sedili di uno scompartimento e avevano fatto colazione. Poi con un taxi avevano raggiunto la tipografia. Il taxista era dalla loro parte. "Buona fortuna!" aveva augurato loro ripartendo.

"Gentile," commentò Alice sottovoce, sorridendo nel buio.

E così continuarono a chiacchierare, tranquilli, e Jasper le raccontò tutto, cosa che sapeva fare assai bene, riuscendo a ricreare perfettamente con le parole i fatti, le circostanze, l'atmosfera. Dovrebbe fare il giornalista, pensò Alice, è così bravo.

Alice avrebbe voluto discorrere tutta la notte, perché nel pomeriggio aveva dormito a lungo. Ma Jasper si addormentò quasi subito, e lei rimase sveglia, appagata, in silenzio, facendo progetti per l'indomani che, lo sapeva, non sarebbe stato un giorno facile.

Quando si svegliò, Jasper non c'era più. Salì di corsa all'ultimo piano e gettò un'occhiata all'interno delle quattro stanze dove aveva lasciato le finestre aperte. I due locali in cui aveva trovato quegli orribili secchi erano ridiventati delle normali stanze che quanto prima qualcuno avrebbe abitato. Ma non era andata lassù per questo. Su un paio di soffitti spiccavano delle macchie scure prodotte dall'umidità e poiché aveva scoperto sopra il pianerottolo una botola che conduceva in solaio salì sul davanzale di una finestra per arrivare ad aprirla. Riuscì a malapena a toccarla, ma sentì che cedeva, sotto la spinta delle sue dita. Bene.

Scese di corsa in cucina, da dove giungevano delle voci. Quel che vide le riempì gli occhi di lacrime. Bert e Pat, vicinissimi, Jasper, Jim, felice e sorridente, sedevano attorno al tavolo, mentre Philip si era già messo al lavoro ed era curvo dietro la cucina elettrica sul cui ripiano aveva appoggiato la sua tazza di caffè. Bert era andato dalla ragazza del suo amico Philip, Felicity, e si era fatto riempire il thermos, aveva comprato dei croissant, del burro e della marmellata. Era un vero pasto. Alice sedette compiaciuta a capotavola di fronte a Bert e disse: "Se questa stanza avesse delle tendine..." Tutti scoppiarono a ridere.

"Prima di parlare di tendine, faresti meglio a sistemare le cose con il Comune," commentò Jasper, burbero, ma solo perché era geloso di Pat che aveva appena detto: "Oh, sono d'accordo con Alice. Alice potrà sempre contare sul mio appoggio."

Quando ebbe davanti a sé il caffè e i croissant, Alice chiese: "Qualcuno di voi ha notato i soffitti dell'ultimo piano?"

"Io," rispose Pat.

"Non posso fare tutto subito," protestò Philip. Sembrava offeso, tanto che Pat gli disse: "Non preoccuparti. Non è difficile sistemare le tegole. L'ho già fatto una volta in un'altra casa occupata."

"Ci lavoreremo insieme quando avrò finito con questi fornelli," rispose Philip.

"C'è qualcuno disposto a rimuovere le tegole che sono finite nella grondaia?" chiese Pat, rivolta a Bert.

"Soffro di vertigini," rispose questi senza scomporsi.

"Posso farlo io," disse Alice. Poi, rivolta a Jasper, non a Bert: "Non potresti farti prestare la macchina da quelli del 45 per vedere se riesci a ricuperare mobili di cui i proprietari vogliono liberarsi e che il camion del Comune non ha ancora ritirato? Ne ho visti diversi nella strada in cui abita mio padre, tutta roba in perfetto stato." Poi soggiunse in tono indignato: "Che spreco. Pensate allo *spreco*. Questa casa... tutte queste stanze... e tutta la roba ancora in ordine che la gente butta via..." Sentì che la sua faccia stava per tradirla e cercò di controllarsi perché aveva notato che Pat la stava studiando, pronta a trarre le sue conclusioni. "Eccoti servito, Bert," intervenne quest'ultima. "E anche tu, Jasper. Avete da fare per tutto il giorno." Mentre Bert scoppiava a ridere, memore di qualche vecchia battuta sulla sua pigrizia, Pat soggiunse, irritata: "Oh, cazzo, finora è stata Alice a fare tutto."

"E a trovare i quattrini," commentò Philip da dietro la cucina elettrica.

"Già, diciamo che li ha trovati," ribatté Bert.

"Già, diciamo così," approvò Jasper ridendo mentre girava irrequieto per la cucina, impaziente di andarsene insieme a Bert a battere le strade della città.

Mentre i due uscivano entrarono Roberta e Faye, scorsero sul tavolo i resti dei croissant, si sedettero e li spazzarono via.

Alice trascinò fuori la pesante scala a pioli di Philip, la appoggiò alla facciata della casa e vi salì. Per fortuna l'edificio, largo e solido, non si levava a un'altezza tale da incutere timore. Quando giunse in cima alla scala trovò Pat già seduta sul tetto che si reggeva con un braccio al camino. Vi era arrivata attraverso il lucernario del solaio. Intorno alla base del camino il tetto era pieno di buchi.

Le tegole erano scivolate ed erano finite nella grondaia. Chissà dov'era andata a finire tutta la pioggia che era entrata? Non avevano ancora ispezionato il solaio.

Alice si protese e allungò la mano per prendere le tegole cadute, che allineò sul tetto davanti a sé. Pat a quanto pareva non aveva fretta di cominciare; le piaceva starsene là seduta ad osservare i tetti e gli ultimi piani delle case all'intorno. E naturalmente i vicini, che le guardavano perplessi, due donne che riparavano un tetto. E gli uomini dov'erano? si stavano evidentemente chiedendo, Joan Robbins, la vecchia seduta sotto l'albero, l'uomo che le sbirciava sconcertato da una finestra.

"Prendi," gridò Alice, facendo il gesto di lanciare una tegola, ma Pat le rispose: "Aspetta." Girò su se stessa, si stese bocconi e guardò dentro al tetto.

"C'è un nido sul trave qui sotto," annunciò a bassa voce, come se temesse di disturbarne gli occupanti.

"Oh *no*!" esclamò Alice. "Oh cristo!" Sembrava diventata improvvisamente isterica e Pat le lanciò un'occhiata gelida al di sopra del braccio che aveva infilato sotto le tegole. "Cristo," ripeté Alice e si mise a piangere.

"È un uccellino," disse Pat. "Un *uccellino*, non un essere umano." Estrasse di sotto le tegole alcune manciate di paglia e piume e le lanciò in aria, dove presero a volteggiare lentamente. Poi qualcosa si infranse con un rumore secco sul tetto: un uovo. Un minuscolo embrione di uccello rimase a giacere scomposto su una tegola. Si muoveva.

Alice continuò a piangere, con piccole raffiche di singhiozzi soffocati, gli occhi fissi sul tetto davanti a sé.

Un altro uovo si infranse sulle tegole.

Due occhi pieni di infantile terrore imploravano Pat, che stava ancora frugando con il braccio infilato nel tetto. Ma Pat evitava di proposito di guardare Alice che tirava su col naso e deglutiva per inghiottire le lacrime.

Un terzo uovo disegnò un ampio arco nell'aria, poi precipitò in giardino.

"Ecco fatto," disse Pat, e guardò Alice. "*Piantala!*" Alice aspirò silenziosamente col naso e a un cenno del capo di Pat cominciò a lanciarle le tegole. Pat le afferrò con cautela, una dopo l'altra.

Sul vialetto comparvero Roberta e Faye che si allontanavano agitando una mano in segno di saluto.

"Buona giornata," gridò loro Pat in tono brusco e ironico, sorridendo in modo tale da lasciare intendere che lei, come Alice, non si era aspettata altro da loro.

Poco dopo arrivò sul tetto anche Philip e Alice, avendo sgombrato la grondaia fin dove poteva arrivare, scese per spostare la pesante scala di qualche passo. Percorse così tutto il perimetro della casa, liberando la grondaia dalle tegole cadute e da mucchi di foglie fradice, mentre Philip e Pat, sopra di lei, rimettevano a posto le tegole.

Si sentiva depressa e tradita. Da qualcuno. I due uccellini mai nati giacevano là, con i colli protesi, le palpebre trasparenti abbassate, e nessuno se ne curava. I loro genitori svolazzavano sui rami alti degli alberi vicini, protestando.

Alice cercò di concentrarsi su ciò che restava ancora da fare. Le pulizie. Le *pulizie*! Finestre e pavimenti e pareti e soffitti. E poi l'imbiancatura; chissà quanta pittura le sarebbe occorsa, sarebbe stata una bella spesa...

A metà pomeriggio uscì per telefonare in Comune come se non fosse una cosa importante, come se tutto fosse già stato sistemato.

Si sentì rispondere che Mary non c'era ed ebbe una stretta al cuore.

Bob Hood, disturbato durante il suo importante lavoro, le comunicò seccamente che ogni decisione sui numeri 43 e 45 era stata rimandata all'indomani.

"Allora è tutto a posto, non è vero?" disse Alice.

"Niente affatto," rispose Bob Hood. "Per il momento né lei né nessun altro è autorizzato a occupare quei locali."

Alice ribatté, in tono altrettanto perentorio: "Dovrebbe

venire a vedere la casa. È assurdo pensare di demolirla. Chi ha dato quest'ordine dovrebbe essere licenziato. Sono sicura che qualcuno pagherà. Gli edifici sono entrambi solidi, in ottime condizioni."

Una pausa. L'uomo replicò in tono stizzito ma stava già facendo marcia indietro: "Ci sono state altre lamentele. Non possiamo ignorarle."

"Ma noi abbiamo ripulito il 43, la casa che abbiamo occupato. La polizia può confermare che è stata tutta risistemata."

Alice attese, fiduciosa. Oh, conosceva bene il tipo, sapeva come funzionava il suo cervellino da codardo, era certa di averlo in mano. Sentiva il suo respiro, riusciva persino a capire quale ingranaggio mentale si stava mettendo in moto.

"Va bene," rispose Bob Hood. "Passerò di lì. Avevo già in mente di venire a dare un'occhiata."

"Può dirmi pressappoco quando intende venire?"

"Non ce n'è bisogno, abbiamo le chiavi."

"Sì, ma non possiamo lasciare che degli estranei vadano e vengano in casa nostra, non le pare? Vorrei che mi desse un'idea approssimativa dell'ora."

Che faccia tosta, si disse, stupendosi di se stessa. Tuttavia sapeva di non avere ecceduto: era stata arrogante esattamente quanto lui. Non fu sorpresa quando si sentì rispondere: "Sarò lì fra poco."

"Benissimo," replicò Alice. "L'aspettiamo." E depose il ricevitore.

Tornò a casa di corsa. Gridò a Philip e a Pat che stava arrivando un funzionario del Comune e li pregò di rimanere lassù, perché avrebbe fatto un'ottima impressione vederli impegnati a restaurare il tetto. Entrò in casa e si assicurò che il salotto e la cucina fossero in ordine. Salì a controllare le stanze al primo piano e scoprì con stupore che Faye e Roberta avevano trasformato la loro camera in un vero boudoir, con una toeletta, dei cuscini, una coperta di ciniglia sul doppio sacco a pelo, qualche fotografia — il tutto un po' sudicio, ma di sicuro effetto. Si infilò in fretta una gonna, si ravviò, controllò con un'occhiata le unghie. Prima di quanto avesse previsto udì bussare e scese di corsa le scale atteggiando le labbra a un contegnoso sorriso, pronta ad aprire la porta e a dire educatamente: "Bob Hood? Sono Alice Mellings."

"Spero che quei due sul tetto sappiano quello che fanno."

"Ma certo. Lui è muratore. E la ragazza che lo aiuta ha già fatto quel lavoro altre volte."

Ti ho chiuso la bocca, sporco omiciattolo, pensò Alice dietro il suo sorriso di brava ragazza. Piccolo sporco burocrate.

"Vuole cominciare dal pianterreno? Non può nemmeno immaginare come fosse ridotto solo tre giorni fa. Si figuri che gli operai del Comune avevano riempito di cemento le tazze dei gabinetti e avevano strappato tutti i fili della luce, lasciandoli lì a penzolare scoperti a rischio di un incendio."

"Avranno avuto ordini precisi."

"Vuol dire che avevano ricevuto istruzioni di lasciare i fili elettrici scoperti e di bloccare con il cemento il rubinetto centrale dell'acqua? Ma quelli dell'acqua potabile lo sanno?"

Bob Hood era arrossito. Senza guardarlo Alice spalancò una dopo l'altra le porte del pianterreno, soffermandosi davanti alla cucina. "Qui l'elettricista ha sistemato l'impianto, ma siete stati davvero fortunati che la casa non abbia preso fuoco. Mary Williams mi ha detto che lei era già stato qui. Come mai non si era accorto dei fili scoperti?"

Arrivati al primo piano, ben sapendo che per quel tipo qualsiasi cosa fuori del normale, persino un materasso per terra piuttosto che sul letto, costituiva un affronto, Alice disse: "Naturalmente deve accontentarsi della mia parola, ma le assicuro che quando siamo entrati le condizioni di queste stanze erano semplicemente indescrivibili; abbiamo appena cominciato."

"Lo sono anche adesso," ribatté Bob Hood stizzosamente, osservando dalla soglia della stanza in cui avevano dormito lei e Jasper i due sacchi a pelo addossati alla parete, simili alle spoglie di due rettili dopo la muta.

"Tutto è relativo. Sono certa che rimarrà sorpreso se tornerà a rivedere la casa fra un mese."

"Gliel'ho già detto. Non fatevi troppe illusioni," ribatté Bob Hood, pronto a recuperare il vantaggio perduto.

"Se questa casa dovesse restare di nuovo disabitata, nel giro di una settimana sarà piena di vagabondi e di vandali, lo sa benissimo. È una fortuna che ci siamo noi a rimetterla in sesto senza la minima spesa per i contribuenti."

Bob Hood non rispose. In silenzio passarono in rivista i locali del secondo piano, dove l'aria, entrata dalle finestre aperte, aveva cancellato ogni traccia di cattivo odore. Istintivamente l'uomo le chiuse una per una, con una sorta di irritato puntiglio. Sembra una fottuta massaia, pensò Alice, sempre sorridendo.

Tornarono a pianterreno. "Bene," disse Bob Hood, "devo convenire che non v'è motivo, a quanto vedo, che queste case vengano demolite. Dovrò prendere in esame la faccenda."

"A meno che qualcuno non intendesse guadagnarci sopra," osservò Alice, fredda e soave. "Ha letto l'articolo sul *Guardian*? Lo scandalo degli alloggi del Comune?"

"Sì, l'ho letto. Ma non ha nulla a che vedere con questo."
"Capisco."
Erano arrivati alla porta.
Alice attendeva. Meritava una resa formale e l'ottenne. Bob Hood disse, senza sorridere ma con una sorta di involontaria complicità: "Presenterò il vostro caso domani. Ma non le prometto nulla. E non si tratta solo di questa casa, ma anche del 45. Adesso andrò a dare un'occhiata anche lì."
Ancora una volta Alice s'era scordata della casa accanto.
Appena Bob Hood se ne fu andato, Alice salì in fretta le scale fino a una finestrina che dava sulla casa vicina e osservò, piena di rabbia impotente, l'azzimato giovanotto che guardava i mucchi di immondizie in giardino con la stessa espressione che Alice aveva notato sul volto dei netturbini: una sorta di esasperato, incredulo disgusto.
Con il cuore che le batteva furiosamente e lo stomaco in subbuglio Alice scese lentamente le scale, entrò in salotto, e, sentendosi mancare le forze, si lasciò cadere su una poltrona, proprio mentre entravano Pat e Philip.
"Com'è andata?" chiese Pat. Sul viso contratto di Philip si leggevano l'ansia e la speranza, e nei suoi occhi una preghiera.
"Niente di sicuro ancora," rispose Alice e con suo grande dispetto cominciò a piangere.
"Oh buon Dio," mormorò fra le lacrime. "Cristo. Merda. Oh *no*."
Pat, seduta sul bracciolo della poltrona in cui Alice si era rannicchiata, le mise un braccio intorno alle spalle e disse: "Sei stanca. Non c'è da stupirsi, sei solo stanca."
"Andrà tutto bene," singhiozzò Alice. "Lo so che andrà tutto bene, lo sento. *Deve* andar bene."
Dal silenzio che seguì comprese che Philip e Pat, alle sue spalle, si erano comunicati con lo sguardo che Alice andava consolata, rincuorata, vezzeggiata, che bisognava darle un po' del caffè rimasto nel thermos e attingere alla bottiglia di brandy che tenevano di scorta. Ma lei sapeva che, sebbene Pat fosse sincera, il suo timore non era paragonabile al suo e a quello di Philip. A Pat non sarebbe mai venuto il batticuore né il mal di stomaco... Per questo non ne accettò la fraterna solidarietà e mentre beveva il caffè e il brandy, continuò a sentirsi sola, triste e isolata. Quanto a Philip, era un suo protetto e se ne riteneva responsabile, Philip era la sua *famiglia*, perché era simile a lei. Tuttavia era contenta di avere Pat come alleata.
A questo punto Jasper e Bert tornarono dalla loro fortunata spedizione in città carichi di bottino e Alice volò nell'ingresso ad accoglierli. Bastò questo a deviare le sue emozioni

su un altro circuito. "Oh, guardate cosa butta via la gente!" esclamò indignata, scorgendo i sacchi di plastica pieni di tende di cui qualcuno s'era disfatto solo perché gli erano venute a noia, e il frigorifero, gli sgabelli, i tavolini e le sedie – tutti ancora in ottimo stato, anche se in qualche caso bisognosi di un piccolo restauro.

Bert e Jasper uscirono di nuovo; erano eccitati, allegri, si divertivano. Due amici, due veri amici, affratellati dalla nuova impresa di ammobiliare la casa. Avevano a disposizione la macchina per l'intera giornata e volevano sfruttare al massimo quell'occasione.

Philip e Pat invece di tornare sul tetto aiutarono Alice a decidere dove dovessero essere sistemati i mobili, poi uscirono di corsa a comprare le bacchette per le tende, che Alice pagò attingendo al suo gruzzolo.

Si diedero un gran daffare, correndo su e giù per le scale, trasportando mobili, appendendo tende, e stendendo sul pavimento dell'ingresso un grande tappeto cui mancava soltanto un'energica spazzolata per essere perfetto.

Bert e Jasper ritornarono nel tardo pomeriggio dopo aver fatto razzia intorno a Mayfair e St John's Wood con un altro carico, e dissero questo è tutto, basta per oggi, e tutti gli ospiti della casa sedettero in cucina a bere il tè e a mangiare uova e pancetta cotte alla perfezione sulla cucina ripristinata, con il ronzio del frigorifero che teneva loro compagnia.

E nel bel mezzo di questo banchetto, risultato di un così delicato equilibrio di interessi e di tanto diligente e ben calcolato impegno, si sentì bussare alla porta. Si voltarono tutti assieme: dalla cucina si vedeva la porta d'ingresso, e la porta si stava aprendo. Una giovane donna si fermò sulla soglia, e mentre gli altri la fissavano chiedendosi di chi era amica, il cuore di Alice si mise a battere forte. Alice aveva già capito tutto dal modo in cui la visitatrice scrutava l'ingresso, che con il suo bel tappeto e la luce elettrica, sia pure fioca, era ora quanto mai accogliente, poi le solide scale, e infine loro, riuniti in cucina. Uno sguardo d'insieme avido e risoluto.

"È del Comune," li rassicurò Alice. "Si chiama Mary Williams. È la collega di quel fascistello che è venuto oggi. Ma lei è a posto..." Sapeva che quest'ultima affermazione avrebbe acceso la miccia di una lite che sarebbe scoppiata più tardi, forse quella sera stessa. Non proprio una lite, forse, non uno scontro aspro, solo una discussione amichevole. Oh, pregò Alice, fa che tutto vada bene, e uscì dalla cucina dicendo: "È tutto a posto. Un attimo solo..."

Si chiuse la porta della cucina alle spalle, spegnendo il suono di una risata con cui gli altri avevano accolto quel suo modesto sfoggio di autoritarismo. Oh, ti prego, ti prego, ti prego, invocò tra sé e sé – il Fato, forse – mentre andava incontro sorridendo a Mary. Che a sua volta le stava rivolgendo un sorriso propiziatorio.

Come aveva previsto, Mary partì subito all'attacco: "Ho fatto una capatina in ufficio – oggi ero fuori per un corso, sai ci fanno seguire dei corsi, quello che frequento io è Relazioni Sociali – e ho incontrato Bob mentre usciva. Mi ha detto che è stato qui..." Alice stava aprendo la porta del salotto, ormai simile a un qualsiasi accogliente salotto, un po' logoro forse, quando vide il volto teso di Mary ammorbidirsi e la udì sospirare.

Si sedettero. Questa volta la postulante era Mary e Alice il giudice. Le venne in soccorso dicendo: "È una casa simpatica, non è vero? Sarebbe una pazzia demolirla."

Mary replicò con foga: "Be', quelli sono matti." (Alice prese nota di quel *quelli* con la solita fredda, quasi rassegnata ironia.) "Ho scelto di lavorare all'edilizia perché ho pensato: Bene, potrò dare una casa ai poveri, aiuterò i senzatetto. Ma se avessi saputo... be', è stata una delusione, se tu sapessi cosa succede là dentro..."

"Ma lo so."

"Be', allora..."

Mary arrossì e rivolse ad Alice uno sguardo implorante. "Adesso arrivo al punto. Credi che potrei venire ad abitare qui? *Non dirmi di no.* Non si tratta solo di me. Vogliamo sposarci – io e il mio ragazzo, Reggie. È un chimico industriale." Quest'ultima precisazione l'ha buttata lì per rassicurarmi, pensò Alice con una punta di disprezzo, che dovette tuttavia reprimere fino a eliminarla. "Stavamo mettendo da parte i soldi per comprare un appartamento ma lui ha perso il posto. La sua ditta ha chiuso. Così abbiamo dovuto rinunciare. Potremmo andare a stare con mia madre o con i suoi genitori ma... se potessimo venire qui risparmieremmo un mucchio di soldi..." Si costrinse a dire tutto fino in fondo, detestando il suo ruolo di mendicante; conseguenza di quello sforzo su se stessa fu una determinazione ferrea, quasi incrollabile.

Ma Alice stava pensando: oh, cazzo, no, è peggio di quanto temessi. Cosa diranno gli altri?

Cercò di prendere tempo chiedendo: "Vuoi vedere la casa?"

"Oh, Gesù," esclamò Mary scoppiando in lacrime. "Bob ha detto che ci sono un mucchio di stanze di sopra, tutte vuote."

"Non vorrà venire qui anche *lui*!", esclamò Alice rivelando senza quasi rendersene conto una tale fredda avversione per Bob che Mary smise di piangere e la fissò interdetta.

"È una brava persona, credimi," disse. "È solo il suo modo di fare."

"No," ribatté Alice, "non è solo il suo modo di fare."

"Be', forse no..."

Questa ammissione dell'indole malevola di Bob rese Alice più amichevole. "Non hai mai vissuto in una casa occupata?" chiese gentilmente. "Ma no, certo! Be', io sì, e ne ho girate parecchie. Vedi, non è per niente facile. Bisogna sapersi adattare, andare d'accordo con gli altri."

Gli occhi lucidi e avidi di Mary – proprio come quelli di un gatto affamato, pensò Alice – la fissavano quasi a dirle che era pronta a diventare come la si voleva. "Nessuno ha mai avuto problemi ad andar d'accordo con me," disse Mary tentando d'essere spiritosa, e sospirò.

"Quasi tutti quelli che abitano in questa casa," la informò Alice in tono compassato, "si occupano di politica."

"E chi non lo fa? Occuparsi di politica è un dovere al giorno d'oggi."

"Noi siamo socialisti."

"Be', naturalmente."

"Unione comunisti di centro," mormorò Alice.

"Comunisti?"

Alice pensò: se va a quella riunione domani e dice che siamo comunisti... be', è capace di farlo, e con un bel sorriso per sottolineare il suo spirito democratico, per giunta! "Be', non come quelli del partito comunista inglese," precisò. Tenendo gli occhi fissi sul volto di Mary, poiché sapeva d'avere uno sguardo rassicurante – a meno che non le fosse venuta la sua solita faccia da stupida, ma era quasi certa di no – disse con fermezza: "I compagni russi si sono persi per strada. E da un pezzo, anche."

"Su *questo* non vi sono dubbi," confermò Mary con una sorta di sbrigativo disprezzo, mentre si asciugava gli occhi con un fazzolettino di carta. Si era ripresa, era di nuovo una bella ragazza, piuttosto insignificante, con un casco di riccioli bruni e la pelle rossa. Perfetta per la pubblicità di un sapone da bagno senza pretese. Ma domani potrebbe decidere il destino di tutti noi, pensò Alice mentre l'osservava con curiosità. Se l'indomani avesse detto a Bob, mentre bevevano insieme il caffè prima della riunione: ieri sera ho fatto un salto laggiù, sai, al 43 di Old Mill Row, e buon Dio, che ambiente!... Bob avrebbe potuto cambiare idea sui due piedi, soprattutto con il 45 in quelle condizioni.

"Bob ha detto niente della casa accanto?" domandò.

"Ha detto che le strutture sono in ordine."

"Ma allora perché, perché, perché, *perché*?", esplose Alice, incapace di trattenersi.

"Il progetto era quello di costruire due palazzi con tanti appartamenti al posto di queste due case. No, non degli orribili falansteri, anzi, due edifici piuttosto belli, direi, ma non si accorderebbero con le altre case qui intorno." Poi soggiunse con amarezza, scordandosi della propria posizione: "Certo che i costruttori potrebbero farci un mucchio di soldi." E spingendosi ancora oltre: "Appalti agli amici, tangenti." Sorpresa di se stessa, lanciò ad Alice uno sguardo imbarazzato a cui aggiunse un sorriso compunto.

"Dobbiamo impedirglielo," disse Alice.

"Sono d'accordo. Comunque, è il responso di Bob quello che conta, e lui è davvero furibondo. È deciso a battersi. Secondo lui è un delitto che queste case vengano demolite." Esitò, per poi lanciarsi a testa bassa in quella che considerava un'ammissione ancora più grave. "Sono stata per un po' in Tendenza militante," confessò, "ma non mi piacciono i loro metodi. Perciò ne sono uscita."

Alice la guardò in silenzio, ammutolita per lo stupore. Mary nei Militanti! Be', era naturale che i loro metodi non le piacessero. E non le sarebbero piaciuti certo i metodi di Alice, Jasper, Pat, Roberta o Faye. Né, tanto meno, quelli di Jim. (Così almeno sospettava Alice.) Ma che Mary avesse potuto anche solo prendere in considerazione i Militanti, era proprio incredibile! Chiese cautamente: "E Reggie?"

"Ha provato con i Militanti per le mie stesse ragioni. Io ero indignata per quel che vedevo succedere al lavoro, intrallazzi, favoritismi..." Di nuovo il breve sorriso compunto, come per chiedere scusa. "Un bel giorno abbiamo deciso che i Militanti non facevano per noi. Ci siamo iscritti a Greenpeace."

"Be', certo," disse Alice, piena di speranza, "ma se siete trotzkisti..." Con un po' di fortuna Mary avrebbe risposto che sì, lei in fondo si considerava trotzkista, e allora naturalmente non avrebbe voluto neanche metter piede in questa casa... Invece la sentì dire: "Per il momento non siamo niente. Solo Greenpeace. Avevamo pensato di iscriverci al partito laburista, ma abbiamo bisogno di qualcosa di più..."

"Dinamico," suggerì Alice, scegliendo un termine sufficientemente efficace ma non ideologico. "Io credo che l'Ucc dovrebbe andarvi bene. Comunque, vieni a vedere la casa." Si alzò, e Mary l'imitò automaticamente. L'intervista era finita. Alice aveva deciso che Mary le piaceva. Potevano accettarla. Ma Reggie? Il pensiero di Reggie accompagnò le due donne mentre visitavano rapidamente i piani superiori. Alice spalancò la porta delle stanze vuote e udì Mary sospirare con cupidigia e non fu per nulla sorpresa di sentirla dire, mentre ritornavano a pianterreno: "Ti dirò la verità. Reggie è nel pub in fondo alla strada."

Alice rise – una fresca risata sonora – e Mary le fece eco,

dopo un attimo di esitazione, con una risatina esile e argentina.

"Il fatto è," spiegò Alice, "che dobbiamo discuterne. Tutti insieme. Si tratta di una decisione di gruppo."

"Potremmo tornare fra mezz'ora."

"Ci vorrà un po' più di tempo," rispose Alice e vedendo lo sguardo implorante di Mary soggiunse: "Farò del mio meglio."

Ritornò in cucina, dove gli altri erano immersi nell'atmosfera di benessere che lei aveva creato, si mise a sedere ed espose loro la situazione.

Grazie al pasto sostanzioso, le chiacchiere, il generale buonumore, il piacere di stare insieme, le sue parole provocarono nei presenti una sfrenata ilarità. Si sbellicavano dalle risa, ma nel loro comportamento Alice ravvisò una certa forzatura, che non le piacque.

Quando finalmente si calmarono, Pat le chiese: "Alice, intendi dire che se non li lasciamo venire non ci daranno questa casa?"

Alice non rispose subito. Ma dopo un po' disse: "Mary non ci nuocerebbe mai di proposito, ne sono sicura. Ma se sapesse di poter venire ad abitare qui, sarebbe molto più cauta nel parlare. È umano," soggiunse poi timidamente, usando un'espressione che in quel caso era del tutto fuori posto.

"Che cosa potrebbe dire di così determinante?" insisté Pat.

"Se per esempio dicesse: sono un branco di rossi, Bob Hood troverebbe subito un motivo per sbatterci fuori. A lei non importa, perché lo è anche lei."

"Vuoi dire che è una rivoluzionaria?" chiese Bert ridendo.

"È una trotzkista. O quasi. O almeno lo era."

"Ma allora non possono venire a stare qui, Alice," osservò Bert, fermo ma gentile.

"In questo momento mi pare che non sappia bene neppure lei che cos'è, ideologicamente. E comunque," insisté Alice con coraggio, ricordando quanto le era già costata in passato questa affermazione, e quante accuse le aveva attirato, "in un certo senso non lo siamo anche noi? Dopo tutto, noi non rifiutiamo completamente Trotzkij. Non gli diamo forse ampio credito per quello che ha fatto? Noi sosteniamo che è stato Lenin il vero capo dei lavoratori, e che poi i compagni si sono lasciati sviare da Stalin. Se dire che Trotzkij era un buon compagno ma che ha preso la strada sbagliata significa essere trotzkisti, allora non vedo perché non lo siamo anche noi. Ad ogni modo, non mi pare che abbiamo mai chiarito la nostra posizione nei confronti di Trotzkij. Non nell'Ucc per lo meno."

"Oh, Alice," disse Jasper, con la perentorietà di chi si sente superiore, "l'ideologia non è proprio il tuo forte!"

"Bene," disse Pat, che frattanto aveva scambiato delle occhiate d'intesa con Bert, "per conto mio ritengo che sia questo il momento adatto per chiarire il nostro atteggiamento nei confronti del compagno Trotzkij. C'è qualcosa di vero in quel che ha detto Alice, ma non è questo il punto. A mio parere questa nuova smania d'avere una bella casa comoda, un tetto sicuro sopra la testa, comincia a diventare pericolosa. Ci coinvolge troppo, occupa tutto il nostro tempo. Non pensiamo ad altro."

"Ma se sono solo quattro giorni," protestò Alice. "Quattro giorni," ripeté, quasi chiedendo giustizia.

"Già, ma adesso a quanto pare siamo costretti a ospitare altre due persone se vogliamo tenerci questa casa."

Jim disse: "Perché non chiediamo loro di iscriversi all'Ucc? Io ho deciso di farlo."

"Già, perché no?" disse Bert, dopo qualche attimo di pausa. Alice vide che Bert e Jasper si scambiavano una lunga occhiata interrogativa. Capì che si stavano chiedendo se non fosse il caso di andare nella casa accanto a domandare consiglio o istruzioni a qualcuno. A chi poi?

Disse: "Dobbiamo decidere stasera. La riunione è fissata per domani." Le era venuta la sua solita aria impacciata. Lo capiva dal tono della propria voce, un tono che aveva sorpreso anche gli altri, che si voltarono a guardarla perplessi.

Bert e Jasper continuavano a fissarsi con un'espressione assente. In realtà stavano ricapitolando quello che qualcuno nella casa accanto aveva detto loro chiedendosi come adattarlo alla situazione esistente.

Bert disse: "Non vedo perché non dovremmo lasciarli venire. Continuiamo a ripetere che vogliamo fare proseliti. A me sembra che questi due siano abbastanza maturi. Con un po' di indottrinamento..." A questo punto lui e Jasper si alzarono e uscirono. Jasper avvertì: "Torniamo subito."

Pat disse: "Esco anch'io. Devo andare a trovare degli amici."

"Non vuoi conoscere Mary e Reggie?"

Pat alzò le spalle, sorrise e uscì. Alice fu costretta a ricordare – ed era quello che, ne era certa, Pat voleva – che a questa in realtà non importava nulla della faccenda perché comunque se ne sarebbe andata presto.

Rimasero Alice, Jim e Philip.

Poco dopo arrivò Mary con un uomo di cui Alice si sorprese a pensare, appena lo vide, be', certo, dovevo immaginarmelo, in quanto era identico a Mary. Non nell'aspetto, poiché era alto, ossuto, con la pelle molto bianca, gli occhi piccoli e neri sotto le sopracciglia folte e i capelli neri, opachi e sottili. Sarebbe diventato calvo presto. Ciò che aveva in comune con Mary era quell'aria di persona equilibrata, ragionevole, conscia dei propri doveri verso l'ambiente, il prossimo, la società. Alice aveva davanti – ben lo sapeva – il ritratto stesso della rispettabilità. Non che lei non apprezzasse quel tipo di buon senso, ma non era certo il tipo di mentalità adatta a quella casa e ai suoi abitanti. Solo con un grande slancio di generosità Alice riusciva ad ammettere che certa gente potesse aver bisogno di sostegni del genere. Buon Dio, pensò, questi due sono nati per essere due bravi piccoli borghesi nella loro bella casetta. Quanto prima cominceranno a preoccuparsi della pensione.

Vedendoli insieme Alice si rese subito conto che stavano tutti commettendo un errore. Lì dentro quei due erano fuori posto. Mary, presa da sola, le era simpatica. Ma vedendola accanto al suo Reggie le parve diversa, estranea, e sentì nascere in sé una forte ostilità nei suoi confronti.

"Sedetevi," disse sorridendo. E mise il bricco sul fornello elettrico. Certo avrebbe preferito una cucina a gas. Be', prima o poi ne avrebbero trovata una abbandonata su qualche marciapiede, oppure l'avrebbero comprata di seconda mano per una decina di sterline o poco più.

Voltandosi vide che Reggie osservava attentamente Jim e pensò: speriamo che sia un razzista e che non sopporti l'idea di venire ad abitare con un nero. Ma le andò male; sembrava anzi che Jim gli piacesse. Oppure, se non amava i neri, non lo lasciava capire. Certo, pensò Alice, non c'è mai una volta che manifestino quello che pensano questi maledetti piccoli borghesi. L'educazione innanzitutto. Ma no, la simpatia era genuina, ne era quasi sicura; il linguaggio del corpo – che Alice sapeva interpretare per istinto fin da molto prima che venisse scoperto e prendesse quel nome – le diceva che Reggie non aveva pregiudizi, almeno per quel che riguardava il colore della pelle. Sedette e li ascoltò discorrere amichevolmente, Reggie con Jim, Mary con Philip. Preparò il caffè e depose davanti agli ospiti un piatto con su una torta.

Chiacchiere. Alice raccontò come aveva sistemato le cose con l'azienda elettrica e spiegò che quanto prima sarebbe andata alla società del gas. Anche quelli dell'acqua potabile, naturalmente, avrebbero dovuto essere informati. Non disse che potevano anche non scoprirli per mesi e che lei non aveva alcuna intenzione di attirare la loro attenzione. Quei due erano tipi che pagavano le bollette e tenevano il conto delle spese.

Disse, per metterli in guardia: "Ho vissuto in un mucchio di case occupate, e c'è sempre qualcuno che non contribuisce alle spese. È così e basta, bisogna accettarlo."

Al che Jim protestò, ferito: "Prima del tuo arrivo non c'era niente da pagare!" e Alice gli rispose: "No, non mi riferisco a te, parlo in generale. È inutile che questi due vengano a stare qui e si aspettino che tutto funzioni regolarmente."

Mary disse: "Ma se siamo in tanti, e non c'è un affitto da pagare, sarà sempre meno costoso di qualsiasi altra soluzione."

"Precisamente," disse Reggie. Poi affrontò senza preamboli la questione che lo interessava: "Parlateci dell'Ucc. Noi non ne sappiamo niente. Mary e io ne stavamo parlando al pub. Né io né lei lo abbiamo mai sentito nominare."

"Be', in realtà non è un grosso partito," spiegò Alice. "Ma è in crescita. Del resto, quando lo abbiamo fondato non intendevamo farne un partito di massa, né vogliamo che lo diventi. I partiti di massa finiscono per perdere di vista il popolo."

"Sì, questo è abbastanza vero," ammise Reggie con una certa cautela, come se temesse di esporsi troppo. E Alice pensò: adesso lui e Mary si scambieranno un'occhiata... Non lo fecero, ma lo sforzo di trattenersi fu così evidente che Alice si disse, disgustata: la gente è davvero straordinaria. Tutti si scambiano occhiate come se nessuno potesse vederli, e non si rendono conto di quanto sono trasparenti... chiunque può capire quello che stanno pensando.

Reggie: "Ucc – Unione comunisti di centro. Qual è il vero significato di questa sigla?"

"L'abbiamo chiamato di centro, perché fosse chiaro che non eravamo deviazionisti o revisionisti."

"Unione – avete riunito due partiti, due correnti?"

"No, si riferisce a un'unità di opinioni. Niente capelli spaccati in quattro. Tutto tranne che quello."

"E l'hai fondato tu l'Ucc?"

"Io insieme ad altri. A Jasper Willis, per esempio. Ne avete mai sentito parlare?" Mentre Reggie e Mary scuotevano il capo, Alice pensò, be', ne sentirete parlare presto. "Eravamo in parecchi. È successo a Birmingham. Abbiamo una sezione lassù. E un compagno la settimana scorsa ci ha scritto che ha fondato una sezione a Liverpool. Con quattro nuovi membri. C'è una sezione anche qui, a Londra."

A questo punto Mary e Reggie non seppero resistere alla tentazione di scambiarsi un'occhiata. Alice fu travolta da un'ondata di sdegno, molto vicina all'odio. Disse: "Tutti i partiti politici devono avere un inizio, non vi pare? E all'inizio si è sempre in pochi. Bene, noi siamo nati solo da un anno e abbiamo già trenta iscritti qui a Londra. Compresi i compagni che abitano in questa casa." Resistette all'impulso di dire: "E naturalmente ce ne sono altri nella casa accanto."

"E la vostra linea politica?" chiese Reggie, sempre nel tono cauto di chi non intende intavolare una vera e propria discussione perché, per il momento, non vuole prendere posizione.

Benissimo! pensò di nuovo Alice, non hai che da aspettare e sentirai senz'altro parlare dell'Ucc. A ogni modo, dovrai bene iscriverti anche tu, visto che vuoi venire a vivere qui. Opportunista! Ma poi pensò anche: ti educheremo noi. Per ora sei solo sostanza grezza, ma quello che conta è come sarai fra un anno. Sempre che prima d'allora tu non abbia messo da parte abbastanza per andartene altrove. Be', per lo meno voi due non avrete nessuna premura di far chiudere questa casa. "Abbiamo un programma," disse. "Te lo farò leggere. Comunque il mese prossimo terremo un vero e proprio congresso in cui definiremo tutti i particolari."

Si rese conto che i due non l'ascoltavano. In realtà stavano pensando a quando avrebbero potuto trasferirsi.

Chiesero se potevano portare qualche mobile e offrirono teglie, casseruole e un bollitore elettrico.

"Grazie, ci faranno davvero comodo," disse Alice. Continuarono a discorrere fino a che Jasper e Bert fecero ritorno dal 45, e Alice comprese che non c'erano problemi sull'arrivo dei nuovi inquilini. Non da parte di quelli di là, per lo meno, chiunque essi fossero; quanto a Roberta e a Faye, quello era tutto un altro discorso.

Reggie se ne stava seduto in silenzio, appoggiato allo schienale, e studiava Jasper, studiava Bert. Alice comprese che Bert gli era simpatico. Be', in effetti avevano molto in comune. Jasper invece non doveva piacergli molto. Ricordò che anche lei, quando aveva incontrato Jasper per la prima volta – erano passati tanti e tanti anni da allora – aveva provato una sorta di istintiva diffidenza. E guarda come si era sbagliata.

Alle undici Mary e Reggie se ne andarono; temevano di perdere l'ultimo treno rispettivamente per Highgate e per Fulham, dove abitavano, lontani l'uno dall'altra.

Philip disse che era stanco e andò a letto.

Jim si chiuse nella sua stanza e ben presto si udì della musica sommessa provenire dal giradischi, con un ancor più sommesso accompagnamento di tamburi.

"Dove sono finite Faye e Roberta?" chiese Alice, e Bert rispose: "C'è una comune femminile a Paddington, ci vanno spesso."

"Perché non si trasferiscono là?"

"Preferivano stare qui," ribatté Bert con un sogghigno che diceva: non fare domande...

Bert andò a dormire. Jasper e Alice rimasero soli in cucina.

"Va *bene*." disse Jasper. "Ti dirò tutto, dammene solo il tempo."

Salirono in camera; Jasper non aveva detto che lei doveva cambiare stanza, o che lo avrebbe fatto lui; e Alice si infilò nel sacco a pelo come un cane che, con gli occhi bassi, si rifugia nel suo angolo preferito sperando che nessuno lo noti.

Sentirono Bert muoversi nella stanza accanto. Jasper disse: "Bert e Pat vanno via per il fine settimana," in tono di dolente rammarico.

"Si tratta solo di un paio di giorni," replicò Alice per consolarlo. Quanto a lei, si rese conto che avrebbe sentito molto la mancanza di Pat, anche per quei due giorni. "Dove vanno?"

"Non l'hanno detto e io non gliel'ho chiesto."

Rimasero distesi in silenzio lungo la parete, con i piedi che quasi si toccavano. Non avevano ancora trovato delle tende per quella stanza e le luci del traffico si rincorrevano sul soffitto e la casa intera vibrava al passaggio dei pesanti autotreni diretti verso nord. Tutto questo dava ad Alice un piacevole senso di familiarità, come se vivesse lì da mesi, non da giorni; le sembrava di aver trascorso tutta la vita in case che tremavano per effetto del traffico.

"Vorresti venire anche tu al picchetto domani?"

"Il fatto è che ho un mucchio di cose da fare qui," rispose Alice a malincuore.

"Be', sabato sera potremmo andare in giro a scrivere qualche slogan."

Alice cercò di controllare la propria voce perché non tradisse l'ondata di felicità e di gratitudine che l'aveva invasa. "Sarebbe davvero bello, Jasper."

"Sì. Procurati dello spray." Jasper si voltò verso la parete. Per questa sera non le avrebbe detto nulla circa la casa accanto. Ma domani, domani sera... forse. E domenica...

Si svegliò insieme a Jasper, alle sette, ma rimase immobile a osservarlo attraverso le palpebre socchiuse. Il corpo snello e asciutto di Jasper era pieno di vibrante energia. Tutto in lui, dai capelli rossicci (che Alice definiva tra sé color cannella) ai piedi piccoli e agili, che lei adorava perché erano così bianchi e delicati, era in tensione. Mentre si vestiva sembrò che eseguisse un balletto e quando si fermò per un attimo davanti alla finestra per vedere com'era il tempo, il suo volto pallido le parve tenero e innocente. Passò accanto ad

Alice che fingeva di dormire e si diresse verso la porta con aria trasognata, senza lanciarle neppure uno sguardo.

Alice si rilassò, si stese supina e tese l'orecchio. Udì Jasper bussare alla porta della camera accanto, poi il borbottio indispettito di Bert e l'immediata risposta di Pat: "Va bene, siamo svegli." Quindi Jasper bussò alla porta di Roberta e Faye. Ora sarebbe andato da Philip? Oh no, aveva bisogno di lui in casa. Ma non udì altro e allora cominciò a preoccuparsi: Philip non si sentirà escluso, dimenticato? Un colpetto alla porta della stanza sotto la sua; la grande stanza in cui viveva Jim, che era in realtà un soggiorno e avrebbe forse dovuto essere usata come tale... No, questo non era giusto. Udì l'esclamazione sorpresa di Jim, ma non riuscì a capire se fosse contento d'essere stato svegliato o no.

I rumori della casa che si destava. Se voleva poteva scendere anche lei in cucina, sedersi insieme agli altri, dare loro il viatico d'un sorriso, ma aveva la bocca arida e le bruciavano gli occhi. Chissà perché – un sogno, forse? – aveva voglia di piangere, di rimettersi a dormire. Di arrendersi. Detestava questo suo stato d'animo che l'affliggeva fin dai tempi più lontani di cui avesse memoria: questo sentirsi esclusa, trascurata. Indesiderata. Era sciocco, perché le sarebbe bastato dire che voleva andare con loro. Ma come poteva, quando il loro destino, il destino del gruppo, sarebbe stato deciso in Comune quella mattina, e non era affatto sicuro che sarebbero rimasti in quella casa. La sera prima, nel congedarsi, Mary aveva detto, farò del mio meglio, e di certo avrebbe mantenuto la promessa, ma non era lei a decidere. Alice cercò di ricostruire mentalmente l'immagine di Bob Hood e quando ebbe davanti agli occhi il compito e solerte giovanotto lo fissò intensamente come per costringerlo a obbedirle. "Esponi il nostro caso," gli ordinò. "Convincili a lasciarci questa casa. È la *nostra* casa." Continuò in questo gioco per qualche minuto, seguendo al tempo stesso i movimenti degli altri, giù in cucina. Uscirono quasi subito. Andavano a far colazione in un bar. Che stupidaggine, pensò Alice, furiosa: sprecare tutti quei soldi! Dovevano imparare a consumare i pasti in casa. Glielo avrebbe detto, lo avrebbe messo bene in chiaro.

Sì, si sentiva davvero triste e giù di corda.

Chissà perché le venne in mente suo fratello Humphrey e fu assalita dalla solita rabbia incredula. Come aveva potuto lasciarsi convincere a fare il loro gioco? Un bell'impiego sicuro – controllore di aerei. Come era possibile che qualcuno decidesse di fare per tutta la vita un lavoro simile? E Humphrey aveva scritto a sua madre per annunciarle che presto avrebbe avuto un figlio. Il primo, aveva detto. All'improvviso

Alice pensò: questo significa che sono zia. Non le era mai venuto in mente prima. La sua rabbia sbollì e si disse: be', forse un giorno o l'altro andrò a vedere il bambino. Rimase per qualche tempo immobile, sorridendo, nella casa deserta e silenziosa. Poi si impose di reagire e con un'espressione decisa sul volto balzò fuori dal sacco a pelo, si infilò i jeans e scese in cucina. Sul tavolo c'erano cinque tazze sporche – dunque non erano andati al bar, anche questa volta avrebbero fatto uno spuntino sul treno. No, non doveva pensarci. Lavò le tazze dicendosi: devo trovare una soluzione per l'acqua calda. Doveva esserci uno scaldabagno a gas, qui, ma naturalmente gli operai del Comune se lo sono fregato. Non possiamo permetterci di comprarne uno nuovo, forse uno di seconda mano Philip saprà dove trovarlo... Oggi sistemerà le finestre, se gli procuro i vetri. Ha detto che gli occorre un'altra mattinata per le tegole. Sette finestre – chissà quanto costerà tutto quel vetro!

Tirò fuori il denaro che le era rimasto: meno di cento sterline. E con tutto quello che c'era da comprare, da pagare... Jasper le aveva promesso di ritirare il suo sussidio, ma naturalmente non poteva rimproverarlo, ieri aveva lavorato sodo, con tutta la roba che era andato a scovare per le strade di Londra. In quel momento scorse sul davanzale della finestra una busta con sopra scritto "Alice" e sotto il suo nome "Buona giornata!" E sotto ancora "Con affetto, Jasper." Nella busta c'era il suo sussidio. Lo controllò subito: più volte Jasper se ne era tenuto la metà dicendo: "Dobbiamo fare dei sacrifici in vista del futuro." Ma nella busta c'erano quattro banconote da dieci sterline.

Sedette accanto al tavolo, commossa e piena di gratitudine. Sì, Jasper le voleva bene. Le voleva bene davvero. E aveva di questi gesti stupendi, delicati.

La cucina era un locale lungo e piuttosto stretto. Di fianco al grande tavolo di legno – se avessero voluto venderlo potevano ricavarne cinquanta sterline, o anche di più – c'era una finestra con un ampio davanzale. Dal suo posto Alice poteva vedere l'albero sotto il quale lei e Jim avevano sotterrato la merda, in quel punto adesso c'era un bel rettangolo di terra fresca e scura, e il recinto che divideva il loro giardino da quello di Joan Robbins. Era un alto steccato dietro il quale spuntavano dei cespugli pieni di gemme. La macchia gialla di una forsizia. Uccellini. Il gatto scivolò giù dallo steccato, scorse Alice e spalancò la bocca in un silenzioso miao, Alice aprì i vetri che mandavano barbagli nel sole e il gatto saltò sul davanzale, bevve un po' di latte, mangiò qualche briciola e rimase là seduto con gli occhi sapienti fissi su di lei. Poi cominciò a leccarsi.

Era molto malandato, qualcuno avrebbe dovuto portarlo dal veterinario.

Quante cose da fare. Ma Alice sapeva che non avrebbe mosso un dito prima di avere una risposta da Mary. Se ne sarebbe rimasta là seduta, tutta sola, senza far nulla. Che buffo, lei era ufficialmente una disoccupata, non aveva mai avuto un lavoro in vita sua, eppure aveva sempre mille cose da fare. Starsene seduta tranquilla e fantasticare era davvero un lusso per lei. Starsene un po' sola – che sollievo! Si pentì subito: non era leale verso i compagni. Non voleva essere come sua madre, che pensava solo a se stessa, che aveva sempre fatto il diavolo a quattro per avere un pomeriggio tutto per sé: i bambini dovevano arrangiarsi. L'intimità. I borghesi davano un sacco d'importanza alla propria intimità; e il novantanove per cento della popolazione non conosceva neppure il significato di quella parola. Se pur l'avevano mai udita. No, era molto meglio così, era più pulito, vivere in un gruppo di compagni, pronti a dividersi tutto. Ma a questo punto provò uno strano senso di disagio, e subito si disse: so perché sono così inquieta stamane. È per via di Mary. E di Reggie. Sono troppo diversi da noi. Non si lasceranno mai assimilare dal gruppo, rimarranno sempre e soltanto una coppia. Con delle opinioni personali e segrete su tutti noi. Già, ma questo valeva anche per Roberta e Faye, anche loro erano una coppia; non facevano mistero del fatto di avere le proprie convinzioni, i propri punti di vista. A loro, per esempio, questa faccenda della casa non piaceva affatto. E Bert e Pat? No, loro non covavano certo nessuna idea meschina sugli altri; ma Pat in realtà era lì soltanto perché le piaceva farsi chiavare (era la parola giusta!). Jim? Philip? A pensarci bene i soli veri rivoluzionari là dentro erano lei e Jasper. Questa conclusione la sorprese, ma si accinse nondimeno ad analizzarla. Che dire di Bert? Jasper lo apprezzava molto. Il ricorrente attaccamento di Jasper verso uomini in cui vedeva dei fratelli maggiori non dipendeva in alcun modo dalle loro idee politiche, ma piuttosto dalla loro natura; erano sempre persone dello stesso tipo, miti, gentili. Bonarie. Ecco, bonarie. Bert era un buon ragazzo. Ma era un rivoluzionario? Era ingiusto accusare Roberta e Faye di non essere delle vere rivoluzionarie solo perché non le piacevano, pensò Alice... ma dove la stavano conducendo queste fantasie? Qual era il punto? Il gruppo, la sua famiglia, smembrato, svilito, distrutto dalle critiche. Alice, seduta in cucina tutta sola, pensò persino: be', se non ci lasciano star qui, torneremo nella casa occupata di Brixton.

Un rumore al primo piano, proprio sopra la sua testa. Faye e Roberta: dunque non erano andate con gli altri. Alice rimase ad ascoltarle mentre si svegliavano e si alzavano: dei mormorii, qualche passo, il fruscio dei sacchi a pelo trascinati sul pavimento, delle risatine sciocche. Silenzio. Poco dopo Roberta e Faye scendevano le scale ed entravano in cucina.

Alice si alzò per mettere il bricco sul fornello, poi tornò a sedersi. Quelle due mandavano un odore sgradevole: di sudore e di femmina. Loro non erano certo disposte a lavarsi con l'acqua fredda, oh no, non loro!

Le due donne sorrisero ad Alice e sedettero l'una accanto all'altra con le spalle ai fornelli per poter guardare, fuori della finestra, il sole del mattino.

Sapendo che prima o poi le sarebbe toccato di farlo, Alice si dispose a raccontare loro della sera precendente, di Mary e Reggie. Non cercò affatto di minimizzare la faccenda. Le due donne sedevano vicine, in attesa del caffè, senza guardarsi, cosa di cui Alice fu loro grata. Vide affiorare sui loro volti l'ironia che udiva nella propria voce.

"E così l'Ucc ha dei nuovi adepti?" disse Roberta, e scoppiò a ridere.

"Sono brave persone," ribatté Alice in tono di rimprovero. Ma anche lei rise.

Faye non rise, ma con i piccoli denti bianchi si morse la punta della lingua rosea, aggrottò le sopracciglia brune, manifestando con tutto il corpo la sua disapprovazione. Roberta smise di ridere.

Ehi, pensò Alice, è così che stanno le cose, allora: tutti penserebbero che è Roberta la più forte; ha un'aria così aggressivamente materna, sembra una gallina con il suo pulcino. E invece no, è Faye che conduce il gioco, non bisogna lasciarsi ingannare dalle sue mossette e dai suoi bamboleggiamenti. La osservò con rispettosa attenzione mentre stava per pronunciare il suo verdetto. Anche Roberta attendeva.

"Ascolta, Alice, ascoltatemi bene tutte e due, perché adesso voglio dirvi come la penso..." E Alice comprese che le riusciva difficile esporre la propria opinione, ed era per questo che ricorreva a tutti quei tic, quei vezzi, a quei piccoli bronci e a quelle pause, agli sguardi insospettiti e ai continui sorrisetti – ma in realtà sotto era fatta di acciaio, una forza della natura. "Una volta per tutte sappiate che io non condivido le vostre smanie per la casa, le comodità, le tende e i tappeti..." Qui attese, educatamente, che prima Roberta e poi Alice – vedendo che lo faceva Roberta – ridessero. "Per me," riprese, "sono tutte stronzate. Questa casa un tempo a me sarebbe sembrata una reggia. Ho vissuto in un mucchio di case occupate, baracche, cantine, solai e bugigattoli, e posso dire di non essere mai stata bene come qui. Ma non me ne importa niente!" A questo punto agitò stizzosamente, burlescamente, un dito contro Alice. Roberta teneva gli occhi fissi sul volto dell'amata, proprio come una sorella maggiore; *non si spingerà troppo in là?* si disse Alice, con le sue mossette e il tono sbarazzino che le consentivano di dire la sua. Roberta non voleva che Alice pensasse che quella ragazza era frivola o sciocca.

Be', non lo pensava affatto.

"Tra poco finiremo per avere l'acqua calda corrente e i doppi vetri, non ne sarei affatto sorpresa. Ma per me queste cose sono un mucchio di stronzate, capito? Solo stronzate!"

Alice si alzò, versò l'acqua bollente nelle tazze in cui aveva già preparato il caffè solubile, depose le tazze sulla tavola, mise la bottiglia del latte e la zuccheriera davanti a Faye. Lo fece ostentatamente, come una sorta di dimostrazione, e notò che Faye, mentre allungava la mano per prendere il suo caffè, che avrebbe bevuto senza latte né zucchero, lo capì e persino lo apprezzò, almeno a giudicare dal suo sorrisetto malizioso. Tuttavia non intendeva affatto smettere. Aveva persino abbandonato il suo solito accento cockney e il tono di voce che usava abitualmente.

Fu infatti nell'inglese anodino della Bbc che riprese: "Non me ne importa niente di tutto questo, Alice. Non capisci? Se vuoi servirmi, fa pure. Se non vuoi, non farlo. Comunque sia, non me ne frega niente."

Roberta si affrettò a mormorare, in tono di scusa: "Faye ha avuto una vita terribile, una vita di merda, davvero..." La voce le si spezzò, e voltò il viso dall'altra parte.

"Sì, è vero," disse Faye, "ma non farne una tragedia, visto che non la faccio io." Roberta scosse il capo, incapace di parlare e appoggiò timidamente una mano, pronta ad essere respinta, sul braccio di Faye. "Se hai intenzione di raccontare ad Alice la storia della mia spaventosa infanzia, fa' pure, ma non in mia presenza," le disse Faye.

Buttò giù qualche sorsata di caffè amaro, fece una smorfia, prese un biscotto, lo morse con decisione e lo masticò in fretta come se fosse una medicina. Un altro sorso di caffè. Roberta evitava di guardarla. Alice comprese che qualcosa l'addolorava profondamente; forse il passato di Faye, o forse il suo presente; aveva tolto la mano, che Faye aveva ignorato, dal suo braccio e ora la teneva rassegnata e tremante in grembo. La sua testa china, con i corti capelli neri striati d'argento, ricordava ad Alice quella di un cane umile e devoto. In quel momento almeno, Faye non aveva bisogno di Roberta, ma Roberta aveva uno struggente bisogno di Faye.

Forse vi sono momenti in cui Faye vorrebbe liberarsi di Roberta, in cui non la sopporta – sì, dev'essere così. Be', scommetto che a Roberta questo non succede! Oh buon Dio, tutti questi problemi personali, che complicano continuamente le cose! Be', per lo meno io e Jasper abbiamo ormai chiarito tutto.

Faye continuava a parlare. Cristo, sentitela, potrebbe ottenere un posto alla Bbc, pensò Alice. Chissà quando ha imparato a parlare in questo modo. E perché lo fa, poi?

"Ho conosciuto altre persone come te, Alice, nel corso della mia lunga carriera. Tu non sei capace di prendere le cose come vengono. Tutto deve essere perfetto, tutto deve funzionare. Se c'è un po' di polvere in un angolo, tu ti disperi!" Qui Roberta si lasciò sfuggire una risatina, e anche Alice sorrise a bocca stretta – pensava a tutti quei secchi. "Oh ridete, ridete pure." Sembrò che con questo Faye avesse concluso poiché esitò e fu sul punto di ritornare quella di sempre, con il solito accento e quel suo sorrisetto impertinente e accattivante insieme. Ma si riprese e si irrigidì sulla sedia, distaccata, ostile, così che la mano trepida e sollecita di Roberta ricadde delusa. "A me interessa una sola cosa, Alice. E tu Roberta ascoltami bene, tu che troppo spesso dimentichi *chi* sono e *come* sono io realmente. Io voglio metter fine a questo fottuto schifoso ipocrita falso spietato sistema di merda. Mi capite? Mi hai capito, Roberta?"

In quel momento non era affatto graziosa, né attraente, così pallida e irata, con la bocca contratta e lo sguardo vitreo. E questo – questo suo aspetto – tolse qualsiasi nota sentimentale da ciò che aggiunse. "Voglio metter fine a tutto questo in modo che nessun bambino abbia mai più un'infanzia tremenda come l'ho avuta io."

Roberta sedeva isolata, ripudiata, incapace di parlare.

Alice disse: "Ma, Faye, pensi che non voglia anch'io la stessa cosa? Sono assolutamente d'accordo con quello che hai detto."

"Io non so niente di te, compagna Alice. Salvo che sei un'eccellente donna di casa. E te la sai sbrigare con la polizia. Questo mi piace. Ma proprio prima che tu arrivassi avevamo preso una decisione, una decisione collettiva. Avevamo deciso di lavorare per l'Ira. Te lo sei scordato?"

Alice tacque. Stava riflettendo. Jasper e Bert avevano di certo discusso la faccenda con quelli del 45... Disse, cauta: "Da quel che ho capito un compagno del 45 ha detto che..."

"Quale compagno?" chiese Roberta, rianimandosi. "Noi non ne sappiamo niente."

"Oh," disse Alice, "credevo..."

"Sono tutte stronzate da dilettanti," protestò Faye. "Tutt'a un tratto uno sconosciuto che sta nella casa accanto si mette a darci ordini."

"Non sapevo..." mormorò Alice. Non aveva nulla da dire. Si stava chiedendo: è stato Bert a trascinare Jasper...? O è stato Jasper...? Jasper non ha mai fatto niente di simile prima d'ora...

Dopo un po', visto che nessuna delle tre parlava, ma ciascuna se ne stava seduta per proprio conto, immersa nei suoi pensieri, Alice disse: "Bene, sono d'accordo. È ora che ci si riunisca tutti insieme e se ne discuta. Seriamente."

"Compresi i due nuovi *compagni*?" chiese Faye, acida.

"No, no, solo noi. Solo tu, Roberta, Bert, Jasper, Pat e io."

"Non ci voglio neppure Philip e Jim," precisò Roberta.

"Potremmo andare in un caffè o da qualche altra parte a discutere" disse Alice.

"Già," ribatté Faye. "Non possiamo tenere una riunione qui, ci sono troppi elementi estranei."

"Forse potremmo farci prestare una stanza al 45," disse Alice.

"E perché non ce ne andiamo a fare un bel picnic nel parco?" replicò seccamente Faye.

"Perché no?" disse Roberta ridendo. Era chiaro che stava recuperando il proprio ascendente, appariva tranquilla e sicura di sé e lanciava a Faye occhiate che questa in breve le avrebbe ricambiato.

Un'altra pausa, ma serena, priva di ostilità.

Alice disse: "Devo chiedervi una cosa. È un problema che prima o poi va affrontato. Siete disposte a contribuire in qualche misura alle spese?"

Faye, com'era prevedibile, scoppiò a ridere. Roberta si affrettò a dire, rivolgendo a Faye un'occhiata di disapprovazione, che rivelò ad Alice le discussioni che dovevano aver avuto sull'argomento: "Siamo disposte a pagare per il vitto e simili. Dicci tu quanto ti dobbiamo."

"Molto poco, visto che siamo in tanti."

"Sì," approvò Faye. "Questo è giusto. Ma lasciatemi fuori da tutte le spese voluttuarie sostenute per la casa. Quanto a te, Roberta, fai come vuoi." Si alzò, rivolse un sorriso gentile a entrambe e uscì. Roberta fece un movimento istintivo per seguirla, ma si controllò. "Io intendo contribuire a tutte le spese," disse. "Non sono come Faye, a me piace vivere in modo decente. Per lei, invece, non fa differenza," aggiunse in fretta, con un sorriso che sottintendeva che Faye era diversa, unica, eccezionale.

"Sì, lo so."

Roberta porse ad Alice due banconote da dieci sterline che Alice intascò senza commenti, sapendo che non ne sarebbero arrivate altre. Poi ringraziò Roberta, che si trattenne ancora un po' finché, incapace di resistere, si alzò e uscì per raggiungere Faye.

Non erano ancora le dieci. Mary aveva detto: telefonami all'una. Spronata dall'odore lasciato in cucina da Faye e Roberta, Alice andò in bagno, si immerse nella vasca piena d'acqua fredda, senza tuttavia avere il coraggio di appoggiare i glutei sul fondo, e standosene rannicchiata si insaponò e si strofinò a dovere. Soddisfatta, indossò degli indumenti puliti e ammucchiò quelli che si era tolti insieme a quelli di Jasper che, a giudicare dall'odore, andavano lavati. Mentre usciva per recarsi in lavanderia, scorse nel giardino accanto, seduta sotto l'albero, la vecchietta ossuta e spigolosa, simile a un mucchietto di rami secchi dentro un golf e una gonna informi. La vecchia si mise a gesticolare freneticamente e Alice spinse il cancelletto bianco ed entrò sorridendo. Sperava che i vicini la vedessero.

"È uscita e mi ha lasciata qui sola," disse la vecchia, che si era insaccata sulla sedia e tentava, senza riuscirci, di mettersi diritta. "Non gliene importa niente di me, a nessuno di loro." Mentre elencava con voce rauca e irosa le colpe di Joan Robbins, Alice la sollevò garbatamente, scoprendo che non pesava più del suo fagotto di biancheria, e la sistemò sulla sedia.

Rimase ad ascoltarla sorridendo finché si fu sfogata del tutto, poi si chinò e le gridò in un orecchio, semmai fosse sorda: "Ma è molto gentile a portarla qui fuori in giardino, non sarebbe tenuta a farlo, non le pare?" Poi mentre la vecchia, con il viso stravolto per il dispetto, stava per esplodere in altre proteste, le disse: "Non se la prenda, adesso le porto una buona tazza di caffè."

"Tè, tè," strillò la vecchia.

"Dovrà accontentarsi del caffè. Non abbiamo la teiera. Adesso stia qui tranquilla e mi aspetti."

Alice rientrò in casa, preparò il caffé e lo portò alla vecchia. "Come si chiama?"

"Jackson. Sono la signora Jackson."

"Io mi chiamo Alice e abito al 43."

"Lei ha mandato via tutti quegli sporcaccioni, è stata proprio brava," disse la signora Jackson, che stava di nuovo scivolando verso terra come una vecchia bambola ubriaca, tenendo la tazza pericolosamente inclinata.

"Ci rivediamo fra poco," disse Alice e se ne andò di corsa.

Ritornò dopo tre quarti d'ora — tanto le ci era voluto per lavare la sua roba nella lavatrice a gettone. Si fece restituire la tazza dalla signora Jackson, poi si fermò ad ascoltare Joan Robbins, uscita dalla cucina per raccomandare ad Alice di non badare a quel che diceva la donna, ormai un po' svanita; non c'era ragione al mondo per cui lei, Joan Robbins, dovesse muovere un dito per quella vecchia, l'aiutasse a scendere le scale, la sistemasse in giardino, la riportasse di sopra e le preparasse di continuo il caffè e... le rimostranze di Joan Robbins continuarono a lungo, mentre la signora Jackson faceva grandi gesti verso entrambe per far capire che la sua versione dei fatti era quella giusta. A questa scenetta assistettero alcune persone dai giardini o dalle finestre delle case circostanti e Alice lasciò che se la godessero appieno.

Finalmente, agitando una mano in segno di saluto, se ne ritornò a casa sua.

Erano le undici e un'esangue apparizione la salutò dalle scale: era Philip, che le disse: "Alice, non mi sento bene, non ce la faccio a..."

Si trascinò a fatica fino a lei e offrì il suo volto di angelo dolente, anche se imbarazzato, al suo giudizio e alla sua diagnosi, fiducioso nella sua equanimità. "Non ne sono affatto sorpresa, dopo tutto quel lavoro sul tetto," gli disse Alice. "Be', non ci pensare, se fossi in te per oggi me la prenderei comoda."

"Avrei voluto andare con gli altri, ma..."

"Va' in salotto. Distenditi. Ti porterò un po' di caffè."

Sapeva che per curare il malessere di Philip sarebbe bastato un po' di affetto e quando Philip si fu sdraiato su una poltrona gli portò il caffè e si mise a sedere accanto pensando: non ho niente di meglio da fare.

Aveva sempre saputo che prima o poi sarebbe stata costretta ad ascoltare la lunga storia dei torti subiti da Philip: il momento era giunto. A Philip erano stati più volte promessi lavori che poi non gli erano stati affidati; era stato licenziato senza preavviso; non era stato pagato per quello che aveva eseguito; e tutto questo le venne raccontato con il tono indignato e afflitto di chi si ritiene inspiegabilmente perseguitato dalla sfortuna. Ma la vera causa di tutto ciò, e cioè il fatto che Philip era fragile come un burattino, quella non venne mai menzionata né, Alice ne era certa, l'avrebbe mai fatto in futuro. "E pensa, Alice, quel tale mi disse: sì, trovati qui lunedì prossimo che ho un lavoro per te – e sai di cosa si trattava? Caricare degli enormi bidoni di vernice su dei camion! Io sono un muratore, sono un imbianchino, Alice! Comunque l'ho fatto, l'ho fatto per quattro giorni filati e mi si è rotta la schiena. Sono stato due settimane in ospedale e poi un mese in fisioterapia. Quando sono andato da lui e gli ho detto che doveva pagarmi i quattro giorni si è rifiutato dicendo che lo avevo piantato in asso e..."

Alice lo ascoltava sorridendo, ma con il cuore stretto. Pensò che quel mattino si stava pretendendo troppo dal suo cuore – una povera vittima dopo l'altra. Be', pazienza, un giorno tutto sarebbe cambiato; la colpa era del capitalismo, duro e spietato, indifferente alle sofferenze delle proprie vittime.

Alle dodici e mezza, proprio mentre si stava dicendo che forse era ora di andare a telefonare, udì qualcuno entrare e si precipitò nell'ingresso pronta ad affrontare la polizia, il Comune – o chiunque altro si fosse trovata davanti.

Era Reggie che, tutto allegro, stava depositando degli scatoloni nell'ingresso. Disse che Mary aveva lasciato alla chetichella la riunione per telefonargli la buona notizia. E nell'intervallo per la colazione sarebbe arrivata lì con un altro carico. Per la felicità Alice ebbe un attimo di stordimento, poi cominciò a piangere. Appoggiata alla parete accanto alla porta del salotto si copriva la bocca con le mani come in preda all'angoscia e dagli occhi chiusi le colavano le lacrime.

"Cosa c'è, Alice?" le chiese Reggie spiando perplesso il suo viso stravolto, e Alice dovette sottrarsi ai suoi buffetti amichevoli e al braccio che le cingeva le spalle.

"È la reazione," mormorò mentre correva in bagno a vomitare. Quando ne uscì trovò Philip e Reggie che l'attendevano, pronti a ridere, sperando che lei glielo consentisse.

Finalmente anche lei sorrise, e poi rise, senza riuscire a smettere.

Philip l'accompagnò in salotto e Reggie, imbarazzato, si mise a sedere accanto a loro.

Anche Alice era imbarazzata: che cosa mi succede? Sto male anch'io?

Ma Philip si sentiva già meglio. Andò a prendere le misure dei vetri da sostituire, mentre Reggie saliva a ispezionare i locali del secondo piano. Alice rimase in cucina.

Qui la raggiunse Mary con uno scatolone pieno di tegami e casseruole, e un bollitore elettrico. Mary sedette all'altro capo del tavolo. Era rossa in viso ed eccitata. Alice l'aveva udita ridere con Reggie come facevano spesso Roberta e Faye e, qualche volta, Bert e Pat. Due contro il mondo. L'intimità.

Alice chiese subito: "Quali sono le condizioni?"

"È solo per un anno."

Alice sorrise e cogliendo l'occhiata di Mary spiegò: "È una vita."

"Ma naturalmente vi concederanno una proroga. A meno che non decidano di demolirla malgrado tutto."

"Vedrai che non lo faranno," affermò Alice con tranquilla convinzione.

"Oh, non esserne così sicura," ribatté Mary, rientrata per un attimo nelle vesti di dipendente del Comune.

Alice scrollò le spalle e fissò con aria interrogativa Mary, la quale tuttavia non comprese cosa volesse. Alla fine Alice le chiese: "Cosa è stato deciso per l'affitto?"

"Oh," rispose Mary con aria indifferente, "un'inezia. Non hanno ancora stabilito la cifra esatta, ma si tratta di ben poco, davvero. Una cifra irrisoria."

"Già," disse Alice, paziente. "Ma a cosa hanno pensato? A un affitto unico per tutta la casa?"

"Oh no," replicò Mary come se questa fosse un'idea inconcepibile – tale è il potere della decisione di un superiore sulla mente del burocrate – "No, certo. Verranno stabiliti degli affitti agevolati per ogni singolo inquilino. Mi hai detto che qui sono tutti disoccupati, non è vero?"

"Non è questo il punto, Mary," ribatté Alice, sperando che l'altra ci arrivasse da sola. Ma Mary non capì. Ed era logico che fosse così, non c'era nulla nella sua esperienza di vita che l'avesse preparata a una situazione del genere.

"Be', immagino che per voi sarebbe più semplice se venisse stabilita una cifra globale e che ciascuno contribuisse secondo le proprie possibilità. Tanto più che è una cifra così modesta. Appena sufficiente a coprire le imposte, non più di dieci o quindici sterline la settimana. Ma non è questo il sistema che adottiamo." Aveva ripreso a parlare la dipendente comunale, con il tono reciso di chi sa che le decisioni prese sono le uniche possibili.

"Sei sicura," chiese Alice cautamente, dopo una pausa, "che non ci sia niente da fare?"

"Nel modo più assoluto," rispose Mary. Quello che in realtà intendeva dire era: non c'è ragione di sprecare altro tempo per una sciocchezza come questa.

E per lei era così irrilevante che si mise a girare per la cucina ispezionandola con un sorriso soddisfatto, come se stesse aprendo un regalo.

Alice intanto rifletteva. Faye e Roberta non avrebbero accettato, se ne sarebbero andate subito. E anche Jim. Nemmeno Jasper sarebbe stato d'accordo, avrebbe preteso che tutti e due – lui e Alice – si trasferissero altrove. Be', d'accordo, se ne sarebbero andati tutti. Perché no? Lo aveva già fatto tante volte! C'era quella casa disabitata giù a Stockwell... per mesi Jasper e lei avevano discusso dell'eventualità di occuparla. Sarebbero state contente Faye e Roberta, perché la loro comune femminile era giusto da quelle parti. Dio solo sapeva quanti altri rifugi e nascondigli usavano. Alice aveva l'impressione che fossero parecchi.

Che peccato, però, lasciare questa casa! E al pensiero di doversene andare Alice sentì un nodo alla gola e chiuse gli occhi, angosciata.

Disse, con una voce che suonò fredda e decisa perché aveva la gola chiusa: "Be', questo sistema tutto. La cosa finisce qui."

"*Cosa vuoi dire?*" Mary si voltò di scatto, portandosi una mano alla gola, come un'attrice tragica. "Non capisco cosa intendi dire," ripeté in tono irritato e arrogante.

"Be', per te non ha nessuna importanza, non ti pare? Vuol dire che tu e Reggie rimarrete qui da soli. Sono certa che troverete facilmente degli amici disposti a trasferirsi qui."

Mary si lasciò cadere su una sedia. Dalla ragazza più felice del mondo si era trasformata di colpo in una povera creatura pallida e confusa. "Non capisco. Che differenza fa? Reggie e io non vogliamo certo stare qui da soli."

"Perché no?"

Mary arrossì e rispose balbettando: "Be', mi pare chiaro... non occorre che te lo dica... Non voglio che *loro* sappiano che abito qui. Bob Hood e gli altri non devono sapere che abito in una *casa occupata.*"

"Ah, è così dunque," rispose Alice con indifferenza, poiché stava già pensando all'imminente trasloco.

"Non ti capisco," insisté Mary. "Spiegami qual è il problema."

Alice sospirò e rispose distrattamente che alcuni di loro avevano dei buoni motivi per non far conoscere alle autorità il proprio indirizzo.

"Perché?" chiese Mary. "Sono dei criminali?" Era diventata rossa e appariva indignata.

Alice si rese conto che la stessa scena doveva essere avvenuta in precedenza, nel periodo in cui Mary era stata con i Militanti.

Alice rispose, in un tono che sembrò sarcastico per lo sforzo che stava facendo d'essere paziente: "Motivi politici, Mary. Motivi politici, non capisci?" Le venne in mente che per Jim si trattava con ogni probabilità di qualche reato, ma lasciò correre. Se era per quello, anche Faye e Roberta dovevano avere qualche conto aperto con la giustizia. "Non capisci? C'è gente che riscuote il sussidio di disoccupazione in un quartiere ma abita da un'altra parte. Qualche volta in molte altre parti."

"Oh. Adesso, capisco."

Mary sedette e contemplò la prospettiva di avere per coinquilini dei pericolosi terroristi che vivevano in clandestinità. Ma sembrava incapace d'accettare quest'idea. Disse con malagrazia: "Be', penso che la questione possa essere riveduta. Credo proprio sia meglio che il Comune continui a ignorare quest'aspetto della situazione!"

"Oh, vuoi dire che forse riuscirai a modificare la decisione?" Vedendosi sospendere la condanna e restituire la casa, Alice sorrise con gli occhi pieni di lacrime. "Oh, bene, allora tutto è a posto."

Mary fissava Alice che, intimidita dalla propria reazione, le rivolse un sorriso. In quel momento Mary, indotta dalla ripugnanza per tutto ciò che non rientrava nell'idea di opportunità, correttezza e civiltà che condivideva con Reggie, avrebbe dovuto alzarsi, mormorare qualche fredda e risentita parola di scusa, e andarsene. Per comunicare a Bob Hood che il Comune aveva commesso un errore, che quei tipi del 43...

Invece sorrise e disse: "Ne parlerò con Bob. Penso che la faccenda si possa sistemare in modo che ciascuno contribuisca alle spese come meglio crede. Dirò di mandarvi gli avvisi ogni mese, anziché ogni trimestre. Sarà più facile restare in regola con i pagamenti." Continuò a chiacchierare per un po', per riaffermare la sua autorità e quella del Comune, poi osservò che bisognava risolvere il problema del 45. I vicini continuavano a lamentarsi.

"Andrò io a parlare con loro," disse Alice.

Ancora una volta Mary si sentì toccata sul vivo. "Non è affar tuo, non ti pare? Perché dovresti andarci tu?" protestò. Vedendo che Alice scrollava le spalle con apparente indifferenza, Mary si affrettò a soggiungere: "Be', sì, forse sarebbe meglio..."

Poi si avviò su per le scale, indispettita almeno quanto Alice. Entrambe stavano pensando che la convivenza non sarebbe stata facile.

Poco dopo Mary se ne andò insieme a Reggie. Questi l'avrebbe riaccompagnata in ufficio ed entrambi sarebbero ritornati più tardi con un altro carico. Avrebbero portato qualche mobile, se gli altri non avevano nulla in contrario. Un letto, per esempio.

Alice rimase sola in cucina. Poi Philip venne a chiederle i soldi per il vetro e uscì per andare a comprarlo.

Alice riesaminò il proprio comportamento durante quegli ultimi quattro giorni e si chiese: non sono stata un po' pazza? Dopo tutto *è* soltanto una casa... e io cosa ho fatto? E questi due, Reggie e Mary, sarebbero dei rivoluzionari? Erano nei Militanti, proprio loro? Pazzesco!

A poco a poco si riprese. Sentì l'energia che le tornava. Pensò agli altri che se ne stavano in prima linea giù a Melstead. Stavano combattendo per la causa; e lo stesso doveva fare anche lei! Uscì furtivamente di casa, badando a non guardare verso la vecchia, che forse la stava salutando con la mano, raggiunse il viale, svoltò nella stradina parallela alla loro e si fermò nello stesso punto in cui, il giorno prima, Bob Hood si era fermato a osservare il giardino pieno di immondizie.

Percorse con passo risoluto il vialetto, consapevole che

forse qualcuno dalla casa la stava spiando. Bussò. Dovette attendere parecchio prima che la porta si aprisse. Ebbe una rapida visione dell'ingresso, identico al loro, ma ingombro di scatoloni e di casse. Un'unica lampadina illuminava il locale. Dunque avevano la corrente.

L'uomo che le aveva aperto la porta era straniero, le bastò un'occhiata per capirlo. Non che il suo aspetto avesse niente di particolare; ma c'era in lui qualcosa di diverso. Era russo, non ne dubitava.

Questa consapevolezza le diede un piccolo brivido di soddisfazione. Era il potere, l'idea del potere che l'eccitava. Quanto all'uomo, era un tipo abbastanza comune, massiccio, non grasso, anche se probabilmente lo sarebbe diventato presto, non alto, appena un po' più di lei. Aveva il viso largo e piatto e gli occhi grigi piccoli e penetranti. Indossava dei pantaloni di twill grigio che avevano l'aria d'essere nuovi e costosi, e un camiciotto grigio, pulito e ben stirato.

Avrebbe potuto essere un militare.

"Sono Alice Mellings. Abito nella casa accanto."

L'uomo annuì, senza sorridere, e disse: "Certo. Entra." Le fece strada fra le pile di scatoloni verso la stanza che, nella loro casa, era stata adibita a salotto anche se sembrava un ufficio o uno studio. Nel bovindo era stato collocato un tavolo e dietro il tavolo una sedia con lo schienale rivolto verso la finestra per poter vedere chi entrava e usciva dalla porta. Evidentemente chi si sedeva voleva avere le spalle protette, si disse Alice.

L'uomo si accomodò sulla sedia e con un cenno del capo la invitò a sedersi di fronte a lui.

Alice obbedì. Caspita, questo sì che fa sul serio, pensò, molto colpita.

L'uomo attendeva che lei dicesse qualcosa.

C'era una cosa che le interessava davvero di sapere, e cioè se era stato lui a dare istruzioni a Jasper e a Bert ma era anche l'unica che non poteva assolutamente chiedergli.

"Abbiamo appena ottenuto l'autorizzazione dal Comune. Ci danno la casa in affitto per un anno," disse invece. L'uomo annuì. "Be', abbiamo pensato che dovreste farlo anche voi. Rende la vita molto più facile, capisci. E soprattutto, non si hanno guai con la polizia."

L'uomo sembrò rilassarsi, si appoggiò allo schienale della sedia, spinse verso di lei un pacchetto di sigarette, se ne accese una mentre Alice scuoteva il capo per rifiutare, aspirò con voluttà, poi emise una lunga boccata di fumo e disse: "È una decisione che spetta agli altri. Io non abito qui."

Era lì tutto quello che intendeva dirle? Pareva proprio di sì. Be', in fondo aveva risposto, seppure in modo essenziale.

Alice, confusa, soggiunse in fretta: "C'è tutta quella immondizia. Dovreste dare una mancia ai netturbini..." poi si interruppe, imbarazzata.

L'uomo la scrutava con occhi attenti. Alice sentì che non gli sfuggiva nulla. Un esame freddo, distaccato. Forse anche un po' ostile. "Ci hanno concesso un anno," arrischiò Alice. "Questo significa che, appena la casa è a posto, potremo dedicarci interamente..." censurò "alla rivoluzione" e concluse "alla politica."

Sembrava che l'altro non l'avesse udita. Attendeva qualcos'altro? Che lei se ne andasse? Alice riprese, incerta: "Naturalmente non tutti... per esempio Roberta e Faye non credono che... Ma tu non le conosci, certo. Adesso ti spiego..."

L'uomo la interruppe: "So tutto di Roberta e Faye. Dimmi, che tipi sono i due nuovi arrivati?"

Alice rispose, cercando di mettere Reggie e Mary in buona luce: "Sono stati iscritti a Tendenza militante. Ma se ne sono andati perché non approvavano i loro metodi." A questo punto osò rivolgergli un sorriso, sperando che glielo ricambiasse, ma l'uomo chiese: "La ragazza lavora in Comune, no? A che livello?"

"Non a livello decisionale."

L'uomo annuì. "E lui? Ne sai qualcosa? È un chimico, no?"

"Chimico industriale. Ha perso il posto."

"Dove lavorava?"

"Non gliel'ho chiesto." E soggiunse: "Te lo farò sapere."

L'uomo annuì. Continuava a fumare. Appoggiò i gomiti sul tavolo. Aveva davanti a sé un foglio sul quale sembrava prendere appunti con gli occhi. Come Lenin!

La sua voce. Ha un accento americano, pensò Alice. Sì, ma con una strana inflessione. No, non era la voce, né l'accento, ma qualcos'altro, qualcosa in lui.

L'uomo continuava a tacere. L'ansia, gli interrogativi che si affollavano alla mente di Alice emersero alla superficie. "Jasper e Bert sono andati a Melstead. Sono partiti presto."

L'uomo annuì. Prese un giornale che era sul tavolo, lo aprì e cominciò a voltare le pagine. "Hai visto il *Times* di oggi?"

"Non leggo la stampa capitalista."

"Forse è un errore," commentò l'uomo dopo una pausa e spinse il giornale verso di lei, indicandole un articolo.

Alla domanda se questo tipo di rinforzi ai picchetti fosse bene accetto, Crabit, portavoce degli scioperanti, ha risposto che i trotzkisti e i dilettanti avrebbero fatto meglio a tenersi alla larga. Non erano desiderati. I lavoratori erano in grado di cavarsela da soli.

Alice si sarebbe volentieri rimessa a piangere.

"Ma questo è un giornale capitalista," disse. "Cercano di

creare una spaccatura nelle forze democratiche, vogliono dividerci." Stava per aggiungere: "Non te ne rendi conto?" ma non ne ebbe il coraggio.

L'uomo riprese il giornale, lo piegò e lo rimise al suo posto. Aveva smesso di guardarla.

"Compagna Alice," disse, "ci sono sistemi più efficaci per raggiungere i nostri scopi, sai."

Si alzò. "Adesso ho da fare." L'aveva congedata. Girò attorno al tavolo e la scortò attraverso la stanza e l'ingresso fino alla porta.

"Grazie d'essere venuta a trovarmi," disse.

Alice chiese balbettando: "Non avreste una stanza da prestarci per... una riunione? Capisci, alcuni di noi non si fidano completamente... di certi altri."

"Mi informerò." Non aveva reagito come lei aveva temuto. Gli aveva espresso la sua richiesta in modo così titubante...

L'uomo la salutò con un cenno del capo, e, finalmente, con un sorriso. Alice se ne andò, stordita. Continuava a ripetersi, questo fa sul serio, davvero.

Non le aveva nemmeno detto il suo nome.

Percorse il breve tratto di strada prima dell'incrocio a passo lento perché davanti a lei camminava una giovane donna che spingeva un passeggino, occupando quasi tutto il marciapiede. Il bambino sembrava un grosso pacco avvolto nella plastica, dal quale sporgeva solo il suo viso pallido, gonfio e pustoloso. Piangeva d'un pianto acuto e persistente che dava terribilmente sui nervi ad Alice. La ragazza sembrava stanca e disperata. I capelli chiari e lisci avevano un gran bisogno di essere lavati. Guardando le sue spalle rabbiosamente contratte Alice intuì che aveva una gran voglia di picchiare il bambino. Alice era impaziente di imboccare la strada di casa per poter affrettare il passo, ma anche la ragazza svoltò, sempre tenendosi al centro del marciapiede. Poi si fermò ad osservare le case circostanti e in modo particolare il 43. Alice la superò e aprì il cancello. Udì la ragazza chiederle: "È qui che abiti? In questa casa?"

"Sì," rispose asciutta, senza voltarsi. Aveva una mezza idea di quello che stava per succedere. Percorse in fretta il vialetto. Udì le ruote del passeggino cigolare dietro di lei.

"Scusami," si sentì apostrofare di nuovo, e dal tono caparbio della ragazza comprese che non aveva scampo. Si voltò di scatto, bloccandole il passo, e le si piantò davanti con un *no* scritto ben chiaro in faccia. Non era la prima volta, naturalmente, che si trovava in una simile situazione. Non è giusto che debba affrontare anche questo! si disse.

Era proprio ridotta male, quella ragazza. Più o meno sui vent'anni. Già consumata dalla vita. L'unica forza che le era rimasta era quella segreta irritazione per il pianto continuo del bambino.

"Mi hanno detto che in questa casa si può avere una camera in affitto per un po'," disse, fissando in volto Alice. Aveva due grandi occhi grigi piuttosto belli, ma ad Alice non piacque il modo in cui la guardava. Si voltò verso la porta e l'aprì.

"Chi te l'ha detto?"

La ragazza non rispose alla domanda. Mormorò invece: "Sto diventando pazza. Devo trovare una casa, non posso andare avanti così."

Alice entrò, pronta a richiudere la porta, ma la ragazza la bloccò con un piede. Alice ne fu sorpresa, non si era aspettata tanta intraprendenza. Se ha tutta questa presenza di spirito, pensò, non è poi così malridotta.

La porta rimase aperta. Il bimbo ora strillava come un ossesso dentro al suo sudario trasparente, mentre dagli occhi azzurri sbarrati grosse lacrime stillavano sulla plastica. La ragazza si piantò davanti ad Alice, la quale notò che stava tremando di rabbia.

"Ho gli stessi diritti che hai tu," disse. "Se c'è posto vengo a stare qui. E posto ne avete, a quanto pare! Basta guardare com'è grande questo locale!" Lanciò un'occhiata circolare al vasto ingresso, cui il folto tappeto conferiva un'aria di lusso discreto, e alle porte che conducevano alle varie stanze, un'infinità. Rivolse poi lo sguardo all'ampia scala che conduceva al secondo piano. Altre porte, altro spazio. Alice, angosciata, si guardava attorno insieme alla ragazza.

"Io sto in uno di quegli alberghi, ne avrai sentito parlare. No? Male. Il Comune ci ha sbattuti là, me, mio marito e Bobby. In un'unica stanza. Siamo lì da sette mesi." Dal tono di incredulo orrore della ragazza, Alice si rese conto di cosa dovevano essere stati quei sette mesi. "I proprietari sono degli schifosi stranieri, che ci comandano a bacchetta. Non abbiamo il permesso di cucinare. Te lo immagini, con un bambino piccolo? Una sola stanza. Il pavimento è così sporco che non posso farci giocare il bambino." Queste informarzioni vennero fornite ad Alice con voce tremante, atona, mentre il piccino continuava a piangere forte.

"Qui non puoi venire," obiettò Alice. "Non è un posto adatto. Intanto non c'è il riscaldamento. E poi non abbiamo neppure l'acqua calda."

"L'acqua calda!" esclamò la ragazza, tremando di rabbia. "L'acqua calda! Non abbiamo acqua calda da tre giorni, e i caloriferi sono spenti. Se telefoni al Comune per protestare ti dicono che stanno provvedendo. Ho bisogno di spazio. Il minimo per vivere. Posso scaldare l'acqua in una pentola, per lavare il bambino. Avrete pure un fornello, no? Non riesco neppure a dargli da mangiare come si deve. Solo quelle porcherie in scatola."

Alice non rispose. Stava pensando: Be', perché no? Che diritto ho io di dire di no? E, mentre lo pensava, udì un rumore sulle scale, e voltandosi scorse Faye ferma sul pianerottolo. C'era qualcosa in lei che attrasse l'attenzione di Alice: una sorta di veleno nello sguardo, nell'atteggiamento. La Faye leggiadra, fragile, delicata, era di nuovo scomparsa; al suo posto c'era una donna pallida, sinistra, con lo sguardo freddo e minaccioso. Scese come una furia le scale come se volesse scagliarsi sulla ragazza, che sulle prime rimase dov'era, ma poi, esterrefatta e spaventata, fece un passo indietro, mentre Faye, raggiuntala, le sibilava in volto: "Vattene. Vattene. Va' via di qui."

"E tu chi sei, cosa..." balbettò la ragazza, mentre Faye, con la sola forza della sua presenza, del suo odio, la costringeva a retrocedere, un passo dopo l'altro, verso la porta. Il bambino si mise a urlare.

"Come osi?" gridò Faye. "Come osi intrufolarti qua dentro? Chi ti ha dato il permesso? Li conosco i tipi come te. Prima ti installi, poi pretendi di far da padrona."

Quell'esplosione di follia lasciò Alice senza parole. La ragazza continuava a indietreggiare fissando a bocca aperta e con gli occhi sbarrati la sua persecutrice. A questo punto Faye le diede una spinta facendola inciampare nel passeggino che per poco non si rovesciò.

Faye sbatté con violenza la porta. Poi la riaperse e la sbatté di nuovo. Sembrava che volesse continuare così per un pezzo, ma intanto era arrivata Roberta. Persino lei non osò toccare Faye in quel momento, ma prese a parlarle fitto fitto a voce bassa, in tono suadente.

"Faye, cara Faye, tesoro, basta, basta. Mi senti? Basta, Faye..."

Faye evidentemente l'udiva, perché tenne aperta la porta, incerta, prima di sbatterla di nuovo. Si intravide così la ragazza che si allontanava lentamente lungo il vialetto con il bambino urlante. Si voltò in tempo per vedere Roberta che prendeva Faye tra le braccia e la teneva stretta come prigioniera. Faye gridava con voce rauca, soffocata: "Lasciami andare." La ragazza si fermò, a bocca aperta. Oh no! sembravano dire i suoi occhi, poi si voltò e fuggì goffamente da quell'orribile casa.

Alice chiuse la porta. L'eco degli strilli del bimbo a poco a poco si spense.

Roberta stava ripetendo sommessamente: "Faye, Faye, tesoro, non fare così, è tutto a posto," mentre l'altra, prorompendo in piccoli singulti soffocati, simili a quelli di un bambino, le si abbandonò fra le braccia.

Roberta trascinò gentilmente Faye su per le scale, gradino

per gradino, ripetendo a bassa voce: "Andiamo, non fare così, per favore Faye, smettila, è tutto a posto." Poi la porta della camera si chiuse alle loro spalle.

Alice rimase per qualche istante nell'ingresso, stordita, infine andò in cucina e si sedette. Tremava.

Seguì con il pensiero la ragazza, là fuori sul marciapiede. Non provava rimorso, ma si identificava con lei. L'immaginò mentre raggiungeva con quel bambino grosso e ingombrante la fermata dell'autobus e attendeva in fila che questo arrivasse. Il suo volto di pietra rivelava la sua totale indifferenza per quello che gli altri pensavano delle urla del bimbo. Poi la vide issare faticosamente il passeggino sull'autobus e sedersi tenendo in braccio il bambino, che forse aveva smesso di piangere, sfinito. Infine la ragazza scese dall'autobus, rimise il piccolo nel passeggino e raggiunse a piedi l'albergo. Sì, Alice aveva sentito parlare di quei posti, sapeva come ci si viveva.

Dopo un po' si preparò un tè molto forte e lo bevve a piccoli sorsi, come se fosse del brandy. Dal piano di sopra non giungeva alcun rumore. Forse Roberta era riuscita a far addormentare Faye.

Poco dopo Roberta scese e venne a sedersi in cucina. Da come la osservava, Alice comprese che doveva avere l'aria seccata. Ecco cos'è in realtà, pensò. Una lesbicona materna, tutta tette e cuor d'oro. Si dà un gran daffare a recitare la parte della dura, ma in fondo non è che una mammona.

Non aveva voglia di affrontare le sue spiegazioni.

Quando Roberta le disse: "Guarda, Alice, so cosa stai pensando ma..." lei l'interruppe. "Non me ne importa niente. Va bene così."

Roberta esitò, poi si costrinse a continuare. "A volte Faye ha di queste crisi, ma adesso sta molto meglio, ed era tanto tempo che non le succedeva. Da più di un anno."

"D'accordo."

"Comunque qui dentro non c'è posto per i bambini."

Alice rimase in silenzio.

Roberta, in attesa di una risposta che non veniva, si alzò, prese una bustina di tè e una tazza e disse, con voce bassa e vibrante: "Se tu sapessi che infanzia ha avuto, se sapessi cosa le è successo..."

"Non me ne frega niente della sua fottuta infanzia," ribatté Alice.

"No, bisogna che tu lo sappia, per lei, capisci... È stata molto maltrattata, da piccola..."

"Non mi interessa!" gridò Alice all'improvviso. "Cerca *tu* di capire. Ne ho abbastanza di stare ad ascoltare il racconto delle stramaledette infanzie infelici di tutti gli altri. La gente non fa che parlare di quanto è stata infelice... Ma per conto mio, l'infanzia infelice non è che una splendida scusa, un alibi coi fiocchi."

"Ma i bambini maltrattati..." proruppe Roberta, scandalizzata. "Senza contare che crescono e diventano adulti." Era tornata a sedersi e ora si protendeva verso Alice, fissandola in volto, decisa a scuoterla dalla sua indifferenza.

"Io so solo una cosa," ribatté Alice. "Le comuni, le case occupate. Se non si sta attenti, finiscono per trasformarsi in altrettanti centri terapeutici dove si passa il tempo a discutere della propria merdosa infanzia. È ora di finirla. Non siamo qui per questo. O è questo che vuoi? Una specie di terapia di gruppo permanente? È quello che si ottiene, se si perde il controllo della situazione."

Finalmente, convintasi che l'altra non aveva alcuna intenzione di stare ad ascoltare, Roberta si zittì. Si mise a sorbire il suo tè rumorosamente, tanto che Alice non riuscì a trattenere un sussulto.

C'era qualcosa di rozzo, di volgare in Roberta, osservò tra sé troppo sconvolta e irritata per censurare i propri pensieri. Non si era ancora lavata, sebbene ormai l'acqua non mancasse. Da lei emanava l'odore penetrante e metallico del sangue. Roberta, o Faye, o tutt'e due, dovevano avere le mestruazioni.

Alice chiuse gli occhi e si rifugiò mentalmente in una specie di piccolo limbo che aveva scoperto tanto tempo prima, non ricordava quando, ma certamente quando era ancora una bambina. In quel rifugio interiore si sentiva al sicuro, protetta, e il mondo poteva anche crollare, se voleva. Si sorprese a dire, con un tono di voce sognante e distratto: "Be', immagino che un giorno o l'altro Faye ci lascerà la pelle. Ha già tentato il suicidio, vero?"

Silenzio. Alice aprì gli occhi e scoprì che Roberta piangeva.

"Sì, ma non da quando io..."

"Tutti quei braccialetti," mormorò Alice. "Li porta per nascondere le cicatrici."

"Ha soltanto una minuscola cicatrice sul polso sinistro," precisò penosamente Roberta.

Alice aveva richiuso gli occhi e stava sorseggiando lentamente il suo tè, sentendosi a poco a poco riavere. "Uno di questi giorni," disse, "ti racconterò dell'infanzia infelice di mia madre. Sua madre era pazza e suo padre era un tipo molto particolare. Sì, particolare è la definizione giusta. Se ti raccontassi!" Chissà perché si era messa a parlare di sua madre. "Oh, chi se ne frega di mia madre!" esclamò. Poi si mise a ridere. Una risata aperta, persino divertita – rideva dei capricci e delle bizzarrie della vita. "Mio padre, invece... be', lui era tutt'altro tipo. La sua infanzia è stata felicissima, così almeno diceva, il periodo più felice della sua vita. Ma c'è da credergli?

Be', io penso di sì. È tanto *ottuso, stupido, inetto,* che non si sarebbe neppure accorto d'essere infelice. Avrebbero potuto maltrattarlo quanto volevano, che non se ne sarebbe neppure accorto."

Aprì gli occhi. Roberta la stava osservando con un sorrisetto ironico. Senza volerlo Alice ricambiò il sorriso.

"Be'," disse poi, "questo è quanto, per quel che mi riguarda. Non hai del brandy o qualcosa di simile?"

"Che ne diresti di un po' di marijuana?"

"No, non mi fa niente. Non mi piace."

Roberta uscì e tornò con una bottiglia di whisky. Le due donne rimasero lì a bere, sedute alle due estremità del grande tavolo di legno. A un tratto Philip entrò, barcollando sotto il carico delle pesanti lastre di vetro, pronto a mettersi al lavoro, ma rifiutò di bere dicendo che si sentiva male e andava di sopra a riposare. In realtà quello che aveva inteso dire era che Alice avrebbe dovuto aiutarlo, invece di starsene là seduta a perder tempo.

Roberta, dopo essersi scolata diversi bicchieri, salì da Faye. Al piano di sopra continuava a esserci silenzio.

Alice decise di andare a fare un pisolino. Sul pavimento dell'ingresso scorse una busta e pensò che si trattasse di qualche volantino pubblicitario. La raccolse per gettarla via, vide che era dell'azienda elettrica ed ebbe un attacco di nausea; decise di concedersi un po' di tempo per riprendersi prima di aprirla. Tornò in cucina. *A mano.* La signora Whitfield aveva detto che passava da quelle parti per andare e tornare dall'ufficio. L'aveva lasciata lei stessa, mentre tornava a casa. Era stata davvero gentile... Alice aprì con dita nervose la lettera e lesse:

> *Gentile signorina Mellings, ho parlato con suo padre circa la garanzia per il pagamento delle bollette di Old Mill Road 43, secondo gli accordi intercorsi fra noi. Sono dolente di comunicarle che la risposta è negativa. La pregherei di passare dai nostri uffici nei prossimi giorni per discutere la faccenda. Cordiali saluti.*
>
> D. Whitfield.

All'inizio questa letterina garbata, umana, le diede la piacevole sensazione d'aver trovato un'amica, finché la collera non ebbe il sopravvento. Per fortuna non c'era nessuno a vederla. Si scatenò come una furia e digrignando i denti, con gli occhi che le uscivano dalle orbite e i pugni serrati come se stringessero un coltello, percorse avanti e indietro la cucina, simile a una grossa mosca rimasta prigioniera in una stanza durante un pomeriggio afoso, sbattendo contro le pareti, gli angoli del tavolo e del fornello ed emettendo dei suoni rauchi, dei lamenti, dei brontolii di cui ben presto finì per essere consapevole lei stessa. Allora, spaventata, sedette accanto al tavolo e cercò di controllarsi. Rimase perfettamente immobile per qualche minuto. Poi si alzò di scatto, uscì dalla cucina, salì le scale e andò a bussare con violenza alla porta di Philip. Fruscii, rumori, ma nessuna risposta. Alice gridò: "Philip, sono io, Alice."

Aprì mentre Philip rispondeva: "Entra," e lo vide balzar fuori del sacco a pelo e infilarsi nella tuta. "Oh, scusa," mormorò e senza curarsi del patetico imbarazzo di Philip, partì subito all'attacco.

"Philip, sei disposto a renderti garante per le bollette della luce?" E poiché Philip la guardava senza capire: "Sì, le bollette per questa casa. Mia madre si rifiuta, mio padre si rifiuta, quella stronza di Theresa si rifiuta e quello stronzo di Anthony si rifiuta..."

Ora Philip era in piedi davanti a lei, con l'intensa, gialla luce del meriggio alle spalle, una minuta silhouette scura, goffa, immobile. Alice non riusciva a vederlo in viso, perciò si spostò, costringendolo a voltarsi, e allora lo vide bene, piccolo, pallido ma ostinato. Dalla sua espressione capì che stava perdendo tempo, tuttavia gli disse in tono perentorio: "Tu hai un lavoro, hai della carta intestata, puoi garantire per noi."

"Alice, ma come faccio? Non ho un soldo, lo sai bene." Parla come se dovesse pagarle lui le bollette, pensò Alice infuriandosi di nuovo. Ma non le aveva sentito spiegare che il primo pagamento sarebbe stato anche l'ultimo?

"Su, Philip, non essere sciocco," ribatté spazientita, "non dovrai tirar fuori niente. È giusto perché non ci tolgano la corrente."

Philip rispose, tentando d'essere spiritoso: "Ma, Alice, forse *dovremmo* pagarle quelle bollette."

"Ma no, ma no, figurati."

Philip era – Alice se ne rendeva conto – pronto a ridere con lei, ma lei non vi riuscì.

"Cosa posso fare?" chiese invece. "Non so. Sono confusa..."

"Questo non lo credo, Alice," ribatté Philip, mettendosi finalmente a ridere, ma con simpatia.

In tono più calmo Alice gli spiegò: "Philip, noi dobbiamo avere un garante. E tu sei l'unico, non capisci?"

Ma il piccolo Petruska, l'elfo, fu irremovibile, e rispose:

"No, Alice. Intanto l'indirizzo sulla carta da lettere è quello di dove abitavo prima di andare a stare da Felicity e la casa è stata abbattuta, demolita. Non c'è nemmeno più."

A questo punto si guardarono in faccia con la stessa espressione sgomenta, come se il pavimento stesse cedendo sotto di loro; poiché entrambi avevano avuto nello stesso istante una dolorosa sensazione di instabilità; strade, palazzi, case, interi quartieri fatti saltare, distrutti, svaniti come un miraggio. Sospirarono e d'impulso si abbracciarono con tenerezza, confortandosi a vicenda.

"Il fatto è," disse Alice, "che quella donna non vuole toglierci la corrente. Desidera aiutarci, ma ha bisogno di un pretesto, ecco tutto... Aspetta, aspetta un attimo, credo d'aver trovato..."

"Lo sapevo che ce l'avresti fatta," esclamò Phlip e Alice annuì e disse tutta eccitata: "Sì. Mio fratello. Dirò alla signora Whitfield che è pronto a garantire per noi, ma che è via per un viaggio d'affari – nel Bahrein, non importa dove. Lei terrà la pratica in sospeso, ne sono sicura..."

E con il pollice alzato in segno di vittoria uscì di corsa dalla stanza, ridendo esultante.

Ormai era troppo tardi per telefonare, ma l'avrebbe fatto domani e tutto sarebbe andato a posto.

Non c'era bisogno di parlarne a Mary e a Reggie. Certo, se Mary fosse stata un po' più comprensiva avrebbe garantito lei per tutti; era l'unica che avesse un lavoro. Ma non l'avrebbe fatto, di questo Alice era sicura.

Aveva bisogno di dormire. Era agitata e dentro di sé, dove covava la sua rabbia, tremava.

Quando Alice si svegliò stava facendo buio. Dalla cucina le giunse la risata di Bert, un profondo oh, oh, oh. Non è il suo riso naturale, pensò Alice. Quale sarà quello vero? No, quella era una risata prefabbricata. Convincente, accattivante. Virile. Voci e risate, ce le inventiamo... udì la voce artefatta di Roberta, rassicurante. E questa era la voce sottile e capricciosa di Faye e la sua risata. Naturali? Forse. Dunque erano ritornate tutt'e due, il che voleva dire che anche Jasper era tornato. Alice balzò fuori dal sacco a pelo, si infilò un golf; il suo sorriso esprimeva esattamente ciò che provava per Jasper, ammirazione e dolente affetto.

Ma Jasper non era in cucina con gli altri, che apparivano raggianti, felici, appagati, e stavano mangiando pesce e patatine fritte.

"Va tutto bene, Alice," disse Pat offrendole una sedia. "Lo hanno arrestato, ma non è niente di serio. Verrà processato domani mattina a Enfield. Sarà di ritorno per colazione."

"A meno che non gli diano la libertà vigilata," commentò Bert.

"A Leeds gli hanno dato due anni di libertà vigilata, ma sono scaduti il mese scorso."

"Il mese scorso?" esclamò Pat. I suoi occhi intercettarono quelli di Bert ma non vi scorsero alcun riflesso di ciò che lei stava pensando – probabilmente contrariamente alla sua volontà, si disse Alice; e per non incontrare quelli di Alice li abbassò e si finse impegnata a ingollare le patatine croccanti. Non era la prima volta che Alice coglieva negli altri il sospetto che a Jasper piacesse farsi arrestare, sentisse il bisogno di quel tipo di emozione. Disse, per giustificarlo: "Be', era da tanto tempo ormai che doveva stare attento, controllare ogni minima mossa, e forse..." Stava osservando Bert che, lo sapeva, avrebbe potuto raccontarle tutto circa l'arresto. Jasper era stato arrestato, ma Bert no; già questo...

Pat spinse verso di lei un po' di patatine e Alice le mangiò compunta, pensando al colesterolo.

"Quanti ne hanno arrestati?"

"Sette. Tre non li conoscevamo. Ma gli altri erano John, Clarissa e Charlie. E Jasper."

"Nessun compagno dei sindacati?"

"No."

Silenzio.

Poi Bert: "Agli altri hanno inflitto un'ammenda di venticinque sterline."

Alice disse automaticamente: "Allora quella di Jasper sarà di cinquanta."

"Lui pensava venticinque. Gliene ho date venti in modo che ne avesse abbastanza."

Alice, che era stata sul punto di alzarsi, pronta ad andarsene, chiese in fretta: "Jasper non vuole che vada laggiù? Perché no? Che cosa ha detto?"

Pat rispose cautamente: "Mi ha chiesto di dirti di non andare."

"Ma io gli sono sempre stata accanto tutte le volte che è stato arrestato. Sempre. Ho sempre assistito al processo."

"Questo è quel che ha detto," ribatté Bert. "Di' ad Alice di non occuparsene."

Alice si mise a pensare con tale intensità che ben presto la cucina, Bert e Pat e la casa stessa scomparvero. Lei era laggiù, sulla scena del picchetto. Il furgone carico di giornali si presentò al cancello, lucido e sinistro: era chiaramente il nemico. I manifestanti avanzarono gridando, e con loro c'era

Jasper, come l'aveva visto tanto spesso, con il viso pallido stravolto da un odio astratto e deliberato, i corti capelli fulvi che brillavano al sole. Era sempre il primo a essere arrestato, ricordò con orgoglio, era così intrepido, così deciso a sacrificarsi. Persino i poliziotti lo capivano.

Ma c'era qualcosa che non quadrava.

Chiese: "Hai deciso di non farti arrestare per qualche precisa ragione, Bert?"

Perché, se non era stato così, anche Jasper avrebbe dovuto tornare a casa.

"Jasper ha trovato laggiù qualcuno che potrebbe esserci molto utile."

All'improvviso tutto diventò chiaro per Alice. "Era uno dei tre che non conoscevate?"

"Proprio così," rispose Bert. "Proprio così." Sbadigliò. Disse: "Detesto dovertelo chiedere, ma potresti restituirmi le venti sterline? Jasper mi ha detto di chiederle a te."

Alice contò il denaro senza alzare lo sguardo.

Pat osservò bonariamente: "Di questo passo il tuo gruzzolo non durerà a lungo."

"Già."

Alice stava pregando: fa' che Bert se ne vada. Fa' che salga di sopra. Ho bisogno di parlare con Pat. Lo pensava con tale intensità che non si stupì affatto quando Bert si alzò e annunciò: "Vado un momento da Felicity a fare un bagno come si deve."

"Ti raggiungo fra un minuto," disse Pat.

Bert uscì e le due donne rimasero sole.

Alice chiese: "Come si chiama l'uomo della casa accanto?"

"Chi, Lenin?" rispose Pat. Alice rise insieme a lei, riconoscente. Era lusingata e compiaciuta della fiducia di Pat, che la rendeva partecipe di un'importante cospirazione. Pat riprese: "Dice di chiamarsi Andrew."

"Secondo te da dove viene?"

"Ottima domanda."

"Ha un forte accento americano."

"La lingua del nuovo mondo."

"Già."

Si scambiarono un'occhiata.

Avendo detto sull'argomento tutto quel che c'era da dire, tacquero entrambe. Dopo un po' Alice disse: "Sono andata al 45 stamane. A chieder loro di sbarazzarsi di tutti quei rifiuti."

"Buona idea."

"Che cosa c'è in quelle casse?"

"Opuscoli. Libri. Così almeno dicono."

"Ma con la polizia continuamente fra i piedi..."

"Le casse non c'erano l'altro ieri. E scommetto che entro domani saranno sparite. Se non lo sono già."

"Hai visto tu stessa gli opuscoli?"

"No, ma ho chiesto. E questo è quel che mi ha risposto Andrew. Materiale di propaganda."

Anche questo argomento venne lasciato cadere, di comune accordo.

Pat disse: "Ho capito che Bert ritiene che quel compagno – quello con il quale Jasper stava parlando a Melstead – potrebbe darci qualche utile informazione."

"Intendi dire per l'Ira?"

"Sì, credo."

"Hai sentito niente di quel che dicevano?"

"No. Ma Bert ha assistito a parte del loro colloquio."

A questo punto Alice avrebbe potuto chiedere: "E che ne pensa Bert?" Ma non le importava niente dell'opinione di Bert. Di quella di Pat invece sì.

"Che tipo era? Forse lo conosco," chiese. "Non era uno del solito gruppo?"

"Non l'avevo mai visto prima, di questo sono certa. Niente di particolare."

"È stato – è stato il compagno Andrew a dirvi di andare giù ai picchetti? Non vi ha parlato di Melstead? Quante volte siete stati di là, al 45?"

Pat sorrise e rispose, lasciando tuttavia capire che non era tenuta a farlo: "Io ci sono stata un paio di volte. Bert e Jasper molto più spesso. Quanto a Melstead, ho l'impressione che il compagno Andrew..." e sottolineò la parola "compagno" come se volesse che Alice vi meditasse sopra, "che il compagno Andrew non approvi che degli elementi esterni si uniscano ai picchetti."

Alice rispose con veemenza: "Già, ma la loro lotta è anche la nostra. È la lotta di tutte le forze progressiste del Paese. Melstead è una cittadella dell'imperialismo fascista, e questo non riguarda soltanto i sindacati locali."

"Be', sei tu che me l'hai chiesto," ribatté Pat. "A mio parere, il compagno Andrew sta lavorando a qualcosa di grosso." Alice fu percorsa da un brivido, come se qualcuno che per tutta la vita ha parlato di unicorni ne incontrasse all'improvviso uno. Guardò emozionata Pat che, a quanto pareva, non si rendeva conto di quel che aveva detto. Se non aveva sottinteso che loro, i compagni del numero 43 di Old Mill Row, erano stati senza volerlo coinvolti in qualcosa di molto importante, cosa altro aveva voluto dire? Ma Pat si stava alzando. Il colloquio era finito. Alice avrebbe voluto che rimanesse. Non riusciva a credere che Pat volesse lasciarli proprio ora, in un momento così emozionante, quando forse stavano per accadere cose favolose. Ma Pat alzò le braccia sopra il capo e sbadigliò, con un sorriso lascivo, e quando i suoi occhi incontrarono per un attimo quelli di Alice, questa vi scorse una luce provocante e tentatrice. Dio, com'è sensuale, pensò Alice disgustata.

Ma disse: "Ho chiesto al compagno Andrew se possono prestarci una stanza per delle riunioni. Intendo delle riunioni dell'Ucc."

"Anche noi. Ci ha risposto di sì."

Pat sorrise, abbassò le braccia, poi guardò Alice senza sorridere, mentre tutto il suo atteggiamento lasciava capire che ne aveva avuto abbastanza di Alice e voleva andarsene. "Dove sono i nostri nuovi compagni?" chiese mentre si avviava alla porta.

"Di sopra."

"Dubito che li vedremo spesso. Comunque, sono brave persone." Sbadigliò con voluttà, poi mormorò: "Troppa fatica andare a fare il bagno in casa d'altri. Bert dovrà prendermi come sono."

Uscì dalla stanza, e Alice rimase seduta finché la udì arrivare di sopra e chiudere la porta della sua camera.

Allora uscì in fretta di casa. Era troppo presto per quel che aveva in mente di fare. Le strade erano ormai buie e ci si rendeva conto che la giornata stava per finire perché alcune auto accostavano al marciapiede per parcheggiare, altre invece partivano verso appuntamenti serali, in un continuo balenio di fari. Ma lungo il viale il traffico era intenso come in pieno giorno. Alice andò a dare un'occhiata al giardino del 45. Ebbe l'impressione che fosse stato un po' ripulito; sì, infatti, c'erano dei lucidi sacchi di plastica nera allineati lungo il recinto. In fondo al giardino intravide due figure, non lontane dal punto in cui lei e Pat e Jim avevano scavato la buca, anche se ne erano separate da un alto steccato. Stavano scavando una buca anche loro? Quell'angolo era molto buio. La luce proveniente dalle finestre del secondo piano della casa di Joan Robbins illuminava il primo e il secondo piano del 45 ma non raggiungeva gli arbusti e la vegetazione selvaggia del giardino. Alice bighellonò per un po' nei dintorni, ma dalla casa non uscì nessuno, né poteva vederne l'interno perché le tende delle finestre a pianterreno erano chiuse.

Andò a prendere la metropolitana e sul treno mise a punto il proprio piano, poi percorse l'ampio viale alberato in cui abitavano Theresa e Anthony. Si fermò sul marciapiede a osservare le finestre della loro cucina al terzo piano. Li immaginò seduti al piccolo tavolo che usavano quand'erano soli, l'uno di fronte all'altra. Cibo squisito. Al pensiero dei piatti che preparava Theresa le venne l'acquolina in bocca. Se avesse suonato il campanello, avrebbe udito la voce di Theresa: "Sei tu, Alice cara? Vieni su." Lei sarebbe salita, avrebbe trascorso con loro una lunga tranquilla serata, condiviso il loro cibo. Forse più tardi sarebbe arrivata sua madre per una breve visita. Ma a questo pensiero la collera la travolse, attanagliandola con i suoi artigli roventi, la vista le si oscurò e riprese a percorrere a passo rapido il viale, poi un altro, e un altro ancora, camminando di continuo come se, fermandosi, temesse di esplodere. Camminò a lungo, mentre l'atmosfera diventava decisamente notturna. Si diresse verso la strada in cui abitava suo padre e la percorse lentamente. A pianterreno le lampade erano accese, da tutte le finestre uscivano fasci di luce. Al piano di sopra si intravedeva un tenue chiarore nella camera in cui dormivano i bambini. Troppo presto. Tornò indietro, superò la casa di Theresa e Anthony, dove ora le finestre della cucina erano buie, arrivò in cima alla collina, scese dall'altro versante, imboccò di nuovo la strada di suo padre. A pianterreno le luci erano spente mentre erano accese quelle della camera da letto. Circa un'ora prima aveva scorto sul bordo di un giardino un sasso della forma e della misura giuste e se l'era messo in tasca. Guardò ai due lati della strada, dove la luce dei lampioni dava riflessi dorati alle foglie degli alberi. Vide avanzare verso di lei una coppia. Erano due vecchi e si tenevano sottobraccio. Una coppia di vecchietti. Concentrati nello sforzo di camminare non si accorsero di Alice. La quale tuttavia percorse la strada fino in fondo poi ritornò indietro in fretta, ormai impaziente di mettere in atto il suo piano. Quando raggiunse la casa di suo padre aprì rapida il cancello senza neppure curarsi di non far rumore, entrò in giardino e lanciò il sasso, con tutta la violenza di cui era capace, contro la finestra della camera da letto. Questo gesto, il tiro veloce e perfetto, effettuato con il braccio alzato e il corpo proteso, il giro su se stessa provocato dalla violenza del lancio, l'immediato balzo sul marciapiede – lo scatto, l'energia, la precisione: tutte cose di cui nessuno l'avrebbe ritenuta capace se l'avesse vista in qualsiasi altro momento del giorno o della notte — proprio lei, con la sua aria di brava ragazza, da ragazza di buona famiglia...

Udì il vetro andare in frantumi, uno strillo, le grida di suo padre. Ma lei era già lontana, nell'ombra fitta degli alberi di una strada laterale. Correndo, in sessanta secondi raggiunse il viale pieno di traffico.

Respirava troppo forte, ansimava... per riprendere fiato si fermò davanti a una vetrina. Si accorse che era piena di televisori, raggiunse adagio quella successiva e sostò a osservare i vestiti esposti finché fu in grado di entrare nel supermercato senza che nessuno notasse il suo affanno. Vi rimase per una buona ventina di minuti, scegliendo i prodotti con calma. Spinse il carrello fino alla cassa, pagò, riempì i sacchetti di carta e ritornò a casa in metropolitana. Dal momento in cui aveva lanciato il sasso non si era mai chiesta che cosa stesse accadendo in casa di suo padre.

Ora, vedendo la pallida luce azzurra della stazione di polizia, decise di entrare. Dietro al banco non c'era nessuno ma si udivano delle voci provenire da una parte del locale celata alla vista. Suonò il campanello. Nessuno. Suonò ancora, con insistenza. Dal retro uscì una giovane agente, le diede una rapida occhiata, decise che era una scocciatrice e tornò indietro. Alice suonò di nuovo. Questa volta la giovane donna, linda e graziosa nell'uniforme scura quanto Alice nella sua – jeans e giubbotto grigioverde imbottito – avanzò lentamente verso di lei. Dalla sua espressione irritata e decisa era chiaro che stava scegliendo le parole giuste per rimettere Alice al suo posto.

"Avrebbe potuto essere un caso urgente, no? Ma si dà il caso che non lo sia. Lei è fortunata," le disse Alice.

La giovane agente ebbe un sussulto e spalancò gli occhi, avvampando.

"Sono venuta a comunicarvi che abbiamo ottenuto l'autorizzazione ad abitare la casa che avevamo occupato – ce l'hanno concessa in affitto per un anno – senza dubbio lei sa..."

"A quest'ora?" chiese vivacemente la donna, tentando di ristabilire la propria autorità.

"Devono essere appena passate le undici," ribatté Alice. "Non sapevo che ci fosse un orario particolare per questo genere di pratiche."

"Dato che è qui, dica pure. Che cosa vuole comunicarci?"

Alice rispose, scandendo le parole: "Tre sere fa siete venuti a casa nostra. Una vera irruzione. Non sapevate che eravamo stati autorizzati... dal Comune. Io ho spiegato la situazione. Adesso sono venuta a darvi la conferma. La decisione è stata presa oggi durante il consiglio comunale."

"Qual è l'indirizzo?"

"Old Mill Road, 43."

Il volto della giovane ebbe un'impercettibile reazione. "Aspetti un momento," disse, e scomparve. Alice la sentì parlottare con qualcuno nel retro.

L'agente ritornò accompagnata da un uomo nel quale Alice riconobbe uno dei poliziotti di tre sere prima. Fu delusa che non fosse quello che aveva preso a calci la porta.

"Oh, buonasera," gli disse gentilmente. "Si ricorda? Lei tre sere fa è stato da noi, in Old Mill Road 43."

"Sì, mi ricordo," rispose l'uomo. Sul suo volto era rimasta la traccia delle risatine che aveva appena scambiato con la collega. "Siete quelli che hanno sotterrato – che hanno scavato una buca..."

"Sì. Abbiamo sotterrato le feci che gli inquilini precedenti avevano lasciato all'ultimo piano. Dentro dei secchi."

Alice studiò i volti disgustati, compunti, irritati che aveva di fronte. Un unico stampo in versione maschile e femminile. Quei due erano della stessa razza.

"Non riesco proprio a capire la vostra indignazione," disse. "Gli uomini hanno sotterrato i propri escrementi per migliaia d'anni. E lo fanno tuttora nella maggior parte del mondo..." Poiché questo non sembrava avere alcun effetto sui due, spiegò: "Anche noi inglesi abbiamo le fognature solo da cent'anni circa. In certe zone da molto meno."

"Già, ma *adesso* le abbiamo," ribatté vivacemente la donna.

"Giusto," approvò il suo collega.

"A me pare che abbiamo fatto la cosa più ragionevole e igienica. La natura sistemerà tutto."

"Be', non fatelo più," disse il poliziotto.

"Non ne abbiamo più bisogno, le pare?" rispose Alice soavemente. "Quello che sono venuta a dirvi è che – e se volete controllare presso il Comune ve lo confermeranno – adesso la nostra posizione è legale. Ci hanno dato la casa in affitto per un anno."

La giovane agente prese un modulo. Il suo collega se ne tornò dai compagni. Ben presto si udirono delle risa e delle esclamazioni inorridite. Poi altre ancora. La poliziotta, che stava compilando diligentemente il modulo, strinse le labbra. Alice non riuscì a capire se fosse un segno di riprovazione.

"Le meschinità divertono le menti meschine," osservò Alice.

La donna le scoccò un'occhiata con la quale intendeva farle capire che non toccava a lei dirlo, anche se lei, lei stessa, aveva pensato la stessa cosa.

Alice le sorrise, da donna a donna. "E così," disse, "anche questa è fatta. Ormai il 43 è davvero casa nostra, e l'abbiamo rimessa tutta in ordine. Così adesso non avrete più ragione di irrompere laggiù come furie, come l'altra sera."

"Questo sta a noi deciderlo, mi pare," ribatté la poliziotta con un sorrisetto acido.

"Comunque," insisté Alice, "non credo che vi saranno più lamentele da parte dei vicini."

"Spero proprio di no." E la giovane agente se ne andò a raggiungere i colleghi nel retro.

Alice, soddisfatta, si avviò verso casa, facendo in modo di passare davanti al 45. Non c'era più nessuno in giardino. Malgrado la fitta oscurità riuscì a intuire che nell'angolo sotto il recinto era stata scavata una buca. Non poté resistere. Per la seconda volta quella sera si introdusse come un ladro in un giardino altrui. La casa sembrava deserta; tutte le finestre erano buie. La buca era profonda circa un metro. C'era nell'aria un forte odore dolciastro di terra smossa. Il fondo sembrava piatto e liscio: acqua? Alice si chinò per controllare. Sul fondo era stata deposta una cassa o uno scatolone o qualcosa di simile. Si rialzò in fretta, guardandosi attorno e gustando la sensazione di pericolo, di incombente minaccia che stava provando. Pensò: staranno di certo facendo la guardia dietro le tende o le finestre del primo piano... io lo farei, se fossi in loro. Ma che rischio, comunque; si voltò ed esaminò la situazione strategica dello scavo. No, forse era tutto a posto. Mentre la loro buca dall'altra parte dello steccato avrebbe potuto essere notata dagli abitanti di almeno tre case e da chiunque si fosse trovato in casa di Joan Robbins, qui lo scavo era protetto su due lati da un alto steccato, mentre sul terzo c'era la casa. Fra la buca e il cancello c'erano arbusti e cespugli. Le finestre di Joan Robbins erano buie. Sull'altro lato della strada, una casa seminascosta da un giardino; e senza dubbio dalle finestre del secondo piano chiunque poteva vedere tutto quel che voleva. Ma erano ancora buie; gli abitanti non erano ancora saliti a coricarsi. Aveva visto tutto quello che le interessava vedere. Avrebbe voluto fermarsi, l'odore dolciastro della terra smossa e la sensazione di pericolo le accendevano il sangue; ma raggiunse rapida come un'ombra la porta d'ingresso e bussò con discrezione. Le aprirono immediatamente. Era Andrew.

"Sapevo che stavi facendo la guardia," disse Alice. "Ma sono venuta a informarti che ho avvertito la polizia che abbiamo avuto l'autorizzazione a occupare il 43. Così non si stupiranno troppo quando gli direte che l'avete anche voi."

Sentiva il sangue pulsarle nelle vene, il cuore le batteva all'impazzata, tutte le sue cellule erano deste e in allarme. Stava sorridendo, lo sapeva. Oh, di solito si sentiva diversa, non era la "sua" faccia, ma questa volta era come se avesse bevuto un elisir inebriante, avrebbe potuto librarsi nell'aria o correre per trenta miglia.

Vide la figura massiccia e vigorosa di Andrew uscire dall'oscurità dell'ingresso e poté studiare il suo viso, illuminato dalla luce delle lampade stradali. Era serio, severo, e la sua vista le ispirò un piacevole senso di sottomissione a un più alto potere.

"Ho dovuto sotterrare qualcosa... un'emergenza," disse

Andrew. "Entro un paio di giorni non ci sarà più. Tu capisci."

"Perfettamente," rispose sorridendo Alice.

Andrew esitò. Mosse un passo verso di lei e Alice sentì sulle braccia la stretta delle sue mani possenti. Capì dall'alito che aveva bevuto. Vodka? Whisky.

"Ti prego di non dirlo a nessuno."

Alice annuì. "Certo."

"Intendo dire, proprio a nessuno." Alice annuì di nuovo, pensando tuttavia che se al 43 sarebbe stata la sola a saperlo, al 45 dovevano esserne informati in parecchi.

"Mi metto nelle tue mani, Alice," disse Andrew. Le concesse il suo breve sorriso forzato. "Vi sono costretto. In questa casa nessuno sa niente. Sono usciti tutti. Io ne ho approfittato per... per procurarmi un comodissimo nascondiglio. Un nascondiglio temporaneo. Stavo per buttar dentro un altro strato di terra e poi riempire la buca di immondizie."

Alice continuava a sorridere, un po' delusa; lei tuttavia era ancora in stato di grazia, stava ancora fluttuando. Andrew continuava a trattenerla per le braccia ma Alice cominciava a trovare insopportabile quella insistente, minacciosa pressione virile. Lui sembrò intuirlo perché la lasciò andare.

"Devo dire che ho di te un'opinione diversa da quella che ho di altri tuoi compagni del 43. Io mi fido di te."

Alice non disse nulla, si limitò ad annuire.

L'uomo rientrò in casa, e la salutò con un cenno del capo, ma non le sorrise.

Doveva riflettere sull'accaduto, si disse Alice. O, meglio ancora, dormirci sopra.

L'eccitazione stava svanendo in fretta. Ma domani Jasper e io usciremo insieme, pensò, e allora... l'aspettava un'intera serata piena di una straordinaria euforia.

Ma forse il povero Jasper non ne avrebbe avuto voglia, dopo la notte trascorsa in cella. Chissà com'era il posto di polizia di Enfield? Le sembrava che nessuno gliene avesse mai parlato.

Dal viale scorse davanti al cancello del 43 una persona in una strana posa. Era la ragazza del pomeriggio che, tutta protesa in avanti, stava per gettare qualcosa contro la finestra del salotto. Un sasso! Alice pensò, lo sta lanciando dal basso in alto, è patetica! E lo scherno le ridiede energia. Con passo risoluto raggiunse la ragazza, che si voltò di scatto, con un'esclamazione di sorpresa.

"Meglio buttar via quel sasso," ammonì Alice, e la ragazza obbedì.

In quella luce il suo viso appariva pallido e smorto: i capelli, le labbra sembravano incolori. Persino gli occhi. Aveva le pupille enormi, notò Alice.

"Dov'è il bambino?" le chiese in tono severo.

"C'è a casa mio marito. *Ubriaco,*" rispose la ragazza con un gemito. Poi cercò di controllarsi. Tremava.

"Perché non vai in Comune all'ufficio alloggi? C'è sempre qualcuno che dà informazioni sulle case occupate."

"L'ho fatto." La ragazza cominciò a piangere. Un pianto disperato, interrotto da singulti, simile a quello di un bambino che stesse piangendo da ore.

"Ascolta," disse Alice, sentendo nascere dentro di sé una tensione e un senso di impotenza che conosceva fin troppo bene. "Devi darti da fare. Non aspettarti che gli altri facciano qualcosa per te. Devi trovarti da sola una casa da occupare. Entrarci. Prenderne possesso. Dopo di che vai in Comune... e piantala!" esclamò infuriata, poiché la ragazza continuava a singhiozzare. "Piangendo non risolvi nulla."

La ragazza cercò di calmarsi e rimase immobile, a capo chino, davanti ad Alice, in attesa del verdetto o della condanna.

Oh, buon Dio, pensò Alice. A che serve? Li conosco, questi tipi! Questa qui è come Sarah, a Liverpool, o quella povera anima di Betty. A quelli del Comune basta darle un'occhiata per capire che si arrenderà subito.

Quelli del Comune... ma come no, ne avevano un rappresentante proprio lì, in quella casa. Mary Williams. Che strano, si disse Alice, sorpresa: solo un paio di giorni fa avevo l'impressione che il mio destino dipendesse da Mary Williams, e ora mi sono già quasi dimenticata che lavora in Comune. Provava infatti nei confronti di Mary il sottile disprezzo che nasce inevitabilmente verso chi – una persona o una istituzione – ha ceduto troppo in fretta. Tuttavia poteva ricorrere a Mary perché aiutasse quella creatura. Alice osservò di nuovo l'aria distrutta, l'atteggiamento passivo della ragazza e si disse, a che serve? è una di quelle che...

Ora era l'esasperazione che la spingeva ad agire.

"Come ti chiami?"

Il volto chino si sollevò, gli occhi inondati di lacrime fissarono sospettosi Alice. "Di cosa hai paura?" domandò Alice. "Che vada alla polizia a dire che stavi per lanciare un sasso contro le nostre finestre?" E all'improvviso si mise a ridere, mentre la ragazza la osservava stupefatta, muovendo istintivamente un passo indietro per prendere le distanze da quella pazza. "Mi è venuta un'idea. Conosco qualcuno in Comune che forse, dico forse..." La ragazza si era calmata; si protese verso Alice e le strinse il polso con mano tremante.

"Mi chiamo Monica," mormorò.

"Monica non basta," ribatté Alice, resistendo alla tentazione di perdere la pazienza e andarsene. "Devo sapere anche il cognome e l'indirizzo, non ti pare?"

La ragazza ritrasse la mano e si mise a frugare tetramente in una tasca della gonna. Ne estrasse una borsettina, la aprì e vi guardò dentro.

"Oh, non importa," le disse Alice. "Se me lo dici me lo ricordo."

La ragazza le disse di chiamarsi Monica Winters, l'albergo di cui le aveva già parlato era lo Shaftwood, il numero della camera 556. Questa cifra evocò una visione di concentrata miseria: centinaia di coppie con i loro bambini, ogni famiglia in un'unica stanza, nessuna comodità, lo squallore assoluto. Svanita ogni traccia di eccitazione, di euforia, Alice ora provava soltanto orrore, sgomento.

"Dirò a quella persona di scriverti," disse. "Nel frattempo se fossi in te mi guarderei attorno per vedere se c'è qualche casa vuota. Guardale bene, ti raccomando. Dài un'occhiata dentro, controlla gli impianti, le tubazioni..." Si interruppe, scoraggiata, rendendosi conto che Monica non sarebbe mai stata capace di forzare la finestra di una casa disabitata e saltarvi dentro, e che probabilmente suo marito era come lei.

"Ci vediamo," le disse. Voltò le spalle alla ragazza ed entrò in casa con la sensazione che il fato le avesse accollato a tradimento la responsabilità di quelle cinquecentocinquantasei giovani coppie – se non erano di più – e dei loro bambini foruncolosi e infelici.

"Oh, buon Dio," continuò a mormorare mentre si preparava il tè nella cucina deserta. "Buon Dio, cosa devo fare?" Si sarebbe messa volentieri a piangere disperatamente, e inutilmente, come Monica.

Salì adagio le scale e scorse un fievole chiarore provenire dal pianerottolo del secondo piano. Andò su. La luce filtrava di sotto la porta della camera di Mary e Reggie. Scordò che era mezzanotte e che quella era una coppia rispettabile. Bussò. Dopo qualche fruscio e qualche sussurro udì rispondere: "Avanti."

Alice si affacciò sulla soglia ed ebbe una sensazione di soffuso benessere. Bei mobili, tendine civettuole, e un grande letto a due piazze in cui Mary e Reggie giacevano fianco a fianco, intenti a leggere. La guardarono entrambi al di sopra del libro con la stessa espressione diffidente: che altro vuole costei! Alice si trattenne a fatica dal ridere, incredula e divertita, mentre pensava: Questi due non resteranno qui a lungo, se ne andranno presto...

"Mary, è appena stata qui una ragazza," disse. "È disperata; sta al Shaftwood Hotel, sei al corrente, no..."

"Non è nella nostra zona," obiettò immediatamente Mary.

"No, ma..."

"So tutto dello Shaftwood," insisté Mary.

Reggie si stava contemplando una mano, palma e dorso, con evidente interesse. In realtà, si disse Alice, sta esaminando la situazione; non è abituato a questa informalità, alla vita di gruppo e si sta chiedendo se gli piace.

"E chi non lo sa? Ma questa ragazza... si chiama Monica... mi sembra pronta ad ammazzarsi, a fare qualsiasi cosa."

Dopo una pausa Mary rispose: "Alice, domani vedrò cosa posso fare; ma sai bene che ce n'è centinaia, migliaia, nelle stesse condizioni."

"Oh sì, lo so," esclamò Alice, e soggiunse: "Buonanotte!" e ridiscese le scale dicendosi: mi sto comportando come una sciocca. Come se non conoscessi il tipo. Se anche le trovi una casa, per un motivo e per l'altro ha sempre qualche guaio. Mi ricordo di Sarah. Ho dovuto trovarle un appartamento, farle il trasloco, andare all'azienda elettrica, e poi suo marito... Monica è una di quelle che hanno bisogno di una madre, di qualcuno che si occupi di loro... Nella mente di Alice nacque all'improvviso un'idea di tale stupenda, sorprendente semplicità che cominciò a ridere sommessamente fra sé.

Ora era nella sua camera – sua e di Jasper. Il sacco a pelo di Jasper era un informe fagotto blu e Alice lo rassettò con cura. È stato bellissimo dividere la camera con Jasper, pensò. Ma lui ha scelto questa stanza solo perché c'è Bert dall'altra parte della parete. Pat e Bert dormivano. Il pensiero del motivo per cui Jasper acconsentiva a dormire con lei, invece di andarsene di sopra in un'altra stanza, o chiederle di andarsene, le diede il capogiro. Sedette sul suo sacco a pelo, si tolse in fretta il maglioncino, i jeans e si infilò una vecchia camicia da notte di Viyella rossa che era stata di sua madre e che le diede una confortevole sensazione di benessere.

Scoppiò di nuovo a ridere: a sua madre piaceva tanto prendersi cura del prossimo!

Si infilò nel sacco a pelo. Le luci del traffico si rincorrevano sul soffitto. Pensò con invidia a Jasper nella sua cella. Forse era insieme a quel suo nuovo misterioso amico... be', si sarebbe fatta raccontare tutto l'indomani. Jasper sarebbe stato di ritorno per colazione.

Alice dormì fino a tardi. Quando scese in cucina trovò otto tazze sullo scolapiatti: qualcuno le aveva lavate. Lei era l'ultima. Sul tavolo c'era un biglietto. "Staremo via tutto il fine settimana. Torneremo domenica sera. Jasper lo sa." Pat aveva firmato "Pat e Bert".

Philip stava riparando l'impianto della luce all'ultimo piano con la calma e l'aria meditabonda di un vero elettricista. Alice, accoccolata accanto a lui, pronta a dargli una mano, pensò: questo qui non sarà mai un capo, è un esecutore nato, non riesce a lavorare senza qualcuno che l'assista. Philip si stava mostrando oltremodo servizievole, conscio di non esserlo stato affatto il giorno prima. Parlava di tutto quello che c'era ancora da fare e di come vi avrebbe provveduto lui, a poco a poco; disse che per prima cosa bisognava ispezionare il solaio perché tutta la pioggia che era entrata doveva per forza aver rovinato i travi. Alice rispose che vi avrebbero dato un'occhiata insieme ma che lei doveva prima di tutto andare a telefonare all'azienda elettrica. E dov'era Jim? Avrebbe potuto dare una mano in solaio. Jim è così grosso e robusto, pensò, proprio l'opposto di Philip; insieme ci metterebbero metà tempo. Ma Philip la informò che proprio quella mattina aveva chiesto a Jim di aiutarlo. Jim era un tipo lunatico, questo si sapeva, e non aveva apprezzato la sua proposta. Secondo Philip, Jim non era affatto quello che sembrava. A questo punto Alice e Philip si scambiarono un'occhiata d'intesa, ma non fecero altri commenti su Jim. Proprio come per Faye: tutti erano evidentemente preoccupati per lei, ma nessuno diceva niente, come se fosse qualcosa di troppo spaventoso, o troppo inafferrabile, per essere espresso in parole, qualcosa che una sconsiderata combinazione di suoni avrebbe potuto far esplodere come un pericoloso congegno elettronico.

"Forse dovrei fare una chiacchieratina con lui," disse Alice in tono vago, poi scese a pianterreno a controllare il proprio regno prima di andare a telefonare.

Mary, naturalmente, era in ufficio. Ma Reggie dov'era? Mentre se lo chiedeva, Reggie arrivò, carico di pacchi. Appariva esultante, come si conviene a un uomo che ha conquistato un territorio, ma anche imbarazzato del suo evidente attaccamento alle cose materiali. Insomma, avrebbe preferito non imbattersi in Alice. Comunque le assicurò che, sebbene lui e Mary avessero già quasi riempito una seconda stanza di mobili e masserizie, avrebbero naturalmente portato via tutto non appena qualcuno avesse avuto bisogno di quella camera.

"C'è il solaio," ribatté Alice. "O almeno ci sarà. Devo ancora sgombrarlo." Attese che Reggie si offrisse di aiutarla, ma l'idea non gli passò neppure per la testa. Uscì immediatamente a prendere un secondo carico.

Alice pensò che avrebbe fatto bene a risolvere subito la questione della luce. Le seccava dover correr fuori al telefono nel bel mezzo di tutti quei lavori e perder tempo per qualcosa che in fondo era solo una formalità.

Ma non appena udì la voce della signora Whitfield si rese conto che avrebbe dovuto dedicare alla faccenda più tempo e attenzione di quel che aveva previsto. La signora Whitfield si mostrò, se non proprio ostile, alquanto fredda e contrariata. Disse che, a suo parere, sarebbe stato opportuno che Alice si recasse da lei il più presto possibile. Alice rispose, in tono allegro e disinvolto, come per sottintendere che non c'era nessun vero problema, che tutto andava bene, che sarebbe passata subito, erano così vicino. E depose il ricevitore con garbo, coerente con il proprio tono di voce. Ma le stava arrivando uno dei suoi attacchi di bile. Suo padre! Che cosa aveva mai detto? Doveva essere qualcosa di molto spiacevole, se la signora Whitfield era così cambiata.

Era troppo sottosopra per recarsi subito dalla signora Whitfield e per calmarsi camminò di buon passo per le strade dei dintorni, rimandando a più tardi ogni considerazione su suo padre. Ma gliel'avrebbe fatta pagare, di questo poteva star certo!

Nell'atrio dell'azienda elettrica sorrise e agitò una mano verso la signora Whitfield: eccomi qua, vede che brava, sono venuta subito! Ma la signora Whitfield si affrettò a guardare altrove. Prima di Alice entrarono da lei quattro persone. Che perdita di tempo!

Quando si fu seduta davanti alla signora Whitfield, nel grande ufficio luminoso, Alice capì subito che non le avrebbe fatto tagliare i fili. O per lo meno, desiderava non doverlo fare. Dipendeva da Alice. Alice si mise a parlare di suo padre. Era ricco, proprietario di una tipografia. Naturalmente poteva pagare senza difficoltà le bollette, se ve ne fosse stato bisogno. Ma in quel momento, ammise, stava attraversando un periodo difficile.

"Ha avuto un sacco di problemi," mormorò Alice, con l'espressione di chi mediti con indulgenza sulle debolezze umane, assolvendole. E in quel momento, era quel che provava. "La rottura con mia madre... poi difficoltà d'ogni genere... la sua nuova moglie, è una brava ragazza, mia buona amica, ma non gli è di minimo aiuto, capisce cosa voglio dire? Tutto ricade sulle spalle di mio padre." Continuò a chiacchierare così per un pezzo, benché si rendesse mestamente conto che non serviva a niente, mentre la signora Whitfield l'ascoltava a occhi bassi e con la punta della penna a sfera tracciava nervosamente dei ghirigori sull'angolo superiore sinistro del modulo di Alice.

"Suo padre," osservò alla fine, "è stato molto esplicito circa il fatto che non intende garantire per lei."

Si rifiutava di guardarla. Alice cercava di farle alzare gli occhi, di costringerla a fissarla. Che cosa poteva averle detto Cedric Mellings?

"Adesso siamo in dieci in quella casa," disse. "Ogni settimana entrano un bel po' di quattrini.

"Già, ma siamo sicuri che una parte almeno di quei quattrini prenderà questa strada?" La signora Whitfield era ancora troppo diffidente per essere pronta a cedere. "Qualcuno di voi lavora?"

"Una," rispose Alice. Poi ebbe l'ispirazione di aggiungere: "Ma è impiegata in Comune, lavora in Belstrode Road, e non vuole far sapere che vive in una casa occupata. Non riusciva a trovar casa, era disperata."

La signora Whitfield sospirò e ammise: "Sì, so com'è difficile." Ma intanto aveva alzato gli occhi e la guardava in modo diverso; Alice ora era la coinquilina di una dipendente del Comune che lavorava nella sede decentrata del quartiere. "Be', cosa dobbiamo fare?" chiese.

Ecco, aveva vinto! Alice dovette fare uno sforzo per non lasciar trasparire la propria esultanza.

Propose modestamente: "Ho un fratello. Lavora alla Ace Airways. Chiederò a lui." La signora Whitfield annuì; accettava il fratello. "Ma in questo momento è nel Bahrein."

La signora Whitfield sospirò. Non perché fosse irritata, ma perché sapeva che era una frottola e le dispiaceva per Alice. Abbassò di nuovo gli occhi. Un secondo ghirigoro andò ad aggiungersi al primo sulla pratica di Alice.

Chiese mitemente: "E suo fratello sarebbe disposto a farsi garante per dieci persone?"

"Sapendo che non dovrà mai tirar fuori un soldo, mi sembra ovvio," ribatté Alice, e aggiunse subito, nell'eventualità che la signora Whitfield si sentisse in dovere di rispondere alla domanda: "Comunque, sono sicura che dirà di sì."

"Quando ritorna dal Bahrein?"

"Fra un mese circa. Andrò subito da lui a spiegargli come stanno le cose. È qui che ho sbagliato con mio padre. Se mi fossi affrettata a parlargli invece di dare per scontato..." La voce le tremò. Aveva un'aria davvero patetica, ma dentro di sé sentiva scatenarsi una furia omicida. Farò saltare in aria quella loro casa, stava pensando. Li ucciderò.

"Sì, credo che sarebbe una buona idea," rispose la signora Whitfield.

Rimase per qualche istante in silenzio. Non perché fosse incerta; la sua decisione l'aveva presa. Ma sperava che Alice dicesse qualcos'altro che servisse a migliorare la sua posizione, almeno in apparenza. Ma Alice rimase in silenzio e attese.

"Bene," mormorò alla fine la signora Whitfield, impettita e composta nel rigido corsetto del suo sobrio abito nero dalle maniche corte, con le grosse braccia nude e le mani paffute cariche di piccoli anelli, appoggiate sulla scrivania e i piedi – Alice lo immaginava, anche se non poteva vederli – posati l'uno accanto all'altro. "Bene, le do cinque settimane. Avrà così tutto il tempo di vedere suo fratello." Evitava di guardarla. "E ho bisogno di qualcosa di più come deposito."

Alice tirò fuori una banconota da dieci sterline, troppo poco, lo sapeva, e la depose davanti alla signora Whitfield che la prese, la stirò, la ripose in un cassetto in una vecchia scatola di metallo, compilò la ricevuta. "Ci rivediamo fra cinque settimane. Stia bene," mormorò quella donna comprensiva e umana, con il disappunto per come vanno oggi le cose nel mondo scritto in faccia. E probabilmente anche negli occhi, ma non guardava, non voleva guardare Alice; aggiunse soltanto: "Dica al prossimo di entrare."

Alice rispose con aria indifferente, per non rivelare il proprio sollievo, anche se in realtà traboccava di gratitudine: "Grazie. Arrivederci," e se ne andò. Cinque settimane erano una vita intera, potevano succedere – sarebbero senza dubbio successe – un mucchio di cose. Ma stava attraversando un periodo fortunato, tutto le andava bene; perciò avrebbe fatto una capatina alla società del gas e sistemato le cose anche con loro.

Spiegò all'impiegato che il numero 43 di Old Mill Road era occupato legalmente, che Mary Williams di Belstrode Road avrebbe potuto confermarlo; avevano già ottenuto la corrente, la signora Whitfield dell'azienda elettrica poteva confermarlo; e suo fratello, che però in quel momento si trovava nel Bahrein, avrebbe garantito per lei. Aveva atteso che fosse libero quell'impiegato anziano dall'aria benevola, paterna, e ora lo implorava: "Potremmo avere il gas subito, per favore, fa così freddo... senza acqua calda... è terribile..." La faccia preoccupata, turbata del brav'uomo! Evidentemente non riusciva a concepire che qualcuno potesse vivere senza acqua calda, per lo meno non delle persone come lui e Alice.

Un deposito?

Alice mise sul banco venti sterline e fissò l'uomo con aria candida, innocente.

L'uomo prese il denaro. Era andata. Ma non sembrava tranquillo. Come la signora Whitfield durante il primo colloquio, si stava chiedendo perché mai dovesse favorire Alice.

"Noi abbiamo assolutamente bisogno di un garante," disse, più che altro a se stesso, poi soggiunse: "D'accordo, lei ha detto che suo fratello ritornerà fra un mese? Bene."

Era fatta. Alice uscì, moderatamente grata.

Doveva al più presto trovare in qualche modo dei soldi. Assolutamente. Ma *dove*?

Cercò di non pensarci, ritornò a casa e annunciò a Philip

che presto avrebbero avuto il gas. Se fossero riusciti a trovare uno scaldabagno di seconda mano, sarebbe stato in grado di montarlo?

Si accoccolarono l'uno di fronte all'altra, sul pianerottolo del secondo piano immerso nella vibrante luce primaverile che entrava, un po' velata, attraverso i vetri sudici della finestra sulle scale. Philip sorrideva soddisfatto di lei, di quella casa, del posto che vi occupava; pronto a riprendere il lavoro. Alice sapeva che il dolore e il risentimento tuttavia non erano scomparsi, che si limitava a tenerli sotto controllo, e che presto avrebbe dovuto trovare il modo di dargli un altro po' di denaro. Per lo scaldabagno. Per i tasselli da cambiare nel pavimento dell'ingresso, dove si era infiltrata dell'acqua da una tubatura che perdeva. Per... per... per...

"Philip," gli disse, "lo so che per un lavoro come questo fuori ti avrebbero pagato bene, almeno un centinaio di sterline. Be', non preoccuparti... devi avere solo un po' di pazienza. Le troverò."

Philip annuì, sorrise, riprese a lavorare, seduto fra una massa di neri fili elettrici, come una sorta di nanetto dei boschi in mezzo a un intrico di radici urbane. Come è fragile, volerebbe via solo a soffiargli addosso, pensò Alice.

E dov'era Jasper? Dunque non era stato processato quella mattina? Oppure sì, e si era comportato da sciocco, e l'avevano messo di nuovo in libertà vigilata?

Pensieri, pensieri, pensieri; era schiacciata sotto il peso delle preoccupazioni.

Si lasciò cadere su una sedia davanti al tavolo in cucina. Guardò il locale ordinato e accogliente e si disse: lo accetto già come una cosa normale!

Compiendo uno sforzo su se stessa si dedicò per un paio d'ore a smistare i mobili e le masserizie accatastati in un angolo dell'ingresso; sistemò qui una tenda, là un tappeto. Tutto era piuttosto sporco, pieno di polvere. Be', uno di questi giorni avrebbe tirato giù tutte quelle tende e le avrebbe portate in lavanderia, ma nel frattempo... Trovò un grazioso sgabello robusto che qualcuno aveva gettato via solo perché aveva una gamba che dondolava. La incollò, sistemò lo sgabello in un angolo della cucina, andò in giardino e tagliò qualche ramo di forsizia. Joan Robbins era qualche metro più in là, oltre il recinto. Fu contenta di vedere Alice e cominciò a raccontarle con voce lamentosa che la vecchia la costringeva a correre di continuo su e giù per le scale, la faceva persino alzare nel bel mezzo della notte. Che cosa doveva fare? Non ne poteva più.

Alice, che si era trovata in una situazione simile durante il suo movimentato passato, sapeva che c'era ben poco da fare; anzi, le cose sarebbero andate sempre peggio. Chiese alla signora Robbins se conosceva l'esistenza di un servizio di assistenza agli anziani. Sì, ma non le garbava l'idea di avere degli estranei per casa, e chi, poi? Non si poteva mai sapere che gente fosse.

Continuò a lamentarsi per un pezzo, zappando furiosamente la terra della sua aiuola. Per anni quella era stata una casa ordinata e tranquilla; lei e suo marito a pianterreno, con il loro giardino, e la signora Jackson, vedova, che si faceva i fatti suoi nell'appartamento al primo piano. Ma ora era come se vivessero insieme alla vecchia. Quasi che lei fosse sua figlia! Ma forse quella si era messa in testa che le cose stessero proprio così.

Alice, che aveva tempo e nulla di meglio da fare, rimase ad ascoltarla e a darle consigli con i rami della forsizia, di un giallo smagliante, fra le braccia. Non sarebbe stato meglio ricorrere all'assistenza domiciliare, al servizio pasti, e trovare un'assistente sociale che la consigliasse e si assumesse la responsabilità della vecchia, piuttosto che dover far tutto da sola?

Joan Robbins convenne che forse sarebbe stato meglio, ci avrebbe pensato... Rivolgendole un sorriso pieno di sincera gratitudine, da buona vicina, disse che era contenta che Alice fosse venuta ad abitare al 43, dove finalmente c'erano delle persone civili.

Alice rientrò in casa, mise la forsizia in un boccale che depose sullo sgabello, nell'angolo della cucina, e si sedette.

Dov'era Jasper?

Quella sera avrebbero dovuto andare a scrivere gli slogan. Aveva pronti i barattoli di spray, uno rosso e uno nero, in un angolo dell'ingresso.

Seduta al tavolo di cucina scarabocchiò con la matita qualche slogan su una busta.

Qual era il messaggio che volevano lanciare, il messaggio esatto, completo? Era da quello che doveva partire.

Il ricorso ai pentiti rivela la vera natura della democrazia britannica. Una legge per l'Inghilterra. Un'altra per l'Irlanda del Nord, colonia inglese.

Ecco, era questo. Forse avrebbero anche trovato un posto adatto, come per esempio un ponte o un muro lungo, perché ci stesse tutto.

Forse, però, era meglio trovare qualcosa di più breve.

I pentiti minacciano la democrazia.

No, troppo astratto.

I pentiti, un'ingiustizia!

I pentiti: una vergogna per l'Inghilterra.

Pentiti. Vergognamoci!

Sedette immobile, con il riflesso dorato della forsizia negli occhi. Chiuse gli occhi, e il giallo diventò una mobile macchia nell'oscurità. Sorrise, ricordando l'ultima volta che lei e Jasper erano usciti insieme. Erano passate solo due settimane. In rosso e nero avevano scritto "Aiutate le donne di Greenham Common" sulla tetra vernice grigioverde di un ponte, a duecento metri da una stazione di polizia. Lei aveva eseguito la scritta, mentre Jasper montava la guardia. Aveva appena finito quando aveva udito il suo segnale, un verso che imitava perfettamente il suono di un clacson. Aveva subito infilato lo spray nella borsa. Senza guardarsi indietro si era messa a camminare lentamente lungo il marciapiede, pensando che Jasper stesse facendo la ronda intorno alla stazione di polizia. Tra lei e Jasper dovevano esserci un paio di agenti. Ma i passi che la seguivano, leggeri e frettolosi, erano quelli di Jasper. Questo significava che i poliziotti erano andati nell'altra direzione, ma che, voltandosi, avrebbero ancora potuto vederli.

Jasper l'aveva raggiunta e si erano guardati esultanti, euforici, felici, consci che chiunque li avessi visti in quel momento avrebbe sospettato cosa stavano facendo dalla esuberante vitalità che emanava dai loro corpi. Gli occhi di Jasper dicevano: sfidiamoli...

Alice era ritornata di corsa verso la liscia superficie grigioverde illuminata da un lampione, dieci metri più in là. I due agenti erano sempre più lontani. Jasper non si era mosso. Alice aveva preso lo spray rosso e a caratteri alti circa quaranta centimetri aveva cominciato a scrivere: "Le donne di Greenham Common..."

La sua attenzione era divisa fra ciò che stava facendo e Jasper, che all'improvviso aveva alzato le braccia. Senza guardarsi attorno Alice si era diretta in fretta verso di lui; udiva alle proprie spalle i passi pesanti di qualcuno che correva. Aveva mormorato tra sé, piena d'odio: "Bestie schifose, fascisti, porci..." Raggiunto Jasper, questi le aveva afferrato con violenza il polso, trascinandola di corsa verso la stazione della metrò. Ma prima di raggiungerla avevano svoltato in una strada laterale e poi, sperando che i poliziotti non facessero in tempo a vederli, in un'altra, dove abitava qualcuno che conoscevano. Si sentivano bollire il sangue, erano sovreccitati, e Alice non si era stupita che Jasper le proponesse ansando: "Andiamo..." Erano corsi all'impazzata fino a un viale pieno di gente – birrerie, fast food, una discoteca, un supermercato ancora aperto. Avrebbero potuto entrarvi, ma avevano pensato che gli agenti dovevano averli visti bene, perciò si erano aperti correndo un varco tra i passanti che, come previsto, non avevano badato loro più che tanto, e avevano attraversato la strada proprio mentre il semaforo scattava sul rosso, così che dalle auto pronte a ripartire si era levato un coro di clacson. Erano scesi nella metropolitana. Non si erano voltati a controllare se i poliziotti fossero arrivati sul viale in tempo per vederli. Ancora una volta Jasper le aveva proposto con lo sguardo di sfidare la sorte; erano risaliti e, all'uscita della stazione del metrò, sull'altro lato della strada, avevano visto due agenti – non quelli di prima – dirigersi verso di loro. Alice e Jasper li avevano superati, calmi e indifferenti. Poi erano scesi di nuovo nella metrò e avevano preso un treno. Erano smontati alla seconda fermata, dove Alice aveva visto un ponte lungo e basso che scavalcava la ferrovia. Erano ormai le dieci e si era messo a piovere. Nei dintorni non c'erano posti di polizia, ma sul ponte passavano molte macchine. Sulla spalletta c'era già scritto, a lettere bianche ormai stinte e screpolate: "Le donne sono stufe."

Si erano presi sottobraccio, volgendo la schiena al traffico, come se fossero stati intenti ad osservare la ferrovia sottostante, e Alice, tenendo nascosto il barattolo dello spray, aveva scritto: "Ne abbiamo..." ma non era riuscita a spingersi più in là con il braccio. Si erano spostati di qualche passo, poi si erano fermati di nuovo, stretti l'uno all'altra, e avevano scritto: "abbastanza..." Qualche altro passo. "Dell'Irlanda, della discriminazione sessuale, dei..." Si erano spostati ancora. Poi avevano udito – tenevano gli orecchi tesi per cogliere qualsiasi nota diversa nel frastuono del traffico – un'auto che rallentava alle loro spalle. Entrambi avevano lanciato un'occhiata furtiva: non era della polizia. Ma sui sedili anteriori c'erano due uomini che li fissavano.

"...Trident," completò Alice. Poi si erano messi a camminare lentamente, accostati, sapendo che la macchina li seguiva. La consapevolezza del pericolo procurava loro una sorta di deliziosa esaltazione, un'ebbrezza intossicante. Un piacere incomparabile.

Ora, ricordando, Alice si sentiva morire dal desiderio di ripetere l'esperienza. Oh, sperava proprio che Jasper non facesse troppo tardi, non fosse stanco, avesse voglia di uscire. Glielo aveva promesso...

... Avevano proseguito così per circa centocinquanta metri. Poi, un colpo di fortuna! Una strada a senso unico! L'auto naturalmente non aveva potuto seguirli. Giunti in fondo alla strada erano ritornati alla fermata dell'autobus e si erano recati a Kilburn, dove avevano già lavorato altre volte.

"No ai Cruise! No ai Trident!"

Laggiù nessuno s'era accorto di loro.

L'euforia si era a poco a poco spenta, lasciando in loro solo un senso di delusione, tanto che avevano deciso di smettere ed erano ritornati in taxi a casa della madre, dove Alice aveva preparato caffè e uova strapazzate.

In quel momento guardò l'orologio: erano le sei e mezzo.

Arrivò Mary, sedette un momento accanto ad Alice, le annunciò che lei e Reggie andavano al cinema. Aveva parlato in ufficio di quella ragazza, Monica; non c'era proprio niente, niente di niente da fare. Lei aveva fatto quel che poteva, Alice doveva crederle.

"Non importa," rispose Alice, "mi è venuta un'altra idea."

Mary notò la busta scribacchiata, sorrise e disse: "Reggie ed io domani pomeriggio andiamo alla dimostrazione di Greenpeace."

"Buon per voi," rispose Alice.

"Ma è tremendo, è orribile, lo scempio che si sta facendo delle nostre campagne..."

"Lo so," la interruppe Alice. "Sono stata a qualcuna delle loro manifestazioni."

"Davvero!" Alice capì che Mary era compiaciuta d'avere almeno quel punto in comune con lei; ma Reggie la chiamò dall'ingresso e con un sorriso Mary se ne andò.

Dov'erano Roberta e Faye? Probabilmente nella loro comune femminile. Dov'era Philip? Forse era vero che la sua ragazza lo aveva sbattuto fuori, ma lui comunque continuava ad andare da lei a mangiare e a fare il bagno, così almeno aveva detto Bert. E Jim? Questa era una faccenda seria, dov'era Jim? Il volto sorridente; la voce morbida e beffarda... cosa gli stava succedendo?

A parte il fatto che si era visto invadere la *sua* casa, il *suo* rifugio.

Pensieri, preoccupazioni, crucci.

Arrivò Jasper, sorridente, allegro, muovendosi con l'agilità di un ballerino, e subito, vedendo la forsizia, esclamò: "Oh, che meraviglia!"

Ecco: tutti si sprecavano in commenti su di lui, ma nessuno sapeva quanto fosse sensibile, e gentile. Jasper si chinò e la baciò sulla guancia; un bacio leggero, fugace, ma lei questo lo capiva. Come quando – di rado – le succedeva di gettargli le braccia al collo in un impeto d'amore e lo sentiva ritrarsi istintivamente, tanto che le sembrava di abbracciare un fantasma, un essere distante e infelice, un bimbo smarrito. Eppure capiva che in realtà si sforzava di sopportare quella sua inattesa esplosione, intuiva la sua coraggiosa determinazione di non respingerla e persino, talvolta, di ricambiarla. Ma naturalmente non ci riusciva, non fisicamente almeno. Quella che per lei era una vampata d'affetto veniva interpretata da Jasper come una richiesta di *quella cosa*.

Jasper, raggiante d'orgoglio e di soddisfazione, improvvisò una vera e propria danza intorno ad Alice.

"Dunque è andato tutto bene."

"Trenta sterline."

"Un mucchio."

"Ormai mi conoscono," rispose Jasper compiaciuto.

"Com'era la cella?"

"Oh, non male. Ci hanno dato da mangiare, roba passabile. Ero con Jack... ma è un nome falso, capisci!"

"Sì, certo," rispose Alice sorridendo. "Quello che non so..."

"... non può farti male." Jasper si stropicciò le mani e iniziò un lieve ed elegante balletto intorno al tavolo, verso la forsizia, che sfiorò con dita delicate, verso la finestra, per poi tornare da lei. Alice mise il bollitore sul fuoco, versò del caffè solubile in una tazza e rimase accanto al fornello, desiderosa di stare in piedi e non seduta, mentre Jasper continuava a saltellarle intorno con grazia, euforico.

"Neanche Bert sa niente. Dov'è Bert?" chiese.

"Ma te l'aveva detto, è andato via con Pat per il fine settimana."

"Oh, già... Per il fine settimana... Quando torna?" All'improvviso si era fermato, perplesso, inquieto.

"Domenica sera."

"Perché vedi, dobbiamo partire," spiegò. "Bert lo sapeva, ma non immaginava che fosse così urgente. Jack dice..."

"Un bel nome irlandese," commentò Alice.

Jasper ridacchiò, divertito della malizia di Alice. "Be', sì, ci sono molti Jack in Irlanda." Poi riprese: "E come fai a sapere che... Ma già, tu sai sempre tutto, non è vero?" osservò con una punta di acredine.

"E dove altrimenti?" ribatté Alice in tono divertito, come faceva sempre quando Jasper si sorprendeva di qualcosa che a lei sembrava ovvio. "Tu e Bert andate in Irlanda, perché Jack è dell'Ira."

"Diciamo che conosce gente dell'Ira, che è in contatto con loro. Può organizzarci un incontro."

"Bene!" esclamò Alice porgendogli il caffè senza latte e rimettendosi a sedere.

Jasper rimase per un attimo zitto e immobile. Poi disse: "Alice, ho bisogno di un po' di quattrini."

Ci siamo, pensò Alice, qui finisce l'intesa.

Si preparò alla battaglia.

Disse: "Ho restituito a Bert quel che ti aveva prestato per pagare l'ammenda."

"Ho bisogno dei soldi per il viaggio. Fino a Dublino."

"Ma non puoi avere speso tutto il tuo sussidio!"

Jasper esitò. Dunque lo aveva speso? E come? Non era

mai riuscita a capire cosa Jasper facesse dei soldi, dove andassero a finire – non aveva certo avuto tempo per... la sua vita segreta, era sempre stato con Bert, con Jack!

"Ho promesso a Jack che gli avrei pagato il biglietto. L'ammenda l'ha ridotto al verde."

"Anche lui ha dovuto pagare trenta sterline?"

"No, quindici."

"Non ho fatto che tirar fuori soldi," protestò Alice. "Qui nessuno contribuisce sul serio alle spese, solo qualche spicciolo ogni tanto." Per lo meno Mary e Reggie verseranno la loro quota senza far storie, pensò, questo bisogna riconoscerglielo... Fino all'ultimo penny, non uno di più né uno di meno.

"Ma non puoi aver speso tutto quel denaro," ribatté Jasper in tono risentito, come se lei volesse deliberatamente punirlo. "L'ho visto. Erano centinaia di sterline."

"E quanto credi che sia costato tutto questo?"

Jasper, come lei si aspettava, le afferrò il polso e lo strinse in una morsa dolorosa. "Giochi a fare la padrona di casa, butti via i soldi in un mucchio di sciocchezze, e poi ti rifiuti di tirar fuori poche sterline per la Causa!"

I piccoli occhi azzurri infossati nelle profonde cavità del volto pallido e luminoso fissavano i suoi, senza un battito di ciglia, mentre la morsa della mano diventava ancora più forte. Ma Alice era immunizzata da tempo contro questa particolare accusa. Senza opporre resistenza, abbandonando il polso alla stretta, lo guardò a sua volta freddamente e rispose: "Non vedo proprio perché tu debba pagare il viaggio al compagno Jack. Se non ti avesse incontrato, come se la sarebbe cavata?"

"Ma lui fa questo viaggio per noi, per procurarci dei contatti."

A malincuore Alice fu costretta a ribattere: "Questa settimana hai ritirato il sussidio di tre settimane. Centoventi sterline. E l'ammenda te l'ho pagata *io*. Non puoi aver speso piú di trenta sterline fra treno e pasti."

Quando, come ora, gli lasciava capire che teneva un tacito ma esatto conto di quel che lui spendeva, di quello che faceva, Jasper l'odiava con tutta l'anima e non si curava di nasconderlo. La collera l'aveva fatto impallidire. Le sottili labbra rosee, che Alice di solito amava perché erano così delicate e sensibili, erano diventate due solchi esangui che lasciavano intravedere i denti forti e macchiati. Sembra un topo, notò freddamente, consapevole del fatto che, comunque, il suo amore per lui non era diminuito affatto.

"Perché non vai a fartene dare un po' da quella troia di tua madre? Sì, proprio da *lei*. O da tuo padre."

Alice non gli aveva mai rivelato la provenienza del denaro che aveva speso con tanta liberalità per la casa, ma naturalmente lui lo aveva immaginato.

"Lo farò," gli rispose senza scomporsi, "quando lo riterrò opportuno. Ma ora non posso."

Jasper le lasciò libero il polso e si alzò.

Adesso mi punirà, prenderà la sua roba e andrà a dormire in un'altra camera.

Un lungo silenzio. Jasper girellava per la cucina con aria depressa.

"Usciamo a mangiare qualcosa," propose alla fine in tono lugubre.

"Sì, andiamo." Di colpo si sentì rianimare, anche se Jasper non aveva fatto il minimo accenno alla loro spedizione, benché avesse notato gli slogan scarabocchiati sulla busta sul tavolo.

"Mi dispiace che stasera non si possa andare a scrivere sui muri," le disse lui gentilmente. "Ma sarebbe un'imprudenza, non voglio attirare l'attenzione proprio alla vigilia di qualcosa di importante."

"Certo, è giusto," rispose Alice, pensando tuttavia che da quando lo facevano – anni e anni ormai – spingendosi sempre più vicino ai posti di polizia, sfidando sempre più apertamente il pericolo, erano stati presi soltanto quando avevano voluto farsi prendere. Questa era la verità.

Jasper voleva raccontarle dei due giorni passati a Melstead, dei picchetti, dell'atmosfera elettrizzante, dell'arresto, della notte in cella... e di Jack. Andarono in un ristorante indiano, dove Jasper non smise mai di parlare e Alice lo ascoltò con interesse, cercando di far coincidere quel che lui le raccontava con ciò che lei si era immaginata. Pagò lei il conto. Poi entrarono in un pub, dove Jasper bevve il suo solito vino bianco e Alice un succo di pomodoro.

Una volta rientrati, attese trepidante di vedere se Jasper avrebbe trasferito la propria roba in un'altra stanza, ma Jasper non disse nulla e si limitò ad infilarsi nel sacco a pelo con un sospiro che la intenerì; era il sospiro di un bimbo che aveva trovato un rifugio sicuro.

Jasper, che non aveva più fatto alcun accenno al denaro, tornò all'attacco. Era per questo che era rimasto lì con lei.

Discussero animatamente, a lungo, nella stanza buia, con le luci che si rincorrevano sul soffitto. Alla fine Alice acconsentì a dargli i soldi per il biglietto di "Jack". Sapeva che, per qualche misteriosa ragione, si trattava di una cosa di importanza estrema, quasi vitale per Jasper. C'erano stati fra loro altri momenti come questo, in cui lei aveva dovuto cedere contro ogni logica: solo perché lui doveva assolutamente prevalere. Sapeva che Jasper possedeva un centinaio di sterline, forse anche di più. Una volta le aveva detto, in uno di quegli accessi di beffarda crudeltà che ogni tanto lo assalivano, che in tutti quegli anni si era messo zitto zitto da parte un bel po' di quattrini, abbastanza "per liberarmi di te per sempre."

Questo per lei non aveva senso, se ci pensava; eppure ne sentiva ugualmente il potere.

La madre di Jasper... be', Alice non voleva aver nulla a che fare, neppure da lontano, con certa squallida psicologia, ma non c'era da stupirsi se Jasper aveva dei problemi con le donne.

Il mattino, dopo aver bevuto il caffè, Jasper continuò a girarle intorno silenzioso e imbronciato finché non gli ebbe dato i soldi per il viaggio a Dublino. Poi disse che andava da Jack per prendere accordi precisi. Se la sera non fosse rientrato si sarebbe fatto vivo l'indomani e se avesse fatto tardi doveva avvertire Bert che la partenza per l'Irlanda era fissata per martedì.

Uscì. Alice pensò: deve essersi imbarcato in una delle sue storie... avrà qualche giro... ma non ne era tanto sicura. Non avrebbe corso quel rischio, tutto preso com'era dal prossimo viaggio in Irlanda. Forse "Jack" era come lui? No, questo lo escludeva. Jasper aveva parlato di Jack come parlava di Bert, come parlava degli altri uomini con i quali aveva quel particolare rapporto: di ammirazione, di dipendenza, insomma, di quasi passività... ma chi era adesso che conduceva il gioco, che aveva convinto Bert ad andare in Irlanda, convinto Jack ad accompagnarli? No, non era per nulla semplice, quel complesso da fratello minore.

Aveva tutta la giornata davanti a sé. Sola, manco a dirlo.

Philip era in soffitta: doveva andar su ad aiutarlo, ad assisterlo, altrimenti avrebbe ricominciato a star male. Jim, dov'era Jim, cosa gli era successo? Da ieri non l'avevano più visto.

Faye e Roberta? Le aveva sentite rientrare molto tardi. Pat diceva che avevano l'abitudine di andare al cinema, all'ultimo spettacolo, e poi a qualche festa. La loro vita segreta... fra donne. Il chiuso, sdolcinato, immorale — agli occhi di Alice — nauseante, claustrofobico mondo femminile. Non era roba per lei! Ma loro facessero pure. Che mille fiori sboccino, eccetera eccetera... Le dieci, e Mary e Reggie erano ancora a letto. Mary era scesa in cucina, aveva preparato il caffè e l'aveva portato di sopra e ora senza dubbio i due erano coricati l'uno accanto all'altra in quell'incredibile letto a due piazze, con la sua brava testiera e due comodini incorporati. Al solo pensiero di quel letto, di tutto ciò che rappresentava, le venivano i brividi. Incollati tutti e due per l'intera vita in quel letto, a bersi il loro caffè, guardando chiunque fosse diverso da loro con quella loro aria sostenuta e diffidente.

Dove andare a trovare dei soldi... dove? Eppure *doveva* procurarseli. Era indispensabile.

Domenica.

Santo cielo, era solo domenica, erano passati solo sei giorni da quando lei e Jasper avevano lasciato sua madre per installarsi lì. E in un tempo così breve lei era riuscita a concludere tante cose. Piena di energia, corse in solaio, dove trovò Philip, coraggioso nanetto in tuta bianca, che armeggiava sotto i travi. C'era un orribile odore di muffa.

"Due di questi travi andrebbero sostituiti," disse Philip. "Hanno una specie di cancrena. Un giorno o l'altro la casa ci crollerà addosso."

Soldi. Doveva trovare dei soldi.

Troppo presto per chiederne a Mary e Reggie. Ma a un certo punto avrebbero dovuto discuterne. Le pareva già di vedere le loro facce, facce da fottuti borghesi, quando avrebbero affrontato l'argomento. Dio sa quanto lei li odiava, i borghesi, così attaccati ai soldi, attenti a non sprecare un centesimo, sempre con il pensiero fisso di mettere da parte, di *risparmiare*, pensò Alice, con la bocca che sapeva di fiele, mentre osservava un trave largo più di trenta centimetri, grigio e scortecciato, con le fibre biancastre in evidenza... la putredine che piano piano, se non fossero intervenuti, avrebbe aggredito il soffitto, e poi le pareti, i pavimenti, diffondendosi come una lebbra...

Sono anni che vivo così, pensò. Quanti? Dodici, ormai? No, quattordici, o forse anche di più... quanto ho lavorato, quanto mi sono arrabattata per gli altri, per dare una casa a chi non l'aveva, per nutrire chi aveva fame, e il più delle volte pagando di tasca mia. Se avessi messo da parte un po', anche solo un po', di tutti quei soldi, di quanto disporrei oggi? Fossero solo poche centinaia di sterline, cinquecento, seicento, non me ne starei qui a tormentarmi...

"Quanto costerà sostituire quei due travi?"

"Solo il legno, circa cinquanta sterline. E nemmeno roba nuova. Ma forse andando in giro per la città potrei trovare gratis quel che mi serve, se ci prestassero di nuovo la macchina."

"Quanto alla mano d'opera..." soggiunse con una risatina sarcastica.

"Non preoccuparti," gli disse Alice. Pensava: e avrà bisogno di aiuto. Non ce la fa a reggere un trave sulle spalle, a sollevarlo e trasportarlo. Avrà bisogno di un ponteggio o di qualcosa di simile. E questo ancora una volta significa soldi.

Li avrebbe chiesti a Mary e Reggie.

Sulla tavola c'era un biglietto: "Siamo andati alla manifestazione di Greenpeace. Affettuosamente, Reggie e Mary." La calligrafia era di Reggie. Affettuosamente! Si sedette e contò quanto le era rimasto. Trentacinque sterline.

Salì di nuovo da Philip e cominciò a sgombrare il solaio. Da dove veniva tutta quella roba, sacchi interi di cianfrusaglie, vecchi abiti, per lo più malandati, un tappeto ancora in buono stato, altri vecchi vestiti. Scarti, stracci. Stracci? Sul fondo di un antico baule di stagno tutto annerito, sotto un mucchio di scarpe rotte e screpolate, c'erano diversi strati di un materiale morbido, sottile, abiti avvolti nella carta velina nera. Abiti da sera. Li lanciò di sotto attraverso la botola e si calò sul pianerottolo per esaminarli. Che roba! Tre magnifici abiti da sera, ciascuno avvolto nella sua carta velina. Risalivano all'inizio degli anni trenta. Uno era di pizzo nero, giallo e arancione, intessuto d'oro. Il corpetto era liscio e diritto, lungo sino ai fianchi, da dove sbocciava la gonna, fatta di una miriade di piccole punte simili a petali. L'odore metallico del filo dorato le fece venir voglia di starnutire.

Alice si ritrasse in un angolo del pianerottolo in modo che Philip non potesse scorgerla attraverso la botola, si tolse la blusa della tuta e si infilò l'abito da sera. Non le passava dai fianchi e le si arrotolò intorno alla vita. Poiché in casa non c'erano specchi non poté vedersi le spalle e le braccia ma notò le mani robuste e lentigginose che giocherellavano con lo spesso rotolo di tessuto, e le parve che l'abito cercasse di farsi accettare da lei, come un impostore che pretenda d'essere creduto. Se lo tolse di dosso rabbiosamente e si rimise la blusa, e con quella si sentì di nuovo a suo agio, quasi virtuosa, come se per un attimo si fosse lasciata tentare da qualcosa di proibito. Non provò l'abito di chiffon albicocca con i pannelli di perline d'argento, molte delle quali si erano allentate, mentre altre mancavano del tutto, quasi che le avesse divorate un insetto ghiotto di perle. Si appoggiò sul corpo l'abito verde salvia con l'ampia gonna fluttuante. Il corpetto era attillato, con una "modestia" verde pallido sul seno, e il dorso, scollato fino al coccige, e aperto da un'altra piccola V pudibonda. C'erano abiti da pomeriggio, risalenti all'immediato dopoguerra che sembravano ancora nuovi. Chi li aveva riposti lassù, senza avere il coraggio di gettarli? Chi se ne era dimenticato, tanto da andarsene lasciando in soffitta tutti quei bauli? Mostrò gli abiti a Philip che li guardò divertito, ma quando gli disse che avrebbe potuto ricavarne un bel po' di quattrini si strinse nelle spalle, con involontario rispetto.

Alice li infilò in una valigia e prese l'auto per Camden Lock, dove c'era un negozio, a cui una volta sua madre, trovandosi a corto di soldi, aveva venduto dei vestiti. Più di cento sterline, le avevano dato.

Domenica. C'era folla intorno alle bancarelle. La proprietaria del negozio che vendeva abiti d'epoca si stava occupando di una cliente affascinata da un abito di crêpe de Chine bianco in stile anni venti con delle rose di paillettes dorate dall'aria un po' ammuffita applicate tutt'attorno ai fianchi. Lo pagò novanta sterline. E aveva una macchia sulla spalla, che, disse la cliente, avrebbe nascosto con una rosa dorata.

Alice si fece avanti con la sua valigia e quando l'aprì vide gli occhi della donna stringersi per scrutarne avidi il contenuto.

Alice era ben decisa a non lasciarsi imbrogliare. Mercanteggiò tenacemente su ogni singolo capo, spiando gli occhi della donna, occhi che la tradivano. Erano astuti e usi ad esaminare con attenzione il punto allentato, il piccolo strappo, l'attacco di un pannello ricamato. Quando Alice estrasse dalla valigia l'abito di chiffon albicocca con le perline d'argento, la donna si lasciò sfuggire un sospiro e si passò sulle labbra la lingua grossa ed esangue.

Per quel vestito Alice spuntò sessanta sterline, sebbene la donna continuasse a ripetere che ci sarebbe voluta un'abilissima ricamatrice per sostituire le perline mancanti, e questo le sarebbe costato... Alice non aveva idea quanto. Questa sorrise educatamente, annuì, ma non cedette.

Tornò a casa con duecentocinquanta sterline, convinta che la donna avrebbe rivenduto quegli abiti per quattro volte tanto. Ma era ugualmente soddisfatta.

Non lo avrebbe detto a Jasper. Questo significava che per lealtà non poteva dirlo neppure a Philip, che comunque non le avrebbe creduto. Gli raccontò di averne ricavato centocinquanta sterline, gliene diede cento, e lo sentì emettere un breve sospiro; un sospiro del tutto diverso da quello rauco e profondo della donna del negozio. Era il sospiro di un bambino, simile a quello emesso da Jasper la sera precedente mentre si infilava nel sacco a pelo, finalmente a casa, al sicuro.

Be', questo l'avrebbe aiutata a tirare avanti per un po', ma non per molto. Quel pomeriggio stesso spese sessanta sterline per uno scaldabagno a gas di seconda mano. E altre cinque per il trasporto. Entro la fine della settimana avrebbero avuto l'acqua calda. E forse anche il riscaldamento, se i caloriferi tralasciati dai ladri non avevano sofferto per l'incuria.

Non che ad Alice importasse molto del freddo, neppure dopo i quattro anni trascorsi nella casa ben riscaldata di sua madre. Ormai aveva imparato ad adattarsi a qualsiasi temperatura. Prima di andare a stare da sua madre aveva passato l'inverno in una casa occupata priva di riscaldamento. Si era limitata a coprirsi bene e a stare sempre in moto. Jasper invece aveva protestato, gli erano venuti i geloni, ma alla fine s'era rassegnato; quello comunque era uno dei motivi per cui era stato ben contento di andare ad abitare da sua madre, al caldo, dopo i mesi passati al gelo.

Alice trascorse la serata lavorando insieme a Philip come sua assistente, porgendogli gli attrezzi, facendogli luce con una potente torcia. Osservando le sue mani sottili ed esperte, bianche sotto il raggio intenso della torcia, capì che quell'uomo avrebbe potuto, anzi avrebbe dovuto diventare un artigiano abile e raffinato, evitando di cimentarsi con pavimenti, tubazioni, travi che sembravano più pesanti di lui. Il rammarico per tutto quel talento sprecato alimentò in lei l'indignazione che l'animava, rammentandole i motivi che legittimavano tutte le sue azioni: un giorno non sarebbe più successo che persone capaci e garbate come Philip venissero maltrattate, degradate, offese dalla vita; un giorno, per merito suo e dei suoi compagni, tutto sarebbe stato diverso.

A mezzanotte si rese conto che Jasper non sarebbe rientrato. Il suo cuore cominciò segretamente a lacrimare, se ne vergognò e gli impose di smettere. Preparò delle uova al bacon per Philip e quando questi se ne andò a dormire rimase in attesa, non solo di Jasper ma anche di Jim. Guai! Sentiva aria di guai.

Mary e Reggie rientrarono, sorridenti, con il caratteristico sguardo d'esultanza del manifestante soddisfatto. Sedettero insieme ad Alice e mentre bevevano il caffè le raccontarono che avevano marciato a centinaia per le vie di Londra per protestare contro l'inquinamento di un certo tratto di spiaggia. Lasciarono ad Alice una pila di opuscoli e volantini e quando appresero che presto avrebbero avuto l'acqua calda proposero – fu Reggie a dirlo – di fare i conti. Ma non quella sera; erano troppo stanchi, avevano bisogno di dormire. Volevano far l'amore, Alice lo capì. Be', in tal caso sarebbe rimasta giù un po' più a lungo.

Mary e Reggie tornarono in cucina tutti sorridenti per chiedere come mai sul pianerottolo del secondo piano c'erano quei mucchi di vestiti, di cianfrusaglie. Alice s'era scordata d'essersi riproposta di mettere ordine, disse che l'avrebbe fatto l'indomani. Altri sorrisi, e i due infilarono per la seconda volta le scale.

E se non riordinassi? si chiese Alice. Loro non lo farebbero di certo. Non ci pensano nemmeno. Sono stata io a tirare fuori quella roba, sono io che devo rimetterla a posto. Oh sì, li conosco, conosco quei due, so come ragionano i borghesi.

Mentre se ne stava lì seduta, pensando a tutto quello che c'era da raccogliere, impacchettare, portare giù in giardino, e alla mancia che avrebbe dovuto dare ai netturbini perché la ritirassero, si ricordò ad un tratto che quando aveva trovato quei deliziosi abiti da sera li aveva lanciati attraverso la botola e si era subito calata sul pianerottolo. Ma non aveva completato la sua esplorazione. In soffitta c'erano altre casse, altri bauli, pacchi legati con lo spago. Diamine, forse contenevano un sacco di bei vestiti – un altro bel po' di quattrini.

Corse di sopra: si era dimenticata del tutto che la camera di Mary e Reggie si trovava proprio sotto il solaio, e salì come un lampo la scala a pioli, che era ancora al suo posto perché Philip non aveva finito. Accese la potente torcia di Philip. In realtà aveva già aperto quasi tutte le casse. Ma in fondo al solaio, sotto lo spiovente basso del tetto, scorse tre antiquati bauli, del tipo che la gente un tempo soleva portare in crociera.

Erano di una specie di fibra di lucido color marrone, ormai stinto e appannato, con delle traverse di legno per renderli più robusti. Alice li aprì di corsa, uno, due, tre. Nel primo trovò dei giornali. Giornali? Si inginocchiò accanto al baule, gettò all'aria i giornali, tastò sul fondo, frugò negli angoli. Mucchi di giornali ingialliti, non c'era altro. Perché? Come mai? Quale *mentecatto*... Nel secondo baule, sotto ai giornali trovò dei libri. Niente di speciale, nessun piccolo tesoro, solo l'eterogenea raccolta di qualche famiglia. Vecchi volumi sbiaditi. Il *Talismano*, con la bruna copertina di cartone mezza rosicchiata, *Piccole perle della Bibbia*. Dei racconti per ragazzi. *Amore e sconfitta*... *Il tesoro della Sierra Madre*... *L'uncinetto facile*. Qualche opera di Dickens.

Da quella roba non avrebbe ricavato che un paio di sterline. Ma c'era un altro baule. Lo aperse piena di speranza e scoprì che era vuoto, salvo che per una mezza dozzina di vecchi vasetti vuoti che rotolarono sul fondo.

Una collera violenta l'invase. Si alzò in piedi e prese a calci i bauli, poi cominciò a lanciare i libri, i giornali, i vasetti per tutto il solaio, urlando insulti contro coloro che avevano lasciato lì quella roba inutile. "Sporchi merdosi," urlò. "Fascisti di merda. Vi ammazzo. Vi faccio... a fette..."

Continuò come una furia finché udì qalcuno che la chiamava dal piano di sotto: "Alice, Alice, cosa succede?"

"Sporchi borghesi, maledetti vermi reazionari" e giornali,

vasetti, scarpe, stracci caddero alla rinfusa attraverso la botola attorno a Mary e a Reggie.

"Che cosa succede, possiamo aiutarti?"

Alice scorse i due volti esterrefatti e preoccupati rivolti all'insù, vicini, rischiarati dalla luce instabile e saltellante della torcia, e all'improvviso scoppiò a ridere. In piedi sopra le loro teste, mosse qualche passo barcollando, continuando a ridere.

"Oh, Alice," squittì Mary "Oh, Alice," esclamò Reggie, entrambi con un'aria di indignata, petulante riprovazione. Alice si lasciò cadere, si rotolò fino alla botola, ne afferrò i bordi con le mani robuste, si lasciò penzolare nel vuoto e atterrò in piedi accanto a Mary, accanto a Reggie, ridendo e puntando l'indice contro di loro. "Se poteste vedervi, se solo poteste vedervi..."

Barcollando e gridando prese a calci i sordidi mucchi, lanciando all'intorno scarpe e vestiti. Frammenti di vetro si sparsero dappertutto.

Mary e Reggie si scambiarono un'occhiata, gettarono uno sguardo ad Alice e ritornarono in fretta nella loro camera. Udendo come chiudevano educatamente la porta, senza sbatterla, malgrado quel che era successo, Alice scoppiò di nuovo a ridere. Si lasciò cadere sul pavimento, in mezzo a tutto quel ciarpame, e mentre la sua risata si smorzava a pocoa poco alzò gli occhi e scorse sul bordo della botola la torcia ancora accesa. Il suo fascio di luce batteva sullo spiovente del tetto mettendo in evidenza i due travi imputriditi, che anche a quella distanza e in quella luce apparivano corrosi e tarlati.

Alice tornò in soffitta e, evitando di guardare i travi pericolanti, si dispose con calma a chiudere i bauli, a rimettere un po' d'ordine. Aveva davvero intenzione di sgombrare completamente il solaio? Per che cosa? Per chi?

Spense la torcia e la rimise nell'esatto posto in cui l'aveva trovata, per Philip. Scese dalla soffitta, servendosi questa volta della scala a pioli, e a calci ammucchiò i vecchi abiti e gli altri oggetti sparsi sul pianerottolo in un'unica catasta contro la ringhiera. Stava facendo un baccano del diavolo, ma che importava. Ben gli sta, a quei due, pensò. Un giorno o l'altro Mary e Reggie avrebbero detto. Sì, abbiamo provato a vivere in una comune, ce l'abbiamo messa tutta, ma purtroppo...

Fu colta di nuovo da un accesso di ilarità. Scese le scale ridendo convulsamente, scossa dai singulti, e si chiese se quella era davvero allegria. Udì i propri singhiozzi amari e si disse: la verità è che sto piangendo.

Alle tre del mattino se ne andò mestamente a letto, giurando a se stessa che l'indomani avrebbe imbiancato almeno una stanza. Quella, forse. Sapeva che Jasper l'avrebbe apprezzato, anche se la prendeva in giro. Si addormentò pensando a lui, chiedendosi cosa stesse facendo, con chi fosse; dormì di un sonno agitato, si alzò molto prima degli altri, sgombrò la stanza di quel poco che conteneva, andò a prendere i cavalletti di Philip, la vernice e i rulli, passò sul soffitto e sulle pareti un cencio avvolto intorno a una scopa, spazzò dal pavimento la polvere che vi era caduta. Erano soltanto le sette e mezzo.

Seduta tutta sola in cucina bevve il caffè contemplando la forsizia dorata; si sentiva piena di salute, energia, voglia di fare. Se Jasper fosse stato lì non avrebbe potuto lavorare in pace, avrebbe dovuto adattare il proprio ritmo al suo... talvolta, molto di rado, le veniva fatto di pensare: se fossi sola, se non dovessi occuparmi di Jasper... Qualche volta, come ora, si sentiva legata a lui da una tenace corda d'ansia che vibrava al minimo tocco di Jasper e mai al suo; sentiva il peso di quel tormentoso legame. E se l'avesse lasciato? (Perché lui non l'avrebbe lasciata mai!) Se fosse andata a stare per conto suo, con altri compagni, naturalmente – diamine, aveva cambiato casa tante volte, era una cosa da nulla, poteva farlo con la massima facilità. Senza Jasper. Sedeva tranquilla, con la mano lentigginosa e infantile stretta attorno alla grossa tazza scura, come se volesse impedirle di volar via, e lo sguardo fisso sulla gloriosa, gioiosa forsizia che sprigionava nella stanza letizia e vigore. Senza Jasper. Si sorprese a fare dei piccoli movimenti inquieti e nervosi, il suo respiro divenne più rapido, poi a poco a poco si tramutò in un sospiro. Come avrebbe potuto vivere senza Jasper? Quel che diceva la gente era vero, erano fratello e sorella. E se... al pensiero di un altro uomo scosse lievemente il capo, incredula. Non che fossero stati pochi a farsi avanti e a chiederle: Perché Jasper e non io? Ma se lui non ti dà niente! le avevano detto.

E invece le dava molto. Davvero molto! Come avrebbe potuto lasciarlo?

Si alzò lentamente da tavola, lavò la tazza e rimase per qualche minuto immobile a fissare il vuoto. Continuo a scordarmi che il tempo passa, pensò. Ormai aveva più di trent'anni. Molti di più, trentacinque... Trentasei, per l'esattezza. Se avesse voluto un figlio... no, no, i veri rivoluzionari non dovevano aver figli. (E tuttavia li avevano!)

Si liberò di colpo di tutti quei pensieri e salì le scale di corsa come se in camera l'attendesse una piacevole sorpresa e non il pesante compito di imbiancare.

Lavorò senza interrompersi finché ebbe finito di dare la prima mano. Le pareti e il soffitto, fino a poco prima sporchi e grigi, erano ora di un bianco splendente. Molti si sarebbero accontentati, ma non Alice. Avrebbe dato una seconda mano. Camminando sopra i giornali che aveva steso sul pavimento notò che alcuni risalivano agli anni trenta, alla guerra. "Secondo Fronte!" Il titolo a grossi caratteri neri spuntava di sotto a "Attlee promette..." Non le importava niente di quel che Attlee o chiunque altro avesse promesso. Di nuovo in cucina, mentre si riposava, pensò, se finisco la camera per mezzogiorno, potrò imbiancarne un'altra. Be', per il salotto avrò bisogno di aiuto. La più malconcia è la stanza delle ragazze, di Faye e Roberta, voglio darle subito un'occhiata...

Era sicura che non fossero rientrate, ma per prudenza bussò. Silenzio. Entrò, e poiché stava osservando il soffitto e le pareti non si rese subito conto che le due donne invece erano là, due fagotti informi sepolti sotto un mucchio di coperte, scialli, più uno strato di scampoli e avanzi di tessuto, per lo più a fiori. Roberta, evidentemente disturbata ma senza capire da cosa, aveva sbadigliato alzando le braccia, poi si era sollevata sul cuscino, facendo oscillare le sue grosse tette, e ora fissava indispettita Alice.

"Scusami, pensavo che foste fuori," mormorò Alice.

"Be', invece siamo qui!" Ma lo sguardo ostile, che Alice aveva temuto riflettesse i veri sentimenti di Roberta nei suoi confronti, ritornò amabile, e Roberta si mise a sedere, cercando le sigarette.

Dalla rigida immobilità dell'altro fagotto Alice comprese che Faye era sveglia. Spiegò con garbo: "Sto imbiancando la mia camera. Fra un paio d'ore avrò finito. Ho pensato che dopo potrei fare la vostra, se vi fa piacere."

A queste parole Faye si sollevò di scatto, allontanando di colpo le coperte, come un nuotatore che emerga dall'acqua, e fissò Alice con la stessa espressione con cui aveva guardato la povera Monica.

"No," disse con voce fredda, astiosa. "Tu non la imbianchi questa stanza, Alice. No. Tu ci lasci in pace."

"Faye," ammonì Roberta con dolcezza. "Da brava. Non è successo niente."

"Sì, invece," urlò Faye. "Imbiancati pure la tua fottuta camera, Alice. Ma toglici le tue merdose manine di dosso, hai capito?"

Alice, abituata a questo tipo di situazioni, non perse la calma; non si sentiva né ferita, né offesa, né niente del genere, come di certo Faye sperava. Pensò soltanto: Complimenti a Roberta! Chissà che vita, dover tener testa a Faye di continuo!

"D'accordo," disse Alice. "Certo, se non volete... Ma questa stanza è proprio conciata, non vi pare?"

E guardò con interesse le pareti sulle quali, nell'intensa luce del mattino — su una di esse stava giusto battendo il sole — sembrava che stessero per spuntare dei funghi.

Sedute l'una accanto all'altra, con lo sguardo fisso su Alice, Faye e Roberta erano così diverse da Mary e Reggie che a lei venne persino da ridere ma naturalmente non lo diede a vedere. In realtà aveva il cuore stretto per le due donne. Mary e Reggie, quei due *possidenti*, come Alice li definiva con disprezzo quando le capitava di pensare a loro, mentre se ne stavano seduti nel loro letto matrimoniale compunti a squadrarla, sapevano che in realtà nulla mai avrebbe potuto minacciare la loro placida esistenza. Ma Roberta, malgrado la sua forza ostinata e generosa, i suoi sentimenti materni, e Faye, così simile a un pulcino o un uccelletto implume rannicchiato contro la larga spalla di Roberta, erano entrambe vulnerabili. Sapevano che chiunque, persino Alice, poteva avanzare su di loro come un bulldozer e farle a pezzi.

"Va bene," sussurrò Alice, piena d'infinita pietà. "Non preoccupatevi. E scusatemi." Uscì, e mentre chiudeva la porta udì che Faye riprendeva a strillare e che Roberta cercava di calmarla con voce carezzevole.

Mentre ritta sul cavalletto stava passando la seconda mano, Alice pensò per la prima volta che era una sciocca. A Roberta, e di sicuro a Faye, piaceva vivere nella sporcizia. Rimuginò a lungo su quell'idea mentre stendeva una nuova mano di bianco sopra quella precedente allungandosi in precario equilibrio e premendo le nocche contro il soffitto. A loro piace. Per loro è una necessità. Se non fosse così avrebbero fatto qualcosa già da tempo. Tener pulito e in ordine non è un compito difficile, perciò se non lo fanno vuol dire che a loro va bene così.

Si soffermò a lungo su questa considerazione. Ma Jim no, si disse, lui è diverso, bastava vedere com'era contento quando ho cominciato a risistemare questa casa. Detestava quegli orribili secchi al secondo piano, solo che non sapeva come... Jim non ha l'esperienza della borghesia (quante volte aveva udito questa frase da sua madre quando abitava da lei); è uno sprovveduto, non sa come ci si deve regolare in certi casi. Ma Faye e Roberta – be', non sono certo delle borghesi, questo anzi è il minimo che si possa dire di loro – ma senza dubbio hanno avuto la possibilità di imparare, di acquisire quell'esperienza, perciò se vivono nel disordine è perché lo vogliono.

Solo l'idea di voler vivere in quella camera, in quell'orribile stanza che sembrava un letamaio, cosa mai avevano fatto là dentro, cosa avevano combinato? Be', probabilmente Roberta non c'entrava. Era Faye: era senza dubbio lei la responsabile di ogni misfatto, non Roberta. Probabilmente quando Faye aveva una delle sue crisi... accadevano cose terribili là dentro, e poi Roberta cercava di calmarla: Faye, tesoro, basta, non fare così, Faye ti prego, rilassati, cara...

Alice terminò di dare la seconda mano a mezzogiorno, lavò il rullo, rimise il coperchio ai barattoli di vernice e li portò in una stanza dell'ultimo piano. Mentre Philip dormiva, mentre Mary e Reggie dormivano, mentre Roberta e Faye dormivano (non erano uscite dalla camera) lei aveva imbiancato un'intera stanza. E bene anche, senza la minima sbavatura, nemmeno negli angoli, e i giornali erano già bell'e ripiegati e pronti per i bidoni delle immondizie, che in breve sarebbero stati di nuovo pieni.

Alice mangiò due d'uova, bevve il tè e si lavò con l'acqua fredda, in piedi nella vasca. Poi, tutta ben pulita e ravviata, con indosso una graziosa camicetta a fiorellini rosa con il colletto rotondo, uscì e si recò nella casa accanto, al 45, come se per tutta la mattina non avesse avuto in mente altro.

Era sicura che il compagno Andrew fosse ormai alzato, anche se gli altri erano ancora a letto.

I due terzi circa dei sacchi colmi di rifiuti erano spariti e quanto alla buca che lei aveva visto sembrava che non ci fosse mai stata, coperta com'era da uno strato di foglie secche fra le quali rovistavano un paio di merli.

La porta le fu aperta da una giovane donna alta, snella, imponente e senza forma perché indossava un'uniforme da campo mimetica, quasi identica a un'altra che Alice aveva visto non molto tempo prima in un magazzino di residuati dell'esercito.

"Sono Alice," si presentò, e la ragazza rispose: "Ciao Alice," poi soggiunse: "Io sono Muriel." Con un sorriso gentile si fece da parte per lasciar entrare Alice nell'ingresso, dove non c'era più traccia delle cataste di opuscoli, o qualsiasi cosa fossero. A parte la moquette mancante, l'ingresso era identico a quello del 43. C'era persino una scopa appoggiata in un angolo.

"Posso vedere il compagno Andrew?" "Credo che dorma," fu la deludente risposta di Muriel, la quale, notando la reazione perplessa e stupita di Alice, si affrettò ad aggiungere: "È rientrato alle tre di notte, e la Manica era agitata." Dopo aver fornito questa informazione, superflua secondo Alice, e davanti al suo sguardo di riprovazione, Muriel soggiunse con aria irritata e colpevole che sarebbe andata a vedere. Si diresse verso la porta della stanza che Alice già conosceva e alzò una mano come se intendesse bussare. Invece prese a grattare il battente con delicatezza, per non dire affettuosamente, con l'indice. Alice fu invasa da quella fredda, orribile ira che si rifiutava di chiamare gelosia. Le parve d'essere sul punto di svenire. Di certo ebbe un attimo di stordimento e quando si riprese vide che Muriel era ancora davanti alla porta e, sorridendo con benevolenza, continuava a grattarla con quel dito ricurvo simile al rostro di un uccello. Sì, Muriel sembrava proprio un'oca, o meglio ancora una papera, goffa e informe; o un germano reale, con un grosso gozzo tondeggiante, il naso a becco d'aquila e la bocca vorace. Rivolse ad Alice un sorriso compiaciuto: "Adesso lo sento muoversi." Come se il fatto che il compagno Andrew si muovesse fosse di per sé una prova della sua superiorità, della quale lei era generosamente disposta a rendere partecipe Alice. La porta si aprì e apparve il compagno Andrew. Aveva gli occhi arrossati e stentava a tenerli aperti. Indossava dei pantaloni gualciti e una maglietta che aveva un gran bisogno d'essere lavata. Anche questa volta Alice percepì l'odore dell'alcool, ma represse la propria indignazione: doveva essere molto stanco quand'era rientrato, nel cuore della notte. Il compagno Andrew rivolse a Muriel un sorriso che Alice non si provò neanche ad analizzare, poi la scorse e la salutò con un amichevole cenno del capo, invitandola a entrare.

Lei obbedì all'invito mentre l'uomo chiudeva la porta rivolgendo a Muriel un sorriso che l'escludeva.

Dalla stanza era stato portato via tutto salvo un paio di grossi pacchi. Contro una parete c'era un basso letto pieghevole con una coperta rossa. Era sfatto, ma dopo tutto il compagno Andrew si era appena alzato per venire ad aprire. Il cuscino era privo di federa e sul vecchio traliccio a righe spiccavano alcune chiazze d'unto. Quel letto disfatto non era anonimo come il resto della stanza e anzi evocava una esuberante e persino brutale virilità.

L'uomo sbadigliò, senza curarsi di nasconderlo, e sedette su una vecchia poltrona accanto al camino spento. Alice prese posto di fronte a lui.

"Sono stato in Francia," le disse con disinvoltura. "Solo una breve puntata."

Alice si sorprese a guardare di soppiatto il letto, che aveva tutta l'aria di venire da qualche paese straniero. O forse da qualche clima morale diverso, come quello che si instaura durante una guerra o una rivoluzione. L'uomo notò il suo sguardo. Stava ancora lottando contro il sonno. All'improvviso si alzò, andò verso il letto, rassettò la coperta rossa e la tirò in modo che nascondesse il cuscino sudicio. Poi tornò a sedersi.

"Mi sono liberato della roba che hai visto nella buca. Adesso si trova dove può essere utilizzata."

"Oh, bene," rispose Alice con indifferenza. Il fatto era che lui poteva averla o non averla spedita o portata via "la roba"; e con questo? Lei non voleva saperlo.

"Senza dubbio ti stai chiedendo cosa fosse. Be', tutto quello che posso dirti è che si tratta di qualcosa di cui basta pochissimo per ottenere un grosso effetto."

Alice sentì nascere dentro di sé un crescente disprezzo per quell'uomo, per la sua goffaggine. Affermò in tono severo: "A mio parere, meno gente ne è informata, meglio è." Il che equivaleva a dire: non voglio sapere niente.

L'uomo socchiuse gli occhi e il suo sguardo si indurì, poi rivolse ad Alice un sorriso forzato: "Hai ragione, compagna. Forse ho abbassato troppo la guardia. Ho bisogno delle mie sette ore di sonno, altrimenti non rendo come dovrei."

Alice annuì, ma intanto lo esaminava senza indulgenza. Non aveva poi un aspetto così autorevole. Era tozzo, tarchiato. I capelli, tagliati corti, erano qua e là appiattiti come la pelliccia d'un animale in cattiva salute. Aveva l'alito pesante, acre, malsano, e non soltanto perché aveva bevuto troppo. Inoltre avrebbe dovuto controllare il proprio peso.

"Sono contento che tu sia venuta, compagna Alice. Avevo proprio bisogno di chiacchierare un po' con te." A questo punto si alzò e andò alla scrivania a cercare le sigarette e voltandole le spalle se ne mise una in bocca e l'accese. Durante quest'operazione, una serie di movimenti rapidi, precisi, calcolati, sembrò riprendere il controllo di sé e Alice diventò meno severa. Pensò: be', malgrado tutto è un vero capo, e decise di accordargli la sua fiducia.

Poi ebbe inizio un interessante colloquio che si protrasse abbastanza a lungo; quando Alice se ne andò erano quasi le cinque. Sapeva che l'uomo stava cercando di farle dire quel che voleva sapere, che la stava sottoponendo a un esame; e che senza dubbio capiva che lei se ne rendeva conto, ma lo lasciava fare. Alice in realtà si sentiva incerta, confusa, passiva, ma al tempo stesso registrava scrupolosamente tutte le proprie sensazioni e i propri pensieri, riservandosi di analizzarli più tardi.

Il compagno Andrew voleva che lei si staccasse da "quella gente di là; tu sei di tutt'altra stoffa"; e che assumesse una facciata di rispettabilità. Doveva presentare domanda d'assunzione presso una certa ditta d'importanza nazionale. Avrebbe senz'altro ottenuto il posto perché lui, Andrew, avrebbe fatto in modo che l'ottenesse, grazie a dei contatti che aveva già stabilito in quella ditta. Accennò parecchie volte alla "nostra rete". Alice avrebbe dovuto lavorare con un calcolatore; lui, Andrew, le avrebbe fatto seguire un breve corso di addestramento che le avrebbe fornito le basi sufficienti perché una ragazza intelligente come lei potesse cavarsela. Nel frattempo avrebbe abitato in un appartamento, non in una casa occupata, avrebbe condotto una vita tranquilla, e sarebbe rimasta ad aspettare.

Alice ascoltò tutto questo a occhi bassi, compunta.

Stava pensando: e lui *chi* è? Per *chi* dovrei lavorare? Una certa idea in verità l'aveva ma che cosa importava? In realtà il punto era questo: era o non era convinta che l'intero schifoso sistema dovesse essere abbattuto, spazzato via, rami e radici? Terra bruciata, ecco cosa bisognava fare. E Alice ebbe la visione di un paesaggio devastato, nudo e brullo, con qualche pallido fiocco di cenere sospeso nell'aria. Sì, spazzar via le putride sovrastrutture per far posto a un mondo migliore. Nuovo. Importava poi molto chi fosse ad abbatterle, a far pulizia? La Russia, Cuba, la Cina e via dicendo, per quel che la riguardava erano tutti benvenuti.

Ma dopo un po', dopo un silenzio che evidentemente toccava a lei colmare, mormorò: "Non posso, Andrew." E all'improvviso si scatenò in lei la ribellione: "Una vita borghese? Vuoi che viva come i borghesi?" E gli rise in faccia, sogghignò anzi, resa audace dal disprezzo, dall'indignazione.

L'uomo che le stava davanti l'osservava con occhi attenti, non più stanco ora o stordito dal sonno. Le rivolse un sorriso benevolo.

"Compagna Alice, non c'è nulla di male nella vita comoda: tutto dipende dal fine. Tu non vivresti così per amore degli agi, della sicurezza," le disse, facendo un evidente sforzo per pronunciare queste ultime parole con lo stesso disprezzo di Alice, "ma per uno scopo. Il nostro scopo."

Si guardarono, attraverso l'abisso che li separava. Non ideologico, ma di temperamento, di esperienza. Dal tono della sua voce Alice aveva capito che il compagno Andrew non condivideva affatto il suo disgusto per "la vita comoda". Al contrario, quel tipo di vita gli sarebbe molto garbato. Aveva capito questo di lui; come aveva fatto? Già, chissà come faceva a sapere certe cose degli altri. Eppure le sapeva. Quest'uomo avrebbe fatto saltare in aria una città senza il minimo rimorso – e lei non lo biasimava certo per questo – ma avrebbe sempre preteso il miglior whisky, e di mangiare nei buoni ristoranti e di viaggiare in prima classe. Era figlio di operai, pensò; aveva avuto una vita dura, ecco la spiegazione. Non stava a lei giudicarlo.

"È inutile, compagno Andrew," disse infine in tono risoluto. "Non potrei proprio. Non parlo del fatto di dover attendere degli ordini. Anche a lungo."

"Ti credo," le rispose l'uomo annuendo.

"E non mi importa neppure del pericolo. Ma non potrei vivere in quel modo. Diventerei matta."

L'uomo annuì e per un po' tacque. Poi, in un tono per la prima volta divertito, persino allegro, disse: "Ma, compagna Alice, io continuo a ricevere ogni giorno, potrei dire ogni ora, rapporti su come stai trasformando quel *porcile*." Il disgusto con cui pronunciò questa parola era in tutto e per tutto identico a quello che avrebbero manifestato i suoi genitori. Si chinò verso di lei, le prese sorridendo una mano e la voltò in modo da appoggiarne la palma sulla propria, forte e quadrata. Alice ebbe l'impulso di ritrarla, poi la lasciò dov'era. Non le piaceva sentirsi toccare – non sempre. Tuttavia quel contatto non era sgradevole. Era fermo, solido, e questo lo rendeva accettabile. Notò sulle proprie nocche una piccola crosta di vernice bianca.

L'uomo le rimise con garbo la mano sul ginocchio e disse: "Fra non molto quella casa sarà un palazzo."

"Ma tu non capisci. Noi non abbiamo nessuna intenzione di viverci come *quelli là*. Non intendiamo affatto *consumare*, e *spendere*, e rammollirci, e perdere il sonno preoccupati per la nostra pensione. Non siamo come *loro*! Noi li *detestiamo*!" La voce quasi le si strozzò in gola per l'odio e il suo volto si contrasse per l'ira.

Vi fu un lungo silenzio, durante il quale l'uomo decise di lasciar cadere quell'argomento poco promettente. (Ma, pensò Alice, presto tornerà alla carica!) Le offrì del caffè. Su un vassoio posato per terra c'erano un bollitore, delle tazze, dello zucchero e del latte. Svelto ed efficiente preparò il caffè.

Poi cominciò a parlare degli abitanti del 43. Alice scoprì che il giudizio del compagno Andrew coincideva con il suo. Questo le fece piacere e la lusingò, rafforzando la sua fiducia in se stessa. L'uomo parlò con simpatia di Philip, di Jim; ma non perse tempo a fare domande. Bert sembrava non interessargli. Di Pat volle sapere qualcosa di più, dove aveva lavorato, che studi aveva fatto. Alice rispose che lo ignorava, non glielo aveva mai chiesto. "Ma, compagna Alice," la rimproverò Andrew nel più gentile dei modi, "è importante. Molto importante."

"Perché? Io non ho mai avuto un lavoro da quando ho lasciato l'università. Ma me la sono cavata bene."

Queste parole provocarono un'improvvisa pausa, un ristagno nella conversazione; l'uomo stava cercando di reprimere il desiderio di protestare. Ha molti tratti borghesi anche lui, pensò frattanto Alice, ma senza acredine, poiché aveva ripreso a rispettarlo.

Jasper – ma l'uomo si rifiutava di parlare di Jasper. Per via del suo legame con me, pensò Alice. Ma non poté chiederglielo: il compagno Andrew non aveva tempo da perdere con Jasper. Be', avrebbe dovuto ricredersi!

Roberta e Faye. Su di loro le fece molte domande; ma quel che soprattutto l'interessava era il loro rapporto. Non per una pruriginosa curiosità, o per qualche altra ragione riprovevole; ma perché non riusciva neppure a concepirlo. Non le capiva quelle due, ecco tutto. Né doveva aver mai avuto contatti con donne come loro, pensò Alice. Volle sapere come fosse la comune femminile che Roberta e Faye frequentavano. Quale rapporto vi fosse fra il lesbismo e le teorie rivoluzionarie delle donne politicizzate. Alice si offerse di procurargli dei libri e degli opuscoli. L'uomo annuì ma insisté: come vedevano le donne come Roberta e Faye i rapporti fra i sessi dopo la rivoluzione? Alice represse l'impulso di rispondergli: vogliono liquidare tutti gli uomini. Ricordò le lunghe e accese discussioni con Milly e Helen a Liverpool, quando lei, Alice, aveva detto che il loro atteggiamento implicava un disprezzo così totale per gli uomini da impedire loro di prenderli seriamente in considerazione.

Ma quel che Alice rispose fu: "Il Movimento delle donne comprende posizioni molto diverse. Direi che Roberta e Faye rappresentano un estremo."

Poi fu la volta di Mary e Reggie; e, come Alice aveva previsto, il compagno Andrew si rifiutò di scaricarli come lei avrebbe voluto. Di loro l'interessava proprio quello che lei non sopportava; capì che si stava chiedendo se sarebbe stato possibile convincerli a diventare dei soci passivi della rivoluzione. Espresse questo pensiero ad alta voce e Andrew l'approvò con un breve sorriso e un cenno del capo.

Alice non lo sapeva. Ma ne dubitava. Erano costituzionalmente dei conservatori. (Non che lei avesse nulla contro Greenpeace. Al contrario.) Erano, in poche parole, dei borghesi. Non poteva rispondere di loro.

Questo, se ne rendeva conto, contrastava con la tacita premessa del loro colloquio: e cioè che lei l'avrebbe aiutato a trovare possibili reclute. Per chi o per che cosa, era superfluo dirlo. Andava da sé.

Avevano intenzione – quelli del 43 – di accogliere altra gente nella loro comune?

"Perché no? C'è tanto posto."

"Sono d'accordo. Più si è meglio è."

E così la conversazione proseguì, soffermandosi, per qualche imbarazzato minuto, sull'infanzia di Alice. Al compagno Andrew la madre di Alice non interessava molto, ma Cedric Mellings era un'altra faccenda. Di che dimensioni era la sua ditta? Quanti dipendenti aveva? Che tipi erano?

Altro caffè, e qualche appropriato commento sulle condizioni della Gran Bretagna. Corrotta come una mela marcia e pronta per i bulldozer della storia.

Quando Alice si alzò, sostenendo che doveva andare perché aspettava Jasper, lui l'imitò con una certa esitazione. Poi disse in fretta, per la prima volta a disagio: "Sei con Jasper da molto tempo, non è vero?"

"Quindici anni." Sapendo quel che l'aspettava, per essersi trovata troppe volte in passato in situazioni simili, si voltò per uscire. L'uomo la raggiunse e Alice sentì che le metteva delicatamente un braccio intorno alle spalle.

"Compagna Alice," le disse. "Non è facile capire perché hai scelto questo tipo di rapporto."

Alice provò la consueta dose di risentimento, indignazione, e persino collera. Ma questo era il compagno Andrew e lei aveva deciso che da lui poteva, doveva, accettare anche ciò che non accettava dagli altri. "Tu non capisci," gli rispose. "No, tu non capisci Jasper."

Le teneva ancora il braccio intorno alle spalle, sfiorandola appena, così che Alice non poté considerarla una pressione. "Ma, Alice, senza dubbio potresti..." *Trovare di meglio*, ecco quel che intendeva dire.

Alice si voltò a guardarlo, con un sorriso luminoso, tranquillo.

"Il fatto è che io lo amo. Capisci?" gli disse, come una scolaretta.

Incredulo, l'uomo le rivolse un sorriso ironico, tollerante.

"Be', compagna Alice..." Lasciò di proposito la frase a metà, divertito. "Vieni a trovarmi quando vuoi."

"Perché non vieni a vedere il nostro palazzo?"

"Grazie, verrò."

E così Alice se ne tornò a casa, con mille domande che le turbinavano nel cervello.

Voleva salire ad ammirare la propria camera appena imbiancata ma qualcosa la spinse verso la porta di Jim. Bussò, non ebbe risposta, entrò. Jim era disteso sul suo sacco a pelo, il viso rivolto verso di lei, gli occhi aperti.

"Jim, ti senti bene?"

Il ragazzo non rispose. Aveva un aspetto così strano... Alice si inginocchiò accanto a lui, posò una mano sopra la sua. Era asciutta, caldissima.

"Jim! Che cos'hai?"

"Oh, all'inferno, a che serve?" esclamò lui soffocando un singhiozzo e si coprì il volto con le braccia.

Sotto l'ampia manica c'era una ferita che andava dal gomito al polso. Uno squarcio profondo, brutto. Pareva pieno di gelatina rossa.

"Cosa ti è successo?"

"Sono stato coinvolto in uno scontro," rispose Jim con voce rotta da singulti disperati, rabbiosi. "No, lascia stare, non è niente. Guarirà, non è profonda."

Sembrava che lottasse con se stesso. Steso sul sacco a pelo, si dava dei pugni sul capo, sollevava e abbassava le ginocchia.

"Ma la polizia non ti ha beccato."

"No. Ma a quest'ora sapranno di certo che c'ero anch'io. Qualcuno penserà bene a informarli. A che serve? Non c'è modo di uscire dai guai. Non c'è *scampo*. È inutile provare."

"Ti eri trovato un lavoro?"

"Sì, ma a che serve?" Si voltò e rimase disteso bocconi, con le braccia abbandonate lungo il corpo.

Alice sapeva cosa provava. Quella sorta di rabbia impotente che assale chi è senza lavoro, continua a cercarlo e riceve dei continui rifiuti – una cosa ben diversa dall'essere semplicemente disoccupati.

"Che genere di lavoro era?"

"In una tipografia a Southwark. Ma io non conosco le nuove tecnologie, io ho imparato con i vecchi sistemi. Ho fatto un corso di un anno, credevo che mi sarebbe servito."

"Sei un tipografo! Non me l'avevi detto. Devono esserci centinaia di piccole aziende che usano ancora i metodi tradizionali per certi particolari lavori."

"Be', avrò fatto domanda almeno alla metà durante gli ultimi quattro anni."

"Mio padre ha una tipografia. Piccola. Fanno lavoretti di vario genere. Opuscoli, manifestini, cataloghi."

"Probabilmente si sarà aggiornato anche lui."

"Gli scriverò. Perché no? Pretende di essere un fottuto socialista."

"A che serve, io sono nero."

"Aspetta, ci sto pensando."

Jim era ancora inquieto, teso, angosciato ma, si disse Alice, stava già un po' meglio. Come una suora o una sorella, gli si sedette accanto e gli tenne la mano, sorridendogli dolcemente.

"Sì," disse infine. "Scriverò a mio padre. Certo. Lo costringerò a mettere in pratica quel che va predicando. Comunque, ha già avuto dei dipendenti di colore."

Si rese conto che Jim, a dispetto di se stesso, stava ricominciando a sperare.

"Gli scriverò subito," disse.

Frugò nello zaino in cui evidentemente teneva tutti i suoi averi e ne estrasse una biro e un blocco di carta.

Caro papà,

Questo è Jim...

"Come ti chiami di cognome, Jim?"
"Mackenzie."
"Ho una cugina che ha sposato un Mackenzie."
"Mio nonno era un Mackenzie di Trinidad."
"Allora forse siamo parenti."

Jim fu scosso da una breve risata che a poco a poco si trasformò in un sorriso. Sospirò, si rilassò, si voltò verso Alice, si mise una mano sotto la guancia. Fra poco si sarebbe addormentato.

Alice scrisse:

Questo è Jim Mackenzie. Non riesce a trovare lavoro. È un tipografo. Perché non lo assumi? Non sei forse un fottuto progressista? È disoccupato da quattro anni. In nome della Rivoluzione.

Alice

Piegò con cura la lettera, l'infilò in una busta azzurra, scegliendo chissà perché l'azzurro invece del cremisi, e scrisse l'indirizzo.

Jim stentava a tenere gli occhi aperti.

"Perché non vai a portargliela domani? La ferita non si vedrà più."

Gli rimboccò delicatamente la manica. Jim non fece resistenza. In realtà era un brutto taglio che avrebbe lasciato una vistosa cicatrice. Avrebbe avuto bisogno di qualche punto. Pazienza.

"Tu mi piaci, Alice," dichiarò Jim. "Sei una persona veramente sincera, capisci cosa voglio dire?" Non aggiunse: "Gli altri invece..."

Alice si sarebbe messa volentieri a piangere, perché sapeva che quel che aveva detto Jim era vero, e si sentiva compresa e approvata. Rimase accanto a lui finché si fu addormentato, poi uscì nell'ingresso buio, accese con orgoglio la luce, consapevole del significato di quel piccolo gesto, di quanto le era costato, di quanto sarebbe costato; bastava premere un piccolo interruttore sulla parete e gli elettroni fluivano obbedienti lungo i fili, perché così aveva ordinato la brava signora Whitfield.

Soldi. Dove li avrebbe trovati?

Mentre contemplava l'ingresso, che ora aveva un aspetto così accogliente (anche se in verità avrebbe dovuto comprare dello spray e pulire per bene il tappeto, che oltre tutto era rimasto a lungo in strada, esposto alla polvere), notò che Philip aveva riparato il piccolo armadio sotto la scala, quello che il poliziotto aveva preso a calci.

In quel momento udì bussare alla porta e, quasi per un presentimento, prima di aprire cercò di assumere un'espressione autorevole.

Era la donna poliziotto con la quale aveva parlato alla stazione di polizia. Presso il cancello c'era un suo collega, un giovanotto che Alice non aveva mai visto prima.

"Buonasera," disse Alice, "posso esserle utile?"

Aveva lasciato la porta aperta in modo che si potesse vedere l'ingresso pulito e ordinato, e notò che l'altra vi gettava un'occhiata. Notò anche senza sorpresa che il giovane agente stava cercando di individuare il punto del giardino in cui quei pazzi avevano sotterrato...

"Abita qui un certo James Mackenzie?"

"Sì," rispose Alice senza esitare.

"Posso parlargli?"

"Certo che può. Solo che in questo momento non c'è."

"Quando tornerà?"

"Può darsi che stasera non rientri. È andato a trovare degli amici a Highgate."

"Allora non ha passato qui il fine settimana?"

"La notte scorsa era qui."

"Ha trascorso qui tutta la notte?"

Alice rispose: "Sì. Perché?"

"Ha passato qui tutta la serata?"

"Sì, abbiamo cenato e poi abbiamo giocato a carte."

V'era stato un lieve tremore nella voce di Alice; era stata sul punto di dire: "Abbiamo giocato a carte con tutti gli altri," ma si era ricordata in tempo che non tutti sarebbero stati disposti a correre dei rischi per Jim, anche se avesse avuto modo di avvertirli.

"Voi due soli?"

"C'era anche un suo amico. Un ragazzo bianco. William, mi pare."

Alice si rese conto che la sua lieve esitazione era stata percepita dall'agente, seppure forse solo a livello inconscio. Comunque stava andando tutto bene, lo capiva dal tono indeciso della donna.

Alice sbadigliò, si coprì la bocca con la mano, mormorò: "Scusi, ma ieri sera abbiamo fatto tardi..." e sbadigliò di nuovo, rivolgendo alla poliziotta un appropriato sorriso, che la donna ricambiò meccanicamente sbirciando l'ingresso decoroso e confortevole.

"Grazie," mormorò e ritornò al cancello, di dove riprese con il collega il suo attento giro d'ispezione per le strade buie e infide.

Alice aprì senza far rumore la porta della camera di Jim per dare un'occhiata. Dormiva.

Poi andò in cucina e scrisse una lettera a sua madre, per averla pronta quando fra qualche giorno la povera Monica Waters si sarebbe rifatta viva.

Mentre scriveva, a pochi minuti l'uno dall'altro rientrarono Jasper, Pat e Bert, poi Roberta e Faye. I sei sedettero attorno al tavolo, dove ciascuno depose quello che aveva comprato e che ora avrebbero consumato insieme: pizza, pesce e patatine fritte, una torta. Alice preparò il caffè, distribuì le tazze e prese posto a capotavola. La scena la riempì d'una tale felicità che chiuse gli occhi per non mettersi a piangere e rivelare agli altri, meno sensibili di lei, la sua emozione. Dagli sguardi che si scambiavano Roberta e Faye comprese che c'erano guai in vista.

Infatti, Faye chiese, con la sua aria vezzosa e impertinente, che però ormai non ingannava nessuno, perché si erano fatti dei progetti senza una riunione per informarne gli altri e ottenerne l'approvazione. Pat disse subito che Faye aveva ragione: Jasper non aveva alcun diritto di prendere iniziative da solo...

Questo, Alice lo sapeva, era in parte diretto a Bert, complice di Jasper.

Jasper, e poi Bert replicarono che non avevano preso alcun impegno. Avevano solo deciso di fare una rapida puntata esplorativa in Irlanda per incontrare un rappresentante dell'Ira e offrire la collaborazione del gruppo.

"Di che gruppo stai parlando?" chiese Faye, mettendo in mostra i graziosi dentini bianchi.

"Già," incalzò Pat, con un'aria lievemente divertita da cui Alice intuì che non faceva sul serio. "Intendiamo impegnare in questa impresa tutte le vaste risorse dell'Ucc o solo noi stessi?"

Alice si accorse che Roberta avrebbe volentieri riso di questa battuta, se solo l'umore di Faye glielo avesse permesso.

Bert, che desiderava riabilitarsi agli occhi di Pat, prese in mano la situazione e, con un balenio di denti bianchi fra la folta barba nera e con un tranquillo, intrepido sorriso dichiarò: "Capisco benissimo le riserve delle compagne. Ma date le circostanze" – e qui torse le labbra vermiglie per far capire che si rendeva conto quanto loro dei rischi e delle difficoltà di quell'operazione – "gli approcci devono essere cauti ed evidentemente *ad hoc*. Dopo tutto, l'incontro con Jack è stato fortuito. È stata una pura combinazione, che grazie al compagno Jasper sta diventando produttiva. È stato lui a fare il primo passo..." Alice si rese conto che non sarebbe stato facile per nessuno di loro ammettere di dovere qualcosa a Jasper, anche se lui se ne stava doverosamente zitto, tenendosi in disparte, in attesa della loro approvazione, ritratto vivente del rivoluzionario coscienzioso.

Ma proprio in quel momento giunse un rumore dall'ingresso, si udì la porta sulla strada richiudersi e Jasper, che era corso a vedere, riferì che Philip era uscito. Il fatto che non fosse entrato in cucina dimostrava che si era sentito indesiderato e questo indusse Faye a dire: "Adesso in questa casa non c'è più un posto dove si possa parlare in pace. Merito di Alice."

Pat si affrettò a intervenire. "Be', possiamo andare al 45. Ma senza dubbio staremo in pace anche qui almeno per un po'."

"Ma poi arriverà Jim. Perché no?" chiese Faye soavemente. "Oh Jim, gli diremo, stiamo giusto facendo due chiacchiere sull'Ira."

"Oppure Mary e Reggie," incalzò Roberta, dando man forte, per amore, a Faye. In realtà sapevano tutti che era d'accordo con loro, che non aveva bisogno di ricorrere alle proteste di cui Faye si serviva per tirare avanti.

"Perché non ci accordiamo subito, alla svelta, su un paio di punti base," propose Pat. "Non c'è poi molto da discutere, non vi pare?"

"No," ribatté Faye. "Per me queste sono cose serie, anche se voi pensate il contrario." E li sfidò con lo sguardo e con il suo piccolo broncio petulante; poi prese una sigaretta, l'accese, e lanciò nell'aria dense, nervose boccate di fumo.

Quasi a darle ragione, giunsero dei rumori dall'ingresso: erano Mary e Reggie, che aprirono la porta chiacchierando e ridendo, ma tacquero immediatamente. Non v'era motivo perché non entrassero – era una situazione normale in quella casa che la gente si sedesse attorno al tavolo a discorrere – ma i due avevano capito di non essere graditi, si erano sentiti di troppo. Sorridendo dissero: "Oh, volevamo solo..." E sebbene Alice e Pat li invitassero con calore a rimanere se ne andarono subito di sopra.

"Magnifico," commentò Faye.

"D'accordo," ammise Pat. "Non è stato bello. Be', propongo che qualcuno faccia un salto al 45 per vedere se ci prestano una stanza – sempre che naturalmente riteniamo che ci sia ancora qualcosa da discutere."

"Io ho molte cose di cui parlare," avvertì Faye.

Jasper uscì, rimase assente non più di un minuto e rientrò dicendo che potevano andare.

Si diresse subito al 45, seguito da Alice, poi da Bert e Pat, e infine da Faye e da Roberta.

Li accolse la ragazza che sembrava un'oca, la quale indicò loro una stanza al primo piano, quella che al 43 occupavano Jasper e Alice. Era stata la camera di un bambino ed era adorna di ochette, agnellini, grotteschi dinosauri, streghe a cavallo della scopa, topolini e tutte le altre piacevolezze tipiche delle camere da letto dei bambini borghesi.

"Cristo," esclamò Faye con violenza, "che stanza di merda," e piegò ad artiglio le piccole mani dalle lunghe unghie laccate di rosso, come se volesse strappare le immagini dalle pareti. Tuttavia sorrideva, sempre che quello si potesse chiamare un sorriso.

Scoprirono che non avevano più molto da dirsi.

Era evidente comunque che tutti si erano attesi la partecipazione del compagno Andrew, persino Alice, a cui era noto il suo atteggiamento disapprovante. Ma cosa disapprovava, esattamente? si chiese. L'Ira? No, no di certo. La collaborazione con l'Ira? Com'era possibile? Quindi quel che Andrew non approvava era il loro gruppo, che aveva preso di sua iniziativa contatti con l'Ira. Oppure il loro gruppo. Punto e basta.

Ma non lei, Alice. Il compagno Andrew la stimava. Segretamente rincuorata, rassicurata da questo pensiero che non poteva dividere con nessuno, Alice assistette in silenzio alla riunione, leggendo sul volto di Jasper e di Bert il desiderio di udire dei passi, un colpetto alla porta, e di sentir chiedere: "Posso intervenire anch'io compagni?"

Invece, niente.

Venne riconfermato che Bert e Jasper avrebbero compiuto quel viaggio solo per studiare la situazione. Avrebbero cercato di scoprire che genere di aiuto i compagni dell'Ira erano disposti ad accettare. Quella formula parve a tutti piuttosto fiacca, insufficiente e insoddisfacente, e quindi venne corretta e trasformata nel modo seguente: Bert e Jasper erano autorizzati dai presenti a offrire il loro appoggio ai rivoluzionari irlandesi e a chiedere che venissero affidati loro degli incarichi precisi.

Non si trattennero molto. Si sentivano tutti un po' a disagio in quella cameretta infantile in cui aleggiavano i molesti fantasmi di bambini privilegiati o, peggio, amati.

Conclusero in fretta la seduta e ritornarono tutti al 43, meno Roberta e Faye che andarono al cinema. A loro piacevano i film violenti, o quelli pornografici, e ne davano uno al cinema del quartiere. Gli altri quattro trovarono Mary e Reggie in cucina che mangiavano compostamente. I resti della pizza, le patatine avanzate, i barattoli di birra vuoti e le cartacce erano stati gettati nella pattumiera.

Mary e Reggie dissero: "Sedetevi qui con noi," ma proprio come poco prima i sei avevano silenziosamente rifiutato Mary e Reggie, così ora i due sembravano trasmettere un invisibile segnale: state fuori dei piedi. Probabilmente sono ancora seccati per la notte scorsa, pensò Alice. Forse ho esagerato un po'. Be', gli passerà.

Con molti sorrisi e auguri di buonanotte i quattro salirono al primo piano e nella stanza appena imbiancata tennero un altro conciliabolo, seduti sul pavimento, e discussero il nuovo problema posto da Faye e Roberta, che non gradivano l'intromissione del compagno Andrew nelle loro faccende. Era per questo che avevano sperato che si facesse vedere durante la seduta nella casa accanto. "*Chi era* il compagno Andrew?", era la domanda. Questo dibattito sulle due compagne assenti ebbe il potere di rendere i quattro ancor più affiatati, e più intima e calda l'amicizia che li univa. E tuttavia Alice continuava a pensare che Pat, per quanto interessata si mostrasse, in realtà disapprovava la condotta di Bert. Quella ragazza graziosa, vivace, gentile, così affettuosa con Bert dopo il fine settimana che avevano trascorso insieme, presumibilmente da soli, non la convinceva. Vedeva quelle lucide labbra scarlatte, quelle gote rosee offrirsi alla tumida bocca sensuale di Bert, e i denti candidi che si urtavano, e i piccoli morsi, e la nera folta barba di Bert... e tuttavia, tuttavia... Pat non gradiva affatto che Bert andasse con Jasper in Irlanda. Jasper non le piaceva. No, il loro non era il gruppo unito che sembrava; Alice se ne sentiva estranea, ed era certa che anche Pat provava la stessa sensazione.

C'era un forte odore di vernice nella stanza. Ben presto Jasper disse che con quell'odore non riusciva a dormire e andò di sopra. Il tono era tale che Alice non osò seguirlo. Scese a coricarsi in salotto.

Dormì male, svegliandosi spesso per il timore che Jasper se ne andasse senza avvertirla il mattino seguente. Udì i due uomini scendere le scale ed entrare in cucina, li seguì; si sentì subito esclusa, indesiderata. Erano solo le sei di una fresca serena mattina di tarda primavera.

Ebbe l'impressione che Jasper quasi non la vedesse mentre usciva. Le fece un cenno con la mano dal cancello, dove lei si trattenne come una qualsiasi brava massaia che augura buona giornata al marito.

Tornò a coricarsi nel suo sacco a pelo, con la sensazione che sarebbe trascorso molto tempo prima che Jasper tornasse a casa.

Ma i giorni passarono piacevolmente. Pat si dimostrò molto disponibile e aiutò Alice a fare le pulizie e a imbiancare: fra tutt'e due fecero miracoli, trasformando i locali da squallidi antri in altrettante camere linde e accoglienti. Pat era di buon umore, gentile, garrula, amabile. In quest'atmosfera calma e serena Alice si sentì rinascere e ripensò a quanto del suo tempo trascorreva con il cuore stretto o nel timore di ricevere da Jasper qualche nuova mortificazione. Ma pur godendo di questa pace, della compagnia di Pat e di una felicità che non le era consueta, pensava: già, ma così si comporta chi ha deciso di andarsene; in un certo senso Pat se n'è già andata.

Philip, incoraggiato affettuosamente dalle due donne, riattivò l'impianto dell'acqua calda. Tutti festeggiarono l'avvenimento con un bel bagno. Persino Faye, su sollecitazione di Roberta. Poi Philip tornò sul tetto e finì di sistemare le tegole. Sostituì i tasselli del pavimento e l'intonaco scrostato, riparò gli sciacquoni, si fece prestare la macchina da quelli del 45 e andò a comprare dei nuovi tubi per sostituire quelli rotti. Trovò anche un paio di vecchi caloriferi e rimise in funzione il riscaldamento. Scovò due grossi travi di legno buono in una discarica a mezzo miglio da casa ma non riuscì a sollevarli. Avrebbe dovuto attendere il ritorno di Bert e Jasper per farsi aiutare.

Alice, Mary e Reggie si riunirono per discutere la questione del contributo alle spese di casa. Mary, che naturalmente sapeva con esattezza a quanto potevano ammontare tali spese, aveva già fatto il calcolo delle loro quote. Una cifra irrisoria. Il gas, la luce? Con dieci persone in casa, era roba da ridere. Venne fatta una stima. L'acqua? Quelli dell'acqua potabile non li avevano ancora rintracciati. A quanto pareva queste erano le uniche spese di cui i due avevano tenuto conto, e per loro il discorso era chiuso. Alice enumerò in tono asciutto tutto quello che era stato portato in casa.

"Già," ribatté pronta Mary, "ma è tutta roba che avete trovato per strada," rivelando che non le era sfuggito nulla.

La discussione si svolgeva intorno al tavolo della cucina. Reggie e Mary l'uno di fronte all'altra, gentili e sicuri di sé; Alice a capotavola, in attesa di sentire quanto avrebbero deciso di darle. L'immaginava già. Dal luccichio degli occhi di Mary capì che stava calcolando non quanto avrebbe dovuto darle ma quanto stava mettendo da parte, per il momento solo con la fantasia, per l'acquisto della loro futura abitazione.

"Lo scaldabagno abbiamo dovuto pagarlo, e comprare un mucchio di filo elettrico, del legname e i vetri," precisò Alice.

Non si aspettava molto. E aveva ragione. Reggie e Mary si scambiarono diverse occhiate e le offrirono venti sterline, che Alice accettò.

Nessuno fece parola del lavoro di Philip. Ad Alice parve persino di udire quel che pensavano: be', dopo tutto l'ha fatto perché anche lui abita qui.

Sorridendo, e quasi con imbarazzo, Alice accettò il tè che

Mary si offrì di preparare – perché si sentiva in colpa, naturalmente – e osservando i due pensò: Dio, come vi detesto. Come odio la vostra mentalità meschina, avida, taccagna, interessata. Sapeva d'essersi gonfiata e d'aver perso ogni colore, come sempre in quelle circostanze e quindi intensificò il sorriso e li invitò a parlarle dei loro progetti per la futura casa, ciò che i due fecero subito senza più curarsi di lei.

Jim portò la lettera a Cedric Mellings e ritornò a casa stordito e lacrimante per la felicità. Poteva cominciare domani. Il caso voleva che un dipendente si fosse licenziato. E il caso voleva che Jim fosse proprio l'uomo che Cedric Mellings cercava. Inoltre avrebbe avuto la possibilità di imparare quelle nuove tecniche misteriose.

Alice disse seccamente: "Cattiva coscienza. Quella gente lì si sente sempre in colpa."

"È un brav'uomo, Alice," protestò Jim. "Con me è stato molto gentile." Erano in cucina. Jim, seduto, o meglio appollaiato sulla sua sedia, non riusciva a star fermo, si alzava e girava barcollando per la stanza con improvvisi scoppi di risa, oppure appoggiava il capo sul tavolo e rideva emettendo delle specie di gemiti; e alla fine, sopraffatto dalla felicità e dalla gratitudine, prese a tempestarsi il capo di pugni con un martellio sempre più serrato, in un gioioso crescendo. Poi sollevò il busto e allargò le braccia, roteando gli occhi, con un largo sorriso abbagliante stampato sul volto nero. Un braccio sembrava più grosso dell'altro per via della fasciatura sotto la manica del maglione.

Alice, che avrebbe avuto mille cose tremende da dire su suo padre, si trattenne, perché amava Jim, così indifeso e vulnerabile, e il proprio ruolo di soccorritrice; perché sapeva che quell'uomo, o quel ragazzo – non aveva che ventidue anni – era davvero buono, aveva un animo gentile; ed era certa che un po' di felicità, di successo, l'avrebbero trasformato. Poteva immaginare come sarebbe diventato quando avesse guadagnato un po' di soldi, fosse diventato padrone della propria vita. Le pareva di averlo davanti: lo stesso Jim di adesso ma pieno di una nuova fiducia in se stesso, di nuove capacità. Perciò non disse più una parola contro quello stronzo di suo padre ma si limitò ad ascoltarlo, lieta di dividere con lui quell'importante momento della sua vita, che Jim certo non avrebbe mai dimenticato.

Poi lo portò fuori a cena per festeggiare. Vennero anche Philip e Pat, ed ebbe così inizio una di quelle serate in cui si è costretti ogni tanto a sostare e dirsi: sì, sono *io*, proprio *io*... La felicità sedeva a tavola con loro al Seashell Fish'n-'Chips; non riuscivano a smettere di sorridere e Jim di ridere e sospirare. Quando disse: "Non riesco a credere che sia successo a *me*, ragazzi," gli altri tre si scambiarono un'occhiata, mortificati di non riuscire a dimostrargli i loro sentimenti; ma potevano se non altro sorridere e, almeno Pat che gli sedeva accanto, accarezzarlo e abbracciarlo. I clienti agli altri tavoli, che forse in altre occasioni si erano dimostrati di idee alquanto ristrette nei confronti dei neri, o delle donne bianche che abbracciano pubblicamente dei neri (e soprattutto senza una briciola di imbarazzo), sembravano contagiati dalla loro allegria – lo si capiva dal fatto che ogni tanto non riuscivano a trattenersi dal ridere anch'essi, senza motivo, travolti da un totale e spensierato abbandono alla gioia.

Ritornarono al 43, un quartetto affiatato e cordiale, di cui Jim era il re, il trionfatore, e, restii a concludere così presto la serata, sedettero attorno al tavolo della cucina, sorvegliati dalla gialla forsizia, per rimandare il più possibile il momento di separarsi.

Ma Alice non poté fare a meno di pensare: sì, stasera chiunque direbbe che siamo amici per la pelle, che non potremo mai farci del male, ma tutto può cambiare da un momento all'altro. Oh, *lei* lo sapeva, l'aveva già visto succedere. Il suo cuore avrebbe voluto piangere, attirarla in un abisso di infelicità, ma lei non glielo permise, tenendo legato quel suo povero cuore a pezzi a una corta crudele catena come un cane feroce.

Arrivò una cartolina con la veduta dei monti di Wicklow e la scritta: magari fossi qui! Alice intuì immediatamente di quale bizzarro umore doveva essere Jasper mentre le scriveva e sul suo volto apparve il sorriso che il pensiero di lui spesso evocava: modesto, ansioso e ammirato, come se le stravaganze di un genio come Jasper le sembrassero al di fuori della propria portata. Tenne per sé la cartolina perché sapeva che gli altri non l'avrebbero capita. Era scesa in cucina molto prima di loro e l'aveva trovata infilata sotto la porta.

Jim uscì per affrontare il suo primo giorno di lavoro in uno stato di commossa incredulità, tuttora incapace di smettere di sorridere.

Pat, invece di dare una mano ad Alice a pulire e imbiancare, se ne andò da un "amico" e ritornò dicendo che Bert aveva telefonato. Andava tutto bene e sarebbero ritornati presto.

Come se la caveranno con i soldi? fu il primo pensiero di Alice, ma lo tenne per sé. Quando Bert ritorna, si disse inoltre, Pat non sarà più qui. Gliel'aveva letto in faccia. Ma anche in questo caso evitò di parlare.

Quella sera udì bussare alla porta – dei colpetti frettolosi e furtivi dai quali capì subito di chi si trattava – e quando aprì scorse Monica in fondo al vialetto, presso il cancello; si era tenuta alla larga, forse temendo che le aprisse Faye.

Vedendo Alice, la ragazza si avvicinò in fretta, fissandola con il suo sguardo famelico.

Faye era in cucina con Roberta, perciò Alice si chiuse adagio la porta alle spalle, uscì con Monica sulla strada e percorse con lei qualche passo finché furono al riparo dei rigogliosi cespugli del giardino di Joan Robbins.

"Hai saputo niente?" chiese Monica, già delusa e imbronciata, avendo intuito dall'espressione di Alice che non c'erano novità. Era pallida e aveva il viso gonfio. I capelli erano sporchi e spettinati. Aveva persino l'odore dei vinti, degli sconfitti, un odore che Alice faceva fatica a sopportare.

"C'è poco da sperare dal Comune," disse Alice, e vedendo il sogghigno, o meglio la smorfia di Monica — *Già, figurarsi!* — si affrettò ad aggiungere: "Ma mi è venuta un'altra idea." Chiese a Monica di rimanere dov'era, rientrò furtivamente in casa come se stesse commettendo una cattiva azione, poi tornò fuori con la lettera che aveva scritto a sua madre. Monica si era allontanata in direzione del viale, evidentemente convinta che Alice non si sarebbe più fatta vedere.

"Credevi che non sarei tornata!" la rimproverò Alice. "Ma se ti aspetti sempre il peggio, non otterrai mai niente."

Un sorriso timido, imbarazzato.

"Vai con questa lettera all'indirizzo che c'è scritto qui. E porta con te il bambino."

"Ma è troppo tardi. Dio sa quanta fatica faccio a farlo addormentare in quell'albergo, e adesso dorme."

"Vacci domani. Si tratta di mia madre. Le piacciono i bambini. E le piace prendersi cura del prossimo."

Il dubbio dipinto sul volto di Monica non intaccò minimamente la serena fiducia di Alice. Bastava vedere cos'era riuscita a fare per Jim! E poi era sulla cresta dell'onda, era un periodo fortunato, tutto le andava bene. *Sentiva* che sua madre avrebbe aiutato la povera Monica. "Vedrai che andrà tutto bene, Monica," le disse con convinzione. "Comunque vale la pena di tentare, non ti sembra?"

Scrutando con aria perplessa la busta, Monica si avviò lungo il viale verso la fermata dell'autobus e Alice rientrò e si rimise a tavola con gli altri. Aveva preparato una zuppa abbondante, una sostanziosa minestra, la sua specialità, perfezionata in anni di vita nelle comuni. Quanti avevano detto scherzando che Alice riusciva a sfamare folle intere con la sua zuppa! Come i pani e i pesci del Vangelo.

Quanti erano entrati in questa o quella comune chiedendo: "C'è ancora un po' della tua minestra, Alice?" e poi se l'erano mangiata inzuppandovi il pane e avevano teso il piatto per averne dell'altra. Non si moriva di fame con la sua zuppa! E nei periodi in cui erano senza soldi era bastata quella a tenerli in piedi, lei e Jasper, per mesi.

Alice riprese il suo posto e rispose ai loro sguardi interrogativi e allarmati: "Tutto bene, non era niente."

Roberta e Faye, Mary e Reggie, Philip e Jim, Pat e Alice rimasero a tavola tutta la sera, uniti dal magico potere di quella zuppa, del vino rosso offerto da Reggie, del buon pane integrale e di quello bianco che la frivola Faye insisteva a mangiare.

Fu un'altra serata serena e Jim parlò a lungo del padre di Alice, e dei suoi nuovi colleghi, circa una dozzina, e di quant'era fortunata Alice ad avere un simile padre mentre lei sorrideva in silenzio.

Il mattino dopo, mentre era sola in casa, Alice udì bussare con violenza e gridare: "Vieni fuori. Ehi, vieni un po' qui!"

Alice aprì la porta e si trovò davanti Monica, stravolta dal furore e con una luce omicida negli occhi. Il bimbo nel passeggino – povera scimmietta – piagnucolava ostinatamente.

"Perché mi hai presa in giro? Perché mi hai mandata là? Cosa ti ho fatto?" E Monica prese a riempirle di calci gli stinchi, agitando le braccia.

"Cosa c'è? Cos'è successo? Non ti ha fatta entrare?"

"Non c'è nessuno laggiù," strillò Monica. "Perché mi ci hai mandata?"

"Be', sarà uscita a far la spesa, no? Prima o poi tornerà, è chiaro."

Monica smise di gridare e di agitarsi e fissò sbalordita Alice. "La casa è vuota," disse. "Non c'è nessuno. C'è un cartello con su scritto 'In vendita'."

"Hai sbagliato casa," replicò Alice senza scomporsi. In realtà le era balenato nella mente un pensiero, un ricordo: gli scatoloni sul tavolo di cucina pieni di tazze e piattini avvolti in carta di giornale. Fissò Monica, che a sua volta la guardava stralunata.

"Dev'esserci un errore," mormorò Alice, che era diventata pallida come Monica ed era rimasta senza fiato. "Di certo ti sbagli."

"Sei tu che ti sbagli," ribatté Monica con una risata isterica. Continuava a fissare Alice come se non riuscisse a credere ai propri occhi. "Perché mi hai fatto questo? A che scopo? Hai voluto divertirti alle mie spalle. Sei una carogna," sentenziò. "Siete tutti pazzi e carogne in questa casa." E scoppiando in singhiozzi se ne andò di corsa, spingendo a scossoni il passeggino, così che anche il bimbo si mise a piangere. Madre e figlio raggiunsero con gran chiasso la fermata dell'autobus mentre Alice, ferma sulla soglia, sbalordita, fissava senza vederla la lettera che aveva scritto a sua madre e che Monica le aveva ficcato in mano.

Cara mamma,
questa è Monica. Vive con il suo bambino in uno di quegli orribili alberghi, sai cosa intendo. E se non ne sai niente faresti maledettamente bene a informarti. Perché non l'ospiti? È il meno che tu possa fare. Adesso hai tre camere libere. Monica e il bambino abitano in un'unica stanza, senza la possibilità di cucinare o altro.

Tua figlia Alice.

P.S. C'è anche un marito

Alice rientrò in casa e andò a sedersi sul primo gradino della scala. Vi rimase a lungo, come svuotata. Poi cominciò a fare un gesto strano, a passarsi la mano sul volto, come se vi cercasse qualcosa, con una certa energia, spingendo in su e in giù la pelle. Continuò così per un pezzo, forse dieci minuti, come se fosse un dovere, una necessità. Un osservatore avrebbe potuto pensare che stesse obbedendo a un ordine, che qualcuno le avesse ingiunto di sedere su quel gradino e di massaggiarsi energicamente il viso.

Poi, con calma, cercò la sua borsa e andò a prendere la metropolitana, scese e raggiunse a piedi la casa di sua madre e si fermò davanti alla porta a fissare il cartello "In Vendita". Non riusciva a crederci. Aprì con la propria chiave ed entrò svelta in casa. Ma appena dentro ebbe la sensazione che qualche forza misteriosa ne avesse aspirato tutto il mobilio, lasciando tuttavia intatta l'atmosfera della casa. In cucina c'era ancora il fornello, ma il frigorifero era sparito. Le finestre avevano ancora le loro belle tende e le sembrò che, se avesse chiuso per un momento gli occhi, riaprendoli avrebbe ritrovato il tavolo là dov'era sempre stato, dove lei si era tante volte seduta, aveva servito la zuppa a sua madre, talvolta anche ai suoi ospiti. Il resto della casa era nelle stesse condizioni. Nelle camere c'erano le tende che aveva visto fin da bambina e la moquette, ma i letti e gli armadi erano scomparsi. Alice salì in camera sua e si accoccolò nell'angolo in cui c'era stato il suo letto, il lettino bianco in cui aveva sempre dormito da quando aveva dieci anni. Sul vetro della finestra c'era ancora il pavone rosso e blu che lei vi aveva incollato in un uggioso pomeriggio, in cui il giardino era stato offuscato da una grigia cortina di pioggia. Dalla parete pendeva un calendario del 1980; l'aveva conservato perché le piaceva il dipinto che vi era riprodotto, *Il bar delle Folies Bergères* di Manet. Si identificava con quella fanciulla che si affacciava da dietro il bancone fra le bottiglie, i mandarini, gli specchi, e una folla di avventori dai volti grotteschi.

Il giardino ora era pieno di sole e fra l'erba alta del prato dormivano i gatti.

Scese a pianterreno come una sonnambula. Poi si riscosse e furibonda, offesa, inferocita, cominciò a strappare freneticamente le tende dalle finestre, una stanza dopo l'altra, le arrotolò alla meglio e uscì barcollando di casa, scordandosi di chiudere a chiave la porta, quasi incapace di camminare sotto quel peso. Vide che una donna l'osservava da una finestra e pensò: cosa c'è, sono mie, no? Raggiunse con difficoltà l'angolo della strada. Fermò un taxi, si fece riportare davanti alla casa e lo fece aspettare mentre correva a tirar giù le tende rimaste. Poi diede l'indirizzo di Old Mill Road dove trascorse il pomeriggio ad appendere le tende alle finestre a cui mancavano o a sostituire quelle che non le piacevano. Queste comunque erano mille volte meglio di quelle trovate per strada; eleganti, di lino, di seta o di morbido velluto, orlate e foderate, con frange e fiocchi.

Come osava sua madre darle via senza neppure avvertirla?

Recatasi poi in cucina vi trovò Philip e dal suo atteggiamento capì che aveva qualcosa da dirle.

Le annunciò infatti che si era fatto stampare dei cartoncini che intendeva distribuire agli alberghi, ai ristoranti, ai negozi, per farsi pubblicità: Philip Fowler – muratore e imbianchino. Aggiunse che doveva trovarsi al più presto un lavoro, che riteneva di aver pagato ben più della propria quota per la casa, dove ormai tutto funzionava benissimo. Se "loro" volevano che facesse qualcos'altro, intendeva essere pagato; no, non secondo le tariffe, naturalmente, ma almeno quanto bastava perché non ci rimettesse.

Ormai non restava altro da fare che sostituire la grondaia. E anche una parte del tubo di scarico esterno. (Consigliava di farlo al più presto perché la parete era ormai intrisa d'acqua e presto avrebbe fatto la muffa.) Il serbatoio dell'acqua in soffitta era corroso dalla ruggine. A suo parere poteva rompersi da un momento all'altro, allagando la casa. I davanzali delle finestre all'ultimo piano erano marci e lasciavano entrare la pioggia. E naturalmente c'era il problema dei due travi del tetto.

Presentò ad Alice l'elenco di questi lavori in ordine d'urgenza, con priorità assoluta per il serbatoio dell'acqua.

Soldi. Doveva trovare dei soldi.

Alice rimase a lungo seduta tutta sola, contemplando la forsizia. Stava sfiorendo. Sul pavimento c'era una pioggia di petali dorati. Uscì, tagliò altri rami, gettò via quelli appassiti, poi per il resto del pomeriggio rimase seduta a riflettere.

Tanto per cominciare, dov'era finita sua madre? Cosa aveva pensato di fare andandosene via così senza dirle niente? Era diventata matta? Evidentemente sì, se non aveva neppure avvertito lei e Jasper che... a questo punto nei recessi della sua mente cominciò a farsi strada il dubbio che sua madre gliene avesse parlato. Be', se anche lo aveva fatto, non era stata abbastanza chiara.

Poteva spillare un po' di quattrini a sua madre? No, se aveva appena traslocato. Con tutte le spese che comporta un trasloco. Inoltre, era probabile che fosse ancora in collera con lei; ci voleva del tempo prima che le passasse.

Provare con Theresa e Anthony?

Su questo Alice rifletté a lungo e intensamente. Theresa le avrebbe messo in mano altre cinquanta sterline. Troppo poco. A che le servivano cinquanta sterline? Quella settimana le quaranta sterline e passa del sussidio erano volate via per comprare della roba che serviva a Philip. Pensò che se fosse andata a casa loro mentre erano al lavoro e c'era la donna delle pulizie, se fosse stata svelta e abile avrebbe potuto portarsi via i netsuke senza che questa se ne accorgesse. Ma scartò quasi subito quest'idea, perché voleva bene a Theresa. Era sempre stata così buona con lei, non poteva farle questo. Anthony era un'altra faccenda. Se si fosse trattato soltanto di Anthony gli avrebbe portato via tutto!

Zoë Devlin? Chissà perché, Alice si rifiutò di prenderla in considerazione. Il ricordo di Zoë la faceva star male, come se Zoë avesse avuto un violento litigio con lei oltre che con sua madre.

Perché non cercare la casa adatta e svaligiarla? Era chiaro che ci sapeva fare in questo genere di cose. Era sicura di riuscirci.

Ma diventare una ladra – una vera ladra – era un passo che non si sentiva di compiere. Come avrebbe potuto considerarsi ancora una rivoluzionaria, una persona per bene, se avesse rubato? Inoltre, se l'avessero presa, sarebbe stato un brutto colpo per la Causa. No. E poi era sempre stata onesta, non aveva mai rubato niente, neanche da bambina. Non aveva neppure attraversato quello stadio infantile in cui la maggior parte dei bambini sottrae gli spiccioli dalla borsa della mamma o dalle tasche del papà.

Si vide mentre sceglieva la casa giusta, controllava che gli abitanti fossero usciti, vi si introduceva di soppiatto, metteva le mani sugli oggetti di valore – dopo tutto lei sapeva riconoscerli. Non come quei poveri ragazzi sprovveduti che si introducevano nelle case dalla finestra o dalla porta mal chiusa e poi non sapevano far di meglio che rubare il televisore o il videotape. Ma non riusciva a immaginarsi mentre portava via un vaso, un tappeto o una collana e cercava di venderli.

No, questo era escluso.

Eppure, in un modo o nell'altro, doveva trovare dei soldi. In quella casa tutti erano capaci soltanto di prendere... anche se Jim la sera prima le aveva annunciato con orgoglio che d'ora in poi avrebbe versato puntualmente la sua quota; avrebbe pagato quello che doveva, Alice poteva star tranquilla.

L'unico che le veniva in mente era suo padre. Ma non poteva tornare a casa sua, era troppo presto per riprovarci. In ditta. Chiuse gli occhi e cercò di ricostruire mentalmente l'interno della *C. Mellings, Cartoleria-Tipografia.* Nella cassaforte dell'ufficio di suo padre, al primo piano, c'erano sempre degli assegni, ma lei non voleva assegni. A pianterreno, invece, nella piccola cartoleria sul retro che suo padre aveva aperto quasi per scommessa e che invece rendeva così bene da fargli dire talvolta scherzando che era quella a mandare avanti la baracca, c'era una cassaforte piena di contanti. Ma solo di giorno, quando il negozio era pieno di gente. Ogni sera il denaro veniva trasferito nella cassaforte al primo piano. E il mattino dopo veniva portato in banca. Come avrebbe potuto metter le mani su quel denaro? Non conosceva la combinazione della cassaforte e non aveva nessuna intenzione di ricorrere agli esplosivi, o a qualsiasi altro strumento usato dai professionisti.

No, quel che in realtà le occorreva era qualcos'altro: un po' di faccia tosta. Era venerdì, giorno in cui la cartoleria lavorava di più. Il negozio chiudeva alle cinque e l'incasso veniva subito portato di sopra per essere contato. Spesso il venerdì suo padre tornava a casa presto, per andare con Jane e i bambini nel Kent, dove avevano degli amici. Uno scambio tipicamente borghese: Cedric e Jane trascorrevano i fine settimana dai Boults, e i Boults erano ospiti di Cedric e Jane quando venivano a Londra. Niente del genere era mai successo quando Cedric viveva con Dorothy! No di certo. Sua madre era il tipo "questo è mio questo è tuo" e non la vedeva proprio dividere la sua casa con un'altra famiglia. Chissà perché questa faccenda dei fine settimana, delle visite dei Boults faceva venire il sangue alla testa ad Alice.

Comunque, con un po' di fortuna, suo padre oggi se ne sarebbe andato alle tre.

Per raggiungere la ditta doveva scendere dalla metrò due fermate dopo quella dove di solito scendeva per andare a casa di suo padre o di sua madre. Entrò disinvolta nella cartoleria, dove tutti la salutarono con deferenza – era la figlia del padrone. Attraversò il negozio dicendo che voleva vedere suo padre, poi salì al piano di sopra, dove c'erano gli uffici. Gli impiegati stavano rimettendo in ordine le scrivanie per il fine settimana. Disse: "Salve! Come va?" Ed entrò nell'ufficio di suo padre dove la segretaria, Jill, seduta alla scrivania del principale, contava il denaro dal cassetto del registratore.

"Oh, è uscito," esclamò Alice, e si sedette. Jill, intenta a contare delle banconote da dieci sterline annuì, sorrise e mosse le labbra per farle capire che non poteva interrompersi. Alice sorrise e annuì, si alzò e si avvicinò alla finestra per guardar fuori. Indolente e privilegiata, la figlia del padrone si affacciò al davanzale e osservò i passanti giù in strada, ascoltando il fruscio dei biglietti di banca.

Pensò di dire che suo padre l'aveva autorizzata a prelevare un po' di soldi. Jill non avrebbe potuto opporsi; e lunedì, quando l'avrebbero informato, suo padre non l'avrebbe di certo tradita, non avrebbe dichiarato di certo: "Mia figlia è una ladra." Stava per dire "Mio padre ha detto che posso prendere cinquecento sterline", ma proprio in quel momento accadde il miracolo: l'incredibile colpo di fortuna sul quale lei ormai contava, visto che si verificava così spesso, con tanta facilità. Nella stanza accanto squillò il telefono. "Oh, accidenti," mormorò garbatamente Jill, poiché era il tipo di brava ragazza che suo padre si sceglieva sempre come segretaria, e corse a rispondere. Alice vide che sulla scrivania c'era un sacchetto di tela bianca con mucchi di banconote già contate. Vi infilò una mano, ne estrasse un mazzetto, poi un altro, se li nascose sotto il giubbotto e tornò ad affacciarsi alla finestra, voltando le spalle alla stanza. Jill rientrò dicendo che era la signora Mellings che aveva chiesto di suo padre, e Alice ci mise un po' a rendersi conto che doveva trattarsi di sua madre, non della nuova signora Mellings, che con ogni probabilità in quel momento era già in viaggio verso le delizie di un fine settimana nel Kent.

Non voleva chiedere: "Sa il suo indirizzo?", tradendosi; domandò invece con indifferenza: "Da dove telefonava?" Jill non rispose subito perché aveva ripreso a contare, ma alla fine disse: "Da casa. Almeno credo."

Non si era accorta di nulla. Alice rimase fino a quando Jill si alzò, prese i tre sacchetti di tela bianca, per le banconote, gli assegni, i contanti, e li ripose nella cassaforte.

Allora disse: "Be', sarà ora che vada."

"Riferirò a suo padre che è stata qui," rispose Jill.

Appena arrivata a casa Alice contò il suo bottino. Mille sterline. Immediatamente pensò: avrei potuto prenderne duemila, tremila: non avrebbe fatto nessuna differenza. Quando si accorgeranno che manca del denaro e si ricorderanno che sono stata là, capiranno che sono stata io. Tanto valeva prenderne di più.

Poi le si pose il problema di dove nasconderlo. Non aveva intenzione di parlarne a Jasper. Alla fine aprì la cerniera lampo del suo sacco a pelo e vi infilò i due rotoli di banconote, dicendosi che solo la jella più nera poteva condurre qualcuno a frugare là dentro e a scoprire il suo tesoro.

Venerdì sera. Jasper e Bert erano via da dieci giorni. Avevano detto che sarebbero tornati per il fine settimana.

Scese in cucina chiedendosi: e Pat? Dov'è Pat? E la trovò con indosso la giacca e la sciarpa, e la grande sacca di tela rossa accanto. Stava scrivendo un biglietto ma quando vide Alice si interruppe e le rivolse un sorriso al tempo stesso timido e severo, dal quale Alice comprese che Pat aveva sperato di evitare la cerimonia degli addii e che ora avrebbe cercato di cavarsela in fretta.

"Me ne vado, Alice," annunciò laconicamente Pat, evitando di incontrare il suo sguardo.

"È tutto finito con Bert?"

Gli occhi di Pat si riempirono di lacrime. "Prima o poi dovevo lasciarlo. Per forza."

"Be', questo puoi saperlo solo tu," osservò Alice. Con sua sorpresa il cuore le si era stretto al pensiero di perdere Pat. A quanto pareva le si era affezionata.

"Devo andarmene, Alice. Per favore, cerca di capire. Non si tratta di Bert. Insomma, io gli voglio bene. Ma politicamente..."

"Vuoi dire che non approvi i nostri progetti di collaborazione con l'Ira?"

"No, no, non è questo. È che non ho nessuna fiducia in Bert."

Per lo meno non aveva aggiunto "né in Jasper".

Disse invece: "Questo è il mio indirizzo. Non intendo svanire nel nulla. Insomma, nessuna rottura drammatica o cose del genere. Solo che d'ora in poi lavorerò a modo mio – lo stesso genere di lavoro, ma fatto in modo più serio."

"Serio," le fece eco Alice.

"Sì," insisté Pat. "Serio, Alice. A me non sembra *serio* questo correre in Irlanda basandosi solo sulla parola di un tizio che si chiama Jack." Sembrava disgustata, stomacata, e il nome "Jack" le era uscito di bocca come uno sputo. "È un comportamento da dilettanti. A me non va."

"L'immaginavo che te ne saresti andata."

Pat voltò di scatto il viso dall'altra parte. Stava piangendo.

"Siamo insieme da tanto tempo..." La voce le si arrochì e dovette interrompersi.

"Be', non pensarci," disse Alice mestamente.

"Ci penso, invece. E mi dispiace lasciarti, Alice."

Le due donne si abbracciarono piangendo.

"Ritornerò," promise Pat. "Parlavate di un congresso dell'Ucc. Ci verrò. E per quel che ne so, non riuscirò a rompere con Bert. Ho già provato una volta."

Uscì di corsa, per sottrarsi alla propria emozione.

I due uomini ritornarono la domenica sera. Alice capì subito che avevano fatto fiasco. Jasper aveva l'aria depressa e Bert era di cattivo umore, ancor prima di aver letto la lettera che Pat gli aveva lasciato. Alice preparò la cena per Jasper, che se ne andò immediatamente a dormire nella stanza all'ultimo piano. Bert disse che era stanco ma Alice lo seguì e lo trovò in piedi tutto solo nella camera che aveva diviso con Pat. Entrò e, sebbene fosse chiaro che Bert in quel momento non stava pensando all'Irlanda, gli disse: "Vorrei farti qualche domanda, Bert. Dopo una delusione Jasper diventa intrattabile."

"Be', anch'io," ribatté Bert, ma si calmò subito e rimanendo dov'era, con le braccia abbandonate lungo i fianchi, confessò: "Non abbiamo concluso niente."

"Già, ma perché?" chiese Alice.

Stava pensando che Bert ci guadagnava quand'era depresso. Senza la sua solita aria affabile, e il continuo balenio dei denti bianchi fra le labbra rosse e la barba nera, sembrava più posato e autorevole.

Bert scosse il capo e rispose: "Come faccio a saperlo? Ci siamo semplicemente sentiti rispondere chiaro e tondo di no."

Alice era ben decisa a non andarsene prima che Bert le avesse raccontato tutto, e Bert finalmente cominciò a parlare, mentre lei lo ascoltava con attenzione per farsi un'idea attendibile della vicenda.

A Dublino "Jack" aveva fatto il giro dei bar e degli altri luoghi di incontro, prendendo contatto con varie persone, riferendo a Bert e Jasper che le cose si mettevano bene. Poi, Bert e Jasper – ma non Jack, un particolare questo che in seguito l'avrebbe fatta pensare – avevano incontrato un certo compagno in una casa privata, in un sobborgo. Qui erano stati interrogati a lungo in un modo che – Alice se ne rese conto dall'espressione di Bert – li aveva non solo sorpresi ma ridimensionati. Spaventati anche, dedusse Alice, ben contenta che fosse successo, poiché a suo parere spesso Jasper prendeva le cose troppo alla leggera.

Verso la fine di quel colloquio o interrogatorio che fosse stato, era arrivato un altro uomo che senza dire una parola si era seduto ad ascoltare. "Un bel tipo quello lì," commentò Bert con una risatina, scuotendo il capo. "Non vorrei mai doverci litigare."

Alla fine quello che li aveva interrogati aveva detto che li ringraziava molto per conto dell'Ira dell'aiuto offerto, ma che dovevano rendersi conto che l'Ira non agiva come una normale organizzazione politica e che il reclutamento veniva fatto con molta cautela, e per esigenze specifiche.

Jasper l'aveva interrotto per dire che questo lo capiva: "Lo capirebbe chiunque."

Allora il compagno aveva ripetuto, parola per parola, quel che aveva appena detto. Poi aveva aggiunto che era senza dubbio vantaggioso per la causa repubblicana avere degli alleati e dei sostenitori nel Paese oppressore, e che Jasper, Bert e i loro amici potevano rendersi molto utili cercando di influenzare l'opinione pubblica, informandola. Per mezzo di opuscoli e volantini, per esempio.

Jasper era evidentemente diventato nervoso e polemico e aveva fatto un lungo discorso sull'imperialismo fascista. I due uomini, quello che aveva parlato e quello che era stato zitto, avevano ascoltato il suo sproloquio senza batter ciglio e senza fare commenti.

Poi l'uomo silenzioso era uscito dalla stanza salutandoli con un cenno del capo e un sorriso. A quanto pareva quel sorriso aveva molto colpito Bert e Jasper. "Ci ha sorriso, alla fine," ripeté Bert con l'aria mesta con la quale aveva fatto il suo resoconto. Si sarebbe persino potuto dire che era imbarazzato. Per sé e per Jasper? Per Jasper? Alice sperava che non fosse a causa di Jasper, sebbene fosse chiaro che lasciarsi andare a un discorso così emotivo non era stata una mossa intelligente.

Alice avrebbe voluto saperne di più, ma Bert disse: "Guarda, per oggi ne ho avuto abbastanza. Questa faccenda con Pat..."

"Mi dispiace," disse Alice. "E so che dispiace anche a lei."

"Grazie," le rispose Bert, asciutto. "Oh, *grazie*!" e cominciò a togliersi il maglione come se lei se ne fosse già andata.

Alice decise di dormire di nuovo in salotto, perché se si fosse trasferita di propria iniziativa in un'altra camera la separazione sarebbe stata definitiva. Mentre stava sistemando il sacco a pelo comparve Jim. Aveva trascorso il fine settimana in allegria con degli amici. Erano amici che non vedeva da tempo e che era andato a trovare perché finalmente aveva qualcosa da festeggiare. Alice notò che in soli tre giorni Jim era diventato più disinvolto e sicuro di sé; era stata la disoccupazione a renderlo apatico e indolente. Certo! Questo lo sapevano tutti, ma vedere così presto i risultati...

Felice per Jim, in ansia per Jasper, Alice giacque a lungo sveglia nella stanza silenziosa. Su quel lato della casa non si sentiva neppure il rumore del traffico sul viale.

Sapeva che né Jasper né Bert si sarebbero alzati presto, ma volle alzarsi in tempo per fare colazione con Jim – tè e fiocchi di grano. Pensò che si stava comportando come una madre, preoccupata che il figlio mangi prima di andare a scuola, e non si fece scrupolo di chiedere: "Hai mangiato abbastanza? Non c'è la mensa là, lo sai bene. Dovresti portarti via qualche panino." E Jim, come un figlio compiacente: "Non preoccuparti, Alice. Mi arrangio." Poi arrivò Philip e discussero l'acquisto di un nuovo serbatoio dell'acqua. O meglio, di un buon serbatoio di seconda mano. Aveva idea Alice di quanto costasse uno nuovo? No, ma poteva immaginarlo! Philip sarebbe andato quella mattina stessa da un amico che gli procurava quel genere di roba e gliene avrebbe parlato; se ce n'era uno disponibile, voleva che lo comprasse e, in tal caso, aveva i soldi? Alice lo autorizzò ad acquistare il serbatoio, il pezzo di tubo di scarico, la grondaia. Andò di corsa in salotto e tirò fuori dal sacco a pelo trecento sterline, perché non voleva che Philip scoprisse quanto possedeva – anzi, perché voleva che non lo sapesse nessuno. Le era infatti venuta – e non riusciva a scacciarla – un'idea sconcertante, della quale si vergognava persino un po'. Quella di versare un po' di soldi alla posta, una volta fatti questi ultimi acquisti. Senza dubbio aveva il diritto di farsi una piccola scorta! Sì, li avrebbe versati su un libretto di risparmio postale senza dir nulla a Jasper.

Philip e Jim uscirono. Roberta e Faye erano ancora a letto o erano rimaste nella loro comune. Mary e Reggie erano fuori per il fine settimana e non sarebbero tornati prima di sera. Bert e Jasper dormivano o per lo meno erano ancora nelle rispettive camere. Alice sedette a capotavola, nella cucina silenziosa. Sul davanzale comparve il gatto, che non si vedeva da giorni; lo fece entrare e la bestiola accettò del latte e dei fiocchi di grano, leccò accuratamente tutte le briciole dal piatto, miagolò e se ne andò.

Alice era triste e preoccupata. Questa faccenda dell'Ira era ormai da mesi l'incentivo di Jasper. Fin da molto prima della loro drammatica partenza dalla casa di sua madre non faceva che parlare dell'Ira. In un primo tempo lei non l'aveva preso sul serio. Ma poi vi era stata costretta. Adesso tutto era crollato. Distribuire opuscoli e volantini non era certo quel che Jasper aveva sognato. E di certo neppure Bert, che ieri le era apparso per la prima volta un compagno potenzialmente attivo e coscienzioso. Mai era passato per la testa a Jasper o a Bert di poter ricevere un rifiuto. Di non essere ritenuti abbastanza in gamba. Forse la verità era che l'Ira non li aveva presi sul serio. Si impose di considerare con calma e obiettività questa possibilità, rivivendo con la fantasia la scena, che vedeva così nitidamente, di Jasper e Bert con i due tipi dell'Ira, e fu costretta a concludere che i suoi compagni non dovevano aver fatto una buona impressione. Be', succedeva! Con Jasper, anzi, succedeva di continuo.

Un'altra possibilità era che quelli dell'Ira volessero mettere alla prova Jasper e Bert e gli altri – compresa lei stessa. Sì, non era da escludere. Qualcuno li avrebbe tenuti d'occhio senza che lo sapessero. (Questo pensiero evocò alla mente di Alice il compagno Andrew, e lei sorrise al pensiero.) Ma questo Jasper e Bert non l'avevano neppure sospettato, né i compagni dell'Ira avevano affidato loro alcun incarico preciso.

Questo significava – si disse Alice, rassegnata – che per qualche giorno Jasper sarebbe stato di pessimo umore. Non l'avrebbe visto molto. Se ne sarebbe stato fuori tutto il giorno, tornando forse la sera per mangiare qualcosa e poi uscire di nuovo. Una volta, durante un periodo molto nero, era andato avanti così per settimane, più di un mese, e lei aveva vissuto nel terrore di veder arrivare la polizia e sentirsi dire quel che aveva sempre temuto fin da quando aveva incontrato Jasper per la prima volta. Quando era in quello stato diventava imprudente.

L'unica speranza era il suo legame con Bert. Così distensivo. Sì, Bert forse avrebbe salvato la situazione, senza neppure rendersene conto.

Passarono un paio d'ore. Alice era sempre più depressa. Poi arrivò Philip e annunciò tutto contento che dall'amico che recuperava materiali dagli stabili in demolizione aveva trovato tutto quello che cercava e che la roba era su un camioncino davanti al cancello. Però aveva speso tutte le trecento sterline e aveva bisogno di altri soldi per pagare il trasporto. Mentre Philip le raccontava tutto questo e insieme attraversavano l'ingresso comparve Jasper, che scese saltellando le scale. Alice si fermò a guardarlo, sollevata. Dimenticava sempre, quando stava un po' di tempo senza vederlo, quale effetto avesse su di lei. Com'era agile, a ogni gradino sembrava che stesse per spiccare il volo! E ora era fermo ai piedi delle scale, alto e diritto; si sarebbe detto che venisse da un altro pianeta, così pallido e sottile, con i corti capelli fulvi... ma in quel momento aveva un'aria corrucciata e minacciosa. Alice dovette entrare in salotto sotto lo sguardo inquisitore di Jasper, che senza dubbio avrebbe capito perché lei si inginocchiava accanto al sacco a pelo, nascosto solo di poco alla sua vista. C'era il pericolo che entrasse; e Alice ebbe l'istintiva, irragionevole, sconvolgente sensazione che questo sarebbe stato fatale. Avrebbe capito che era andata là per prendere del denaro. Cosa doveva fare? Si infilò rapidamente nella camicetta quanto era rimasto del primo rotolo di banconote e poi il secondo, ancora intatto, ma si rese conto che si vedevano. Allora indossò il giubbotto, pur sapendo che Jasper avrebbe intuito perché se l'era messo, e uscì, affrontando il suo sguardo freddo, ostile, penetrante. Intanto in cima alla scala era comparso Bert, con un'aria stanca e depressa. Che contrasto, Jasper e Bert: l'uno simile a un angelo vendicatore – un'immagine che le si presentò con prepotenza alla mente – l'altro così abbattuto e demoralizzato.

Philip chiese allegramente ai due uomini: "Mi date una mano?" Jasper non si mosse. Bert neppure.

Vergognandosi per loro, Alice disse: "Vengo io," e corse dietro a Philip. L'autista, Philip e Alice armeggiarono intorno al serbatoio. Era grosso, pesante. "Sembra un piccolo pachiderma," osservò Alice ridendo, poi insieme lo tirarono giù dal camioncino, lo trasportarono lungo il vialetto e lo depositarono nell'ingresso. L'autista disse che lì finiva il suo compito. Philip corse fuori a prendere la grondaia e il tubo di scarico. Bert e Jasper erano andati in cucina e avevano chiuso la porta. Alice la spalancò con violenza e disse: "Cazzo, non potete aiutarci a portare questa roba di sopra?"

Con quella porta chiusa i due avevano evidentemente inteso manifestare la loro disapprovazione, la loro contrarietà. E Jasper infatti le rispose: "Alice, tu sei impazzita, lo sai? Cosa ti credi di fare? Cos'è tutta questa roba?" Alice si impose di tenergli testa. "Il serbatoio in soffitta è corroso dalla ruggine. Vuoi che un giorno o l'altro ci caschino addosso dio sa quanti litri d'acqua?"

"Non me ne frega niente," ribatté Jasper. "Se succede ce ne andremo a stare da un'altra parte, come abbiamo sempre fatto."

Quel freddo, perfido tradimento fu per Alice una stilettata nelle viscere e la vista le si annebbiò. Quando si riprese scoprì che si era aggrappata al bordo del tavolo per non cadere. Lo guardò, ignorando Bert che stava mettendo il bollitore sul fuoco e tagliando del pane. "Lo sai benissimo che ti piace star comodo, ti piace vivere in una bella casa. Sì che lo sai..."

"Oh, Cristo," esclamò Jasper in tono melodrammatico, poiché Alice stava distruggendo l'immagine che amava offrire di sé a Bert. "Be', non voglio averci niente a che fare. E quanto costa tutta questa roba? Quanto abbiamo speso questa volta?" I piccoli rotondi occhi azzurri, freddi e scintillanti, che quel mattino sporgevano più del solito dalle profonde occhiaie che li circondavano, erano pieni d'odio. Alice sapeva cosa l'attendeva, appena fossero rimasti soli.

Chiese soccorso a Bert: "Per favore aiutaci. Philip e io non ce la facciamo da soli. Lo sai che Philip è tutt'altro che robusto."

Senza mutare espressione Bert imburrò con calma del pane e si sedette. Poi sollevò lo sguardo, scorse il volto di Alice, si alzò di scatto, e svelto ed energico (ma era un'energia che gli nasceva dal dispetto) quanto era stato prima torpido e pigro, la seguì nell'ingresso dove Philip, fragile come una foglia, attendeva accanto al grosso serbatoio. Senza dire una parola Bert si curvò e lo sollevò a una estremità, attendendo che anche Philip e Alice lo afferrassero dall'altra e tutti e tre lo portarono al secondo piano, urtando violentemente contro le pareti e la ringhiera perché Bert era furibondo. Per lo sforzo le sue labbra rosse si erano distorte in una smorfia che gli scopriva i denti bianchi. Arrivato in cima alla scala Bert scaricò il serbatoio sul pianerottolo e ridiscese di corsa. Philip e Alice udirono la porta della cucina sbattere di nuovo, un rumore che li escludeva entrambi. Alice lanciò a Philip un'occhiata, come per scusarsi. Ma Philip non la guardava. Il serbatoio doveva essere trasportato in fondo al piccolo pianerottolo. Quello attuale si trovava in soffitta, ma questo non sarebbe mai passato attraverso la botola. Già, era un bel mistero! Evidentemente chi aveva costruito la casa non aveva pensato a come avrebbero fatto gli inquilini a sostituire il serbatoio – probabilmente installato prima di finire il tetto – quando si fosse rotto. Forse era convinto che i serbatoi durassero in eterno.

Ma la distanza fra il punto in cui si trovava il nuovo serbatoio, che bloccava le scale, e quello in cui andava collocato, era troppa per loro.

Alice vide che Philip era depresso, avvilito, mortificato.

"Aspetta," gli disse. Scese in fretta le scale e vide Jasper uscire dal salotto, dove di certo era andato a cercare i suoi soldi. Ferma sull'ultimo gradino gli disse, sorpresa del suo ardire: "Ne ho abbastanza, Jasper. Se tu non sei disposto a darmi neppure questo piccolo aiuto, mentre io mi do tanto da fare, me ne vado."

Come se non avesse avuto alcuna intenzione di andare in cucina, Jasper girò su se stesso e salì come una furia le scale, precedendola. Quando Alice arrivò in cima Jasper stava trasportando il serbatoio insieme a Philip. Ecco, questo era l'altro Jasper, sveglio, ingegnoso, pieno di risorse. Philip disse infatti che bisognava collocare sotto al serbatoio del cartone o dei giornali per sollevarlo, per via di certi tubi che sporgevano dalla base, e Jasper, visti i mucchi di giornali che Alice aveva lanciato sul pianerottolo attraverso la botola, si mise a raccoglierli e, inginocchiato accanto al serbatoio, preparò rapidamente una piattaforma di circa cinquanta centimetri. Alice notò che malgrado la velocità con cui svolgeva questa operazione, metteva da parte, come se giocasse a carte, i giornali con i titoli più interessanti: la marcia dei disoccupati di Jarrow... Hitler minaccia l'invasione... La battaglia di El Alamein...

Se i compagni irlandesi avessero potuto vederlo in quel momento! pensò Alice, osservando com'era abile, svelto, preciso; e come, insieme a lei e a Philip, sollevava il grande serbatoio sopra lo strato di giornali quasi che non pesasse nulla...

Jasper non l'aveva mai guardata. Il cuore le batteva così forte che stava per svenire. Oh, era pericoloso minacciare Jasper! E se l'avesse lasciata? Oh no, non l'avrebbe mai fatto, di questo era più che sicura. Non poteva.

Jasper ridiscese di corsa le scale senza uno sguardo né un sorriso, e Alice rimase di nuovo sola con Philip. Philip appariva depresso. Per l'atmosfera che si era creata intorno a lui e che, Alice lo sapeva, era avvelenata.

Intuì che Philip stava pensando: se non avessi sprecato tante ore di lavoro in questa casa, me ne andrei. Inoltre la partenza di Pat l'aveva turbato.

Lo lasciò al suo lavoro, dicendosi che questa volta gli aveva dato i soldi per il materiale, ma non per le sue prestazioni.

Fu sul punto di risalire per aggiungere qualcosa... poi ridiscese qualche gradino... esitò, infine, ricordando che quello per lei era un periodo fortunato, decise di salire. Consegnò a Philip quanto era rimasto del primo rotolo di banconote, ormai molto assottigliato: solo duecento sterline, purtroppo, ben poco rispetto a quel che in realtà meritava. Poi scese in cucina, aprì spavaldamente la porta, senza curarsi del fatto che era stata chiusa proprio per lasciarla fuori.

Bert se n'era andato.

Jasper la stava aspettando.

"Dove hai trovato quei soldi?"

"Non sono tuoi, perciò chiudi il becco."

"Ci stai nauseando tutti, Alice," ribatté Jasper. "Sei marcia, guasta, non ci sono dubbi. Tutto quello di cui ti preoccupi sono le tue comodità."

"Oh guarda," rispose Alice sedendosi. Nella vivida luce del mattino Jasper, in piedi davanti a lei, sembrava un ragazzo qualsiasi, persino brutto – così almeno le parve, nonostante solo pochi minuti prima fosse andata come sempre in estasi alla sua vista.

Jasper teneva gli occhi fissi sul suo stomaco. Il giubbotto che aveva indossato in fretta si era aperto e sotto la pesante camicetta di cotone si scorgeva il gonfiore prodotto dal rotolo di banconote.

Per un attimo temette che lui l'afferrasse per il polso e le portasse via il suo gruzzolo. Ma non lo fece; andò invece alla finestra e si fermò a guardare fuori.

"Non credere che io mi arrenda," le disse. "Che ci abbia rinunciato!"

Le ci volle un po' per capire che Jasper si riferiva allo scacco subito in Irlanda.

Alice gli rispose benevolmente: "No, no, certo."

Si disse, con immenso sollievo e consolazione per il suo povero cuore, che ora finalmente lei e Jasper avrebbero discusso a fondo e con serietà l'intera faccenda, come avevano fatto tante altre volte, e come a lei piaceva tanto. Ma la porta si aprì e alzando lo sguardo scorse Jim, che sulle prime non riconobbe. La pelle bruna e lucente era opaca, color cenere, e gli occhi avevano uno sguardo allucinato.

"Cos'è successo, cosa *ti* è successo, Jim?" chiese, correndo verso di lui.

Jim la respinse. "Mi hanno licenziato."

"Oh no," esclamò immediatamente Alice in tono deciso. "Oh no, non è possibile."

Jim rimase in piedi respirando con affanno, con una sorta di penoso rantolo. "Hanno detto che ho rubato dei soldi."

"Oh no," ripeté Alice. E poi di nuovo, ma con accento diverso: "Oh *no*!"

Jasper intanto osservava la scena.

"Ma perché?" chiese Jim, non a lei ma al cielo. Poteva sembrare una domanda melodrammatica, ma non lo era; dietro quella domanda c'era la sua intera vita. Poi finalmente vide Alice e le disse: "Be', Alice, grazie, tu ci hai provato. Ma è tutto inutile." Scoppiò in lacrime e uscì barcollando dalla cucina.

Alice lo seguì. "Aspetta. Aspettami. Vado subito là e sistemo tutto, vedrai."

Jim scosse il capo, andò in camera sua e chiuse la porta.

Alice rimase nell'ingresso, pensierosa. Jasper uscì dalla cucina. Sogghignava con aria complice, come se volesse congratularsi con lei. Naturalmente non poteva neppure sospettare la verità, poiché neppure lui avrebbe potuto immaginarsi che lei aveva avuto un simile colpo di fortuna, che il telefono era squillato al momento giusto. Tuttavia, intelligente com'era, aveva afferrato la situazione, almeno a grandi linee.

"Vado da mio padre," disse Alice.

"Farai meglio a non andarci con quella roba addosso," ribatté Jasper fissandola. Lo disse gentilmente, quasi dandole un consiglio da amico. Senza esitare, come se non avesse altra scelta, Alice infilò una mano sotto la camicia pesante. Il rotolo di banconote si era incastrato sotto la cintura dei jeans e non le fu facile estrarlo. Le sue dita scivolarono sulla calda seta della pelle, il suo corpo (quel suo corpo segreto e pulsante, che lei si sforzava continuamente di ignorare, dimenticare) sopraffatto o allarmato da un'ondata di tenere, segrete memorie, si ridestò e le parlò. Le sue dita sostarono frementi sulla sua pelle morbida e tiepida e Alice rimase immobile, perplessa e turbata, con il rotolo di banconote in mano. Sembrava che stesse cercando di ricordare qualcosa. Jasper con una rapida mossa le tolse il denaro di mano e lo fece sparire nel taschino del suo giubbotto imbottito.

"Vado da mio padre," ripeté lentamente Alice, ancora disorientata dal messaggio che il suo io sepolto le aveva trasmesso attraverso le dita.

Percorse il vialetto fino al cancello, poi svoltò sul viale, diretta alla metropolitana. Camminava come una sonnambula, tuttora prigioniera di una rete di ricordi, segnali, inviti. Si portò persino le dita al naso e le annusò, ancor più perplessa e sgomenta. Si rese conto d'essere ferma sul marciapiede, in mezzo ai frettolosi passanti e al traffico che scorreva nei due sensi e si chiese da quanto fosse lì, immobile. Non poté fare a meno di voltarsi a guardare il 43 – temeva che Jasper la stesse spiando. Proprio così. Scorse per un attimo dietro la finestra del bagno al primo piano il suo volto pallido, che subito si ritrasse.

Il pensiero che Jasper, con tutto quel denaro, potesse andarsene chissà dove le restituì di colpo le forze. Doveva fare in fretta.

Alla *C. Mellings, Cartoleria-Tipografia* attraversò in fretta il negozio e salì nell'ufficio del padre. Suo padre era seduto dietro la grande scrivania mentre Jill, la segretaria, stava a un tavolo di fronte. Alice si piantò davanti a suo padre e gli disse: "Perché hai licenziato Jim? Perché? Ti sei comportato come un maledetto fascista di merda. E soltanto perché è nero, ecco tutto."

Cedric Mellings, nel vedere la propria figlia era diventato rosso, poi era impallidito. Si era chinato sulla scrivania, appoggiato sugli avambracci, le mani saldamente intrecciate.

"Che cosa fai qui?" chiese.

"Che cosa? Perché hai licenziato Jim? Come hai osato? Non è giusto!" rispose Alice dando dei calci furiosi alla scrivania.

"Ho dato un posto a Jim Mackenzie perché è sempre stato nostro costume assumere neri, indiani, chiunque. Siamo sempre stati antirazzisti, qui. Lo sai benissimo. Ma avrei dovuto guardarmi dall'assumere qualcuno raccomandato da te."

Aveva parlato con voce bassa e amara, sembrava quasi che si sentisse male. "Vai via Alice. Vattene, per favore. Non ne posso più di te."

"Mi vuoi ascoltare?" gridò Alice. "Non è stato Jim a prendere quei soldi. Sono stata io. Come hai potuto essere così stupida?" La domanda era rivolta a Jill. "Sono stata qui, non ricordi? Sei cieca o cretina o che cosa?"

Jill si alzò di scatto facendo volare in aria fogli e biro.

Pallida come il suo principale fissava Alice senza capire.

"Non parlare in questo modo a Jill," protestò Cedric Mellings. "Come ti permetti di entrare qui e... cosa significa che hai preso tu il denaro, come hai potuto..." A questo punto si prese la testa fra le mani e si lasciò sfuggire un lamento.

Anche Jill emise un piccolo gemito, come se fosse sul punto di stare male e uscì per andare al gabinetto.

Alice sedette sulla sedia davanti a suo padre e attese che si riprendesse.

"Hai preso tu quei soldi?" le chiese infine.

"Certo che li ho presi io. Sono stata qui, no? Non te l'ha detto Jill?"

"Non mi è neppure passato per la testa. E neanche a lei. Come potevamo..."

Si appoggiò allo schienale della sedia, con gli occhi chiusi, tentando di ricomporsi. Le mani appoggiate sulla scrivania tremavano.

A quella vista Alice provò un piccolo brivido di trionfo, poi suo padre le fece pietà. Fu lieta di poterlo osservare senza che lui se ne accorgesse.

Aveva sempre considerato suo padre un uomo attraente, addirittura un bell'uomo, pur sapendo che non tutti erano di questa opinione. Sua madre, per esempio, quand'era di cattivo umore usava chiamarlo "nanerottolo".

Cedric in realtà era un uomo robusto, tendente alla pinguedine, con la pelle chiara lievemente lentigginosa e corti capelli biondi che sotto la luce sembravano rossicci. Aveva gli occhi azzurri. E Alice era sempre stata abbastanza fiera di suo padre, della sua carriera.

Cedric Mellings era il più giovane di parecchi fratelli. La sua famiglia era originaria di Newcastle. C'erano dei lontani parenti scozzesi. Il nonno di Cedric era un pastore anglicano. Suo padre un giornalista tutt'altro che ricco. Tutti i ragazzi avevano dovuto lavorar sodo per mantenersi agli studi e farsi strada. Cedric, troppo giovane per andare in guerra, se l'era sempre presa con il destino per non aver potuto parteciparvi.

A differenza dei suoi fratelli, sembrava non riuscisse a organizzarsi: aveva perso tempo all'università, si era sposato giovanissimo, era andato a Londra, aveva fatto vari lavori, aveva scritto un libro di cui si era parlato, ma che non gli aveva reso un soldo, poi ne aveva scritto un altro, il resoconto vivace e insolente della carriera di un giornalista di provincia, basato sulla vita di suo padre e accolto con un certo successo, anche finanziario. Gli aveva fruttato, infatti, cinquemila sterline. A metà degli anni cinquanta erano un sacco di soldi ed egli capì – con Dorothy che lo consigliava e lo appoggiava – che forse un'occasione come quella non si sarebbe più ripresentata. Rilevò una piccola tipografia e grazie alle amicizie all'interno del partito laburista e di altri gruppi politici della sinistra, poté contare ben presto su una base sicura di opuscoli, trattati, dépliant, e su un paio di quotidiani minori che gli garantirono la sopravvivenza. La tipografia prosperò con il boom degli anni sessanta e Cedric decise quindi di aprire la cartoleria, che si rivelò subito un investimento azzeccato. La famiglia lasciò il piccolo appartamentino di Stockwell senza rimpianti e comprò una casa comoda a Hampstead. Che bei tempi! Era così che tutti ripensavano agli anni sessanta, l'età dell'oro, l'era dei miracoli. Era stato un periodo di amicizie facili, di lavoro, di continue opportunità, di benessere economico; gente che andava e veniva, lunghi pasti intorno al grande tavolo che troneggiava nella cucina spaziosa, successi a scuola, feste, vacanze in Europa.

Poi Cedric Mellings ebbe un paio di amanti e Dorothy decise di fare altrettanto. Dolore, sfuriate, collere, accuse, lunghe discussioni in famiglia, alla presenza dei bambini, poi le rappacificazioni in nome dell'unione familiare. Ma ormai i figli crescevano, finché, divenuti autonomi, se ne andarono, Alice su a nord, nella terra d'origine del padre, anche se all'inizio l'aveva fatto inconsapevolmente.

Infine Cedric e Dorothy si trovarono soli nella casa troppo grande, in cui gli ospiti continuavano ad andare e venire. Cedric si innamorò di Jane e se ne andò con lei e Dorothy rimase a vivere nella grande casa.

Tutto finito. Finiti i bei tempi, i lavori facili, persino il successo, pareva, gli amici, gli affetti, i soldi.

Cedric e Dorothy erano stati un centro, un punto di riferimento fondamentale; tanti erano stati i personaggi in vista che avevano frequentato quella casa, con le loro idee politiche, i loro libri, le loro cause, le marce per questo o quest'altro, le manifestazioni. Sembrava che Cedric e Dorothy fossero circondati da una patina scintillante, una sorta di aureola, un'atmosfera di successo, di sicurezza. Ma poi... era tutto finito. La vita di Cedric e Jane era completamente diversa! Prima di tutto, una casa molto più piccola, perché la *C. Mellings, Cartoleria-Tipografia* doveva servire a mantenere due famiglie. La casa di Cedric e di Jane non aveva quel clima impalpabile ma inconfondibile di benessere e di successo. Dorothy, rimasta nella casa più grande, dapprima sola, poi con Alice e Jasper, non aveva più tutti gli amici di prima. Gli ospiti che si fermavano a pranzo o a cena venivano per lo più da soli o a due a due; erano in gran parte donne che avevano bisogno dei consigli di Dorothy o a volte di un prestito. Amiche divorziate, poiché molte delle coppie che ai bei tempi avevano frequentato casa Mellings si erano divise. Oppure qualche coppia, che parlava continuamente del passato e del fatto che le cose non erano più le stesse.

Quando Dorothy dava una festa, ed era solo una festicciola, lo faceva con sforzo; sembrava stanca di tutto e pareva aver dimenticato che negli anni sessanta e all'inizio degli anni settanta, le feste si limitavano ad accadere. Si impossessavano della casa e attiravano gente da ogni parte; i telefoni squillavano trasmettendo inviti spensierati e ordinazioni a droghieri e a vinai.

Mentre, per un certo periodo, Cedric Mellings aveva interpretato la parte del brutto anatroccolo trasformatosi in cigno – quale altro dei suoi fratelli faceva quella vita brillante e dispendiosa? – ora era tornato a essere l'insignificante anatroccolo di prima. E in fondo cosa aveva concluso? pensò con disprezzo Alice, studiando trionfante quel viso troppo pallido, ansioso, teso, con la fronte imperlata di sudore: aveva stampato un mucchio di porcherie per le varie, fottute correnti del fottuto partito laburista, oltre a quei giornali noiosissimi, pagati dai revisionisti, e aveva leccato il culo a dei politici di merda e a dei porci borghesi che comunque erano condannati a finire nelle pattumiere della storia.

Stronzate, nient'altro che stronzate. Quello che non riusciva a perdonarsi era di essersi lasciata invischiare, almeno per un po'... be', aveva avuto il buon senso di tirarsene fuori e di conoscere la gente che l'avrebbe rimessa in carreggiata...

Alla fine Cedric Mellings tirò un sospiro, aprì gli occhi e, avendo meditato a fondo sulla posizione da assumere, si protese in avanti e senza guardare in faccia Alice, ma tenendo gli occhi bassi, disse: "Benissimo, se lo dici tu, sarà la verità. Mi dispiace per quel ragazzo. Digli di ritornare e... sono sicuro che sistemeremo tutto. Ora stammi bene a sentire, Alice. Forse ti sorprenderà, dato che vivi in un mondo di favola, ma quelle mille sterline sono una somma che la ditta non può permettersi di perdere. Siamo in piena recessione, lo sai. È una situazione pericolosa, corriamo il rischio di chiudere. La tipografia, non la cartoleria." Si abbandonò a quella risatina incredula, ammirata che accompagnava qualsiasi accenno al suo negozio: "I biglietti d'auguri vanno forte, oggi. E naturalmente le caramelle e i cioccolatini e le altre sciocchezze del genere."

A questo punto guardò in faccia Alice, sostenendone lo sguardo, anche se era chiaro che tenere gli occhi fissi sulla figlia gli costava un grande sforzo, come se non riuscisse a credere a quello che vedeva.

"Immagino che non serva chiederti di restituire i soldi," proruppe, quasi supplicando.

Alice rispose con una risata da cui traspariva, non senza compiacimento, un obbligo di qualche tipo che Cedric, poveraccio, non poteva certo capire. Ma lui, che aveva afferrato perfettamente la situazione, assentì. "Immagino che quel tuo Jasper se li sia già intascati," disse. "Be', so che non serve far commenti, non ragioni più quando si tratta di lui. Ma c'è una cosa che devi capire; da me non avrai più un soldo. Non vedo il motivo per cui dovrei mantenere quel... be', lasciamo perdere. Sono a corto di denaro, Alice; fin qui puoi arrivarci anche tu, no? E non si tratta solo di queste mille sterline. Qualche giorno fa un teppista è entrato nella mia camera da letto, la camera mia e di Jane e ha portato via..." D'un tratto un pensiero lo colpì; scattò all'indietro sulla sedia, come se l'avesse colpito una scarica elettrica, e guardò Alice con gli occhi spalancati, a bocca aperta. Fino a quel momento non aveva pensato di collegare il furto ad Alice. Lei si limitò a sorridere, senza ammettere niente, ma sapendo che era inutile negare.

Suo padre aveva ricevuto un nuovo colpo al cuore; non riusciva a parlare e se ne stava lì seduto cercando di riordinare i suoi pensieri. Respirava a fatica, ansimando. Poi annaspò in cerca di una sigaretta, l'accese con movimenti goffi e rimase seduto aspirando il fumo come se fosse una droga.

Alla fine disse: "Alice, non capisco... sei diventata una ladra? È così? È così che vivi? È incredibile." Spense la sigaretta, quasi che con quel gesto avesse potuto eliminare la figlia e disse: "Pensavo che fosse stato un teppista, uno di quei ragazzi che vanno a rubare nelle case..."

Fu colpito di nuovo dal pensiero di prima e tornò ad assumere un'espressione stralunata. "Sei stata tu?" chiese con voce atona, priva di espressione. "Hai scagliato tu quella pietra?" Non era una domanda, sapeva che era stata lei.

"Quella pietra ha mancato la piccola Deborah di pochi

centimetri," disse. "C'erano vetri dappertutto... Jane ha avuto una scheggia nella gamba..."

Scosse la testa, come un cane che ha male alle orecchie. "Hai fatto bene i tuoi conti. Hai calcolato tutto alla perfezione. Sapevi che non sarei andato alla polizia, che non avrei denunciato mia figlia. Per questa volta ti va bene, ma la prossima volta non sarà così. Ormai per me non sei altro che un animale selvaggio, sei al di là del bene e del male."

Alice si alzò. Non provava dolore all'idea di essere respinta dal padre; in realtà quello era già accaduto molto tempo prima.

"Qual è l'indirizzo della mamma?" chiese. Cedric impiegò un po' di tempo a registrare la domanda.

"Hai perso il suo indirizzo?" le rispose infine

"Non l'ho mai avuto. Se n'è appena andata, no? Ha lasciato casa nostra, l'ha abbandonata e basta." Il tono di Alice conteneva un'accusa spietata.

"Ma di cosa stai parlando? Sono mesi che sta per traslocare."

"Perché tu non vuoi mantenerla," urlò lei.

"Perché non voglio mantenere degli scrocconi come te e Jasper."

"Allora, qual è l'indirizzo?"

"Trovalo da sola. Immagino che tu stia meditando di andare a rubare anche a casa sua, tirando sassi contro le finestre. Povera Dorothy!"

Parlava con voce triste, a scatti, ancora incredulo.

Alice uscì dalla stanza e, percorso un corridoio, arrivò nell'ufficio di segreteria, all'estremità opposta. Alla ragazza incaricata degli schedari chiese, "Qual è l'indirizzo di mia madre? Dorothy Mellings, che indirizzo ha?" La ragazza, che naturalmente ignorava in quale guaio si fosse andata a cacciare la figlia del padrone, si diresse tutta premurosa al grande schedario, trovò la scheda, la lesse ad Alice che, fissatala nella memoria, scappò via. Incrociò Jill che la guardò con gli occhi spalancati, quasi supplici, come se Alice fosse un'assassina o una pericolosa criminale, pronta ad aggredirla.

Passò di corsa dalla cartoleria dove degli imbecilli andavano a comprare riviste femminili, romanzi d'amore o d'avventura e bigliettini che dicevano "Per un amico speciale, con tutto il mio affetto per il tuo compleanno", o "Ti penso", Oppure scatole di carta da lettera decorata con giunchiglie o rose. Oppure... altra paccottiglia della peggior specie.

Alice entrò in un caffè di Findley Road e rimase lì seduta

sola per un bel po' davanti a una tazza di caffè forte. Aveva bisogno di riflettere.

Capì che il legame con Bert non avrebbe trattenuto Jasper dall'abbandonarsi alle sue scappatelle, e si disse che non avrebbe dovuto intervenire. Poi pensò che Bert quasi sicuramente avrebbe seguito Pat e che la miglior cosa da fare era organizzare un congresso dell'Ucc il più presto possibile. Il lavoro di organizzazione avrebbe creato nella casa un clima giusto, un'atmosfera adatta a spazzar via quanto di sgradevole c'era stato negli ultimi giorni. Ma Philip, gentile e timido com'era, se ne sarebbe andato se non si interveniva.

Quando arrivò a casa, vide che la porta della stanza di Jim era aperta e che tutte le sue cose erano sparite.

Fu un brutto colpo. Si mise a piangere, lì in piedi, guardando all'interno della stanza dove non era rimasta più alcuna traccia di Jim. Tutto sparito, gli strumenti musicali, la batteria, la chitarra, la fisarmonica. Non c'era più il suo sacco a pelo né i vestiti né il giradischi, niente. Jim era stato spazzato via dalla stanza come se non ci fosse mai stato.

Alice non aveva nessun indirizzo dove cercarlo né quello di un amico né quello della famiglia.

Rimase lì sulla soglia, picchiandosi le tempie con i pugni, forte, e gemendo: "No, no, no..."

Udì un rumore di passi che scendevano di corsa le scale: vide arrivare Faye, furibonda, offesa. "Cosa sta succedendo?"

"Jim... se n'è andato, se n'è andato."

"Che liberazione!" disse Faye in tono vivace e scoppiò a ridere. "Noi non lo volevamo, comunque."

Alice alzò gli occhi e vide, al di sopra di Faye, Philip, dal cui viso intuì che aveva sentito tutto, secondo le indubbie intenzioni di Faye. Ma scorse anche Roberta, che si avvicinò rapida all'amica e, presala per le braccia, la tirò da parte. Aveva un'espressione seria e turbata; pareva quasi ferita dal comportamento di Faye.

La voce bassa, insistente di Roberta, la risata stridula e acuta di Faye. Si udì sbattere una porta. Roberta scese di corsa, afferrò Alice e prese a scuotere la ragazza che continuava a singhiozzare. "Basta, basta, basta..."

"È colpa mia," gemeva Alice. "Tutta mia. Sono stata io."

"Basta, basta. Non pensarci, adesso."

Portò Alice nel soggiorno e la fece entrare nel sacco a pelo. Le andò a prendere un bicchiere di whisky, la costrinse a berlo, a dormire, a dimenticare tutto.

Alice l'isterica, al pari di Faye che tanto spesso era preda di crisi isteriche, era stata resa inoffensiva.

Dormì fino a sera. Poi trovò in cucina Roberta e Faye, Mary e Reggie. Jasper non c'era. Bert era andato a vedere se riusciva a convincere Pat a unirsi a lui.

Alice si sedette e disse: "Credo che dovremmo organizzare un congresso dell'Ucc."

"Un'altra decisione democratica?" domandò Faye, ridendo.

"È un suggerimento," rispose Alice, "una proposta."

"Sono favorevole," dichiarò Roberta. "Ci sono membri che non abbiamo mai visto. Una nuova ala, gruppi nuovi... è necessario che ci incontriamo."

"Mi sembra una buona idea," disse Reggie in tono imparziale; il tono di uno a cui i congressi, le discussioni, qualsiasi manifestazione del processo democratico, insomma, giunge sempre gradita.

"Sì, sono d'accordo," convenne Mary. "Ci ho pensato e forse è proprio il tipo di organizzazione politica che io cerco. Non ho tempo da perdere con i grossi partiti di stampo burocratico, io."

"E quando?" chiese Faye.

"Presto," disse Alice. "Più presto è, meglio è. Il partito è cresciuto molto in fretta. Quello di cui abbiamo bisogno ora è di consolidare la nostra linea politica e di elaborare delle nuove strategie."

Tutti d'accordo, anche se Faye acconsentì solo perché lo faceva Roberta.

Passarono cinque giorni e cinque notti, senza che Jasper si facesse vivo. Bert tornò da solo e con un'aria sparuta e amareggiata che Alice, tuttavia, si ostinava a considerare un miglioramento. Bert chiese dove fosse Jasper e Alice, che come al solito lo copriva, disse che aveva deciso di andare a trovare suo fratello. Bert, che aveva passato un bel po' di tempo con Jasper, rimase sorpreso, perché non aveva mai sentito parlare di un fratello. Alice spiegò che Jasper andava a trovarlo ogni tanto, perché era il suo unico "parente passabile". Bert fece una strana faccia, ma lei disse che Jasper aveva una famiglia di merda e che il fratello era l'unica persona decente.

In realtà, Jasper andava davvero a trovare il fratello, anche se di rado.

Bert sentiva la mancanza di Jasper, notò Alice con soddisfazione, anzi, pareva quasi smarrito. Ma stavano attraversando una fase di intensa attività, perché il congresso avrebbe avuto luogo entro un paio di settimane, lì in casa. Al numero 43. Bisognava mandare un mucchio di messaggi e di lettere, ed era un continuo correre alle cabine telefoniche della stazione.

Toccò ad Alice sobbarcarsi la maggior parte del lavoro, ma fu Bert a recarsi nella sezione a sud di Londra per assicurarsi la partecipazione generale. Chiesero a quelli del 45 se volevano presenziare, se non come membri o membri potenziali, almeno come delegati od osservatori. Alice sapeva che di osservatori ce ne sarebbero stati sicuramente e non rimase sorpresa quando la goffa Muriel dichiarò che sarebbe intervenuta. Il compagno Andrew era molto dispiaciuto, ma in quel periodo sarebbe stato assente.

Se il 43 si fosse dimostrato inadeguato, avrebbero potuto usare il 45 per metterci a dormire dei compagni.

Alice si assunse il compito di preparare i pasti, nutrienti e a buon mercato. Una volta tanto poteva contare su contributi sicuri, dato che i delegati avrebbero pagato una piccola somma per il vitto e l'alloggio. Dopo averne discusso, si stabilì un totale di due sterline a testa per l'intero fine settimana, tanto sarebbe durato il congresso.

Alice aggiunse che sarebbe stato opportuno sbarazzarsi di tutta la spazzatura che ancora restava al 45, perché faceva una pessima impressione. Visto che nessuno provvedeva, si fece prestare la macchina e, con l'aiuto di Philip, fece parecchi viaggi fino alla discarica dei rifiuti.

I risentimenti di Philip, il suo dolore per Jim, erano alleviati dall'imminente congresso e dall'atmosfera di allegria che lo precedeva.

In quei cinque giorni Bert si recò ripetutamente al 45. Andava a trovare il compagno Andrew, Alice lo sapeva perché quando lo vedeva, questi le parlava di continuo di Bert, senza far mistero dei piani che aveva per lui, che prevedevano un lavoro, un appartamento, la scelta di una vita sicura e rispettabile. E un "addestramento speciale", non specificato ma sottinteso. Alice era piuttosto stupita che fosse stato scelto Bert; perché Andrew aveva cambiato idea su di lui? Non era il tipo di cui lei, personalmente, fosse disposta a fidarsi. Troppo influenzabile, tanto per dirne una! C'era altro di cui Bert discuteva con Andrew? Alice era ansiosa di appurarlo perché se l'Ira non avesse voluto saperne di Bert e Jasper (e, per estensione, di tutti gli altri, lei compresa) sarebbe sicuramente saltata fuori qualche altra organizzazione del genere. Erano tutti ansiosi di darsi da fare, di rendersi utili! Alice sondò Andrew ma o non voleva sbottonarsi, oppure non sapeva niente delle idee alternative di Bert e di Jasper. Poi sondò Bert, ma, a quanto pareva, lui aspettava che Jasper "formulasse un impegno adeguato alle nostre risorse". Mai fidarsi della prima impressione, pensò Alice, in questo caso quella condivisa da molti, che Jasper fosse una sorta di propaggine di Bert, il suo discepolo.

Più di una volta Jasper aveva nominato Muriel, il che poteva anche costituire un indizio, se l'avversione che Alice provava nei confronti della ragazza non le avesse impedito di prestare attenzione quando si parlava di lei. Muriel stava per andarsene, diceva Jasper, era pronta per cominciare il suo lavoro. "Roba grossa," sottolineava lui, con un sorriso fiero ma discreto, e un invito negli occhi e nei modi a capirlo. Ma quello che lei aveva bisogno di sentirsi dire era che anche lui trovava Muriel indisponente: non poteva piacergli, Alice ne era certa. "Il compagno Andrew ha fissato tutto, sai, l'addestramento e tutto il resto." Il rispetto che provava per Andrew rendeva irrilevante l'opinione che aveva di Muriel.

Alice cercò perfino di scoprire da lei quali potessero essere i piani di Jasper, ma appena Muriel lo sentì nominare disse in tono secco che, secondo lei, Andrew era fondamentalmente un elemento utile e sicuro. Cosa c'entrava, si domandò Alice. Forse l'informazione le era stata fornita perché ogni tanto aveva espresso dei dubbi su Andrew?

Questi dubbi, difficili da precisare anche perché razionalmente facili da dissipare, si basavano sul fatto che il compagno Andrew puzzava di alcool un po' troppo spesso. Alice non arrivava a criticarlo per la parzialità che rivelava nei confronti della goffa Muriel; da un sacco di tempo aveva imparato a non addentrarsi in quel campo. La gente non poteva rinunciare al sesso, lo sapeva, e a farlo anche con persone incredibili e in modi incredibili. Solo perché il compagno Andrew era... quello che era, non voleva dire che avesse fatto voto di castità! No! Però... La mensola del camino, nella sua stanza, era piena di bottiglie di whisky e di vodka, che venivano sostituite in continuazione.

Al 45 viveva un'altra ragazza, Caroline, che se ne stava piuttosto appartata. Alice avrebbe voluto parlarle; se ne sentiva attratta, quasi intuendo tra loro una certa affinità; ma evidentemente la sua sensazione non era condivisa. Caroline restava ostinatamente per conto suo. Era una donna piccola e piuttosto grassoccia, o meglio una ragazza, perché doveva avere poco più di vent'anni; bruna, non brutta, con il sorriso pronto. Forse era quel sorriso spontaneo ad attirare Alice, anche se gli occhi, sempre all'erta, sembravano due bottoncini scuri. Ma l'impressione generale era quella di una persona di buon carattere, che voleva rendersi simpatica. Caroline, diceva in tono secco Muriel, non era disposta a seguire le indicazioni del compagno Andrew che avrebbero fatto di lei un elemento veramente utile, ma (era l'opinione di Muriel e quindi anche quella di Andrew) tendeva a un idealismo di stampo liberale.

Caroline aveva un'amica di nome Jocelin che era di casa al 45 e che, forse, sarebbe anche andata a viverci. Era una donna robusta, quasi massiccia, con i capelli biondi e lisci con la riga in mezzo, che le ricadevano in disordine sulle spalle. Si muoveva a passi fermi e decisi, senza guardarsi attorno, non sorrideva spesso come Caroline, ma, quando Alice l'intravedeva da una porta o mentre passava decisa nell'ingresso, si limitava a un cenno del capo.

Al 45 c'erano anche due giovani che Alice non aveva mai visto. Muriel diceva che Andrew stava "lavorando su di loro", a quanto pareva con successo. Venivano dal nord dell'Inghilterra, classe operaia, disoccupati – ma presto la loro situazione sarebbe cambiata. Quei quattro, Caroline, Jocelin, Paul e Edward, rifiutarono di partecipare al congresso dell'Ucc ma dissero che sarebbero intervenuti alla festa conclusiva, il sabato sera. A farla breve, ci sarebbe stato un buon numero di osservatori quel fine settimana: perché no? pensava Alice.

Jasper tornò nella notte della domenica. Come sempre dopo le sue scorribande, non sembrava molto in forma. Aveva perso qualche chilo e pareva più sparuto del solito. La sua pelle chiara aveva un aspetto opaco e malsano, gli occhi erano rossi e nell'insieme sembrava indebolito, quasi sfibrato, come se la sua essenza vitale fosse stata aggredita e risucchiata. Andò subito in cerca di Alice che gli diede da mangiare la sua minestra, del buon pane e gli versò bicchieri su bicchieri di latte freddo: si era espressamente assicurata che ce ne fosse in quantità. Non si parlò di soldi.

Informato del congresso, rimase indifferente e chiese subito di Bert, che lo prese in giro per il suo aspetto e osservò che suo fratello l'aveva tenuto a stecchetto. Jasper ci scherzò sopra, dicendo che il fratello non era un cuoco all'altezza di Alice. Anche se pareva proprio che avesse bisogno di una buona dormita insisté per andare di sopra a chiacchierare con Bert. Nei giorni appena trascorsi, mentre era a caccia di avventure, doveva essere maturato in lui qualche progetto di cui voleva parlare subito.

Quando finalmente decise di andare a dormire, tornò nella stanza al secondo piano, secondo le previsioni di Alice.

Quanto a lei, era rimasta nella stanza che aveva condiviso con lui, accanto a quella di Bert. Di una cosa era certa: se fosse tornata Pat, anche Jasper sarebbe tornato.

Quel lunedì Philip annunciò di aver ricevuto una risposta seria alle sue ricerche di lavoro. Ma aveva bisogno di aiuto. Purtroppo tutte le volte che si presentava a offrire i suoi servizi, dopo la prima occhiata trovavano qualche scusa per liquidarlo. Eppure lui era bravissimo, tutti lì potevano testimoniarlo. Voleva che Bert l'accompagnasse; poteva anche starsene zitto, se voleva. Era solo per il primo colloquio. Una volta che gli accordi fossero stati presi, non sarebbe stato facile mandarlo via, anche se si fosse presentato senza Bert. L'idea suscitò un mucchio di risate, quella sera, a tavola. Bert accettò e il piano ebbe successo. I lavori in casa erano più o meno finiti, anche se i due travi marci in soffitta stavano rovinando tutta la casa. Philip disse che li avrebbe sistemati una volta terminato il nuovo incarico per cui sarebbe stato debitamente pagato. Aveva rifiutato di cominciare senza che gli versassero una bella somma in qualità di anticipo e non avrebbe concluso i lavori se non gli avessero dato quello che gli spettava un po' alla volta. Era un nuovo *take-away,* a poche centinaia di metri dalla casa.

I primi delegati arrivarono a metà settimana. Erano Molly e Helen della sezione di Liverpool, militanti nel movimento femminista, le quali avevano scritto dicendosi pronte a organizzare un nido. Senza di esso le mamme con bambini piccoli non avrebbero potuto venire: era una questione di principio. Doveva essere chiaro, tuttavia, che avrebbero accettato solo bambine. Anche questo era un principio inderogabile, applicato con successo, così pareva, in tutti i nidi da loro gestiti.

Alice aveva dato per scontato che alcuni genitori avrebbero portato con sé i figli, ma a questo punto, pensando a tutte le difficoltà implicite nelle questioni di principio, e anche alle probabili reazioni di Faye, diramò una seconda ondata di lettere e di messaggi per comunicare che i bambini non erano graditi. Al loro arrivo Molly e Helen protestarono energicamente, tanto che Alice tirò un sospiro di sollievo quando decisero di sfruttare al massimo il loro soggiorno nella capitale e partirono per unirsi ai picchetti a Melstead. Un'altra giornata la passarono a visitare la comune femminile di Faye e di Roberta, per finire a tarda sera in un cinema porno con Faye e Roberta, da cui ritornarono ridendo, agitate, piene di vitalità – *molto* meglio non chiedere di che tipo – e affamate come lupi. Versarono le loro due sterline a testa, ma dissero che non sarebbero andate a fare la spesa con Alice il giorno dopo, perché dovevano comprarsi dei vestiti. L'avrebbero però aiutata a preparare da mangiare.

Nel frattempo erano arrivati quattro compagni da Birmingham: due uomini e due donne che, naturalmente, passarono la giornata con i picchetti e la notte in prigione. Sborsarono tutto quello che avevano per pagare le multe, e quindi non poterono contribuire alle spese per il weekend. Altri due compagni sarebbero arrivati il venerdì sera da Liverpool – lavoravano e non potevano venire prima. Altri sei sarebbero venuti da Birmingham, anche loro venerdì, anche loro per la stessa ragione. I quattro di Halifax che intendevano fondare una sezione sarebbero arrivati venerdì.

Quelli di Londra, circa una trentina, sarebbero arrivati il sabato mattina e avrebbero pernottato al 43 o al 45, dove c'era posto.

Alice stava preparando la sua minestra, ma le serviva una pentola molto grande e non voleva comprarla. Sua madre ne possedeva una; lasciò i suoi aiutanti a tagliare le verdure e a mettere a bagno le lenticchie, prese la metropolitana e proseguì a piedi finché si trovò davanti un cartello con la scritta "In vendita". Si era dimenticata che sua madre aveva traslocato e questo la rese inquieta e seccata. Fu colta nuovamente da una rabbia intensa nei confronti di sua madre. Il nuovo indirizzo, che aveva ben chiaro in mente, le provocò un senso di vergogna, di rimpianto. Non era granché come zona; solo una persona di animo gentile avrebbe potuto definirla ancora parte di Hampstead. Di lì a poco si fermò davanti a un isolato a quattro piani, con davanti un giardinetto sporco. Stentava a credere che sua madre vivesse lì. E invece sì, c'era il suo nome su un pezzetto di carta inserito in una targhetta corrispondente al numero 8: Mellings. Il citofono per entrare. Alice, in preda a un panico indescrivibile, non riusciva a decidersi a suonare. Ma in quel momento arrivò una donna anziana, che aprì la porta con la chiave. "Mi scusi," si inventò Alice lì per lì, "sto cercando una certa signora Forrester, al numero 2."

"Non c'è nessuna signora Forrester al numero 2, cara. Ci sono io al numero 2, e sono la signora Wood."

"È strano," disse Alice, tutta allegra e spigliata, la ragazza ideale per ogni nonna. "Non sa se la signora Forrester abita qui?"

"No, sono sicura di no, non ce n'è di Forrester qui," affermò la vecchietta, sorridendo. Anche Alice sorrise. Poi, avvenne il miracolo. La vecchietta disse: "Ora metto il bollitore sul fuoco. Le andrebbe una tazza di tè?" "Oh sì, certo," e Alice entrò, spingendo il carrello della spesa, aprendo la porta del numero 2 ed entrando nel cucinino per aiutarla a riporre i suoi acquisti. Una parte della sua mente era in rivolta. Cosa le era venuto in mente a quella vecchia di fare entrare una sconosciuta, avrebbe potuto essere una ladra. Un'altra parte protestava: mia madre non può vivere qui, no. E un'altra ancora diceva: farò saltare in aria questo posto, sì, non bisogna permettere che esistano posti simili.

L'appartamento della signora Wood, e quindi anche quello di Dorothy Mellings, era composto di due stanze non molto grandi, con una cucina che conteneva a stento un tavolino a cui la signora Wood e Alice si sedettero affiancate, con il viso rivolto verso una parete color giallo sudicio, a bere tè con due biscotti ciascuna. La signora Wood viveva della sua pensione di operaia. Aveva un figlio a Barnet che andava a trovarla la domenica. La nuora non le piaceva, che Dio la perdonasse. Aveva un nipotino di cinque anni.

Dorothy Mellings non aveva nessun parente che andasse a trovarla il fine settimana, ma appena questo pensiero le sfiorò la mente, Alice lo respinse con decisione. Se sua madre aveva deciso di andare a vivere in un tugurio come quello, doveva proprio essere impazzita!

Quando Alice se ne andò, sapeva esattamente cosa poteva contenere la credenza della madre, tre piani più su, ed era certa che non ci fosse lo spazio per una enorme pentola di alluminio.

Si trattenne per un'ora buona, o anche di più, e se ne andò promettendo di tornare. Andò in un negozio di casalinghi e comprò la pentola che le serviva, pensando che dopo tutto ci sarebbero stati molti altri congressi al numero 43, e che se avesse dovuto traslocare, se la sarebbe portata.

Ma il colpo era stato duro, il cuore le doleva; ora non aveva più una vera casa. Non esisteva più un luogo che la conoscesse e che, riconoscendola, l'avrebbe accolta.

D'un tratto fu assalita da una marea di ricordi.

Ferma in mezzo al marciapiede, nell'ora di punta, tenendo stretta a sé l'enorme pentola di alluminio in cui si sarebbe potuto cucinare un alberello, guardava fisso davanti a sé in preda a un forte turbamento.

Le erano tornate in mente le feste che dava sua madre. Si erano susseguite per tutta la sua fanciullezza e adolescenza. Erano continuate anche quando era andata all'università e non tornava più tanto spesso; di tanto in tanto ne sentiva parlare da qualcuno, per lo più da Theresa. "Una delle feste di tua madre, sai, era splendida." Il rito era sempre lo stesso. Sua madre osservava, con uno sguardo inquieto, infastidito: "È ora di dare una festa, oh *no*, stavolta non me la sento." Poi si metteva in moto, invitando questo e quello, a partire da un mese prima della data fissata.

A quel punto ogni resistenza spariva, per far posto a una vibrante energia. Invitava gli amici di Cedric, i suoi compagni di fede, tutti quelli che lavoravano alla *C. Mellings, Tipografia-Cartoleria,* le innumerevoli persone che conosceva e che facevano parte dell'andirivieni quotidiano. Conosceva tutti nella strada e tutti venivano invitati. Anche la donna che aveva incontrato dal droghiere e con cui si era messa a chiacchierare, l'uomo che veniva a riparare il tetto, una ragazza alla pari appena arrivata dalla Finlandia. L'aveva conosciuta su un autobus e chissà come si sentiva sola. Il giorno della festa, che cominciava a mezzogiorno, la casa si riempiva di persone, almeno un centinaio, di cui una buona metà probabilmente era ancora lì a mezzanotte e tutte venivano nutrite dalla pentola di Dorothy, che aveva le dimensioni di un semicupio. Erano delle feste meravigliose. Lo dicevano tutti, Alice compresa. "Oh bene," esclamava, "facciamo un'altra festa," e si accingeva di buon grado ad aiutare. Dai dieci anni in su capì di essere d'aiuto, ma prima era stata semplicemente tollerata (appena tollerata, lo sapeva) da quella girandola di efficienza che era sua madre quando organizzava una festa. Eppure lei insisteva per sistemare la frutta su un piatto o per mettere i posacenere qua e là per la casa, mentre la madre uniformava il proprio ritmo a quello di Alice. Quando "aiutava", Alice non si sentiva più come una creaturina sulla cresta di un'onda gigantesca che lanciava segnali frenetici e disperati alla madre, indifferente sulla riva, dimentica di lei.

Quando organizzava una festa, quando c'era gente in casa, Alice aveva l'impressione che sua madre non la vedesse più, che per lei non ci fosse più posto.

C'era sempre qualcuno che si fermava, dopo: qualche ubriaco, o qualcuno che non voleva guidare perché aveva bevuto, oppure quelli che erano venuti da fuori città. E allora Dorothy, rivolgendosi ad Alice con aria distratta e quel tono di voce deciso e sicuro che nasceva dall'aver organizzato con tanto successo quella grande riunione che aveva riempito tutta la casa – per non parlare della strada – di rumore e di musica per ore e ore, diceva: "Non vorresti andare a dormire a casa di Anne?" (Anne era stata la migliore amica di Alice per tutta la sua fanciullezza.) "No? Perché no? Dài, Alice, non fare la difficile. Allora è meglio che porti il tuo sacco a pelo in camera nostra."

Alice protestava immancabilmente, si lamentava, metteva il muso, faceva una scenata – manifestazioni a cui naturalmente nessuno badava, tali e tante erano le cose che stavano succedendo: ospiti che lavavano i piatti in cucina, colloqui intimi tra coppie su e giù per le scale, gli ultimi ballerini un po' brilli che si attardavano ancora nell'ingresso. Chi mai poteva avere il tempo di preoccuparsi che Alice avesse di nuovo il broncio? Dormire nella stanza dei genitori la metteva in uno stato di agitazione troppo intenso per lei.

Le quattro del mattino, e lei era nel suo sacco a pelo su un materassino di gommapiuma lungo la parete, sotto la finestra. Cedric Mellings, nel suo pigiama vivace, rosso scuro o blu scuro, ubriaco o solo un po' alticcio, si faceva espansivo. A lui piacevano le feste che dava sua moglie ed era orgoglioso di lei. Il suo compito era quello di occuparsi delle bevande e dei bicchieri che prendeva a nolo, tutte cose in cui se la sbrigava benissimo. Dorothy Mellings indossava uno di quegli indumenti singolari che usava per dormire, un camicione abbondante o un chimono oppure un telo di cotone proveniente dal Kenia legato in vari modi. Era un po' brilla, difficile dire se per l'alcool o per l'eccitazione e infilandosi a letto accanto al marito, continuava a ridacchiare e a lamentarsi in modo eccessivo: "O santo cielo, i miei piedi."

Lui l'abbracciava, lei gli si rannicchiava contro. Poi un'occhiata, un rapido accenno dell'uno o dell'altro al fatto che c'era Alice nella stanza, qualche bacio mezzo assonnato e si addormentavano, di colpo. Ma Alice non dormiva: se ne stava lì tesa, nella casa finalmente silenziosa, in quella stanza che era ben lungi dall'essere silenziosa perché... quanto rumore fanno due persone che dormono! Non era solo il respiro, profondo e imprevedibile, che giungeva regolare per poi trasformarsi in un sussulto o in un grugnito. Cedric aveva la tendenza a russare, finché, rendendosene forse conto lui stesso, si girava su un fianco e riprendeva a dormire silenziosamente. Ma non del tutto.

Quel loro respirare continuo, lì al buio, Alice non riusciva a smettere di ascoltarlo, perché le sembrava che stessero dicendo qualcosa che lei avrebbe dovuto capire e invece non riusciva, non capiva proprio. I due respiri diversi, dentro e fuori, dentro e fuori, continuavano senza sosta, e non poteva essere che così, ma a volte si fermavano del tutto imprevedibilmente per un tempo che le pareva interminabile, anche se sapeva che era l'intensità della sua concentrazione a farglielo sembrare più lungo di quanto in realtà non fosse. Se uno di loro, Cedric o Dorothy, tratteneva il fiato, l'altro continuava a respirare, dentro e fuori, tenendo desta la vita, finché il partner silenzioso tirava un sospiro e tornava a prender parte al dialogo che pareva svolgersi tra di loro. Era una conversazione, ecco l'impressione che aveva la bambina tesa nell'ascolto, come se i genitori fossero ancora intenti a chiacchierare tra loro, non a parole, ora, ma in un loro linguaggio segreto. Dentro e fuori, dentro e fuori, con arresti, brevi soste e cambi di intonazione, quasi che si stessero facendo delle domande l'un l'altro – per poi passare (e Alice non aspettava altro) allo stadio in cui il respiro si faceva regolare, profondo e remoto, sempre più remoto.

Quelle due persone, quei due esseri potenti sdraiati nel lettone che era l'altro punto centrale della casa, il primo era il grande tavolo in cucina; be', era come dormire nella stessa stanza con due extraterrestri, tanto estranei e segretamente pericolosi le sembravano i suoi genitori - da bambina, e poi già più grandina, sugli undici o dodici anni, e infine quando di anni ne aveva ormai quindici. Lei cambiava, cresceva, ma loro parevano immutati. Tutto si svolgeva sempre allo stesso modo, la scena dopo la festa, i due che si infilavano nel letto, tenendosi abbracciati e poi scivolavano di comune accordo in un sonno che li portava così lontano da Alice che lei si tirava su appoggiandosi sul gomito, e aguzzava gli occhi nell'oscurità in direzione di quelle due protuberanze lunghe e pesanti che erano i suoi genitori. Ma in quel momento non li riconosceva più come tali, si erano allontanati da lei, tanto da diventare irraggiungibili. A meno che lei non sgusciasse fuori dal suo sacco a pelo e andasse a toccare uno dei due fino a svegliarlo. E Cedric, o Dorothy, ridestati, tornavano a essere loro stessi; come se qualcun altro, un essere menzognero, scuro, spaventoso e misterioso avesse preso possesso di quei corpi addormentati, ma ne fosse stato scacciato dal gesto di Alice. E Dorothy, o Cedric, svegliati bruscamente e ancora assonnati, dicevano: "Cosa c'è, Alice? Va' a dormire." E le giravano le spalle per tornarsene in fretta in quell'altro paese lasciando al loro posto le due controfigure che di loro avevano solo l'aspetto. E allora Alice restava lì sveglia, ad ascoltare i respiri, i sibili, i brontolii cupi e inarticolati che provenivano dai due dormienti sdraiati al di sopra di lei, sul letto; e al tempo stesso ascoltava il suo sangue che pulsava e scorreva in tutto il corpo, e pensando a quanto circolava in quei due corpi là in alto... non riusciva a dormire; oppure si appisolava svegliandosi in preda all'ansia, e nel momento in cui spuntava un po' di luce dietro le tende silenziose e attente che vegliavano tutta la notte, testimoni al pari di lei del fatto che Dorothy e Cedric erano lontani da quel letto, dalla stanza, dalla casa, dai figli, lei scivolava fuori dalla stanza. La casa, naturalmente, era nel caos. C'era gente che dormiva un po' dappertutto, tanto che non osava quasi aprire le porte per paura di quello che avrebbe visto. Ma in cucina era al sicuro, e una volta lì cominciava a lavorare. Avrebbe voluto avere qualche aiuto, suo fratello Humphrey, per esempio. Ma lui, ben contento di accettare l'invito dei genitori a trovarsi un altro tetto sotto cui dormire, spariva regolarmente.

Dopo i dodici anni circa, Humphrey cominciò a restare fuori sempre più spesso, ospite non solo degli amici che abitavano nella stessa strada, ma di altri, disseminati in ogni parte del paese, a volte per settimane intere. Alice pensava che fossero state le feste a innescare quel processo. Provando quello che provava lei (non che ne avessero mai parlato, ma ne era certa), si era lasciato andare alla deriva come un animaletto marino che, aggrappatosi alla roccia per sopravvivere, fosse stato colpito da un'ondata e poi portato via. Anche lei aveva fatto lo stesso in seguito. Ma ognuno aveva agito indipendentemente dall'altro e ormai si vedevano raramente. Quando le chiedevano se aveva fratelli, Alice faceva quasi fatica a ricordarsi che uno, sì, l'aveva.

Erano anni che non pensava a queste cose; era stata la grande pentola argentea che stringeva tra le braccia a riportargliele alla mente. Avrebbe continuato a starsene lì se qualcuno non le avesse posato una mano sulla spalla: un uomo, un operaio a giudicare dalla tuta bianca e dalla borsa degli attrezzi – già, stavano risistemando il negozio davanti al quale si era fermata – il quale le chiese: "Tutto bene, cara?"

"Sì," disse Alice, "sì." Ed era come se avesse detto: "Cosa le fa pensare il contrario?"

"Cominciavamo a preoccuparci," disse lui. "Sembrava che avesse messo radici!" E rise, sperando che lei lo imitasse; la faccia gentile, quasi sicuramente quella di un padre, per non dire di un marito, esprimeva preoccupazione. Anche lei scoppiò a ridere e proseguì fino a casa, dove entrò con la pentola, orgogliosa della sua bellezza, delle sue dimensioni e della sua utilità, e lì in cucina si mise a preparare la minestra, sorridendo, mentre i compagni si avvicendavano ad assaggiarla o a mangiarsi un panino o qualche piatto pronto acquistato in un *take-away*. In realtà era attanagliata dalla disperazione per la perdita della sua vera casa e per quello che le era tornato alla mente mentre si era fermata là, sul marciapiede. Cristo santo, pensava, continuando a sorridere (l'Alice disponibile, servizievole, un vero tesoro), come hanno potuto farmi questo? Mi hanno portato via la mia stanza, così, come se non fosse neanche mia, come se l'avessi avuta solo in prestito, "Alice, dovrai cedere di nuovo la tua stanza." Quella storia era andata avanti per anni. Cosa cazzo credevano di fare? E ogni volta aveva avuto l'impressione che quella non fosse la sua casa, che non avesse diritto di starci, che in qualsiasi momento i suoi genitori avrebbero potuto buttarla fuori...

Che idiozia, pensava poi, mentre tagliava a pezzi, affettava, mescolava e sorrideva. La maggior parte della gente non ha neanche la metà di quello che ho avuto io, tanto meno una stanza propria...

Non importa, il congresso le avrebbe dato tanto da fare, da non lasciarle il tempo per simili pensieri. Già, era proprio una fortuna.

Il venerdì sera, dopo che tutti erano ormai arrivati e nella casa si ammassavano ventiquattro persone, quella straordinaria pentola diede da mangiare a tutti e venne riempita di nuovo, all'una di notte, quando gli ospiti erano ormai a letto, per essere pronta per il giorno dopo.

Alle nove e mezzo del mattino tutti i compagni di Londra erano arrivati. Passarono da una stanza all'altra, abbandonandosi a una serie di esclamazioni e di apprezzamenti sulle dimensioni e la comodità dell'edificio. Più di uno tra quelli che provenivano da case occupate meno fornite, ne approfittò per fare subito un bagno. Le provviste di pane in cucina furono saccheggiate all'istante e Alice corse fuori a comprarne dell'altro. Quel fine settimana le sarebbe costato un mucchio di soldi... meglio non pensarci.

Tutti lodarono anche l'addobbo del soggiorno.

Sul caminetto c'era un'enorme bandiera rossa, con in un angolo l'emblema dell'Ucc ricamato la notte prima da due delle ragazze di Birmingham. Sul liscio tessuto rosso vivo c'erano, in un altro angolo, la falce e il martello in oro, e in un altro ancora il gallo e la rosa, in verde.

Sulla parete di fronte alla bandiera era appeso un ritratto di Lenin. Accanto a Lenin, spiccava un grande manifesto con l'immagine di una balena e la scritta: "Salvate le balene!" Sulle altre pareti, altri manifesti dicevano: "Salvate la Gran Bretagna dall'inquinamento!", "Salvate la nostra campagna!", "Ricordatevi delle donne di Greenham Common!". Ce n'era anche uno dell'Ira, con il disegno di un soldato inglese che colpiva un ragazzino con le braccia legate. Su un tavolo nell'ingresso erano stati disposti degli opuscoli "A difesa dell'Ira", e altri su Greenpeace, parecchi libri su Lenin, una lunga poesia in versi sciolti su Greenham Common, altri opuscoli sul movimento femminista, sulla vivisezione, sull'alimentazione vegetariana, sull'uso di additivi chimici nei prodotti alimentari, sui missili Cruise, sui Trident, sullo scarico in mare delle scorie radioattive, sul maltrattamento dei vitelli e dei polli e sulle condizioni all'interno delle carceri inglesi.

Nell'atmosfera familiare, inebriante e rassicurante al tempo stesso che accompagna l'inizio di questo tipo di manifestazioni, circa cinquanta persone si accalcarono in soggiorno, sedendosi dove capitava, per terra, sui davanzali delle finestre. Fuori, il sole splendeva a sprazzi. All'interno, il riscaldamento appena riparato funzionava a pieno ritmo, tanto che si dovette aprire le finestre.

La maggior parte dei presenti aveva meno di trent'anni.

Alice era convinta di essere la più vecchia, tranne Roberta, che si metteva a ridere quando le chiedevano quanti anni avesse.

Gli sguardi di tutti erano rivolti a Bert e a Jasper, nonostante fosse stato deciso che se Pat fosse venuta, avrebbe fatto lei il discorso di apertura.

Tutti gli abitanti del 43 sapevano che Bert aveva passato giorni interi in attesa del suo arrivo, pronto a cogliere il minimo rumore che glielo annunciasse.

Ora se ne stava accanto al caminetto, in cui era stato posto un gran vaso di giunchiglie e di narcisi, e aveva appoggiato il gomito alla mensola in atteggiamento informale. "Questo è il primo congresso nazionale dell'Unione dei comunisti di centro. Dai piccoli semi crescono grandi alberi." Applausi vivissimi, sorrisi, risate soddisfatte. Mary Williams e Reggie battevano le mani, calmi ma con entusiasmo. Muriel se ne stava in un angolo, seduta per terra. Era lì in veste di spia, rammentò a se stessa Alice.

Bert non rise né sorrise. La vicenda con Pat lo aveva affinato, dandogli un aspetto sofferente, una sofferenza controllata dal pensiero. I suoi modi affabili e tranquilli erano scomparsi. Fece un breve cenno d'assenso verso l'uditorio e continuò dicendo che l'Ucc si proponeva di essere un partito non settario e intendeva prendere il meglio dai partiti socialisti esistenti, evitando i loro errori e i loro insuccessi. Basandosi sulle grandi tradizioni della classe operaia inglese, avrebbe agito per un cambiamento sociale radicale verso la rivoluzione "se sarà necessaria – e ogni giorno ci insegna che in questo nostro paese la classe dominante non ha intenzione di farsi sloggiare senza la forza..." Applausi, risate e battute di scherno. Una rivoluzione forte dell'esperienza della rivoluzione russa, della rivoluzione cinese e, se necessario, della rivoluzione francese, perché non era eccessivo dire che la lezione della rivoluzione francese non si era ancora completamente esaurita. Scopo del congresso non era quello di entrare nei dettagli di una linea politica, quello era un obiettivo ancora lontano, ma di elaborare una serie di principi generali. E ora lui, Bert Barnes, si sarebbe tirato da parte per lasciare la parola a un rivoluzionario molto più dotato e agguerrito di lui, il compagno Willis.

Jasper prese il posto di Bert. Non si appoggiò al caminetto, ma restò dritto come una freccia, con le braccia abbandonate lungo i fianchi, il ciuffo di capelli lustri biondo-rossicci e gli occhi fissi sul ritratto di Lenin. Attaccò a voce più alta di quella abituale, in un tono che ad Alice sembrò piuttosto teso. Ma lei era abituata al suo stile da tribuna e lo valutava secondo altri criteri; sapeva, per esempio, che non aveva quasi chiuso occhio la notte precedente, perché si era impegnato in una discussione appassionata e interminabile, e la mancanza di sonno aveva un'influenza negativa su di lui.

Il suo stile si basava sul ricorso alle formule consuete del lessico socialista, che enunciava come se si trattasse di una scoperta, tanto che quando cominciava c'era un attimo in cui pareva che gli ascoltatori fossero sul punto di scoppiare a ridere. Ma questo attimo passava subito, cancellato dalla sua serietà disperata e quasi estatica.

"Compagni! Vi do il benvenuto, compagni! Questo è un momento storico per tutti noi. Non siamo in molti in questa stanza, ma siamo gli eletti – eletti dall'epoca in cui viviamo, eletti dalla stessa storia! – e non c'è nulla che non possiamo fare se ci impegnamo." A questo punto, se fosse stato Bert o chiunque altro a parlare, ci sarebbero stati degli applausi. Invece si creò un silenzio teso. La verità era che i compagni non si aspettavano un tono di tale gravità, o almeno, non così presto.

"Conosciamo tutti le condizioni terribili in cui versa la Gran Bretagna, frutto di un atteggiamento criminale. Sappiamo tutti che il governo fascista e imperialista deve essere assolutamente rovesciato! Non c'è altro modo di andare avanti! Le forze che ci libereranno sono già in via di formazione. Noi siamo l'avanguardia e la responsabilità di un futuro glorioso sta in noi, nelle nostre mani."

Continuò su questo tono per venti minuti circa. Alice beveva ogni parola con un sorriso dolce, fiducioso, persino bello; questo era il Jasper che lei amava di più, ed era un'esperienza meravigliosa vedere il modo in cui gli altri reagivano. Anche quelli che lei sapeva critici, in momenti del genere lo ammiravano. O, almeno, riconoscevano che c'era in lui qualcosa di straordinario, un elemento assai diverso dal fascino esercitato dall'oratore naturale, da chi nasce con il dono dell'eloquenza. No, quello era un capo. Un vero leader. Alice stava in piedi vicino alla porta, pronta a sgusciare via in fretta quando fosse stato il momento di cominciare a preparare il tè. Ascoltava e osservava le persone: notava le loro reazioni e il crescere dell'attenzione. Era quello che succedeva quasi sempre quando Jasper cominciava a parlare: il nervosismo, persino la tendenza a soffocare una risatina, o magari a fare una domanda strana, sardonica e volta a sdrammatizzare nascevano dal fatto che il suo stile non era il tipico stile inglese, quello stile domestico, da chiacchiere in giardino, piuttosto ironico e spesso banale. Uno stile che Alice, naturalmente, sarebbe stata la prima ad ammirare. Era una caratteristica nazionale e le caratteristiche nazionali erano preziose. Ma Jasper era un caso speciale.

Lui doveva imporre loro la propria esaltazione sin dall'inizio, e quel giorno non si udirono risatine, soffocate sul nascere da chi si credeva migliore, più degno. Le espressioni tese che lei vedeva non erano dovute a un atteggiamento critico, anzi, piuttosto al fatto che gli ascoltatori stentavano quasi a credere nel messaggio, nel dono meraviglioso che Jasper offriva loro, come se non se ne sentissero degni. Lo sapeva ormai da un pezzo che quando parlava Jasper la gente non batteva le mani né gridava la propria approvazione, ma superato il primo momento di perplessità sarebbe rimasta in silenzio, silenzio che si sarebbe protratto per una ventina di secondi. Poi sarebbe esploso l'entusiasmo, improvviso, intenso, scatenato; la gente si sarebbe alzata in piedi, gridando e applaudendo. Gli applausi sarebbero continuati così, per poi spegnersi di colpo.

Fu esattamente quello che successe. L'applauso finale esplose con l'intensità di una liberazione, alcune donne si misero a piangere e tutti parvero profondamente commossi. (Non proprio tutti. Alice notò che Muriel se ne stava seduta senza applaudire come se facesse parte di un pubblico diverso. Il suo sguardo incontrò quello di Alice ma l'oltrepassò, come se lei non l'avesse vista o non volesse esser chiamata a rendere conto di questa assenza di reazioni emotive, che rasentava la cattiva educazione.) Tutti si alzarono in piedi, se già non lo erano, per applaudire con maggior slancio, tanto erano stati infiammati da Jasper, l'emissario di quello che lui stesso aveva definito "il futuro, il nostro glorioso futuro". Non riuscivano, in realtà, a sedersi di nuovo, e anche se l'intervallo per il tè non era stato previsto che di lì a un'ora, si decise ugualmente di interrompere la riunione.

La pausa durò a lungo perché molti si erano immersi in animate conversazioni. Queste non vertevano sull'Ucc o su qualche affermazione fatta da Jasper; il suo discorso d'apertura non fu quasi menzionato. L'intervallo per il tè stava per finire – i compagni Alice, Roberta e Bert avevano dovuto alzare la voce con minacce e avvertimenti di ogni sorta, tutti scherzosi, naturalmente, per far tornare le persone nel soggiorno – quando comparve Pat. Aveva un'aria spaventosa, proprio come Bert. Era pallida, magra e aveva perso il suo aspetto smagliante. Lei e Bert si scambiarono un abbraccio frettoloso, convulso e quasi colpevole, ma Pat evitò di guardarlo, dal che Alice capì che non si sarebbe trattenuta a lungo.

Il programma prevedeva che il discorso d'apertura fosse affidato a Pat e non a Jasper. Era stata una decisione saggia. Il suo stile era molto diverso da quello di Jasper; spiritoso, informativo, quasi dimesso. Lei ignorava il tono del discorso di Jasper, naturalmente. Parlò della nascita dell'Ucc – non in modo da fare appello all'emozione, ma riconducendo la causa al malcontento nei confronti dei partiti socialisti esistenti, che si accinse ad analizzare. In realtà stava fornendo un'analisi, succinta ma piuttosto competente, della situazione economica esistente in Gran Bretagna. Tutti ascoltavano attenti, ma con un tipo di attenzione diversa da quella riservata a Jasper. Si intromettevano con fatti e con cifre, ridevano sarcasticamente a commento di punti particolarmente validi e intervenivano con piccole ondate di applausi. Era una tragedia, Alice lo capiva, che Pat non fosse arrivata in tempo per tenere il discorso di apertura, così da permettere a Jasper di tenere il suo alla fine della giornata, come era stato stabilito. Stando così le cose, era quasi come se Jasper non avesse nemmeno parlato. Le sue parole erano state sprecate, anzi, sembrava quasi che non avessero lasciato traccia.

Quando il congresso si interruppe per dar modo ai partecipanti di attaccare la minestra, i panini e tutto quello che i compagni di Londra avevano portato con loro, le conversazioni di tipo politico che si accesero durante il lungo intervallo erano tutte ispirate alle osservazioni di Pat. Ma la politica non era l'argomento più dibattuto. L'occasione aveva dato modo di ritrovarsi a persone che non si vedevano da un bel po' di tempo, persino da anni. Altri, che la pensavano allo stesso modo, si incontravano per la prima volta, e già si profilava l'inizio di amicizie o nuovi amori, si intrecciavano domande sui compagni di Birmingham, Liverpool e Halifax che non erano potuti venire. E anche quelli che un tempo erano stati amanti si rincontravano; Pat e Bert non erano gli unici ad aver troncato la loro relazione. Erano quasi le tre quando i lavori ripresero, ma Bert, Roberta e Pat dovettero alzare la voce per interrompere le conversazioni in corso, in modo che il congresso potesse continuare.

Muriel non partecipò alla riunione pomeridiana; in realtà era sparita prima di pranzo. Era chiaro che aveva approvato il discorso di Pat, quanto aveva disapprovato quello di Jasper, e Alice se ne dispiacque. Muriel avrebbe reagito in modo molto diverso, Alice ne era sicura, se solo avesse potuto sentire parlare Jasper al momento giusto, alla fine, quando lui avrebbe potuto illustrare e riassumere le emozioni di tutti.

Dopo pranzo (anche se era quasi l'ora del tè) si discusse il primo punto all'ordine del giorno. Quali erano le tendenze attuali che indicavano la via verso il futuro? In primo luogo il malcontento per la disoccupazione "su cui bisognava fare leva". In secondo luogo "il disgusto delle masse per la politica del governo sugli armamenti nucleari", e in terzo luogo "il rifiuto crescente e ancora inespresso per la politica tory nell'Irlanda del nord".

Dopo il tè, che fu preparato verso le cinque, vennero discussi i modi in cui quelle tendenze potevano essere sottolineate e sfruttate. Avevano appena ripreso quando arrivarono altre persone da diverse parti di Londra. Avevano sentito del congresso ed erano interessate a seguirlo, anche perché avevano sentito parlare del partito che ne sarebbe emerso. Arrivarono compagni da Liverpool, da Birmingham e da Manchester che, per una ragione o per l'altra, non avevano potuto venire prima. E arrivò una delegazione dal 45, senza però il compagno Andrew. Nella stanza si erano radunate più di sessanta persone, troppe per stare comodi. Alcuni si spostarono nell'ingresso, dove si sedettero a parlare, ridendo e facendo un mucchio di chiasso. Il congresso terminò presto, prima delle sette, senza che si fosse arrivati al secondo punto dell'ordine del giorno: "Il futuro della Gran Bretagna: ipotesi di un socialismo totale."

La festa serale esplose all'improvviso. Prima che diventasse buio c'era già un baccano incredibile. Arrivarono gli intrusi, rendendo impossibile un discorso politico serio. Alice e Jasper, Pat e Bert continuavano a correre fuori di casa per andare a rifornirsi di cibi e di bevande. Reggie e Mary contribuirono con un gallone di sidro del Devon. La polizia arrivò alle undici, gli agenti non trovarono niente di strano e Alice li intrattenne con calma e sicurezza; con gli altri c'era anche la donna poliziotto che ormai sembrava quasi una vecchia amica. Alcuni dei vicini picchiarono alla porta all'una di notte lamentandosi di non poter dormire. Alice si scusò, ma c'erano settanta persone in casa, troppe per poter sperare nel silenzio. Non volevano unirsi a loro?

Solo alle quattro del mattino i compagni, esausti, si infilarono nei sacchi a pelo sparsi per tutta la casa dove rimasero fino a mezzogiorno, quando quelli che provenivano dalle città del nord dovettero rimettersi in viaggio. L'unica ad alzarsi prima fu Alice, che si accinse a riordinare la casa.

Alice continuò a servire minestra, panini, tè e caffè per tutto il pomeriggio e la sera. Qualche festaiolo rimase anche la notte della domenica e ripartì il lunedì all'alba.

Anche Pat se ne andò. Piangeva, e piangeva anche Bert.

Alice disse in tono irritato: "Oh merda, perché non la piantate una volta per tutte," e poi capì che doveva chiedere scusa. Ma non baciò Pat quando se ne andò. Si limitò a dire: "Oddio, sono così stufa di tutto!" e scoppiò in lacrime. Lasciò agli altri i piatti da lavare e se ne andò a letto, senza preoccuparsi che Jasper le fosse accanto o no.

Ma quando si svegliò lo vide, accoccolato allegramente

accanto a lei, con una tazza di caffè in mano. Era l'aria soddisfatta di chi sa di essersi comportato bene.

"Oh, cosa c'è, Jasper?"

"Sei in gamba, Alice," le disse piano. "È stato fantastico, quello che hai fatto."

Ma lei rimase impalata nel suo sacco a pelo, con le braccia lungo i fianchi e le gambe tese. Non stava pensando a Jasper, né al congresso, né a quel fine settimana, peraltro così divertente. Dentro di lei c'era uno spazio vuoto, una fossa, una tomba; aveva sognato, lo sapeva, la casa, ora chiusa con assi, su cui era affisso il cartello "In vendita." Aveva quasi la sensazione di risplendere di lacrime non versate.

"Alice," disse Jasper, "voglio dirti una cosa."

"Ti ascolto," disse lei, seria e distaccata. Lo vide esitare, trasalire. Si sentiva umiliato. Avrebbe dovuto preoccuparsene, ma non ci riusciva.

"Io e Bert... andiamo in Unione Sovietica."

Assimilata la notizia, lei osservò: "I compagni irlandesi non vi vogliono, ma i compagni sovietici sì?" Non era una battuta cattiva, ma la constatazione di una situazione di fatto, eppure si guadagnò un'occhiata carica di odio. Lui si era alzato e torreggiava su di lei, angelo infuriato pronto a scagliare dardi vendicatori.

"Senti un po', non tollero nessun atteggiamento negativo o distruttivo da parte tua, Alice."

Una pausa. Lei non si mosse e rimase in silenzio.

Incerto sul da farsi, lui si accoccolò di nuovo, deciso a conquistarla.

"Come mai tanta rapidità? Non è poi così facile andare in Unione Sovietica."

"Sabato sera uno dei compagni di Manchester ci ha detto che c'era un gruppo di turisti in partenza per Mosca, questa settimana. Ci sono dei posti liberi, perché qualcuno si è ammalato e ha dovuto rinunciare al viaggio. Possiamo avere i visti tramite l'organizzatore. Abbiamo già dato i passaporti e li riavremo al momento di partire."

"Bene."

Una pausa.

"Alice," esordì lui titubante, poi si fermò. Stava per chiederle dei soldi, ma sentiva quanto fosse inutile.

Lei disse: "Mi hai già portato via fino all'ultimo fottutissimo centesimo. Ho speso i soldi del sussidio di disoccupazione per la festa. È inutile che cerchi di spremermi. Non ho più niente." Vedendo che gli si stava dipingendo sul viso un'espressione avida e cattiva, lei disse, indifferente: "E mi è impossibile farmi dare altri soldi da Dorothy o da mio padre."

Lui restò lì accovacciato, con una mano sulle assi del pavimento, a studiarla in viso. Poi, con la solita agilità, si alzò e andò verso la porta. Mentre usciva, lei disse: "Se Pat ritorna prima della vostra partenza, Bert non verrà con te." Lui sbatté la porta; lei non girò la testa per guardarlo andar via, ma rimase immobile, come un blocco di pietra o un cadavere privo di vita a guardare la finestra, che ora era incorniciata dalle belle tende di broccato verde e oro che un tempo avevano ornato il soggiorno della casa di sua madre.

Si addormentò e si svegliò nel tardo pomeriggio. La casa era vuota, fece il bagno, si mise una gonna di morbida lana con delle grandi rose rosa su fondo marrone che un tempo era appartenuta a sua madre, e una maglia rosa che le aveva dato Pat.

Uscì decisa e andò al 45 dove entrò senza bussare: il fine settimana aveva unito le due case in una sola. Dalla cucina – un buco squallido, non una stanza luminosa, gradevole e piena di fiori come quella del 43 - uscì Muriel, che le rivolse qualche sorrisetto postfesta rigidamente razionato.

"Vorrei vedere Andrew, se è in casa."

Per evitare la scena della grattatina, Alice andò direttamente alla porta e bussò.

"Avanti," sentì, ed entrò, lasciando fuori Muriel.

Il compagno Andrew se ne stava sdraiato lungo e disteso come un soldato sul suo letto basso, proprio come Alice poco prima, ma, a differenza di lei, aveva le braccia incrociate sul petto.

Tirò giù subito le gambe e si mise seduto, scostandosi per far sedere Alice.

Lei si accomodò a debita distanza. "Devo sapere alcune cose," annunciò.

"Benissimo."

Ma lei rimase lì seduta, con le spalle curve, inquieta, senza riuscire a proseguire.

Lui la studiò per un po', apertamente, senza nasconderlo, poi si sdraiò di nuovo, tenendosi verso la parete. La tirò per un braccio e lei gli si sdraiò accanto senza opporre resistenza. C'erano venti centimetri buoni tra di loro. Lui non la toccò.

"Lo sapevi che Bert e Jasper vanno a Mosca?"

"Sì."

Una pausa. Lei stava pensando nel suo solito modo: un'elaborazione lenta e attenta delle possibilità latenti in ogni cosa.

"Ma non sei stato tu a suggerirlo."

"No, non sono stato certo io."

"Già."

Il silenzio si prolungò. Lui si chiese persino se lei si fosse addormentata; sembrava così pallida e sfinita. La studiò, girando un po' la testa, poi le prese delicatamente il polso destro con la mano sinistra. Lei si tese immediatamente, poi si lasciò andare; era un gesto molto diverso dalla stretta fulminante di Jasper.

"Alice, dovresti proprio sbarazzarti di quella gentaglia."

"Gentaglia!" protestò lei, con le poche forze che le restavano. "Sono *persone*."

Lui disse di proposito: "Sono tutti delle mezzecalze."

Lei trattenne il fiato, poi riprese a respirare con calma.

"Cosa ti ha detto Muriel?"

"Cosa può avermi detto, secondo te? Tu non sei una stupida, Alice."

Si sentiva umida e gonfia. Le lacrime le colavano lungo le guance, o almeno così le sembrava.

"E la festa, allora," disse lei, quasi singhiozzando. "Tu non c'eri."

Lui rimase zitto.

Poi, piano, le infilò il braccio sotto il collo e appoggiò la mano sinistra sul suo braccio destro, in alto. Sembrava che la stesse sorreggendo piano e che al tempo stesso la tenesse così per assicurarsi che non scivolasse via, lontano.

"Alice, devi lasciarli perdere."

"Alludi a Jasper."

"A Jasper, a Bert, e a tutti gli altri. Non fanno sul serio."

"Loro non la pensano così."

"Ma tu sì, o almeno credo."

Un altro silenzio. Lei si era quasi rilassata nella stretta, e lui allungò la mano destra, appoggiandola alla vita, sotto il seno. Ma lei non voleva, non poteva sopportare una cosa del genere, e lo allontanò con uno scossone, irritata.

"Stanno giocando, Alice, come dei bambini con gli esplosivi. E sono molto pericolosi. Pericolosi per sé e per gli altri."

"E voi non siete pericolosi?"

"No."

Lei fece una risatina di scherno ma anche di ammirazione.

"No, Alice. Se si fanno le cose come si deve, per bene, si colpiscono solo quelli che si devono colpire."

Lei ci rifletté sopra un bel po' e lui non la interruppe.

"Da chi prendi ordini?" gli chiese poi.

"Io prendo ordini, e ne do."

Lei tornò a riflettere.

"Sei stato addestrato in Unione Sovietica?"

"Sì."

"Tu sei russo," affermò lei.

"Mezzo russo, mio padre era irlandese. Ma non ho intenzione di annoiarti con la storia della mia vita."

A questo punto passò un bel po' di tempo, dieci minuti circa. Lei poteva anche essersi addormentata, perché respirava profondamente e lentamente, ma aveva gli occhi aperti.

Lui si girò leggermente verso di lei, e immediatamente lei si tirò su e si allontanò da lui, pur restando nel cerchio del suo braccio.

"Sei una donna pura e buona," disse piano il compagno Andrew. "È questo che mi piace di te."

La frase parve invitarla a una meditazione quasi più lunga di quelle precedenti. Quello che lui vedeva sul suo viso era uno sguardo astratto e assorto dovuto alla estrema stanchezza, ma c'era anche una ritrosia che quasi lo spingeva a insistere. Quasi: qualcosa lo fermò, forse il fatto che quella ritrosia mascherava una reazione sorprendentemente violenta alla parola "pura". Lei, Alice, era pura? Lo era stata per tutto quel tempo senza saperlo? Be', forse! Ci doveva pensare; se una delle sue caratteristiche era quella di essere pura, tanto valeva abituarcisi! *Ma che parola!* Non si poteva usare una parola così in Inghilterra, era anacronistica, assurda. Se lui non lo sapeva, allora... come venivano addestrati, quelli come Andrew? Forse non importava che fosse così diverso, un estraneo, dopo tutto l'Inghilterra era piena di stranieri. Che importanza aveva avuto lì, al 43 o al 45? Be', dipendeva da quello che voleva ottenere. Le sue arie da Lenin non aveva urtato nessuno (tranne Faye e Roberta), ma lei, Alice, conosceva solo una parte del quadro. Cos'altro aveva in mente?

Alla fine lui ruppe il silenzio dicendo: "Alice, credo che dovresti prenderti una vacanza."

Questo la lasciò così stupefatta che cercò di rialzarsi. Lui la risospinse giù.

Tornò a sdraiarglisi accanto e il corpo forte e caldo di lui cominciò a emettere ondate di sensazioni che la attraversarono. Ne era affascinata e disgustata. Tenne gli occhi fissi sul soffitto perché sapeva cosa avrebbe visto se avesse abbassato gli occhi sul corpo dell'uomo. Lei non aveva nessuna intenzione di lasciarsi invischiare, "pura" o no che fosse!

"Non capisco perché vorresti sempre farmi fare delle cose così borghesi," disse.

"Cosa c'è di borghese in una vacanza? Tutti devono fare un po' di vacanza. La vita moderna è faticosa per tutti." Pensò che lui la stesse prendendo in giro, ma uno sguardo le bastò per capire che parlava sul serio.

"In ogni caso, dove potrei andare? Tu disprezzi tutti quelli che conosco."

"Non ho detto tutti."

"Già, mi sembra che tu non abbia incluso Pat. Lo sapevi

che ha lasciato Bert perché anche lei ha dei dubbi sulla sua serietà?"

"Sì, lo sapevo. *Lei* sì che è una persona seria. Come te, Alice."

"Be', tu stesso pensavi di affidargli qualche incarico."

"Ho cambiato idea," disse Andrew in tono grave. "È stato un errore di valutazione."

"Be', non so," commentò lei, esausta. E si mise a tirare su col naso come un bambino.

"Io invece lo so. Tu sei stanca, compagna Alice, non fai che lavorare per gente che non se lo merita."

Lei emise un vero lamento, ancora una volta simile a quello di un bambino, e si girò verso di lui che la tenne stretta, come se fosse davvero una bambina, pronunciando parole di conforto, di consolazione. Lei scoppiò in un pianto interminabile.

"Povera Alice," disse lui, infine. "Ma non serve piangere. Devi prendere una decisione. Senti, quei due Errol Flynn partono per Mosca. Perché non te ne vai prima che tornino?"

"Errol Flynn?"

"Cosa c'è che non va? A me i suoi film sono sempre piaciuti."

"C'è una gran differenza nelle nostre due culture," disse lei, in tono sognante, parlandogli contro il petto. Se ne stavano sdraiati in modo che la sua protuberanza dura non la sfiorasse, così lei non ci fece caso.

"Questo è vero. Ma alla gente deve ben piacere Errol Flynn. Altrimenti perché sarebbe diventato famoso?"

"Be'," fece lei, "ci penserò. A tutto quello che mi hai detto."

"Brava, è una buona idea."

"E quando tornerai?"

"Come fai a sapere che sto per andarmene?"

"Oh, era solo una supposizione."

Lui ebbe un attimo di esitazione. "Hai ragione, è vero. Me ne andrò probabilmente per qualche settimana..." La sentì irrigidirsi, e disse: "Forse solo un paio." Un'altra pausa. "Senti, Alice," riprese lui, "devi assolutamente lasciarli perdere. Credimi, ho una certa esperienza di questo genere di persone. Non fanno che guai."

Dopo qualche minuto lei si mise a sedere, prendendogli le mani e scostandole in un modo molto ordinato, da donna di casa.

"Grazie, compagno Andrew," disse. "Ti prometto di pensarci. Davvero, penserò a tutto quello che hai detto."

"Grazie a te, compagna Alice. Sono sicuro che lo farai."

Sulla soglia si girò a rivolgergli un sorriso imbarazzato e

se ne andò in fretta per non dover parlare con Muriel che, per quanto seria fosse, non era certo il tipo da suscitarle alcuna simpatia.

I giorni che seguirono furono tra i più felici che Alice avesse mai trascorso.

Di solito, quando Jasper si metteva a rimorchio – un'espressione usata spesso da altri, mai da lei – di qualcuno in cui, come in Bert, riconosceva in qualche modo un fratello, lei lo vedeva pochissimo. Ma questa volta i due le chiesero di accompagnarli ovunque. Al cinema, per esempio, più di una volta. Al National Theatre: Bert diceva che Shakespeare aveva molto da insegnare in fatto di lotta di classe e che dovevano imparare a servirsi di tutte le armi che la vita offriva loro se non volevano rimanere dei marxisti primitivi. Trascorsero una serata in un pub che, secondo Alice, Jasper aveva scelto con cura perché lei non potesse scoprirvi neppure il più piccolo indizio sulla sua vita segreta. E neppure Bert...

Anche se non andarono a scrivere slogan sui muri, che era l'attività favorita di Alice, Jasper le propose di partecipare a una manifestazione. Lo fece, Alice se ne rese conto, per farle piacere, e per farsi perdonare d'essere stato via.

Le discussioni sul tipo di manifestazione a cui partecipare furono piacevoli quanto la spedizione stessa. In quel particolare momento della storia dell'Inghilterra, connotato da una vena tipicamente fascista, non mancavano certo i motivi per protestare; ma il caso volle che quel particolare fine settimana ne offrisse un'ampia scelta. Il ministro della Difesa doveva parlare a Liverpool, il primo ministro a Milchester e un professore americano particolarmente reazionario a Londra. La sua "tesi" — che le differenze fra gli esseri umani avevano origini genetiche e non culturali — aveva suscitato, com'era prevedibile, i furori del movimento delle donne e Faye diventava isterica solo a sentirlo nominare. Il venerdì sera, dopo aver ottimamente cenato con la zuppa di Alice e una pizza, sedettero tutti intorno al tavolo e discussero di quel che avrebbero fatto l'indomani.

La cucina era calda e accogliente. Il boccale sullo sgabello era pieno di tulipani e lillà. Reggie e Mary avevano portato due bottiglie di vino rosso, sul quale Reggie – *naturalmente* – aveva dissertato con competenza.

Sebbene si fosse quasi a maggio fuori cadeva una pioggia fredda e tenace e ciò rendeva l'ambiente e la compagnia ancora più piacevoli. Questo pensava Alice, sorridendo piena di gratitudine, sebbene avesse una stretta al cuore. Il suo povero cuore in quei giorni sembrava possedere una vita autonoma e si rifiutava di obbedirle. Ma trascorrere una lunga tranquilla serata con dei buoni amici costituiva un indubbio piacere. Dopo il congresso, infatti, si sentivano più uniti e le tensioni sembravano scomparse.

Anche Philip, che durante il fine settimana avrebbe lavorato e non avrebbe perciò potuto accompagnarli, volle partecipare alla discussione. Disse per esempio che per conto suo avrebbe scelto la manifestazione di Greenpeace; era grazie all'opera di Greenpeace che il governo era stato costretto a riconoscere la gravità dell'inquinamento radioattivo, altrimenti avrebbe senza dubbio continuato a mentire. Reggie e Mary, che il giorno dopo si sarebbero recati nel Cumberland, si dissero d'accordo: era proprio quello che pensavano. Perché loro – non poterono trattenersi dall'aggiungere – erano convinti che una dimostrazione contro un fatto preciso, per esempio lo scempio edilizio di una costa, fosse molto più efficace che inveire genericamente contro Maggie Thatcher. Rivelando in questo modo come la pensava circa le loro opinioni politiche, o almeno circa i loro metodi, Reggie raffreddò alquanto il buon umore generale, tuttavia ne rimase abbastanza per prendere in giro i due sostenitori di Greenpeace con un robusto coro di versacci.

"Proprio così," ribadì Mary prendendo la mano di Reggie fra le sue per farsi coraggio, "non *le* farete certo cambiare le sue idee con qualche fischio. Ci vogliono fatti."

"Sono d'accordo," disse Philip. Gli costava un notevole sforzo dissentire dai veri detentori del potere nella comune (ora non la chiamavano più casa occupata). Ma vi riuscì. Sembrava ancora più magro e gracile di quanto fosse prima di iniziare il nuovo lavoro. Il volto era pallido e tirato, gli occhi arrossati. Ma aveva al tempo stesso un'aria battagliera e decisa; stava attraversando un momento difficile, il greco che lo aveva assunto si lamentava perché era troppo lento.

Oh sì, tutta questa armonia, questo volersi bene erano abbastanza precari, pensava Alice mentre sedeva sorridendo; sarebbe bastato un nonnulla e puff! sarebbero svaniti. Strinse fra le mani a coppa la tazza del caffè e le sembrò che quel calore la rincuorasse, tanto che si disse: siamo come una famiglia, la nostra *è* una famiglia.

Ma Faye esclamò, scoprendo i denti bianchi nella sua caratteristica smorfia di freddo furore: "Macché fischi! Macché urla! Io *quello* l'uccido! Che diritto ha di venir qui a sprizzar veleno contro le donne? Ce ne sono già fin troppi da noi di reazionari!"

"Sì," incalzò Roberta, "strisciano fuori dalle loro piccole

tane e rivelano il loro vero colore. Vieni con noi, Jasper? E tu Bert? Non volete dimostrare la vostra solidarietà alle donne?"

Vi fu un attimo di silenzio. Era a Milchester che Alice voleva andare. Da Margaret Thatcher. Ma a Liverpool avrebbero potuto arrivarci senza spendere nulla. Qualcuno avrebbe dato loro un passaggio. Jasper sapeva che lei preferiva Milchester. E anche Bert. Alice aveva detto che non aveva soldi. Ed era vero; le era rimasto soltanto il suo sussidio. Era pronta quindi ad andare a Liverpool. Detestava il ministro della Difesa e non soltanto per le sue idee politiche — la sua faccia furbastra e malevola di conservatore la indisponeva profondamente.

Quanto al professore americano fascista, non riusciva a capire perché Roberta e Faye se la prendessero tanto. Non le era mai stato chiaro perché il termine "genetica" le facesse infuriare. Pensò che erano un po' sciocche, persino frivole. Se quella era la situazione – be', tanto valeva accettarla e partire da lì per modificarla.

Una volta, tanto tempo fa, quando ancora studiava, aveva detto – in buona fede, senza presunzione (nel sincero tentativo di raggiungere un'armonia fondata su un'identità di vedute) – che le donne avevano il seno "e tutto il resto" mentre gli uomini avevano "altri attributi" e che senza dubbio queste erano differenze genetiche. E se era così le loro ghiandole e i loro ormoni erano per forza diversi. Geneticamente. Questo aveva provocato delle reazioni così vivaci e risentite che c'erano voluti giorni perché nella comune ritornasse la serenità. Tutta questa faccenda sul sesso, pensava, era un'esagerazione. Tutto veniva collegato al sesso! La gente finiva per non capire più niente. Per non capire più se stessa. Quanto a lei, doveva giusto imparare a starsene tranquilla e lasciarli dire quel che volevano! Purché non cercassero di coinvolgerla...

Vent'anni prima, o forse più, sua madre, con il suo solito tono superficiale, amichevole, esuberante, ipermaterno, aveva informato Alice che presto avrebbe avuto le mestruazioni, dicendosi peraltro certa che sapesse tutto sulla faccenda. Naturalmente Alice ne aveva udito parlare a scuola ma nel sentirselo annunciare da sua madre si rese conto per la prima volta che la cosa la riguardava personalmente. Questo la rese furibonda non contro la Natura ma contro sua madre. Da allora il suo atteggiamento nei confronti della "tortura" mensile – sua madre insisteva a usare questa amena espressione sostenendo che era molto appropriata – fu di distaccata efficienza. Non intendeva permettere che un avvenimento così fastidioso interferisse in alcun modo con la sua vita.

Quando qualcuno cercava di scoprire come la pensasse sul femminismo e sul sesso era sempre a questa iniziazione (tale la considerava) che ripensava. "Certo gli esseri umani *dovrebbero* essere tutti uguali," rispondeva in un tono che rivelava subito una certa irritazione. "Non occorre dirlo." Ma finiva sempre per sentirsi in una posizione falsa.

Ora perciò rimase zitta, stringendo fra le mani la tazza di caffè che si stava rapidamente raffreddando e sforzandosi di sorridere in attesa che gli amici passassero a un altro argomento.

E infatti a un certo punto Bert dichiarò: "Mi è sempre piaciuta Milchester."

Questa sembrò a molti di loro una dichiarazione poco pertinente. Era forse sbronzo? Senza dubbio aveva preso a bere molto più di quanto avrebbe dovuto. Tutti in quei giorni cercavano di tenerlo allegro. Forse senza neppure rendersene conto, indotti dal suo aspetto, dal suo comportamento. Era arrogante, irritabile, persino assente, come se fosse distratto di continuo da altri pensieri.

Bert insisté: "È sempre stata una città fortificata."

Si levò un coro di esclamazioni incredule. Faye disse: "Buon Dio, sei pazzo. Per questo ti piace? Ti piacciono i soldati, la guerra?"

"Ma è interessante," protestò Bert. "Chissà perché certe città conservano le stesse caratteristiche, secolo dopo secolo. Milchester era una guarnigione già al tempo dei romani."

Silenzio. Disorientati da questa nota fuori registro gli altri ricordarono che Bert aveva studiato storia all'università.

"Anche le nazioni non cambiano, se è per questo," incalzò Bert. "L'Inghilterra è sempre la stessa, la Russia è sempre la stessa. La Germania..."

"Tra poco ci parlerai delle diverse caratteristiche nazionali come di altrettante condanne genetiche," interloquì vivacemente Faye.

Bert, richiamato alla realtà dal suo tono irritato, si strinse nelle spalle e tacque.

"Andremo a Milchester," proclamò Jasper e, cogliendo lo sguardo di Alice, sorrise e le strizzò l'occhio. Con orgoglio. Era fiero d'essere gentile con lei. Questo voleva dire che le avrebbe pagato il viaggio. Andata e ritorno alla tariffa ridotta del fine settimana. *Undici sterline.* Per tutti e tre, trentatré sterline. Con quella somma avrebbero potuto comprarsi... ma no, che sciocchezza; tutti avevano diritto a qualche distrazione. A una vacanza. L'aveva detto anche il compagno Andrew.

Rivolse a Jasper un sorriso complice mentre le salivano agli occhi lacrime di riconoscenza, ma Jasper distolse lo sguardo per sfuggire al ricatto della sua commozione.

Faye disse con violenza a Roberta: "A quanto pare noi due dovremo arrangiarci da sole!"

"Non da sole, tesoro. Niente affatto. Ci sarà un mucchio di gente, ne sono certa."

Faye ridacchiò fra sé, rivolgendo occhiate accusatrici ai compagni, poi annunciò: "Vado a letto." Uscì dalla cucina senza salutare. Roberta chiese a tutti scusa per Faye con un timido sorriso, poi la seguì. Udirono Faye esclamare, mentre saliva le scale, che erano un branco di fascisti e sessisti e si scambiarono delle occhiate divertite.

Poi Reggie e Mary dissero che l'indomani mattina sarebbero partiti alle cinque per poter essere nel Cumberland in tempo per la manifestazione e che perciò dovevano coricarsi presto.

Anche Philip andò a dormire; cominciava a lavorare alle otto.

Jasper, Bert e Alice si trattennero per definire il programma per l'indomani. Alice capì che Jasper non voleva che lei tirasse frutta o uova contro la signora Thatcher. Non lo disse chiaramente ma era evidente. Significava che la voleva lì con sé, non in prigione. E questo la rese pazzamente felice e piena di gratitudine. Con enorme fatica riuscì a resistere all'impulso di abbracciarlo, ma con il suo sorriso gli inviò dei baci fraterni. Jasper se ne rese conto e pur esponendo a lei i suoi piani, parlò a Bert. Non aveva nessuna intenzione di farsi arrestare perché lui e Bert dovevano recarsi quanto prima nell'Unione Sovietica. I visti dovevano arrivare da un giorno all'altro ma se anche non fossero giunti in tempo la settimana dopo vi sarebbe stato un altro viaggio organizzato a cui avrebbero potuto partecipare.

Alice capì che avrebbe dovuto restarsene tranquilla tra la folla e provò una certa delusione; pazienza, si sarebbe rifatta un'altra volta.

Bert annunciò che andava a letto. Immediatamente Jasper si alzò e disse che avrebbe fatto lo stesso. Alice comprese che non voleva restare solo con lei, anche se era stato contento che lei fosse lì mentre c'era anche Bert. Salì nella stanza che aveva diviso con lui, contigua a quella di Bert. Ora che non c'era più Pat, Bert naturalmente faceva poco rumore, ma Alice sentì che dormiva male. E, malgrado la porta ben chiusa, sentì anche che Faye era in preda a una delle sue crisi.

"Faye ha avuto una delle sue crisi la notte scorsa," avrebbe detto l'indomani Roberta. L'espressione vecchiotta – vittoriana? – usata la prima volta da Faye con divertita ironia ("M'ha preso una delle mie crisi, miei cari") – aveva perso ormai ogni connotazione umoristica ed era entrata nel loro linguaggio consueto. Roberta, quando la pronunciava, usava un tono anacronisticamente umile e dimesso, come se stesse interpretando la parte di una domestica o di una persona di bassa estrazione in una vecchia commedia. Ma quando erano veramente loro stesse, Faye e Roberta? Solo nei particolari momenti in cui le loro voci ritornavano rauche, stonate, sgangherate, ed entrambe sembravano a un tratto due estranee, senza più nulla in comune con la Faye e la Roberta che tutti conoscevano.

Alice dormì male. Si svegliò sentendo Reggie e Mary che scendevano le scale; parlavano allegramente a voce alta come se fossero soli, in casa loro. Poco più tardi udì Roberta e Faye scendere in cucina in silenzio, senza far rumore. Vennero le nove prima che Bert si svegliasse nella stanza accanto; sentì che si accendeva una sigaretta dietro l'altra. Forse non andremo affatto da quella cagna della Thatcher, pensò. E scese nella cucina deserta, decisa a non rivelare la propria delusione. Finalmente Bert si alzò. Andò subito a svegliare Jasper che, Alice se ne rese subito conto, avrebbe volentieri mandato a monte il loro programma. Pioveva forte.

Ma uscirono e presero il treno; e attraverso i vetri sporchi del finestrino e scrosci grigi di pioggia osservarono la città cedere a poco a poco il posto alla campagna. Bert taceva, immerso nei propri pensieri che – sospettava Alice – avrebbe diviso con Jasper se lei non fosse stata lì. Jasper la trattava con cortesia.

Alla stazione presero l'autobus per l'università. I grandi edifici spettrali incombevano su di loro dietro la cortina di pioggia e Alice si sentì invadere da un furore omicida. Conosceva molte delle nuove università; era stata a visitarle, a manifestare davanti al loro ingresso. Quando ne vedeva una le sembrava di trovarsi davanti l'immagine concreta del male, qualcosa che cercava di stritolarla e umiliarla. Il nemico. Se potessi metterci sotto una bomba, pensava, se potessi... be', un giorno o l'altro...

Erano in ritardo. Davanti all'ingresso principale una sessantina di dimostranti si riparavano alla meglio sotto ombrelli e cappucci di plastica, sorvegliati da un'ottantina di agenti. A quella vista Jasper uscì dal suo torpore e cominciò a gridare: "Fascisti, porci. Vigliacchi! Quanti ce ne vogliono di voi per ognuno di noi?" Alice accelerò il passo per raggiungerlo ed essergli accanto, pronta a calmarlo. Bert li seguì senza affrettare il passo.

Le auto ministeriali arrivarono a tutta velocità e prima che Alice, Jasper e Bert raggiungessero la folla la Thatcher scese e fu fatta subito entrare. Della frutta e – come Alice aveva sperato – delle uova solcarono l'aria e ricaddero al suolo con tonfi sommessi. La Thatcher era già entrata.

I dimostranti intonarono cantilenando i loro slogan: "Via i missili nucleari. Via, via, via. Via i missili nucleari, via, via, via."

Continuarono per un pezzo con ammirevole costanza. La Thatcher sarebbe rimasta là dentro almeno un paio d'ore.

I poliziotti avevano l'aria annoiata e risentita, costretti com'erano a starsene lì sotto la pioggia. Erano più che disposti a lasciarsi provocare. La ragazza accanto ad Alice raccolse da terra un'arancia e la lanciò contro un agente colpendone l'elmetto. Due suoi colleghi si diressero con espressione soddisfatta verso di lei. La ragazza si aprì un varco tra la folla cercando di fuggire ma i due la raggiunsero senza fatica e la trascinarono come un peso morto verso un furgone, con i lunghi capelli bruni bagnati di pioggia che le ricadevano dalle spalle come uno strascico. Al ritorno i due poliziotti furono accolti da un coro di fischi e da grida di scherno. Alice sentiva che Jasper, accanto a lei, riusciva a stento a dominare la propria eccitazione. Sperava che si scatenasse una vera zuffa, ma lo stesso valeva per lei e per gli agenti che sogghignavano con aria di sfida. Alice, ricordandosi del proprio ruolo, disse a Jasper: "Bada, quello laggiù è un violento, aspetta solo di poterti mettere le mani addosso." E, quando sembrò che Jasper stesse per entrare in azione, aggiunse: "Ricordati, è sabato. Non farci passare il fine settimana in galera. E comunque c'è il tuo viaggio, non dimenticarlo."

Altri, meno preoccupati delle conseguenze, stavano lanciando frutta e uova contro i poliziotti e venivano prontamente trascinati sul furgone.

"Fottuto Stato di polizia," urlò Jasper, ormai incapace di controllarsi. Si spostava qua e là tra la folla come se fosse inseguito.

I dimostranti gli fecero eco. "Stato di polizia, Stato di polizia," gridarono.

Alice scorse gli agenti scambiarsi un'occhiata d'intesa; capì che alla minima provocazione sarebbero stati tutti arrestati. Lei lo sperava, non vedeva l'ora di sentire sulle spalle la rude pressione delle mani dei poliziotti; si sarebbe lasciata cadere e sarebbe stata trascinata sul furgone... Tuttavia disse a Jasper: "Vieni, andiamo," gli afferrò la mano e insieme cominciarono a correre. Bert, che se ne stava per proprio conto in prima fila, quando cominciarono gli arresti si trasse da parte e rimase immobile a osservare la scena. Ma fra non molto avrebbero preso anche lui. Alice, con la mente in fiamme, il viso stravolto per l'eccitazione, si gettò tra la folla, volò in mezzo agli agenti, compiacendosi della propria abilità, afferrò Bert per un braccio e gli gridò: "Su, vieni." Bert, risvegliato dal suo torpore, le rispose: "Oh sì. Sì, Alice, hai ragione." E la seguì.

"Prendeteli," gridò un agente mentre i tre si mettevano a correre.

Cinque o sei poliziotti si lanciarono al loro inseguimento ma uno scivolò in una pozzanghera, cadde in avanti e rotolò nel fango e quando cercò di alzarsi cadde di nuovo. A quanto pareva si era fatto male. I colleghi gli si affollarono intorno. Frattanto, delusi che la caccia fosse durata così poco, i tre avevano raggiunto la fermata dell'autobus. Continuava a cadere una pioggia gelida e fitta.

Scomparso il pericolo dell'arresto, anche la loro euforia svanì. Nel complesso il viaggio era stato una delusione. Avevano speso un sacco di soldi per niente, o quasi.

Entrarono in un bar. I ragazzi mangiarono salsicce e patatine fritte; Alice una sana zuppa di verdura.

Discussero se fosse il caso di ritornare davanti all'università ad attendere l'uscita della Thatcher. Alice era favorevole anche se nutriva qualche timore circa l'effetto che avrebbe potuto avere su Jasper la vista di quel volto bianco e roseo, compiaciuto e sicuro di sé. Se l'avessero tenuto dentro tutto il fine settimana il biglietto sarebbe scaduto e lunedì avrebbero pagato il doppio per il ritorno.

Tuttavia le pareva di non aver ricevuto abbastanza in cambio dei soldi spesi.

Decisero di tornare indietro per solidarietà verso gli altri manifestanti – se n'era rimasto qualcuno. Ma si mise a piovere forte. Una vera pioggia tropicale, sempre che si potesse chiamare tropicale una pioggia così gelida.

Andarono alla stazione e ripresero, depressi, il treno per Londra. Appena arrivati andarono al cinema e poi a casa dove trovarono in cucina Faye e Roberta. Si scambiarono il resoconto della giornata. Era chiaro che loro – Jasper, Alice e Bert – avevano sbagliato a non andare alla manifestazione contro il professore americano, che aveva avuto un enorme successo. C'erano almeno mille persone, disse Faye. Alice corresse automaticamente la cifra in "seicento". Quasi tutte donne, ma anche molti uomini. Avevano malmenato per bene il professore, per poco non lo avevano gettato a terra, insomma gli avevano fatto prendere un bello spavento. "Be', questo dovrebbe per lo meno dargli da pensare," commentò allegramente Roberta, ricordando di avergli gridato che era uno sporco maschilista al soldo dei fascisti.

Vista in retrospettiva, anche la dimostrazione contro la Thatcher sembrava ben riuscita. Dopo tutto c'erano stati parecchi arresti. Reggie e Mary avevano — naturalmente! — la televisione in camera. Salirono tutti nella stanza di Reggie e Mary e si scambiarono ironici commenti sul grande letto a due piazze, i mobili senza un filo di polvere, i tappeti. Sedettero sul letto e guardarono il telegiornale. Nessun accenno al professore e solo un breve filmato degli scontri fra dimostranti e polizia davanti all'università. I tre furono delusi di non vedersi sullo schermo. Il lettore del telegiornale disse che a un certo punto la polizia aveva temuto che fosse stata lanciata una bomba. "Era un'arancia!" strillò Alice. Tutti scoppiarono a ridere e tornarono in cucina portando con sé quattro bottiglie di vino prese da una cassetta che Reggie e Mary tenevano sotto il comò.

"Tanto non se la prenderanno di certo," disse Faye ridendo, in un tono che sottintendeva come tutti loro sapessero che invece se la sarebbero presa moltissimo.

Arrivò Philip, ma era stanco e andò subito a letto.

I cinque rimasero alzati fino a tardi a bere e a chiacchierare. Via via che le ore passavano la dimostrazione contro la Thatcher sembrava loro sempre più riuscita. Brindarono ai compagni arrestati dalla polizia. Alice era delusa di non essere con loro – a dire il vero era già un pezzo che non veniva arrestata; cominciava a temere di non fare abbastanza per la Causa.

Ma era stato meglio così perché il lunedì Jasper e Bert vennero informati che i visti erano pronti e potevano partire. La partenza era fissata per il pomeriggio.

Alice li salutò dicendo: "Ci rivediamo fra dieci giorni."

Vide che si scambiavano un'occhiata – un altro di quei ridicoli, offensivi, eloquenti sguardi "d'intesa" che tutti continuavano a scambiarsi. All'improvviso le venne il sospetto che forse non avevano affatto intenzione di ritornare dopo dieci giorni.

Ci pensò a lungo, ci dormì sopra e poi scrisse a Pat, all'indirizzo che le aveva lasciato.

Bert e Jasper sono partiti, le scrisse, perché non vieni a stare qui per un paio di giorni? Se non puoi venire, almeno scrivimi. Sai niente di questo viaggio? Bert ti ha detto quanto sarebbero stati via?

In risposta alla lettera le arrivò una cartolina. "Telefonami alle nove giovedì o venerdì. Con tanto affetto, Pat." Quel "tanto affetto" colpì Alice, che pianse un po'.

Quando udì la voce squillante, calma, piacevole di Pat, Alice implorò: "Ti prego, Pat, vieni a trovarmi."

"Ma sono senza soldi."

"Ti pagherò io il biglietto. Vieni."

Pat accettò e Alice comprese dal sollievo che provò quanto poco a suo agio si sentisse con Faye e Roberta e quanto poco avesse in comune con i rispettabili Reggie e Mary.

Pat arrivò l'indomani e le due ragazze si chiusero in salotto a chiacchierare e scambiarsi notizie. Nella comune in cui ora viveva Pat aveva incontrato delle persone che conoscevano Alice. Alice le raccontò della manifestazione anti-Thatcher. Accennò anche cautamente al professore fascista nella speranza di ricevere da Pat un appoggio alle proprie teorie. Ma sul volto di Pat comparve l'espressione risentita che Alice si era in fondo attesa. Pat prese una sigaretta e cominciò a fumare con rabbia.

"Non crederai che sia un caso," disse, "che tutta questa storia delle differenze genetiche venga sbandierata proprio ora!"

"Perché?" chiese Alice, timida ma cocciuta. "Dici che viene pagato per farlo? Da chi? Dalla Cia?"

Pat gettò con violenza il capo all'indietro, lanciò nell'aria una cupa nuvola di fumo e rispose con indifferenza: "Perché no?"

Alice decise di non insistere; non sarebbe servito a nulla. Chiese invece a Pat di spiegarle perché mai lei, Alice, non riuscisse a togliersi dalla testa che Bert e Jasper non sarebbero ritornati tanto presto. Pat sospirò e guardò la sua amica con evidente commiserazione.

"Torneranno, Alice, torneranno," le disse benevolmente. "Il giorno stabilito. Solo che *loro* non ci credono, capisci?"

Alice capì. In realtà lo aveva capito sin dal momento in cui Jasper le aveva accennato per la prima volta a quel viaggio. Ma allora si era rifiutata di accettare l'idea perché era così penosamente grottesca.

"Guarda, succederà come in Irlanda, tale e quale. Anche allora avevano fatto il loro bel programma. Questa volta diranno alla guida dell'Intourist: "Compagno, vogliamo parlare con qualche autorità."

"Oh buon Dio," mormorò Alice piena di vergogna. "Oh no!"

"E invece sì! Proprio così. Naturalmente la guida dell'Intourist risponderà subito: 'Con chi vorreste parlare, compagni? Con il compagno Andropov?' 'Oh, no, no,' diranno modestamente Jasper e Bert. 'Ci basta qualcuno di meno importante.'"

Pat scoppiò a ridere, ma senza allegria, poiché si stava prendendo gioco di Bert; Alice soffriva per Jasper.

"Subito comparirà qualche compagno molto importante e dirà: 'Compagno Willis, compagno Barnes, al vostro servizio!' Jasper e Bert gli spiegheranno che hanno deciso di diventare delle spie e che vorrebbero seguire un corso di addestramento, magari in Cecoslovacchia o in Lituania, dove come tutti sanno ci sono le migliori scuole per spie. E il russo risponderà: "Certo, ottima idea! Mi ci vorranno un paio d'ore per organizzare la faccenda. Aspettatemi qui, compagni.'"

Alice rise senza convinzione, poi osservò: "Va bene, d'accordo. Ma che mi dici del compagno Andrew?"

"Cosa c'entra il compagno Andrew?"

"Be', mi sembra un tipo alquanto superficiale, non trovi? Voglio dire che chiede a tutti quelli che gli sono simpatici, scusa, perché non diventi una spia?"

"Non mi sembra che finora abbia scelto male."

"Bert?"

"Bert ha rifiutato. Del resto, te lo immagini Bert costretto a una qualsiasi disciplina? Inserito in una qualche struttura? Anche se ha un sacco di buone qualità."

"Allora io?" chiese Alice. "Stai per dirmi che devo inserirmi in un'organizzazione?"

"No! Ma no! Quello di cui tu hai bisogno è..."

"Oh, va bene, lo so da me. Liberarmi di Jasper."

"Povera Alice," mormorò Pat affettuosamente.

"Allora povera Pat!"

"Certo, povera Pat!"

Alice appoggiò il capo sul bracciolo della poltrona, svuotata di ogni energia, come sempre le succedeva quando le capitava di vedere Jasper com'era realmente.

Le due donne tacquero per qualche minuto. Alice non si mosse; Pat continuò a fumare.

"E poi c'è un'altra cosa," disse Alice. "Troppe persone lo sanno. Come si può impedire che vadano a raccontarlo?"

"A chi? Alla polizia?"

"Sì."

"Be', e chi di noi lo farebbe, secondo te?"

Alice passò mentalmente in rivista i volti di tutti coloro che sapevano. Sedeva eretta, con gli occhi chiusi, concentrata su questa successione di visi. Faye. Roberta. Bert. Jasper. Pat. Se stessa. Muriel. Caroline? Jocelin?

"Nessuno, immagino," disse. Ma rimase a lungo immobile, con lo sguardo fisso davanti a sé. Adesso stava rivivendo la scena con Andrew dopo che lei aveva visto quella roba - qualunque cosa fosse - sul fondo della buca scavata nel giardino del 45. Pat non ne sapeva nulla. Soltanto lei, Alice, sapeva... e solo lei, Alice, sapeva perché non ne aveva parlato e non ne avrebbe mai parlato con nessuno. Di lei ci si poteva fidare ciecamente. Era vero, e proprio perché aveva fiducia nella propria assoluta discrezione, sentiva di potersi fidare del compagno Andrew. "Sì, credo d'essere d'accordo con te," confermò. Lo disse senza supponenza, in tono sommesso ma convinto.

Pat sorrise, e fu un sorriso pieno di affetto, perché questa era la vera Alice; poi, cambiando deliberatamente argomento e tono, disse: "E adesso ci divertiremo un po'. È per questo che sono venuta!"

E suggerì una serie di piccoli svaghi che ad Alice non sarebbero mai venuti in mente.

Tanto per cominciare andarono a prendere il tè al Savoy. Fu Pat a offrire. La ragazza indossava un raffinato abito di lana nera con dei ricami vivaci che aveva acquistato a una svendita e nel romantico salone a stucchi e colonne del Savoy era senza dubbio la donna più elegante, quella che si notava di più. Alice si era messa una gonna, ma per il resto era vestita come sempre. Mangiarono parecchi pasticcini e Pat bevve il suo tè con molta compunzione. Uscirono come dei bucanieri soddisfatti.

Poi trascorsero una mattinata da Harrods, dove commisero molti peccati di desiderio, almeno Pat. Il lusso lasciava indifferente Alice, che tuttavia godeva del divertimento di Pat. Questa indossava ancora il suo drammatico abito nero che le dava un'aria esotica, da straniera, accentuata dalla carnagione luminosa e splendente. Il giorno successivo, poiché aveva smesso di piovere, andarono in Regent's Park e passeggiarono fra le pozzanghere e i lillà e i ciliegi in fiore.

Poi Pat disse che doveva tornare a casa. Disse proprio "a casa", notò Alice.

"Ritornerai?" le chiese.

Pat sembrò pensarci, rise, e rispose: "Alice, non credo che ci rivedremo più. O forse sì, ma chissà quando..." Cercava a suo modo di scherzare ma i suoi occhi erano tristi e pieni di rimpianto.

"Perché" chiese Alice. "Ma perché? Perché? Perché?"

Pat cambiò bruscamente tono: "Alice, è un pezzo che sto cercando di fartelo capire, io faccio sul serio, non come quei tuoi due maledetti pazzi."

E detto questo la baciò, con le lacrime agli occhi e se ne andò di corsa verso la metropolitana, uscendo - Alice ne era sicura - dalla sua vita.

Anche questa volta Alice volle dormirci sopra, ma quando al mattino si risvegliò non le parve di aver risolto il mistero. Forse non voleva risolverlo.

Le sembrava di aver perso ogni entusiasmo, non aveva voglia di far nulla. Joan Robbins era in giardino. Alice si trattenne un po' a discorrere con lei. Venne così a sapere, fra l'altro, che le due case erano rimaste disabitate per sei anni. "Be', non proprio disabitate," precisò Joan Robbins, imbarazzata; e cominciò a parlare della gente che vi era passata prima che il Comune intervenisse, famiglie con bambini e vecchi nonni e un mucchio di ospiti. Erano degli esperti giardinieri e i due giardini erano diventati bellissimi.

A un certo punto arrivò una specie di assistente sociale che portò fuori la vecchia e la fece sedere in giardino. Alice chiacchierò anche con lei. Come sempre quando metteva la testa fuori del proprio mondo si sentiva insicura, confusa. Si era sentita così per tutto il tempo in cui aveva vissuto con Jasper in casa di sua madre; era per questo che non aveva voluto rimanervi e aveva continuato a fare pressione su Jasper perché se ne andassero. Adesso, dopo tutte quelle settimane trascorse insieme a persone a lei affini, con i vari compagni, era più che mai convinta che il genere di vita che conduceva fosse l'unico possibile (per lei, ora, ma in seguito per tutti). Joan Robbins le appariva patetica, con tutto il suo arrabattarsi tra spray e funghicidi attorno alle sue clematidi; la vecchia era mezzo svanita e faceva impazzire Joan Robbins con continue pretese. Alice disse tra sé: no, questo non è vivere! e ritornò al 43 dove trovò ad aspettarla sui gradini Caroline, del 45. Aveva un pacchetto per lei. Glielo consegnò, disse che no, non poteva entrare e corse a prendere l'autobus. Alice aprì il pacchetto. Erano soldi. Quando fu nell'ingresso li contò in fretta. Cinquecento sterline. Con un biglietto di Muriel che diceva: "Il compagno Andrew ha detto che sono per te."

Alice infilò il pacchetto in una tasca del suo sacco a pelo, poi si recò nella casa accanto. Sulla porta incrociò Muriel che stava uscendo con una valigia in mano. Ma in un primo momento Alice non la riconobbe.

Capì che Muriel non era affatto contenta di vederla, che con ogni probabilità aveva contato di potersene andare prima che lei arrivasse.

Alice disse: "Devo parlarti."

"Non credo di avere niente da dirti," rispose Muriel.

Entrarono in fretta nella stanza del compagno Andrew, che era evidentemente diventata una camera da letto poiché v'erano quattro sacchi a pelo allineati contro la parete.

Muriel si fermò al centro della stanza, con la valigia ai piedi, in attesa che Alice parlasse.

Non indossava la camicia militare né niente del genere

ma un abito di lino blu di taglio perfetto. Alice lo aveva visto esposto da Harrods due giorni prima.

E aveva lo stesso taglio di capelli della principessa Diana.

Alice sapeva che Muriel apparteneva all'alta borghesia ed era per questo che non la poteva soffrire. Come in tutte le rappresentanti della sua classe, ogni sua parola, ogni gesto, era implicitamente arrogante. Alice, quando aveva scoperto che la sua scuola progressista era piena di ragazze di questo tipo, aveva deciso fin dalla prima settimana che le odiava con tutto il cuore e che le avrebbe sempre odiate.

Un altro pensiero che non riusciva a togliersi dalla testa era che il compagno Andrew doveva aver avuto una relazione con lei, perché quel tipo di ragazza esercita una particolare attrazione sugli uomini delle classi inferiori, che pure affermano di disprezzarle.

"Perché il compagno Andrew mi ha lasciato questi soldi?"

"Io non c'entro. Non ne so niente," rispose Muriel nel tono tagliente e definitivo che Alice si era attesa.

"Deve pur aver detto qualcosa."

Le due giovani donne erano in piedi l'una di fronte all'altra in mezzo alla grande stanza invasa dalla luce e dal rumore del traffico.

"Maledetto traffico," esclamò Muriel, corse alle finestre, e una, due, tre, le chiuse con violenza.

Dopo aver avuto il tempo di decidere cosa risponderle (ed era per questo che era andata a chiudere le finestre) ritornò di fronte ad Alice.

Questa la prevenne chiedendo: "Cosa si aspetta ch'io faccia in cambio?"

A questa domanda la compagna Muriel lasciò trasparire una ben controllata irritazione.

"Di questo dovrai discuterne con lui."

"Ma non c'è. Quando tornerà?"

"Non lo so. Ma se non ritorna lui verrà qualcun altro." E, poiché Alice le rimaneva ostinatamente davanti, descrisse la situazione quale lei la vedeva: "Alice, o tu sei con noi, o sei contro di noi."

"Sarei stata con voi – con il compagno Andrew – anche senza questo denaro, non credi?"

"Oppure vuoi continuare a essere uno dei tanti idioti da sfruttare."

Alice non reagì e rimase in paziente, cocciuta attesa.

"Come Lenin," disse Muriel. "Un esempio perfetto del genere, con il suo entusiasmo vago e incontrollato per il comunismo. Per l'Unione Sovietica. Compagni di viaggio. Sai cosa intendo, no?"

In realtà Alice non aveva mai letto Lenin. Provava per lui una sorta di reverenza, il bisogno di prosternarsi, di inginocchiarsi, come davanti all'Uomo Perfetto. E dire che un simile gigante è esistito! pensava, e questo le bastava. E del resto anche di Marx non aveva letto che il Manifesto del partito comunista. Si era sempre detta: be', io non sono un'intellettuale! con un senso di superiorità.

Le pareva che la citazione di Muriel fosse poco pertinente, oltre che offensiva.

"Non credo proprio che il compagno Lenin disprezzasse coloro che ammiravano sinceramente le conquiste della classe lavoratrice nei paesi comunisti," replicò nello stesso tono deciso e autoritario usato dalla compagna Muriel. Che se ne rimase zitta, fissando Alice con gli occhi azzurro chiaro lievemente sporgenti.

Poi osservò: "Il compagno Andrew ha un'ottima opinione delle tue possibilità."

L'ondata di piacere che travolse Alice la rese impervia a qualunque altra cosa Muriel potesse dirle. Rispose umilmente: "Ne sono lieta."

"Be', è tutto, credo," mormorò Muriel, e raccolse la valigia.

"Vai a iniziare la tua carriera di spia, eh?" chiese Alice, e rise di cuore della propria battuta. Muriel abbozzò un sorriso educato, ma era furibonda.

"Alla Bbc, non è vero?" soggiunse Alice con aria meditabonda. "O in qualche posto simile."

A queste parole Muriel si fermò per un attimo con la valigia in mano, poi la posò per terra, mosse qualche passo verso Alice e le disse con aria decisa: "Alice, non si fanno queste domande. Non-si-fanno-queste-domande. Hai capito?"

Alice ebbe all'improvviso quel senso di vaga precognizione di cui s'era fidata durante tutta la vita. "Ma penso che prima frequenterai una di quelle scuole per spie in Cecoslovacchia o in Lituania," osservò.

Muriel ebbe un sussulto e arrossì. "Chi te l'ha detto?"

"Non me l'ha detto nessuno. Ma se te ne vai da qualche parte, vestita in questo modo... Suppongo che sia così," concluse con impaccio, stupita di se stessa.

Muriel la stava osservando attentamente, gli occhi simili a due fucili puntati.

"Se hai di queste brillanti intuizioni, farai bene a tenerle per te."

"Non capisco perché te la prendi tanto; lo sanno tutti dove sono le scuole per le spie sovietiche."

"Sì, ma..." Muriel sembrava esasperata. Stava guardando Alice come a quest'ultima succedeva spesso d'essere guardata. Come se fosse troppo stupida per essere vera. Incredibile, impossibile!

Come faceva con Jasper in queste occasioni, Alice disse con aria ostinata: "Non capisco proprio come sia. Succede qualcosa di assolutamente ovvio, io dico la mia e tutti si agitano. Mi sembra puerile."

"Allora immagino che te l'abbia detto Andrew," concluse Muriel. "Non avrebbe dovuto." Rifletté per qualche istante poi soggiunse: "È un sollievo per me andarmene da questo ambiente. Mi sentirò molto meglio fra gente ad alto livello."

"Lui non è ad alto livello?"

"Se lo fosse non tratterebbe con gente come noi," rispose Muriel con un improvviso, inatteso sentimentalismo.

Alice rise, stupita che Muriel potesse ammettere, sia pure in un momento di turbamento, d'essere inferiore a chicchessia.

"No," soggiunse Muriel. "Sta seguendo anche lui un corso d'addestramento. E a mio parere ne aveva bisogno. Qualche volta i suoi giudizi erano piuttosto irrazionali."

Dopo di che riafferrò la valigia e si diresse verso la porta dicendo: "Bene, addio. Non credo che ci rivedremo. A meno che non decida anche tu di fare un po' di addestramento. Il compagno Andrew ha intenzione di proportelo." Il suo tono rivelava senza ombra di dubbio cosa ne pensasse del progetto del compagno Andrew.

Ma Alice aveva all'improvviso capito un'altra cosa. In tono concitato disse: "Buon Dio, me ne rendo conto adesso. Anche Pat va ad addestrarsi. È così, non è vero?"

"Se te lo ha detto lei, ha commesso una scorrettezza," rispose Muriel.

"Lei non mi ha detto niente. Proprio niente. Sono io che..."

"Adesso devo proprio andare," la interruppe Muriel e si avviò decisa verso la porta con una espressione di sollievo così palese dipinta sul volto che Alice non poté fare a meno di pensare: be', avrà bisogno di un bel po' di pratica per imparare a non rivelare quel che le passa per la testa.

Ritornò piano piano al 43, sedette tutta sola al tavolo di cucina e si immerse nei suoi pensieri.

L'idea predominante, piuttosto uno stato d'animo, quasi una sofferenza fisica, era che Jasper non le aveva detto d'essere convinto di dover star via dei mesi. Sì, per compensarla, era stato "gentile". Ma non glielo aveva detto! Non l'aveva mai ingannata in questo modo prima d'ora. Certo, c'era sempre stata una parte della sua vita di cui non le parlava, e questo lei lo aveva accettato. Ma quando si trattava di politica avevano sempre discusso tutto.

Era stato capace di andarsene via per sei mesi, un anno, senza dirle una parola. Che fosse l'influenza di Bert?

Be', c'era la questione della segretezza, se ne rendeva conto. Ma questo non cambiava il suo stato d'animo.

Qualcosa si era spezzato fra loro; Jasper si era staccato da lei.

A questo punto doveva fare qualcosa, trasferirsi in un'altra comune, rinunciare a lui (ma a questo pensiero fu percorsa da un brivido) dirgli... qualsiasi cosa, ma proprio non poteva andare avanti così. Gli altri avevano ragione, Jasper si serviva di lei.

Dopo di che prese il pacchetto del compagno Andrew dalla tasca del sacco a pelo e si recò alla Posta.

Poi tornò in cucina e rimase seduta accanto al tavolo fino a pomeriggio inoltrato, osservando il cielo impallidire e la casa diventare sempre più buia intorno a lei. Non aveva voglia di parlare con nessuno perciò quando udì rientrare Reggie e Mary uscì a vagabondare per le strade. Si fermò per un po' davanti allo stabile in cui abitava sua madre. Nessuna delle finestre illuminate sulla facciata corrispondeva all'appartamento di sua madre, che dava sul cortile. Si avvicinò per leggere il cartellino sul quale era scritto a mano *Mellings.* Poi riprese la via di casa, sperando di trovare la cucina vuota. Erano le undici.

Non c'era nessuno. Avrebbe fatto una bella dormita e al mattino avrebbe preso una decisione. Probabilmente avrebbe visitato una delle comuni o delle case occupate dove aveva degli amici. O magari sarebbe andata al festival marxista estivo che si teneva in Olanda. Là avrebbe per forza incontrato qualcuno che conosceva; in caso contrario non le sarebbe stato difficile farsi dei nuovi amici.

Di una cosa era più che certa: non sarebbe stata qui quando Jasper e Bert sarebbero ritornati fra dieci giorni, anzi, fra meno di una settimana ormai.

Avrebbe voluto addormentarsi subito e smettere di pensare, ma nessuno dormì molto quella notte al 43 perché Faye continuò a lamentarsi e a gridare e a tempestare di pugni la parete.

Ad Alice venne in mente per la prima volta che la ragione per cui Faye abitava lì e non nella comune femminile dove lei e Roberta trascorrevano buona parte del loro tempo era che non ce la volevano, che l'avevano sbattuta fuori. Non avevano nessuna intenzione di tenersi quella pazza fra i piedi. Ne avevano avuto abbastanza. Era ovvio, se ci si pensava; poteva passare con loro tutta la giornata ma non la notte, disturbando il sonno di tutti. Ma quella povera Roberta! La sua voce bassa, tenera, preoccupata continuò per ore a consolare e ad ammonire.

Mentre giaceva sveglia, ascoltando le grida penose di Faye, la sua infelicità, Alice pensò come al solito che un giorno, presto, non vi sarebbero più state persone come Faye. Grazie all'opera di gente come lei; persino come Muriel. Mai più uomini e donne maltrattati dalla vita.

Rifletté anche a lungo, lasciando che nella sua mente si aprisse una prospettiva dietro l'altra, alle implicazioni di ciò che aveva appreso da quando aveva iniziato a vivere lì. Prima non ne aveva avuto il minimo sospetto. In tutto il Paese c'erano queste persone – questa rete, per usare la parola usata dal compagno Andrew. Persone capaci, osservatori esperti che controllavano altre persone (come lei, come Pat) e attendevano senza fretta che fossero mature e in grado di rendersi utili. Senza che i piccoli borghesi schiavi della sovrastruttura mentale imposta dall'Inghilterra fascista e imperialista, povere vittime della propaganda, ne avessero il minimo sospetto, questi osservatori, questi guardiani, questi uomini che muovevano i fili, nascosti, si erano intrufolati dappertutto. Nelle fabbriche, nelle grandi industrie dove il compagno Andrew avrebbe voluto che lei, Alice, lavorasse; nell'amministrazione statale (quello era il posto giusto per la compagna Muriel); alla Bbc, nei grandi quotidiani – dovunque insomma si celavano emissari del genere, persino in posti senza importanza come queste due case, il 43 e il 45, normali comuni o case occupate come le si volesse chiamare. Nulla veniva trascurato, tutti quelli dotati di buone possibilità venivano notati, osservati, seguiti... questo pensiero le diede un confortante senso di sicurezza.

Quando Faye tacque Alice finalmente si addormentò e avrebbe dormito tutta la mattina se a un certo punto Roberta non avesse bussato gridandole attraverso la porta che aveva qualcosa di importante da dirle.

Alice balzò subito a sedere, pronta a ricevere qualche brutta notizia.

Roberta aveva un aspetto orribile, il che era anche spiegabile. Gli occhi erano rossi e il volto devastato dalla stanchezza. Per di più era ritornata a essere l'altra Roberta. Aveva un'aria sciatta, miserevole, sembrava una donna degli slum nei film del 1930, mentre avvolta in una vestaglia piena di macchie, accovacciata accanto al sacco a pelo di Alice le parlava con la sigaretta che le pendeva dalle labbra.

"Alice, ho ricevuto delle brutte notizie. Mia madre è in ospedale a Bradford. Devo andare. Capisci? Devo andare."

Alice comprese che nella propria mente Roberta stava ancora discutendo con Faye e le chiese: "Che cos'ha?"

Roberta rispose, accigliandosi: "Il cancro. È tanto che è malata. Avrebbe dovuto essere già morta."

Anche la sua voce stava regredendo: vi si riconoscevano

delle inflessioni del nord. Veniva forse da qualche squallido slum di una città industriale del nord?

Alice aveva già capito tutto. Fra poco Roberta le avrebbe chiesto di "tenere d'occhio" Faye, che non poteva essere lasciata nella comune femminile; senza Roberta non volevano Faye neanche di giorno. E lei, Alice, per un numero imprecisato di giorni avrebbe dovuto...

Disse: "Per la verità avevo appena deciso di andarmene di qui." La sua voce aveva un tono duro e lugubre, come quella di Roberta.

Ma a queste parole Roberta si mise a piangere senza alcun ritegno. Afferrò la mano di Alice e la tenne stretta nella sua guardando Alice negli occhi e dicendole: "Oh Alice, ti prego, ti prego, non posso lasciare sola Faye, come faccio?"

Roberta stava tremando. Alice sentiva la sua stanchezza arrivarle attraverso la mano che stringeva.

"E tu naturalmente non hai la minima idea di quanto starai via o di cosa ti aspetta," disse Alice.

Roberta lasciò andare la mano di Alice e cominciò a fissare il vuoto davanti a sé al di sopra delle ginocchia piegate, con la sigaretta che le pendeva dalle labbra e gli occhi asciutti. L'ultima trincea.

"Oh buon Dio," esclamò Alice. "A quanto pare non ho scelta. Ma io non sono te, Roberta. Non ho nessuna intenzione di trattare Faye come un bambino, come fai tu..."

Roberta all'improvviso sembrò perdere le forze. Appoggiò la testa sulle ginocchia, urtando con la sigaretta il sacco a pelo. Alice scostò la sigaretta e rimase seduta a osservare l'altra che se ne stava raggomitolata in posizione fetale, con le braccia attorno alle ginocchia.

"Alice," l'udì dire, "tu non sai cosa significa questo per me. Tu non puoi..."

"Ma certo," la interruppe. "Senza di te Faye non avrebbe scampo. La chiuderebbero in un manicomio. E tu passi il tuo tempo ad assicurarti che non faccia quella fine."

Roberta sollevò il capo, mentre grosse lacrime le cadevano sulla vestaglia, e disse con voce implorante: "*Alice...*"

"Ma c'è anche un altro aspetto della faccenda. Faye si comporta con te peggio che con chiunque altro. Perché tu glielo permetti."

Poiché Roberta protestava Alice riprese in tono paziente: "Oh no, non sto dicendo che non è svitata, certo che lo è, ma mi è già capitato di notare che quelli come lei in genere si comportano normalmente, riescono a cavarsela benissimo, tanto che nessuno penserebbe che sono matti, a eccezione delle persone che eleggono a loro capro espiatorio. E questo è molto strano."

Roberta la stava osservando attentamente. Accese un'altra sigaretta, senza distogliere gli occhi dal volto di Alice. Alice capì che era ritornata la Roberta che conosceva e che, l'altra, la povera Roberta del passato, era stata ancora una volta annullata.

Roberta rispose, per nulla turbata: "Sì, l'ho pensato anch'io. È strano, non è vero? Faye è normale con tutti gli altri... be', quasi sempre almeno..." Qui, con un piccolo sorriso penoso invitò evidentemente Alice a ricordare quella volta in cui Faye era scesa nell'ingresso come una furia per cacciar via Monica. E altre cose. "È probabile che con te si comporti bene."

"Purché non tenti di uccidersi."

Uno sguardo tagliente, di rifiuto. Un rapido scuoter del capo, che, come Alice sapeva, voleva dire: non voglio neppure pensare a una cosa simile.

"Be', dovremo parlarne."

"Senti, Alice, io devo vestirmi e andare. Il mio treno parte fra un'ora."

Roberta uscì di corsa dalla stanza e ritornò poco dopo, come Alice aveva previsto, con delle boccette piene di pillole.

"Se ti assicuri che prenda queste al mattino e queste altre prima di coricarsi..."

Alice prese le boccette ma era evidente che pensava: sai benissimo che non posso costringerla...

"È inutile che ti dica grazie," disse Roberta. "A che servono i ringraziamenti? Ma se in qualche modo posso esserti d'aiuto..."

Se ne andò e cinque minuti dopo Alice la udì scendere di corsa le scale e uscire in strada.

Faye non si sarebbe svegliata fino a mezzogiorno, o anche più tardi.

Alice si lavò e si vestì senza fretta e stava bevendo il caffè in cucina quando arrivò Caroline.

Aveva sempre desiderato fare amicizia con Caroline, ma ora sentì che era arrivato il momento.

Caroline disse, mettendo il bollitore sul fuoco e prendendo il barattolo del caffè, come se fosse di casa: "Alice, sono venuta a chiederti se hai niente in contrario ch'io mi trasferisca qui."

Alice si limitò ad alzare le spalle: ma porse la sua tazza a Caroline perché la riempisse di nuovo.

Caroline, dopo aver scrutato per bene Alice con i suoi occhi attenti, riempì le due tazze e sedette all'altro capo del tavolo.

"Cosa c'è che non va?"

Alice glielo disse.

"È solo un problema temporaneo," commentò Caroline con indifferenza.

Alice rise. "Benissimo," disse. "Allora cosa c'è che non va al 45?"

Caroline mescolava con aria decisa il suo caffè per far sciogliere lo zucchero, un gesto che ai nostri tempi, in cui la gente confessa di mettere lo zucchero nel caffè con la stessa riluttanza con cui una volta avrebbe confessato di bere, denota sempre grande sicurezza di sé. Una, due, tre grandi cucchiaiate di zucchero erano entrate nella tazza che Caroline afferrò con franca, evidente golosità.

Alice rise di nuovo, ma in modo diverso. Non si era sbagliata: tra lei e l'altra si stava instaurando quel misterioso processo che costituisce l'intesa tra due persone.

"La polizia è venuta di nuovo la notte scorsa."

"Non vi siete ancora messi in contatto con il Comune?"

"Per una ragione o per l'altra abbiamo sempre rimandato. Comunque, non avrebbe fatto alcuna differenza."

"Ma allora cosa cercavano?"

"Non so. Comunque hanno rovistato dappertutto."

"Ma non hanno trovato niente?"

"Niente."

Caroline attendeva la domanda che stava affacciandosi alla mente di Alice.

"Allora qualcuno li ha informati?"

"Non credo. In realtà penso che cercassero della droga."

"Ma nessuno di voi ne fa uso, non è vero?"

"Erba, sì. Ma non eroina. No, credo che pensassero che il 45 fosse un nascondiglio. Speravano di trovare sotto il pavimento un paio di chili di eroina della migliore qualità."

Alice pensava intensamente. Il suo volto si era raggrinzito come quello di un cane preoccupato.

"Ehi, rilassati," disse Caroline. "Non è successo niente."

"Da quanto tempo vi arrivavano tutti quei pacchi?"

"Non da molto. Qualche settimana. E di solito rimanevano solo un giorno o due. Qualche volta anche solo un paio d'ore."

"Sempre per il compagno Andrew?"

"Be', era lui che aveva organizzato tutto."

"Ma come è arrivato al 45 il compagno Andrew?"

"Ha incontrato Muriel da qualche parte. Si è preso una bella cotta."

"Vuoi dire che ha deciso di venire ad abitare al 45 perché c'era lei?"

"Ma lui non ci abita. Va e viene. Non credo che ci sia mai rimasto più di due o tre giorni di seguito."

"E la compagna Muriel se la fa con Andrew."

"In realtà credo che sia lei a condurre il gioco."

"Oh, be', a me queste cose non interessano," disse Alice, come sempre seccata e disgustata. "A ogni modo, mi pare che siano tutti dei gran pasticcioni."

"Perché? Guardiamo i fatti. La polizia è venuta tre volte da quando abito lì. E non ha mai trovato niente. Una volta nei sacchi delle immondizie c'erano rifiuti appena sufficienti per coprire il vero contenuto."

"E cos'era?"

"Oh," rispose Caroline in tono vago, raccogliendo con il cucchiaino lo zucchero denso e giallastro dal fondo della tazza e leccandolo lentamente con la grassa lingua rosea. "Niente di speciale."

Alice tacque. Stava cercando di capire che tipo fosse quella creatura florida e piena di salute che le sedeva davanti trasudando piacere fisico. Voleva scoprirne il segreto. Ma, notò Alice, anche se somigliava a volte a una lucida foca, mentre sorrideva e discorreva del contenuto misterioso consistente con tutta probabilità in esplosivi, i suoi occhi rimanevano vigili e attenti. Questo le dava un'aria scaltra e persino fredda, e Alice ne trasse un senso di sollievo. Sentì che su Caroline si poteva contare.

"Be', si tratterà di esplosivi," osservò in tono noncurante. "È quello che ho sempre sospettato sin dal principio, comunque."

"Sì, cose del genere. Ma io ho detto al compagno Andrew: 'Qualcuno di noi è stato interpellato su tutta questa roba che va e che viene? Non mi risulta che ci sia stata una votazione.'"

"Tu eri già lì prima che lui arrivasse?"

"Molto prima. Mi sono trasferita lì un anno fa. E per settimane sono stata l'unica inquilina. Poi è arrivata Muriel. E poi all'improvviso è comparso Andrew. Non abbiamo mai saputo come Muriel avesse scoperto quella casa. Certo, direi che la compagna Muriel non è il tipo che vive normalmente nelle case occupate."

"No."

"Ma si è installata lì come se la casa fosse sua. E poi sono arrivati Paul ed Edward... adesso penso che li avesse chiamati lei per ordine di Andrew. Poi io invitai tre mie amiche che vivevano in una orribile casa occupata a Camberwell. Ma Muriel le ha fatte scappare subito."

"Come?"

Con aria sentenziosa, sorridendo per il piacere che le dava discorrere ed essere capita, Caroline spiegò: "Non tanto per quello che ha fatto, ma per quello che *è*..." Attese che Alice ridesse. Alice rise. Caroline proseguì: "Semplicemente non gradivano il modo con il quale Muriel dava ordini a tutti, e quando Andrew si trasferì da noi loro se ne andarono."

Alice rifletteva. Sapeva, dal modo in cui Caroline la guardava, che si aspettava proprio questo.

"Benissimo," disse alla fine Alice. "Così il compagno Andrew non ti piace."

"Chi *è* il compagno Andrew?" chiese Caroline. "Chi è per dare ordini e dire quello che si deve o non si deve fare?"

"Ma noi non siamo obbligati a obbedirgli. Sta a noi dire di no."

"È difficile dire di no quando arriva una macchina con cinque casse di opuscoli. O di qualsiasi altra cosa."

Altro caffè. Altro zucchero. Alice non poté impedirsi di pensare: ma i tuoi *denti*...

"E poi," riprese Caroline sorridendo, cordiale, socievole, ma con i piccoli occhi scuri freddi e attenti, "sai una cosa? A me non importa un accidente della maledetta fottuta Unione Sovietica. O del fottuto Kgb. O di altre cose del genere."

Sentir parlare in quel modo del Kgb diede ad Alice un piccolo shock; in realtà non aveva mai ammesso con se stessa di poter essere implicata nell'attività del Kgb. Inoltre quelle tre lettere possedevano un'eco di crudeltà che era difficile associare al compagno Andrew. Tacque per un po', poi disse: "Ma sono loro che si occupano dell'addestramento."

"Già, ma a chi interessa quel tipo di addestramento?"

"C'è qualcosa in tutto questo che non quadra," osservò alla fine Alice con una certa difficoltà. Non era facile criticare il compagno Andrew. Per lo meno ad alta voce; dentro di sé non poteva impedirselo.

"Giusto. E sai cos'è? Ho riflettuto a lungo - anche se ti può sembrare strano - su questa faccenda."

Alice rise, come Caroline si attendeva che facesse.

"Sì. Secondo la mia esperienza, che non è vasta ma è sufficiente, tutto alla fine si rivela come un grande pasticcio. Uno si immagina delle trame fantastiche, brillanti, studiate fin nei minimi efficientissimi dettagli, e invece no, appena scopri la verità su qualcosa, per non parlare del Kgb, si tratta sempre di qualche stupido, miserevole pasticcio."

Ora Alice era davvero turbata. Poiché questo era quello che diceva spesso sua madre. Lo aveva detto anche un po' di tempo prima - durante la nuova sconvolgente fase che stava attraversando. Quante volte nel corso degli ultimi quattro anni Alice aveva udito Dorothy Mellings esclamare, con una sorta di soddisfazione che la mandava su tutte le furie: "Un altro dei loro maledetti casini, ecco tutto. E sono loro che lo hanno fatto scoppiare. Oh, non perdere tempo a cercare di spiegartelo! Non è che un altro *pasticcio*." Di solito era con

Zoë Devlin che parlava. Chi altri avrebbe tentato di discutere con lei – con Dorothy? Come aveva fatto Alice di recente – discutere con sua madre con pazienza, cercando di farla ragionare, quando diceva questo genere di cose. "Dorothy, non può essere *tutto* un pasticcio. Non puoi cavartela in questo modo! Che cosa ti ha preso? Devi cercare di ragionare!" E Dorothy Mellings a Zoë Devlin: "Chi cerca di cavarsela? Tu, forse. Tu vivi in una specie di mondo di sogno tutto rosa e credi che tutto fili alla perfezione, che tutto sia il risultato di ponderate decisioni. Be', non è affatto così. È soltanto un grande, maledetto *pasticcio*."

Udire le parole di sua madre uscire con tanta naturalezza dalla bocca carnosa e sorridente di Caroline e veder confondersi in tal modo i propri due mondi fu un tale colpo per Alice che perse un bel po' di quel che Caroline le stava dicendo. Quando riprese ad ascoltarla la udì dire: "Credo che il nostro compagno Andrew non fosse all'altezza del suo compito. Credo che l'Occidente gli avesse dato alla testa. Gli agi, il lusso, capisci."

"Allora che Dio lo aiuti," mormorò Alice, disgustata.

"Già. E Muriel è quella che gli ha dato il colpo di grazia. Una ragazza di ottima famiglia, che ha studiato al Roedean e così via."

"È stata al Roedean?"

"Certo, e poi ha studiato lingue e ha seguito un corso d'alta cucina. Non è straordinario il fatto che le classi alte abbiano un debole per il comunismo? Pensi che il compagno Marx l'avesse letto nella sua sfera di cristallo?"

"Senti da che pulpito..." rispose Alice, sapendo che non era giusto parlare di Marx in quel modo.

"Io? Io non vengo dalle classi alte. Solo dal vecchio noioso ceto medio, come te."

"Da parte di madre io provengo da una famiglia di operai."

"Congratulazioni," commentò la compagna Caroline, ridendo.

"Con tutto ciò," riprese Alice, "sono certa che Muriel se la caverà benissimo."

"Chi dice il contrario? È nata per quello. Posso già immaginarmi i titoli sui giornali. 'Una talpa scoperta con le mani nel sacco...' Dove, secondo te?"

"Alla Bbc," rispose Alice, incapace di trattenersi.

"Già. O al *Times*, o al *Guardian*, che ne dici?"

"Al *Times*. Non è nello stile del *Guardian*. Ma con ogni probabilità, quando sarà stata addestrata... è molto intelligente, di questo sono sicura."

"Anch'io, ma il compagno Andrew non si è innamorato

della compagna Muriel per le sue potenziali doti di spia. Passavano quasi tutto il loro tempo a letto o, per essere più precisi, sul pavimento."

Alice cercò subito di cambiare discorso. Disse in tono vago: "Oh, be', queste cose non mi interessano. E così, Muriel se n'è andata, Andrew se n'è andato. Tu vuoi trasferirti qui. Non resta che..."

"Anche Jocelin vuole venire qui."

"Perciò al 45 rimarranno solo Paul ed Edward?"

"Si trasferiscono in un appartamento questa settimana. Hanno trovato lavoro. O meglio, glielo ha procurato Andrew. In un posto strategico, così almeno hanno detto."

"Perciò quanto prima ci sarà della gente nuova qui accanto."

"A me basta di non esserci io. Niente acqua calda. Un freddo polare. Non come qui."

C'era una stanza vuota all'ultimo piano, e un'altra attigua a quella di Roberta e Faye.

"Ma certo, perché no."

"Non vedo l'ora di trasferirmi. A parte ogni altra cosa, la polizia ha scavato quella buca in giardino e tutte le immondizie che avevamo sotterrato si stanno sparpagliando dappertutto."

Per qualche ragione questa sembrò ad Alice l'ultima goccia. "Oh no," mormorò. "Oh buon Dio, no."

"Sì invece. Siamo di nuovo al punto di prima. Dopo che hanno buttato tutto all'aria li abbiamo pregati di riseppellire quello schifo. 'Andate a cagare,' ci hanno risposto. Raffinati, i nostri piedipiatti. Bene, vado a prendere la mia roba."

Alice la accompagnò fino al cancello del 45 e si fermò a guardare. C'erano immondizie dappertutto e il fresco vento di primavera le faceva volare qua e là. La buca nella quale aveva visto — ma che cosa? — era una brutta trincea circondata da mucchi ineguali di terra pallida.

Ma non poteva lasciar sola Faye, e perciò tornò indietro.

Faye scese soltanto verso sera, pallida e corrucciata e sul punto di piangere. Ma riuscì a controllarsi e partecipò al pasto comune con Jocelin e Caroline, Mary e Reggie, Philip e Alice.

Stava andando tutto proprio bene quando, verso le nove, udirono bussare con violenza alla porta.

"Oh no, di nuovo!" protestò Caroline. Alice era già corsa nell'ingresso e stava aprendo con un bel sorriso.

C'erano due agenti, e uno dei due era quello giovane con la faccia cattiva. Erano di pessimo umore; avevano ricevuto un incarico che non gradivano.

"Ci hanno informati che avete sepolto qualcosa in giardino," disse quello più giovane. "Dobbiamo scavare."

"Ma lo sapete cosa c'è in quella buca. Ve l'abbiamo detto," rispose Alice. Si guardò bene dal ridere. Sapeva che sarebbe bastato poco perché i due si scatenassero e mettessero sottosopra tutta la casa.

"Noi sappiamo quello che ci avete raccontato voi," ribatté l'altro agente, che Alice non aveva mai visto prima.

"Vi cerco la vanga," disse Alice.

"Abbiamo le nostre, grazie."

Alice li condusse nel punto in cui avevano scavato la buca, illuminato dalla luce proveniente dalla cucina.

"Qui evidentemente la terra è stata smossa," disse il giovane dalla faccia cattiva al collega.

Alice rientrò in fretta in casa. Disse agli altri che stavano per scoppiare a ridere: "No, per carità, non ridete, o ce la faranno pagare." E a Faye che si stava dondolando piegata in due, sull'orlo di una crisi isterica: "Su, non fare così." Alice sapeva che se quel piccolo psicopatico là fuori fosse stato provocato sarebbe stato capace di tutto. "Rideremo dopo, non adesso."

"Ha ragione," confermò Caroline, e tutti rimasero seduti con i volti impietriti trattenendo a stento il riso.

Fuori, nel fascio di luce che proveniva dalla finestra, i due poliziotti scavavano. Ma dopo un paio di minuti smisero, si raddrizzarono appoggiandosi alla vanga, poi scomparvero.

Alice si era preoccupata di lasciare aperta la porta d'ingresso in modo che i due potessero vedere il tavolo a cui stavano tranquillamente cenando, la cucina ordinata, i fiori, le vivande.

Andò alla porta accennando un sorriso educato e pieno di buona volontà.

Il poliziotto cattivo era pronto a esplodere.

"Dovreste essere processati tutti quanti," urlò osservando alle spalle di Alice la scena in cucina.

"Vi abbiamo già spiegato tutto," disse Alice. "Sono venuta io stessa a presentare un esposto." Sapeva che l'espressione "presentare un esposto" era quella giusta.

L'agente rimase immobile fissandola con stizza, pronto a entrare, a spaccare tutto, a distruggere. Ma Alice ebbe cura di non guardarlo in faccia e di conservare un'espressione passiva e persino indifferente.

L'altro poliziotto era già risalito in macchina.

Dopo un minuto se n'erano andati. Alice afferrò la vanga

e ributtò rapidamente nella fossa ciò che i due agenti ne avevano tolto. Non era neppure troppo disgustoso. La natura, come lei aveva previsto, aveva già iniziato il suo lavoro di trasformazione.

Alice ritornò in cucina e il suo arrivo diede il via a un coro di risate e di lazzi. Sembrava che non riuscissero a smettere di ridere, soprattutto Caroline e Jocelin, per le quali la storia era nuova. Alice non aveva molta voglia di imitarle. Sapeva che non era finita lì; i visitatori sarebbero ritornati.

Aveva capito anche, osservando Faye, che quella notte probabilmente non avrebbe dormito molto. E infatti erano le tre passate quando Faye salì al piano di sopra. Acconsentì a prendere i due Mogadon che Alice le diede e le augurò con sufficiente gentilezza la buonanotte.

Ma quasi subito cominciò a piangere. Non il pianto violento e rabbioso cui si abbandonava quando c'era Roberta, ma i singhiozzi disperati e strazianti di un bambino. Alice corse da lei e le si sedette accanto, tenendole la mano. Faye non si assopì fino alle sette del mattino e Alice dormì seduta al suo fianco.

Passarono diversi giorni. Faye ce la metteva tutta e gli altri se ne rendevano conto e cercavano di aiutarla. Quando sentiva che c'era qualcuno in cucina veniva giù e si sedeva a chiacchierare di questo e di quello con un certo brio, ma spesso si interrompeva all'improvviso e fissava il vuoto; e allora l'uno o l'altro cercavano garbatamente di svegliarla da quella specie di trance e riportarla in mezzo a loro.

Faye si offrì di insegnare ad Alice a preparare una minestra di verdura molto economica che risultò buona e piacque a tutti. Alice si chiedeva come riuscisse a sopportare – se ne rendeva conto – che tutti intorno a lei fossero timorosi e preoccupati di un suo crollo. Ma lei non cedette, né pianse. Sembrava del tutto normale, tranquilla; e Caroline e Jocelin dissero anzi che non capivano proprio perché tutti si preoccupassero tanto per Faye. Era molto affabile, molto intelligente, e molto informata in fatto di politica. Si scoprì che aveva letto moltissimo, molto più di tutti gli altri, e conosceva in modo approfondito le opere di Althusser. All'università, che tuttavia aveva frequentato soltanto per due trimestri, aveva scritto una tesina su di lui.

Faye andava sempre a letto molto tardi, assicurando ad Alice che sarebbe stata benissimo anche da sola.

Alice sapeva che non era vero.

Roberta aveva scritto, mandando l'indirizzo dell'ospedale. Sua madre si stava spegnendo lentamente e lei sarebbe tornata appena le fosse stato possibile.

Jasper e Bert avrebbero dovuto essere di ritorno già da tempo. Finalmente arrivò da Amsterdam una cartolina scritta da Jasper e firmata da entrambi, che diceva: "Vorremmo che foste qui. Torniamo presto."

Caroline e Alice trascorrevano parecchio tempo insieme. Alice, stanca e depressa, aveva bisogno della spontanea vitalità di Caroline, del suo buon umore. Caroline ammirava Alice e non cessava di stupirsi di come avesse trasformato la casa.

Jocelin passava la maggior parte del suo tempo nella sua camera all'ultimo piano. Sembrava non aver molto da dire. Era una ragazza taciturna, un'osservatrice e ad Alice metteva un po' paura. Che cosa faceva mai tutto il giorno in camera sua? Caroline sosteneva che studiava dei manuali per diventare una brava terrorista. Lo diceva ridendo, com'era suo costume.

La settimana stava per finire.

Il venerdì, appena Mary uscì dall'ufficio, lei e Reggie partirono per il Cumberland per prender parte a un'altra dimostrazione. Anche Jocelin se ne andò, dicendo soltanto: "Ci vediamo lunedì."

Caroline disse che andava a trascorrere il fine settimana con un ex innamorato che aveva sposato un'altra ma che adesso aveva divorziato e voleva sposare lei. A volte era tentata di accettare, ma per lo più era contraria all'idea. Tuttavia le piaceva stare con lui; insieme si divertivano molto, diceva. Aveva invitato Alice ad andare con lei. Alice l'avrebbe accompagnata volentieri, ma c'era Faye. Seduta tutta sola al tavolo di cucina Alice si sentiva triste. Faye era già a letto e anche Philip era andato a dormire.

Se non ci fosse stata Faye, pensava, sarebbe partita senza lasciare indirizzo; non importava per dove. Era arrivato il momento di far capire a Jasper che ne aveva abbastanza. Avrebbe potuto persino lasciarlo per sempre.

Mentre continuava a ripetersi quanto sarebbe stata meglio sola si sentì tuttavia invadere da un senso di gelo e di tristezza; perciò smise e si disse: "Gli darò semplicemente una lezione, ecco tutto."

Ma che lezione avrebbe potuto dargli finché se ne stava lì obbediente ad attendere il suo ritorno, al quale probabilmente mancavano solo un paio di giorni?

No, questa faccenda della madre di Roberta era un bel guaio per lei, almeno quanto per Roberta e Faye.

E così continuò a rimuginare, seduta tutta sola in cucina bevendo un caffè dopo l'altro.

Non era ancora mezzanotte quando salì al piano di sopra. Si fermò davanti alla porta della camera di Faye con l'orecchio teso: non si udiva alcun rumore. Era strano: di solito Faye non si addormentava mai prima delle due o delle tre.

Alice si vide sul pianerottolo buio con l'orecchio appoggiato alla porta di Faye e si arrabbiò con se stessa e con il mondo – una rabbia mista a commiserazione. Andò in camera sua decisa ad addormentarsi subito. Ma non vi riuscì. Quando ebbe indossata la camicia da notte rossa di foggia vittoriana andò alla finestra e vi rimase a lungo a osservare le macchine che passavano sulla strada. Era inquieta e a disagio. Ritornò davanti alla porta di Faye e si disse: "Be', adesso basta, vai a letto e piantala!" Ma non lo fece. Aprì adagio adagio la porta e rimase immobile sulla soglia come un fantasma, attendendo che Faye le gridasse di andarsene, di lasciarla sola, di smettere di spiarla... La luce era spenta e la stanza era buia. Poteva giusto scorgere nell'angolo un fagotto che doveva essere Faye. C'era uno strano odore nell'aria. Appena capì che era quello del sangue Alice accese la luce e urlò. Faye giaceva sul dorso, leggermente sollevata sui cuscini ricamati e adorni di pizzi, pallida come un morto, con la bocca socchiusa e i polsi tagliati appoggiati sulle cosce. Il sangue aveva intriso tutto.

Alice continuò a urlare.

Lo aveva previsto, lo aveva temuto, era quasi sicura che sarebbe successo. Aveva sempre saputo di non poter tollerare la vista del sangue e che se si fosse trovata in una situazione del genere sarebbe crollata. Non poteva far altro che rimanere dov'era e urlare.

Arrivò Philip. Lo udì chiedere con voce soffocata e impaurita: "Alice, Alice, cosa succede?"

Smise di gridare. Con la sua lunga camicia da notte scarlatta, sembrava il personaggio di un melodramma. Puntò l'indice verso quell'orribile spettacolo e rabbrividì.

Philip disse: "Si è tagliata i polsi."

Poi passò un braccio intorno alle spalle di Alice, e visto che Alice era tanto più alta e pesante di lui, il gesto lo fece vacillare. Persero entrambi l'equilibrio e dovettero aggrapparsi allo stipite della porta.

Alice frattanto era riuscita a dominarsi e aveva riacquistato il suo buon senso.

Si avvicinò a Faye. Il sangue continuava a sgorgare in rossi fiotti.

"Dobbiamo fermarlo," disse. Si guardò intorno in cerca di qualcosa che potesse servire da legaccio, scorse una sciarpa su una sedia e la strinse intorno ai polsi di Faye come un paio di manette. Il flusso si arrestò.

Philip, che a sua volta s'era ripreso, disse: "Chiamo una ambulanza."

"No, no, no," gridò Alice, "per carità!"
"Perché no? Se la lasciamo così, morirà!"
"No, no, no. Non capisci? Non deve andare in ospedale."
"Perché no?"
"Roberta non ce lo perdonerebbe mai. La polizia, non capisci. La *polizia...*"
Philip guardava Alice come se fosse impazzita.
"Non c'è una benda elastica in questa casa?"
"Perché dovrebbe esserci?" rispose Philip in tono desolato.
"Ecco cosa ci vuole. Il tuo nastro adesivo. Quello che usi per isolare i fili elettrici."
Philip era già corso a prenderlo. Alice si inginocchiò accanto a Faye che sembrava diventata leggera e fragile come una foglia morta. Come si fa a tastare il polso a una donna con i polsi tagliati? Dove posso controllare le pulsazioni? si chiese ansiosamente Alice. Avvicinò la guancia alle narici di Faye e captò un lieve respiro. Ma tutto il sangue che aveva perso, tutto quel sangue... Tutto ne era intriso, Faye giaceva in una pozza rossa e viscida.
Philip arrivò di corsa con un rotolo di nastro isolante nero. Alice strinse una mano a morsa intorno a uno dei polsi per impedire al sangue di sprizzare e Philip applicò il nastro sulla ferita. Fecero lo stesso sull'altro polso e poi tagliarono la sciarpa.
"Ha perso moltissimo sangue," disse Alice.
"Avrebbe bisogno di una trasfusione," replicò Philip, ostinato. Il suo volto rivelava tutta la sua indignazione per il comportamento di Alice.
"Dobbiamo somministrarle del liquido. No, aspetta..."
Alice scese di corsa in cucina. Preparò dell'acqua tiepida con sale e zucchero – non aveva glucosio – e la portò di corsa di sopra.
"Ha perso i sensi, Alice," disse Philip, sempre con quello sguardo ostile di disapprovazione. "Come può bere se è svenuta?"
Alice si inginocchiò, infilò il braccio dietro il capo ciondolante di Faye per sostenerlo e cercò di versarle in bocca un po' d'acqua tiepida.
"Le andrà nei polmoni, come se annegasse," disse Philip.
E poi, miracolosamente, Faye inghiottì.
"Faye," ordinò Alice, "Ti prego, bevi. Devi bere."
Faye sembrò voler scuotere il capo in segno di diniego ma inghiottì. Era abituata a ricevere ordini, a obbedire a Roberta. Alice lo sapeva e cercando di imitare il tono suadente, pieno d'amore di Roberta ripeté: "Bevi, devi bere."
A poco a poco, nel giro di una ventina di minuti, Alice riuscì a farle prendere circa mezzo litro d'acqua e zucchero.

Poi si fermò. Era tutta sudata. Era il sudore della paura, lo sapeva.

Philip si inginocchiò ai piedi di Faye e la osservò. La sua espressione di disapprovazione, quasi d'orrore, non era affatto scomparsa. Era Alice che l'inorridiva, e lei ne era consapevole ma decise di non curarsene.

"Non morirà," disse ad alta voce, a beneficio di Faye non meno che di Philip.

"Resta qui," disse a Philip. "Falle bere ancora qualcosa, se ci riesci. Deve essere successo un attimo prima che entrassimo. Vado a telefonare a Roberta."

Philip si mise al posto di Alice, con il braccio sotto il capo di Faye. Prese la caraffa dell'acqua.

Vedendoli così vicini, Alice pensò che la fragile, cerea Faye e il fragile, pallido Philip, erano della stessa razza, due vittime nate per essere offese e calpestate. C'era una sorta di compiacimento in questo pensiero, almeno per quel che riguardava Philip, poiché sentiva che lui la odiava ancora.

Corse da Joan Robbins, nella casa accanto. Tutte le luci erano spente e Alice appoggiò il dito sul campanello e lo tenne premuto. Ne udiva il suono acuto all'interno. Sopra la sua testa si aprì una finestra e Joan Robbins chiese in tono risentito: "Cosa c'è? Chi è?"

"Mi faccia entrare, mi faccia entrare," gridò Alice, con la voce simile a quella di un bambino, o a quella di Faye. "Sono Alice," aggiunse piangendo, poiché Joan Robbins non si era mossa dalla finestra. "La sua vicina."

La luce si accese nell'ingresso e Joan Robbins apparve sulla porta avvolta in una vestaglia a fiori, con ai piedi delle vivaci pantofole rosse, e con un'aria seccata, sconcertata, impaurita.

"Devo fare una telefonata, c'è una persona che sta male," balbettò Alice e Joan si spostò per lasciarla entrare.

Al telefono Alice cercò nervosamente le guide. Joan le tolse da una copertina di plastica e gliele porse.

Trovò il numero delle Informazioni e si fece dare quello dell'ospedale di Bradford, dove lasciò un messaggio per Roberta. "Ditele che la sua amica sta male, che deve venire subito."

Poi si mise a sfogliare l'elenco cercando un altro numero e fu soltanto quando trovò "I Samaritani" che si rese conto di quel che cercava.

"Non chiama il 999?" chiese Joan Robbins incuriosita. Alice scosse il capo e rimase immobile con gli occhi chiusi, il respiro irregolare, come se stesse per svenire, finché l'altra se ne andò ciabattando in cucina per prepararle una buona tazza di tè.

Alice compose il numero dei Samaritani. Rispose una voce ferma e garbata. Lei non afferrò le parole, soltanto il tono. Rimase zitta in ascolto. Doveva dire subito qualcosa o quella voce si sarebbe interrotta, sarebbe sparita.

Disse: "Ho bisogno di un consiglio, solo di un consiglio."

"Qual è il suo problema?"

Alice non rispose ma rimase ad ascoltare quella voce pacata, gentile, che la invitava a non riappendere, dicendo che nessuno avrebbe esercitato alcuna pressione su di lei o su chiunque altro, che nessuno l'avrebbe denunciata qualunque cosa lei o altri avessero fatto.

Alice non rispose finché non udì tornare Joan Robbins. Allora disse in fretta: "Qualcuno si è tagliato le vene."

Non ebbe il tempo di aggiungere altro. Joan era arrivata con due tazze di tè fumante.

Alice afferrò subito la sua, sapendo quanto ne avesse bisogno. Cercò di mandar giù il liquido bollente e intanto continuava ad ascoltare. "Deve portare la sua amica in ospedale. Più in fretta che può. Chiami un'ambulanza. Chiami il 999. È una questione di vita o di morte. Lo faccia subito."

"E se non lo faccio?" chiese infine Alice, scegliendo con cura le parole perché Joan le si era piantata davanti e la esortava con occhiate e sorrisi a bere il suo tè.

"Se non lo fa – ma dovrebbe assolutamente farlo – la cosa più importante è tener sveglia la sua amica e farla bere il più possibile. È in grado di bere?"

"Sì," rispose Alice e continuò ad ascoltare come se udisse una improbabile musica lontana che la incantava e consolava, la calmava e le offriva un infinito, sicuro conforto.

Dopo qualche minuto depose senza dir nulla il ricevitore lasciando che quella voce gentile e serena sparisse nel regno dell'irraggiungibile. Cercò di stamparsi sul volto il suo solito cordiale sorriso da brava ragazza e disse a Joan Robbins: "Grazie. Grazie infinite. Erano i Samaritani. Li conosce?"

"Sì, ne ho sentito parlare."

"Sono davvero bravissimi," replicò Alice in tono vago. "Be', ora devo andare. Ho affidato la persona che sta male a uno che forse non se ne intende molto."

Joan accompagnò Alice alla porta con l'espressione di chi è stato lasciato all'oscuro di un evento importante e vorrebbe saperne di più.

"Grazie," disse Alice educatamente. Poi ripeté con impeto, piena di gratitudine: "Grazie, grazie davvero." E si allontanò di corsa nel buio. Joan Robbins attese di vederla entrare al 43. Poi ritornò in cucina dove notò le macchie di sangue sulle guide del telefono e sul tavolo. Pulì il tavolo e rimase soprappensiero per qualche minuto. Poi decise di non chiamare la polizia e se ne tornò piano piano a letto.

Alice trovò Philip e Faye esattamente come li aveva lasciati. Ma Faye aveva gli occhi aperti e fissava senza espressione il soffitto.

"Ho telefonato a Roberta," disse Alice.

Si mise a cercare una camicia da notte pulita, trovò un pigiama, prese degli asciugamani e dell'acqua calda. Alice e Philip spogliarono Faye. La fecero scivolare fuori del sacco a pelo inzuppato di sangue, tolsero le coperte ed estrassero il materasso di gommapiuma intriso di sangue come una spugna. Poi Faye venne lavata e rivestita. Durante tutte queste operazioni la ragazza non oppose alcuna resistenza. Ma Alice non si lasciò ingannare. Sapeva che attendeva il momento in cui lei o Philip le avrebbero voltato la schiena per strapparsi il nastro isolante dai polsi.

Philip andò a prendere il sacco a pelo di Alice e altre coperte. Trovarono in un cassetto una borsa per l'acqua calda. Occorse molto tempo, ma alla fine Faye giacque pulita e ben coperta, comoda e al caldo.

Erano ormai le tre passate.

Alice stava pensando: Se Roberta era all'ospedale, avrà ricevuto subito il messaggio e si starà precipitando qui. Forse arriverà in mattinata.

Nel frattempo lei e Philip dovevano rimanere entrambi, nel caso uno dei due si addormentasse.

Nessuno dormì. Faye rimase immobile nella stessa posizione in cui l'avevano sistemata con il viso simile a quello di un piccolo fantasma. Non chiuse gli occhi. Non li guardò. Non disse nulla.

Philip si inginocchiò ai piedi di Faye e Alice le si sedette accanto. Di tanto in tanto Alice le sollevava il capo e le appoggiava la tazza alle labbra e Faye inghiottiva.

Philip scese in cucina per preparare dell'altra acqua con sale e zucchero e del tè per lui e Alice. Ma continuava ostinatamente a evitare il suo sguardo.

Aveva ricevuto un tale shock dal suo comportamento, dall'intera situazione, che ora cercava di estraniarsene.

Alice pensò con arroganza, persino con disprezzo: questo dimostra che tipo è Philip! Ecco com'è!

L'alba arrivò presto, poiché si era ormai a metà maggio. Con il senso di vuoto e il formicolio nelle membra che si accompagnano alla stanchezza Alice ascoltò il canto mattutino degli uccellini, pensando che avrebbe voluto udirlo più spesso; cercò di incontrare lo sguardo di Philip per dividere con lui quell'attimo di rinascita, quella promessa, ma Philip era sempre inginocchiato come un devoto raccolto, paziente, modesto, pronto a rendersi utile. E assolutamente lontano da lei.

Alla fine Alice gli disse: "Se vuoi andare a dormire, Philip, cercherò di star sveglia. E quando non ce la farò più ti chiamerò dalle scale." Quel che intendeva dire era: non posso lasciarla, non possiamo, neppure per un attimo. Philip capì, annuì e se ne andò.

Faye si era addormentata, o faceva finta di dormire, Alice non era in grado di capirlo e non voleva correre rischi. Rimase seduta accanto a lei spruzzandole di tanto in tanto dell'acqua sul viso, dandole dei buffetti sulla guancia. E mentre lo faceva le sembrava quasi di scorgere l'ombra di un sorriso sul volto impassibile di Faye. I rumori di un normale sabato mattina, il lattaio, bambini che giocavano in strada, voci dai giardini. Quanti suoni a cui di solito non badava...

Le coperte e gli indumenti sporchi di sangue ammucchiati nell'angolo cominciavano a farla star male. Ma non poteva, non doveva muoversi. Sapeva che Faye non stava dormendo.

Il tempo passava... passava. Più di una volta era stata sul punto di addormentarsi e si era risvegliata con un sussulto. Una volta vide Faye aprire gli occhi; si scambiarono uno sguardo. Quello di Alice diceva: "Non te lo permetterò"; mentre quello di Faye rispondeva: "Non puoi impedirmelo."

Poi, finalmente, si udirono dei passi pesanti sulle scale, la porta si aprì e Roberta si precipitò nella stanza e corse a inginocchiarsi accanto a Faye, che ora aveva gli occhi aperti. Con una voce in cui si mescolavano amore appassionato, rabbia, esasperazione, incredulità Roberta mormorò: "Faye, oh Faye, tesoro, come hai potuto fare una cosa simile!"

Alice si alzò e osservò Roberta che stringeva a sé l'amica delicatamente, con tenerezza, cullandola e chinandosi a baciarle i polsi feriti, prima l'uno e poi l'altro.

Faye affondò il viso nel grembo dell'amica e rimase immobile, finalmente serena.

Roberta alzò lo sguardo verso Alice. Aveva il volto rigato di lacrime.

Hai ben ragione di piangere, pensò Alice.

Roberta disse: "Mia madre è ormai in coma, perciò non c'è problema."

"Bene, allora."

Alice raccolse le coperte e gli indumenti macchiati e disse pacatamente: "Philip sta dormendo da qualche ora, perciò può venire a darti una mano se ti occorre aiuto, ma io sto crollando dal sonno."

Andò nella sua stanza ma non riuscì ad addormentarsi. Continuava a rivedere quella scena, l'infinita tenerezza con la quale Roberta aveva cullato Faye, la passione e l'amore dipinti sul suo volto quando si era voltata a guardarla, il viso di Faye premuto contro il suo petto.

Quando si risvegliò decise che se ne sarebbe andata. Non ne poteva più. Se Jasper la voleva avrebbe dovuto venire a cercarla. No, non avrebbe lasciato nessun indirizzo. Avrebbe fatto colazione e sarebbe sparita.

Ma naturalmente non era più mattina. Aveva dormito tutto il giorno. Trovò in cucina Philip che stava riscaldando un po' di zuppa avanzata. Capì che la sua ostilità della notte precedente si era placata, mitigata. Dopo tutto Faye non era morta. Sì, Alice sapeva benissimo che avrebbe potuto morire. Ma per lo meno l'aveva salvata dalle grinfie dell'Autorità.

Attese, indifferente, mentre Philip le raccontava qualcosa che si era proposto di dirle e che con ogni probabilità aveva rimuginato dentro di sé per tutto il giorno.

L'ascoltò a metà, con il pensiero rivolto al treno che avrebbe preso quella sera stessa, o l'indomani, per chissà dove, si udì sospirare e a questo punto tornò a concentrare tutta la sua attenzione su Philip.

Sì, aveva un aspetto tremendo. Assai peggiore di quello che ci si sarebbe potuti aspettare dopo la notte insonne.

Pur lavorando dalle otto del mattino fino alla sera tardi e durante i fine settimana non era riuscito a finire il lavoro in tempo. La data stabilita era ormai scaduta e gli restavano ancora molte pareti da imbiancare; gli ci sarebbero voluti diversi giorni. Il greco diceva che Philip lo aveva ingannato; non avrebbe mai assunto un uomo solo per fare tutto quel lavoro, e tanto meno un tipo mingherlino come lui. Se Philip non avesse terminato il lavoro entro un paio di giorni avrebbe considerato nulli gli accordi presi e non gli avrebbe pagato il saldo. (Sì, questo a Philip era già successo, ma stavolta non se l'aspettava.)

Quello che voleva era che la comune l'aiutasse. Reggie non lavorava! Cosa faceva tutto il giorno? chiese indignato ad Alice. Non si dava nemmeno da fare. Girava per le aste, in cerca di occasioni. Sapeva Alice che la soffitta era piena di mobili di Reggie e Mary, per non parlare poi della stanza attigua a quella in cui dormivano? Cosa costava a Reggie aiutarlo per un paio di giorni?

"Ma sarà capace?" chiese Alice quasi meccanicamente, e l'occhiata imbarazzata di Philip confermò il sospetto che le era venuto all'improvviso; ma sì, era chiaro, Philip voleva che fosse lei, Alice, ad aiutarlo. Era lei che aveva imbiancato quasi tutta quella grande casa — in fretta e bene. I compagni avevano detto scherzando che un professionista non avrebbe saputo far meglio. E del resto in passato le era capitato qualche volta di farlo su commissione e nessuno aveva avuto di che lamentarsi.

L'ostilità della notte scorsa, così evidente, quasi palpabile, era dovuta in parte al fatto che Alice era in grado di risolvere quel problema, ma non sembrava rendersene conto, si rifiutava di riconoscerlo. Philip ci ritornava spesso col pensiero.

Ora, seduta al tavolo con gli occhi bassi per non incontrare lo sguardo accusatore di Philip, rifletteva. Perché si aspettava che l'aiutasse? Che diritto aveva? La risposta era abbastanza semplice: Philip aveva fatto tutti quei lavori in casa senza quasi farsi pagare. Ed era stata lei, Alice, a chiederglielo. Agli altri non importava niente. E ora toccava a lei sdebitarsi. Oh sì, capiva benissimo la logica, la legittimità del suo ragionamento. Ma lei voleva andarsene, partire, sparire. Quella casa, per la quale aveva tanto lottato, ora le sembrava una trappola che l'avrebbe riconsegnata a Jasper, dal quale doveva fuggire. (Anche se solo per poco, precisò subito il suo cuore ferito.) E tuttavia sapeva che avrebbe aiutato Philip. Perché doveva. Perché era giusto.

Disse che gli avrebbe dato una mano e il gracile corpo dell'uomo fu scosso per un attimo da singhiozzi convulsi. Il viso gli si illuminò, grato e implorante.

Alice si recò con lui in fondo alla strada a vedere il locale. Era enorme, non certo uno di quei caffè intimi e fuori mano dove si serviva qualche fetta di torta o qualche panino. Lungo il centro della sala correva un ampio bancone, completo ma non ancora dipinto, oltre il quale si apriva una vasta area per la cottura e la preparazione dei cibi. I forni, i frigoriferi, i congelatori erano già stati consegnati ed erano lì in attesa d'essere collocati al loro posto. Ma la parete di fondo non era stata ancora stuccata. Le altre tre pareti erano in buono stato ma dovevano essere raschiate prima di venire imbiancate. Alice comprese che Philip aveva inteso preparare per bene quelle pareti ma che ormai vi aveva rinunciato. Le avrebbe dipinte così com'erano. Philip la guardava, in attesa del suo verdetto.

Ma, mentre esitava, conscia del fatto che, se il padrone era in cerca di un pretesto per non pagarlo, o pagarlo meno, lì l'avrebbe facilmente trovato, Alice sentì che c'era qualcun altro oltre a loro nel vasto locale silenzioso e voltandosi si trovò davanti il greco. Le bastò un'occhiata per capire che Philip sarebbe stato imbrogliato, comunque avesse fatto il suo lavoro e anche se lei lo avesse aiutato.

Era un ometto dall'aria malevola. I piccoli occhi neri erano colmi dell'esagerata indignazione di chi si propone di difendere una posizione falsa e quando la vide gridò: "Ho detto un altro imbianchino, non la tua ragazza!"

Alice rispose, più freddamente che poté: "Lei si sbaglia. Ho già fatto più volte questo mestiere."

"Già," sogghignò il greco, con consapevole teatralità. "Immagino che avrà dato una mano di bianco alla cucina!"

"In ogni caso," ribatté Alice, "lei lo sta pagando troppo poco. Con quello che gli dà non ha proprio il diritto di fare il difficile."

In realtà non sapeva quanto venisse pagato Philip ma, visto l'uomo, non poteva che essere poco. E sapeva inoltre che con quel genere di persone bisogna mostrarsi altrettanto prepotenti.

Gli voltò la schiena, si portò davanti a una parete e l'esaminò con attenzione. Philip la seguì e le si mise accanto. Il greco finse di darsi da fare intorno al bancone poi disse: "Vi do due giorni," e uscì.

Ma Alice sapeva che non v'erano speranze. Sì, grazie a lei Philip non sarebbe stato completamente defraudato di ciò che gli spettava, ma quell'uomo non gli avrebbe mai dato tutta la somma pattuita.

Perciò evitò di osservare che quelle pareti avevano bisogno d'essere stuccate e levigate, ma gli disse che se aveva una tuta da darle si sarebbe messa subito all'opera; erano le dieci. Philip cominciò a stuccare i muri e Alice a dipingerli. Lavorarono tutta la notte. Per due volte un paio di agenti, che Alice non aveva mai visto, si fermarono a guardar dentro. A un certo punto il greco venne a dare un'occhiata furtiva, pensando di non essere notato.

Al mattino Philip aveva terminato le stuccature. Alice aveva dato la prima mano a tre pareti e al soffitto.

Sapeva che nel momento stesso in cui fossero usciti, il greco sarebbe corso a controllare il lavoro scoprendovi mille difetti.

Philip e Alice ritornarono al 43 e là trovarono Jasper e Bert che mangiavano uova al bacon. Avevano entrambi un'aria che non le piacque – questa almeno fu la sua impressione, prima che esplodessero i saluti e gli abbracci. Naturalmente la vista di Jasper annullò tutti i propositi di Alice; era felice, si disse, era di nuovo se stessa, senza di lui s'era sentita incompleta. Anche Jasper sembrava contento di vederla; le diede persino un bacio, sfiorandole con le labbra fredde la guancia e circondandole le spalle con le braccia rigide – ma era chiaro che voleva dimostrarle calore e affetto.

Philip non rimase con loro, disse che doveva dormire un

paio d'ore. Lanciò un'occhiata implorante ad Alice, che aveva detto che le sarebbero bastate due ore di riposo prima di ricominciare.

Ma adesso c'era Jasper! Dalla porta, si voltò a guardarlo e il suo volto esprimeva tutta la sua consapevolezza dell'inevitabile. Jasper era la sua rovina, perché naturalmente ora Alice non avrebbe mantenuto la parola...

Ma Alice non intendeva tirarsi indietro, anche se sapeva che solo allora Jasper era appena tornato e non sentiva ancora il bisogno di difendersi da lei – avrebbe potuto cavargli qualche notizia sulle sue avventure – e che, una volta passato quell'attimo, non avrebbe ottenuto altro che dei bruschi no e sì.

C'era qualcosa di insolito nei due uomini: una specie di febbre nei loro occhi, una sorta di perversa eccitazione: che cosa poteva essere? Be', non aveva certo nulla a che fare con l'attività sessuale di Jasper, perché Bert non vi partecipava; eppure anche Bert aveva lo stesso sguardo. Era forse collera? Di certo inquietudine. O solo stanchezza? Chissà. Dicevano che la traversata sulla nave era stata pessima e che non dormivano da diverse notti. Volevano andare subito a coricarsi.

Alice li informò di quello che stava facendo; e le regole della comune li costrinsero a elogiarla per l'aiuto che dava a un compagno.

Ma non li sfiorò nemmeno il pensiero di offrirsi di aiutarla.

Salirono le scale insieme, una coppia, un'unità, accomunati da tutte le loro esperienze delle quali non volevano parlare. Sì, il viaggio era stato buono, il guaio dell'Unione Sovietica era la burocrazia; senza quell'inconveniente sarebbe stato molto piacevole andarci.

E dopo l'Unione Sovietica? Avevano lasciato il gruppo a Mosca e si erano spostati in Olanda. Non aveva mai smesso di piovere.

Bert andò a infilarsi nel suo sacco a pelo nella stanza accanto a quella di Alice. Jasper trovò la sua camera all'ultimo piano occupata dalla roba di Jocelin. Si udì provenire dall'alto una serie di rumori; Jasper stava portando fuori i mobili dalla stanza attigua a quella di Reggie e Mary e li stava accatastando sul pianerottolo. Alice sapeva cosa stava accadendo, dal baccano intuiva che Jasper era in preda a uno di quegli eccessi di furore che gli davano la forza di dieci uomini. Andò a dormire, dopo aver raccomandato alla sveglia interiore di ridestarla dopo due ore.

Si svegliò triste, disperata; non poteva in alcun modo esimersi dall'aiutare Philip; eppure non se ne sentiva in grado e desiderava restare accanto a Jasper.

Il locale del greco fu pronto per mezzanotte. Avevano dato due mani di colore dappertutto, anche dove sarebbe stato meglio aspettare. Il lavoro era stato fatto troppo in fretta, di corsa. Alla meno peggio. E, almeno per quanto riguardava Alice, senza alcun piacere.

A mezzanotte i tre si riunirono di nuovo sotto la lampada, ma questa volta circondati da pareti color primula che il greco esaminò una per una con aria insoddisfatta.

Tutto si svolse come Alice aveva previsto.

Il lavoro non era stato fatto bene, Alice era solo una dilettante e Philip un imbroglione. Lui, il greco, avrebbe dovuto pagare qualcun altro perché venisse a dare un'altra mano. Tutti e tre naturalmente sapevano che era una menzogna; i clienti avrebbero visto soltanto delle pareti di un fresco e gradevole color giallo, che tuttavia avrebbero cominciato molto presto a scrostarsi. Philip poteva anche andare alla polizia se credeva, ma non gli avrebbe dato un soldo di più... e continuò per un pezzo con la sua sceneggiata, puntando l'indice accusatore contro il soffitto e le pareti, scuotendo le spalle in segno di sfiducia verso tutta la razza umana, roteando i piccoli occhi pieni di rancore.

Alice replicò dapprima con freddezza, poi sempre più accalorandosi, e i due finirono per litigare. Philip, bianco come un lenzuolo, intervenne balbettando. La conclusione fu che Philip ottenne i due terzi della somma che era stata stabilita.

All'una del mattino Alice e Philip portarono le scale e i cavalletti fuori del negozio, sapendo che se ve li avessero lasciati il greco li avrebbe confiscati. Alice rimase di guardia e il povero Philip percorse barcollando il mezzo miglio fino a casa trasportando sulle spalle una scala tre volte più alta di lui. Ritornò con Bert e Jasper, che non avevano potuto rifiutarsi di aiutarlo. Bert era stato tirato fuori di prepotenza dal suo sacco a pelo.

L'attrezzatura di Philip venne depositata nella stanza al pianterreno che era stata di Jim e Philip vi si rinchiuse in uno stato di rabbiosa disperazione.

Bert ritornò a letto. Garrula e sorridente come una giovane sposa, Alice chiese a Jasper di farle compagnia mentre mangiava. Quel giorno non aveva quasi toccato cibo. Jasper le rispose brusco che anche lui aveva qualcosa da dirle, ma non era poi così urgente. Gliene avrebbe parlato il giorno dopo. E se ne ritornò di sopra a dormire.

Anche Alice andò a coricarsi, senza aver mangiato; le sembrava d'essere stata trascinata sul bordo di una cascata, o sul ciglio di un precipizio, ma non sapeva perché.

Si svegliò presto perché aveva fame e mentre mangiava in cucina arrivò Philip. Aveva gli occhi arrossati e stralunati. Sembra impazzito, pensò Alice. Non è in sé.

Probabilmente non aveva dormito ma era rimasto sveglio ad arrovellarsi e a preparare il discorsetto che intendeva farle appena l'avesse trovata sola.

Philip sedette sull'orlo della sedia per essere pronto a balzare in piedi quando la discussione si fosse animata. Teneva i pugni chiusi sul tavolo, uno accanto all'altro.

Aveva saputo di un altro lavoro, in un negozio che stavano per aprire. Avrebbe potuto ottenerlo, ma avrebbe dovuto cominciare l'indomani, forse dopodomani. E sapeva già che da solo non ce l'avrebbe fatta. Doveva avere un aiuto – senza dubbio questo Alice lo capiva da sé. Alice avrebbe dovuto andare con lui. Avrebbero formato un'ottima coppia, si sarebbero completati a vicenda. Lei sapeva imbiancare così bene, svelta e precisa. Insieme, non ci sarebbe stato lavoro che non avrebbero potuto affrontare. Dopo tutto Alice non aveva niente da fare!

Le disse tutto questo gridando e in tono aggressivo perché sapeva che Alice non avrebbe accettato ed era già furibondo per il rifiuto. Sembrava che invece di proporle di collaborare la stesse minacciando.

"Tutti voi," urlò, "non muovete un dito, non lavorate, siete dei parassiti, mentre sono quelli come me che permettono alla società di andare avanti..." Sembrò sul punto di scoppiare a piangere, era evidente che si sentiva tradito. "Parlate tutti di disoccupazione, di gente che non trova lavoro, ma poi? Io non riesco a trovare nessuno che voglia lavorare con me. E allora, cosa ne dici, Alice?" chiese in tono esasperato.

Alice, naturalmente, disse di no.

Allora Philip gridò che a lei non importava niente di nessuno, solo di se stessa – "proprio come tutti gli altri". Aveva fatto perdere il posto a Jim e non aveva provato il minimo rimorso. Che fine aveva fatto Jim? Già, lei non lo sapeva e non gliene importava niente. E Monica – oh sì, sapeva tutto di quella faccenda, le aveva sentite, quella povera sciocca di Monica lei l'aveva spedita a un falso indirizzo, forse le era sembrato un magnifico scherzo. Faye poteva anche morire se fosse dipeso da lei, non aveva neppure voluto chiamare un'ambulanza. E anche di lui, Philip, a lei non importava niente, adesso che non le serviva più, dopo averlo sfruttato in lungo e in largo in cambio di quattro soldi. Adesso che la casa era a posto lui poteva anche andare in malora, per quel che gliene importava.

E così continuò per un pezzo, inframmezzando alle parole i singhiozzi, e Alice sapeva che se si fosse alzata e gli avesse messo le braccia intorno al collo sarebbe crollato come un castello di carte e le avrebbe detto: "Scusami, Alice, non è vero, non è quel che penso, ti prego, Alice, vieni a lavorare con me."

Ma Alice non si mosse; pensava che le finestre erano aperte e che se Joan Robbins fosse stata in giardino avrebbe sentito tutto.

La furia di Philip si spense in un silenzio carico d'infelicità. Rimase seduto evitando il suo sguardo, guardando ovunque meno che verso di lei. Poi uscì di corsa dalla stanza e dalla casa.

Alice rimase in cucina ad aspettare che Jasper scendesse. Le sembrava di aver trascorso una parte notevole della propria vita ad attenderlo. Pensò di nuovo: io me ne vado. Vado via. Devo. No, non per sempre, ma ho bisogno di stare un po' sola.

Senza rendersene conto aprì il frigorifero, frugò negli armadietti. Avrebbe preparato una delle sue zuppe. Ma c'era ben poco in casa. Uscì perciò a far la spesa, pulì con calma le verdure e sedette al tavolo mentre la zuppa cuoceva. Il gatto balzò sul davanzale e la salutò attraverso il vetro con un miagolio. Alice lo fece entrare e gli offrì degli avanzi. Ma no, il gatto non aveva fame, probabilmente Joan Robbins o qualche altro vicino gli aveva già dato da mangiare. Forse voleva un po' di compagnia. Lo prese in grembo ma la bestiola scappò via e andò a stiracchiarsi sul davanzale. Di là osservò Alice con i suoi occhi di vagabondo e fece uno strano verso, un miao di saluto. Alice scoppiò in lacrime, in un empito di gratitudine.

La mattinata passò. Quando Jasper si fosse svegliato lei gli avrebbe spiegato: una breve separazione, ecco di cosa aveva bisogno.

A mezzogiorno Bert e Jasper scesero insieme, scherzando sul fatto che era stato il profumo della zuppa di Alice a svegliarli. Il senso di rabbia, o di ribellione, da cui erano stati animati la sera precedente, sembrava essersi dissolto con la stanchezza.

Socievoli, loquaci, raccontarono ad Alice piccoli aneddoti sul loro viaggio e fecero gli elogi della sua zuppa. Alice sedeva indifferente e li osservava. Ben presto i due se ne accorsero e a un certo punto si scambiarono delle occhiate, come i bambini quando si comunicano "la mamma oggi ha la luna", che Alice commentò con un sorriso sarcastico.

Abbandonarono ogni tentativo di rabbonirla e Bert disse: "Abbiamo deciso che è arrivato il momento di discutere seriamente sulla nostra posizione politica, compagna Alice. Ma solo fra noi veri rivoluzionari, senza rompiscatole." Sogghignò, scoprendo i bei denti bianchi. Alice non replicò. Anche Jasper si volse verso di lei sorridendo e disse: "Abbiamo pensato di farlo stasera. O al più tardi domani sera. Ma il punto è: dove? Mary e Reggie non devono saperlo. E neppure Philip!" Anche Jasper sogghignò.

I due sembravano aver adottato un nuovo stile, alquanto drammatico, si disse Alice mentre li osservava senza indulgenza.

Chiese poi, realmente interessata: "E come intendete classificare Faye?"

I loro volti si rabbuiarono; sì, sapevano del tentativo di suicidio, ma non vi avevano dato molto peso.

"Be'," rispose Bert, dubbioso, "immagino che stia abbastanza bene per partecipare alla riunione."

Alice rise. La sua risata, così spontanea e persino allegra, la sorprese. Trovava quei due divertenti tanto erano stupidi.

Disse con aria indifferente: "Se volete tenere un'assemblea, perché allora non la convocate?" Si alzò e rimestò la zuppa, vi aggiunse altri piselli secchi, del sale e un po' d'acqua. A quanto pareva l'appetito di Jasper e Bert non era affatto diminuito.

Quando si voltò i due sedevano l'uno di fronte all'altro con aria sconsolata, senza guardarsi né guardarla. Stavano pensando, lo capiva benissimo, che il suo risentimento nei loro confronti era giustificato, che erano stati degli sciocchi a non prevederlo. E forse anche che per loro quella era solo la prima di tutta una serie di mortificazioni.

Il cuore le si intenerì. Disse a Jasper: "Mi spiace. Ma te ne vai così, dicendomi un sacco di bugie. Poi ricompari... Scusami."

Si avviò verso la porta e Jasper la raggiunse. Sentì la sua stretta frenetica sul polso; era tutto quel che sapeva fare per ricondurla a sé. Liberò facilmente la mano e ripeté: "Mi spiace." E uscì.

Appena fuori dalla porta si addolcì e disse: "Fatemi sapere per quando avete convocato l'assemblea."

Mentre saliva le scale pensò che avrebbe dormito un po' e poi avrebbe telefonato alla sua vecchia comune di Halifax. Qualche giorno lassù e sarebbe ritornata se stessa.

Ma qualcuno bussò insistentemente alla porta e Alice corse ad aprire, sicura di trovare la polizia. Era invece una donna che non aveva mai visto e che le disse in fretta: "Sono Felicity. L'amica di Philip. Abito qui dietro l'angolo. Mi hanno telefonato dall'ospedale. Philip ha avuto un incidente. Bisogna portargli della biancheria."

Stava già voltandosi per andarsene, sorridendo – aveva fatto il suo dovere – ma Alice la fermò. "Tu non ci vai?" le chiese. Intendendo dire, non tocca forse a te?

"Sì, certo, andrò a trovarlo," rispose Felicity senza molta convinzione. "Ma non adesso. La sua roba è qui, no?"

Era stata per tanto tempo una specie di appendice esterna del 43 ma ora dai suoi modi nessuno l'avrebbe detto. Era una donna minuta, svelta, disinvolta, abile quanto Alice nel difendere la propria posizione. Aveva fatto capire chiaramente che non intendeva assumersi alcuna responsabilità nei confronti di Philip.

Alice ripensò a come l'aveva visto quella mattina, disperato e furibondo. Rispose: "Oh, va bene. Sta molto male?"

"Be', non è morto. Ma avrebbe anche potuto morire. Gli è andata bene. Un po' di ossa rotte." Sorrise e se ne andò quasi di corsa.

Alice salì nella camera di Philip. Su alcuni scaffali verniciati con cura c'erano i suoi abiti ben piegati. Trovò tre pigiami puliti, verde, blu e marrone, disposti l'uno sopra l'altro, la vestaglia appesa a un gancio dietro la porta, lo spazzolino da denti e una maglia stesa ad asciugare sul davanzale; del sapone, il rasoio elettrico. Passando davanti alla cucina annunciò a Bert e a Jasper che andava all'ospedale, ma senza fare il nome di Philip. Non intendeva sentirli minimizzare l'incidente come avevano fatto con il suicidio di Faye. Era sconvolta. Questa era in qualche modo la fine per Philip. Senza dubbio si era fatto investire da una macchina, o gli era capitato qualcosa di simile, perché sentiva il bisogno di enfatizzare la propria situazione, di rendersi impotente, di rendere la propria impotenza visibile.

Ma all'ospedale Alice scoprì che le cose stavano molto peggio di quanto aveva lasciato intendere Felicity. Una spalla rotta. La rotula e il polso sinistro fratturati. Escoriazioni varie. Ma anche una frattura cranica. Tra pochi minuti lo avrebbero riportato in sala operatoria. Temevano qualche complicazione interna. Per il momento era senza conoscenza. Poiché Alice disse che per quanto ne sapeva Philip non aveva parenti e che se li aveva lei non ne conosceva l'indirizzo, l'infermiera prese il suo nome come "parente più prossimo". Numero di telefono? Ma Alice, ben decisa a non permettere a Felicity di lavarsene le mani, rispose che in caso d'emergenza dovevano telefonare a lei. Comunque, al 43 non c'era telefono.

Mentre sostava in corridoio con la testa confusa e senza saper bene cosa fare scorse in mezzo a una stanza uno strano lettino inclinato munito di carrucole e leve e ruote e tubi sul quale, coperto di bende e cerotti, giaceva inerte Philip. In realtà se ne vedeva soltanto il viso: d'un pallore mortale, con le palpebre ceree solcate da vene azzurre e le labbra esangui macchiate agli angoli da una specie di vernice rosea rappresa. Sembrava più che mai un piccolo elfo, una creatura di un altro mondo, e Alice lo fissava impotente, con l'infermiera alle spalle, senza riuscire a muoversi. Ecco, pensava, è questo che succede agli emarginati, a chi si aggrappa alla vita ma non ha sufficiente presa. Basta un passo falso, un incidente in apparenza non grave come quello con il greco, qualcosa che acceleri la curva discendente della vita, e subito lasciano la presa e cadono. Philip aveva lasciato la presa.

Quando si volse Alice aveva un'espressione così sconvolta che l'infermiera le chiese: "Si sente bene?" Ma in tono volutamente distratto, perché in realtà non aveva nessuna voglia di occuparsi di lei. "Vada giù a bere una tazza di tè e si sieda un po'," aggiunse poi.

Dal tono si capiva che era disposta a occuparsi di Alice se ne avesse avuto realmente bisogno, ma questa rispose: "Va tutto bene." Vide l'infermiera accostarsi a Philip e chinarsi a osservarlo. Quell'occhiata attenta e prolungata rivelò ad Alice la verità. Si voltò e percorse in fretta il corridoio, si fermò ad attendere l'ascensore, ma senza rendersi conto di quel che faceva. Stava piangendo in silenzio con lo sguardo fisso davanti a sé e negli occhi il volto di Philip morente.

E allora se ne rese conto: Philip aveva già percorso quasi tutta la curva discendente quando aveva chiesto di poter venire a vivere con loro. Noi abbiamo creduto di vedere un uomo all'inizio di una curva ascendente, con un nuovo lavoro, delle prospettive per il futuro, ma non era affatto così. Probabilmente non era stato neppure il greco a dargli il colpo di grazia, a fargli lasciare la presa; era stata Felicity quando lo aveva buttato fuori. (Alice aveva intuito, vedendola, che le cose erano andate così.) Forse molto prima? All'improvviso Alice capì. Tutto le fu perfettamente chiaro, come in un grafico. Non era affatto vero che Philip aveva "lasciato la presa". Non aveva mai avuto nulla cui afferrarsi. Quello che avrebbe dovuto succedere non era successo. In passato qualcuno avrebbe dovuto dire: questo ragazzo, Philip Barker, deve fare l'artigiano, un lavoro leggero, delicato e complesso; bisogna insegnarglielo. Guardate com'è preciso in tutto ciò che fa! Non può piegare una camicia o disporre del pesce e delle patatine su un piatto senza farne un quadro.

Ma questo non era accaduto. E Philip aveva cominciato a lavorare per un'impresa edile, come tutti quelli che non hanno una specializzazione. Un imbianchino in un'impresa edile, che perdeva un posto dopo l'altro. Finché un giorno si era detto: mi metto in proprio.

Un destino spietato. Una fottuta vita di merda.

In seguito non riuscì a ricordare come fosse ritornata a casa dall'ospedale. In cucina Roberta le lanciò un'occhiata e le offrì la sua cura: la costrinse a bere del brandy, le mise un braccio intorno alle spalle, la accompagnò su per le scale, la infilò nel sacco a pelo, tirò le tende.

Mentre Alice dormiva, quella sera accaddero due fatti.

Il primo fu che il poliziotto dalla faccia cattiva arrivò con una collega per interrogarli sul furto di una macchina. C'erano Jasper e Bert e le cose s'erano messe male e sarebbero finite anche peggio se a un certo punto non fossero comparsi Reggie e Mary che parlarono ai due agenti nel loro stesso linguaggio, nei loro stessi termini. Dopo di che Mary e Reggie si mostrarono molto freddi e senza nascondere la loro disapprovazione dissero che non era affatto obbligatorio mettersi nei guai con gli agenti, bastava sapere come trattarli. "E naturalmente, non avere niente sulla coscienza." Era implicito.

Salirono in camera loro ma Reggie ridiscese quasi subito per chiedere se in effetti Jasper e Bert sapevano niente di quella macchina rubata.

"Siamo rivoluzionari," rispose Bert, infuriato. "Non ladri."

Più tardi, dopo mezzanotte, tornò Felicity a dire che le avevano telefonato dall'ospedale. Philip era morto. Era molto sconvolta, così dissero ad Alice il giorno dopo. Dovettero invitarla a entrare, le diedero un po' di minestra e un bicchierino del brandy di Roberta.

Alice di tutto questo non seppe nulla fino all'indomani. A metà mattinata. Erano tutti nella cucina invasa dal sole, con il gatto sul davanzale.

Alice commentò: "Ha mollato in fretta, non è vero?" raffigurandosi mentalmente una creaturina, un uccellino o un insetto, che tenti di afferrarsi a un filo di paglia, a un ramoscello, senza riuscirvi. Gli altri non capirono, ma Faye, con un freddo sorriso, osservò: "Beato lui." Mary disse che Philip le era sempre sembrato un tipo instabile.

Alice dichiarò che se la polizia aveva preso a considerare la loro casa come un posto dove venire a sfogarsi in qualsiasi momento, non era più il caso di restarci. Gli altri naturalmente la fissarono allibiti; non capivano come potesse dire una cosa simile con tanta indifferenza.

Poi Alice si alzò da tavola e andò di sopra, mise in posizione la scala di Philip, salì in soffitta e si fermò sotto i grossi travi imputriditi illuminandoli con la torcia. Stava pensando – e non le riusciva facile far accettare alla propria mente quel pensiero – che Philip aveva riparato tutti i guasti in quella casa, rimosso tutti i pericoli. Ma il pericolo costituito da quei travi, il maggiore, non era riuscito a sventarlo. Semplicemente perché era troppo piccolo. Perché non era altro che una manciata di fragili ossa tenute insieme da un po' di pelle. Alice vedeva mentalmente il tipo d'uomo che avrebbe potuto rimuovere quei due travi marci e sostituirli. Un pezzo d'uomo (se lo immaginava benissimo) in grado di portare sulle spalle un trave e collocarlo al suo posto. Senza sforzo. Avvilita e perplessa davanti all'arbitrarietà, alla futilità della vita, tornò in cucina e osservò che se non si fosse provveduto subito a sostituire quei due travi la casa quanto prima sarebbe crollata loro addosso. Tornò a sedersi sulla stessa sedia sulla quale era seduta prima di salire in soffitta, a un lato del tavolo. A capotavola, come un padre e una madre, sedevano Mary e Reggie. Irradiavano disapprovazione. Se ne rendevano conto, ma non sapevano d'essere anche molto spaventati.

"È ovvio che quei travi vanno sistemati," disse Mary.

Jasper e Bert, Faye e Roberta, che da settimane vedevano Alice provvedere a tutto, si voltarono a guardarla sperando di sentirla dire: "Non preoccupatevi. Me ne occupo io." Jocelin e Caroline non erano interessate alla faccenda.

Alice osservò: "Dunque vi siete trovati un appartamento?"

Sorpresa, persino indispettita, Mary rispose: "Sì, ma come hai fatto..." E Reggie: "Ma non l'abbiamo ancora detto a nessuno, non è sicuro."

"E così questa casa ritorna sulla lista nera, non è così?" commentò Alice.

"Ma non per essere demolita," spiegò Mary. "Hanno riconosciuto d'essersi sbagliati. Tanto questa casa che il 45 verranno ristrutturati. Comunque non accadrà tanto presto. Voglio dire che avrete tutto il tempo di trovarvi un altro alloggio."

"Un'altra casa da occupare," aggiunse Reggie soavemente.

Ancora una volta tutti gli altri guardarono Alice, che aveva speso tanto tempo e fatica per quella casa, e ancora una volta si stupirono della sua indifferenza.

Alice stava osservando Mary e Reggie, senza affatto tentare di nasconderlo perché voleva a tutti i costi capire cosa era successo. Si immaginava i due seduti l'uno accanto all'altra nel letto matrimoniale mentre discutevano di lei e dei compagni con uguali accenti di scandalizzata riprovazione. Jim. Il tentato suicidio di Faye. E ora Philip. Alice comprese che dovevano essersi sentiti intrappolati in mezzo a un branco di pazzi. Be', che importava, queste due belle case erano state salvate e parecchia altra gente vi avrebbe trovato rifugio, almeno per qualche tempo ancora.

"Hai trovato lavoro?" chiese a Reggie, sicura di quello che diceva.

Di nuovo quell'espressione contrariata; perché, naturalmente, ai borghesi non piace scoprire d'essere trasparenti.

"Sì," rispose Reggie. "È una ditta nuova, a Guildford. Certo è un rischio, visto che oggi la percentuale dei fallimenti delle nuove ditte è quella che è. Ma è un'iniziativa interessante e dovrebbe avere successo."

Il fatto che non avesse precisato di cosa si trattava, significava, pensò Alice, che l'"iniziativa" era di un genere che lei e i compagni non avrebbero approvato. Prodotti chimici: Reggie era un chimico. Be', tutto sommato non le interessava.

Mary si alzò. Reggie si alzò. Rivolsero dei gran sorrisi a tutti. Ma quello che provavano era in realtà un bel sollievo. L'avevano scritto addosso: il linguaggio del corpo. Mary e Reggie avevano ritenuto doveroso sedere un po' con loro per via della morte di Philip, ma adesso basta, potevano ritornare di sopra e riprendere la loro esistenza tranquilla. *Loro* non avrebbero mai mollato la presa, non sarebbero mai colati a picco.

Com'è strana la vita, pensò Alice. Circa tre settimane prima erano tutti seduti attorno a quel tavolo. Nessuno avrebbe detto che Philip stava per crollare. Jim? Forse lui sì. E Faye...? Ebbe cura di non guardare Faye rendendosi conto che un'occhiata in quel momento sarebbe equivalsa a una sentenza, una condanna. Ma a lei, Alice, la cucina sembrava piena di fantasmi. Povero piccolo Philip, che ce l'aveva messa tutta, così gentile e coraggioso... *Non era giusto.*

Be', quando Reggie e Mary se ne fossero andati, non sarebbero rimasti in molti, Jasper, Bert e lei. Caroline e Jocelin. Faye e Roberta. Sette.

Pat se n'era andata. Jim era scomparso. Philip era morto. Il compagno Andrew svanito nel nulla. Alice in quel momento sentiva la mancanza persino di Muriel, come se fosse stata una vecchia amica perduta. Benissimo, che si riprendano pure questa casa, perché no? Lei non aveva intenzione di piangerci sopra. Sapeva che le stava venendo quella sua espressione particolare, tipica di queste circostanze; sentiva lo sguardo di Jasper su di sé. Per sfuggirlo si alzò e si dispose a preparare un altro pentolone di zuppa.

"Compagna Alice," disse Bert in tono autorevole, "siamo tutti qui. Poco prima che arrivassero Reggie e Mary avevamo deciso di tenere una riunione."

"Oh, e vi sareste presi il disturbo di avvertirmi?" chiese Alice, ma tornò a sedere al suo posto, notando che Bert e Jasper si erano seduti a capotavola.

Metà pomeriggio. Uno splendido sole. Joan Robbins stava potando la siepe con delle vecchie cesoie. Clac, clac, clac, a intervalli irregolari che tenevano l'udito all'erta. Nel boccale sullo sgabello c'erano delle rose. Gialle. Il gatto era steso sul davanzale, dietro al vetro, e guardava dentro.

Bert attaccò: "In seguito alle esperienze fatte a Mosca e alle nostre successive discussioni Jasper e io abbiamo convenuto che dovremmo stabilire tutti insieme una nuova linea politica. Naturalmente ne dovremo discutere a fondo tutte le implicazioni, ma giusto per farvi capire in quale direzione puntano le nostre conclusioni, cercheremo di riassumerle in poche parole: non vediamo nessuna ragione per accettare direttive da Mosca."

"O da qualsiasi altra fonte straniera," aggiunse Jasper.

Bert protese il busto e guardò gli altri con aria di sfida.

"Sono d'accordo," disse Caroline. Stava sbucciando un'arancia e ne leccava il succo dalle dita. "Sono perfettamente d'accordo con voi."

"Anch'io," si affrettò a dichiarare Jocelin.

"Be', anch'io," disse Roberta, "ma non era certo stata un'idea nostra, non vi pare? Voglio dire, né mia né di Faye."

"Giusto," incalzò Faye. "Di chi è stata l'idea di andarci a compromettere con quel merdoso del compagno Andrew e i suoi maneggi? Tua, compagno Bert, e tua, compagno Jasper." Parlava con l'accento della Bbc e questo, come sempre, faceva molto effetto viste le libertà che di solito si prendeva con la lingua. Il tono era freddo e astioso.

Bert e Jasper sembravano sconcertati. Avevano cercato di riprendersi dalla cocente delusione subita a Mosca discutendo sulla nuova linea da seguire e studiando nuove "formule" e, tutti occupati a teorizzare, avevano perso di vista la realtà. Alice si rese conto che dovevano fare uno sforzo per ricordare cos'era successo negli ultimi giorni.

Bert non era tuttavia disposto a rinunciare ai piaceri delle "implicazioni" e disse: "Ma è indispensabile analizzare la situazione. O almeno consigliabile," concluse imbarazzato.

"Perché?" chiese Jocelin. E "perché?" chiese Faye.

Silenzio.

Alice disse diplomaticamente: "Ci sono un paio di cose che vorrei sapere, prima di chiudere l'argomento."

Faye sospirò. Un sospiro profondo. Stava evidentemente facendo uno sforzo per restarsene lì seduta insieme agli altri. Era pallidissima. Solo i suoi bei capelli — un'aureola di fitti riccioli e onde intorno al volto smagrito — sembravano vivi.

"Mi piacerebbe sapere come mai quelli della casa accanto sono andati a impegolarsi con i maledetti russi," disse Faye.

"Ottima domanda," commentò Caroline, mentre le sue

bianche dita paffute cariche di anelli giocherellavano con la buccia dell'arancia.

"Qualcuno lo sa?" insisté Alice.

"Forse Jocelin," disse Caroline.

Jocelin si strinse nelle spalle, come se l'intera faccenda la irritasse.

Tutti la guardarono. Non era uno spettacolo piacevole. Non tanto per le sue fattezze, che erano abbastanza comuni. Era bionda, e il suo aspetto incolore era messo in risalto dalla grazia di Faye, così fine, delicata e piena di gusto. A Jocelin non importava nulla d'essere ammirata, anzi forse preferiva passare inosservata. Con i suoi freddi occhi verdi notava tutto ed era sempre adirata, come se a un certo punto una collera cosmica si fosse impadronita di lei e lei si fosse convinta che quello era lo stato d'animo con cui andava affrontato il mondo. Non era facile sopportare quel suo atteggiamento eternamente ostile e i più evitavano di guardarla in faccia e preferivano osservare le sue mani, che erano molto belle, con dita lunghe e affusolate, oppure i suoi vestiti, sperando di trovarvi qualcosa di interessante. Ma Jocelin indossava sempre dei jeans e un maglione.

"Ecco com'è successo," spiegò Jocelin. "Almeno per quanto ne so io. C'era una casa a Neasden che per qualche settimana aveva funzionato molto bene come punto di scambio. Non si può usare lo stesso posto per più di un mese circa. Ma all'improvviso era arrivata la polizia. Qualcuno aveva fatto una spiata."

Si accese una sigaretta, e Alice capì che voleva prender tempo per decidere quanto esattamente poteva rivelare.

"Scambio di che cosa?" le chiese.

"La stessa roba che veniva smistata al 45. Per lo più opuscoli di propaganda. Ma anche attrezzature di altro tipo."

Questo termine – Alice se ne accorse subito – regalò un piacevole brivido a Bert e a Jasper, che istintivamente si protesero verso Jocelin fissandola con interesse. E poi, resisi conto del proprio atteggiamento, guardarono altrove con aria imbarazzata.

"Si trattava di trovare in fretta un altro posto. Subito. Qualcuno disse che il 45 era vuoto. Tutto quello che occorreva era un nascondiglio per un paio di giorni. Così almeno si pensava."

"A *chi* occorreva?" chiese goffamente Bert.

"Ma al compagno Andrew, è ovvio," interloquì Caroline, brusca e indispettita.

"Sì," confermò Jocelin. "Aveva fatto preparare del materiale di propaganda. Per l'Ira, in gran parte. Stampato in Olanda. E altra roba. Roba che scottava. Molto." A questo punto si concesse un sorriso gelido, a labbra chiuse e a loro volta gli altri sorrisero imbarazzati, guardando altrove.

"Ma in realtà la casa non era vuota," spiegò Caroline. "Io ero andata via solo per qualche giorno. E quando sono tornata ho trovato due stanze piene di pacchi. Poi è comparsa la compagna Muriel, e infine il compagno Andrew." Qui Caroline scoppiò a ridere, e anche gli altri risero, sollevati. Ma non Jocelin, che li fissò a uno a uno con il suo sguardo verde, in attesa di continuare.

"A quanto pare non era facile trovare un'altra casa adatta allo scopo," riprese Jocelin. "In mancanza di posti sicuri rimasero al 45. Usavano un mucchio di trucchi. Una volta ho visto in giardino quattro bidoni per le immondizie pieni di opuscoli nascosti fra i rifiuti. E più di una volta hanno messo la roba nei sacchi di plastica per la spazzatura. Ma non potevano andare avanti così. Poi un bel giorno i compagni che stavano qui, al 43, sparirono all'improvviso, e arrivò la compagna Alice." Jocelin sorrise, ma i suoi occhi erano schegge di pietra verde. "L'arrivo della compagna Alice, così abile ed efficiente, fu un vero dono del cielo. Sembra che a un certo punto Muriel e Andrew avessero deciso di seguire il vostro esempio e ottenere dal Comune un regolare permesso per il 45. Ma poi ci ripensarono: il Comune avrebbe senza dubbio mandato qualcuno a fare un sopralluogo, delle ispezioni, e la roba arrivava e veniva portata via alle ore più strane, sia di giorno che di notte. No, era sufficiente che avesse un'aria rispettabile la casa accanto, pensarono. Tanto più che vi abitava una dipendente del Comune, Mary Williams. E poi ha persino ospitato un congresso dell'Ucc..." Jocelin rise, lasciando chiaramente capire quale opinione avesse dell'Ucc. E di loro?

"Ma come hai potuto lasciarti coinvolgere in tutto questo?" chiese Faye. "Il compagno Andrew ti era antipatico almeno quanto a noi."

"Non ho detto che mi era antipatico," precisò Jocelin. "Chi se ne fotte della *simpatia*! Io non avevo niente a che fare con il compagno Andrew né con i suoi intrighi. Ho deciso di trasferirmi qui perché Muriel mi aveva detto che volevate lavorare per l'Ira."

A questo punto li guardò di nuovo, uno per uno, con calma. Poi soggiunse a bassa voce: "È questo solo che mi interessa. Di Mosca, del Kgb e di tutto il resto non me ne frega niente – ma questa ormai è acqua passata, non vi pare, ora che il compagno Andrew se ne è andato. Dovunque sia finito. E non vorrei trovarmi nei suoi panni."

"Neanch'io," le fece eco Caroline. "Neppure un attimo."

Alice provò una stretta al cuore, poi ebbe l'impressione che dal profondo, dentro di lei, si levasse un flebile lamento. Questa dunque era la fine del compagno Andrew. Nessuno si curava di sapere che ne era stato di lui né se lo avrebbero più rivisto!

Jasper tuttavia chiese: "Perché? Che gli è successo? Non capisco cosa vuoi dire."

E Bert: "Che cosa ha fatto?"

Nessuno rispose. *Non gliene importava niente a nessuno.* Non valeva la pena di sprecare del fiato per lui. Via. Sparito.

A un tratto Jasper disse con veemenza: "Bert e io siamo stati in Irlanda. Abbiamo incontrato i compagni. Ma sono stati molto freddi con noi."

"Sì, l'ho sentito dire," rispose Jocelin tranquillamente. "Già. E con questo? Chi è l'Ira per dirci cosa dobbiamo fare nel nostro Paese?"

Queste parole colpirono tutti con la forza di una verità ovvia e ineluttabile di cui nessuno inspiegabilmente s'era reso conto fino allora. Ma certo! Chi *era* l'Ira per dir loro cosa dovevano o non dovevano fare?

Bert rise quietamente, scoprendo i denti candidi. Anche Jasper rise e Alice soffrì nell'udire la sua risata, poiché da essa intuì quanto lo avesse ferito il fatto di non essere stato preso sul serio neppure a Mosca, dopo lo smacco in Irlanda. La sua risata era fiera e sprezzante: Jasper stava riacquistando la fiducia in se stesso. Guardò gli altri uno per uno, finalmente assolto.

"Magnifico," disse Faye. "Finalmente. Finalmente l'avete capita. Siamo *noi* che dobbiamo decidere quel che dobbiamo fare, tocca a noi preparare dei piani e metterli in atto. Non dobbiamo chiedere il permesso agli stranieri." Parlava tuttora con il suo accento freddo e corretto.

"Certo," approvò Roberta.

"A questo punto," osservò Alice, "non ci resta che studiare un piano."

Si udì bussare alla porta. Alice andò ad aprire e ritornò insieme a Felicity. A quanto pareva, poiché Alice risultava il "parente più prossimo" di Philip, doveva recarsi all'ospedale a sbrigare delle pratiche.

Felicity rifiutò di sedersi; non voleva, lo capirono tutti, essere costretta a occuparsi delle faccende di Philip.

Alice le chiese rabbiosamente: "Perché io, Felicity? Perché non tu?"

"Ascolta," rispose Felicity. "Philip era venuto a stare da

me perché non sapeva dove andare. Era disperato. Per quel che mi riguarda, era semplicemente un poveretto che aveva bisogno di aiuto."

"Ma deve pur avere una famiglia, qualche parente."

"Ha una sorella da qualche parte."

"Ma dove?"

"Come faccio a saperlo? Non me l'ha mai detto."

Dall'atteggiamento e dal tono delle voci sembrava che le due donne, in piedi l'una di fronte all'altra, stessero litigando. Appena se ne resero conto cominciarono a giustificarsi.

Felicity spiegò: "Quando dissi a Philip che poteva fermarsi, pensavo che fosse per qualche giorno, una settimana. È rimasto per più di un anno."

Alice capì che non poteva tirarsi indietro, perciò mormorò rassegnata: "Va bene, va bene." Avendo ottenuto quel che voleva Felicity diventò più amabile, rifiutò una tazza di tè con mille scuse frettolose e se ne andò con molti saluti a tutti.

"Povera Alice," mormorò Roberta. "Vengo con te." Alice si mise a piangere. Tutti la guardarono esterrefatti.

"Certo che piange," disse Roberta. "È naturale. È *stanca*." Mise un braccio intorno alle spalle di Alice e si avviò con lei alla porta. "Comportatevi bene!" raccomandò scherzando agli altri, ma i suoi occhi erano fissi su Faye che, sentendosi tradita, gettò il capo all'indietro ed evitò di guardarla.

Le due donne rimasero all'ospedale qualche ora. Dovettero firmare dei moduli, parlare con vari funzionari. Alice promise di procurarsi il certificato di morte e prese accordi per fare l'inventario degli averi di Philip insieme a un incaricato del Comune che sarebbe venuto l'indomani.

A mezzanotte Roberta la mise a letto e le portò una tazza di cioccolata, lasciandole capire chiaramente che però non doveva aspettarsi altro aiuto da lei; non si sentiva obbligata a fare di più per Philip, e comunque non avrebbe potuto perché Faye aveva tanto bisogno di lei.

Alice impiegò tutta la mattinata per ottenere il certificato di morte e nel pomeriggio fece l'inventario dei beni di Philip insieme all'incaricato del Comune. Fu un compito penoso, straziante. Philip possedeva qualche vestito e circa cinquecento sterline su un libretto postale, che sarebbero servite a pagare il funerale.

Quanto alle scale e alle altre attrezzature Alice non ne fece parola affinché quelle almeno non venissero svendute a qualche rigattiere per un decimo del loro valore. Così ora il 43 possedeva le proprie scale, i propri cavalletti, i propri attrezzi. Per quel che serviva; per quel che sarebbe servito!

Mentre Alice era occupata a sbrigare le varie pratiche connesse con la morte di Philip, gli altri abitanti del 43 segnarono il passo. Tutti meno Jocelin, che in una stanza all'ultimo piano stava fabbricando degli ordigni seguendo le istruzioni di certi manuali, che lei chiamava "libri di ricette", e che erano prodighi di sorprendenti e sintetici consigli sulla preparazione degli esplosivi. Jocelin aveva rubato un po' delle attrezzature in transito al 45. Su invito di Jocelin, Alice e gli altri presero visione di questi aggeggi. Erano allineati su uno dei cavalletti di Philip in una stanza chiusa a chiave — perché non li trovassero Mary e Reggie che, almeno per il momento, vivevano ancora lì. Ciò che colpì Alice fu che quegli aggeggi sembravano del tutto innocui, persino fragili, fatti com'erano di tanti frammenti dei materiali più diversi. I congegni elettronici di cui Jocelin era evidentemente orgogliosa non sembravano affatto più sinistri dei minuscoli circuiti che si vedono all'interno delle radio a transistor quando si rompono.

C'erano inoltre graffette, puntine da disegno, un paio di orologi di poco prezzo, dei fili elettrici, prodotti chimici per la casa, tubi di ottone di vario diametro, cuscinetti a sfera, chiodi, pacchetti di esplosivo al plastico, la vecchia dinamite di una volta, rocchetti di grosso filo, spago.

Mentre Jocelin fabbricava con grande diletto (divertimento non era una parola adatta a Jocelin) questi suoi giocattolini e Alice piangeva la scomparsa di Philip, poiché ora si rendeva conto d'aver perso un vecchio amico, persino un fratello, Jasper e Bert parteciparono a varie manifestazioni, con la raccomandazione generale di non farsi in nessun caso arrestare perché c'era del lavoro importante da sbrigare; e Roberta portò Faye a Brighton, nella speranza che l'aria marina le giovasse. La madre di Roberta era sempre in coma.

Passò, lentamente, un altro giorno. La casa sembrava vuota. Alice si sorprese a pensare che Faye e Roberta sarebbero probabilmente tornate quella sera. Si sarebbero rallegrate d'essere accolte con una buona cena, quasi una piccola festa? Mentre se lo chiedeva, seduta in cucina insieme al gatto, arrivò Caroline con una borsa piena di cibarie. Era tutta allegra e sorridente e disse che aveva voglia di preparare un bel pranzetto — no, Alice doveva rimanere seduta dov'era e una volta tanto lasciarsi servire.

Fino ad allora era stata sempre Alice a provvedere ai pasti. Veri pasti, cioè, non una pizza o un sacchetto di patatine fritte. Solo Alice era tornata a casa carica di frutta e di verdura, aveva rifornito il frigorifero di latte e burro, riempito gli armadietti di pasta e legumi secchi. Se ne rimase perciò seduta piena di gratitudine a osservare Caroline che trafficava sorridendo intorno ai fornelli, con un'intima segreta gioia che irradiava da tutta la sua persona come la luce di una candela. Alice si sentì a un tratto arida, meschina; lei faceva le stesse cose, occuparsi della spesa, preparare da mangiare solo perché lo riteneva suo dovere. In tutta la sua vita non aveva mai provato ciò che stava evidentemente provando Caroline che, mentre leccava il cucchiaio per assaggiare la salsa, fissava Alice come se stesse dividendo con lei un piacere di cui solo pochi iniziati conoscevano l'esistenza. Poi avvicinò il cucchiaio alle labbra di Alice con estrema attenzione, come se contenesse qualche rara essenza, un prezioso elisir, e la osservò con gli occhi che le brillavano, mentre Alice assaggiava e diceva: "Ottimo. Eccellente."

"Io sono una magnifica *cuoca*," canterellò compiaciuta Caroline. "Quello sarebbe il mio vero mestiere..." E ricordando quel che invece faceva, quello che le facevano fare, per un attimo il suo viso si rabbuiò, e tacque.

Caroline raccontò ad Alice la propria storia. Figlia devota di genitori borghesi, come lei si definiva, a diciott'anni aveva visto la luce – aveva cioè capito che il Sistema era marcio e andava cambiato radicalmente. Si era innamorata di un giovane Che Guevara della London School of Economics che però aveva ben presto optato per la rispettabilità e si era iscritto al partito laburista. Non di meno era stato il grande amore della sua vita. Quando andava a trovarlo – "È una tortura, te lo assicuro mia cara, chissà perché lo faccio" – capiva che era l'uomo giusto per lei. "Ma come potrei vivere in quel modo? Non ce la farei! Un fine settimana basta e avanza. Poi litighiamo, ci mettiamo a piangere e ci lasciamo. Fino alla volta seguente" Mentre parlava, sembrava a poco a poco sciogliersi e intenerirsi al calore della cucina, un baffo di farina sulle guance arrossate, le maniche rimboccate, le grandi mani bianche agili ed esperte. Era florida, morbida, serena, colma di un segreto e impudente compiacimento.

Jasper e Bert ritornarono, pronti per un bel bagno caldo e una buona cenetta. Erano stati a Nottingham a dar man forte ai picchetti dei minatori in sciopero. Avevano preso molta pioggia e molto freddo. Arrivarono Roberta e Faye dicendo che morivano di fame. Faye aveva ripreso colore; aveva ritrovato il gusto della vita ed era tornata quella di sempre, con la sua allegria, la sua malizia e il suo accento cockney. Roberta, tutta felice che il suo amore stesse meglio, rivelò un lato della sua personalità che gli altri non conoscevano. Cantò, molto bene, con una calda ed educata voce di contralto, dei canti popolari e poi tutta una serie di canzoni portoghesi, spagnole, russe. Scoprirono così che aveva studiato canto ma che a un certo punto aveva smesso per dedicarsi alla Rivoluzione.

C'era vino in abbondanza tanto che tutti in breve erano un po' brilli. Mary e Reggie non si fecero vedere.

Verso le due del mattino, mentre stavano salendo per coricarsi, udirono dei colpetti leggeri e concitati alla porta.

"Buon Dio, la polizia!" strillò Alice, e scese di corsa ad aprire. Ma non era la polizia. Sulla soglia c'erano due giovanotti sorridenti, curvi sotto il peso di due grossi pacchi che reggevano sulle spalle.

"Cosa c'è? Non potete portar dentro quella roba," disse Alice, che aveva capito immediatamente di cosa si trattava. Tutto il piacere di quella bella serata era scomparso di colpo e ora provava soltanto paura e ansia.

"Come no?" ribatté uno dei due giovani, dall'accento irlandese. "Ci è stato detto di consegnarli qui."

"C'è un errore," insisté Alice.

Ma il giovane depose il pacco sul pavimento dell'ingresso e se ne andò, mentre il suo compagno con un sorrisetto imbarazzato lasciava a sua volta scivolare il proprio carico a terra.

"Dovete riportarveli via," gridò Alice. "Avete capito?" I due erano già arrivati in fondo al vialetto e Alice li vide fermarsi accanto a un camioncino sgangherato. Stavano parlottando fra loro con un pezzo di carta in mano e si voltarono a controllare il numero della casa. Alice li raggiunse e ripeté: "Non avete capito? Questa roba non può restare qui. Riportatela via!"

"Già, è facile dirlo!" rispose quello che aveva parlato anche prima. Sembrava offeso. Peggio, anzi, impaurito. Si guardò attorno, scrutando i giardini bui e poi il viale, dove il traffico era ormai scarso. Era una notte buia, umida. I tre ripresero a discutere sotto la luce del lampione stradale.

Alice disse che avevano sbagliato casa e che quella che cercavano, il 45, non era più sicura.

I due le risposero che a loro era stato ordinato di consegnare i pacchi al 43.

"Dovete riprenderveli!"

"Non ci pensiamo neanche."

Alice ebbe l'impressione di sentire una finestra aprirsi alle sue spalle e voltandosi lanciò un'occhiata all'ultimo piano buio della casa di fronte a quella di Joan Robbins. I due giovani ne approfittarono per balzare sul camioncino. Alice dovette scostarsi in fretta per non essere travolta.

"Oh, no," esclamò sconsolata mentre osservava il furgoncino curvare a tutta velocità e sparire dietro l'angolo. "No, non è possibile. *Non è giusto.*"

Rimase dov'era, senza saper cosa fare, conscia che la situazione le era sfuggita di mano. Poi si disse che doveva rientrare, semmai qualche vicino curioso, ancora sveglio, la stesse spiando. Ripercorse lentamente il vialetto. Nell'ingresso trovò i due pacchi, levigati e anodini come due grossi ciottoli bruni, privi di qualsiasi indicazione del contenuto.

Sulle scale c'erano Jasper e Bert che la fissavano sconsolati. Erano entrambi alquanto sbronzi. Dietro a loro, Jocelin. Roberta e Faye erano andate in camera loro. Caroline stava ancora rimettendo ordine in cucina.

"Non possiamo tener qui questa roba," disse Alice, chiedendo soccorso ai due uomini. Ma fu Jocelin che, scansandoli, scese di corsa i gradini e mormorò: "Su in soffitta." Mentre le due ragazze affrontavano faticosamente le scale, i due uomini si scossero dal loro torpore e si disposero ad aiutarle. Un primo pacco pesantissimo e poi il secondo vennero sistemati in un angolo, in fondo al solaio.

Jocelin disse che l'indomani mattina avrebbe guardato cosa c'era dentro. Fors'anche quella notte stessa, non aveva sonno.

"Non farci saltare in aria tutti," le raccomandò Jasper, ma Jocelin non rispose. Non aveva una grande opinione di lui, e non faceva nulla per nasconderlo. Sembrava invece che Bert le piacesse. Per parte sua Bert era attratto da Caroline, che o non se n'era accorta o aveva deciso di far finta di nulla.

Alice ritornò in cucina e si mise a rassettarla in attesa che qualcuno, o tutti, ritornassero giù per discutere la faccenda. Aveva infatti capito che quel che era successo era molto grave. Non era un semplice contrattempo, come una visita della polizia. Quando si rese conto che nessuno sarebbe sceso, il che significava che non avevano afferrato la gravità dell'accaduto, si sedette a capotavola e cadde in una specie di torpore. Si sentiva intontita, eppure il suo cervello lavorava.

Nessuno li aveva avvertiti che il 43 sarebbe diventato un punto di smistamento. La compagna Muriel gliene avrebbe certo parlato se lo avesse saputo. Caroline e Jocelin sembravano all'oscuro di tutto. Il compagno Andrew non aveva mai neppure sfiorato questo argomento. (A questo punto Alice si rammentò dei soldi, le cinquecento sterline, ma il ricordo non ridestò in lei alcuno scrupolo.) Non potevano permettere che degli sconosciuti scaricassero dei pacchi in casa loro e altri venissero a riprenderli a qualsiasi ora del giorno e della notte. Era semplicemente inconcepibile! Ma con chi avrebbe potuto protestare? Si rese conto che non aveva modo di mettersi in contatto con Pat o con Muriel; e tanto meno con il compagno Andrew. Sembrava impossibile che quei tre avessero abitato per settimane in quella casa o in quella accanto, fossero stati così *presenti* in mezzo a loro – compagni, amici intimi si sarebbe potuto dire – e che ora non ci fossero più, spariti, svaniti nel nulla, cancellati dalla loro vita a tal punto che lei non poteva neppure mandar loro una cartolina... e quest'ultimo pensiero acuì il suo torpore, come se nella sua mente si stesse facendo a poco a poco il vuoto.

E poi c'era un'altra cosa. (Ma questa non era certo una novità.) Erano tutti lì, decisi a "fare finalmente qualcosa di concreto", pronti – impazienti anzi, e frementi, come chi si trovi a bordo di una barchetta sull'orlo di una cascata – (e qui Alice scosse dolorosamente il capo, come un cane che si liberi le orecchie dall'acqua) eppure in realtà non avevano fiducia l'uno nell'altro. (Alice rivedeva l'espressione di Jocelin mentre Jasper e Bert ciondolavano sulle scale e lei, Jocelin, correva giù ad aiutarla a trasportare quei pacchi così pesanti.) No, Jocelin non ammirava affatto Jasper. E che ne pensava di Faye? Be', era facile immaginarlo. Ma doveva avere una certa stima di Roberta. E di Caroline? Era difficile immaginare due tipi più diversi della indolente e sensuale Caroline e della fredda, dinamica Jocelin. E cosa pensava di lei, Alice? Forse disprezzava anche lei?

Si rese conto che aveva fatto di Jocelin una pietra di paragone, il parametro del suo giudizio. Come se la ragazza fosse la chiave di tutto. Be', era lei che stava preparando le bombe, o quel che erano.

Alice salì al secondo piano, vide la luce filtrare di sotto la porta del laboratorio di Jocelin, bussò e si sentì rispondere bruscamente: "Avanti."

Jocelin era seduta dietro il tavolo e stava maneggiando con cautela un pezzo di tubo d'ottone. Accanto a lei c'erano delle confezioni di prodotti per la casa i cui involucri colorati avevano un'aria familiare e rassicurante.

Jocelin alzò lo sguardo e fissò Alice, aspettando che dicesse qualcosa. È straordinaria, pensò Alice, mette persino un po' paura. Eppure chi c'era di più insignificante di lei? Un estraneo avrebbe visto una bionda piuttosto sciatta con delle ciocche di capelli sbiaditi che le ricadevano sul volto e delle macchie di polvere bianca sul vecchio maglione grigio. Ma era la sua concentrazione, la sua completa dedizione a quel che stava facendo...

Alice sussurrò un timido "Salve!" ma Jocelin non rispose e continuò a versare dei chicchi bianchi da un vecchio pentolino in un tubo d'ottone.

"Non mi è piaciuto quel che è successo giù," disse Alice, e la frase suonò inadeguata anche alle sue orecchie. Jocelin fece un cenno d'assenso e rispose: "Neanche a me. Ma non vedo cosa potremmo fare. Dobbiamo sbrigarci ad attuare il nostro piano e poi disperderci."

Nella stanza non c'era nulla su cui sedersi; solo il tavolo e lo sgabello sul quale era seduta Jocelin. Dalle finestre si scorgeva il cielo lattiginoso. Entro breve tempo gli uccellini avrebbero cominciato a cantare. Alice rimase in piedi di fronte all'altra come una scolaretta davanti all'insegnante e chiese: "Hai già pensato a cosa dobbiamo fare?"

"Certo. Ma la scelta dell'obiettivo dipende dai mezzi di cui disponiamo, non ti pare? Ho un'idea abbastanza precisa della potenza di questi aggeggi. Comunque dovremo discuterne."

"Hai già... voglio dire... tu..."

"No, è la prima volta. Ma si tratta solo di usare un po' di buon senso," rispose brusca Jocelin. Mise da parte un tubo d'ottone lungo circa trenta centimetri che a quanto pareva era ormai pronto e ne prese un altro. Diede un'occhiata al "libro delle ricette" aperto accanto a lei sul tavolo. Il libro aveva le stesse caratteristiche degli strumenti preparati secondo le sue istruzioni. Non era stampato, ma ciclostilato, il che gli conferiva un aspetto molto tecnico, disadorno. La carta era di qualità scadente. Aveva una copertina di plastica gialla, come un libro di cucina di poco prezzo. Tutto quello che c'era su quel tavolo sembrava di poco prezzo, raffazzonato, grezzo e stranamente incompiuto. Tutto, cioè, meno le scatole di prodotti per la casa, lustre e orgogliose di tutti i tentativi e i ripensamenti che c'erano voluti per farle come erano.

"E non sarebbe una cattiva idea fare una piccola prova," disse Jocelin sorridendo. Fu, com'era da prevedersi, un sorriso freddo, sconcertante.

"Giusto," rispose Alice. "Certo."

"Potremmo scegliere qualcosa che meriti di saltare in aria."

Alice uscì dalla sua abulia: "*Sì.* Qualcosa di schifoso... di disgustoso, insomma. Sì."

Jocelin la guardò, incuriosita da questa sua improvvisa animazione. "Hai già in mente qualcosa? Mi serve un obiettivo limitato, capisci cosa intendo dire? Qualcosa di circoscritto, non troppo grande; e solido. In modo che io possa calcolare le dosi."

Alice stava passando mentalmente in rivista tutte le cose che avrebbe visto saltare in aria con piacere. Dovette scartare l'alto recinto di lamiera ondulata attorno all'ex mercato, dove tutti si erano divertiti tanto; dove, durante tutta la settimana, ma soprattutto il sabato e la domenica, c'era una atmosfera così festosa. Un recinto non era "circoscritto". Semmai il contrario.

"Non una cabina telefonica," avvertì Jocelin. "Il libro dà le dosi esatte per farle saltare."

"Un'automobile?"

"Sì, un'auto potrebbe andar bene come esperimento. C'è il problema di aprirla, e il rischio d'essere visti. Ma conosco già le dosi per una macchina. Qualcos'altro..."

Alice sorrise. "So io che cosa." Era stata sopraffatta da una vampa d'odio, così forte da farla quasi tremare. "Oh, buon Dio, sì," mormorò. "Vieni, te lo faccio vedere. Non è lontano."

"D'accordo." Jocelin abbandonò il suo avamposto e insieme ad Alice scese in silenzio le scale. L'ingresso non era più buio ma grigio. Albeggiava. Fra poco vi sarebbe stata gente per le strade, gente che andava al lavoro presto.

Percorsero circa mezzo miglio e si inoltrarono in un dedalo di stradine tracciate prima dell'invenzione dell'automobile. Adesso erano percorse a tutte le ore da grossi camion che dovevano compiere lunghe manovre per svoltare e che incrociandosi si sfioravano. I marciapiedi erano stretti, non avrebbero potuto camminarvi più di due persone affiancate, ma in un paio di queste viuzze, disposte ad angolo retto, uno dei due marciapiedi era stato allargato sottraendo un altro metro alla carreggiata. Questa bella trovata dell'amministrazione pubblica era già di per sé sconcertante ma per renderla del tutto incomprensibile a un cervello normale il Comune, dopo aver guadagnato quel metro circa per comodità e soddisfazione dei pedoni, aveva collocato lungo il nuovo bordo del marciapiede delle colonnine o paracarri di cemento di un color grigio particolarmente tetro, alti circa novanta centimetri, rotondi, simili a dei denti.

La vista di questi orrendi, inutili e scomodi pilastri, una ventina circa attorno a ciascun angolo a entrambe le estremità di quella disgraziata strada, che Alice percorreva quando doveva prendere la metropolitana, suscitava ogni volta in lei una rabbia impotente, violenta, inane e incontrollabile, che del resto conosceva fin troppo bene. Spesso si fermava a contemplarli e, come aveva fatto tante volte vedendo le tazze dei gabinetti ostruite con il cemento, i tubi spaccati e gli altri vandalismi compiuti in tante case dagli operai del Comune, si diceva: eppure anche questo è opera di un uomo. In qualche ufficio qualcuno aveva avuto l'idea, aveva preparato il progetto, dato disposizioni agli operai perché lo realizzassero, e quelli avevano obbedito. Era davvero incredibile.

Metteva persino paura, il pensiero di quella enorme stupidità resa concreta e visibile. Come gli edifici delle nuove università.

Affiancate sul marciapiede che, per colpa di quei denti di cemento, era ritornato stretto come prima che lo allargassero, Alice e Jocelin osservavano la scena. Un camion a marcia indietro, o forse prendendo la curva troppo stretta, aveva urtato e quasi divelto uno dei denti. La base delle colonnine era macchiata di orina e di escrementi di cani. Sotto il cielo basso e grigio dell'alba nelle case all'intorno ancora addormentate riposavano i cittadini che sarebbero stati offesi dalla vista di quei marciapiedi, di quei denti di cemento, ogni volta che uscivano in strada. Le case avevano un'aria patetica e indifesa, il cielo era puro e triste. Poi si scatenò il coro mattutino.

Alice stava piangendo di rabbia.

Jocelin sospirò e disse: "Bene. Capisco cosa vorresti. Ma non è un posto facile. Qui intorno c'è sempre qualcuno, sia di giorno che di notte."

"Adesso non c'è nessuno."

"Già, ma c'è sempre qualche barbagianni che guarda fuori, o qualche madre alzata per allattare il bambino." Questa dimostrazione di comune buon senso da parte di Jocelin confortò Alice, che tuttavia replicò: "Ma questo succede ovunque e sempre, non ti pare?"

Jocelin non rispose. Stava osservando la colonnina semidivelta. Senza lanciare attorno alcuna occhiata furtiva o scrutare le facciate delle case vi si avvicinò in fretta e cercò di raddrizzarla, senza riuscirvi. Alice la raggiunse e insieme, con notevole difficoltà, la rimisero in piedi, poi la lasciarono andare.

Jocelin diede una rapida occhiata al piccolo squarcio ai piedi della colonnina, dove si scorgevano dei sottili fili metallici e disse: "Va bene. Sistemerò l'esplosivo lì sotto. Poi la rimetterò in piedi. Tutto quello che ho bisogno di sapere è che dose devo usare di una certa sostanza. Domani. Lo faremo domani. Un po' prima d'oggi."

Erano quasi le cinque.

Erano rimaste là dieci minuti buoni, ma non s'era vista un'anima. Tuttavia erano circondate da finestre, e forse da occhi. Alice si sentì invadere a poco a poco da una familiare eccitazione e dall'impazienza. Quell'orribile abulia era scomparsa. Quel vago, grigio senso di vuoto, simile a un veleno, era sparito!

E appena ebbero svoltato l'angolo e infilato la strada di casa, Alice, per allentare la tensione si mise a correre; raggiunse di volata il cancello e lo scavalcò, poi percorse come un lampo il vialetto e si fermò soltanto quando si trovò davanti la porta chiusa, che avrebbe dovuto aprire. Con la chiave.

Jocelin la raggiunse senza fretta e disse: "In questo lavoro occorre un grande autocontrollo. Bisogna mantenersi calmi, non innervosirsi." Lei mormorò qualcosa in tono di scusa.

Andarono entrambe a coricarsi.

Alice non dormì molto; era troppo eccitata, nervosa. Scese a pianterreno, nella casa immersa nel sonno, e si costrinse a camminare avanti e indietro lentamente, memore di ciò che aveva detto Jocelin.

Andò a sedersi in cucina e pensò: "Be', eccomi qui di nuovo, ad aspettare che gli altri si alzino." Bevve il tè, mangiò dei toast integrali spalmati di miele, poi si ricordò dei pacchi in soffitta. Immediatamente tornò a sentirsi confusa, insicura. Quel che ci voleva era una macchina... ma ormai non c'era nessuna macchina al 45... Dove poteva trovare un'auto? Controllò che non fosse troppo tardi: erano circa le otto, faceva in tempo a trovarla prima che andasse al lavoro, poi si recò di buon passo verso la casa di Felicity.

Felicity stava uscendo proprio in quel momento dal cancello e non parve affatto entusiasta di vedere Alice. Ma Alice non le diede il tempo di reagire. Le disse senza preamboli: "La roba di Philip è stata più o meno inventariata. Adesso stanno cercando di rintracciare sua sorella. Se non la trovano entro un paio di giorni faranno comunque i funerali lunedì o martedì." Felicity, com'era prevedibile e naturale, pareva ora imbarazzata, oltre che irritata, e rispose: "Grazie, sei stata molto gentile a occuparti di tutto."

"Non avevo scelta," le ricordò bruscamente Alice.

Le due donne erano l'una di fronte all'altra, ma Felicity sembrava impegnata in un gioco che prescrivesse di superare l'avversario senza toccarlo. Alice chiese: "Puoi prestarmi la macchina per un paio d'ore?"

Al che Felicity sospirò e obiettò: "Questa mattina ne ho bisogno." Felicity faceva l'assistente sociale.

"Mi serve," ribatté laconicamente Alice.

L'altra ci pensò un momento poi rispose: "Te la posso dare domani mattina, fino a mezzogiorno." Non avrebbe potuto dire più chiaramente: e questo è tutto quello che otterrai da me *a titolo di saldo*! Alice perciò ribatté: "Magnifico. Dopo di che potremo considerare chiuso il conto." Sentendoselo dire a tutte lettere Felicity arrossì, tuttavia mormorò: "Ho fretta. Alla stessa ora domani mattina?" E raggiunse quasi correndo la sua macchina, una Datsun, disciplinatamente parcheggiata insieme a tante altre lungo il bordo del marciapiede.

E questa è fatta, si disse Alice, e scacciò dalla mente ogni pensiero circa quei pacchi pericolosi. L'indomani li avrebbe portati alla discarica comunale e la faccenda sarebbe stata chiusa. E se ne fossero arrivati degli altri, se ne sarebbero in qualche modo liberati.

Davanti alla porta di casa c'era un uomo in completo grigio e cravatta e con una tale aria da funzionario che Alice pensò: oh no, ancora un inviato del Comune! e si affrettò ad assumere la sua espressione da persona efficiente e pronta ad affrontare qualsiasi situazione.

Ma fu con accento americano che l'uomo chiese, o dichiarò: "Alice Mellings."

"Sono io," rispose Alice e capì subito che per tenergli testa avrebbe dovuto impegnarsi a fondo. Glielo diceva l'istinto.

"Posso entrare?"

Senza rispondere Alice aprì la porta, lo precedette in cucina e lo invitò con un cenno a sedersi. Mise il bollitore sul fuoco e prese posto all'altro capo del tavolo.

Sembrava più giovane di lei. Ma era di quei tipi che sembrano sempre giovani. Il viso era mite, attento, compito come quello d'uno studente d'altri tempi. Aveva occhi scuri piuttosto belli che seguivano tutti i suoi movimenti e la scrutavano esaminandola con la stessa attenzione che gli stava dedicando lei. Ma la sua caratteristica più vistosa era quella di essere totalmente privo di caratteristiche. Non c'era nulla, ma proprio nulla in lui cui attaccarsi. Un impiegato; uno che viveva sempre al chiuso, esposto tutt'al più a qualche corrente o all'aria troppo fredda di una finestra lasciata aperta.

Sembrava che avesse seguito un corso su come passare inosservato! Tuttavia questa anonimità aveva qualcosa di eccessivo... Naturalmente lei, Alice, frequentava per lo più degli anticonformisti o, come diceva sua madre con un termine fuori moda, dei bohémien; e naturalmente di questi tempi in Inghilterra, e soprattutto a Londra, a nessuno fregava niente di come uno andava vestito, tuttavia...

Fu l'uomo a rompere il silenzio dicendo: "Compagna Mellings, mi hanno riferito stamane che hai fatto delle difficoltà per accettare un carico di attrezzature."

Alice lo fissò senza rispondere. L'uso della parola *attrezzature*, in quel contesto, non l'entusiasmava affatto. In questa situazione (dalla quale intendeva uscire al più presto) il termine aveva un suono sinistro che non dava tregua.

"È vero, compagna Mellings?" chiese l'uomo. "Gradirei qualche spiegazione." Parlava per così dire in modo astratto, distaccato, ma le parole che usava erano più che sufficienti, e Alice andò su tutte le furie. Chi cazzo credeva...

"Certo che è vero," rispose freddamente, tranquilla. "Non

potevo accettarlo. Nessuno ci aveva avvertiti che sarebbe stata mandata qui della roba." Usò deliberatamente la parola roba, che aveva un suono innocuo.

L'uomo si passò la lingua sulle labbra e la fissò socchiudendo leggermente gli occhi.

"È impossibile," dichiarò alla fine. Ma Alice si rese conto che era perplesso, che stava cercando una traccia, un indizio che lo aiutasse a spiegare il suo atteggiamento.

"Oh sì invece," protestò lei. "Nella casa accanto veniva portata e ritirata un sacco di roba. Ma noi non vi abbiamo mai avuto niente a che fare. Qui, in questa casa, non è mai stato portato niente."

Sentì l'acqua bollire e questo le consentì di alzarsi di scatto per preparare il caffè. Voltandogli le spalle versò il caffè solubile nelle tazze e lo mescolò a lungo, lentamente. C'era qualcosa in quell'uomo che la innervosiva. Come quei due grandi pacchi lucidi e lisci su in soffitta, senza nulla che indicasse cosa contenevano.

Americano? Be'...

Senza fretta si voltò e gli mise davanti la tazza. Non gli aveva chiesto cosa volesse bere. Poi si sorprese a sbadigliare, uno sbadiglio profondo, incontrollabile. Dopo tutto, aveva dormito pochissimo. L'uomo le lanciò un'occhiata furtiva, sorpreso. Quello sguardo non era, per così dire, in programma; e Alice sentì all'improvviso d'avere il controllo della situazione.

Si sedette tranquillamente e quando l'uomo si guardò attorno come se cercasse il latte o lo zucchero spinse verso di lui una bottiglia mezzo vuota e una vecchia graziosa tazzina contenente lo zucchero. Capì che quegli espedienti domestici non incontravano la sua approvazione.

Attese, chiedendosi cosa fosse che la disturbava tanto in quell'uomo.

"I rivoluzionari americani contano su questo collegamento per far giungere i propri aiuti ai rivoluzionari irlandesi."

"Quali rivoluzionari americani?"

"Come ben sai, compagna Mellings, un vasto numero di onesti americani desidera aiutare gli irlandesi nella loro lotta contro l'oppressore britannico."

"Sì, ma per la maggior parte sono persone qualsiasi; non li chiamerei rivoluzionari," ribatté Alice senza nascondere il proprio scherno per la sua superficialità.

L'uomo ora guardava la propria tazza, come se, non riuscendo a ottenere da Alice le informazioni che desiderava, potesse venirgli un'ispirazione almeno da questa.

"Mettiamo subito in chiaro una cosa," disse Alice. "Tu saresti un americano che rifornisce di armi i camerati irlandesi?" Non aveva inteso essere così brutale e ironica.

Sempre fissando la tazza, l'uomo rispose: "Sì, sono americano. Mi chiamo Gordon O'Leary. Americano della terza generazione. La mia è una vecchia famiglia irlandese-americana. Come i Kennedy." Rise per la prima volta. L'uomo le offriva quella battuta come un dono e la guardò diritto in faccia, fiducioso.

"E anche il compagno Andrew è americano?" chiese Alice con voce quasi soffocata dal sarcasmo.

"Sì, è americano. Certo. Ma credo che la sua famiglia sia di origine tedesca."

"Oh, cazzo," rispose Alice. "Il compagno Andrew è americano come..." Lo guardò diritto in faccia e forte della sua fondamentale sincerità, della sua franchezza, gli disse: "Tu non sei americano. Non potrai mai esserlo, neanche fra mille anni."

Le guance pallide e docili dell'uomo avvamparono e il ritmo del suo respiro mutò mentre abbassava lo sguardo per non tradire il minaccioso furore che l'aveva assalito. Riprendendo il controllo di sé disse: "Ti assicuro che lo sono. Perché non vuoi credermi?"

"Tu sei russo. Come Andrew. Oh, naturalmente il tuo accento americano è perfetto." Alice si lasciò sfuggire una risatina nervosa. Ma era sinceramente indignata. Non aveva mai tollerato d'essere presa in giro. E adesso quell'uomo si stava prendendo gioco di lei.

L'altro parve riflettere e prendere una decisione, sospirò, si raddrizzò, come se un monitor interno gli avesse rammentato che non sta bene afflosciarsi sulla sedia, e la guardò. Poi disse: "Compagna Mellings, si dà il caso che io sia davvero americano. Vengo dal Michigan. Sono ingegnere, e appena avrò portato a termine certi incarichi qui, ritornerò a fare l'ingegnere. Capisci?" Attese che Alice gli rispondesse, ma Alice continuò a fissarlo con occhi vitrei, poiché mentre lo ascoltava il suo cervello s'era messo in moto. Perché non doveva essere americano? Il suo accento era perfetto, migliore di quello di Andrew! No, erano i suoi modi. Qualcosa in lui non la convinceva. Ma com'erano poi gli americani? (Alice chiuse persino gli occhi per passare mentalmente in rassegna quelli che aveva conosciuto.) Tutti quelli che aveva incontrato – che, si disse, erano per lo più giovani e appartenevano alla rete dei nomadi e dei giramondo internazionali, ma erano comunque veri americani – erano molto diversi. C'era qualcosa in loro... che cosa? Sì: una generosità, una franchezza, una scioltezza... un atteggiamento libero: ecco, quello era il termine giusto. Mentre quest'uomo... (e a quel punto aprì gli occhi per confrontarlo con quelli che aveva appena evocato e si accorse che la stava osservando con curiosità) era cauto e controllato, sembrava che non potesse fare un gesto spontaneo neanche sforzandosi. Pareva, benché ora si fosse "rilassato" sulla sedia – forse la considerava una posa più disinvolta – che indossasse un'invisibile camicia di forza e che l'avesse sempre indossata, da quand'era nato. Persino le sue molecole avevano preso l'abitudine di stare in guardia.

"Tu non sei americano," concluse Alice. "Ma a me questo non importa. Non dovete più portarci quella roba. Non la vogliamo."

"Voi farete quello che avete promesso di fare. Com'era nei patti," ribatté l'uomo in tono molto pacato e molto minaccioso. Alice capì che questo modo di spaventare il prossimo gli era stato insegnato: metodo 53 per intimorire il soggetto. Il disprezzo che provava per la sua ovvietà le dava un vantaggio su di lui.

"Ti ho già detto che non c'è stato nessun accordo."

"Sì, invece. Tu hai fatto un patto, compagna Mellings."

"Quando? Non ne abbiamo mai parlato. Neppure il più piccolo accenno."

"Come è possibile che non ne abbiate parlato? Hai o no accettato del denaro da noi, compagna Mellings?"

Alice, presa alla sprovvista, aggrottò la fronte, ma rispose: "Quel denaro io non l'ho chiesto. Mi è stato semplicemente dato."

"Ti è stato semplicemente dato," ripeté l'uomo con sommesso, educato sarcasmo, coerente con tutto il suo atteggiamento.

"Sì. Tutto quello che so è che la compagna Muriel, la conosci? quella che sembra una grossa oca, mi ha consegnato un pacchetto con cinquecento sterline poco prima di partire per quel corso di addestramento per spie in Lituania o dovunque fosse."

Questa volta l'uomo diventò davvero rosso come un tacchino e le lanciò un'occhiata furibonda. Poi si riprese, si raddrizzò di nuovo sulla sedia, come se qualcosa, forse la sua stessa collera, gli avesse ricordato che anche se ci si vuol rilassare bisogna tenere le ginocchia unite e si può al massimo appoggiare un gomito sul tavolo.

"Il compagno Andrew, o chiunque altro abbia parlato di corsi per spie, ha detto un mucchio di sciocchezze."

Alice meditò con calma su queste parole. "Non credo che fossero sciocchezze. Dove sono finite Muriel e Pat? In qualche località dove vengono addestrate. Comunque a me non interessa. Non mi interessa né l'America, né la Cecoslovacchia, né la Russia, né la Lituania. E neppure gli altri. Noi siamo rivoluzionari inglesi e decideremo noi la nostra condotta politica, secondo le tradizioni inglesi. Le nostre tradizioni."

Dopo una pausa abbastanza lunga l'uomo disse cautamente: "È senza dubbio comprensibile che voi dobbiate occuparvi innanzi tutto della situazione nel vostro Paese. Ma qui si tratta della lotta fra le forze comuniste mondiali, sempre più forti, e il capitalismo in agonia. È una questione internazionale, il che significa che i piani d'azione devono essere preparati secondo un punto di vista internazionale. Questa è una lotta che coinvolge tutti, compagna."

"Credo che tu non abbia capito bene," ribatté Alice. "Noi non vogliamo prendere ordini né da te né da nessuno. Da *nessuno*."

"Non si tratta," rispose l'uomo lentamente, sottolineando ogni parola, "di quello che voi volete o non volete fare, compagna. Voi non potete rinnegare un accordo già preso."

Alice completò il circolo vizioso ripetendo: "Ma non da noi."

L'uomo, che la stava fissando con aperta ostilità, abbassò in fretta lo sguardo.

Vi fu un lungo silenzio, poi Alice osservò, con il tono della brava padrona di casa che vuole mettere l'ospite a proprio agio: "Ho l'impressione che il compagno Andrew abbia combinato qualche bel pasticcio. Non è così? E tu adesso stai cercando di sistemare le cose."

Alice udì il respiro dell'altro diventare pesante. Poi l'uomo riuscì a controllarsi e il respiro tornò a poco a poco normale. Non poteva vedere i suoi occhi. L'uomo era teso, contratto, la mano appoggiata sul tavolo era stretta a pugno. "Be', non te la prendere troppo. Con tanti che siete nel Kgb – siete milioni non è vero? Sì lo so che dovete tener d'occhio tutta la Russia, solo pochi sono fuori a tener d'occhio noi – be', è inevitabile che ci sia qualche elemento meno capace." L'uomo alzò su di lei uno sguardo che per un attimo la spaventò, ma lei riprese coraggiosamente, persino gentilmente, perché a questo punto voleva davvero metterlo a proprio agio, se era possibile, ora che si trovava in vantaggio e lo aveva costretto ad accettare il suo punto di vista. "Sono sicura che succede anche fra noi. Voglio dire, che siamo proprio dei rivoluzionari di merda anche se solo la metà di quel che scrivono i giornali è vero..." Quest'ultima parte del periodo l'aveva ripresa pari pari da sua madre; e Alice si stupì che sua madre stesse parlando con tanta naturalezza e autorità per bocca sua. Non che gliene importasse. Anzi, le parole di Dorothy Mellings erano del tutto appropriate in quel momento. "Farsi beccare come fanno di continuo. Be', immagino che dei vostri non ne sapremmo mai niente, li fareste sparire e basta. Almeno questo è uno dei vantaggi d'avere una stampa libera."

L'uomo cambiò posizione, come se volesse cercare di rilassarsi, anche se continuava a tenere il pugno appoggiato verticalmente sul tavolo, davanti a sé. Il suo sguardo era fermo, il respiro regolare; la conversazione, se di conversazione si poteva parlare, aveva subito una svolta decisiva. Probabilmente l'uomo aveva preso una decisione. Tanto meglio. Fra un attimo se ne sarebbe andato e la faccenda sarebbe stata chiusa.

Ma l'ospite non dava alcun segno di volersene andare.

Be', che restasse pure seduto lì, se credeva. Quello che a lei interessava in realtà non era quell'uomo, o il perché fosse lì, ma l'avventura che avrebbe vissuto quella notte insieme a Jocelin, alla quale in quel momento si sentiva legata da un vincolo quasi fraterno, in contrasto con i sentimenti oscuri e confusi che provava nei confronti di quel russo. Di quello *straniero.*

"Sono convinta," osservò, "che il nostro problema – voglio dire il fatto che noi due non riusciamo a capirci – consiste almeno in parte in quello che viene definito un contrasto di culture!" E a questo punto rise, come avrebbe fatto Dorothy Mellings. "Le nostre tradizioni sono molto diverse dalle vostre. Nel nostro Paese nessuno può comparire all'improvviso e dire alla gente cosa deve fare o pensare. È semplicemente *impossibile.* Noi siamo una democrazia. La nostra tradizione democratica è così antica che ormai l'abbiamo nel sangue," concluse con un sorriso gentile.

Intanto il suo interlocutore stava pensando – come del resto succede abbastanza spesso durante una conversazione: ma questa donna è matta! Pazza! Svitata! Squilibrata! Dà i numeri! Ha perso completamente il senno, poveretta. Come ho fatto a non accorgermene?

In momenti come questo è indispensabile fare alla svelta il punto della situazione. Per esempio, tutto il colloquio precedente va riesaminato sotto questa nuova funesta luce; bisogna riflettere e decidere se questa persona davvero non ragiona oppure sta soltanto facendo sfoggio di un'eccentricità piuttosto stimolante, che comunque è del tutto inopportuna in questa particolare occasione.

Alice non aveva il minimo sospetto di quanto stava passando per la mente dell'uomo; era assolutamente tranquilla e anzi le venivano in mente tante belle frasi appropriate e rassicuranti, come se nel suo cervello si fosse messo in moto un registratore di cui aveva sempre ignorato l'esistenza. Se, tuttavia, avesse potuto vedersi in faccia, forse non sarebbe stata così serena; poiché la parte superiore, cioè la fronte e le sopracciglia, aveva un'aria preoccupata e persino un po' spaventata, come se fosse stupita di quel che lei diceva, delle parole che le uscivano dalla bocca sorridente.

"E credo che questo fosse proprio il problema del compagno Andrew." (Qui le si riaffacciò alla mente la scena del letto e scosse con vigore il capo per scacciarla.) "Sembrava che avesse non poche difficoltà a capire gli schemi della cultura occidentale. Spero comunque che tu non ti faccia un'opinione troppo negativa di lui. Io lo stimavo moltissimo."

"Ah, davvero?" Non era una domanda ma un commento fatto in tono divertito. Sembrava proprio che l'uomo stesse per alzarsi e andarsene.

"Sì. Mi sembrava una brava persona. Molto umana."

"Bene, mi fa piacere sentirtelo dire," rispose il compagno Gordon O'Leary del Michigan, o di Smolensk, o di chissà dove, che in effetti si alzò, ma molto lentamente. O così almeno parve ad Alice, che però quel mattino non si sentiva molto lucida. Perché aveva dormito poco, ecco perché!

"Stasera qualcuno verrà a prendere i pacchi," disse l'uomo.

"Non sono qui," mentì tranquillamente Alice. Non potevano permettere che questo russo, questo straniero venisse a mettere il naso in casa loro. Non con tutte quelle bombe e quegli ordigni su di sopra. Non ci mancava altro che si mettesse a dir loro cosa dovevano farne. A dar loro ordini! Be', lui non avrebbe mai capito; era russo e i russi avevano la mania dell'autoritarismo.

"Dove sono?" L'uomo era scattato come una molla e le si era avvicinato. Alice si alzò e si afferrò allo schienale della sedia.

L'uomo ora non sembrava più mite, impiegatizio, anodino. Alice fu di colpo invasa da tutta la paura che avrebbe dovuto ragionevolmente provare durante l'ultima mezz'ora. Quasi non riusciva a reggersi in piedi. Quel tizio ora le pareva enorme, sinistro. Torreggiava minaccioso su di lei; gli occhi sembravano pistole puntate.

"Sono nella discarica di Barstone. Sai, la discarica dei rifiuti. La discarica comunale." Sentì che le ginocchia le si piegavano. Aveva freddo e fra poco si sarebbe messa a tremare. Aveva finalmente capito che la situazione era seria e che lei doveva aver commesso un errore. Senza volerlo. Non era colpa sua! Ma come la guardava quel tipo! Non le era mai successo nulla di simile. Non sapeva che esistessero situazioni in cui ci si sente impotenti e indifesi.

Era così furibondo. Perché? Era diventato pallido, livido, nello sforzo – così lei supponeva – di controllarsi, di non picchiarla. O di non ucciderla. Sì, doveva essere così.

Non avrebbe dovuto dire con tanta indifferenza che la roba era nella discarica. Sì, quello era stato un errore. Aveva parlato troppo in fretta. Forse era ancora in tempo a soggiungere: "Ma no, stavo scherzando, i pacchi sono in soffitta." Ma in questo caso l'uomo sarebbe andato di sopra e avrebbe trovato Jocelin intenta a preparare i suoi esplosivi, e allora...

Capì che stava per svenire, o per mettersi a piangere. Sentiva le lacrime premere, traboccare, trasudare da tutto il suo corpo.

L'uomo disse: "Sono solo. Ho la macchina. Ho bisogno di qualcuno, di un paio di persone per andare laggiù a recuperare i pacchi."

"Oh no," esclamò Alice spaventata. E con voce malferma, sentendosi una sciocca, spiegò: "Non adesso. Non in pieno giorno. Potrebbe esserci gente. I camion che scaricano le immondizie, innanzi tutto. Sarebbe pericoloso."

"Sarebbe pericoloso?" ripeté l'uomo. Alice sentì di nuovo che avrebbe potuto benissimo ucciderla, se avesse perso il controllo. "Non possiamo lasciare quella roba in giro, in una discarica."

"Perché no? Hai mai visto una discarica? È piena di rifiuti d'ogni genere. Acri interi. Nessuno noterà certo un paio di pacchi." Si rese conto che cominciava a sentirsi meglio.

"Due grossi pacchi nuovi, intatti?" chiese l'uomo con il volto vicinissimo al suo e gli occhi che quasi gli uscivano dalle orbite per la collera.

"Comunque, io aspetterei finché è buio."

"Non aspetto fino a stasera. Trovami qualcuno. Un paio d'uomini. Ci sono pur degli uomini in questa casa, no?"

Alice, che s'era quasi del tutto ripresa, rispose freddamente: "Siamo state io e un'altra ragazza a portare quei pacchi..." stava per dire "di sopra" ma si corresse in tempo, "sulla macchina."

"Allora due donne. Non ha importanza."

"Sì che ne ha invece," ribatté Alice. "Non darci ordini. Tu non puoi darci ordini, capisci? Noi non siamo russi."

Aveva chiuso gli occhi, non solo perché non stava bene, anche se ora andava già un po' meglio; ma perché sentiva l'odio dell'uomo avvolgerla tutta. Bene, ecco qui, tra poco l'avrebbe uccisa. Un lieve rumore, un suono di passi; riaprì gli occhi e vide che l'uomo se ne stava andando. Ma giunto alla porta si fermò, tornò indietro e disse con molta calma, con un tono di profondo disprezzo, di intima avversione: "Non credere che la faccenda finisca qui, compagna Mellings. Neanche per sogno. Ti renderai presto conto che non puoi fare di questi giochetti con noi, *compagna* Mellings." E per un attimo il suo volto si contrasse, come se lui fosse stato sul punto di sputare. E rimase fermo davanti a lei, fissandola con gli occhi socchiusi, come se volesse marchiarla, soggiogarla con la forza del proprio odio.

E allora l'uomo fu veramente se stesso. Alice lo capì, comprese che finalmente lo vedeva com'*era.* Questa non era affatto la spia docile e affabile cui era stato insegnato a controllare ogni movimento, ogni gesto, ogni sguardo; ma qualcosa di molto di più. Questo era il potere. Non sogni di potere, piccoli giochi di potere, invidia di potere, ma il potere stesso. Quell'uomo era la personificazione del potere. Sapeva d'avere assolutamente e completamente ragione. Sapeva di essere superiore, di possedere il dominio, la forza. E soprattutto, d'essere nel giusto.

Uscì e chiuse la porta – notò Alice – senza sbatterla. Nessun colpo secco che avrebbe potuto attirare l'attenzione dei vicini.

Alice corse all'acquaio e vomitò.

Fece scorrere l'acqua e ripulì accuratamente il lavello, benché dovesse aggrapparvisi con una mano perché le ginocchia le cedevano. Si trascinò barcollando fino al gabinetto poiché la paura, a quanto pareva, le aveva sconvolto le viscere. Afferrandosi agli stipiti delle porte e alle maniglie ritornò in cucina dove crollò sul tavolo a faccia in giù, le braccia aperte, molli come un cencio. Non le era mai successo di sentirsi così debole, spossata. Rimase in quella posizione per circa mezz'ora e a poco a poco le ritornarono le forze.

Poi arrivò Jocelin, le gettò un'occhiata distratta – dunque non doveva avere un aspetto così tremendo – e disse che aveva bisogno di un caffè forte; quando non dormiva non era in forma. Se cominciava subito era certa di riuscire a preparare l'esplosivo per la sera. Parlava in tono distratto, ma con il freddo compiacimento che era il suo modo di manifestare l'eccitazione che entro breve tempo, Alice ne era certa, avrebbe ridato energia anche a lei. Per accelerare questo processo di recupero Alice salì con Jocelin nel suo laboratorio; questa volta si portò una sedia e si fermò a osservare le mani abili ed esperte dell'altra che lavoravano. E quasi subito si sentì talmente meglio che quasi dimenticò il compagno O'Leary. Pensò confusamente: dovremo decidere se portare o no quei pacchi alla discarica. Così come stanno le cose, crederà che siano già stati trovati e portati via da qualcuno. La paura che aveva provato le sembrava ormai così lontana che arrivò a pensare: be', questo gli farà prendere una bella strizza. Ben gli sta. Ne parlò a Jocelin come se si fosse trattato di un venditore importuno che lei aveva messo alla porta.

"Chi diavolo credono d'essere?" commentò Jocelin.

La loro euforia cominciò a diffondersi per tutta la casa come il profumo delle minestre di Alice e per un po' si riunirono tutti lassù a osservare Jocelin al lavoro, scherzando su cosa avrebbero voluto far saltare in aria con questa o quella bomba. Palazzi pieni di appartamenti. Il computer per la raccolta dati della polizia. Tutti i centri di raccolta dati, anzi. Certi quartieri residenziali. Tutti i rifugi atomici, perché solo i ricchi ne avrebbero beneficiato. Le centrali nucleari.

Questo giochetto diventò sempre più animato e rumoroso e Jocelin fece loro notare che Reggie e Mary potevano ritornare da un momento all'altro. Venne lasciata al suo lavoro e gli altri si dispersero per la casa, ma continuarono a incontrarsi sui pianerottoli o in cucina, perché quel giorno era difficile starsene soli, non dividere con i compagni quell'ondata di esaltazione, quella sensazione di potenza.

Quella sera, giovedì, tutto andò liscio. Reggie e Mary rientrarono ma si fermarono solo il tempo necessario per riempire una valigetta; andavano via per il fine settimana. Un colpo di fortuna: voleva dire che gli altri potevano trascorrere tutta la serata insieme. Si riunirono in cucina ridendo, scherzando, come se fossero brilli. Ma nessuno bevve. E Jocelin era calma, concentrata, isolata dagli altri dalle esigenze del suo compito.

Decise che sarebbe stato meglio che andassero in tre, anziché in due, per via di quella pesante colonnina di cemento da sollevare. Gli altri si contesero quell'onore ma Jocelin scelse Bert. Faye non mancò di manifestare con acredine la sua delusione. Roberta le disse: "Non prendertela, tesoro, sarà per qualche altra volta."

Alle quattro meno un quarto Jocelin, Bert e Alice uscirono di casa senza far rumore. Nella loro strada tutte le finestre erano buie. Sul viale i lampioni sembravano riassorbire la propria luce, il loro alone giallo diventava sempre più intenso via via che nel cielo si diffondeva un freddo remoto grigiore. Fra un lampione e l'altro i marciapiedi erano bui. Lontano, proprio di fronte a loro, l'oscurità si mosse e diventò un cagnolino bianco e nero che trotterellava con aria pensierosa e dimessa, diretto chissà dove. Il viale era deserto e così pure la stradina che era la loro meta. L'intera operazione non prese loro più di un minuto. Alice e Bert sollevarono la colonnina e Jocelin vi piazzò sotto l'esplosivo. La colonnina rimase diritta. Non scapparono via ma camminarono lentamente fino all'angolo, poi affrettarono il passo.

Qualche minuto più tardi erano a casa e mentre, seduti in cucina, bevevano la cioccolata udirono la detonazione. Era più forte di quanto si fossero aspettati.

Rimasero seduti a tavola, non più in vena di scherzi ora, ma tesi e quasi irritabili; morivano dalla voglia di andare a vedere, ma Bert disse che l'assassino ritorna sempre sulla scena del delitto e che la polizia aspetta solo quello.

Jocelin andò addirittura a letto. Faye e Roberta poco dopo la imitarono. Ma gli altri no, non se la sentivano. Verso le nove Caroline andò a fare un giretto per le strade affollate dei dintorni, trovò la zona recintata con dei nastri rossi e gialli "come una fiera", disse, e piena di agenti. A quanto pareva v'erano stati grossi danni. Per esempio, alcune finestre erano state sfondate dallo scoppio. Svegliarono Jocelin per dirglielo. Jocelin ne fu turbata; la sua intenzione era stata quella di mandare in frantumi la colonnina e un pezzo di marciapiede. I suoi calcoli erano sbagliati. Ritornò nel suo laboratorio e disse che voleva restar sola per pensare.

Alice si ricordò che doveva ritirare la macchina di Felicity per portare via i pacchi. Era di cattivo umore, persino stizzita. Doversi occupare di quella faccenda proprio quella mattina, proprio quel giorno, quando invece avrebbe avuto senza dubbio il diritto di restare con gli altri, senza problemi!

Ne discussero insieme. Dovevano andare adesso, a metà mattina, a cercare un posto dove scaricare i pacchi? Caroline disse pigramente che non era il caso di prendersela tanto. Presto avrebbero dovuto andarsene tutti di lì, tanto valeva lasciare il problema da risolvere ai prossimi inquilini.

Bert e Jasper erano contrari. Alice, a malincuore, diede loro ragione. I quattro portarono giù i pacchi dalla soffitta con qualche difficoltà, urtando contro le pareti e la ringhiera. Quel chiasso fece uscire Jocelin dal suo laboratorio. Disse che voleva vedere cosa c'era dentro, forse si trattava di qualcosa che poteva servirle. Tagliarono con facilità le strisce di nastro telato. Gli involucri erano di grossa carta paraffinata. Sotto, una scatola di pesante cartone. Dentro, degli spessi strati di cascami di lana oleosi. E in questo nido, le parti smontate di due fucili. I cinque cospiratori, chini sopra il pacco aperto, le fissarono abbacinati con il cuore che batteva. Si raddrizzarono lentamente per respirare meglio. La mano di Caroline, posata sul bordo del pacco, tremava, e Caroline la ritirò subito. Poi tutti e cinque rimasero immobili a fissare i fucili smontati e semisepolti che mandavano opachi bagliori nella scarsa luce dell'ingresso. Respiravano con affanno, emettendo ogni tanto dei rauchi sospiri e deglutendo spesso, e Bert disse, ridendo: "Sembra che ce la stiamo facendo sotto dalla paura e quanto a me è proprio così. All'improvviso, davvero..." Tutti risero, eccetto Alice che si coprì la bocca semiaperta con le mani chiuse a pugno e rivolse a Jocelin, al di sopra delle nocche, uno sguardo tragico. L'altra le lanciò un'occhiata spazientita e disse: "Su, muoviamoci," e si dispose a richiudere il pacco.

"No!" gridò Jasper, rianimandosi all'improvviso. Con una sorta di frenesia cominciò ad estrarre i pezzi e ad assemblarli come riteneva che andasse fatto, curvo sopra le altre parti ancora semisepolte nei cascami.

"No," disse Jocelin, calma e fredda, e con notevole sollievo di Alice, che subito le fece eco: "No, Jasper, no."

Bert stava cercando di aiutare Jasper, ma era lento e maldestro al suo confronto.

Benché Jasper stesse montando i vari pezzi con precisione e competenza, tentando varie possibilità, non otteneva nulla che somigliasse a un'arma efficiente.

"Sono fucili mitragliatori?" chiese Alice quasi piangendo.

"Piantala," ordinò Jocelin rivolta a Jasper. "Se anche riesci a montarne uno, cosa te ne fai?"

"Oh, troveremo certo il modo di utilizzarlo," ribatté Bert con un balenio di denti bianchi, mentre cercava di emulare Jasper che era riuscito a mettere insieme un oggetto bruno, lucente e sinistro, molto simile alle armi usate nei film spaziali per ragazzi.

"Adesso li avete riempiti di impronte digitali," disse Jocelin con tale disprezzo che prima Bert e poi Jasper lasciarono cadere i fucili e si rialzarono di scatto. "Cretino!" esclamò Jocelin, demolendo Jasper con un'occhiata gelida che non lasciava dubbi su quel che pensava di lui. "*Stupido.* Che cosa pensi di fare? Tenerli qui in casa a portata di mano, immagino, nel caso servissero per qualche lavoretto?" Scostò i due uomini con i gomiti e si mise all'opera. Innanzi tutto smontò rapidamente e con grande destrezza i fucili semimontati (dimostrando a tutti che sapeva quel che faceva e che se ne intendeva) poi prese una manciata di cascami e con quella cancellò le impronte digitali, reggendo con cura i singoli pezzi con la mano protetta dai cascami.

Caroline osservò: "Forse non serve a molto cancellare le impronte in questo modo con i metodi che hanno oggi."

"Forse no," ribatté Jocelin. "Ma è un po' tardi pensarci adesso, non ti pare? Dobbiamo liberarci di questa roba, disfarcene."

"Perché non li seppelliamo in giardino?" propose Bert, con l'aria di un ragazzino che si vede portar via un giocattolo, e Jocelin gli rispose: "Nel *nostro* giardino vuoi dire, immagino. Ma che idea brillante!" E poi, mentre ricollocava i pezzi nel loro nido, soggiunse: "Se hai in mente qualche lavoretto utile, qualcosa di *concreto* in un contesto giusto, ben organizzato, allora i fucili sono a tua disposizione. Chiaro?"

Bert la guardava risentito ma anche con un'ammirazione che le conferiva il diritto di assumere il comando. Gli occhi gli brillavano per l'eccitazione e non riusciva a smettere di sorridere: i denti, gli occhi, le labbra rosse scintillavano e mandavano lampi.

Jasper invece si controllava, teneva gli occhi socchiusi per non lasciar vedere quanto fosse furibondo – Alice l'aveva capito. Stava vedendo Jasper e Bert come non li aveva mai visti prima – soldati, veri soldati, in guerra. Pensava: diamine, a loro la guerra sarebbe piaciuta, soprattutto a Jasper. Sì, Jasper se la sarebbe proprio goduta... questo pensiero la rese ancor più sgomenta e si allontanò di qualche passo, premendosi di nuovo i pugni sulla bocca.

Jocelin, benché intenta a richiudere il pacco, si rese perfettamente conto del suo stato d'animo. "Alice, ma tu non hai mai visto dei fucili prima d'ora?"

"No."

"Comunque stai esagerando."

"Certo che esagera," incalzò Jasper rianimandosi e sfogando contro Alice la propria rabbia. "Guardatela, sembra che abbia visto un fantasma." E a questo punto si trasformò all'improvviso in un bambino che cerchi di spaventare per gioco un compagno. "Uuuu-u-u," gridò, fingendo di assalirla, "Alice ha visto un fantasma."

"Per amor del *cielo*," esclamò Jocelin perdendo la pazienza. "Abbiamo delle cose serie da fare, te ne ricordi? E io voglio riprendere il mio lavoro. Portate via di qui questi pacchi, buttateli da qualche parte e che non se ne parli più. Non possono procurarci che guai." Detto questo infilò le scale con il suo passo lento ma deciso, senza voltarsi a guardarli. Era furibonda con se stessa per aver perso le staffe, lo si capiva.

Tutti la seguirono con lo sguardo, in silenzio, finché scomparve alla loro vista e l'atmosfera divenne meno tesa.

"Su, muoviamoci," disse Bert.

Seguì un attimo di incertezza. Ora che non c'era più Jocelin a dare ordini, nessuno sapeva bene cosa fare. Finalmente Alice si scosse e annunciò: "Vado a prendere la macchina," e corse fuori. Felicity aveva lasciato le chiavi della macchina a una vicina perché – come le spiegò la donna con malgarbo, rivelandole quanto Felicity fosse seccata con lei – l'aveva attesa inutilmente fino all'ora in cui aveva detto che sarebbe venuta. Scuse e sorrisi. Alice portò la macchina davanti al 43. Tutti e quattro caricarono i pacchi sulla macchina. Non c'era da stupirsi che fossero così pesanti.

Rimasero per un po' fermi a discutere dove portarli. La discarica? No. Non a quell'ora. Giù al fiume? No, sarebbero stati notati. Meglio raggiungere qualche sobborgo tra il verde come Wimbledon o Greenwich, e vedere cosa trovavano. Mentre attraversavano Chiswick a passo d'uomo per l'intenso traffico, scorsero in una strada laterale dei grandi battenti di lamiera ondulata e l'insegna *Warwick & Figli – Compravendita rottami metallici.* Svoltarono nella strada successiva, girarono intorno all'isolato e arrivarono davanti al grande portone. Il posto sembrava deserto. Alice parcheggiò poco più in là in seconda fila e Bert entrò, disinvolto, come se fosse un cliente, e si guardò attorno, in attesa. Ma non comparve nessuno. Bert tornò di corsa alla macchina con il volto acceso, gli occhi che brillavano per l'eccitazione, i denti bianchi e le labbra rosse lucenti fra la barba nera. Jasper fu subito contagiato da quella febbre. Alice, ammirandoli entrambi, riaccese il motore e superò a marcia indietro il portone. C'era un immenso cortile. In quella zona di Londra si incontrano spesso vasti spazi occupati da grandi case e ampi giardini. Ma in fondo a questo grande cortile c'erano soltanto delle baracche di mattoni e lamiera ondulata ormai in rovina e chiuse con dei grossi lucchetti, mentre il rimanente terreno era occupato da mucchi di tubi metallici, parti di auto, sbarre di ferro arrugginite, pezzi di lamiera ondulata contorti. Qua e là brillava imprevisto del rame e dell'ottone mentre alcune cataste di teli di plastica lattiginosa, del tipo usato per coprire i tetti, dimostravano che la ditta non trattava soltanto metalli. Vicino all'ingresso erano ammonticchiati dei vecchi travi che dall'aspetto si sarebbero detti di quercia (un paio sarebbero andati giusto bene per il tetto del 43) e tutt'attorno a questi travi erano stati gettati rifiuti d'ogni genere, compreso un mucchio di scatoloni di cartone che si stavano rapidamente deteriorando e che contenevano altri oggetti di metallo e bottiglie e tazze di plastica. Quello era il posto! Jasper e Caroline balzarono fuori della macchina e insieme a Bert scaricarono i pacchi e andarono a depositarli accanto ai travi. Alice sentiva gli occhi schizzarle dalle orbite, nere onde travolgerla, ma doveva tenere la macchina in moto. Attraverso il velo di quella febbre vide Bert rialzarsi e guardarsi intorno: il suo compito era finito; vide Caroline ritornare di corsa e salire in macchina; ma Jasper, calmo, rapido, efficiente, stava sfregando una manciata di terra sull'involucro liscio e intatto dei pacchi, che poi con gesti energici e precisi colpì con un pezzo di ferro raccolto fra i rottami. Quello era il vero Jasper! pensò Alice, fiera di lui, traboccante d'orgoglio. Chi non lo aveva mai visto com'era ora, in un momento simile, non avrebbe mai potuto crederci. Diamine, al suo confronto Bert era un bifolco. Adesso era ritornato in sé e vedendo quel che faceva l'altro cercava di imitarlo, ma Jasper aveva praticamente finito. I due pacchi ormai erano molto diversi dai due bruni viscidi mostri di qualche minuto prima ed erano in tutto simili ai rifiuti che li circondavano. Nessuno li avrebbe certo notati.

Jasper e Bert balzarono in macchina e Alice partì. Per quel che ne sapevano nessuno li aveva visti.

Ritornarono verso il centro di Londra e si fermarono in un pub a Shepherd's Bush. Erano circa le dodici e mezzo. Sedettero ad un tavolo dal quale potevano vedere il televisore e fecero uno spuntino. Avevano tutti una fame da lupi. Il telegiornale non parlò di loro e nell'attimo stesso in cui finì uscirono dal pub e si diressero verso casa. Avevano ancora fame e cascavano dal sonno. Comprarono qualcosa di pronto in un take-away e mangiarono seduti al tavolo di cucina insieme a Faye, a Roberta e a Jocelin. L'euforia era svanita, ma non volevano separarsi: avevano bisogno l'uno dell'altro, volevano sentirsi uniti. Cominciarono a bere. Jasper e Bert, Alice e Caroline andarono a fare, in tempi diversi, un sonnellino di un paio d'ore, ma tutti sentirono, quando furono soli nella propria camera, che gli altri esigevano la loro presenza giù in cucina. Trascorsero la serata e la notte bevendo, non più allegri, anzi piuttosto depressi. Ma nessuno lo ammise, anche se Faye fu un paio di volte sul punto di piangere.

Giunta l'ora in cui apriva il metrò, Jasper corse a comprare i giornali. Li acquistò tutti, dal *Times* al *Sun*. La cucina fu invasa all'improvviso da fogli di giornale svolazzanti, pagine voltate sempre più in fretta.

Non trovarono nulla sulla loro impresa. Neanche una parola! Erano furibondi. Finalmente Faye scoprì sul *Guardian* un trafiletto che diceva che alcuni teppisti avevano fatto esplodere una bomba all'angolo di West Rowan Road, a Bilstead.

"Teppisti," mormorò Jocelin, con voce fredda, spietata, minacciosa e gli occhi che scintillavano. E non disse – non ce n'era bisogno poiché lo pensavano tutti – vi faremo vedere noi.

E così andarono a letto. Sabato mattina. Alle sei.

Dormirono tutto il giorno e si destarono in quel piacevole e un po' irreale stato d'animo che nasce dall'aver trascorso la notte svegli e aver poi goduto di un lungo sonno ristoratore.

Discussero di quale sarebbe stato il loro prossimo obiettivo. Fecero varie proposte. Ma Jocelin li avvertì che aveva bisogno di un po' di tempo per essere sicura di quello che faceva. Inoltre, osservò Alice, Philip sarebbe stato sepolto lunedì o martedì, ed era meglio prima concludere quella faccenda. Dal silenzio con cui furono accolte le sue parole e dal fatto che nessuno la guardò, almeno non subito, capì che agli altri non era neanche passato per la testa di andare al funerale di Philip. Disse, nel tono educato e indifferente che usava quando si sentiva ferita, tradita: "Anche se non viene nessuno, io ci vado." Jasper riconobbe quel tono e disse che l'avrebbe accompagnata. Fu felice, e persino imbarazzato dallo sguardo riconoscente che Alice gli rivolse. Faye dichiarò che odiava i funerali, non ci andava mai. Quando uno è morto è morto, disse. Caroline fece notare che lei conosceva appena Philip. E così pure Jocelin.

Uno di loro uscì per andare a comprare le sigarette e tornò con l'*Advertiser* – il giornaletto del quartiere che veniva distribuito per strada o infilato nelle cassette della posta o sotto le porte. E vi lessero questo articolo:

> Una bomba è esplosa all'angolo di West Rowan Road venerdì mattina all'alba. È andata distrutta una colonnina di cemento e un'altra è stata scheggiata. Lo scoppio ha danneggiato le facciate delle case vicine e infranto i vetri delle finestre di quattro edifici. La signora Murray, una vedova di ottantasette anni, dice che mentre era seduta accanto alla sua finestra all'ultimo piano ha visto tre giovani aggirarsi intorno alla colonnina. Non era ancora giorno e non ha potuto vederli bene. Ha creduto che stessero combinando qualche scherzo. Poi è andata a stendersi sul letto, ancora vestita.
>
> "Da un po' di tempo dormo male," ci ha spiegato. Ha sentito l'esplosione e i vetri che volavano nella stanza. "Per fortuna non ero più seduta accanto alla finestra!" ha detto al nostro cronista. La signora Murray è rimasta lievemente ferita ed è stata ricoverata in ospedale in stato di shock.

"Oh, povera vecchia!" mormorò Alice. Non guardò Jocelin perché sapeva che il suo sarebbe stato uno sguardo di rimprovero.

"Quella stupida vacca," disse Faye. "Peccato che non l'abbiamo fatta fuori. Le avremmo fatto un piacere, già. Cosa ci fanno al mondo questi vecchiacci? Sono già mezzi morti di noia da anni quando tirano le cuoia."

Decisero di ridere, per placarla. Faye era nel pieno di uno dei suoi violenti attacchi di cattivo umore e autocommiserazione. Cosa li provocava? Non lo sapevano mai. Se ne stava seduta e tremante, con una certa aria di sfida, senza guardarli, senza guardare neppure Roberta che, curva sulla sedia, la testa grigia reclinata, gli occhi bassi, soffriva per lei.

"Bene," disse Jocelin. "Credo di sapere cosa devo fare. Questa volta non commetterò errori."

Sembrava stizzita, persino amareggiata. Erano tutti amareggiati, delusi. Un articoletto sull'*Advertiser*! Lo consideravano un affronto, una beffa, l'ultimo di una lunga serie di rifiuti a prenderli sul serio che aveva avuto inizio – come le crisi di Faye – tanto tempo prima, da non ricordare neppure quando. Il bisogno di farsi valere, di dimostrare la propria forza li riempiva di una furia omicida.

Continuarono a bere. Meno Alice, che non beveva mai ed era preoccupata. Era sabato, dopo tutto. E alle undici, come quasi s'era attesa, udì bussare con violenza alla porta. Alice sgusciò dalla sua sedia, balzò in piedi e raggiunse la porta della cucina prima degli altri. Disse a Jasper: "Non farti vedere, hai capito! Non muoverti di qui, *non*..." E a Bert: "Tieni qui Jasper. Non lasciarlo uscire." E a Jocelin: "C'è qualcosa che possono trovare?" Jocelin le passò davanti e infilò le scale di corsa. "È quel fascistello. Lo sapevo che sarebbe tornato. È venuto a farcela pagare. Me lo aspettavo."

Bussarono di nuovo. Alice aprì la porta e disse in tono brusco, usando tutte le sue risorse per controllarsi, per essere la signorina Mellings: "Sveglierete tutto il quartiere."

Era lui, il biondino dalla faccia cattiva, con i suoi freddi occhi infantili e i baffetti ben pettinati. La guardava con un sorrisetto sadico. Teneva qualcosa dietro la schiena e si sentiva un lezzo rivoltante.

Alice ebbe il sospetto di quel che stava per succedere e capì che non avrebbe potuto far nulla per fermarlo. Ma quel che importava era che Jasper non uscisse dalla cucina, non nello stato d'animo in cui si trovava – ci sarebbe stata una zuffa, lo sapeva.

Dietro al giovane agente c'era un collega ed entrambi avevano stampato sul volto un sorrisetto ironico, furbastro, ed evitavano di guardarla – brutto segno.

Alice chiese: "Cosa volete?"

"Noi? Niente. Anzi, ti abbiamo portato qualcosa," rispose il bulletto e a queste parole sia lui che il collega scoppiarono in una risata e si coprirono la bocca con la mano, come degli attori.

"Una cosa che ti piace tanto," disse il secondo agente, con un forte accento scozzese.

"Quel che piace non può far male," incalzò il nemico di Alice. Oh, come lo odiava! Come gli leggeva dentro! Oh, sapeva bene cos'era capace di fare quando in cella si trovava fra le mani qualcuno che non era in grado di difendersi. Ma non sarebbe stato Jasper.

Per provocarlo, per scatenare il suo furore gli disse con voce tremula, come una bimba impaurita: "Oh per favore, per favore, andatevene..." Fu sufficiente. Ottenne l'effetto che voleva.

"È questa che ti piace, non è vero?" ribatté l'agente sghignazzando, e con una violenta spinta dell'avambraccio lanciò nell'ingresso un sacchetto di plastica, pieno.

"Merda alla merda!" esclamò l'altro agente.

Il fetore invase l'ingresso, invase la casa, mentre i due fuggivano ridendo.

Naturalmente si era sparsa dappertutto, era schizzata per tutto l'ingresso!

Quel che importava era che Jasper non si era fatto vedere.

Badando a dove metteva i piedi Alice raggiunse la porta della cucina e disse: "Se fossi in voi rimarrei esattamente dove siete."

Ma non le obbedirono e si affacciarono tutti sulla soglia, pieni d'orrore e di rabbia, lanciando imprecazioni e minacce. Jasper voleva andare subito alla stazione di polizia. Voleva uccidere quel fascista. Voleva dar fuoco ai locali. Voleva farli saltare in aria.

Faye stava vomitando nell'acquaio, assistita da Roberta. Sul pianerottolo comparve Jocelin che si fermò a guardar giù, come una figura del Giudizio Universale, pensò Alice, disgustata di tutti loro. Sapeva bene chi avrebbe dovuto pulire.

"Piantatela," disse. "Non capite niente. Siamo stati fortunati. Quell'agente era deciso a vendicarsi dopo la figura del cretino che gli abbiamo fatto fare l'altra sera. Quindi ci è andata bene. Avrebbe potuto entrare e spaccare tutto, non vi pare? L'abbiamo già visto fare altre volte!"

"Ha ragione," disse Jocelin. Anche lei ebbe un conato di vomito ma riuscì a controllarsi. Ritornò nella sua stanza.

Alice aveva già preso un secchio pieno d'acqua e dei giornali. Sostò un attimo a guardare i tre, Jasper, Caroline, Bert, che fermi sulla soglia seguivano tutti i suoi movimenti.

Si inginocchiò a una estremità dell'ingresso e cominciò a pulire accuratamente il tappeto, centimetro per centimetro. Una volta pulito lo avrebbe fatto portare da Jasper e Bert nel bidone delle immondizie in giardino.

"Perché perdi tempo a pulirlo?" chiese Caroline. "Buttalo via!"

Aveva previsto che qualcuno avrebbe detto così. Rispose freddamente: "Se lo portiamo in giardino com'è, puzzerà, i vicini protesteranno e la polizia avrà un pretesto per tornare qui."

"Già. Hai ragione," commentò Jasper.

Alice riprese il suo lavoro, in preda a una fredda collera.

Avrebbe voluto uccidere non solo il poliziotto ma anche Jasper, Bert e persino la buona Caroline sul cui volto indignato che la spiava dalla porta della cucina sembrava di leggere che la stupidità e la cattiveria del mondo non hanno davvero limiti.

"Non andare a letto," ordinò Alice a Jasper. "Quando avrò finito tu e Bert lo dovrete portar fuori."

Le ci volle un'ora buona per lavare tutto il tappeto. I due uomini lo portarono, intriso d'acqua e detergente e olezzante di ammoniaca, nel bidone delle immondizie.

"Immagino che come al solito ci sarà qualche uccellaccio notturno che ci osserva," commentò Alice, amara e stanchissima, ferma al centro dell'ingresso.

Faye disse che andava a letto. Roberta la accompagnò di sopra poi tornò giù, prese un altro secchio e aiutò Alice a pulire il pavimento di legno e le pareti. Tutti gli altri andarono a dormire.

Mentre lavorava, Roberta continuava a imprecare con l'altra sua voce, la voce rauca e sgangherata della sua infanzia, così diversa da quella morbida e tranquilla della Roberta che loro conoscevano. Non imprecava forte, ma quantò bastava perché la si udisse: un tranquillo, ininterrotto torrente d'odio contro la polizia, il mondo, Dio, per conto proprio e per conto di Faye.

Quando ebbero finito, le due donne fecero entrambe il bagno. Poi Roberta uscì per andare a comprare i giornali della domenica. Ma neanche su quelli c'era nulla, nemmeno una parola.

Alice e Roberta dormirono per qualche ora. Faye, destatasi a metà mattina, era furibonda con Roberta perché "si era lasciata coinvolgere". Per vendicarsi andò a chiacchierare con Jocelin che stava lavorando alle sue bombe. Dapprima le fece da assistente poi scoprì d'essere in grado di cavarsela da sola e preparò qualche piccolo ordigno personale. Scese in cucina a bere una tazza di tè e portò con sé il manuale con le istruzioni. Nello stesso momento arrivarono Reggie e Mary di ritorno dal loro nuovo appartamento. Era in condizioni disastrose, dissero: ma avendo visto Alice all'opera avevano imparato come si poteva riportare l'ordine nel caos. Dal modo in cui lo dissero, gli altri capirono che avevano deciso di mostrarsi "gentili" per tutto il tempo in cui avrebbero dovuto rimanere lì. Poi Mary prese dal tavolo *L'uso degli esplosivi nell'ambiente urbano* e cominciò a sfogliarlo, dapprima con scarso interesse, poi più lentamente, soffermandosi su qualche pagina. Lo porse a Reggie con un'occhiata tuttaltro che "gentile". In quel momento in cucina c'erano Caroline, Jasper, Bert e Faye, e all'improvviso tutti si irrigidirono, evitarono di guardarsi e cercarono di apparire indifferenti. Reggie osservò con attenzione il manuale poi lo depose sul tavolo. Non aveva guardato gli altri e sembrava soprappensiero. Poi lui e Mary si consultarono con lo sguardo e Reggie annunciò che avevano deciso di trasferirsi subito nel nuovo appartamento, che fosse o non fosse pronto. Solo pochi minuti prima Mary aveva detto che sarebbero rimasti lì fino a che nella nuova casa non ci fosse stata almeno l'acqua calda.

I due salirono al secondo piano senza neanche finire di bere il tè.

"Non sei stata molto brillante, compagna," disse Bert a Faye, scoprendo una fila di denti candidi.

Faye scosse il capo. Respirava in fretta, sorrideva, aggrottava la fronte e si mordeva le labbra. "Non ha importanza," dichiarò. "Una volta che se ne saranno andati non si ricorderanno neppure più di noi. Noi per loro siamo merda, e basta."

"Però," intervenne Bert, sforzandosi di assumere il tono severo che richiedeva la circostanza, "è stata un'idiozia." Scoppiò a ridere come se avesse detto una battuta. Anche la ragazza sbottò in una gran risata, guardandolo risentita. Poi si alzò di scatto e corse su da Roberta. Dal piano di sopra si udì provenire la voce bassa e materna di Roberta e quella rauca e irata di Faye, l'"altra" voce, quella delle sue origini, mentre Roberta le rispondeva con la voce di sempre.

I tre in cucina restarono lì seduti, a disagio. Poi Jasper disse, ridendo: "Non vedo perché Alice debba dormire tutto il giorno," e salì a svegliarla. Picchiò alla porta della stanza dove lei dormiva, dove aveva dormito anche lui, ma dove ora non voleva più dormire. Nessuna risposta. Entrò cautamente, vide la forma raggomitolata di Alice, che era girata verso il muro e, infastidito dal buio in cui era immersa la stanza, tirò bruscamente le tende. Alice si rizzò a sedere sul sacco a pelo, strizzando gli occhi per ripararli dalla luce violenta del pomeriggio. Vide una figura allampanata, dall'aspetto minaccioso, che si stagliava contro la finestra, e lanciò un urlo.

"Perché cazzo gridi?" disse lui guardandola con aria schifata.

"Oh, sei tu." Si sdraiò di nuovo, voltandogli la schiena.

Questo non poteva sopportarlo. Le si inginocchiò accanto, all'altezza delle spalle, e notò gli occhi serrati e le ciglia color sabbia che tremavano sulla pelle liscia e lentigginosa.

"Alice," disse, in tono gentile ma deciso. "Devi proprio svegliarti. È successo qualcosa."

Lei aprì gli occhi. Non gli chiese cosa. Restarono lì fermi per un bel po', più di un minuto forse. Come se alzarsi perché lui glielo ordinava e scendere per la stessa ragione avesse significato un impegno maggiore di quello che lei intendeva assumersi, un nuovo legame, quando invece aveva già preso la sua decisione.

Alle sue spalle era inginocchiato Jasper. Ne sentiva il calore e sentiva in quel calore il grande bisogno che aveva di lei.

Borbottò, in tono indifferente: "D'accordo, scendo tra un minuto."

Jasper indugiò ancora qualche istante, sperando che lei si girasse a sorridergli.

Ma Alice rimase ostinatamente voltata verso il muro, aspettando che lui se ne andasse.

Allora Jasper si rialzò e se ne andò, chiudendo piano la porta.

"Oh *no,*" disse Alice ansimando, rivolta al muro. "Non ce la faccio." Poi di scatto si alzò, si infilò i jeans e il maglione, e uscì dalla stanza.

Intorno al tavolo erano rimasti Jasper, Bert, e Caroline. Jocelin era stata convocata dal piano di sopra.

Alice si preparò il tè, in silenzio, muovendosi con calma. Si sedette e ascoltò il racconto di quello che era successo. Poi disse, confermando quello che aveva detto Faye: "Non importa. Ci dimenticheranno in fretta, quando se ne saranno andati. Comunque è assurdo credere che possano risalire a noi. C'è un sacco di gente che ha questi manuali su come-ti-divento-terrorista." Pronunciò l'espressione senza alcuna enfasi particolare e nemmeno nel tono scherzoso che avevano sempre usato. Lo scherzo di un tempo era entrato a far parte della realtà!

"Ma quelli sono dei fanatici della legalità," disse Caroline. "Probabilmente si sentiranno in dovere di informare la polizia, una volta stabiliti i debiti nessi."

Si guardarono l'un l'altro. Era vero, bisognava ammetterlo. Ma Bert li aiutò a superare il brutto momento, scoppiando a ridere. "Di che nessi stai parlando, se non abbiamo nemmeno deciso?"

"Possiamo anche parlarne adesso," disse Jocelin.

"Dobbiamo chiamare Roberta e Faye, allora," osservò Jasper, a disagio. Senza accorgersene, alzò lo sguardo al soffitto, oltre il quale Roberta e Faye, ormai rappacificate e silenziose, erano distese o sedute.

"Forse non è il momento giusto," disse Bert. Dalla sua smorfia Alice arguì che Faye aveva avuto una delle sue crisi.

"Potremmo anche lasciarla fuori, per una volta," suggerì in tono vago.

Tutti la guardarono, pronti ad attaccarla. Ma stavano pensando, ne era certa, che quello che diceva non era del tutto sbagliato.

Jocelin, che aveva lavorato con Faye per qualche ora quel giorno, intervenne: "È molto in gamba. E ha avuto un paio di buone idee sul luogo."

"Davvero?" osservò Bert, scoppiando nuovamente a ridere. "Avanti, diccelo. Non sarà un segreto."

Jocelin rispose, seria: "D'accordo, è vero, Faye è un'emotiva. Ma stamattina ho avuto l'impressione che saprebbe cavarsela a meraviglia in un'emergenza."

"Chi sale a chiamarla?" disse Jasper in tono lieve.

Tutti si voltarono a guardare Alice.

Questa continuò imperterrita a girare il cucchiaino nella tazza.

"Be', cos'hai che non va?" chiese Jasper.

"Sono stanca," disse lei.

Si alzò con un movimento che parve al tempo stesso impulsivo e meccanico. Sembrò quasi sorpresa di trovarsi in piedi e di dirigersi verso la porta. Jasper la inseguì e l'afferrò per il polso. "Dove stai andando?"

"A fare un giro," rispose lei.

"Ma stiamo discutendo sull'opportunità di tenere una riunione regolare o no. Una riunione per decidere dove agire."

Era come quando lui si era inginocchiato alle sue spalle, mentre lei se ne stava sdraiata nel sacco a pelo. Una lunga pausa e lei tornò alla sua sedia, continuando a girare il cucchiaino nel tè, come se non si fosse mai alzata.

"Vado a chiamare Faye e Roberta," disse Jocelin, e si diresse decisa al piano di sopra.

Sentirono delle voci levarsi in una discussione, quella stridula di Faye, quella di Roberta, chiara e decisa, e quella di Jocelin nel tono piano di chi risponde. Jocelin ebbe l'ultima parola. Scese e annunciò che sarebbero arrivate. Aspettarono una mezz'ora, scherzandoci sopra.

Poi furono di nuovo insieme, tutti. La riunione andò avanti per ore. Discussero i pro e i contro delle stazioni ferroviarie, dei ristoranti, dei monumenti. L'Albert Memorial fu il favorito per qualche minuto, e poi Faye disse che no, a lei piaceva moltissimo, non avrebbe voluto neanche sfiorarlo. Gli alberghi. Il numero 10 di Downing Street. Il ministero degli Interni. Il calcolatore contenente i dati dell'M.I.5. Il ministero della Guerra.

E così via. Come sempre quando un gruppo si riunisce per scegliere il nome da dare a qualcosa, i suggerimenti si fecero via via più stravaganti e fantasiosi, persino buffi; tutta la faccenda si trasformò in una commedia. Di tanto in tanto qualcuno formulava un invito a essere seri, ma sembrava che la serietà non fosse all'ordine del giorno e, quando arrivarono alla decisione, erano sfiancati dal troppo ridere. L'atmosfera si placò di fronte alla richiesta imperiosa di Faye che si dichiarò pronta a piazzare l'esplosivo. Toccava a lei, disse. Alice e Jocelin e Bert erano stati gli unici a divertirsi la volta precedente.

Si decise che l'azione vera e propria sarebbe stata affidata a Faye, mentre Jasper e Jocelin si sarebbero occupati dell'esplosivo e gli altri li avrebbero assistiti. La riunione si concluse verso le otto. Festeggiarono al ristorante indiano. Poi Faye e Roberta andarono al cinema. Bert, Jasper e Caroline – Bert voleva che ci fosse anche lei – andarono a trovare i compagni che abitavano nella zona sud. Jocelin doveva dare gli ultimi ritocchi.

Alice rifiutò. Stava bene ma voleva andare a fare un giretto. Sì, aveva proprio voglia di passeggiare; non capiva perché facessero tante storie. Le piaceva camminare da sola.

Era la prima volta che accennava a questa sua propensione, che suscitò una serie di battute.

Lei si incamminò, tutta accigliata, nella strada buia. Si fermò dopo un centinaio di metri a guardare un giardino in cui si intravedevano solo i contorni dei fiori e quello di un cespuglio, privi di colore. Tornò in sé con un sospiro e s'incamminò verso l'appartamento di sua madre. Suonò decisa il campanello, lo suonò un'altra volta, quasi subito, e quando sentì la voce della madre, disse: "Sono Alice." Una pausa. "Sono *Alice*," ripeté in tono perentorio, seccata.

Un'altra pausa. Lunga. Poi udì lo scatto della serratura che si apriva e corse su per la brutta scala spoglia. Quando la madre le aprì la porta, parve che Alice si aspettasse di entrare nella bella stanza grande della vecchia casa dei Mellings, perché si precipitò dentro con l'impeto di chi sa di avere un mucchio di spazio e dovette bloccarsi di botto per non urtare sua madre, che era in piedi davanti alla poltrona da cui si era evidentemente appena alzata. La stanza era piccola ma non sgradevole, eppure ad Alice parve brutta e meschina. Le poltrone poste ai lati della stufetta a gas, che un tempo avevano avuto tanto spazio intorno, parevano due prigionieri male in arnese, troppo ingombranti e costretti a stare l'uno di fronte all'altro. Avevano bisogno di una fodera nuova. Strano che non l'avesse notato prima.

"Cosa ci fai in un posto come questo?" domandò in tono ostile, scandalizzata.

La stanza era gelida. Ad Alice non importava, ma Dorothy indossava un maglione pesante e delle calze di lana, un abbigliamento invernale, insomma. Alice li conosceva, quel maglione giallo sformato e la gonna marrone larga. Roba vecchia. I capelli di sua madre, ora completamente bianchi, erano raccolti in uno chignon malfatto. Sul suo bel viso smunto non c'era l'ombra di un sorriso e lei guardava Alice con un cipiglio che non dava segno di potersi addolcire.

Come succedeva sempre quando Alice stava con sua madre, un'ondata di emozioni piacevoli, cariche di tenerezza, spazzarono via la rabbia che provava quando era lontana.

L'espressione sofferente e aggressiva che aveva quando era entrata era già sparita, e lei sorrise. Il suo era il sorriso timido e accattivante della brava figliola. Diede uno sguardo in giro per vedere se poteva sedersi. Accanto alla poltrona da cui si era alzata sua madre c'era una pila di libri che arrivava fino all'altezza del bracciolo. Sulla mensola sopra il caminetto a gas, vide una bottiglia di whisky e un bicchiere, pieno per un terzo.

Nella poltrona di fronte a quella della madre doveva esserci stato qualcuno. Alice si guardò attorno con attenzione per scoprire l'intruso. I cuscini schiacciati indicavano che qualcuno li aveva occupati a lungo e in modo familiare. Per terra, accanto alla poltrona c'era una tazza da tè vuota. Alice immaginò d'un tratto Zoë Devlin e sua madre sedute l'una di fronte all'altra, e sentì la loro risata forte e piacevole che sembrava escludere tutti gli altri. Provò un'improvvisa sofferenza; lo sguardo che lanciò alla madre era di nuovo risentito.

"Perché ti sei infagottata in quel modo? Sei malata?"

Una pausa. Dorothy, sempre accigliata, disse piano: "Lo sai, soffro il freddo. Devo stare attenta a quanto spendo."

Parlava in tono stanco, quasi sommesso, come se temesse quello che un tono di voce o un movimento sbagliato potevano provocare. Sembrava un'infermiera alle prese con un malato difficile.

"Non capisco cosa vuoi dire," esclamò Alice. "Non sarai ridotta così male da non poterti permettere di accendere il fuoco se hai freddo."

Dorothy Mellings sospirò e si girò. Non verso le due poltrone che ora sembravano promettere una lunga e bella chiacchierata, ma verso il tavolino oblungo appoggiato alla parete dove evidentemente lei mangiava.

Sul piano del tavolo c'era un piatto con una mela e una banana. Alice si lasciò sfuggire un'esclamazione di rabbia e si precipitò al piccolo frigorifero nell'angolo di cottura che veniva chiamato cucina. Nel frigorifero c'erano una bottiglia di latte, del formaggio, quattro uova, mezza forma di pane bianco.

Alice si girò di scatto verso sua madre, ma questa la precedette. "Alice, vuoi qualcosa? Una tazza di tè? Hai fame?"

"No, non ho fame," disse Alice in tono accusatore.

Dorothy si sedette su una delle sedie che c'erano accanto al tavolino, facendo cenno alla figlia di mettersi di fronte a lei, ma Alice, quasi rifiutando l'esistenza di quell'oggetto nella vita della madre, si sedette sul bracciolo della poltrona che recava le tracce del misterioso occupante.

"È stata qui Zoë Devlin?"

"No. Lo sai, Alice, non andiamo più molto d'accordo."

"Oh, non essere ridicola. La conosci da sempre."

"Abbiamo litigato, lo sai."

"Be', allora è stata qui Theresa?"

"Non ancora."

"Non dirmi che hai litigato anche con lei."

"E perché dovrei dirti qualcosa?" osservò Dorothy. Si alzò a metà, tanto bastava per arrivare con la mano al bicchiere di whisky e ne buttò giù un bel sorso, con la bocca un po' storta. Un ottimo scotch. Oh sì, forse tirava la cinghia, pensò amaramente Alice, ma non si sarebbe accontentata di un whisky scadente.

Alice guardava con ansia il viso immobile che sembrava essersi paralizzato per sempre in quell'espressione aggrottata delle sopracciglia unite.

Le parve di non conoscere sua madre. Dorothy Mellings, ai suoi bei tempi, i tempi che talvolta affollavano la mente di Alice per ore e ore, era stata una donna alta, vistosa, con i capelli biondo rossi raccolti in uno chignon, la pelle liscia lievemente lentigginosa e gli occhi blu verdi. Un tipo vagamente preraffaellita, la definivano scherzosamente. Ma dato che Dorothy non viveva nell'indolenza né aveva movimenti languidi né roteava gli occhi, il confronto finiva lì. Ora era una donna anziana, alta, robusta, con una massa di capelli bianchi sempre in disordine. Gli occhi erano come delle pietre verdi. Quando era con gli altri, con Zoë Devlin, ad esempio, era un'esplosione di vitalità e allegria.

"Chi è venuto a farti visita, allora?"

"La signora Wood, quella che sta al piano di sotto."

Alice si alzò, la guardò fissa e si risedette. "La signora Wood! Cosa vuoi dire, la signora Wood! Ma se è..."

"Stai forse insinuando che non è alla mia altezza?"

"Ma..." Alice non riusciva a spiccicare parola. La casa grande e sempre aperta, la gente che andava e veniva, i pranzi... "La signora Wood," balbettò.

"Non sapevo che la conoscessi."

"Ma non puoi..."

"Vuoi dire che è una proletaria? Non vorrai fargliene una colpa, Alice. Quanto a me, sono tornata al mio giusto livello. E non sei tu quella che si vanta sempre del nonno proletario?" Per la prima volta, quella sera, Dorothy prese a sorridere guardandola bene in faccia con gli occhi verdastri freddi e irati. "Oppure pensi che non sia abbastanza intelligente per me?"

"Ma non avete niente in comune. Non ha mai letto un libro in vita sua, tanto per cominciare. Ne sono sicura."

"Cos'è quest'improvviso rispetto per la letteratura?" chiese sua madre. E buttò giù un altro sorso di whisky. "Credi a me, la compagnia della signora Wood vale tanto quanto quella di... di molte persone di cui potrei fare il nome. Lei almeno non parla a vanvera, non pretende di saperla lunga."

Pensando all'inspiegabile cambiamento della madre, che la portava a criticare aspramente tutto ciò che le era stato caro fino a quel momento, Alice sentì gli occhi che le si riempivano di lacrime. È stata un'esperienza troppo dura per lei, rifletté. Poveretta, come deve aver sofferto. "Non avresti dovuto mai dire che te ne saresti andata da casa. Non avresti dovuto cedere. Così non saresti stata costretta a venire qui."

Sembrava un'invocazione, come se la madre, ammettendo di avere sbagliato, avesse potuto tornarsene a casa sua.

A un'iniziale espressione di sorpresa si sostituirono di nuovo lo sguardo prudente e la fronte aggrottata.

"Ma, Alice, sai anche tu cosa è successo."

"Cosa importa? È quello che succederà che conta!"

"Be', penso che non valga la pena di parlare a una come te di cosa significano le ristrettezze. Non serve. Avete avuto tutto troppo facilmente, non potete capire. Se volete qualcosa, date per scontato di poterlo avere..." Alice emise un piccolo verso di protesta, quasi a dire che, per quanto la riguardava, sua madre era completamente fuori strada. Ma Dorothy continuò: "Lo so che non serve. Ho pensato molto a te, Alice. E sono arrivata a una semplice conclusione. Sei viziata, viziata marcia. E i figli di Zoë sono lo stesso."

Aveva parlato senza la minima emozione. Quasi con indifferenza. Ogni passione spenta.

Alice decise di lasciar perdere; quelle parole nascevano dalla nuova personalità di Dorothy o dalla sua pazzia. Meglio ignorarle. Le sarebbe passata, probabilmente, come la smania di vivere lì.

"Credo che dovresti dire a Cedric che non vuoi starci qui, che deve darti più soldi."

Dorothy sospirò, si agitò un po' sulla seggiola dura, sembrò che stesse per venir meno per pura stanchezza, poi si riprese.

"Ascolta, Alice. Te lo dico per l'ultima volta. È strano che tu non riesca a capire. Eppure non è complicato." Si chinò in avanti, con gli occhi fissi sul viso della figlia, quel viso paffuto, patetico, ribelle e prese a parlare lentamente, staccando bene le parole.

"Quando tuo padre mi ha lasciato, disse che potevo restare in casa. Dovevo trasformare l'ultimo piano in un appartamento indipendente che avrei affittato pagandomi tutte le spese. Le tasse, l'elettricità, il gas." Alice fece un cenno di assenso, attenta a quello che la madre diceva. Incoraggiata, Dorothy continuò: "Ma io presi in casa te e Jasper, dopo che tu mi scrivesti chiedendomi se potevi tornare per un po'."

"Non è andata così. Sei stata tu a scrivermi e a dirmi perché non tornavo a casa per un po'."

"D'accordo, Alice. Come preferisci. Non ho intenzione di discutere. È inutile. Comunque sia, tu sei tornata. Io ho accolto te e Jasper. Dissi a tuo padre che certa gente ha bisogno di più tempo per crescere. Parlavo di te, naturalmente. Jasper non mi interessa."

Un brivido nato dal rifiuto si impadronì di Alice. Si fece forza, come già tante altre volte, per accollarsi questo fardello per conto di Jasper.

"Tuo padre continuava a dire: 'Buttali fuori. Sono abbastanza grandi per badare a loro stessi. Non vedo perché dovrei mantenere quei due scrocconi.' Ma io non potevo. Non potevo, Alice." Quest'ultima frase venne detta con voce diversa, gentile, ed era la prima volta che Alice la udiva quella sera. Era una voce bassa, sofferente, quasi implorante.

Alice se ne sentì rafforzata e disse: "Be', certo, quella casa grande e tu sola là dentro, con i tuoi amici che andavano e venivano..."

Di nuovo Dorothy parve sorpresa. Poi lanciò uno sguardo alla figlia e tornò ad accigliarsi.

"È buffo," disse, "chissà perché non riesci a capirlo."

Se Alice non riusciva ad afferrare un aspetto fondamentale della situazione, sua madre, a quanto pareva, non riusciva ad afferrare un aspetto fondamentale di Alice. "Perché non ci riesci?" chiese, senza rivolgersi a sua figlia, ma parlando alla stanza, all'aria, a una cosa qualsiasi. "Perché non capisci?... Il punto è che sarei là, a casa ora, se non fosse per te e Jasper. No, Alice, non sto dandoti la colpa, sono io l'unica responsabile." Un'altra sorsata di scotch. Di questo passo si sarebbe ubriacata in fretta. A quel punto Alice se ne sarebbe andata! Non sopportava di vederla ubriaca; diventava troppo pessimista.

"È così che stanno le cose, Alice. Anche se non riesco a capire perché ti sto ripetendo per l'ennesima volta tutto questo. Non vado matta per la gente come te, Alice. Non ho molta voglia di vederti."

Era un'affermazione difficile da accettare. Alice aveva un'espressione ferita. Si morse le labbra rosee. Sembrava offesa, come se Dorothy avesse detto: "Non mi piace la tua camicetta."

"Ma quando io e Jasper ce ne siamo andati, perché non

hai fatto trasformare l'appartamento e non l'hai affittato?"

"Perché," spiegò Dorothy lentamente e con chiarezza, "avevo speso i soldi che Cedric mi aveva dato per trasformare l'appartamento. Per te. Il che significa per Jasper, naturalmente. Inoltre, dato che l'unico modo in cui potevo sbarazzarmi di voi era traslocare, avevo già preso accordi con un'agenzia immobiliare. *Lo sai bene,* dato che eri tu a fare le telefonate..." Si interruppe e sospirò. "No, naturalmente non è stata quella la ragione. Tuo padre disse che ne aveva abbastanza. Ecco cos'è stato. Basta, mi disse. E io non gliene faccio una colpa."

"Aspetta un momento," disse Alice, "cosa'è questa storia delle telefonate?"

"Be', non ricordi? Eri tu a fare tutto, no? Ti rendevi utile. Come solo tu sai fare."

"*Io* facevo le telefonate?"

Alice non rammentava niente. Ma Dorothy non ci credeva. Si ripeteva per l'ennesima volta la stessa situazione. Alice diceva: "Non mi ricordo. Guarda che ti sbagli," pensando che sua madre rigirasse intenzionalmente la realtà; mentre Dorothy sospirava e si lasciava andare ad alcune interessanti riflessioni sulla patologia della menzogna.

"In ogni caso, avresti anche potuto dirlo, che avevi cambiato idea."

Questa volta Dorothy emise un sospiro elaborato e drammatico. "Nel mondo della gente normale, Alice... quel mondo che tu ignori... esistono cose chiamate contratti."

"Oh, merda," disse Alice.

"Proprio così. Merda. Ma c'erano due ragioni per cui non avrei cambiato idea, anche se Cedric avesse ceduto. Prima di tutto, volevo farla finita con tutto quell'andazzo. Mi hai reso un bel servizio, Alice. C'è stato un momento in cui avrei anche potuto ucciderti. Mi sentivo come un'ospite in casa mia; non potevo neanche entrare in cucina. Poi d'un tratto ho pensato: santo cielo, che sollievo! Sono libera. Dov'era scritto che dovessi passare la vita a fare la spesa e a preparare da mangiare? Anni e anni passati a trasportare sacchi e sacchi di roba e a prepararla e a servirla a un mucchio di ingordi perennemente affamati."

A questo punto Alice emise una sorta di lamento, posando sulla madre gli occhi supplichevoli: "Smettila, ti prego smettila prima di rovinare tutto, anche il ricordo della nostra bella casa."

Ma la forza dirompente e distruttiva che si era impadronita di sua madre non la sentiva, o aveva deciso di non badarle, perché continuò in tono duro, freddo e divertito, come se niente, proprio niente al mondo dovesse essere preso sul serio. "E poi si è presentato quell'affare fantastico, quei tedeschi, come si chiamavano? Devi saperlo, hai parlato anche tu con loro, volevano comprare la casa così com'era con i tappeti, le tende e tutto. L'unica condizione era che me ne andassi in fretta. E tu e Jasper non accennavate a muovervi, qualunque cosa io dicessi." A questo punto Dorothy Mellings gettò indietro la testa e scoppiò a ridere, mentre Alice, con gli occhi sbarrati, le nocche della mano sinistra serrate tra i denti, al punto che le sarebbero rimasti i segni, se ne stava lì seduta a guardare, sul punto di sciogliersi in lacrime davanti agli occhi della madre. "Poi Cedric telefonò a Jasper e disse che se non se ne andava si sarebbe rivolto alla polizia. E allora grazie a Dio siete spariti e io mi sono ritrovata l'agente immobiliare alle calcagna che insisteva perché sistemassi tutto. Poi, appena la casa fu tutta in ordine, qualche furbone mi rubò le tende." Rideva come una matta. Era il tipo di risata a cui si abbandonava quando era in compagnia di Zoë Devlin, ma mai con Alice. "Non ne era rimasta più nemmeno una. E i nuovi inquilini, come diavolo si chiamavano, dovevano arrivare dopo quattro giorni. Erano furibondi: nel contratto erano incluse le tende e le tende dovevano esserci! Niente più affare!" Qui Dorothy bevve un altro bel sorso di whisky. "Persi anche l'appartamento in cui dovevo andare, dovetti spiegare cosa era successo. I proprietari sono stati gentili, ma non potevano aspettare. Era un bell'appartamento ma forse preferisco così. Era troppo grande per me, a me basta una casa di queste dimensioni. Comunque non ne potevo più."

Era come se avesse detto: "Non ne potevo più di *te*". Alice sentì le lacrime che le scorrevano sul viso.

"La casa fu comprata da una famiglia dello Yorkshire, senza le tende. Per duemila sterline in meno, ma a quel punto non me ne importava più niente. C'era questo appartamento libero e ho pensato, va bene, più semplice è, meglio è. Se penso a tutti gli anni che ho passato a prendermela."

Alice disse a bassa voce e in tono cupo: "Mi dispiace di aver preso il tappeto."

"Ah, sì? L'hai preso tu? Be', stando così le cose, non ha importanza. Non saprei dove metterlo, puoi anche tenertelo."

Alice respirò rumorosamente col naso, tirò su e poi disse: "Mi dispiace di averti chiamato fascista."

"Che cooosa?" Dorothy sembrava incredula. "Fascista a me? Ma bene. Proprio così? Fascista. Chi se ne frega delle tue stupide definizioni da quattro soldi."

"Perché? Cos'altro ti ho detto..." Da qualche parte, nel fondo della memoria, indugiava ancora quella scena d'addio in cui lei aveva insultato, gridando, sua madre, imitata da Jasper. Incandescente, era stata. Animata da una rabbia cieca.

"Stai ancora con Jasper?" si informò Dorothy.

Un'altra Alice, tutta rettitudine e sicurezza, si sostituì alla bambina che tirava su col naso. "Certo che sto con Jasper, lo sai."

"Oh, santo cielo, Alice," disse Dorothy Mellings, offrendo improvvisamente alla figlia quella semplice, calorosa sincerità che Alice ricordava come uno dei suoi tratti più caratteristici, specialmente negli ultimi quattro anni passati in casa, e di cui aveva sentito terribilmente la mancanza. "Santo cielo, perché non ti trovi un lavoro? Non ti dai una mossa?"

"Evidentemente non prendi in considerazione il fatto che abbiamo tre milioni di disoccupati," disse Alice, da ipocrita.

"Oh, sciocchezze. Ti sei laureata con un voto migliore di quello della maggior parte dei tuoi compagni. Tutti i figli delle mie amiche che hanno la tua età hanno trovato lavoro e hanno fatto carriera. Ci saresti riuscita anche tu, se avessi voluto, ma non hai nemmeno provato. Be', potresti cominciare ora, tuo padre ti potrebbe aiutare. Hai visto Cedric?"

"No, non mi va," dichiarò Alice. "Non ho intenzione di fare quel tipo di vita. Non ho nessuna voglia di passare il mio tempo chiusa in un ufficio."

A questo punto Dorothy perse il controllo, esasperata e smarrita. "Oh, come avrei voluto per te qualcosa di meglio, Alice. Io non ho fatto degli studi seri, lo sai. Chissà quante volte te l'ho ripetuto... mi sono sposata a diciannove anni. Dovrebbe esserci una legge che impedisce alla gente di sposarsi così giovane. E poi non ho fatto altro che accudire alla casa e occuparmi di te e di tuo fratello. Ho cucinato, cucinato e cucinato. Non potevo certo trovarmi un lavoro. Me ne stavo seduta qui, quando tu e tuo fratello eravate piccoli, a pensare che le mie amiche facevano tutte qualcosa. E io ero bloccata. Ti ricordi di Rosemary Holmen? Lo sapevi che è diventata un esperto internazionale di malattie del fegato? Pensa un po', eravamo compagne di scuola. Io sono un'ignorantona e lei è andata all'università."

Questo sfogo emotivo innervosì Alice, che si irrigidì, carica di disapprovazione. L'aver visto sua madre ubriaca, alle feste o in altre occasioni, spiegava perché Alice bevesse di rado. C'era sempre un momento, quando Dorothy beveva, in cui da lei fluiva una sorta di corrosivo, simile a una di quelle sostanze chimiche che bruciano tutto quello che toccano. Ma questa forza distruttiva, che emanava un tempo solo quando era ubriaca, come se al suo interno ci fosse un contenitore sotto pressione, sembrava essersi impadronita di lei completamente, cosicché niente sfuggiva al suo sarcasmo ostile: né i figli, né le amiche, né l'ex marito, nulla. Chissà, cosa avrebbe voluto fare? pensò Alice mentre guardava Dorothy, i cui occhi tristi, appesantiti, erano fissi su qualche segreta opportunità perduta.

"Sarei stata un bravo dottore, lo so," disse infine sua madre. "Si sa quello per cui si è portati. Avrei potuto anche fare l'agricoltore o l'esploratrice."

"L'esploratrice!" la canzonò gentilmente Alice e Dorothy disse: "Certo, perché no?" Aveva il bicchiere vuoto. Si alzò, andò verso la mensola, si versò un'altra abbondante dose di whisky e tornò a sedersi. Non guardava più Alice. "Non ho combinato niente nella vita." Sorrideva persino, con disprezzo, perché in quel modo negava l'esistenza di Alice. "Quando eri piccola ti guardavo e pensavo, be', almeno farò in modo che riceva una buona educazione, così avrà gli strumenti per cavarsela. Non voglio che diventi come me, incapace di fare qualsiasi cosa. Ma il risultato è che tu vivi esattamente come ho vissuto io. Non fai che cucinare e occuparti degli altri. Una schiava pronta a tutto." Sbottò in una risata amara, distruggendo tutti gli anni meravigliosi a cui Alice pensava con tanto rimpianto, uccidendo la vecchia Dorothy Mellings che emanava calore, piena di amici che le stavano attorno a godere del suo grande dono, la capacità di dar vita a tutto quello che la circondava.

Alice, ferita al punto da non riuscire a parlare, se ne stava seduta tutta rattrappita e curva, ascoltando a malincuore. "Il mondo è nelle mani della gente preparata," continuò sua madre. "Lei sa come funziona, sa come muoversi. In alto c'è uno strato di persone che gestisce tutto. Ma noi... noi siamo dei sempliciotti. Non capiamo cosa succede, non siamo in grado di intervenire."

Alice sentì che le tornavano le energie. "Non essere sciocca, abbiamo un mucchio di possibilità."

"Già, voi vi date un gran daffare a giocare alla rivoluzione, in realtà vi gingillate, convinti di fare qualcosa di importante. Siete solo degli ingenui incapaci di modificare la realtà."

"Tu non capisci, mamma," disse Alice, calma e sicura. "Noi abbatteremo *tutto*. Tutto quanto. La merda in cui viviamo. Ma non ti accorgi che il processo è già iniziato?"

La prospettiva fece tornare in sé Dorothy. Di nuovo dura e attenta, ristabilì le distanze tra sé e sua figlia. La guardò con gli occhi verdi che avevano ripreso la loro fissità di pietra e disse: "E poi ricostruirete tutto a vostra immagine e somiglianza! Un bel progetto." Scoppiò a ridere e mentre Alice, arrossendo, si alzava, soggiunse: "Oh, non fraintendermi, probabilmente ci riuscirete. Siete tanti e non avete in mente altro che il potere..." Rideva forte, con la risata che Alice odiava tanto, quella che aveva quando era brilla. "Sì, riesco a immaginare tutto. Jasper diventerà ministro dell'Educazione, è il tipo adatto. Odia le cose ben fatte e una volta ha scritto un romanzo terribile che non è riuscito a pubblicare. E tu sarai la sua solerte assistente."

Alice, sul punto di scoppiare, se ne stava in piedi, furibonda, con i pugni serrati, il viso distorto e paonazzo.

"Oh, santo cielo, Alice," disse Dorothy Mellings. "Su, vattene. Non ti sopporto proprio più, non lo capisci? Non me ne frega più niente di te."

Alice si mise a urlare: "Lo vedrai, fascista di merda. Tu e le tue amiche fasciste come te non avete niente in testa..." Parlava in modo incoerente, boccheggiando, tutta sudata. "Ma aspetta solo un po'. Il mondo è marcio, non si regge in piedi. E tu sei così ottusa e stupida da non capirlo. Noi abbatteremo *tutto.*" Si avvicinò alla madre e le diede una spinta sulla spalla, tanto che Dorothy dovette aggrapparsi al bordo del tavolo. "Vedrete se non è così," urlò infine e uscì come una furia dalla stanza, sbattendo la porta.

Spinta dalla rabbia e dalla disperazione scese a precipizio le scale e si catapultò in strada, girò l'angolo e si mescolò ai pochi passanti che sbucavano dalla metropolitana. Un isolato più in là due agenti si avvicinarono e Alice tornò a essere la brava cittadina che tornava a casa dopo una serata di svago. Dei due ne conosceva uno. Era tra quelli che avevano fatto irruzione in casa la prima volta. Lui non la riconobbe. Gli fece un cenno di saluto e un sorriso, da buona contribuente che paga le tasse e quindi anche il suo stipendio. Lui disse: "Buona sera."

Be', avevano l'ordine di essere cordiali, pensò Alice, lasciando che il viso e tutto il corpo esprimessero il dispetto che provava, una volta che li ebbe oltrepassati senza incidenti. Ma tutta la sua rabbia era sbollita nella corsa. Ora aveva ripreso a pensare alla madre con un senso protettivo di pietà. Due stanzette schifose! Dorothy sembrava così grande in quel salotto; se si girava troppo bruscamente rischiava di abbattere una parete. E trascorreva le sere a chiacchierare con Zoë Devlin e a leggere un libro! A questo punto Alice passò in rassegna – aveva l'immagine registrata nella mente – i titoli delle due strisce ordinate appese alla parete e quelli della pila di libri che stava per terra, accanto alla poltrona. Perché leggeva quella roba? Era come tornare a scuola. Forse quando Zoë Devlin andava a trovarla si sedevano l'una di fronte all'altra e parlavano della vita. Oppure no, di libri. Chissà se si erano riviste dopo quella lite. Be', era ridicolo, avrebbero dovuto fare la pace. Erano sempre state come due sorelle, lo ammettevano loro stesse. Una lite di merda... veramente non era stata la prima.

Alice era ferma sul marciapiede, come una bambina intenta a giocare alle belle statuine, come se stesse aspettando un taxi o qualcuno che le desse un passaggio.

Senza volerlo, stava rievocando la scena di quell'orribile scontro decisivo tra sua madre e Zoë. Vide il vecchio soggiorno al primo piano, che andava dalla facciata alla parte posteriore, con le finestre su tre lati e oltre le finestre i giardini e gli alberi. Dorothy Mellings e Zoë erano una di fronte all'altra, pallide, troppo serie per urlare o insultarsi come avevano fatto altre volte, le volte in cui poi si erano rappacificate con una risata. Due belle donne di mezz'età, alte, robuste, in quella bella stanza piena di finestre, e, alle loro spalle, i giardini.

Poi la visione mutò e Alice vide due donne anziane. Due *vecchie.* Entrambe sembravano stanche e abbattute. Era come se la loro vecchiaia fosse un affronto fatto a lei. Perché si erano ridotte così e tanto in fretta? Perché non avevano fatto niente per impedirlo? Perché avevano quell'aria sfiduciata? Non si accorgevano di quanto erano ridicole a prendersi così sul serio?

Tre giorni prima della lite finale quelle due donne avevano interrotto una discussione dicendo che altrimenti sarebbero venute alle mani. In quell'occasione Dorothy aveva detto: "Ci siamo conosciute durante la marcia di Aldermaston. Ci siamo incontrate grazie alle nostre idee politiche. Era questo che avevamo in comune."

Zoë aveva ribattuto, "Oh, certo, il resto non esiste, vero? E pensare che siamo amiche da vent'anni!"

"Zoë, ti rendi conto che devo controllarmi quando ti parlo, ora? Che non posso esprimere quello che penso veramente?"

"Be', mi sembra che parliamo di un mucchio di cose."

"No, non è vero. Non voglio sprecare il mio tempo a spettegolare e a discutere se dobbiamo mangiare burro e pancetta oppure no. O se ci dobbiamo mettere a fare la pasta in casa. Non ci è rimasto altro di cui parlare."

"Sei diventata così maledettamente reazionaria, questo è il guaio."

"Non appiccicarmi le tue stupide etichette. Siete tornati tutti all'Ottocento. Ai martiri di Tolpuddle e a Bandiera Rossa. Siete proprio ridicoli."

"Una volta non la pensavi così."

"No, ma ora sì. Ti rendi conto che devo pensarci due volte prima di invitarti? Non posso metterti assieme a nessuno che la pensi diversamente da te perché gli dai subito del fascista! Se uno legge un giornale conservatore, non vuoi neanche vederlo. Sei diventata una bigotta spaventosa, Zoë!"

"E tu sei una fascista! Leggi libri sul Kgb e vedi i rossi sotto ogni letto."

"Ci sono davvero, i rossi sotto ogni letto," aveva detto Dorothy seria. "Santo cielo, quando penso che una volta era una battuta. Il buffo è che eravamo noi i rossi sotto il letto." E si era messa a ridere. Zoë era rimasta seria, e aveva ripreso ad accusarla con violenza: "Tra un po' ti metterai anche a sostenere la politica estera di Reagan e della Thatcher."

"Mi sono già chiesta se non sarebbe il caso di farlo. Dopo tutto, quarant'anni fa nessuno ti dava del fascista se lottavi per il male contro il peggio. E perché adesso sì?"

"Ora me ne vado, Dorothy. Non voglio metterti le mani addosso."

"Sì, forse è meglio così."

Questo era successo tre giorni prima. Nessuna delle due aveva cercato di superare la crisi. Poi una mattina Zoë era arrivata. Jsper era in cucina, che ingurgitava la colazione preparatagli da Alice. Dorothy Mellings era al telefono in salotto, ben lontana da lui, cosa che Alice apprezzava.

Zoë andò in salotto ignorando Alice, che stava sistemando i fiori. Si fermò nel mezzo della stanza, guardando Dorothy con aria drammatica. Questa se la prese comoda e finì con calma la telefonata allo scopo evidente di prepararsi allo scontro con l'amica. Uno scontro duro, lo si intuiva dal viso e dall'atteggiamento di Zoë. Alice non aveva dubbi, Zoë era in cerca di guai. Voleva una chiarificazione a tutti i costi. Era pronta ad accusare. Si era preparata con cura sia le cose da dire che il modo in cui dirle.

Dorothy si alzò lentamente e le si mise di fronte, accettando la sfida. Ora che il momento era venuto erano entrambe pallidissime, serie e, invece degli urli che di solito si risolvevano in una risata, esordirono in un tono di voce basso, quasi un sospiro, tanto era orribile quello che succedeva.

"Stammi a sentire, Dorothy. Non posso più tacere e tu devi ascoltarmi, anche se finirai per odiarmi più di quanto non mi odi già."

"Che idiozia," disse Dorothy.

"Ah, è così, allora? Tutto quello che faccio e che dico è un'idiozia per te, vero?"

"È di questo che vuoi parlare? Davvero? Del fatto che la gente che non la pensa come te è tutta idiota? Questo è quel che pensavo anch'io, un tempo."

"Dorothy, non cercare di sviarmi. Ti rendi conto di che cosa stai facendo? Solo perché Cedric ti ha lasciato..."

"Sono cinque anni ormai."

"Lasciami parlare. Cedric se n'è andato e adesso tu vuoi lasciare questa casa. È una follia, ti bruci i ponti alle spalle, vuoi fare il vuoto dietro di te, distruggere tutto. Certo, così si soffre meno."

A questo punto Zoë rimase in attesa, come se si aspettasse che la sua diagnosi venisse accolta con gratitudine.

"Parli sul serio?" disse Dorothy, a bassa voce, anche se in tono sprezzante e amaro. "È questo che sei venuta a dirmi?"

"Già, proprio questo. È importante."

"Per quanto possa sembrare strano, ci avevo già pensato. Sai, la tua psicoterapia ti ha reso proprio ottusa, Zoë. Te ne esci con un'idea ovvia come se fosse una rivelazione."

Zoë la guardò, vibrante di rabbia. Ma anche lei non alzava la voce. "Se è così ovvio, perché allora continui?"

"Non credi che ci possano essere dei modi diversi di considerare la faccenda? Che non esiste un unico punto di vista? Da come sei fatta ne dubito... Se non vuoi nemmeno conoscere chi legge un giornale diverso dal tuo... Sta' a sentire. La mia vita deve cambiare. Giusto? Per quanto ti possa sembrare strano, avevo già pensato a quello che hai detto. Ma sto facendo l'inventario, capisci? Sto riflettendo sulla mia vita. E l'esame coinvolge un sacco di cose."

Dorothy e Zoë erano in piedi l'una di fronte all'altra, diritte, come due soldati sull'attenti o una coppia che stia per lanciarsi in complessi passi di danza.

"E la tua conclusione è che non abbiamo niente in comune," disse Zoë. "A questo si sono ridotti vent'anni di amicizia."

"Cosa ci è rimasto? Abbiamo preparato da mangiare e abbiamo parlato dei nostri dannati figli e abbiamo discusso del colesterolo e della bellezza del corpo e siamo andate alle manifestazioni."

"Non mi pare che sia un'attività a cui ti dedichi molto ultimamente."

"No, da quando ho capito che le manifestazioni non sono altro che una forma di divertimento."

"Cosa vuoi dire?"

"La gente ci va perché le trova eccitanti e divertenti. Come una gita."

"Non parli sul serio, Dorothy."

"E invece sì. Nessuno si chiede più se servano a qualcosa. Tutti parlano di come si sentono. È questa l'unica cosa che conta. La gente è solo a caccia di emozioni."

"Dorothy, questo è semplicemente ingiusto."

"Perché, se è la verità? Apri gli occhi e guardati intorno, guarda quelli che fanno i picchetti, che partecipano alle marce o alle manifestazioni. Si divertono da pazzi. E se la polizia li picchia, tanto meglio."

Silenzio. Zoë fissava Dorothy, stravolta. Non riusciva a

credere a quello che sentiva. Quanto ad Alice, era lì paralizzata, con i fiori in mano, che le guardava entrambe, pregando tra sé: "No, no. Vi prego, vi prego, smettetela," ma sua madre aveva saltato il fosso della distruttività e ormai era inutile starla ad ascoltare. Meglio non farci caso.

"Ti dirò una cosa, Zoë. Tutti voi, che marciate su e giù, sventolando bandiere e cantando canzoncine patetiche, avete bisogno solo di amore, siete solo ridicoli. A quelli che governano dovete sembrare una barzelletta. Sono sicura che guardandovi penseranno, facciano pure, almeno sono occupati."

"Non credo a una parola."

"Non capisco perché, visto che continuo a ripetertelo."

"Vuoi distruggere tutto, vuoi rompere con tutti i tuoi amici."

"Be', noi due non riusciamo proprio a intenderci. Quando dico quello che penso, cominci a piangere e a lamentarti."

"Mi preoccupo che la nostra amicizia non finisca, visto che non lo fai tu."

"Non ce la faccio a sopportare queste continue scenate," disse Dorothy.

Allora Zoë si precipitò fuori della stanza, furibonda, brontolando qualcosa, quasi tra sé; neanche una sola volta le due donne erano ricorse a un tono più alto. E Dorothy, lo sguardo agitato e cupo, pallida, era tornata al telefono e si era seduta, accingendosi a fare un'altra telefonata. Ma non aveva composto subito il numero. Era rimasta lì, con la testa appoggiata alla mano, guardando il muro.

"Ti faccio una tazza di tè?" si era offerta di slancio Alice.

"No, grazie, tesoro."

Ma lei era andata in cucina, aveva preparato il tè, ne aveva portato una tazza e l'aveva posata accanto a sua madre, che se ne stava immobile, con la testa appoggiata alla mano.

Ferma sul bordo del marciapiede, senza rendersi conto di dove si trovava, Alice pensò: ha bisogno che qualcuno si occupi di lei! Niente nel frigorifero e tutto quell'alcool! Non va. No, sarebbe meglio che venisse a stare con noi, al 43. Potrebbe prendere le due stanze grandi di sopra, quando Reggie e Mary se ne saranno andati. Nella sua mente passò rapido un pensiero, subito censurato: almeno avrei qualcuno con cui scambiare due parole.

Alice vide lei e sua madre al tavolo della grande cucina, con libri e giornali dappertutto. Dorothy avrebbe parlato e Alice avrebbe ascoltato le notizie di quel mondo in cui lei, per una qualche ragione, non riusciva a entrare.

Ma quell'idea morì subito di morte naturale.

Alice si riscosse. C'era un freddo pungente. Il cielo era fitto di stelle velate. Di fronte a lei, la luce gialla di un lampione.

Era quasi mezzanotte ormai. Jasper, Bert e Caroline non sarebbero tornati quella sera; l'aveva capito quando erano usciti. Bert e Caroline sarebbero andati a rotolarsi l'uno sull'altro; tutti quegli scambi di rapide occhiate e quell'atmosfera di eccitazione non erano casuali. E Jasper sarebbe rimasto (se poteva) nella stanza accanto alla loro...

Alice scacciò dalla mente quest'ultimo pensiero ed entrò piano in casa, senza alcuna voglia di incontrare né Faye né Roberta, né Reggie né Mary. Ma in casa non c'era nessuno, tranne Jocelin, ancora al lavoro. Alice bussò educatamente ed entrò invitata da un borbottio che probabilmente corrispondeva a un avanti. Sul lungo tavolo davanti a Jocelin c'erano quattro piccoli aggeggi dall'aspetto minaccioso, identici e disposti uno accanto all'altro, che assomigliavano a scatole di sardine anche se più grandi e più complicate. Il tavolo era disseminato di parti di bombe smontate e di ciotole bianche da cucina contenenti le sostanze chimiche. Forse attendevano di essere rimessi nei loro pacchetti, in cucina? Jocelin stava facendo una serie di mucchietti di oggetti simili. Rivolse un cenno ad Alice, senza sorridere. Sembrava un'operaia china su un banco d'assemblaggio, ma nessuna operaia si sarebbe presentata così, con quei ciuffi di capelli chiari e unticci che ricadevano sul viso, e quel vecchio maglione macchiato e bucato ai gomiti.

"Queste le sotterro," disse Jocelin. "Le riprenderemo la prossima volta che ne avremo bisogno." Concesse ad Alice un sorriso. "Nessun poliziotto verrà a scavare in questo giardino per un po'."

"Bastano quelle quattro?" chiese Alice, ma solo per dimostrare il suo stupore nei confronti della capacità di Jocelin, che sapeva arrivare a tanto con mezzi così esigui, e Jocelin fece cenno di sì, guardando i quattro pezzi con l'aria soddisfatta del creatore.

Andò alla finestra e rimase lì a braccia conserte, voltando le spalle ad Alice, poi si girò a dire: "È abbastanza buio. Andiamo."

Tutti i pezzi furono buttati alla rinfusa, dato che ormai non erano più pericolosi, in un sacchetto di plastica, il quale fu infilato in un altro sacchetto e in un altro ancora, ed entrambe sgattaiolarono fuori nella notte, senza fare rumore.

Restarono un attimo ferme nel punto in cui la polizia aveva cominciato a scavare, pensando che quello doveva essere il posto più sicuro, senza riuscire ad accettare del tutto l'idea. Un cespuglio di lillà vicino alla siepe di Joan Robbins era ancora carico di profumo, anche se i boccioli, neri in quella luce, erano ormai sciupati e sfioriti. La terra lì attorno era soffice. Non c'erano luci accese. Le case erano scure, prive di occhi una volta tanto. Senza fare rumore, servendosi di una cazzuola, Alice scavò un buco e Jocelin vi fece scivolare il fagotto; insieme lo ricoprirono e dopo qualche istante entrarono di nuovo in casa, con un senso di calore reciproco, come due complici vittoriose.

In cucina, Jocelin disse: "Mi ero dimenticata, c'è un messaggio. Anzi due. Sono tornati quegli irlandesi." Il suo tono non era preoccupato, ma Alice capì che era successo qualcosa di molto grave.

"Quelli che avevano portato la roba?"

"Esatto. Volevano sapere qual era il punto esatto in cui erano stati portati i due pacchi."

"E tu cosa hai detto?"

"Ho detto che non lo sapevo."

Per quel che la riguardava, sembrava che Jocelin non avesse altro da dire; se ne stava seduta a rimestare lo zucchero nel caffè, pensando probabilmente alle sue creazioni, che se ne stavano in ordine una accanto all'altra sul tavolo al piano di sopra.

"E allora?"

"'Be', senti, carina, non ti sembra che basti? Noi abbiamo i nostri ordini, è un fatto! Quella che abbiamo visto l'ultima volta che siamo venuti, è lei che ci deve accompagnare alla discarica e farci vedere dove è stata messa quella roba.'" Jocelin parlava con un perfetto accento irlandese, così perfetto che Alice pensò, sarà davvero irlandese? E se lo è, cosa significa? È importante? E se anche lei si fosse alterata la voce?

Jocelin continuò. "Ho chiesto se sarebbero tornati; e loro hanno detto: 'Certo che verremo ancora. Domattina.'" Poi, con la sua solita voce, Jocelin proseguì, come se la cosa non avesse niente a che vedere con lei: "Secondo me torneranno."

"Allora io non ci sarò," disse Alice in tono calmo, ma sentendosi invadere dal terrore. Aveva creduto che sarebbe bastato eliminare i pacchi per chiudere la faccenda.

"C'è dell'altro. È venuta Felicity. Ha detto che hanno trovato la sorella di Philip e che il funerale è stato fissato per mercoledì."

"Allora dobbiamo rimandare il nostro progetto." Avevano deciso che mercoledì avrebbero agito.

Jocelin disse, in tono di critica: "Prima le cose più importanti."

"Ma qualcuno deve bene andare al suo funerale."

"Vacci tu. La tua presenza non è indispensabile per i nostri piani."

"Ma voglio esserci!"

Jocelin si strinse nelle spalle. Prese la tazza, si alzò, augurò la buonanotte e salì di sopra.

Alice stava per andare a letto quando arrivarono Mary e Reggie per dire che mercoledì avrebbero traslocato, con un furgone preso a nolo.

Alice fu sul punto di scoppiare a ridere all'idea del furgone, ma si rammentò che due stanze, parte della soffitta e la loro camera erano zeppe di mobili, quindi si limitò a dire: "D'accordo. Avrete bisogno d'aiuto?"

"Non lo rifiuteremo," disse Reggie e i due se ne andarono di sopra. Allora bisognerà cambiare giorno, disse Alice tra sé. E anche lei andò a letto. Si svegliò presto e lasciò un biglietto sul tavolo dicendo che se tornavano gli irlandesi, dovevano informarli che lei, Alice, era partita e che nessuno sapeva dove fossero stati lasciati i pacchi; probabilmente erano ormai coperti da altri rifiuti. Uscì, pensando che forse era stato quel russo a spedirli da loro. Be', lei l'aveva mandato a quel paese, no? Presto si sarebbero stancati; si trattava solo di non cedere. Scacciò dalla mente quel pensiero che la metteva in ansia.

Era una bella mattina, piena di sole, non fredda. Se ne andò un po' a spasso, scoprì che erano solo le dieci, si sedette per un po' in un piccolo ristorante a fare colazione anche se non ne aveva proprio voglia. Le undici e mezzo. Le venne in mente di passare ancora da sua madre e arrivò fino alla porta, poi, rendendosi conto che avrebbe rivisto quello squallido soggiorno con le due poltrone, un tempo splendide e ora malridotte e sua madre che là dentro pareva in gabbia, si scoraggiò e attraversò tutta Londra per raggiungere una casa occupata dove abitava una ragazza che aveva conosciuto a Birmingham. La ragazza aveva partecipato al congresso dell'Ucc. Discussero sull'eventualità di tenerne un altro, magari il mese dopo. La casa era perfetta per un congresso. Con il cuore attanagliato da una morsa di ghiaccio, Alice pensò che entro un mese in quella casa non ci sarebbe stato più nessuno; avevano deciso, infatti, di disperdersi. Ognuno se ne sarebbe andato per conto suo. Chissà dove sarebbero finiti.

Tornò a casa alle cinque. Jasper, Bert e Caroline erano in cucina; avevano comperato qualcosa di pronto e stavano mangiando. Un'occhiata bastò ad Alice per accorgersi che ci aveva visto giusto: Bert e Caroline potevano ormai essere considerati una coppia. Ma Alice decise di non pensarci.

Le dissero che gli irlandesi non erano tornati.

Anche Faye e Roberta erano arrivate e tutti e sei – le due donne, Jasper, Bert, Caroline e Jocelin – avevano deciso che tutto doveva svolgersi secondo il piano stabilito mercoledì pomeriggio. La mattina avrebbero dato una mano a Mary e Reggie a caricare il furgone e Alice poteva andare al funerale.

"Ma non so se sarà la mattina o il pomeriggio," disse lei.

Nessuno rispose. Non importava, Alice pensò che poteva anche andarsene che tanto nessuno se ne sarebbe accorto. Nessuno l'avrebbe più nominata e avrebbero finito per dimenticarla, come Jim, come Pat, come Philip. No, Jasper l'avrebbe cercata, lei lo sapeva; gli altri potevano anche cancellarla dalla loro mente, ma Jasper non l'avrebbe dimenticata.

Martedì andarono tutti sul luogo del delitto, era così che lo chiamavano, e girarono un bel po' attorno al grande albergo, mescolandosi alla folla. Naturalmente si preoccuparono di vestirsi nel modo più adatto alla loro parte. Jocelin, a quanto pareva, possedeva un abbigliamento assai più ricco dei jeans e del maglione esibiti fino a quel momento: un vestito di lino rosa che sembrava comprato in un negozio di Knightsbridge. Anche Caroline si nascose dietro la protezione costituita da una gonna beige di buon taglio e da una camicetta gialla. Roberta, per principio, si rifiutò di cambiarsi, ma nessuno l'avrebbe notata, con la sua solita tuta blu scuro. Faye portava una camicetta bianca tutta volant e i jeans, e faceva colpo non solo perché era molto carina, ma perché era tutta rossa e animata e chiacchierava di continuo, desiderosa di mettersi in mostra. Era tornata a essere la giovane londinese spiritosa e insolente, e gli altri, pur ridendo, continuavano a dirle: "Calmati, sta' zitta," e così via, mentre Roberta le stava accanto, tutta preoccupata. Anche Jasper aveva un'aria esultante che lo rendeva piuttosto bello, pensò Alice. Si muoveva sereno tra la folla di turisti e di gente che faceva compere, superiore a tutto, perduto in un suo fantasticare sulla prova che li attendeva, in quel luogo sfacciatamente lussuoso. Terminata la loro ricognizione andarono tutti a prendere il tè.

Poi saltarono su un taxi diretti a Hammersmith, dove proiettavano *Diva,* un film che alcuni di loro avevano già visto più di una volta. Cenarono tutti insieme nel solito ristorante indiano vicino a casa, decisi a coricarsi presto. Si giustificarono con Reggie e Mary, dicendo che volevano essere in forza per il lavoro faticoso che li attendeva il giorno dopo. Era una spiegazione ragionevole per quei due, per i quali l'unica cosa degna di attenzione in quel momento era il fatto di dover portare via i mobili, trasportarli nel nuovo alloggio e sistemarli. Mary, tuttavia, si sprecò fino a osservare distrattamente che la decisione sulla casa sarebbe stata presa la settimana dopo e Bob Hood aveva raccomandato che "la faccenda fosse sistemata in fretta". Era una vergogna, fece notare Mary, che queste belle case non venissero usate.

Alice fu colta da un tale accesso di rabbia che a stento riuscì a spiccicare: "Se fosse per il Comune, sarebbero rimaste vuote anche sei anni."

Mary avrebbe potuto prendersela, come era successo ad Alice. Arrossì, lacerata da una lotta intestina tra la persona privata e il pubblico funzionario, e poi disse, con una risata in parte di scusa, in parte seccata: "Sì, lo so, è stata un'incuria terribile lasciar andare le cose per tanto tempo."

"Ma ora tutto è sistemato," disse Alice, per niente addolcita. "Ci sarà qualcuno ad abitarle."

Mary esitò, poi uscì dalla cucina, seguita da Reggie che portava scritto in faccia: "Per fortuna, domani sarò fuori di qui!"

Il funerale di Philip era alle dieci del mattino di mercoledì. Alle nove Alice lasciò gli altri a caricare rumorosamente i mobili sul furgone che sembrava occupare tutta la strada e andò da Felicity, dove trovò altre due persone che avevano conosciuto Philip quando aveva abitato lì. Tutti e quattro si recarono al crematorio, con la macchina di Felicity. C'erano la sorella di Philip e il marito, appena arrivati da Aberdeen. Philip era scozzese, anche se nessuno lo sapeva.

La sorella era una cosina pallida e magra, con lo stesso sguardo ostinato di Philip, decisa a non farsi spazzare via dai venti ostili della vita. Suo marito era un giovanotto piccolo, pallido, con gli occhi di un blu acquoso e i baffi radi. Tutti e due parlavano con un forte accento scozzese. La coppia sembrava ansiosa di evitare i quattro amici di Philip, con cui parlò il meno possibile; infine, sbrigate le formalità imposte dalla buona educazione, i due andarono a sedersi per conto loro nella "cappella". Era una funzione religiosa vera e propria. Né Felicity né Alice, e nemmeno gli altri due, un ragazzo e una ragazza che una volta avevano aiutato Philip a imbiancare un soggiorno, sapevano se Philip fosse religioso. Forse era solo la burocrazia che faceva il suo corso. E la sorella e suo marito non li illuminarono. La bara era grande, scura e lucente, e tutti quelli che avevano conosciuto Philip, non potevano non pensare al suo corpo piccolo e fragile chiuso lì dentro, come quello di una tarma morta. L'avevano piazzata bene in vista, e un prete della Chiesa d'Inghilterra faceva del suo meglio per dar vita alle parole che intonava troppo spesso.

Non ci fu altro. La sorella di Philip salutò tutti in gran fretta. Aveva gli occhi rossi. Suo marito si limitò a un cenno del capo da lontano. I quattro tornarono a casa in macchina. Il furgone era ancora lì, parcheggiato fuori del 43. Doveva essere tornato dal primo viaggio. "Non ci rendevamo conto di avere tanta roba," disse Mary tutta pimpante dall'interno del veicolo, tenendo tra le braccia un cartone di porcellane comprate da Reggie a una svendita.

"E invece sì," disse Bert, a voce alta e in un tono falsamente allegro, e l'antagonismo segreto che provavano gli uni nei confronti degli altri – Mary e Reggie verso di loro, e loro verso Mary e Reggie – emerse in superficie, e tutti se ne resero conto, come rivelò l'espressione ostile apparsa sui loro visi. Fu un attimo. Poi tornarono i sorrisi e la buona volontà.

"Uuuh," disse Bert mentre si salutavano. "Ora mi ci vuole un bagno e un letto. Sono distrutto."

"Anch'io vado a fare un bagno," disse Faye civettuola, guardando Roberta che le avrebbe strofinato la schiena e l'avrebbe poi asciugata.

"Be', arrivederci a tutti," gridarono prima Reggie e poi Mary, saltando nella cabina di guida, tra sorrisi e agitare di mani. Poi se ne andarono, lasciandosi alle spalle il quadretto rassicurante del gruppo che li salutava dal giardino.

Naturalmente, prima di andarsene, Reggie e Mary avevano pagato esattamente quello che dovevano, fino all'ultimo schifoso centesimo.

Resi quasi isterici dalle risate trattenute, gli altri si precipitarono in cucina, in cerca di una tazza di tè e di un panino. Era l'una. Proprio l'ora giusta. Erano assolutamente in tempo.

Tutto stava andando per il meglio. Nessun intoppo, ogni cosa perfettamente scandita, una fortuna sfacciata. Il Comune aveva deciso di seppellire Philip quella mattina, Mary e Reggie avevano scelto proprio quel giorno per traslocare, insomma, non avrebbero potuto augurarsi di meglio. E poi, la macchina. Nell'altra casa occupata qualcuno si era lasciato sfuggire, intenzionalmente o meno, che il tipo della casa accanto se n'era andato in vacanza con la famiglia e che l'auto, una Escort, era parcheggiata lì fuori già da una settimana e ci sarebbe rimasta per un'altra.

"Se l'è voluta," aveva osservato Alice. Naturalmente la macchina era chiusa a chiave, ma per Jasper questo non rappresentava un ostacolo. Anzi, era una delle sue specialità.

La sera precedente, tornati dal cinema e dal ristorante indiano, Bert, Jasper e Jocelin erano sgusciati fuori dal 43 ed erano tornati in metropolitana all'altra casa occupata. Non erano entrati, non volevano coinvolgere altre persone in quella faccenda. Naturalmente avevano corso il rischio di essere sorpresi dai loro amici, se fossero tornati a casa a quell'ora. Ma tre di loro non c'erano, lo si sapeva. Era stato un attimo aprire la macchina, metterla in moto e partire. Avevano girato per Pimlico e per Victoria, senza riuscire a trovare un luogo adatto. Avevano bisogno di un posto sicuro dove sistemare l'esplosivo. Il livello della benzina era a meno di metà e loro preferivano evitare le stazioni di servizio. Finalmente, più lontano dalla "scena del delitto" di quanto avessero desiderato, avevano trovato una strada di villette, una delle quali in via di ristrutturazione; lo si capiva dal cartello "In vendita" e dall'attrezzatura edile che vi stazionava. Davanti a ognuna delle case c'era un giardino, pieno zeppo di arbusti, con un vialetto corto, appena sufficiente a parcheggiare. I tre avevano discusso i pro e i contro, continuando a girare. Non era l'ideale, ma non avevano visto niente di meglio. La casa accanto a quella che avevano in mente era probabilmente occupata, e anche se erano ormai le tre del mattino, come al solito c'era sempre il problema dei nottambuli e degli insonni. Per non parlare delle pattuglie di polizia. Ma ben presto sarebbe stato chiaro... Jocelin aveva osservato che era un peccato che non potessero aspettare l'inverno; una bella notte buia e lunga era proprio quello che serviva. Avevano avuto anche un momento di esitazione; forse tutta la faccenda era stata organizzata male o troppo in fretta. Avevano lasciato troppo spazio all'improvvisazione! Ma era proprio questa caratteristica ad attirarli, aumentando la loro eccitazione nascosta, invogliandoli a ridere senza ragione e a dire stupidaggini, e più stupide erano, tanto meglio.

Alla fine questo stato d'animo aveva prevalso, tanto che erano tornati in quella strada, imboccando il vialetto che portava alla casa vuota. Jocelin aveva bisogno di venti minuti circa per piazzare l'esplosivo nella macchina. Jasper era andato di corsa a sistemarsi a un'estremità della strada e Bert all'altra, di guardia. Anche se Jocelin era nascosta dagli arbusti, era perfettamente visibile dalle finestre più alte della casa accanto. Ma le finestre erano rimaste buie e nessuno era comparso dietro i vetri. Lei aveva inserito i quattro ordigni, con calma e precisione, al loro posto. Aveva aguzzato l'udito pronta a cogliere un segnale di Jasper o di Bert, che non era arrivato. Mentre lavorava provava una sorta di tranquillo disprezzo per quegli allocchi, che si facevano gabbare così facilmente.

Allo spirare dei venti minuti erano ricomparsi Jasper e Bert; Jocelin non li aveva sentiti arrivare, anche se avevano il respiro affannoso per la corsa. In un attimo la macchina era riemersa dal riparo degli arbusti per tornare in strada. Non c'era molto traffico. Il cielo cominciava a schiarirsi. Sembrava impossibile trovare un posto per parcheggiare. Le auto erano incollate l'una all'altra e loro dovettero girare più del previsto. Il livello della benzina era sceso molto al di sotto della metà. Chissà se potevano fidarsi. Bert aveva osservato che una volta aveva avuto una macchina con un indicatore guasto: dava il pieno quando il serbatoio era pressoché vuoto. Finalmente un posto libero, ancora una volta più lontano di quanto sperassero. Avevano parcheggiato ed erano rimasti per qualche istante a guardare l'auto dall'aspetto insignificante che, potenzialmente, era una bomba.

Poi erano entrati in un caffè aperto tutta notte e avevano mangiato qualcosa insieme, anche se sarebbe stato più prudente non farlo. Erano un gruppo chiassoso, che non passava inosservato. "All'inferno," aveva esclamato Jocelin e "Che cazzo," aveva detto Bert.

Erano tornati a casa quando era ormai giorno, verso le cinque. No, Mary e Reggie non si erano ancora alzati. Tutto a posto; la fortuna continuava ad assisterli!

Alice fu informata mentre loro mangiavano la sua minestra e dei buoni toast integrali, perché si era svegliata soltanto alle otto e a quell'ora Mary e Reggie si erano ormai alzati ed erano scesi in cucina.

Si sentiva esclusa, estromessa, quasi estranea all'impresa. Ma non poteva dirlo, nemmeno insinuarlo, perché non c'era niente di particolare a cui potesse appigliarsi per protestare. Ma mentre i sei erano seduti intorno al tavolo, a raccontarle gli avvenimenti della notte passata o della prima mattina, lei si rese conto che non la guardavano nemmeno. Si davano reciprocamente l'attenzione corrispondente ai loro ruoli: Faye e Jasper, Jocelin e Bert. Infine Roberta, che era quasi altrettanto estranea quanto lei, Alice.

Alice sentì che toccava a Jasper guidare la macchina al posto stabilito. Questo la spaventò. Lui non guidava bene, tendeva a farsi prendere dal panico nelle situazioni di emergenza. Chissà perché, aveva dato per scontato che alla guida avrebbero messo lei. Lei era un'ottima autista, tranquilla e abile. Avrebbe voluto almeno dire: "No, non Jasper, non lui. Perché non Faye? O Roberta?" Tutte e due guidavano bene. Ma le pareva che la sua posizione marginale le impedisse di farlo.

Tutto era stato deciso quella mattina, mentre Mary e Reggie erano fuori casa a prendere il furgone e lei era al funerale.

Jasper avrebbe guidato la macchina, Faye sarebbe andata con lui. L'aveva preteso. Jocelin li avrebbe accompagnati nel punto in cui era parcheggiata la macchina, e avrebbe sistemato gli ordigni per farli esplodere in un momento ancora imprecisato. Infatti non sapevano esattamente quanto tempo ci sarebbe voluto per arrivare sul posto, né le condizioni del traffico. Prevedevano di esserci per le cinque meno un quarto.

Fu in quel momento che Alice capì che le bombe erano a tempo, non regolate da alcun dispositivo elettronico. Rimase stravolta. Durante la discussione precedente avevano parlato del fatto che Jocelin sarebbe rimasta nei pressi per scegliere il momento migliore a seconda della situazione nella strada.

Quasi timidamente, e interrompendo uno scambio scherzoso e animato tra Faye e Jasper, Alice domandò: "Ma in questo caso non è possibile sapere chi ci sarà lì vicino, no?"

Tutti assunsero subito un'espressione seria e preoccupata. Lei capiva che dietro l'eccitazione anche gli altri covavano quel pensiero, pur avendolo rimosso.

Mettendo in mostra i denti bianchi, Bert disse: "Il senso morale deve sottomettersi alle necessità della Rivoluzione. Lenin." Tutti risero, ma dalle loro occhiate Alice capì che si sentivano a disagio.

"Comunque se lo meritano," disse Faye.

Era una delle sue solite frasi a cui abitualmente nessuno faceva caso o che tutt'al più si cercava di attenuare, come fece Roberta.

"Faye, tesoro," disse infatti, "non è una cosa molto carina da dire."

Faye fece una risatina e buttò indietro la testa. Le brillavano gli occhi e aveva le guance arrossate.

Alice insisté, ostinata: "Penso che non sia giusto. Non è quello che avevamo deciso."

Jocelin la prese sul serio e in tono tranquillo le disse: "Non eri qui quando ne abbiamo discusso. Il fatto è che questi controlli elettronici non sono assolutamente sicuri. Non quelli di cui dispongo io, in ogni caso. Certo, ce ne sono di buoni, ma non dimenticare che io ho dovuto arrangiarmi con dei pezzi sparsi."

"Allora perché non li regolate in modo che esplodano di notte e non quando c'è gente in giro?"

"Ci abbiamo pensato. Ma vogliamo fare più casino possibile. Qualche finestra che vola in pezzi nel cuore della notte – e allora? Ma in questo modo, sarà in prima pagina su tutti i giornali domani e alla televisione ne parleranno già stasera."

Dopodiché Jocelin distolse lo sguardo da Alice, imitata dagli altri. Lei capì che si sentiva esclusa non solo perché non era stata presente alla discussione cruciale, ma perché questa era stata espressamente organizzata in sua assenza per evitare qualsiasi obiezione.

Sapevano quasi istintivamente che lei avrebbe protestato, avrebbe detto di no, che non era giusto, e loro sarebbero stati costretti ad ascoltarla, a pensarci. E così, senza che nessuno l'avesse veramente preordinato, i cinque avevano predisposto tutto quando lei era ben lontana.

E Caroline, dov'era?

Si scoprì che Caroline, sentendo che le bombe sarebbero state regolate per esplodere in un determinato momento, senza tener conto di probabili vittime, si era tirata da parte.

Fu Jocelin che lo riferì ad Alice in tono apparentemente imparziale ma carico in realtà di disapprovazione. Una disapprovazione dettata dalla necessità di mettere della distanza tra lei e quello che aveva provato quando Caroline gliel'aveva annunciato. Oh sì, Alice capiva cos'era successo; poteva ricostruire la scena solo dall'espressione che i loro visi avevano in quel momento. Il piano per poco non era saltato a causa della decisione di Caroline. In quel momento, mentre ricordavano quella discussione, sul loro viso era stampata un'identica aria di freddezza e di disagio.

Se solo fossi stata qui, pensò Alice, avrei potuto sostenere Caroline; tra noi due avremmo potuto far pendere la bilancia dalla nostra parte.

Alice lanciò di sottecchi un'occhiata – non osò fare di più – a Bert, che comunque se l'aspettava. Si ripeteva la stessa cosa che era successa con Pat. Pat l'aveva accusato di essere un dilettante nel corso della riunione in cui era stata presa per la prima volta la decisione di "unirsi all'Ira", quando molti degli occupanti della casa se ne erano andati. Da allora lei lo aveva chiamato qualche volta, con affetto, dilettante. Probabilmente anche Caroline lo aveva fatto.

Alice pensò: Pat, Jim, Philip, e ora Caroline. Lei era mia amica, un'amica vera.

Avevano ripreso a parlare. Alle due Jocelin, Jasper e Faye sarebbero andati in metropolitana fino al posto dove avevano lasciato l'auto. Per regolare l'esplosivo a Jocelin ci volevano cinque minuti, se Faye l'avesse aiutata con le sue dita così svelte e precise. Nessuno avrebbe fatto caso a tre giovani che armeggiavano attorno a un'auto con il cofano alzato sistemando qualcosa, rimettendo a posto il contenuto del portabagagli, controllando l'assetto di una ruota.

Jocelin disse che non c'era affatto bisogno che andassero tutti. Non avevano niente da fare, gli altri. Erano in sovrappiù. Anzi, avrebbero aumentato il pericolo. Propose che Bert, Roberta e Alice rimanessero a casa e mettessero il bollitore sul fuoco alle cinque e mezzo. E che ne diceva Alice di preparare una delle sue minestre? Sarebbero stati tutti affamati come lupi a quell'ora.

"No," disse Faye, sorridendo, con i suoi dentini aguzzi bene in vista. "Assolutamente no." Affascinante e permalosa, viziata e capricciosa, posò lo sguardo su Roberta, poi su di loro e insisté: "Non posso fare a meno della mia Roberta, non posso proprio!"

"Certo," confermò Bert, deciso. "E ci saremo anche io e Alice. Nessuna discussione! È deciso! E ora basta."

Scoppiò una risata generale, a cui anche Alice si unì, sentendosi di nuovo una della famiglia.

Le due. Jocelin, Faye e Jasper uscirono.

Jasper non pensò di lanciare un sorriso o uno sguardo ad Alice. Era immerso in un animato discorso, che sembrava un corteggiamento, con Faye. Stavano tutti ridendo forte quando uscirono.

Roberta era seduta al tavolo come un fagotto, muta, accigliata. Si capiva che era preoccupata, che avrebbe voluto tener lontana Faye da quella situazione pericolosa.

I tre rimasti avevano i nervi a fior di pelle e se ne stavano zitti, senza più nulla della precedente eccitazione. Dovevano aspettare.

Ci sarebbero voluti dieci minuti a Faye, Jasper e Jocelin per arrivare alla metropolitana. Poi probabilmente mezz'ora, a seconda del passaggio dei treni, per arrivare alla macchina. Forse tre quarti d'ora, visto che dovevano cambiare due volte.

Dieci minuti dalla metropolitana alla macchina. Poi era difficile indovinare esattamente quanto ci sarebbe voluto per arrivare fino alla scena del delitto. Non sarebbe stata ancora l'ora di punta, ma avrebbe potuto esserci un gran traffico; impossibile fare una previsione esatta. Avrebbero potuto impiegare un quarto d'ora o, a essere sfortunati, anche quaranta minuti. Tra le tre e mezzo e le quattro, Jasper e Faye – non Jocelin; lei sarebbe smontata da qualche parte lungo il percorso – avrebbero cercato un posto per parcheggiare fuori del grande albergo. Forse avrebbero dovuto girare per un po'. C'era anche il problema dei vigili; se comparivano mentre Jasper e Faye stavano ancora girando alla ricerca di un posto, questi, vedendoli, si sarebbero allontanati per tornare di lì a poco. Se i vigili, invece fossero arrivati quando la macchina era già stata parcheggiata, poco male, a meno che, naturalmente, non si fossero trovati troppo vicino alla macchina al momento dell'esplosione.

Le bombe sarebbero state regolate per esplodere alle cinque meno un quarto, più tardi solo se il traffico era particolarmente intenso.

Non c'era ragione che Alice, Bert e Roberta uscissero prima delle tre, ma alle due e mezzo non ce la fecero più ad aspettare. Quando si alzarono dal tavolo, sentirono bussare alla porta. Un colpo educato, non poteva essere la polizia.

"Vado io," disse Alice. "Probabilmente è Felicity che vuole darmi qualcosa di Philip." In casa di Felicity era rimasto un tavolino intarsiato fatto da lui, e la ragazza le aveva promesso di portarglielo. Questo dipendeva, in parte, e Alice lo sapeva, dal bisogno di sbarazzarsi di tutto quello che le ricordava Philip e delle emozioni complesse che lui le evocava, e in parte da un impulso di generosità. Felicity le aveva detto che Philip sarebbe stato contento che lo avesse lei.

Alla porta c'era un uomo che Alice non conosceva. Si era aspettata solo Felicity, un tavolino e una fugace emozione, e, nervosa ed eccitata com'era, non se la sentiva di invitarlo a entrare, né di occuparsi di lui o delle sue storie.

"È in casa la signorina Mellings?" domandò l'uomo, e lei automaticamente fece le solite considerazioni basandosi sulla voce: borghese, inglese, un funzionario probabilmente.

"Sono io Alice Mellings," disse lei, "ma mi scusi, ho molta fretta."

"Se vuole essere così gentile da concedermi un minuto," fece l'uomo.

Oh Cristo, pensò lei, oh merda, dobbiamo *andare*: ora che avevano deciso di muoversi, lei aveva la sensazione che non ci fosse nemmeno un minuto da perdere. "Non può tornare?"

"Sì, certo. Ma nel frattempo potrebbe aiutarmi dandomi qualche informazione."

Alice pensò che forse riguardava la decisione del Comune di ristrutturare le due case; l'uomo poteva essere un dipendente comunale. In effetti non stava affatto pensando. Qualcosa la mise in allarme; c'era un nonsoché nei modi di quell'uomo, nel suo stile, nel suo modo di parlare che non si adattava all'ambiente comunale, ma suggeriva altre appartenenze.

"Mi dica," farfugliò. "Cosa c'è?"

"Conosce un certo Andrew Connors?"

Lei lo guardò fisso, sul punto di esplodere in una risata. In tono di scherno, come una presa in giro, disse: "Non sarà anche lei un altro di quei finti americani! No." Si riprese, "naturalmente no, accento inglese, be', cos'è poi un accento?"

L'uomo sembrò stupito e prese tempo per rispondere. Alla fine disse in tono tranquillo e autoritario non dissimile da quello di Gordon O'Leary: "Sono d'accordo, signorina Mellings, che gli accenti non sono sempre quello che sembrano. Ma a proposito di Andrew Connors, ho bisogno di informazioni su di lui."

Se fosse stata in condizioni normali, a questo punto Alice avrebbe detto: davvero? E lei chi è? o qualcosa del genere, ma in quel momento era sulle spine perché voleva che se ne andasse per poter uscire a sua volta. Era in preda a un'impazienza febbrile, rabbiosa. Disse: "Be', che genere di informazioni? Non ne so molto. In ogni caso, perché non chiede a Gordon O'Leary, sembra che lui sappia tutto."

Pausa. Se fosse stata in pieno possesso delle sue facoltà mentali, forse non le sarebbe piaciuto il modo in cui quell'uomo d'un tratto concentrò la sua attenzione su di lei, serrando gli occhi per esaminarla da vicino, da esperto.

"Be', lo farò," osservò lui.

"Sì, lui le dirà tutto. Senta, ho molta fretta, mi dispiace..." Stava per rientrare, chiudendogli la porta in faccia, quando la sua gentilezza, la persona ospitale che era in lei, quella che non sopportava di deludere nessuno o di sembrare poco educata, la spinse ad aggiungere, in modo disastroso: "E quando lo vedrà, gli dica da parte mia che se arriva qualche altra consegna di materiale non richiesto, butteremo tutto in strada e ce lo lasceremo." Parlò in tono vivace, sorridendo persino, come se avesse detto: "Quando lo vedrà, lo saluti da parte mia."

Si era girata, stava per rientrare in casa.

"Un minuto soltanto, signorina Mellings."

"Oh santo cielo," esclamò lei. "Per favore, devo andare."

"Ho capito, me l'ha già detto. Ma c'è qualcosa di cui devo parlare con lei."

"Allora discutiamone, ma non ora. In ogni caso, ho già detto quello che penso. Non prendiamo ordini dai russi né da nessun altro. Sembra che lei non lo capisca, compagno... Non mi ha detto come si chiama."

"Mi chiamo Peter Cecil," disse lui.

"Peter Cecil?" disse lei, e fu sul punto di scoppiare a ridere di nuovo. "Be', il suo accento è proprio perfetto. Fantastico. Complimenti." Fece una risatina allegra e infantile, e pur senza dedicargli eccessiva attenzione perché il cuore le batteva forte ed era sovreccitata, lo guardò abbastanza per capire che lui, in accordo col suo nome, aveva proprio l'aria inglese.

"Grazie," disse lui, allegramente. "Forse possiamo pranzare insieme?"

"Sì. Ma quel che volevo dire, anche se a quanto pare lei si rifiuta di capirlo, è che noi siamo inglesi, comunisti inglesi." Esitò e aggiunse, dato che la situazione sembrava richiedere una spiegazione: "Liberi comunisti inglesi."

"Ah," fece lui. "Bene, dove possiamo incontrarci? domani?"

"Domani? Perché no? D'accordo. Conosce il Taj Mahal? Quel ristorante nella High Street?"

"Benissimo. Allora domani. All'una. Grazie per la pazienza signorina Mellings."

"Prego," disse lei, dimenticandosi completamente di lui, mentre correva in casa dagli altri che già stavano protestando: "Per amor del cielo, Alice, dài, sbrigati. Dobbiamo andare. Bisogna muoversi."

Erano le tre meno venti. Alla stazione aspettarono dieci minuti il treno, molto più di quanto avevano previsto. A Baker Street rimasero fermi con le porte aperte per altri sette minuti. Scherzarono sul fatto che non si ricordavano di aver mai aspettato così tanto prima d'allora. A Green Park successe lo stesso. Erano folli d'ansia, si sentivano come delle bombe, pronti per esplodere. Uscendo dalla metropolitana, alle tre e mezzo, Bert si mise a correre e le altre due lo rincorsero per fargli rallentare il passo. "Smettila," disse Roberta, tesa. "Non dobbiamo farci notare, ricordatelo."

Chiunque guardasse Roberta l'avrebbe notata.

Era pallidissima, stava sudando, il viso aveva un'espressione quasi tragica tanto era serio.

Fecero rapidamente il giro attorno all'albergo, passando tra le persone che affollavano il marciapiede. Non si guardavano tra loro né guardavano le possibili vittime. Alice pensò: potrebbe diventare una carneficina... oh, no, non doveva succedere! Ma sentiva dentro un peso, un dolore simile a un grido, un grido che doveva soffocare. Come l'urlo di una bestia ferita rinchiusa in lei, ma a cui lei non poteva avvicinarsi per confortarla.

Chissà cosa stavano pensando gli altri due. Roberta, be', era facile, lei pensava soltanto a Faye. Bert? Non sembrava molto diverso dal solito, ma certamente si stava chiedendo, come Alice, chissà se questa ragazza resterà uccisa? E questa vecchia? quale delle due?

Jasper e Faye non si vedevano ancora. Dopo aver fatto due volte il giro dell'albergo, Roberta disse: "Smettiamola. E poi non dovremmo stare insieme." Senza neanche guardarli, se ne andò per conto suo e si fermò sul marciapiede di lato all'albergo. Alla sua sinistra c'era la strada da cui sarebbero arrivati in macchina Faye e Jasper.

Bert, senza guardare Alice, andò a mettersi sul marciapiede opposto alla facciata. Alice, logicamente, avrebbe dovuto mettersi dal lato opposto a Roberta, ma decise di stare di fronte all'albergo e si piazzò accanto a Bert.

Erano le quattro meno un quarto.

Nessun segno della macchina.

Passò adagio un autobus. Jocelin era seduta in basso vicino al finestrino e li guardava. Fece un gesto di saluto e muovendo la bocca accennò: "Le cinque-meno-un-quarto." Poi alzò rapida la mano sinistra con le cinque dita aperte e la riabbassò.

"Mi pare di capire che sarà per le cinque meno un quarto," disse Bert in tono faceto.

Le quattro.

Il grande albergo, con la sua aria compostamente lussuosa, torreggiava attorniato da un brulicare di persone. Be', forse qualcosa è andato storto e non verranno, pensò Alice.

"Diciamo a Roberta che sarà per le cinque meno un quarto?" chiese a Bert. Ma lui disse: "No, non dobbiamo farci notare." Poi cambiò idea e attraversò di corsa la strada, dentro e fuori dal traffico. Roberta era ferma proprio sull'orlo del marciapiede, immobile. Alice vide che Bert le si avvicinava, le diceva qualcosa, poi la prendeva per un braccio, forse per convincerla a fermarsi in un posto dove dava meno nell'occhio. Roberta si scrollò la mano dal braccio e rimase esattamente dov'era. Bert restò accanto a lei per un momento, poi tornò indietro adagio, questa volta aspettando che il semaforo diventasse verde.

Alice lo aveva di fronte. Non lo aveva mai visto così, mai. Forse non lo avrebbe nemmeno riconosciuto. Pareva isolato, separato dagli altri, come se niente potesse colmare la distanza tra lui e la fiumana di gente che attraversava la strada, come se fosse stato segnato da una maledizione o da una condanna. Aveva un colorito plumbeo, malsano, simile a quello di un cadavere.

L'urlo o il gemito che Alice si portava dentro si fece strada a forza fino ad arrivare alla bocca in forma di guaito e lei si trovò a schizzare via da Bert, dentro l'albergo. Cercava un telefono. Due cabine, l'una accanto all'altra, e una era libera. Oh mio Dio, pensò, fa' che ci sia l'elenco! C'era, e lei trovò il numero dei Samaritani e lo compose, mentre le uscivano di bocca dei gemiti; guaiti che lei non riusciva a controllare, come se l'animale annidato dentro di lei venisse percosso.

Udì la voce gentile, senza rimprovero del samaritano di turno.

Alice disse: "Presto, fate presto, c'è una bomba in un'auto e sta per scoppiare."

"Dove? si informò il samaritano, senza nessuna sorpresa. Quando Alice non rispose, insisté: "Deve dircelo. Non possiamo intervenire finché non ce lo dice."

Alice stava pensando: Ma la macchina non è nemmeno arrivata. Come faccio a sapere se arriverà? Poi pensò a quelle persone, a tutti quei poveracci, e disse avvilita: "Be', forse sarà troppo tardi."

"Allora dov'è? L'indirizzo, ci dica l'indirizzo!"

Alice non ci riuscì. "È a Knightsbridge," disse. Stava per riattaccare, poi aggiunse, come ripensandoci: "Siamo dell'Ira. Libertà per L'Irlanda! Per un'Irlanda unita e per la pace nel mondo!" Riattaccò.

Si mise a correre, tornando sui suoi passi, poi rallentò. Andò sparata da Bert, in modo che lui girasse quel suo strano viso verso di lei, sperando che fosse tornato normale. Ma quando lui la guardò, quella che lei vide era una faccia da morto, orribile; poi lui le strizzò l'occhio, piano, e la strizzatina d'occhio cancellò quell'aria da cadavere finché lui tornò a essere il solito Bert, un po' pallido e teso, ma tutto lì.

Non è troppo tardi per fermarli, stava pensando Alice. È stato uno sbaglio. Dovremo progettare tutto con maggior attenzione. Forse Faye e Jasper hanno deciso di annullare la cosa. Hanno disinnescato le bombe. Ecco perché sono in ritardo.

Le quattro e un quarto.

In tutto quel tempo c'erano stati soltanto tre posti liberi per parcheggiare.

E poi Alice vide che Bert guardava da un'altra parte, immobile. Probabilmente stava arrivando la macchina. Una Escort bianca oltrepassò Bert e poi Alice; Jasper e Faye erano seduti davanti; al posto di guida era seduta Faye. Avevano un'aria eccitata, ma anche spaventata. Il parafango posteriore, dal lato più vicino al marciapiede, era ammaccato. Ecco perché erano in ritardo. Lei si avvicinò a Bert e scoprì che anche lui condivideva la sua diagnosi.

Non c'era più spazio per parcheggiare, da nessuna parte. La macchina, imbottigliata nel traffico, girò a destra piano, e avanzò lentamente per la strada laterale, dove le auto erano quasi ferme, sparì per un momento dietro la parte posteriore dell'albergo e ricomparve di nuovo; poi, aumentando l'andatura, sorpassò Roberta che, incapace di trattenersi, alzò le braccia al passaggio di Faye, ma le lasciò ricadere lentamente, probabilmente vedendo che i due nella macchina non si erano accorti di lei. Che avessero tanto buon senso fu di conforto ad Alice. L'Escort bianca li sorpassò di nuovo. Erano le quattro e venticinque. Niente vigili; era già qualcosa.

Non avevano discusso che cosa si sarebbe dovuto fare nell'eventualità che non trovassero un posto per parcheggiare. Forse, visto che il tempo passava, i due avrebbero dovuto comunque fermarsi da qualche parte per poi scappare.

Questa volta Faye non girò subito nella strada laterale vicina all'albergo, ma proseguì per un altro isolato. Era strano. In quel momento due macchine se ne andarono, lasciando uno spazio vuoto abbastanza grande sul fianco dell'edificio. Chissà se Faye lo avrebbe visto quando fosse tornata?

Quando finalmente riapparve, erano passate le quattro e mezzo.

Alice stava male per la tensione e per l'angoscia. Era conscia del suo respiro affannoso, simile a un rantolo, ma non poteva evitarlo.

Faye stava superando di nuovo Roberta, che questa volta non si mosse. Disperazione. La gente cominciava a notarla.

Quando la macchina superò Bert lui fece un segno, indicando lo spazio libero. Faye e Jasper sembravano due blocchi di cera in cui fossero stati scavati gli occhi. Dapprima non si accorsero di Bert, poi Jasper gli lanciò un'occhiata e tirò il braccio a Faye.

Appena in tempo, Faye girò per entrare nella via laterale.

Mentre svoltava, una macchina sgusciò nello spazio vuoto dalla direzione opposta, lasciando anche a lei abbastanza spazio per parcheggiare. Dovette fermare il traffico, cercando di passare dall'altro lato della strada. Aspettò tra il suono dei clacson, poi si fece strada attraverso il traffico che aveva ripreso a scorrere, tra un coro di proteste. Faye si incuneò in diagonale nello spazio vuoto e stava per fermarsi così; aprì la porta, ma poi la richiuse e fece salire l'Escort sul marciapiede con un sobbalzo. Una lunga pausa, poi sterzò per parcheggiare meglio.

I clacson continuavano a suonare.

Roberta, notando l'atteggiamento rigido e lo sguardo fisso di Bert e Alice, capì che Faye stava parcheggiando e arrivò in fretta per unirsi a loro. Dimenticando la precedente decisione di non stare assieme, i tre rimasero lì in gruppo, l'uno vicino all'altro, guardando l'auto incriminata. Comunque, si poteva pensare che stessero criticando un parcheggio mal fatto.

"Per amor del cielo," disse Roberta, a voce alta, in tono disgustato e aspro. "Sbrigatevi. Uscite di lì."

Jasper scese, aprendo la portiera dalla parte del traffico, poi si fermò tenendola semiaperta e chinandosi verso l'interno per guardare dentro.

"Su, dài," implorò Roberta.

Allora Jasper si raddrizzò, chiuse la portiera e si allontanò lungo il fianco della macchina, con l'intenzione di girarci intorno, per andare ad aprire la portiera dalla parte di Faye. Almeno, questa fu l'impressione che ebbero i tre che li guardavano. Chissà perchè, si chiesero forse si era bloccata. I minuti stavano passando, ormai ne mancavano solo cinque. Ma in quel momento avvenne l'esplosione, e parve che le finestre del mondo intero andassero in frantumi, mentre la macchina saltava in aria.

"Faye, Faye," singhiozzò Roberta, attraversando di corsa la strada, senza guardarsi attorno, e Alice, correndole dietro, mugolò: "Jasper."

Lungo tutto il lato dell'albergo, c'era uno spettacolo di distruzione: corpi sul marciapiede, alcuni immobili, altri che cercavano di alzarsi o di mettersi a sedere faticosamente, schegge di metallo, frammenti di vetro, borsette, pezzi di muro, sangue.

Quando Alice arrivò sul luogo del disastro, Jasper non c'era. Poi lo vide che scappava dall'altra parte della strada, con le mani sul capo. Era tutto coperto di sangue.

Idiota, pensò lei. Non scappare, è molto meglio aspettare, ci sono un sacco di feriti, saresti semplicemente uno dei tanti.

Roberta ora era in piedi in mezzo ai corpi, con lo sguardo fisso sull'auto ridotta in pezzi, che sembrava essersi afflosciata su se stessa ed era ormai un intrico appiattito di metallo. Con un lamento prolungato si allontanò e, chinandosi, si mise a scrutare i visi dei feriti e, così parve ad Alice, anche quelli dei morti che giacevano sul marciapiede.

Improvvisamente lanciò un urlo e si lasciò cadere a terra, dove Alice la vide cullare tra le braccia un ammasso sanguinolento che doveva essere Faye. Sì, ne vedeva un braccio, bianco, bello, intero, con un'accozzaglia di braccialetti colorati al polso.

Alice si avvicinò e disse: "Basta. Non puoi fare niente. Dobbiamo andarcene."

Roberta, con lo sguardo perduto, la fissò senza vederla e poi abbassò gli occhi sul fagotto insanguinato. Singhiozzava; una serie di singhiozzi secchi, frenetici, senza fiato.

"Roberta," ripeté Alice in tono ragionevole e riuscì persino a rivolgerle un sorriso amichevole per convincerla. "Ti prego, alzati."

In quel momento, in quella scena di disordine, di distruzione, che era rimasta più o meno la stessa negli ultimi cinque minuti dopo l'esplosione, irruppero la Società, la Legge e l'Ordine, sotto forma delle sirene lamentose delle ambulanze e della polizia, che d'un tratto fu dappertutto. Poliziotti a centinaia. Le ambulanze, parcheggiate una accanto all'altra, cominciarono il loro lavoro preciso, calmo, raccogliendo i feriti e i cadaveri dal marciapiede. Ma i poliziotti erano in preda al panico, avevano perso il controllo, correvano di qua e di là, urlavano ordini, spingevano i curiosi che a questo punto erano accorsi ad aumentare come al solito la confusione.

All'uomo dell'ambulanza che si chinò su Roberta, Alice disse: "Lei non è ferita, non credo. Ma l'altra..." Per qualche ragione Alice non riuscì a usare il nome di Faye per quella massa sanguinolenta di carne... l'altra era proprio al centro dell'esplosione.

"E lei dov'era?" chiese l'uomo dell'ambulanza, aiutando piano Roberta ad alzarsi.

"Ero là, su quel marciapiede," disse Alice, ed era la verità. "No, non sono ferita."

A quel punto un altro tizio si chinò su Faye e Alice aiutò Roberta ad alzarsi, continuando a sorreggerla.

"È morta," disse Alice a Roberta come giustificazione.

"Sì, lo so," disse questa in tono normale.

A questo punto un poliziotto si fece avanti e chiese, in tono di comando: "Cosa fate qui? Siete ferite? Avanti, circolate."

Alice mise un braccio intorno alle spalle di Roberta e si allontanò con lei. Voleva evitare che al poliziotto venisse in mente di interrogare Roberta che, a un esame superficiale, non sembrava avere alcun danno, anche se dalla vita in giù era tutta zuppa di sangue.

Non aveva pensato a cosa fare della donna, zuppa di sangue e sconvolta, una volta che si fossero allontanate dalla folla e dalla polizia; ma furono fermate da un altro poliziotto, più attento del primo il quale fece notare che Roberta sembrava ferita.

"È in stato di shock," disse Alice.

"La faccia salire sull'ambulanza, allora," disse l'agente, girandosi per andare con gli altri ad allontanare i curiosi.

Impossibile sottrarsi. Alice salì sull'ambulanza con Roberta e altre dieci persone, tutte in stato di shock o leggermente ferite. I feriti gravi erano stati smistati altrove.

Il loro mezzo fu uno dei primi a partire. Alice e Roberta se ne stavano zitte, ascoltando gli altri che piangevano, si lamentavano, o raccontavano quello che era successo in tono agitato: chi stava camminando tranquillamente, chi stava entrando o uscendo dall'albergo, quando, a un tratto...

Tagli sul viso e sulle braccia, probabili fratture, contusioni. Una donna, i cui vestiti erano stati strappati dall'esplosione, era avvolta in una coperta. Un'altra era precipitata da una finestra che la violenza dello scoppio aveva mandato in frantumi. Era tutta piena di piccoli tagli profondi e sembrava ridotta peggio degli altri.

Rimasero in ospedale per pochi minuti.

Roberta venne visitata e dichiarata illesa.

Alice spiegò a un poliziotto gentile che lei e Roberta stavano entrando nell'albergo quando era successo. Salirono su un taxi e andarono a casa. Il tassista disse che era un'infamia; probabilmente erano ancora quegli arabi, non tenevano in nessun conto la vita, non erano come gli occidentali. Se fosse stato per lui avrebbe impedito loro l'accesso al paese.

Roberta e Alice non risposero.

Erano le sette quando arrivarono a casa. In cucina Bert si stava occupando di Jasper, che era pieno di ferite sul viso e sulla testa, ma non aveva niente di grave. Bert disse che avrebbe dovuto farsi dare dei punti, alcuni tagli erano molto profondi. Ma Jasper rifiutò. Avrebbe dovuto restare, invece di fuggire, sosteneva Jocelin, e allora avrebbe potuto raccontare qualche frottola e farsi ricucire con gli altri in ospedale. Ma ora per nessuna ragione al mondo doveva farsi vedere dalle parti di un ospedale o da un medico. Una delle donne nella casa occupata nel sud di Londra aveva fatto l'infermiera; poteva andare da lei.

"Forse è meglio evitarlo," disse Jasper. "Meno gente è implicata, meglio è."

Alice pensò che questa era una idea sensata e cercò di esaminare i tagli. Ma lui la respinse. Non le sembravano gravi; forse non avrebbero nemmeno lasciato la cicatrice. Be', c'era sempre la chirurgia plastica.

Tutti e cinque si sedettero di nuovo intorno al tavolo.

Jasper raccontò loro, in modo formale, con ordine, che quando aveva svoltato con la macchina per uscire dalla strada in cui l'avevano parcheggiata, aveva preso male le distanze, urtando il parafango di un'altra auto. Avrebbe voluto andarsene, ma c'era una macchina che gli bloccava la strada, e un tizio che aveva visto l'incidente da una finestra del primo piano era arrivato di corsa a dirgli che non sperasse di battersela. Jasper aveva ribattuto che una simile idea non gli era mai passata per la mente. L'uomo aveva obiettato che era una menzogna. Si lanciarono qualche insulto prima di arrivare, invece, a scambiarsi i nomi delle rispettive compagnie di assicurazione: Jasper, naturalmente, aveva dovuto promettere che gli avrebbe fatto avere il nome della sua in seguito. Poi scoprirono che il parafango ammaccato premeva sulla ruota posteriore. Dovettero scendere e, con una grossa chiave inglese, lo martellarono liberando la ruota. L'uomo della casa vicina stava ritto su di loro, come se fossero dei criminali da non perdere di vista. Per sistemare l'ammaccatura, Jasper aveva dovuto sdraiarsi per terra in mezzo alla strada, e battere il parafango da sotto, per di più in diagonale. Era una posizione difficile che aveva richiesto parecchio tempo, bloccando tra l'altro il traffico.

Quando finalmente avevano ripreso a muoversi erano così in ritardo che avevano pensato di rimandare tutto. Faye avrebbe potuto disinnescare le bombe senza difficoltà, ma il guaio era che questa volta non ci sarebbe stato modo di nascondersi. E inoltre, aveva detto Faye, o la va o la spacca; lei era pronta a tutto. Sarebbe stato un peccato rinunciare dopo tanto lavoro.

Quando Faye aveva svoltato la seconda volta, era stato perché, non trovando un parcheggio, avevano deciso di fermare la macchina in un posto qualsiasi senza tener conto di chi li potesse vedere. Faye avrebbe strappato i fili. A quel punto mancavano soltanto dodici minuti. Ma non avevano potuto fermarsi.

"No," aveva detto coraggiosamente Faye, "non c'è niente da fare," e aveva cercato di proseguire, ma era rimasta bloccata dal traffico.

E quando Jasper era sceso, e aveva fatto il giro attorno alla macchina, era perché la portiera di Faye si era bloccata?

Fu Roberta a parlare, e aveva un tono di accusa.

Jasper esitò. Alice sapeva che stava cercando una via d'uscita. Quando era così, molto pallido, con uno sguardo candido, indifeso, sofferente, voleva dire che avrebbe mentito. O che voleva farlo. Cominciò a balbettare, si controllò, e disse semplicemente: "Mentre cercava di parcheggiare, Faye salì sul marciapiede troppo in fretta, e poi frenò. Non aveva la cintura allacciata. Avevamo preferito evitarlo."

"Certo," disse Roberta, in tono severo.

"Faye fu spinta in avanti, e il volante le schiacciò la bocca dello stomaco. Non riusciva a respirare, capisci?" disse in tono gentile rivolto a Roberta. Alice pensava, adesso capisco perché non voleva dirglielo...

Roberta guardava fisso Jasper, con la bocca aperta e il respiro affannoso. Lei stava pensando, tutti lo sapevano, che la sua Faye era rimasta uccisa per una banalità, una sciocchezza; per tutto il resto della vita Roberta avrebbe pensato, incredula, che Faye era morta perché era salita troppo in fretta e con troppa forza su un marciapiede.

"Ho visto che non riusciva a muoversi," disse Jasper, "ho messo la retromarcia – ho allungato i piedi e ci sono riuscito. Poi le ho detto che doveva scendere in fretta. Ma lei non si muoveva. Credo che stesse troppo male per muoversi. Sono sceso per tirarla fuori dalla macchina. E la bomba è scoppiata."

"Cinque minuti in anticipo," disse Roberta, questa volta accusando Jocelin. Che, come Jasper, era rimasta seduta in silenzio, esitante. Ora parve sul punto di parlare.

Roberta chiese in fretta: "Chi aveva regolato il timer? Faye?"

"Sì."

Roberta scosse la testa, come per dire *No, no, no* a tutto, ma poi rimase lì seduta avvilita, dicendo sì al tè, sì allo zucchero nel tè, sì a un biscotto. Ma non mangiò né bevve.

A un certo punto sarebbe emersa da quello stato di apatia.

Jasper cominciava a sentir male, molto male. Bert corse di sopra, prese dei calmanti per lui, dei sedativi per Roberta e la radio.

Ascoltarono il notiziario.

Cinque persone sono rimaste uccise, e ventitré ferite, alcune in modo grave, questo pomeriggio, quando una macchina è esplosa sul lato del Kubla Khan Hotel, mandando in pezzi tutte le finestre e danneggiando parecchie auto parcheggiate. L'orribile attentato illustra ancora una volta l'atteggiamento spietato dell'Ira che ha rivendicato la responsabilità dell'attentato.

"Be', che ne dite di questo," disse Jocelin. "Che fottuta faccia tosta."

"Proprio," disse Alice, senza collegare la sua telefonata al comunicato. Poi, dopo qualche minuto, sentendo tutta l'indignazione e la frustrazione degli altri, le tornò la memoria e si rese conto che non avrebbe mai potuto dir loro cosa aveva fatto. Mai. Non si sarebbero mai più fidati di lei.

E se Bert si fosse ricordato che lei se n'era andata dal marciapiede vicino a lui per cinque minuti buoni?

Ma sembrava che lui non si ricordasse.

Verso le dieci tornò Caroline. Era distaccata, persino fredda.

Non sarebbe rimasta con loro, era stanca e voleva dormire.

Aveva sentito il notiziario, disse per fermare Jasper che stava iniziando di nuovo il suo racconto.

Si fece il caffè e lo bevve in piedi, senza guardarli.

"Dov'è Faye?", chiese, e loro si resero conto che non poteva saperlo.

Roberta disse: "Faye è morta," e cominciò a piangere. Un pianto silenzioso, flebile, che si gonfiò presto in gemiti e singhiozzi.

"Be', c'era da aspettarselo," disse Bert, brusco.

"Era in macchina, allora?" chiese Caroline, senza voler mostrare alcun particolare interesse.

Roberta si mise a urlare: un urlo come quello che ad Alice sembrava di portarsi dentro, un suono crudo, lugubre.

Controllarono che le finestre fossero chiuse. Diedero a Roberta un altro sedativo, e Jocelin e Alice la aiutarono a salire al piano di sopra. Era inerte, un peso morto. Dovettero spingerla, sorreggerla, ordinarle persino di muovere le gambe. Alice si precipitò per prima nella camera per assicurarsi che le finestre fossero ben chiuse. Troppo tardi, quando Roberta era già sdraiata sul comodo mucchio di cuscini e coperte a fiori che aveva condiviso con Faye, venne loro in mente che un'altra stanza sarebbe andata meglio. La lasciarono lì, sperando che il sonno avrebbe tacitato il suo pianto.

Le due donne tornarono in cucina e tornarono a sedersi al tavolo. Caroline si era sistemata sul davanzale della finestra, lontano. Erano tutti silenziosi, e cercavano di restare indifferenti al suono atroce che proveniva dal piano di sopra. Roberta ora stava urlando, e l'urlo non sembrava umano. Avrebbero potuto pensare che ci fosse un animale, lassù: un animale ferito o morente.

Erano tutti pallidi, tesi. Bert aveva la fronte imperlata di sudore. Sul viso di Jasper aleggiava un sorrisino freddo. Caroline sembrava stesse male. Jocelin era la meno agitata di tutti.

Bert continuava a lanciare occhiate imploranti a Caroline, che non lo guardava. D'un tratto lui estrasse dal taschino in alto, chiuso con un bottone, un pezzo di carta ripiegato più volte con delle parole scarabocchiate sopra. Tutti sapevano cosa dicevano quelle parole, perché Bert si era assicurato che tutti ne beneficiassero più di una volta. Ora, dopo averli guardati uno per uno con attenzione e con lo scopo evidente di attirare la loro – ma Caroline non si decideva a cedere – si mise a leggere: "La legge non dovrebbe abolire il terrore; promettere questo sarebbe un inganno o un'illusione; il terrore dovrebbe essere permesso e legalizzato per principio, in modo chiaro, senza sotterfugi o abbellimenti. Il paragrafo sul terrore dovrebbe essere formulato il più ampiamente possibile, dato che solo la consapevolezza rivoluzionaria della giustizia e la coscienza rivoluzionaria possono determinare le condizioni della sua applicazione nella pratica." Silenzio. Nessuno lo guardava. "Lenin," disse Bert. "Lenin," insisté, sicuro di sé.

Alice era rimasta ad osservarlo mentre leggeva, come per vedere se l'immagine che aveva avuto di lui fuori dell'albergo sarebbe ricomparsa – il Bert dall'aspetto plumbeo, simile a un cadavere – ma al contrario, la lettura l'aveva rinvigorito, e aveva preso a sorridere mostrando i denti bianchi tra le labbra rosse e sane.

Jocelin disse: "Grazie." Era una formalità, in realtà stava ascoltando Roberta. Accese una sigaretta con le mani che le tremavano. Vedendo che loro l'avevano notato, mormorò: "Un po' di nervosismo, tutto qui."

Jasper continuava a sorridere. Sembrava che stesse ascoltando una musica lontana. In realtà stava controllando l'impulso di vomitare. Pareva un soldato ferito, pensò Alice, con le bende macchiate di sangue.

Poi Caroline si staccò dal davanzale della finestra e disse: "Che cosa c'entra il codice criminale russo con noi? O Lenin," aggiunse in tono di sfida. "Tutte stupidaggini da dilettanti, se volete la mia opinione," proseguì, in tono rabbioso, e rivolta ad Alice, soggiunse: "C'era un messaggio per te. È venuto uno nel pomeriggio. Un americano. Ha detto che sarebbe tornato domani. Verso le quattro. Gordon O'Leary."

Non guardò in faccia Bert, e se ne andò, senza salutarli.
"Ancora lui," notò Jocelin, con aria indifferente.
"Che schifosa faccia tosta," disse meccanicamente Alice, pensando che avrebbe avuto una giornata piena, pranzo con Peter Cecil, e poi Gordon O'Leary nel pomeriggio.
Nessun altro fiatò.
Poi Bert disse: "Me ne vado. Non c'è più ragione di restare."
"Anch'io," disse Jasper.
"Te ne *vai*?" disse Alice, incredula, rivolta a Jasper.
"Eravamo d'accordo che ci saremmo dispersi," disse Jasper, senza guardarla in faccia.
Non starà metitando di andarsene con Bert? pensò lei. Il momento in cui Bert si troverà un'altra donna sarà di nuovo solo.
Non fece commenti, e questo mise Jasper a disagio. In tono aspro le chiese: "Be', e tu cosa fai, vieni?"
"No, penso che resterò," disse lei, in tono vago.
"E come farai? Mary ha detto che questa casa sta per essere assegnata."
"Oh, dicono sempre così," disse Alice.
"Non essere così maledettamente stupida," disse Jasper. "Se non è questo mese, sarà il prossimo, o il mese dopo."
"Be', nel frattempo, rimarrò qui. Qualcuno deve pur stare con Roberta."
Non c'era da discutere su questo punto, e Jasper rimase zitto per un po', poi, sconfitto di nuovo dall'intransigenza di Alice, osservò in tono stupito e quasi scandalizzato: "Ma Alice, eravamo d'accordo di disperderci. Era stata una decisione unanime." E le afferrò persino il polso con la vecchia presa frenetica e ossuta, chinandosi a guardarla in faccia.
Quella gesto le disse che non sarebbe rimasta senza di lui per molto tempo. Rivolse un sorriso tranquillo a quel viso chino su di lei, con occhi azzurri nei due laghi pallidi cosparsi di minuscole lentiggini bionde, e disse: "Fammi sapere dove sei e ci terremo in contatto. A proposito, qualcuno sa dove stanno i parenti di Roberta?"
Avevano soltanto l'indirizzo dell'ospedale dove la madre stava morendo.
"Lei non resterà," disse Jocelin e Alice sapeva che aveva ragione.
Bert salì a prendere la sua sacca di tela con i vestiti e i libri. Anche Jasper ricuperò i suoi averi, ancora più esigui di quelli di Bert.
Alice rimase seduta inquieta al tavolo, pensando alla casa – a quella casa che lei aveva creato – abbandonata, vuota, e agli operai del Comune che ci sarebbero entrati.

Jocelin disse che se ne sarebbe andata la mattina dopo. Era convinta che la borsa contenente le parti smontate sarebbe stata al sicuro fino a quando ne avessero avuto bisogno. Rise e salì al piano di sopra.

Bert e Jasper rimasero a ciondolare in cucina, all'ultimo momento non avevano più voglia di andarsene. Non volevano lasciare lei, o le comodità che lei aveva procurato a tutti loro? Preferì non pensarci. Osservò soltanto che le sembrava che Roberta si stesse calmando.

E sicuramente i suoni provenienti dal piano di sopra erano scemati. Poi cessarono. La casa tornò a essere silenziosa.

Jasper si chinò rapido e lanciò un bacio sulla guancia di Alice, come per gioco. "A presto," "disse e se ne andò, senza guardare se Bert lo seguiva. Non era facile per lui lasciarla, pensò Alice, riconoscente.

Alice era rimasta sola.

Ascoltò ancora il notiziario. Be', parlavano ancora di loro. Avevano colpito a fondo.

Cinque morti. E una ragazza di quindici anni in grave pericolo di vita. Più di venti feriti.

Il notiziario di mezzanotte dedicò più di cinque minuti alla vicenda.

Alice si addormentò, seduta al tavolo, con la testa reclinata sulle braccia.

Si svegliò verso le sei e vide Roberta, tremante, con l'aria malata, che si faceva il tè.

Roberta disse che avrebbe preso le sue cose e se ne sarebbe andata. Sarebbe andata a trovare sua madre. Avrebbe dovuto farlo prima, certo, ma Faye... le si incrinò la voce, si morse le labbra, si controllò e bevve il tè. Salì per fare le valigie, scese con diversi indirizzi a cui Alice avrebbe potuto raggiungerla, scritti a matita e in ordine su un pezzettino di carta. Almeno Roberta non usciva dalla sua vita per sempre.

A differenza degli altri, Roberta possedeva un sacco di cose. Lasciava lì i mobili, ma teneva le tende, le tendine, il copriletto, i cuscini, gli specchi, le coperte. Fece due grossi fagotti e li portò con un taxi alla stazione.

Alice ascoltò il notiziario delle otto.

L'Ira irlandese negava qualsiasi partecipazione all'attentato del giorno prima e sosteneva che avrebbe spezzato le gambe a chi compiva tali azioni servendosi del suo nome. Non era nello stile dell'organizzazione l'assassinio di persone innocenti.

Pensa un po', si disse Alice. E fece una risatina. Avevano una bella faccia tosta.

Be', non importava cosa dicevano quelli dell'Ira; non spettava a loro decidere cosa dovessero fare i compagni in questo Paese.

Alice si mise a considerare se valesse la pena di fare una puntatina in Irlanda per spiegare ai compagni irlandesi il punto di vista dei compagni inglesi.

Le sue riflessioni furono interrotte da Jocelin che stava scendendo con una valigia e una sacca sulle spalle. Anche lei prese il tè, e venne a sapere senza fare commenti che Roberta se n'era andata, ma non chiese neanche se avesse lasciato un indirizzo. Non nominò nemmeno Bert e Jasper. Di Caroline disse che era una brava compagna ma incapace di sacrificarsi. Parlò stando in piedi, tenendo la tazza di tè con tutte e due le manie aveva gli occhi rossi. Alice pensò che poteva anche aver pianto.

Jocelin se ne andò e Alice rimase sola in casa.

Ascoltò di nuovo il notiziario e pensò di uscire a prendere i giornali. No, li avrebbe comprati quando fosse uscita per andare a pranzo con Peter Cecil. Peter Cecil! Quei poveri russi, non avevano abbastanza buon senso da evitare un nome così ovvio. Sembrava uno scherzo. (A questo punto, nel profondo, Alice sentì una punta di disagio, un dubbio, ma non seppe a cosa attribuirlo e così lo cancellò.)

Era troppo presto per andare al ristorante.

Rimase seduta lì tranquilla, da sola, nella casa silenziosa. In quella casa *tradita*... Lasciò che la mente vagasse da una stanza all'altra, valutando i miglioramenti, come se qualcun altro avesse fatto tutto, ma il lavoro non fosse stato debitamente riconosciuto e ora lei lo riesaminava come per un gesto di risarcimento. La casa avrebbe potuto essere un animale ferito a cui lei aveva ripulito e medicato le numerose ferite una per una; ora stava bene, si era rimesso, e lei lo accarezzava, soddisfatta di lui e di se stessa... be' c'era ancora qualcosa che non andava ma non aveva intenzione di pensare a quei due travi. Povera casa, pensò, piena di tenerezza, spero che qualcuno l'amerà un giorno e si prenderà cura di lei. Quando io sarò lontana... Era stupido restare, Jasper aveva ragione, ma lei non voleva andarsene, sarebbe rimasta lì ancora un po': aveva la sensazione di potersi avvolgere nei muri di quella casa, la sua casa, come in una coperta dove stare rannicchiata, dove essere al sicuro.

Si sentiva davvero molto strana, diversa! Be', era abbastanza naturale, dopotutto. Doveva andare a fare una bella passeggiata, o magari passare a fare due chiacchiere con Joan Robbins? No, avrebbero detto solo un mucchio di stupidaggini sull'Ira e sull'esplosione. La gente comune non capiva, e non serviva a niente aspettarsi che capisse... a questo punto la tenerezza che si era diffusa, dentro e fuori di lei, senza sapere bene dove collocarsi, si fissò sulla gente comune, e Alice rimase seduta con gli occhi pieni di lacrime, pensando: poveretti, poveretti, non capiscono proprio! – come se lei stesse abbracciandoli tutti, i poveri idioti che popolavano il mondo.

Cominciò poi a pensare intensamente ai suoi genitori. Prima a suo padre: no, lui era troppo orribile per sprecarci del tempo, non aveva intenzione di soffermarsi su di lui. Sua madre... cosa avrebbe detto Dorothy se avesse saputo che sua figlia aveva preso parte all'attentato? Non che Alice pensasse di avere qualche motivo di sentirsi colpevole; lei era stata solo un elemento marginale. Sospirò, un sospiro lungo, come un brivido, simile a quello di un bambino. No, non avrebbe mai potuto dirlo a Dorothy, e questa consapevolezza la fece sentire scissa dalla madre come non le era mai successo prima: avrebbe potuto salutarla definitivamente, invece di litigare con lei in quel modo sciocco!

Oh no, era troppo, troppo difficile... Alice balzò improvvisamente in piedi come se avesse deciso di uscire subito, prima dalla cucina, poi dalla casa; ma restò immobile per un minuto o due e poi si risedette perché si era ricordata di Peter Cecil. (Peter Cecil, ah, ah!) Non poteva andarsene ora, c'era quel pranzo. Magari gli dirò tutto, lui è un professionista, posso parlare dell'esplosione senza dilungarmi sulle implicazioni, come di un lavoro fatto, anche se in modo impreciso... strano, non aveva pensato fino a quel momento che avevano combinato un bel pasticcio. Ma era poi così? Dopo tutto, se lo scopo era quello di farsi pubblicità, allora l'avevano certamente raggiunto! E Faye? Ma i compagni sapevano che la loro vita era in pericolo il momento in cui si imbarcavano in questo tipo di cose, in cui decidevano di diventare terroristi... Eppure lei non riusciva a ricordare di aver mai detto: "Sono una terrorista, non m'importa di essere uccisa." (A questo punto fu costretta di nuovo ad alzarsi dalla sedia, con un movimento brusco, come se si sentise in trappola, ma poi tornò a sedersi.) Aspettavo sempre che qualcosa *accadesse* – pensò; e sul viso le spuntò un risolino spaventato e quasi incredulo. Possibile che non avesse mai considerato l'attentato una cosa seria? No, no; era stata al gioco, pur continuando a pensare che ci fosse qualcosa di sbagliato, che il lavoro *serio,* qualunque fosse, sarebbe venuto in seguito. Be', cosa avrebbero pensato *loro* della faccenda? I russi, intendeva. Non c'era bisogno di chiedersi che commenti avrebbe fatto Andrew. O Gordon. Si immaginava, fin troppo chiaramente, i loro visi pieni di condanna.

E Peter Cecil? Chissà perchè lui era diverso. Certo, non farei mai i nomi, pensò: sarei prudente, gli racconterei solo cosa è successo. Direi che mi è stato riferito da qualcuno che sapeva, e che volevo sentire il suo parere.

A questo punto vari segnali d'allarme, che i nervi avevano registrato bloccandoli, finché lei non fosse stata in grado di occuparsene emersero fin quasi alla superficie, ma furono respinti di nuovo. Intanto lei stava pensando che Peter Cecil aveva una faccia simpatica. Sì. (Lo vedeva come le era apparso fuori della porta il giorno prima, mentre lei fremeva di impazienza.) Una faccia gentile. Non come quei russi, niente affatto, lui era completamente diverso... e qui i segnali d'allarme si ripresentarono di botto, premendo per essere notati e lei non poté più respingerli.

Certo che Peter Cecil non era come quei russi, perché lui non era russo. Lui era... M.I.6 o M.I.5 o XYZ o uno di quelle maledette sigle, non importava. La cosa importante era che lui era inglese, *inglese*.

A questo pensiero, a questa parola, un senso di sollievo, delizioso, gradevole, cominciò a serpeggiare nelle vene di Alice, così forte che lei non poté fare a meno di prenderne atto e di provarne anche un certo imbarazzo. E con ciò? Inglese o no, lui era il nemico, lui era – peggio dei russi, era un aristocratico (*Cecil,* pensa un po'!), era un reazionario, un fascista. Be', non proprio un fascista, forse stava esagerando. Ma sicuramente era inglese. *Uno di noi.* Se ne stava lì seduta a pensare a questa sua identità nazionale, a cosa significasse, a quali sentimenti le suscitasse: parlare con lui sarebbe stato ben diverso che parlare con quei russi, che capivano sempre tutto al contrario perché non avevano la minima idea di come fossero realmente gli inglesi. Ma tanto cosa importava? Non avevano forse deciso di non immischiarsi con gruppi internazionali?

Mentre si immaginava il suo colloquio con Peter Cecil, sapeva che avrebbe potuto evitare di parlargli di molte cose, quelle cose che sono ovvie tra persone di uno stesso Paese, per quanto divise su altre. (Come la politica, ad esempio!)

Ma cosa voleva sapere da lei? Alice non riusciva a ricordarsi quello che era stato detto il giorno prima. Sapeva solo che lui aveva chiesto di Andrew. (Andrew *Connors*! Be', perché no, forse era proprio Connors.) Ma lei, cosa aveva risposto? Niente, ne era sicura, tutto era stato così precipitoso e lei non aveva avuto in mente altro che svignarsela il più presto possibile. Le armi? No, non era proprio probabile che lei ne avesse parlato, certo che no!

Rimase lì seduta, tesa, fredda, spaventata, cercando di ricordare, aiutata solo dalla consapevolezza che anche l'altro era inglese. Stava facendo sforzi per addomesticare la memoria, per darle quanto le spettava, mentre pensava, lui è inglese, lui mi capirà.

Oh sì, Alice lo sapeva bene che si dimenticava delle cose, ma non sapeva quanto spesso le succedesse, e fino a che punto. Quando la mente cominciava a confondersi e a disorientarsi, cercando freneticamente di aggrapparsi a qualcosa di stabile, a quel punto lei si concedeva immediatamente – come in quel momento – di tornare alla sua fanciullezza, soffermandosi con piacere sulla scena che lisciava, lustrava e dipingeva a tinte sempre nuove finché le sembrava di trovarsi in una storia che cominciava: "C'era una volta una bambina di nome Alice, che viveva con sua madre Dorothy. Una mattina Alice era in cucina con Dorothy che le stava facendo il suo dolce preferito, mele con cannella, zucchero scuro e panna acida, e le disse: 'Mammina, io sono una brava bambina, vero?'

Ma quel giorno la sua mente si rifiutava di fissarsi su quel sogno o storia che fosse, e insisteva a tornare nel presente, lontano dalla mamma, che se avesse saputo l'avrebbe ripudiata definitivamente.

Alice rimase seduta tranquilla, mentre il tempo passava, avvicinandola al pranzo e a Peter Cecil. Era molto agitata e le faceva male la bocca dello stomaco; il cuore le batteva dolorosamente.

Non c'era nessun bisogno di raccontare niente a Peter Cecil. Perché mai avrebbe dovuto farlo? Magari avrebbe parlato un po' di Andrew. Non poteva certo nuocergli, lei non sapeva nemmeno dove fosse. "Andrew Connors?" – avrebbe detto. "Sì, aveva detto di essere americano. Veniva qualche volta nella casa accanto, era innamorato di una ragazza che allora viveva lì, non mi ricordo come si chiamasse. È tutto quello che so, davvero."

Avrebbero pranzato bene. Forse lui si sarebbe dimostrato anche un amico, come Andrew. Dopo tutto, lei considerava Andrew un amico, anche se non lo giudicava più con lo stesso entusiasmo di prima. C'erano persone per bene anche tra i reazionari. Si ricordò che un compagno imprecisato, in un luogo imprecisato – a Birmingham, nella casa occupata di Manchester? – sosteneva che era una forma primitiva di marxismo pensare che ogni membro della classe dominante fosse condannabile anche sul piano individuale. Quanto a lei, doveva solo tenere a freno la lingua e tutto sarebbe andato bene. Devo soltanto stare attenta – e fidarmi dell'ispirazione; era sciocco starsene lì seduta a preoccuparsi di cosa dire, lei sapeva sempre, quando arrivava il momento, come sbrigarsela.

E questo serviva anche per Gordon O'Leary... mentre pensava a lui, Alice sentì che l'agitazione nello stomaco si trasformava in un dolore acuto e quasi insopportabile. Oh merda, aveva appena capito che doveva stare attenta a non nominare Gordon a Peter Cecil, a non far avvicinare Peter Cecil alla casa dopo il pranzo. Ma era sicura che si sarebbe arrangiata. Prima avrebbe trattato con Peter Cecil, e poi con Gordon O'Leary. Ma, la colse un pensiero improvviso, perché mai doveva incontrarsi con Gordon O'Leary? Dopo pranzo, avrebbe potuto andarsene a fare una passeggiata da qualche parte e non tornarsene a casa fino a tardi. No, questo sarebbe stato soltanto un rimandare la faccenda. Sarebbe tornata in tempo utile dal ristorante, accomiatandosi là da Peter Cecil, e avrebbe lasciato un biglietto sulla porta con... no, non doveva farlo, i vicini l'avrebbero visto e si sarebbero precipitati a indagare. Molto meglio che continuassero a pensare che niente era cambiato; ecco perché era opportuno che vedessero almeno lei.

Quando fosse tornata dal ristorante, avrebbe sprangato le porte e le finestre – c'era solo una finestra che non chiudeva bene, e lei l'avrebbe inchiodata subito, prima di uscire – poi sarebbe salita in soffitta, e avrebbe messo un peso sulla botola in modo che nessuno potesse aprirla. Anche se Gordon O'Leary fosse entrato in casa – e certamente non avrebbe voluto farsi vedere mentre forzava la porta di una casa in pieno giorno – come avrebbe fatto a sapere che si poteva salire in soffitta e che l'avrebbe trovata lì?

Questo piano dettagliato la fece sentire meglio. Ancora una volta era riuscita a riprendere il controllo della situazione, lo stomaco dolente stava rilassandosi e il respiro si era fatto meno affannoso.

Si accorse di attendere con impazienza l'incontro con Peter Cecil.

Sorridendo appena, con una tazza di tè molto forte e dolce in mano, sembrava quella mattina una bambina di nove anni che avesse fatto, forse, un brutto sogno, e la povera bambina rimase lì seduta ad aspettare che giungesse l'ora di uscire per andare a incontrare i professionisti.

Novità e nuove edizioni Feltrinelli

I Narratori

Malcolm Lowry	SOTTO IL VULCANO
Karen Blixen	LA MIA AFRICA
Isabel Allende	LA CASA DEGLI SPIRITI
Nathalie Sarraute	INFANZIA
Angela Carter	LA CAMERA DI SANGUE
Nadine Gordimer	OCCASIONE D'AMORE
José Saramago	MEMORIALE DEL CONVENTO
Alfredo Antonaros	TORNARE A CAROBEL
Angela Carter	LA PASSIONE DELLA NUOVA EVA
José Donoso	MARULANDA
Marguerite Duras	L'AMANTE
Antonio Tabucchi	PICCOLI EQUIVOCI SENZA IMPORTANZA
Angela Carter	NOTTI AL CIRCO
Gianni Celati	NARRATORI DELLE PIANURE
Isabel Allende	D'AMORE E OMBRA
D.H. Lawrence	MISTER NOON
Marguerite Duras	IL DOLORE
Nadine Gordimer	UN OSPITE D'ONORE
José Saramago	L'ANNO DELLA MORTE DI RICARDO REIS

Stefano Benni	COMICI SPAVENTATI GUERRIERI
Doris Lessing	IL DIARIO DI JANE SOMERS
Alison Lurie	CUORI IN TRASFERTA
Marguerite Duras	IL VICECONSOLE
Clarice Lispector	LEGAMI FAMILIARI
Nadine Gordimer	QUALCOSA LÀ FUORI
Quentin Bell	LE CARTE SEGRETE DI MARY BRANDON
Antonio Tabucchi	IL FILO DELL'ORIZZONTE
Iris Murdoch	L'APPRENDISTA
Marguerite Duras	TESTI SEGRETI
Mark Strand	IL SIGNOR BABY E SIGNORA

Impronte

Marguerite Yourcenar	ALEXIS
Maurice Blanchot	DA KAFKA A KAFKA
Mark Twain	DIARIO DI EVA
Marguerite Yourcenar	IL COLPO DI GRAZIA
John Keats	LETTERE SULLA POESIA
Giovanni Mariotti	BUTROTO
Karen Blixen	CAPRICCI DEL DESTINO
João Guimarães Rosa	MIGUILIM
Osamu Dazai	IL SOLE SI SPEGNE
Roger Caillois	NEL CUORE DEL FANTASTICO
Edmond Jabès	IL LIBRO DELLA SOVVERSIONE NON SOSPETTA
Nathalie Sarraute	IL PLANETARIO
Ford Madox Ford	IL BUON SOLDATO
Herman Melville	L'UOMO DI FIDUCIA
Edward Morgan Forster	MONTERIANO
Maurice Blanchot	LA COMUNITÀ INCONFESSABILE
Malcolm Lowry	ULTRAMARINA

Gustave Flaubert	LETTERE A LOUISE COLET
Raymond Queneau	ODILE
João Guimarães Rosa	GRANDE SERTAO
Osamu Dazai	LO SQUALIFICATO
Jun'ichirō Tanizaki	PIANTO DI SIRENA
Max Frisch	HOMO FABER
Paul Léautaud	LETTERE ALLA MADRE
Malcolm Lowry	ASCOLTACI SIGNORE
Giorgio Agamben	IDEA DELLA PROSA
João Guimarães Rosa	BURITÍ
Fred Uhlman	L'AMICO RITROVATO
Russel Hoban	DIARIO DI UNA TARTARUGA
Ford Madox Ford	UNA TELEFONATA
Nadia Fusini	NOMI
Alfredo Giuliani	VERSI E NONVERSI
Paul Gadenne	LA BALENA
Emily Dickinson	SILENZI
Fernando Pessoa	IL LIBRO DELL'INQUIETUDINE
Friedrich Dürrenmatt	IL GIUDICE E IL SUO BOIA
Jorge de Sena	IL MEDICO PRODIGIOSO

Stampa Sipiel
Milano, febbraio 1987